Kaspar Wolfensberger

Gommer Herbst

Der dritte Fall für Kauz

Kriminalroman

Kampa

Die Originalausgabe erschien 2019 im bilgerverlag, Zürich.

Für den Blick hinter die Verlagskulissen:
www.kampaverlag.ch/newsletter

Das Schweizer Schriftdeutsch der Originalausgabe wurde für die vorliegende Ausgabe an das deutsche Standarddeutsch angepasst.

www.kampaverlag.ch
Satz: Tristan Walkhoefer, Leipzig
Gesetzt aus der Stempel Garamond LT / 210140
Druck und Bindung: Friedrich Pustet, Regensburg
Auch als E-Book erhältlich
ISBN 978 3 311 12041 4

Die Handlung dieses Romans ist reine Fiktion. Alle in der Erzählung auftretenden Figuren, auch wenn sie ortstypische Namen tragen, sind frei erfunden. Ähnlichkeiten mit real existierenden Personen und wahren Begebenheiten wären rein zufällig.

Einzelne Gebäude, Örtlichkeiten und Flurnamen, denen im Rahmen dieser Kriminalgeschichte eine Bedeutung zukommt, sind realen Objekten, Orten und Bezeichnungen im Goms nachempfunden, existieren in der beschriebenen Form jedoch nicht.

Der Autor dankt den Gommerinnen und Gommern, den Jägerinnen und Jägern, Wildhütern und Wildtierexperten, den Polizisten, Staatsanwälten, Schusswaffenexperten, Rechtsmedizinern, Journalisten, Vatikankennern, Historikern und Auslandwalliserinnen, die ihm bei der ausgedehnten Recherche für dieses Buch geholfen haben. Sie alle, ebenso wie die *Gommini*, die ihm das richtige Gommertitsch *(Weerter und Sezz)* beizubringen versuchten, mögen es dem Autor nachsehen, wenn trotz allem der eine oder andere Fehler, die eine oder andere Ungenauigkeit oder Unstimmigkeit im Text stehen geblieben sind.

PROLOG

Bleich steht der Mond über dem Lärchenwald. Die Konturen des Ofenhorns werden schärfer. In weniger als einer Stunde ist Sonnenaufgang. Es duftet nach feuchtem Laub. Kaum ein Lüftchen weht. Über der Lichtung liegt ein feiner Nebel.

Gut getarnt hinter Blätterwerk sitzt der Jäger zwischen Lärchen auf einem Baumstrunk, den Feldstecher am Auge. Jetzt steht er vorsichtig auf, reibt sich die klammen Finger, greift nach der Büchse und bringt sie in Anschlag.

Er wartet und wartet.

Immer noch tut sich nichts.

Doch, dort! Etwas bewegt sich. Und schon steht er vor ihm, vielleicht hundert, hundertfünfzig Schritt entfernt: ein prächtiger Zwölfender. Der Hirsch verharrt am Waldrand, blickt lange in die eine, dann in die andere Richtung, senkt jetzt das Haupt mit dem mächtigen Geweih und beginnt zu äsen. Schritt für Schritt bewegt er sich auf die Lichtung hinaus, bleibt immer wieder stehen, hebt den Kopf, steht einen Augenblick still und äst dann weiter. Es herrscht perfektes Büchsenlicht.

Der kapitale Stier steht jetzt quer zum Jäger. Den Finger am Abzug, hat der Waidmann die Beute im Visier. Eine Sekunde, zwei Sekunden – dann ein Schuss.

Der Hirsch schreckt hoch, nimmt in großen Sprüngen Reißaus und verschwindet im Lärchenwald. Der Mann sackt zusammen, die Büchse entgleitet seinen Händen. Er sinkt auf seinen Hocker zurück und kippt langsam nach hinten. Auf seiner Jacke bildet sich ein dunkler Fleck.

HOCHJAGD

Montag, 17. September

Écoutez, Monsieur«, die Stimme duldete keinen Widerspruch, »*c'est urgent*. Es ist dringend, verstehen Sie?«

»Ja, sicher«, antwortete Kauz. »Aber …«

»Es geht um Leben und Tod«, beharrte die Frau.

»Dann sollten Sie die Polizei rufen.«

»*Non, Monsieur*. Glauben Sie mir, die Polizei wird gar nichts tun. Ich bitte Sie! Kommen Sie heute Nachmittag vorbei. Zum Tee, wenn's recht ist. Ich erzähle Ihnen dann alles *en détail*.«

»Nun gut. Aber muss es heute sein?«

»Unbedingt. Die Jagd hat ja schon begonnen.«

Daran hatte Kauz nicht gedacht.

»Gut, dann komme ich heute Nachmittag nach Ernen. Aber nehmen Sie das noch nicht als Zusage. Ich entscheide mich erst, wenn ich die Fakten kenne.«

»*Merci, Monsieur*. Finden Sie das Haus?«

»Ich kenne Ihr Haus, Madame. Und ich nehme meinen Hund mit, wenn Sie erlauben.«

Einen Augenblick herrschte Stille in der Leitung.

»*Bien sûr, Monsieur*«, sagte die Stimme knapp. Damit war das Gespräch beendet.

Kauz rieb sich die Augen.

Da hatte ihn doch tatsächlich die Grande Dame des Goms, die weit über die Region hinaus respektierte Madame Charlotte de Steinhaus, *née* de Courten, angerufen, um ihn am

Nachmittag in ihre Sommerresidenz nach Ernen zum Tee zu bitten. Und ihm in einer dringlichen Angelegenheit einen Auftrag zu erteilen.

Vor einem Vierteljahr hätte er noch rundweg abgelehnt. Jetzt war das anders. Er hatte sich noch nicht ganz an das Dasein eines Frühpensionärs gewöhnt. Zwar hatte er die Nase von den Querelen im Korps gestrichen voll gehabt und deshalb den Dienst bei der Zürcher Kantonspolizei Mitte des Jahres quittiert und war mit Max für den Sommer nach Münster in seinen Speicher gezogen, doch manchmal fühlte er sich ohne seine Arbeit irgendwie leer.

Er saß am Tisch in der Küche, die gleichzeitig der Wohnraum im Unterbau seines kleinen Speichers war. Max, sein Collie-Bastard, mit seinen mittlerweile sieben Jahren auch kein Jungspund mehr, hockte sich vor ihn hin, legte die Schnauze auf sein Knie und schaute treuherzig zu ihm auf. Kauz streichelte seinen Kopf, dann kraulte er ihm die Brust, dort wo der weiße Fleck auf seinem schwarzen Fell war.

Da er zwei Jahre vor dem ordentlichen Pensionsalter aufgehört hatte, war ihm die Rente natürlich gekürzt worden, aber er kam damit über die Runden. Dennoch, wenn er um Hilfe gebeten wurde, hörte er sich die Sache an und sagte das eine oder andere Mal zu. Die Höhe des Honorars ließ er die Auftraggeber selbst bestimmen. Mal erhielt er einen großzügigen Batzen, mal eine Einladung ins Dorftheater, dann wieder einen Laib Käse oder eine Flasche Eigenbrand. Im Frühsommer hatte er einen Vandalen ausfindig gemacht, der im Suff mit einem entwendeten Traktor im Obergoms Felder, Gärten und den Spielplatz am Rotten verwüstet hatte. Einen spektakulären Erfolg hatte er verzeichnen können, als er dank seinem Hund einer Bande von Viehdieben auf die Spur kam, die eine Herde von Schwarznasenschafen vom Erner Galen entführt und nach Italien geschmuggelt hatten. Damit hatte er einiges Aufsehen erregt.

Kauz hatte im Goms somit einen gewissen Bekanntheitsgrad. Er war zwar – und blieb wohl für immer – der *Üsserschwiizer* mit dem Gommer Familiennamen und den Gommer Wurzeln. Der nicht mehr ganz *fremd Fözzäl,* der in Münster an der Langen Gasse einen alten Speicher besaß. Der Mann mit den hängenden Augenlidern, der mit dem verschlafenen Eulenblick. *Dr Chüzz* eben. Der mit dem pfiffigen Hund namens Max. Der Kriminalpolizist, der – damals außer Dienst – im Sommer vor sechs Jahren und im darauffolgenden Winter dazu beigetragen hatte, gleich mehrere brutale Mordfälle aufzuklären, die das Goms in Angst und Schrecken versetzt hatten. Und der danach, weil man ihn unbedingt wollte, ein Gastspiel bei der Walliser Kantonspolizei gegeben hatte.

Kauz räumte das Frühstücksgeschirr weg und machte am Schüttstein den Abwasch. Dann setzte er sich in seinen Holzklappstuhl mit Canvasbezug, der ihm als platzsparender Fauteuil diente. Vor zwei Jahren hatte er den kleinen, uralten Speicher aus dem Nachlass der Familie Imfang erwerben können, denn die Mutter seines ermordeten Freundes Wendel hatte ihm testamentarisch das Vorkaufsrecht eingeräumt. Anstelle der improvisierten Schlauchdusche in der Toilettenecke hatte er eine kleine Duschkabine, ein Lavabo mit Mischbatterie und einen Boiler einbauen lassen, sodass er nicht mehr am Schüttstein Toilette machen musste. Er hatte eine winzige Waschmaschine installiert und die Kücheneinrichtung etwas aufgepeppt. Ansonsten war der Speicher noch so, wie er ihn vor Jahren jeweils von Wendel gemietet hatte. Die Schlafkammer im Oberbau hatte er sowieso gelassen, wie sie war: zwei Bettstätten aus rohem Holz mit Rosshaarmatratzen und altmodischen hohen, rot-weiß karierten Federbetten.

In seinem Sessel sitzend, dachte er über das Gespräch mit Madame de Steinhaus nach. Er war der alten Dame noch nie begegnet. Aber sie war ihm ein Begriff, weil ihr Name mehrfach im Zusammenhang mit den Musikwochen von Ernen gefallen war. Sie war wohl eine Mäzenin des Festivals. Die Familie de Steinhaus war eine von drei oder vier Patrizierfamilien, die im Goms über lange Zeit das Sagen gehabt hatten. Die Gelehrten stritten sich, woher der Familienname kam: Die einen leiteten den Namen von dem Ort Steinhaus ab: die aus Steinhaus also. Andere meinten, die wohlhabende Familie habe schon früh – anders als die meisten im Goms – in gemauerten Häusern gewohnt. Die aus dem Steinhaus wäre dann die Bedeutung des Namens. Im Mittelalter waren die Steinhaus Weggefährten von Kardinal Schiner gewesen. Einzelne von ihnen hatten sich freilich auch gegen ihn gestellt. Je nachdem, waren sie dann Zendenmeier von Ernen oder von Münster geworden. Irgendwann wurde einem Vorfahren von einem Herrscher der Adelstitel verliehen. Fortan durften dessen Nachfahren ihrem Familiennamen ein *von* oder ein *de* voranstellen. In mehr als einem Dorf des Goms gab es ein prächtiges Patrizierhaus, das der Familie de Steinhaus gehörte oder gehört hatte. Jenes in Ernen hatte Kauz auf seinen Dorfwanderungen schon oft bewundert. Jetzt war er neugierig, wie es innen aussah. Nach allem, was er wusste, verbrachte Madame de Steinhaus – Madame Charlotte nannte man sie im Dorf – die Sommermonate, wenn ihr die Hitze im unteren Wallis unerträglich wurde, im kühleren Goms. Sonst residierte sie, wie andere Walliser Patrizierfamilien auch, in Sitten.

Madame de Steinhaus hatte angedeutet, ihr Neffe Philippe, Advokat und Notar in Visp mit Wohnsitz in Brig, habe Morddrohungen erhalten. Er lache bloß darüber, aber das könne *sie* nicht. Über die Einzelheiten dieser Drohungen wolle sie ihn, Kauz, beim Tee ins Bild setzen.

Nach der Mittagszeit machte Kauz ein Nickerchen. Frisch und munter trat er danach aus dem Speicher und machte seine alte BMW startklar. Er öffnete den Deckel des geflochtenen Korbs, der auf den Gepäckträger montiert war. Das praktische Teil hatte vor Jahren der kleine Damian, aus dem inzwischen ein junger Mann geworden war, aus einem alten Wäschekorb für Max gebastelt. Max, der begeisterte Beifahrer, sprang sofort hinein. Er ließ es ohne Weiteres zu, dass Kauz den Korbdeckel mit der sorgfältig herausgeschnittenen Öffnung über ihm schloss. Jetzt saß er in seinem Transportkorb auf einer zusammengefalteten Armeewolldecke und streckte den Kopf aus der Öffnung, ungeduldig darauf wartend, dass es losgehe.

Kauz setzte den Vintage-Motorradhelm auf, den er im Brockenhaus erstanden hatte, und kickte seinen Oldtimer an. Gemütlich tuckerte er Richtung Fiesch. Bei Fürgangen machte er den gewohnten Halt. Er stellte das Motorrad auf dem Parkplatz ab, hieß Max aus dem Korb springen und ließ ihn ein bisschen herumtollen. Dann nahm er ihn an die Leine. Max wusste schon, was auf ihn zukam, und begann zu bocken. Kauz redete ihm aufmunternd zu.

»Jetzt tu nicht so, Max. Das schaffst du! Irgendwann schaffst du das«, beruhigte er den Hund und ließ eine Packung Hundebiskuits knistern. Das half. Max sah zu ihm hoch und äugte nach der rechten Hand seines Herrchens, die in der Jackentasche steckte.

Vor der Hängebrücke angekommen, kramte Kauz ein Biskuit hervor und hielt es Max vors Maul. Der schnappte sich den Leckerbissen. Das wiederholte Kauz vier, fünf Mal – bis Max bemerkte, dass er schon auf der Brücke stand. Jetzt sträubte er sich weiterzugehen, stemmte die Füße gegen den Bretterboden, begann leise zu winseln und hockte sich zitternd hin. Er vermied ängstlich den Blick nach unten, wo tief unter ihnen der Rotten rauschte. Herr und Hund machten auf der Brücke kehrt.

Kauz war selber nicht ganz schwindelfrei, auch ihn hatte es das erste Mal Überwindung gekostet, über die fast dreihundert Meter lange schwankende Brücke zu gehen. Aber er hatte es sich in den Kopf gesetzt, Max das Überqueren von Hängebrücken beizubringen. Denn auf einer Wanderung im Alteschgebiet hatte er im Sommer umkehren müssen, als er unvermittelt vor einer solchen Brücke stand, die über eine tiefe Schlucht führte. Er hatte Max nicht dazu bewegen können, den schwankenden Steg mit dem metallenen Gitterboden auch nur zu betreten. Es gab mehrere Hängebrücken in der Region, die man passieren musste, wenn man ans Ziel einer Wanderroute gelangen wollte. Die zwischen Fürgangen und Mühlebach war zwar die längste, aber wegen des spaltenfreien Bretterbodens war sie fürs Brückentraining am besten geeignet.

»Das waren schon fast dreißig Meter, Max«, lobte Kauz, als sie wieder auf sicherem Boden standen, und rubbelte dem Hund liebevoll den Kopf. »Wenn du es nach Mühlebach hinüberschaffst, gibts eine Extrawurst«, versicherte er ihm. »Versprochen!«

Kauz war es gewohnt, dass sich die Leute nach seinem antiquierten Gefährt und seinem Sozius umdrehten, wenn er über Land tuckerte oder in eine Ortschaft einfuhr. In Münster und den Nachbardörfern kannte man ihn und winkte ihm zu, wenn er vorbeifuhr, aber die Leute machten seinetwegen kein Aufheben mehr. Doch in der Ferienzeit, wenn Touristen im Land waren, blieben sie stehen und zeigten auf den Oldtimer mit dem ungewöhnlichen Mitfahrer.

»Na, so was: Hund im Korb! Ha, ha, ha!«, *»Regarde ce chien! Rigolo!«*, »Cool, der Hund! Der hats gut!«, *»It's having a good time, isn't it?«* So und ähnlich riefen die Menschen, wenn sie ihn mit Max vorbeifahren sahen, der den Kopf in den Fahrtwind streckte, die Ohren anlegte und sich das Fell auf der Stirn zerzausen ließ. Hielt Kauz irgendwo an, kamen sie herbei und wechselten ein paar Worte. Stieg er vom Motorrad, stellten sie sich neben das Gefährt, knipsten ein Selfie samt Hund im Korb und tätschelten Max den Kopf.

Ganz so viel Aufmerksamkeit wurde den beiden heute nicht zuteil. An diesem Montagnachmittag waren bloß wenige Wanderer unterwegs, die von ihnen Notiz nahmen, als sie in Ernen eintrudelten. Ein paar Einwohner nickten Kauz zu. Auch wenn er kein Aufsehen erregte, unbemerkt war er bestimmt nicht geblieben. Es würde sich wohl bald im ganzen Dorf herumsprechen, dass der *Üsserschwiizer* Ex-Polizist aus Münster Madame Charlotte de Steinhaus seine Aufwartung machte. Kauz stellte seine alte BMW ab und ging mit Max über den Dorfplatz zu dem Haus, das unweit des Hotels Schiner in der zweiten Häuserzeile stand: Es war schon ein eindrückliches Gebäude. Die eine, gemauerte, Hälfte erinnerte mit ihren dicken Mauern, den sich nach innen verjüngenden Fensteröffnungen und der Fassadenbemalung an ein Engadinerhaus. Die andere Hälfte war ein Blockbau aus Lärchenholz, wie man ihn im ganzen Goms kannte. Das Haus unterschied sich deutlich von den übrigen Wohnhäusern im Dorfkern, die reine Holzbauten waren. Nur am Dorfplatz selbst standen noch weitere herrschaftliche Steinbauten.

Unter dem Giebel des gemauerten Hausteils prangte die Jahreszahl 1609. Kauz vermutete, dass der Holzblockbau noch älter war. Er hatte ein Auge dafür, sein eigener Speicher war ja auch schon gute dreihundert Jahre alt. Es gab zwei Eingänge, zu jedem Hausteil einen eigenen. Kauz ging zum gewölbten Eingangstor des gemauerten Hauses und ließ den Türklopfer auf das massive Tor fallen. Es dauerte nicht lange, und die Tür wurde einen Spalt weit geöffnet, ein Frauengesicht erschien.

»Sit Iär dr Herr Walpä?«, fragte die Frau.

»Ja«, bestätigte Kauz. »Ich habe mit Madame de Steinhaus telefoniert.«

»Isch güet. Chommäd ichä«, erwiderte die Frau und öffnete das Tor gerade so weit, dass er mit Max hineinschlüpfen konnte.

Sie war von untersetzter Statur, hatte etwas derbe Gesichtszüge und mochte um die siebzig Jahre alt sein. Das graue Haar hatte sie in altmodischer Art zu einem Knoten hochgesteckt. Sie trug ein dunkelblaues, vorne geknöpftes Arbeitskleid.

»Ämbrüf«, sagte sie, als Kauz im weiträumigen Eingangsbereich stehen blieb, und deutete zur Treppe. *»Aber dr Hund bliibt hiä«*, sagte sie bestimmt, und zeigte auf die Fußmatte beim Treppenaufgang. Kauz befahl Max sich hinzulegen. *»D Madame Charlotte ischt obena. I gaa vorüs«*, schob sie nach und stieg vor ihm die Treppe hoch.

Auf dem zweitobersten Tritt blieb sie stehen, wandte sich um und sagte: *»Ich bin z'Marie.«*

Kauz hatte mittlerweile gelernt, dass im Gommertitsch der sächliche Artikel vor einem Vornamen nichts Kindliches oder Verniedlichendes bedeutete. *Z'Emma, z'Gertrud,* so nannte man nicht etwa nur Kinder, damit meinte man auch erwachsene Frauen.

Im Obergeschoss sah Kauz, dass die beiden Hausteile, die von außen wie zwei aneinandergebaute, getrennte Gebäude wirkten, durchgängig miteinander verbunden waren. Marie wechselte vom Stein- in den Holzbau hinüber und hieß Kauz im ersten Zimmer, das sie betraten, warten.

Er stand in einer getäferten Stube mit einem schlichten Giltsteinofen. Der Boden war aus ungehobelten Lärchenholzbalken, die im Lauf der Jahrhunderte einen speckigen Glanz angenommen hatten. Einfache alte Möbel standen da, ein langer Tisch, auf jeder Seite drei Holzstühle, ein eintüriger Holzschrank und eine Truhe. Alles Stücke, wie man sie sonst beim Antiquitätenhändler sah. Die Fenster mit den dreifachen Fensterkreuzen gingen auf den Garten hinaus. Auf die sonnverbrannten Holzwände der Nachbarhäuser fiel warmes Licht.

»Iär chennt cho«, sagte *z'Marie,* die nach wenigen Augenblicken zurück war, und führte ihn zwei Zimmer weiter.

Madame de Steinhaus, klein gewachsen, aber aufrecht und ganz in Schwarz, stand mitten im Raum und machte zwei Schritte auf Kauz zu, als *z'Marie* ihn eintreten ließ. Ihr weißes Haar war kurz geschnitten – Herrenhaarschnitt, stellte Kauz fest –, die Fassung der modischen schwarzen Hornbrille war kreisrund. Ihre Füße steckten in schwarzen Sneakers, was zum weiten schwarzen Gewand überraschte.

»Es ist sehr freundlich von Ihnen, dass Sie sich Zeit für mich nehmen. *Merci, Monsieur*«, sagte sie und streckte die Hand aus.

»De rien, Madame«, erwiderte Kauz, denn ein bisschen Französisch konnte er noch, und ergriff vorsichtig die feingliedrige, weiße Hand.

Ich hätte mich ordentlicher anziehen sollen, dachte er, als er die alte Dame vor sich stehen sah. Ihre Kleidung war von zeitloser Eleganz. Er dagegen stand im abgewetzten Cordjackett, kariertem Wanderhemd und in verstaubten Schuhen vor ihr. Sein Bauch ragte über den Gürtel der abgetragenen Jeans hinaus.

»Nur keine Umstände«, sagte sie lächelnd, als hätte sie seine Gedanken erraten. »Sie können übrigens deutsch reden. Kommen Sie, setzen wir uns.«

Sie rückte einen der Stühle zurecht, die an dem kleinen, weiß gedeckten Tisch standen, nahm Platz und zeigte auf den zweiten Stuhl.

Dänisches Design, stellte Kauz fest und warf einen diskreten Blick auf das übrige, eher barocke Mobiliar.

»Dem Rücken zuliebe, wissen Sie«, erklärte Madame de Steinhaus, die seinen Blick wahrgenommen hatte.

»Danke«, schmunzelte Kauz.

»Ich meinte *meinem* Rücken, *jeune homme*«, lachte sie. Dann rief sie: *»Marie! Vous nous servez le thé, s'il vous plaît?«*

»Ischt güet, ja«, war Maries Antwort zu hören, und schon kam die Frau herein, die silberne Teekanne und weiteres Ge-

schirr auf einem Tablett vor sich hertragend, und schenkte in die feinen Porzellantassen ein. Sie hatte jetzt eine weiße Bedienstetenschürze umgebunden.

»Da ischt Miuch und Zukkär«, erklärte sie und stellte zwei silberne Gefäße auf den Tisch. *»Sell i …?«*

»Merci, Marie. On se débrouille«, sagte die alte Dame.

»Güet«, quittierte *z'Marie* und ging hinaus.

»Heute hat die Jagd begonnen«, eröffnete Madame de Steinhaus das Gespräch. »Da mache ich mir große Sorgen um meinen Neffen. Denn ab morgen, spätestens übermorgen ist er auch dabei.« Ihr Lachen war mit einem Mal verflogen.

»Was waren das denn nun für Drohungen?«, forderte Kauz sie auf.

»Anonyme«, erklärte die alte Dame. »E-Mails und Briefe aus Abriebbuchstaben, in denen er zum Teufel gewünscht wird.«

Sie fasste zusammen, was sie am Telefon angedeutet hatte: Ihr Neffe habe in den vergangenen Wochen Hassmails bekommen, von fingierten E-Mail-Konten verschickt, die meisten auf Deutsch, einige auf Französisch. Da sei eine Hexenjagd im Gang, habe er bloß achselzuckend gemeint.

»Hexenjagd, so sagt man doch, nicht wahr?«, vergewisserte sie sich, nahm die Brille ab, legte sie aufs Tischchen und sah Kauz fragend an.

Kauz nickte.

Madame de Steinhaus hatte das gelassene, runzlige Gesicht einer vitalen Achtzigjährigen. Vielleicht war sie auch noch ein paar Jährchen älter. Sie machte einen sehr gepflegten Eindruck, aber Kauz hätte nicht sagen können, ob Kosmetika im Spiel waren. Ihre Lippen waren jedenfalls ungeschminkt. Der einzige Schmuck, den sie trug, waren ein Ehering und ein kleiner goldener Stecker in jedem Ohrläppchen. Sie sprach nahezu fehlerfreies Deutsch. Ein feiner französischer Akzent gab ihrer Sprache einen vornehmen Klang. Mal musste sie ein

Wort suchen, mal verwendete sie einen französischen Begriff. Dass sie hin und wieder ein *monsieur* einflocht, ein *écoutez!* oder ein *bien entendu,* war wohl eher eine Marotte.

Seit zwei Wochen erhalte ihr Neffe zu Hause und in seiner Kanzlei nun auch anonyme Briefpost. Über die ärgere er sich zwar, aber ernst nehme er sie nicht. Heute habe ein solches Schreiben, an ihn adressiert, in ihrem Briefkasten gelegen. Der oder die Drohbriefschreiber wüssten also, dass ihr Neffe während der Jagd am Familiensitz in Ernen wohne. Dieses Schreiben habe sie aus einer Ahnung heraus geöffnet. Ihr Neffe habe es noch gar nicht gesehen.

»Haben Sie es hier?«

»Ja«, sagte Madame de Steinhaus.

Sie erhob sich und ging zum Buffet, das an der getäferten Wand stand.

»Vielleicht besser nicht anfassen, Madame«, mahnte Kauz.

»Wieso?«, fragte sie zurück.

»Fingerabdrücke.«

»Ach so. Oje, beim Öffnen habe ich ihn aber schon angefasst«, meinte sie und zog eine Schublade auf.

Kauz nahm die Gelegenheit wahr, sich im Raum umzusehen. Hatte er zuvor in einer eher schlichten Stube gewartet, so befand er sich jetzt in einem herrschaftlichen, aber dennoch rustikalen Salon. Auch hier waren die Wände getäfert, aber sie waren nicht naturbelassen, sondern in einem vornehmen Meergrün gestrichen. Der Fußboden war der gleiche wie im ersten Raum, aber dieses Zimmer hatte eine kunstvoll bemalte Kassettendecke. An zwei Wänden hingen Ahnenbilder in Öl und barocke Landschaftsbilder, an der dritten eine Komposition aus drei abstrakten, in einer ihm unbekannten Technik in Blau, Grün und Rostrot gemalten Bildern, die einen starken Kontrast zu den übrigen Gemälden und zum ganzen Raum bildeten. Diese Bilder gefielen ihm am besten, er musste immer wieder hinschauen. Auch hier stand ein Giltsteinofen, einer mit kunstvollen reliefartigen Verzierungen. Die drei Fenster an der vierten Zimmerwand gingen nach Osten. Zwischen zwei Nachbarhäusern hindurch blickte man auf den Dorfplatz.

Madame de Steinhaus hatte ein Paar weiße Stoffhandschuhe aus der Schublade gezogen, wie sie in vornehmen Häusern der Butler trug. Die streifte sie über, öffnete ein Schranktürchen am Buffet und zog einen Umschlag hervor. Sorgfältig nahm sie jetzt das Schreiben, das Papier nur an einer Ecke fassend, aus dem Umschlag und legte es auf den Tisch.

»Sehen Sie selbst«, forderte sie Kauz auf.

Kauz stand auf und ging zum Tisch.

Drecksadvokat, verrecke!, lautete der mit Abriebbuchstaben geschriebene Text. *So soll es dir auch ergehen!*

Unter dem Text war ein Bild aufgeklebt, das den Kadaver eines geschossenen Wolfs zeigte.

Oder so, wenn du lieber willst:

Das zweite Bild zeigte einen toten Luchs, der in einer ausgelegten Schlingenfalle zugrunde gegangen war, erdrosselt durch die sich langsam zuziehende Schlinge.

»Verstehen Sie, dass mir das Angst macht, *Monsieur?*«

»Allerdings«, sagte Kauz. »Das sind grauenhafte Bilder.«

»Und grauenhafte Worte. Sagen Sie mir: Kann man darin etwas anderes sehen als eine Morddrohung?«

»Ich weiß nicht. Aber dass solch ein Brief einem einen Schrecken einjagt, ist ja klar. Doch wie kommen Sie auf Hexenjagd?«, wollte Kauz wissen.

»Das war so«, erklärte Madame de Steinhaus: Im letzten Winter sei im Goms ein Wolf erlegt worden. Der Schütze sei aber kein Wilderer gewesen, sondern ein Jäger auf Fuchsjagd. Der habe den Abschuss sofort dem Wildhüter gemeldet, sich für den Fehlschuss entschuldigt und geltend gemacht, den Wolf mit einem Fuchs verwechselt zu haben. Weil er befürchtete, man könnte ihm das Jagdpatent entziehen, habe er einen

Advokaten aufgesucht, um sich von ihm beraten und notfalls verteidigen zu lassen.

»Dieser Advokat war mein Neffe. Der Mann suchte ihn aus, weil Philippe selber Jäger ist.«

Das glaubt doch kein Mensch, dachte Kauz, dass ein patentierter Jäger einen Wolf mit einem Fuchs verwechselt. Dann fiel ihm aber ein, dass vor Kurzem ein Jäger im Kanton Schaffhausen auf der nächtlichen Wildschweinjagd versehentlich drei Schafe erlegt hatte. Dahinter hatte kaum Kalkül gesteckt. So einfach war die Sache mit dem Erkennen des Wilds bei Nacht wohl doch nicht.

»Und was gabs dann für eine Hexenjagd?«, fragte er.

Die Sache mit dem Wolfsjäger vom letzten Winter, der sich freiwillig gestellt hatte, hätte kein Aufsehen erregt, wenn nicht vor wenigen Wochen im Mittelwallis erneut ein Wolf geschossen worden wäre. Dieses Mal war es ein klar widerrechtlicher Abschuss. Nach diesem zweiten Fall sei ein Shitstorm – Madame de Steinhaus gebrauchte den Begriff natürlich nicht, *bien entendu*, aber sie beschrieb das Phänomen –, ein Shitstorm sei über alle hereingebrochen, die für die beiden Übeltäter auch nur die Spur von Verständnis aufbrachten oder sie gar in Schutz nahmen. Erst recht über die, die in den beiden Schützen eine Art Helden sahen. Helden, die das Wallis von der durch die Obrigkeit geschützten Bestie Wolf befreiten. Der Gegensturm ließ nicht lange auf sich warten: Die Pro-Wolfsleute, die die erste Attacke geritten hatten, wurden jetzt ihrerseits aufs Übelste beschimpft. In einschlägigen Blogs wurden sie als Feinde der Schafbauern, des Bauernstandes überhaupt, als Hetzer gegen die Jäger und somit eigentlich als Gegner aller vernünftigen Naturfreunde an den Pranger gestellt. Ein Blogger empfahl, man solle die Wolfskuschler doch einem Rudel von Wölfen vorwerfen, dann würden sie am eigenen Leib erfahren, wie es den gemetzelten Schafen ergehe und was für eine Teufelsbrut sie hätschelten. Anfangs habe es in der Presse und in den sozialen Medien noch eine einigermaßen gesittete Debatte Pro und Kontra Wolf gegeben. Ihr Neffe Philippe habe sich an dieser Diskussion beteiligt, führte Madame de Steinhaus aus. Ein Fehler, den er jetzt bitter bereue. Denn obschon er nicht einmal sehr pointiert Stellung bezogen habe, stelle er jetzt für die Pro-Wolf-Fraktion ein Feindbild par excellence dar, erst recht, weil er Jäger und Angehöriger einer Walliser Patrizierfamilie war. Mit der gesitteten Diskussion sei es rasch vorbei gewesen, nachdem die Debatte ins Beleidigen und ins Zum-Teufel-Wünschen gekippt sei.

»Philippe war die unflätige Auseinandersetzung extrem peinlich«, führte die alte Dame weiter aus. »Und er schämte sich dafür, daran teilgenommen zu haben. Die Briefe, die bei ihm zu Hause und in seiner Kanzlei in Visp im Briefkasten lagen, setzten ihm nicht einmal sehr zu. Er sagte zwar, natürlich seien das Morddrohungen, aber er lasse sich nicht einschüchtern, er gehe so oder so auf die Jagd.«

»Haben Sie die andern Briefe auch gesehen?«

»Nein, er hat sie mir nicht gezeigt. Nur davon gesprochen.«

»Wissen Sie, was drinsteht?«

»Nein, aber ich kann es mir vorstellen. Wohl etwa dasselbe wie in dem da.«

»Eins müssen Sie mir erklären: Wenn Ihr Neffe denkt, dass es sich um Morddrohungen handelt, wieso geht er dann nicht zur Polizei und erstattet Anzeige?«

»*Écoutez, Monsieur!* Mein Neffe ist Advokat …«

»Eben«, warf Kauz ein.

»… und weiß deshalb ganz genau, dass weder Polizei noch Staatsanwaltschaft aktiv werden, solange sie sich auf den Standpunkt stellen können, das sei alles bloß eine hitzige Polemik um den Wolf. Das sei halt typisch Wallis, typisch Goms. Dem könne man strafrechtlich nicht beikommen.«

Kauz rieb sich das Kinn. Könnte was dran sein, dachte er.

»Und was wollen Sie nun von mir?«

»Dass Sie meinen Neffen schützen«, sagte Madame de Steinhaus ernst und schaute ihm ins Gesicht.

»Das kann ich nicht. Ich bin kein Personenschützer.«

»Vielleicht haben Sie für ihn – oder für mich – aber einen Rat, wie er sich schützen kann.«

»Ja, den habe ich«, sagte Kauz, ohne lange zu überlegen.

»Nämlich?«

»Er muss auf die Jagd verzichten.«

»Mon Dieu!«, rief Madame de Steinhaus. »Das kommt für ihn niemals infrage. *Jamais!*«

Aha, dachte Kauz. Und das, obwohl er von Morddrohungen redet?

Er brauchte den Gedanken nicht auszusprechen.

»Das Vernünftigste wäre es schon«, fuhr die besorgte alte Dame nach einer kleinen Denkpause fort und rang die Hände.

»Aber er wird es niemals tun, nicht wahr?«, nahm ihr Kauz das Wort aus dem Mund.

Kauz hatte sagen hören, die Walliser seien wie von Sinnen, wenn die Jagd losgehe. Da gebe es kein Halten mehr: Ob alt oder jung, ob Springinsfeld oder gestandener Familienvater, ob Bauer oder Architekt, Advokat oder Gleisarbeiter, ein Jäger *musste* auf die Jagd. Das ließ er sich nicht nehmen, da konnte seine Frau, seine Mutter oder seine Freundin einwenden, was immer sie wollte.

»Hélas«, seufzte die alte Dame und ließ resigniert die Hände sinken. *»Ils sont fous, les chasseurs.«*

*

Ria Ritz hatte sich mit ihrem Mann, mit Tochter Emma und dem temporären Gast eben an den Mittagstisch gesetzt, als der Anruf auf ihr Diensthandy kam. Wenige Minuten später saß sie mit dem Polizeiaspiranten Nico Perren im Streifenwagen. Sie hatten in aller Eile noch einen Teller Suppe gelöffelt und sich ein Stück Brot in den Mund geschoben.

»Nach Binn. Hotel Belle Epoque«, sagte Ria, noch kauend.

»Alles klar«, quittierte Perren und fuhr los.

Der Kommandant pflegte immer wieder Aspiranten unter die Fittiche von Wachtmeister Ria Ritz, Postenchef der Kantonspolizei Goms in Fiesch, zu schicken. Er hatte die Erfahrung gemacht, dass die angehenden Polizisten nach einem Praktikum bei ihr gut gerüstet in die zweite Hälfte ihrer Polizeiausbildung einstiegen.

Der junge Mann war in Glis zu Hause und pendelte jeden Morgen nach Fiesch. An den Wochenenden, an denen er mit seiner Chefin Bereitschaftsdienst schob, wohnte er im Hause Abgottspon-Ritz. So auch am eben vergangenen Wochenende. Es war nicht viel los gewesen, sie hatten den ganzen Sonntagnachmittag zu viert Emmas Lieblingsspiel gespielt, Rommé. Rias zehnjährige Tochter himmelte Perren an; er schäkerte vor den Augen ihrer Eltern ein bisschen mit ihr. Dass er selber eine Tochter hatte, die nur wenig jünger war als Emma, hatte er Ria erst vor Kurzem anvertraut. Er hatte erzählt, dass er das Mädchen nur alle zwei Wochen in Visp besuchen dürfe. Mehr habe die Mutter, die das Kind allein aufziehe, nicht zugelassen. Nicht viel anders sei es mit der zweiten Tochter, die im Kindergartenalter sei; sie sehe er noch seltener, und zwar immer nur in Anwesenheit der Mutter.

»Was?«, rief Ria. »Ich glaubs nicht! Du hast zwei Kinder? Von zwei verschiedenen Frauen?«

Sie war schockiert, und es war ihr anzusehen.

»Nein, drei«, antwortete ihr Aspirant und lachte sie entwaffnend an. »Ich habe noch einen Sohn.«

»Und wo besuchst du den?«

»Das ist halt schwierig«, sagte er zerknirscht. »Seine Mutter lebt mit ihm in Buenos Aires.«

Ria Ritz ließ stets ihre Aspiranten den Streifenwagen chauffieren. Sie fand, das Verhalten am Lenkrad sage ihr viel über den Charakter des angehenden Polizisten. Perren fuhr zügig, aber kontrolliert.

»Was warst du von Beruf, bevor du auf die Polizeischule gegangen bist?«

»Fahrlehrer«, sagte er grinsend, den Blick geradeaus.

»Soso«, meinte Ria Ritz und schwieg einen Moment. »Und die Mütter deiner Kinder, waren das deine Fahrschülerinnen?«

»Zwei von ihnen«, antwortete Perren ohne Umschweife. »Einvernehmlicher Sex, falls du darauf hinauswillst. Ich war mit jeder liiert.«

»Was du nicht sagst. Mit allen dreien aufs Mal?«

Perren lachte.

»Wie lange?«

»Mit der einen fast ein Jahr. Mit der andern noch länger.«

»Du hast sie also sitzen lassen, als sie schwanger wurden?«, fragte seine Chefin vorwurfsvoll.

»Nein, so war es nicht ganz«, erwiderte Nico.

Schweigend fuhren sie weiter. In Ernen nahm er ganz selbstverständlich die scharfe Rechtskurve ins Binntal.

»Oh, du kennst dich hier aus«, stellte Ria Ritz fest.

»Klar. Ich kenne das Goms. Meine Mutter ist *äs Gommi.*«

Als sie durch den Tunnel fuhren, fragte Ria: »Hast du schon einmal einen Toten gesehen?«

»Ja, meine Großmutter.«

»Jetzt siehst du gleich einen toten Mann.«

»Was ist passiert? Ein Jagdunfall?«

»Das sehen wir noch. Ein Wanderer hat den Toten gefunden.«

Schweigend fuhren sie durch das wilde Tal. In Binn kurvte Nico zum Hotel Belle Epoque hoch. Das feudale Haus aus der Zeit der vorletzten Jahrhundertwende war im Sommer und Herbst ein bekanntes Ausflugsziel und eine beliebte

Unterkunft für Wanderer. Auch Jäger kehrten, wenn sie ihre Beute ins Tal brachten, manchmal im Hotel Belle Epoque ein.

Die Dame am Empfang erwartete die Polizistin schon und führte sie in die Bibliothek des Hotels. Dort saß ein älteres Ehepaar in Wanderkluft. Sie standen auf, als Ria hereinkam.

»Bischoff«, stellte sich der Mann vor. »Wir haben den Toten gefunden. Am Rand dieser Waldlichtung«, sagte er und zeigte mit dem Finger auf die Wanderkarte in seiner Hand. Er bot an, sie zum Fundort zu führen. Es sei ein Marsch von vielleicht einer halben Stunde, wenn man zügig gehe. »Es muss sich um einen Jäger handeln. Ein Gewehr liegt neben ihm«, ergänzte Herr Bischoff. »Das hab ich natürlich nicht angerührt.«

»Hmm«, machte Ria Ritz und sah stirnrunzelnd auf. »Sind Sie sicher, dass er tot ist? Sonst rufen wir besser gleich die Rettung.«

»Leider absolut sicher. Ich bin Nothelfer, wissen Sie.«

»War sonst niemand dort? Kein Schütze? Niemand, der sich um ihn kümmerte?«

»Nein. Weit und breit nicht.«

Ria Ritz ließ Aspirant Perren die Personalien des Wanderers aufnehmen und unterhielt sich kurz mit dessen Frau. Die war aber zu aufgewühlt, um brauchbare Auskünfte zu geben.

Der Hoteldirektor kam herein und begrüßte die Polizisten.

»Ich komme mit«, sagte er.

»Danke, Adrian. Das wäre gut. Gehen wir gleich los?«

Es gab kaum einen im Goms, und sei es auch zuhinterst im Binntal, den Ria Ritz nicht persönlich kannte.

»Bin gleich zurück«, sagte der Hotelier und stand wenige Minuten später in Wanderschuhen wieder bei ihnen.

Sie stiegen in den Streifenwagen und fuhren über Feldwege, bis es nicht mehr weiterging. Dann stellten sie den Wagen ab und marschierten zu Fuß los, der Wanderer Bischoff in zügigem Schritt voraus. Nach einer Weile verließ er den Wanderweg und ging auf einem Trampelpfad durch den Wald. Nach ein paar Hundert Metern kamen sie auf eine Lichtung. Herr Bischoff blieb stehen und schaute suchend um sich.

»Dort drüben«, sagte er, als er sich orientiert hatte, und zeigte auf die andere Seite der Lichtung.

Sie marschierten über die von Bäumen eingefasste Wiese.

»Ich habe gleich gesehen, dass er tot ist«, erklärte der Mann, als sie bei der am Boden liegenden Gestalt standen. »Erschossen. Ein Jagdunfall, wenn Sie mich fragen. Vielleicht hat es der Todesschütze nicht einmal gemerkt.«

Der Tote, allem Anschein nach ein alter Mann, lag bäuchlings auf dem Waldboden, das Jagdgewehr neben sich. Er trug Jägerkleidung, in der Rückenpartie seiner Jacke war ein schwarzrot verschmiertes münzengroßes Loch. Ria Ritz hatte das Nötigste aus ihrem Koffer mitgenommen. Jetzt streifte sie Gummihandschuhe über und drehte den Toten auf den Rücken. Sie blickte in seine starren Augen. Dann sah sie den zweiten dunklen Fleck auf dem Brustteil der Jägerjacke.

»*Äm Gottswillä!* Das ist doch ...«, raunte Ria Ritz.

Der Hotelier beugte sich über den Toten.

»Mein Gott! Das ist der Wildhüter, nicht wahr?«

Von seiner Chefin mit einem Wink aufgefordert, beugte sich Aspirant Perren über den Leichnam und betrachtete den Fleck.

»Schussverletzung?«, flüsterte er.

Ria Ritz nickte, zückte ihr Diensthandy, meldete sich bei der Alarmzentrale und gab ihre Koordinaten durch. Sie knipste ein paar Bilder und schickte diese an die Zentrale. Den Hotelier und den Wanderer namens Bischoff komplimentierte sie zurück. Man sehe sich dann später im Hotel. Dann begann sie, den Fundort zu sichern, damit keine Wanderer auf den Spuren herumtrampelten. Mit ihrem Aspiranten sperrte sie die nähere Umgebung mit einem rot-weißen Plastikband ab. Dann instruierte sie ihn, wie ein Trampelpfad definiert wurde, den die eintreffenden Kriminalisten benützen mussten, um zum Fundort der Leiche zu gelangen. Damit möglichst wenig Spuren verwischt oder kontaminiert wurden.

»Das ist kein Jagdunfall, oder?«, fragte der junge Perren, als sie damit fertig waren. »War das Mord?«

»Ich weiß nicht. Dass sich versehentlich ein Schuss aus seinem Gewehr löste oder dass er sich absichtlich erschossen hat, ist nicht gerade wahrscheinlich. Du siehst ja, wie die Waffe daliegt. Aber das ist Sache der Kriminalisten.«

»Ich weiß«, nickte Perren. »Ist es wirklich der Wildhüter?«

»Ja. Er hätte eigentlich in Pension gehen sollen. Aber sein Nachfolger ist noch nicht gewählt. Deshalb hatte er noch ein letztes Mal Dienst.«

»Na, wenn er im Dienst war, hat er möglicherweise einen Wilderer auf frischer Tat ertappt. Und der hat ihn umgelegt. Klarer Fall, meinst du nicht?«

»Könnte schon sein.«

Ria war es nicht danach, über den Fall zu spekulieren. Sie hatte den Wildhüter Samuel Huser persönlich gekannt.

Perren fragte, ob er sich ein bisschen die Füße vertreten dürfe. Es konnte lange dauern, bis die Kriminalisten eintrafen.

»Ja, aber nur außerhalb der Absperrung«, sagte Ria.

»Klar.«

Nico war nicht ganz so aufgewühlt wie sie. Er ging auf die Lichtung hinaus und dann zum gegenüberliegenden Waldrand. Dort setzte er sich auf den Stamm einer umgestürzten Lärche. Die Sonne schien ihm ins Gesicht. Nach einer Weile erhob er sich und stapfte dem Waldrand entlang zurück. Er war noch fünfzig, sechzig Meter von seiner Chefin entfernt, da blieb er stehen. Er bückte sich über ein Gebüsch und starrte in den Wald hinein. Dann richtete er sich auf und drehte sich nach ihr um.

»Hee, düü! Chef!«, rief er.

»Was ischt?«, rief sie zurück.

»Da hets nu eenä!«

»Was?«

»Än Tootä!«

Ria Ritz rannte zu ihrem Aspiranten und drückte die Zweige des Gestrüpps auseinander, vor dem er stand.

Auf einem Baumstrunk halb sitzend, halb liegend, den Rücken gegen den Stamm einer Lärche gelehnt, starrte ein Mann in Jägerkluft sie aus leblosen Augen an. Zwischen den gespreizten Beinen hatte er eine Jagdbüchse, den Kolben auf dem Waldboden, den Lauf nach oben gerichtet. Auf dem Brustteil seiner Jägerjacke war ein dunkelroter Fleck. Ein offener Rucksack stand neben dem Strunk. Auf den Baumästen über dem Toten war eine Zeltblache aus Tarnstoff ausgebreitet, mit eingesteckten Ästen und Zweigen war ein primitiver Sicht-, Regen- und Windschutz gebastelt worden, der Boden um den Baumstrunk herum war mit Tannengrün und Laub abgedeckt.

Sofort meldete Ria Ritz den zweiten Fund der Alarmzentrale, neue Fotos inklusive. Die Einsatzequipe sei schon unterwegs, beschied man ihr.

»Hübscher Jagdposten«, meinte Perren, den Ansitz des Toten begutachtend. »Er wird gewusst haben, dass hier ein kapitaler Hirsch vorbeikommt. Er wollte wohl der Erste sein, der ihn vor die Büchse kriegt. Ob *er* den Wildhüter umgelegt hat?«

»Wieso sollte er?«

»Vielleicht wurde er beim Freveln erwischt.«

»Wie kann ein toter Wilderer den Wildhüter umlegen?«, fragte Ria Ritz zurück.

»Stimmt auch wieder«, meinte Perren. »Aber vielleicht hat er ja als Erster geschossen. Kennst du den Mann?«

»Das ischt kenä va hiä«, meinte Ria. »Man kann sich zwar täuschen bei einem Toten. Aber ich glaube nicht, dass ich ihn

je gesehen habe. Das ist kein Gommer, das ist ein Auswärtiger.«

»Mir kommt er irgendwie bekannt vor«, sagte Perren.

»Was du nicht sagst! Woher?«

»Ich bin mir nicht sicher. Mir ist einfach, als hätte ich diesen *Grind* schon mal gesehen.«

In der Tat hatte der Tote einen markanten Schädel. Der verrutschte Jägerhut gab den Blick auf eine Vollglatze frei. Über den toten Augen standen dunkle buschige Brauen. Die Nase war auffallend groß.

»Aber man kann sich täuschen, bei einem Toten«, zitierte der Polizeiaspirant seine Chefin.

Noch keine Stunde war vergangen, seit Ria Ritz die Zentrale in Sitten alarmiert hatte. Man hatte ihr gesagt, dass die Einsatz-Equipe mit dem Helikopter anfliegen werde. Ria Ritz markierte daraufhin mit Ästen und Markierband einen Landeplatz, weit genug von den Leichen entfernt, damit die Rotoren das Spurenbild nicht durcheinanderwirbelten.

Jetzt dröhnte es über der Waldlichtung. Ein Rettungshelikopter landete, heraus kam die ganze Truppe: Staatsanwältin Stockalper, hochschwanger, Rechtsmediziner Bivinelli, pummelig wie eh und je, und Hauptinspektor Gsponer von der Kriminalpolizei, in nicht gerade geländetauglicher, dafür umso schickerer Kleidung, eine Zigarette zwischen den Lippen. Er war in Begleitung einer Kriminaltechnikerin und zweier weiterer Leute von der Spurensicherung. Für Ria Ritz lauter alte Bekannte, für Nico Perren eine imposante Runde von polizeilichen Experten. Man begrüßte sich mit Handschlag und einem »Salü«.

»Zwei Leichen?«, vergewisserte sich Bivinelli.

»Ja, richtig«, bestätigte Ria Ritz und deutete zu den zwei Fundorten. Dann machten sich die Kriminalisten an die Arbeit.

Eine gute Stunde später stand auch der Oberstaatsanwalt auf dem Platz. Im Jäger-Outfit und sichtlich sauer, dass man ihm den Beginn der Hochjagd vermiest hatte. Er war eigentlich außer Dienst, denn er hatte zwei Wochen Jagdurlaub genommen. Doch dass er jetzt hier stand, war seine eigene Entscheidung. Als er von dem Vorfall gehört hatte, entschied er, diesen Fall keinesfalls einer jungen Staatsanwältin zu überlassen. Das musste er persönlich überwachen.

Oberstaatsanwalt Leonardo Gitsch, ein hagerer Mann mit kantigem Kinn, einem strengen Blick und rabenschwarzem Haar, aber entschieden nicht mehr der Jüngste, zitierte die Staatsanwältin und den Inspektor zu sich und gab ihnen leise Anweisungen. Kritisch beobachtete er die Spezialisten bei ihrer Arbeit. Er schaute dem einen oder andern über die Schulter und gab hier und dort einen Fingerzeig. Wiederholt mussten ihn die Kriminaltechniker ermahnen, nichts zu berühren. Auch war er der Einzige, der sich nicht um die Absperrung scherte, im Gelände den vorgespurten Pfad ignorierte und einfach querfeldein trampelte.

Gsponer stand neben Lara Stockalper, verdrehte die Augen und raunte: »Musste das sein?«

»Ja. Mir blieb keine Wahl, ich *musste* ihn informieren. Du weißt ja, wie er ist«, flüsterte sie zurück.

Als in seinen Augen alles richtig aufgegleist war, kam Gitsch wieder auf das Duo zu, winkte den Rechtsmediziner herbei und fragte: »*Eh bien*, wonach sieht es aus?«

»Das da nach Suizid«, sagte Bivinelli und zeigte auf den Toten im Unterstand. »Obschon …« Er versuchte, sich mit dem Unterarm an der Nase zu kratzen, denn die Hände steckten in Gummihandschuhen.

»Ja?«, machte Gitsch und sah ihn fragend an.

»Suizid durch Schuss ins Herz ist eher ungewöhnlich. In der Regel schießt sich ein Selbstmörder in den Kopf. Das dort drüben ist auch ein Herzdurchschuss«, und dabei zeigte er auf den toten Wildhüter. »Aber kein Nah-, sondern ein Distanzschuss.«

»Aha«, machte der Oberstaatsanwalt.

»Aber Klarheit wird erst die Leichenschau bringen«, nahm Bivinelli den Faden auf. »Oder dann die Obduktion.«

»Und die Spurenauswertung«, ergänzte Gsponer.

»Natürlich. Aber wenn Sie«, der Oberstaatsanwalt presste die Lippen zusammen und schnaubte zweimal kräftig durch die Nase, ehe er weitersprach, »wenn Sie einen ersten Schluss ziehen würden, Herr Inspektor, was …?«

»Ich will mich nicht festlegen, aber …«

»Schon klar.«

»… aber die plausibelste Erklärung wäre ein Jagdunfall. Mit anschließendem Suizid des schockierten Schützen.«

»Gut. Das kann ich nachvollziehen. Dann überlasse ich die staatsanwaltliche Ermittlung jetzt Ihnen, Frau Staatsanwältin«, sagte er in seiner steifen Art. »Verlassen Sie sich auf Ihre Experten von der Polizei. – Der Unterstand, den sich der dort eingerichtet hat, ist übrigens hart an der Grenze. Fast schon ein Verstoß gegen die Jagdverordnung.«

Die Polizisten sahen sich an und zuckten mit den Schultern. Typisch Gitsch, hieß das wohl.

»Meine Herren«, sagte der Oberstaatsanwalt formell, die Damen ignorierte er, »ich geh dann mal wieder.« Und zu Lara Stockalper: »Wenn etwas ist, können Sie mich rufen.«

»Sind Sie im Goms auf der Jagd?«, wollte Lara Stockalper wissen.

»Ich? Im Goms? Nein. Ich gehöre nicht zu denen, die den Gommern die Hirsche wegschießen. Ein Jäger soll dort jagen, wo er zu Hause ist«, ließ er verlauten und stapfte davon.

Die drei atmeten auf.

Dienstag, 18. September

»*Hedär keert?*«, fragte die Frau an der Kasse des Dorfladens.

»*Was keert?*«, fragte Kauz zurück.

»*He, das va dischä Tootä*«, meinte die Frau. Sie schien sich zu wundern, dass der pensionierte Polizist nicht besser im Bild war. »*Va dischä im Bi.*«

Bi, so hieß auf Gommertiitsch das Dorf Binn. Aber so nannte man auch das Binntal. Und *im Bi* seien gestern zwei Männer tot auf einer Waldlichtung gefunden worden. Einer aus Binn, präzisierte sie, der andere aus Brig. Oder aus Visp, vielleicht auch aus Sitten, das wisse man noch nicht genau.

Kauz erschrak. »Nein, davon habe ich nichts gehört«, sagte er. »Wie sind sie gestorben?«

»Erschossen, sagt man.«

»Ach!«, machte Kauz, ein flaues Gefühl im Magen. »Gestern, sagten Sie? Da hat doch die Jagd begonnen.«

»*Jaa, äbä*«, bestätigte kopfschüttelnd die Frau.

Kauz eilte, Max bei Fuß, mit der Einkaufstasche in seinen Speicher, setzte sich an den Küchentisch und rief sofort an.

»Kantonspolizei Goms, Posten Fiesch. Wachtmeister Ritz«, meldete sich seine Freundin.

»Ria, ich bins, Kauz.«

»*Chüzz, düü? Geets güet?*«

»Jaja. Ich habe gehört, man habe in Binn zwei Tote gefunden. Ist da was dran? Erschossen, heißt es.«

»Soso«, machte Ria Ritz, »das Buschtelefon läuft also heiß.«

»Dann stimmt es also?«

»Ich habe nichts gesagt.«

»Einer der Toten sei aus Visp, heißt es.«

»Was du nicht sagst.«

»Heißt er de Steinhaus?«

»Wie bitte? Also hör mal, Chüzz. Ich darf dir doch nicht …«

»Wenn er de Steinhaus heißt, habe ich eine Information.«

»Dann komm doch gleich auf den Posten, Chüzz. Alain ist noch da.«

Eine halbe Stunde später saß Kauz im Chefbüro des Postens Fiesch, in dem er vor Jahren viele Male gesessen hatte, als es um die Auflösung kniffliger Mordfälle ging. Auch Max schien sich noch auszukennen. Er legte sich, nachdem er kurz an Postenchefin Ria Ritz und Kriminalinspektor Alain Gsponer geschnuppert hatte, unter den Tisch. Kauz und Gsponer waren mit den Jahren Freunde geworden, aber beruflich hatten sie schon lange nichts mehr miteinander zu tun gehabt.

»Ihr habt im Binntal einen Toten aus Visp gefunden …«, begann Kauz.

»Wir haben gestern *im Bi* zwei Tote gefunden«, unterbrach ihn Ria Ritz. »Einen Jäger, der Mann ist noch nicht identifiziert. Und den Wildhüter des Tals. Das wird morgen in der Zeitung stehen.«

»Ein doppelter Jagdunfall? Unwahrscheinlich, oder nicht?«

»Was hast du für Informationen?«, fragte Gsponer stoisch.

»Ich habe gehört, dass ein Mann, der in Visp arbeitet, Morddrohungen erhielt.«

»Aha. Wie heißt der Mann?«

»Philippe de Steinhaus«, antwortete Kauz.

»Wirklich? Der Notar?«, machte Ria. Der Name war ihr natürlich ein Begriff. »Und? Wieso wurde er bedroht?«

»Weil er als Advokat einen in Schutz nahm, der versehentlich einen Wolf schoss. Die Pro-Wolf-Leute haben ihn aufs

Korn genommen.« Kauz hatte keine Hemmungen, von der Geschichte Gebrauch zu machen. Madame de Steinhaus hatte ihm *Carte blanche* gegeben. »Heißt einer der Toten de Steinhaus?«, fragte er wieder, ein flaues Gefühl im Magen.

»Nicht dass ich wüsste«, sagte Ria Ritz.

Kauz war erleichtert. Und überrascht, denn er war sich fast sicher gewesen.

»Aber wie gesagt«, schob Ria nach, »einer der Toten muss noch identifiziert werden.«

»Ihr geht nicht von einem Jagdunfall aus, nehme ich an. Es besteht Mordverdacht, oder?«, meinte Kauz dann. »Sonst wärst du ja nicht hier, Alain.«

Gsponer rieb sich das Kinn.

»Doppelmord? Oder Mord und Selbstmord?«

»Wir wissen es noch nicht«, sagte Gsponer. »Die Spuren sind nicht eindeutig. Und die Rechtsmediziner sind noch an der Arbeit.«

»Mhm«, machte Kauz.

»Du hast etwas über diesen de Steinhaus, sagst du«, bemerkte Ria.

»Ja, aber was hilft euch das, wenn er keiner der Toten ist?«

»Nun pack schon aus«, insistierte sie.

»Ich kenne den Mann noch gar nicht«, gestand Kauz. »Die Informationen habe ich …«

»… von Madame Charlotte, schon klar«, kam ihm Ria zuvor. »Es hat sich herumgesprochen, dass du bei ihr warst.«

Wusst ich's doch, dachte Kauz.

Dann erzählte er seinen Polizeikollegen das von den Drohbriefen. »Ist es nicht seltsam?«, schloss er. »Erst gestern sprach Madame de Steinhaus von ihrer Sorge, ihr Neffe könnte bei der Jagd den Tod finden. Und jetzt trifft es zwei andere. Habt ihr eine Ahnung, zu welcher Wolf-Fraktion die beiden gehören? Pro oder Kontra?«

»Wir gehen dem nach, Kauz«, sagte Gsponer. »De Steinhaus hat bis jetzt keine Anzeige erstattet, sonst wüsste ich das. Aber wir werden natürlich mit ihm reden, jetzt wo wir diese Informationen haben. Darf ich?«, wandte er sich an die Postenchefin und zeigte auf die Espressomaschine. Gleichzeitig griff er nach der Zigarettenpackung auf dem Pult.

»Nur zu«, sagte Ria und wechselte mit Kauz einen Blick. Er ist immer noch der Alte: scharf auf Zigaretten und Espresso, sollte das heißen.

Gsponer ließ ein Tässchen zwei Fingerbreit volllaufen, tat Zucker hinein und verließ damit den Raum.

»Schön, dich zu sehen, Chüzz«, sagte Ria.

Sie griff sich in den Nacken und sah ihn an. Sie trug ihr dunkelblondes Haar jetzt kürzer als früher. Täuschte er sich, oder waren in ihrem Schopf einzelne graue Fäden zu sehen? »Ist lange her. Schade, dass es immer Tote braucht, damit wir uns sehen. Komm doch wieder einmal zu uns. Wie wärs morgen Abend?«

Kauz sagte sofort zu. Sie fragte, ob er sich in seinem Speicher wohlfühle, er erkundigte sich nach Thomas und Emma. Nach wenigen Minuten kam Gsponer zurück.

»Du hältst dich da raus, ja?«, sagte er zu Kauz. Es war mehr Anweisung als Frage.

»Na ja«, gab Kauz zurück, »Madame de Steinhaus hat mich gebeten, mit ihrem Neffen zu reden. Das kannst du mir nicht verbieten. Ich soll ihn davon abhalten, auf die Jagd zu gehen«, grinste er.

»Ha! Einen Gommer Jäger von der Jagd abhalten?«, lachte Gsponer laut heraus. »Na dann, viel Glück!«

*

»Walpen«, stellte sich Kauz vor, als die Tür aufging. »Herr de Steinhaus?«

»Korrekt«, sagte der Mann.

Kauz war sofort auf der Hut. Wer *korrekt* sagte statt *ja*, mit dem stimmte etwas nicht. Der Herr des Hauses stand im Businessanzug im Eingang und reichte ihm die Hand.

»Sehr erfreut, Herr Walpen. Oh, Sie haben Ihren Hund dabei?«, stellte er fest. Ein gezwungenes Lächeln huschte über sein Gesicht. »Darf ich?«, fragte er und strich mit seiner gepflegten Hand vorsichtig über Max' Kopf. »Kommen Sie«, fuhr er fort und führte ihn zur Treppe. Max legte sich wie am Vortag auf die Matte neben dem Treppenaufgang. De Steinhaus stieg die steinernen Stufen hoch, ging im Obergeschoss in die getäferte Stube, in welcher Kauz am Vortag gewartet hatte, und setzte sich mit ihm an den Holztisch.

»Verzeihen Sie, wenn ich Sie im Business-Dress empfange«, entschuldigte er sich gestelzt und lockerte die Krawatte. Er verwendete die Sie-, nicht die Ihr-Form, wie es die meisten Gommer taten, wenn sie mit Fremden sprachen. »Ich hatte noch keine Zeit, mich ins Freizeittenü zu werfen, wissen Sie. *Marie!*«, rief er über die Schulter. *»Ischt d Schpiis paraat?«*

D Schpiis, so viel hatte Kauz mittlerweile gelernt, das war nicht irgendein Zvieri, das bedeutete im Goms stets Käse und Brot, und vielleicht noch Fleisch.

»Woll, woll«, rief die Frau zurück, und bald stand ein kleiner Korb mit geschnittenem Roggenbrot und eine Platte mit Trockenfleisch, Speck und Käsehäppchen, dekoriert mit ein paar Nüssen und getrockneten Aprikosen, auf dem Tisch. Die ideale Lösung, wenn man jemandem etwas auftischen, aber nicht groß zum Essen einladen wollte.

»Darf ich?«, fragte de Steinhaus und schenkte Kauz vorsichtig ein halbes Glas Weißwein ein. »Sie können sich kaum vorstellen, wie schockiert meine Tante war, als sie von den Todesfällen im Binntal hörte«, fing er dann an. Er stellte die Flasche ab und setzte den Korken auf.

»Doch, kann ich«, erwiderte Kauz.

»Wie bitte?«, fragte de Steinhaus.

»Ich kann es mir vorstellen, wie schockiert Ihre Tante war.«

»Ach so. Gut. Ich selber war es ja auch, das dürfen Sie mir glauben. Ein Jäger und der Wildhüter! Erschossen, wie es heißt. Hier, bei uns im Goms! Ich kann es kaum glauben.«

Er schaute Kauz an, schüttelte lange den Kopf und fuhr sich mit der Hand übers Haar, das glatt auf seinem Kopf lag. Philippe de Steinhaus mochte Mitte vierzig sein und machte auf Kauz einen etwas verspannten Eindruck. Mit seinem schmalen Gesicht und den leicht stechenden Augen hinter der sehr konventionellen Brille sah er so aus, wie sich Kauz einen Revisor vorstellte. Er wirkte bei aller Korrektheit eine Spur blasiert. Die natürlich-vornehme Ausstrahlung seiner Tante ging ihm vollständig ab.

»Was weiß man eigentlich?«, fragte er.

»Nur das, was Sie eben gesagt haben: ein toter Wildhüter und ein toter Jäger, der noch nicht identifiziert ist. Und Sie wurden mit dem Tod bedroht, nicht wahr?«, brachte Kauz das Gespräch auf den Punkt.

»Deshalb will meine Tante, dass Sie mich davon abbringen, auf die Jagd zu gehen, nicht wahr?«

»So ist es«, bestätigte Kauz.

»Vergessen Sie es«, sagte de Steinhaus.

Der saloppe Satz kam für Kauz überraschend. Immerhin, es war eine klare Aussage. Kauz musterte den Mann. Es fiel ihm schwer, sich den feingliedrigen Mann im Jäger-Outfit vorzustellen, geschweige denn draußen in der Natur. Aber er wusste natürlich, dass der Schein manchmal trog. Ein Büromensch entpuppte sich mitunter als wahrer Rowdy, ein vermeintliches Frontschwein als zimperliches Weichei.

»Das wundert mich«, gab Kauz vor. »Ihnen wurde mit dem Tod gedroht. Mit dem Bild des toten Wolfs wurde implizit auf Tod durch Erschießen angespielt«, stellte er fest. *Implizit* sagte er, um den Juristen in ihm anzusprechen. Die Drahtschlinge erwähnte er nicht. »Und irgendjemand da draußen erschießt tatsächlich Wildhüter und Jäger. Fürchten Sie da nicht …?«

»Nein«, unterbrach Herr de Steinhaus. »Es ist doch so«, erklärte er und hob den Zeigefinger. »Entweder geht es dem oder denen wirklich darum, Leute, die sie als Feinde betrachten, zu bestrafen. Und andere damit abzuschrecken. Dann haben sie jetzt ein furchtbares Exempel statuiert und brauchen keine weiteren Gegner mehr zu exekutieren. Oder die zwei Todesfälle im Binntal haben nichts mit der Polemik um den Wolf zu tun, dann habe ich nicht mehr zu befürchten als noch vor zwei Tagen. Und vor zwei Tagen stand für mich fest, dass ich ab morgen auf die Jagd gehen würde. Die ersten zwei Tage – gestern und heute – musste ich leider den beruflichen Verpflichtungen opfern. Eine dringliche Eingabe, wissen Sie. Die leidigen Fristen, da kennen die Gerichte kein Pardon.«

»Was ist Ihr Kerngeschäft, wenn ich fragen darf?«

»Als Advokat bin ich ein Allrounder, Strafrecht allerdings ausgenommen. Erbrecht, Familienrecht, Persönlichkeitsrecht, auch Baurecht, Mietrecht, Versicherungsrecht und so weiter. Und dann natürlich das ganze Notariatsgeschäft. Wieso fragen Sie?«

»Aus Interesse«, schmunzelte Kauz. »Ich habe mich ja auch einmal im Namen des Gesetzes mit Klienten herumgeschlagen.«

»Ach so, natürlich. Aber wie gesagt, Strafverteidigung liegt mir nicht.«

»Mir auch nicht«, versuchte es Kauz mit einem kleinen Scherz, »ich stand immer auf der anderen Seite«, und bemühte sich, mit seinem rechten Hängelid zu zwinkern.

»Selbstverständlich«, bestätigte de Steinhaus.

Humor hat er auch nicht, dachte Kauz.

Kauz fasste zusammen, was ihm Madame de Steinhaus gesagt hatte, und stellte ein paar Fragen zu den Drohbriefen.

Herr de Steinhaus gab einsilbig, aber korrekt Antwort.

»Eine bewundernswerte alte Dame, Ihre Tante«, sagte Kauz, als das Frage-und-Antwort-Spiel vorbei war.

»Nicht wahr?«, erwiderte de Steinhaus. Es war ihm offenbar lieber, Madame Charlotte zum Thema zu machen. »Bewundernswert rüstig und von einer beeindruckenden Haltung.«

»Das stimmt«, gab ihm Kauz recht. »Apropos Haltung: Was ist denn nun Ihre persönliche Einstellung zum Wolf? Sind Sie ohne Wenn und Aber …?«

»Ach, wissen Sie, Herr Walpen, es gibt so viel Dafür und so viel Dagegen. Das ist eine heikle Frage. Meine Stellungnahme in dieser Sache erfolgte ganz im Interesse meines Mandanten. Als sein Anwalt *musste* ich so argumentieren. Das *kann* sich, *muss* sich aber nicht mit meiner persönlichen Überzeugung decken.«

Wischiwaschi, dachte Kauz.

»Alles klar«, sagte er. Er nahm den letzten kleinen Schluck Wein und stellte das leere Glas auf den Tisch. Herr de Steinhaus machte keine Anstalten nachzuschenken.

»Madame de Steinhaus ist Ihre Tante«, wechselte Kauz jetzt zum Thema zurück. »Die Schwester Ihres Vaters, nehme ich an?«

»Man müsste sie wohl eine Tante zweiten Grades nennen«, wich de Steinhaus aus. »In unserer Sippe herrschen eher komplizierte Familienverhältnisse.«

Kauz hielt es nicht für angebracht, weiterzufragen.

»Ich habe Cousinen und Cousins, aber niemand von ihnen heißt de Steinhaus. In Tante Charlottes Augen bin ich der nächste Verwandte. Deshalb …«, er hielt inne. »Deshalb ihre Sorge, verstehen Sie?«

»Hat Madame de Steinhaus keine eigene Familie?«, erkundigte sich Kauz behutsam.

»Nicht mehr. Ihr Ehemann, Altbundesrichter Alphonse de Steinhaus, starb vor einigen Jahren im hohen Alter von achtundneunzig Jahren. Charlotte war seine zweite Ehefrau. Die beiden waren aber fast fünfzig Jahre verheiratet. Aus erster Ehe … Interessiert Sie das überhaupt?«, unterbrach er sich.

»Aber sicher«, erwiderte Kauz sofort.

»Also: Der ersten Ehe von Onkel Alphonse entstammen zwei Töchter, aber die waren verheiratet und tragen natürlich längst nicht mehr unseren Familiennamen. Charlotte und Alphonse hatten eine Tochter, sie war verheiratet und hatte selber auch wieder eine Tochter. Die wurde im Alter von achtzehn Jahren Vollwaise. Ihre Großmutter, eben meine Tante Charlotte, nahm die junge Frau damals zu sich. Dieses Haus hier war eine Zeit lang auch ihr Zuhause. Jedenfalls im Sommer. Die übrige Zeit …«

»Jetzt nicht mehr?«, unterbrach Kauz. »Lebt Ihre Tante allein hier?«

»Ja. Marie, die Magd, wohnt im Dorf.«

Oha, die Magd!, dachte Kauz.

»Und Ihre Nichte?«

»*Meine* Nichte, meinen Sie? Das junge Mädchen?«

»Ja, die, von der Sie eben sprachen.«

»Nun, sie ist …«, Herr de Steinhaus zögerte. »Sie lebt nicht mehr. Sie ist, äh … vor Jahren gestorben.«

»Als junge Frau? Was …?«, begann Kauz zu fragen.

»Ich weiß nicht, ob es Tante Charlotte recht wäre, wenn ich darüber rede. Für sie war es ein großes Trauma. Erst Tochter und Schwiegersohn, sie kamen in einer Lawine ums Leben. Nur ein paar Jahre später die geliebte Enkelin.«

Kauz nickte stumm.

Eine vage Erinnerung stieg in ihm hoch. Ihm war, er habe schon einmal von dieser Familientragödie gehört. Wann war das gewesen?, fragte er sich.

Herr de Steinhaus holte ihn aus seiner Grübelei.

»Sie haben mich nach der Familie meiner Tante gefragt. Nun, das ist die Antwort: Sie hat leider keine mehr. Ich bin, wie gesagt, ihr nächster Verwandter.«

Kauz verkniff sich weitere Fragen zu seinen Familienverhältnissen, das hier war ja keine Einvernahme.

»Dann gehen Sie morgen also auf die Jagd?«, fragte er stattdessen. »Kann ich Sie nicht umstimmen?«

»Non, Monsieur«, lächelte de Steinhaus, »können Sie nicht. Aber was heißt morgen? Ich ziehe heute Abend los. Morgen früh bin ich auf dem Ansitz.«

»Dann haben Sie eine Jagdhütte?«

»Eine Jagdhütte hat man in der Regel nicht, die benützt man bloß. Man ist sozusagen zu Gast. Die meisten Gommer Jagdhütten sind im Besitz der Burgergemeinden. Ich habe das Privileg, zwischen zwei, drei Hütten wählen zu dürfen, verteilt über das ganze Goms.«

»Wo gehts denn heute hin?«

»Die Hütte steht da drüben«, sagte de Steinhaus und zeigte auf die gegenüberliegende Talseite. »Im Fieschertal. Sie verzeihen«, meinte er dann und schickte sich an aufzustehen, »ich muss bald los, damit ich vor Einbruch der Nacht dort bin. Meine Jagdgruppe wartet.«

»Nur noch eine Frage, Herr de Steinhaus: Was kann ich für Sie tun? Ihre Tante hat mich quasi beauftragt ...«

»Nun«, unterbrach dieser, »einen Bodyguard brauche ich nicht. Aber vielleicht können Sie herausfinden, wer mir diese Briefe geschickt hat. Mit einer Anzeige gegen Unbekannt habe ich nämlich keine Chance, die würde von der Polizei schubladisiert. Anders sieht es aus, wenn ich den Absender ausfindig mache oder einen spezifischen Verdacht habe. Dann erstatte ich Anzeige, und dann *müssen* Polizei und Staatsanwaltschaft handeln.«

»Würden Sie mir die Briefe überlassen?«

»Nun ...«, machte Herr de Steinhaus, fuhr sich mit der Rechten übers Haar und kratzte sich dann diskret am Hinterkopf. Dann hatte er offenbar eine Erleuchtung. »Die Briefe liegen in meiner Kanzlei.«

»Aber einer ist hier. Den hat mir Ihre Tante gestern gezeigt.«

»Ach so, stimmt. Nun …«, wieder kratzte sich Herr de Steinhaus am Kopf. Dann gab er sich einen Ruck: »Wissen Sie was? Ich mache eine Kopie«, und schon stand er auf. »Dauert halt ein paar Minuten«, und damit ging er aus dem Zimmer.

Kauz verfolgte das Geräusch seiner Schritte auf dem Fußboden, dann hörte er Türen knarren, Schubladen auf- und wieder zugehen. Er sah Herrn de Steinhaus vor seinem inneren Auge vor der Truhe im Salon stehen und den Brief herausziehen. Dann verschwand er akustisch in einem anderen Teil des Hauses. Es blieb eine ganze Weile still.

Z'Marie kam herein und räumte ab.

Dann hörte Kauz wieder Schritte, Herr de Steinhaus war zurück und drückte ihm einen Umschlag in die Hand.

»Voilà«, sagte er. »Ich wünsche Ihnen viel Erfolg.«

Wieder draußen, ließ Kauz seinen Hund über den Dorfplatz laufen. Ein halbes Glas Weißwein!, dachte er. Ohne nachzuschenken! Und das im Wallis!

*

Nico stand in der Badewanne und duschte heiß. Feierabend. Als der Wasserstrahl auf seinen Kopf prasselte, fiel es ihm plötzlich ein: Er wusste wieder, woher er den markanten Schädel des toten Jägers kannte, den er gestern gefunden hatte.

Verdammt, dachte Nico, hätte ich bloß nichts gesagt.

Jetzt holte ihn diese verflixte Geschichte wieder ein.

Es waren eigentlich zwei gute Jahre gewesen, sehr gute sogar. Damals, im Dienst der päpstlichen Schweizergarde. Er war einer der stattlichsten Gardisten gewesen. Die Touristinnen schäkerten mit ihm, aber es war Ehrensache, dass er stoisch blieb. Nur fast unmerklich zwinkerte er zurück, wenn er beim Wacheschieben angemacht wurde. Die jungen

Frauen rissen sich darum, ihn nach dem Weg zu fragen, sich neben ihn zu stellen und ein Selfie zu schießen, wenn er zum Dienst abkommandiert war. Hunderte von Selfies mit ihm als Staffage kursierten damals wohl im Netz.

Seine Mutter hatte ihn dazu gedrängt, in die Schweizergarde einzutreten. »Wenn du bei der Garde warst, dann gehörst du im Wallis dazu, Nico! Das öffnet dir Tür und Tor«, so hatte die Alleinerziehende gesagt. Nico nahm sich ihren Rat zu Herzen und bewarb sich gleich nach der Rekrutenschule, das Lehrabschlusszeugnis in der Tasche, bei der Schweizergarde. Er schaffte die Aufnahmeprüfung auf Anhieb. Genau wie schon beim Militär war er unter den Kameraden der Garde beliebt. Kameradschaften hatten ihm, dem Einzelkind, immer viel bedeutet. In der Schule, in der Lehre, in der Rekrutenschule und in der Garde. Auf der Polizeiakademie war es jetzt nicht anders. Es fiel ihm leicht, mit andern gut auszukommen. Er musste sich weder verbiegen noch sonderlich darum bemühen, um bei den Kameraden beliebt zu sein. Er war es einfach. Nico spürte, dass das ein unschätzbares Geschenk war. Gewiss, es hatte auch mit seiner äußeren Erscheinung zu tun: Manch eine Touristin flüsterte ihm zu, er sei ein attraktiver Kerl, die Keckeren sagten *a sexy guy*. Dabei steckte er doch bis zum Hals und bis zu den Handgelenken in seiner historischen Uniform, den Haarschopf unter dem Helm oder dem Barett verborgen. Es musste also allein schon sein Gesicht sein. Lag es an seinen Augen? Dem breiten Mund, der neckischen kleinen Lücke zwischen seinen Schneidezähnen? Den markanten Wangenknochen, dem kräftigen Kinn? Vielleicht. Aber er hatte eben auch ein sonniges Gemüt. Eine offene und ehrliche Art.

Dann erschien vor fünf Jahren dieser Artikel in der *Wochenzeit*. Er hatte sich gebauchpinselt gefühlt, als ehemaliger Schweizergardist interviewt zu werden. Ein Fotograf war extra aufgekreuzt, um neue Fotos von ihm zu schießen. Der Artikel des Journalisten gab die Geschichte, die er erlebt hatte, im großen Ganzen so wieder, wie er sie erzählt hatte. Er hatte den noch ungekürzten Beitrag gegengelesen und freigegeben, denn er war ihm unproblematisch vorgekommen. Illustriert war der Artikel mit seinem aktuellen Ganzkörperfoto in Jeans und Poloshirt. Der Fotograf hatte darauf bestanden, dass er sich ein bisschen in Pose warf, damit die muskulösen Oberarme zur Geltung kamen. Das Bild sollte einen sportlichen jungen Mann zeigen, nicht etwa einen verklemmten Kirchgänger. Das täte dem Image der Schweizergarde gut, meinten Fotograf wie Journalist. Ein Extrabild im ganzseitigen Foto zeigte den seinerzeit hundertfach fotografierten Schweizergardisten Nicolas Perren aus dem Oberwallis in voller Uniform, mit Helm und Hellebarde. Nico wählte von den neu gemachten Bildern diejenigen aus, auf denen er den unbekümmerten Gesichtsausdruck hatte, den er bei sich selbst für typisch hielt. Die endgültige Bilderauswahl musste er aber dem Fotografen überlassen.

»Hallo Nico, du bist in der Zeitung!«, machten ihn seine Freunde per SMS auf den Beitrag in der *Wochenzeit* aufmerksam. Kumpel, Freundinnen und Bekannte gratulierten, seine Mutter war mächtig stolz. Die Mütter seiner zwei kleinen Töchter weniger.

Posts auf Facebook und anderen sozialen Medien machten auf den Zeitungsartikel aufmerksam. Auf gewissen Plattformen zirkulierte vor allem sein Ganzkörperfoto mit den muskulösen Oberarmen. Zwei Tage später brach ein Sturm los: zum einen witzige oder auch leicht anzügliche Fanpost, zum anderen ein moralischer Entrüstungssturm. Es begann mit einem vorwurfsvollen Kommentar auf der Website eines katholischen Radiosenders. Es folgten Einträge auf verschiedenen Blogs, eine Woche später erschienen Leserbriefe in der *Wochenzeit*. Die meisten Stimmen waren freundlich oder nachsichtig. Aber die kritischen hatten es in sich: Nestbeschmutzer hieß es, mieser Katholik. Nico Perren bringe Schande über die Schweizergarde, Schande über die katholische Kirche. Callboy, Stricher, schwuler Geck, darin gipfelten die Anwürfe an Nicos Adresse, der im Artikel mit vollem Namen genannt wurde.

Fotograf und Autor hatten ausgerechnet das Foto gewählt, auf dem Nico in Pink posierte. Ihm selber war es gar nicht eingefallen, das Bild auszuscheiden, auf dem er das rosa Poloshirt trug. In seiner Freizeit trug er eben auch mal Gelb, Türkis oder Pink. Gelegentlich sogar Lila. Ganz einfach, weil ihm die Farben, je nach Jahreszeit und je nach Jackett, Jeans und Sneakers, die er gerade trug, gefielen.

Zwei Tage nach Erscheinen des *Wochenzeit*-Artikels kursierte Nicos Porträt auf Plattformen wie *schwuleschweiz.com* und anderen einschlägigen Websites. »Heißer Typ«, »Knackiger Bursche«, »Jederzeit eine Sünde wert«, das waren noch die züchtigsten Kommentare. Es gab auch unverblümtere. Der Kommentar, der den Entrüstungssturm ausgelöst hatte, lautete: »Wer kann es den Pfaffen verargen, wenn sie scharf auf diesen Kerl sind?«

Der ganze Artikel war als Beitrag einer mehrteiligen Berichterstattung über den Vatikan eingesetzt und galt in erster Linie dem Thema Schwulenlobby. Kein Geringerer als Papst Franziskus selbst hatte das Thema in einem Interview angesprochen. Ihm sei es ein Dorn im Auge, dass Seilschaften aller Art Macht an sich zu reißen versuchten, so wurde der Heilige Vater zitiert. Gerüchte sprachen von einem wahren homosexuellen Sündenpfuhl. Es gebe im Vatikan Bordelle, wurde behauptet, in welchen sich Geistliche und Prälaten, unter ihnen Bischöfe und Kardinäle, mit Strichern vergnügten. Die entsprechend veranlagten Geistlichen, die einen gehobeneren Service wünschten, würden sich an ausgewählte fesche Schweizergardisten heranmachen. Der Autor der Recherche kam allerdings zum Schluss, es gebe im Vatikan keine Schwulenlobby. Die homosexuellen Geistlichen hätten viel zu große Angst davor, sich zu organisieren, denn damit würden sie sich ja outen. Sie zögen es vor, sich nach außen homophob zu geben und ihre homophile Neigung in aller Heimlichkeit auszuleben. Zwar habe es Beschwerden von Gardisten gegeben, die sich darüber beklagten, sie müssten sich gegen Zudringlichkeiten von kirchlichen Würdenträgern wehren. Ein Gardist habe von einem Kardinal die Einladung erhalten, er möge an einem bestimmten Abend »als Dessert mit zwei Beinen« zu einem feudalen Mahl erscheinen. Beispiele von Avancen solcher und gröberer Art machten die Runde, aber von einem Sündenpfuhl, in den gar die Schweizergarde verwickelt sei, könne keine Rede sein. So lautete das Fazit des Artikels.

Nico war gesagt worden, es gehe im Interview um seine persönlichen Erfahrungen im Vatikan als Schweizergardist. Bei der Lektüre des Textes stellte er dann fest, dass nur ein paar Aussagen zur Kameradschaft und zu Freundschaften zwischen Gardisten, die man leicht missverstehen konnte, stehen geblieben waren. Nico war damals völlig überrumpelt gewesen, als die Fragen langsam in Richtung sexueller Zudringlichkeiten durch katholische Würdenträger gingen. Er war immerhin klug genug, nicht rundweg zu bestreiten, dass er von solchen Dingen gehört hatte. Aber er ließ sich nicht dazu verleiten, persönliche Erfahrungen preiszugeben. Obschon auch er angebaggert worden war. Nun stand er vor den empörten, stockkatholischen Steinewerfern trotzdem als einer da, der die Gerüchte nicht nur nicht dementiert hatte, sondern ihnen durch seinen Auftritt auch noch Vorschub geleistet hatte.

Die Geschichte darf auf keinen Fall wieder hochkochen, dachte Nico, als er aus der Wanne stieg. Das wäre das Ende meiner Laufbahn bei der Polizei.

Zwei, drei Jahre lang war er immer wieder auf die Sache

angesprochen worden. Ständig wurde er auf den Arm genommen, wurde gefrotzelt und provoziert: Nun mal ehrlich, Nico, was ging damals ab in der päpstlichen Schwulengarde? Nicht wenige Homosexuelle, solche aus dem Wallis, aus der Üsserschwiiz und sogar aus dem Ausland, machten ihn ausfindig, kontaktierten ihn auf Facebook, schlugen ihm ein Date vor oder machten ziemlich unziemliche Angebote, bis er seinen Account löschte und einen neuen eröffnete.

Nach vier Jahren war endlich Gras darüber gewachsen.

Er musste davon ausgehen, dass Kandidaten für die Polizeiakademie gegoogelt wurden, und ihm fiel ein Stein vom Herzen, als er das Aufnahmeverfahren für die Polizeiakademie heil überstanden hatte.

Auf keinen Fall, dachte Nico, auf gar keinen Fall. Nicht das alles noch einmal. Das muss ich unbedingt verhindern!

Er nahm das Frotteetuch von der Stange und trocknete sich ab.

Dann schlüpfte er in seine Sachen, warf einen Blick in den Spiegel und schaute auf die Uhr: schon fast acht.

Er musste sich sputen, wenn das Date des Abends nicht in die Binsen gehen sollte.

*

Kauz saß in der Gaststube des Hotels Belle Epoque, den leeren Teller vor sich. Die Pasta Ofenhorn hatte geschmeckt, der Cornalin auch. Max lag unter dem Tisch, der Futternapf war blitzblank leer geputzt, ein Wassernapf stand neben ihm.

Kauz hatte mit einem *»Güetän Aabänd«* in die Runde gegrüßt, als er die Gaststube betrat. Am Stammtisch saßen mehrheitlich alte Männer. Einzelne hatten zurückgegrüßt, andere hatten nur kurz aufgeschaut. Niemand schien ihn zu kennen, denn er hatte sich in Binn noch nicht oft blicken lassen. Jetzt bestellte er einen weiteren Zweier Cornalin, holte sich eine Zeitung und tat, als vertiefe er sich in die Lektüre. Die Serviererin räumte das Geschirr weg und stellte den neu bestellten Wein auf den Tisch.

»*Santé*«, sagte sie.

Auch an den Stammtisch brachte sie Nachschub, Dôle du Valais in Halbliterkaraffen. Die Gespräche waren anfangs in verhaltenem Ton geführt worden, jetzt wurden sie lauter.

Der Huser Sämi – *im Bi* nannte man ihn natürlich *Hüser* Sämi – sei aus nächster Nähe erschossen worden, wusste einer zu berichten. Mit einem Schuss mitten ins Herz.

Woher er das wisse?, fragte ein anderer.

Das habe der Adrian gesagt, der habe den Toten mit eigenen Augen gesehen, er könne ihn ja selber fragen.

Welcher Adrian?

Welcher wohl? Der Guntern Adrian, der Hotelier.

Der Mörder habe sich nach der Tat selber die Kugel gegeben, behauptete ein Dritter.

Einfach sei es aber nicht, sich mit einer Jagdbüchse selber zu erschießen, wandte ein weiterer ein.

Der Huser Sämi habe wohl einen Wilderer gestellt und sei von diesem umgelegt worden.

Nein, nein. Der Schütze habe ein Jagdpatent bei sich gehabt, wusste einer vom Nebentisch. Das sei kein Wilderer.

Weshalb er dann den Wildhüter erschieße, wenn er kein Wilderer sei?

Das würde er auch gern wissen, lautete die Antwort.

Der Wildhüter habe ja eigentlich in Pension gehen wollen, ging die Diskussion bald darauf weiter. Dass der so enden müsse, sei himmeltraurig. Eine Tragödie sei das.

Ein Glück, dass seine Frau nicht mehr lebe, stimmten andere zu. Die hätte das nicht überlebt.

»Soso«, sagte einer.

»Jaja«, machte ein anderer.

»*Äbä, äbä*«, seufzte ein Dritter.

Wer jetzt seine Arbeit mache?, war dann die Frage.

Das sei doch klar: Da müsse eben der Zeiter Hermann einspringen. Wozu habe man zwei Wildhüter im Goms? Und überhaupt, es gebe auch noch Hilfswildhüter, die könnten das auch.

Noch einmal, insistierte der Erste: Wie einer dazu komme, den Wildhüter zu erschießen, wenn er gar kein Wilderer sei?

Vielleicht sei es eben doch ein Jagdunfall gewesen, hieß es jetzt. Und der Unglücksschütze habe sich das Leben genommen, als er merkte, wen er getroffen hatte.

Wein wurde nachgeschenkt.

Jagdunfall?, mokierte sich einer, und ausgerechnet den Wildhüter habe es getroffen?! *Nëj, nëj.* Das sei eine persönliche Abrechnung. Der Huser Sämi sei eben ein unerbittlicher Aufpasser, der kenne kein Pardon. Manch ein Jäger könnte einen Grund haben, ihm etwas heimzuzahlen.

Aber gleich umbringen?, wandte einer ein. Bloß weil er einem eine Buße aufgebrummt oder eine Trophäe konfisziert habe?

Die acht alten Männer am Stammtisch überboten sich mit Mutmaßungen und Behauptungen. Allmählich begannen sie, sich im Kreis zu drehen.

Die jüngeren Semester sind wohl alle auf der Jagd, dachte Kauz. Er machte sich bereit, auf sein Zimmer zu gehen. Er war nach der Besprechung mit Philippe de Steinhaus, einem plötzlichen Einfall folgend, von Ernen direkt ins Hotel Belle Epoque gefahren. Bis jetzt hatte sich der Ausflug aber nicht ausbezahlt.

Da stecke doch die Wolf-Lobby dahinter, behauptete ein Alter mit Alpöhibart. Für ihn sei das sonnenklar.

Kauz horchte auf.

Der Huser Sämi sei kein Freund des Wolfs gewesen, daraus habe er nie einen Hehl gemacht.

Dafür habe er aber auch ordentlich einstecken müssen, bestätigten andere. Gerade neulich sei doch wieder gegen jeden gestänkert worden, der etwas gegen den Wolf sage. Der Huser Sämi habe halt kein Blatt vor den Mund genommen.

»*Äbä!*«, rief der Alpöhi und schlug mit der Faust auf den Tisch. Da habe man es: Huser Sämis Mörder sei einer von der Pro-Wolf-Mafia!

Zuzutrauen wäre es denen, meinte sein Nachbar, die seien zu jeder Schandtat fähig.

Ob der Mörder eigentlich ein Üsserschwiizer sei?

Einer der Männer warf einen Blick Richtung Kauz, aber der tat, als höre er nicht zu.

Erstaunt wäre er nicht, wenn er ein *Grüezi* wäre, meinte ein anderer. Die *Grüezini* hätten ja immer die größte Klappe, wenn es um den Wolf gehe, so ging die Diskussion weiter.

Kauz fühlte sich irgendwie angesprochen. Er war ein *Grüezi*, wie man die Üsserschwiizer im Wallis nannte: einer, der hierzulande *Grüezi* sagte statt *Güetä Tag* oder *Güetän Aabänd*.

Die *Grüezini* seien imstande, dreitausend Franken für ein Jagdpatent hinzublättern, den einheimischen Jägern das Wild wegzuschießen und obendrein zu verlangen, dass man den Wolf im Wallis schütze. Den Wolf, der den Bauern die Schafe reiße und das Wild dezimiere! Es fehle gerade noch, dass sie daherkämen und Jagd auf die Gommer Wildhüter machten.

Dann sei der Huser Sämi also einzig aus dem Grund umgelegt worden, dass er kein Wolfsfreund sei, ereiferte sich der Alpöhi. Einfach umgelegt, noch dazu von einem *Üsserschwiizer.* Und belangen könne man den Feigling nicht, weil er sich nach der Tat selber die Kugel gegeben habe. Aber das sei auch wieder gut, denn jetzt gebe es einen weniger von dieser Sorte.

»Obacht, Johann!«, machte nun einer, der bis anhin geschwiegen hatte. »Jetzt gehst du zu weit.«

»Was ist, Aldo? Stehst du jetzt plötzlich auf denen ihrer Seite?«, fragte der Bärtige bissig.

»Du kennst meine Haltung zum Wolf. Aber wenn du so redest, bist du kein bisschen besser als die.«

Der Zurechtgewiesene zuckte die Achseln und brummte etwas in seinen Bart. Er führte sein Glas zum Mund, setzte es, als er merkte, dass es leer war, wieder ab und schwieg.

Der Mann, der ihn in die Schranken gewiesen hatte, warf einen Blick zu Kauz hinüber, als der, neugierig geworden, über den Zeitungsrand äugte.

Mittwoch, 19. September

Das Zimmer war altmodisch, aber geschmackvoll eingerichtet: Geblümte Tapete, Biedermeiermöbel, Deckenbeleuchtung und Wandlämpchen im Jugendstil, gehäkelte Deckchen auf den Nachttischen. Der Blick zum Fenster hinaus war jedoch alles andere als verheißungsvoll. Kauz schaute talabwärts auf die nebelverhangenen Dächer des Dorfs. Der kleine Dorfplatz und die uralte steinerne Bogenbrücke über die Binna, die er am Vortag bei Tageslicht bewundert hatte, waren kaum zu sehen.

»Lassen Sie sich morgen früh mal nicht aus der Ruhe bringen«, hatte der Hotelier am Vorabend gesagt. Ehe er aufs Zimmer ging, hatte Kauz von ihm wissen wollen, ob am nächsten Tag eine halbtägige Wanderung möglich sei. Er wolle die Gelegenheit nutzen, wenn er schon mal im Binntal übernachte. »Der Nebel wird sich spätestens, wenn Sie beim *Leffälseewji* ankommen, auflösen.«

Zum *Leffälseewji,* also zum Löffelseelein, und allenfalls noch weiter bis auf den Passo Grigio auf der Grenze zum Piemont, das sei auf jeden Fall eine lohnende Wanderung. Da er nur den halben Tag habe, solle er früh aufbrechen. Frühstück gebe es ab halb sieben.

»Komme ich auf den Wanderwegen nicht den Jägern in die Quere?«, fragte Kauz. Er hütete sich, eine Anspielung auf die Todesfälle zu machen.

»Bis Sie unterwegs sind, sind die meisten schon wieder zurück im Tal oder in ihren Hütten. Bis Fäld besteht sowieso keine Gefahr, das ist mehr oder weniger offenes Gelände oder Siedlungsgebiet. Und wenn Sie sich dann auf dem markierten Wanderweg, also rechts des Leffälbachs halten, befinden Sie sich im Jagdbanngebiet. Nach menschlichem Ermessen sind Sie da sicher.« Nach menschlichem Ermessen waren auch der Wildhüter Samuel Huser und der unbekannte Jäger sicher gewesen, dachte Kauz. Aber er verkniff sich eine Bemerkung.

»Ziehen Sie aber zur Sicherheit Ihre Signalweste an. Als Motorradfahrer haben Sie doch sicher eine dabei. Und nehmen Sie den Hund an die Leine!«, mahnte der Hotelier. Dann schob er nach: »Übrigens, die Todesfälle, von denen Sie gestern gehört haben, die sind in einer anderen Gegend passiert. Weit weg von dort, wo Sie morgen wandern.«

Die Signalweste hatte Kauz dabei, auch ein Paar Wanderschuhe, einen Regenschutz und Hundefutter führte er in der Satteltasche seiner alten BMW mit. Und natürlich seine Spiegelreflexkamera. Halbwegs wandertauglich ausgerüstet, ging er mit Max nach unten. Der pflegeleichte Hund hatte, ohne zu murren, auf dem Bettvorleger statt im gewohnten Korb geschlafen.

Der Frühstücksraum war ein schlicht möbliertes Bijou aus der Gründerzeit. Wie beeindruckend musste da erst der Speisesaal des Hotels aussehen? Kauz griff am Frühstücksbuffet zu und setzte sich ans Fenster. Es war sonst niemand da, er war der erste Frühstücksgast. Eine Frau brachte Kaffee. Als er gefrühstückt hatte – wie an jedem Buffet musste er sich zusammennehmen, dass es nicht zu viel wurde –, ließ er sich in einer kleinen Umhängetasche aus Stoff das versprochene Lunchpaket mitgeben. Er legte auch die Kamera in die Tasche und machte sich auf den Weg.

Draußen zog er den Reißverschluss seiner winddichten Jacke bis unters Kinn und setzte den Regenhut auf, den er zerknüllt im Fundus seiner Satteltasche entdeckt hatte. Sein

Weg führte, die rauschende Binna immer zur Rechten, dem Hang entlang auf einem Wanderpfad talaufwärts. Ab und zu lichtete sich der Nebel für ein paar Augenblicke, blauer Himmel wurde sichtbar, dann schloss sich die graue Decke wieder. Max durfte nicht vor- und wieder zurückpreschen, wie er es gern getan hätte. Kauz nahm sich die Mahnung des Hoteliers zu Herzen und hielt ihn an der kurzen Leine. Er kam nach Fäld, einen Weiler vielleicht hundert Meter über dem Fluss. Das kleine Dorf schlief noch. Nun hatte er die Wahl, der Binna folgend Richtung Ofenhorn zu wandern oder das Seitental des Leffälbachs zu nehmen. Wie vom Hotelier empfohlen, nahm er diesen Weg.

Der Aufstieg war unerwartet steil. Hechelnd ging Max an seiner Seite. Von der Umgebung war er wohl weniger beeindruckt als sein Herrchen. Diesem aber lief Schauer um Schauer über den Rücken, als er bergan stieg. Nicht nur der kühlen Witterung wegen. Nebel lag auf dem Waldboden, Nebel schwebte über den Wipfeln, Nebel hing im Geäst, Nebel zog in Fetzen um die Baumstämme. Findlinge, wie von Riesenhand in den Wald gestreut, lagen zwischen den knorrigen Lärchen. Die Stämme waren dick mit Moos bedeckt, die Äste mit Flechten behangen. Die Bäume standen da wie runzlige alte Weiber mit verfilztem Haar, wie Hexen im Nebelwald. Steine und Baumstrunke waren Kobolde, die sich hinter den Stämmen in den Waldboden duckten. Grashalme wurden zu Elfen, wenn doch einmal ein Sonnenstrahl durch den Nebel drang. Ein verwunschener Märchenwald.

Plötzlich fiel ein Schuss.

Kauz schreckte zusammen. Schleunigst zog er die Signalweste aus der Stofftasche. Seiner Erfahrung aus dem Militärdienst nach war der Schuss in einer Entfernung von hundert oder mehr Metern gefallen. Aber mit Jagdwaffen hatte er keine Erfahrung. Er setzte sich auf einen Felsbrocken, der, aus der Nähe betrachtet, nichts Koboldhaftes mehr an sich hatte. Max, der kurz zu ihm hochgeblickt hatte, als es knallte, hockte sich neben ihn.

Es blieb still.

Nach menschlichem Ermessen bin ich sicher, sagte sich Kauz. Er nahm die Spiegelreflex aus der Tasche und machte sich daran, die märchenhafte Stimmung einzufangen. Schwarz-Weiß-Fotografie war seine Leidenschaft. Als er ein paar Bilder geschossen hatte, mit denen er zufrieden war, stand er auf und ging weiter. Der Wald wurde lichter, der Weg führte aus dem Wald hinaus auf eine Art Plateau mit einer flachen Senke. Der kleine See, der sich darin ausbreitete, bot ein ähnlich geisterhaftes Bild, wie der Wald, durch den er hochgestiegen war. Eine bleierne Wasseroberfläche, das Ufer gesäumt von Felsbrocken und nahtlos aneinanderliegenden, schroffen und kantigen, aber auch runden und flachen Steinen. Zwei Schritte vom Ufer entfernt ein Trampelpfad, der im Nebel verschwand. Etwas weiter vom Wasser weg, im hügeligen Gelände, mannshohe Felsen. Findlinge. Dazwischen dunkle, in der Morgenkälte erstarrte Figuren, im Nebel gerade noch als Nadelbäume erkennbar. Wie ein Heer von Soldaten in graugrüner Rüstung, die sich um den kleinen See herum aufgestellt hatten. Der Bergsee bot ein mystisches Bild hinter einem feinen Schleier, der jeden Moment zerreißen konnte.

Tatsächlich geschah im nächsten Augenblick etwas Unglaubliches. Der Nebel begann, sich zu lichten, die Wolken, die die ganze Hochebene eingehüllt hatten, zogen ab. Blauer Himmel strahlte auf einmal über dem zuvor düsteren Gewässer. Kauz setzte sich auf einen Stein und verfolgte diese wundersame Metamorphose. Keine Viertelstunde war vergangen, da blickte er auf einen tiefblauen Bergsee. Das musste das Leffälseewji sein. Ein prachtvoller kantiger Berg, kurz zuvor noch vollständig in den Wolken verborgen, spiegelte sich auf der Seeoberfläche. Die undefinierbaren Bäume entpuppten sich als Lärchen, deren Wipfel sich auf dieser Höhe bereits golden verfärbten, dazwischen einzelne immergrüne Fichten. Die Bäume spiegelten sich in perfekter Symmetrie im Wasser. Ein Bild wie in einem Kaleidoskop, leuchtende Farben, glitzernde Reflexe. Allmählich begannen selbst die Felsen, Farbe anzunehmen. Ein silbriges Grau, durchsetzt vom Grün und Orangerot der Flechten. Moose, allerlei Stauden und Heidegewächse wurden Teil des herbstlichen Berggartens. Ein düsteres, gespenstisches Bild hatte sich in wenigen Minuten in eine strahlende Herbstidylle verwandelt.

Kauz versuchte sich der bunten Herbstpracht zum Trotz mit Schwarz-Weiß-Bildern, schoss dann aber doch noch ein paar Farbbilder mit dem Handy. Max hatte sich etwas zögerlich ins Wasser gewagt, als Kauz einen Stecken in den kalten See warf. Dann fand er plötzlich Gefallen daran und wurde nicht müde, Stöckchen zu apportieren. Kauz hätte es sicher noch auf den Pass geschafft, von dem aus man auf das Aletschgebiet und auf der anderen Seite ins Piemont hinuntersehen konnte. Aber er musste rechtzeitig umkehren, da er am frühen Abend im Hause Abgottspon-Ritz erwartet wurde. Für eine Mittagsrast war es noch zu früh, so beschloss er, den Wanderpfad zu nehmen, der um den Bergsee herumführte. Auf diesem stieg er auf der anderen Seite über die Baumgrenze hinauf. Nach einer halben Stunde schaute er von hoch oben auf den glitzernden kleinen See hinab, der tatsächlich wie ein Silberlöffel dalag. Das Leffälseewij. Er setzte sich auf einen von der Sonne erwärmten Stein und öffnete das Lunchpaket. Max hockte sich neben ihn und fixierte aufmerksam die Hände seines Herrchens.

Sein Sandwich kauend, ließ Kauz die Augen bergauf schweifen. Auf einmal drehte Max den Kopf und begann zu winseln. Im gleichen Augenblick sah Kauz die Ohren. Zwei Ohren, einen Rücken, dann einen Schwanz. Das Ohr-und-Schwanz-Tier verschwand hinter einem Felsen.

Ein streunender Hund, dachte er, und das während der Jagd! Dem könnte es bös an den Kragen gehen. Oder war das gar kein Hund, fragte er sich und reckte den Hals. War es ein Fuchs? Auf der anderen Seite des Felses kam das Tier wieder zum Vorschein: ein mittelgroßer schlanker Vierbeiner mit eher kurzer Rute, der sich zügig in Richtung des Passo Grigio bergauf bewegte.

Ein Wolf!, begriff Kauz plötzlich. Das gibts doch nicht!

Nun bedauerte er, dass er seinen Feldstecher nicht dabeihatte. Er kniff die Augen zusammen und äugte, so gut er konnte. Er nahm Max fest am Halsband und hob den Zeigefinger: Sitz! Still!, hieß das. Dann griff er nach der Kamera, zoomte und schoss ein paar Bilder. Das Tier blieb stehen, machte einen Buckel und verharrte. Es war vielleicht hundert Meter entfernt. Kauz merkte sich die Stelle, an der es sein Geschäft verrichtete.

Das Tier zog jetzt zielstrebig weiter, immer bergauf. Plötzlich blieb es kurz stehen und blickte talabwärts. Ob es ihn und Max witterte? Abrupt wandte es sich wieder um und rannte, den Hang traversierend, davon. Nach wenigen Augenblicken war es nicht mehr zu sehen.

Habe ich wirklich einen Wolf gesehen?, fragte sich Kauz.

Er stieg ein Stück bergauf, bis zu der Stelle, die er sich gemerkt hatte, und suchte den Boden ab. Bald fand er, was er suchte. Er fotografierte die Losung und packte die kleine schwarze Wurst in ein Hundekotsäckchen. Dann machte er sich auf den Rückweg.

Er hatte die steilste Passage neben dem Leffälbach eben hinter sich, da blieb Max unverhofft stehen. Erregt streckte er die Nase in die Luft. Etwas bewegte sich auf der anderen Seite des Bachs.

»Schrekk!!«, schrie eine Männerstimme.

Kauz fuhr zusammen. Wer stieß da einen Schreckensschrei aus? Und weshalb?

»Jezz schrekk doch, Guido! Hüeräsiäch! Schrekk!!«, rief die Stimme wieder, und es rumorte im Wald.

Ach so, begriff Kauz jetzt: Das war kein Schreckensschrei. Nein, da wurde einem Guido zugerufen, er solle ziehen. Jetzt zieh doch, verdammt noch mal!, hieß dieses *Schrekk!*.

Er äugte über den Bach.

»Da uber steet eenä!«, rief eine andere Stimme. *»He düü! Düü da uber! Chumm, hilf!«*

»Was wollt ihr?«, rief Kauz zurück.

»Eenä wa hilft schrekkä.«

Sie hätten da einen Hirsch erlegt, rief der zweite Mann. Den müssten sie auf die Straße hinunterbugsieren. Es gebe etwas weiter unten einen Steg, der über den Bach führe.

Kauz machte den kleinen Umweg und stand bald bei ihnen.

»Du bist das?«, rief er, als er den einen Jäger sah. *Dr Güggäl* stand vor ihm, mit bürgerlichem Namen Fritz Pfefferle. Ein alter Bekannter, mit dem er schon manch denkwürdige Begegnung gehabt hatte. Der cholerische Landwirt aus Münster war berüchtigt für seine Wutausbrüche. »Wieso jagst denn du im Binntal?«

»Ich jage, wo ich will«, raunzte *dr Güggäl*. »Und jetzt muss der Hirsch da hinunter. *Schrekk düü hiä!*«, und damit gab er ihm einen Strick in die Hand, an welchem er ziehen solle.

Der Strick war um die Vorderläufe des erlegten Tiers gebunden. Es war ein prächtiger Hirsch mit einem riesigen Geweih. Zwischen Brustbein und Becken des toten Tiers klaffte eine rote Lücke. Max war zwar an dem Kadaver interessiert, aber blutrünstig war er offenbar nicht. Kauz hatte ihn mit der einen Hand an der Leine fest im Griff, mit der anderen zog er am Hirsch. Zu dritt schleiften die Männer das große Tier, am Geweih und am Strick ziehend, durch den Wald. Auf dieser Seite des Leffälbachs gab es keinen Fußweg, sie mussten die Jagdbeute querwaldein schleppen. Es war eine Plackerei, aber nach einer guten Viertelstunde hatten sie es geschafft. Sie trafen auf einen Alpweg.

»*Hiä isch güet. Merci*«, sagte der Güggäl trocken, als der Hirsch am Wegrand lag, und gab Kauz die Hand. »Da holen wir ihn mit dem Pick-up ab. Und zeigen ihn dem Wildhüter.«

»Muss der jeden Hirsch sehen?«

»Natürlich. Auch jedes Reh und jede Gämse.«

»Da hat der aber alle Hände voll zu tun.«

»Ja, jetzt schon: hier *im Bi* und drüben zwischen Oberwald und Niederwald. Das schafft einer allein gar nicht.«

»Wo ist er denn jetzt?«

»Auf seinem Posten, auf der Kontrollstelle.«

Der Güggäl nannte den genauen Ort, den Kauz vom Hörensagen kannte. Er lag auf dem Weg nach Fiesch.

»Du, noch etwas, Fritz: Wann habt ihr den Hirsch erlegt?«

»Wieso?«

»Weil ich beim Aufstieg vor etwa eineinhalb Stunden einen Schuss gehört habe.«

»Das war nicht ich. Den Hirsch habe ich kurz vor sieben geschossen.«

»Wer könnte denn sonst geschossen haben?«

»Keine Ahnung. Vielleicht ist einem auf dem Rückweg ein Spießer vor die Büchse gelaufen. Vielleicht einem dieser verdammten Unterwalliser«, begann er plötzlich zu schimpfen. »Die sollen doch bleiben, wo sie herkommen. Die haben hier nämlich, verdammt noch mal, gar nichts zu …«

Sein Jagdkumpel versetzte dem Güggäl einen Puff.

Kauz stutzte. Woher diese Wut?, fragte er sich.

Der Güggäl schaute seinen Begleiter böse an.

»*Also, machs güet*«, sagte er dann knapp, wie gewohnt, ohne Kauz beim Namen anzusprechen. Gommer Art eben.

Guido, ein Jäger in voller Montur, bedankte sich fürs Anpacken und drückte Kauz die Hand. Kauz hatte ihn noch nie gesehen. Vermutlich war er ein Binner.

Wenn Guido und der Güggäl nicht geschossen hatten, hatte der Schuss vielleicht dem Wolf – oder dem Hund, dem Fuchs – gegolten, dachte Kauz. Und ihn verfehlt. Er hatte den Jägern wohlweislich kein Wort von seiner Sichtung gesagt.

Mittag war eben vorbei, als Fäld in Sicht kam. Bis nach Binn war es höchstens noch eine halbe Stunde Fußmarsch. Kauz hatte also Zeit, sich das kleine Dorf anzusehen.

Zwei Dutzend Lärchenholzhäuser, Wohn- und Nutzbauten, standen eng aneinandergeschmiegt auf dem Hangplateau über der Binna. Sie zeigten dem Betrachter, der unten auf der Brücke stand, die von der Sonne beschienenen Holzfassaden. Die kleine Siedlung war eingebettet ins Grün von Wiesen, Laubbäumen, Sträuchern und Lärchen. Zwischen dem Blätterwerk hindurch leuchteten die geweißten Unterbauten der Häuser. Über dem Dorf erhoben sich steil die nur teilweise bewaldeten Berghänge. An einer Stelle klaffte in der Bergflanke die offene Wunde eines Bergsturzes.

Kauz stieg ins Dorf hoch. Eine vor Urzeiten mit Natursteinen gepflasterte Gasse führte zwischen den Häusern hindurch auf einen winzigen Dorfplatz. Einzelne der schmucken Häuser waren zu Ferienchalets ausgebaut. Sonnenschirme waren in den kleinen Gärten aufgespannt. Eine Kapelle, ein Dorfbrunnen und ein winziges Bergrestaurant luden zum Bleiben ein. An mehr als einer Stelle im Dorf waren in Vitrinen Bergkristalle ausgestellt, über mehr als einer Tür prangte ein geschnitztes Holzschild: Eintritt frei.

Kauz trat in eines dieser Häuser ein.

Drinnen saß auf einem Schemel der Mann, der letzte Nacht den aggressiven Alpöhi zurechtgewiesen hatte.

»*Güetän Aabänd*«, sagte Kauz.

Wenn Mittag einmal vorbei war, dann wünschte man sich im Wallis keinen guten Tag mehr, sondern einen guten Abend, auch wenn es erst fünf nach zwölf war.

»Aabänd«, erwiderte der Mann und sah auf. *»Ah, Iär sids«*, sagte er. »Schaut Euch nur um«, und damit widmete er sich wieder der Sichtung der Mineralien, die er auf dem Holztisch ausgebreitet hatte. »Man darf sie anfassen«, erklärte er, als sich Kauz über die Steine beugte, die in einer Art überdimensioniertem Setzkasten ausgestellt waren.

Kauz nahm ein paar Steine aus den Fächern heraus, die mit Amethyst, Turmalin, Beryll und anderen, ihm halbwegs bekannten Namen angeschrieben waren.

»Die sind aber nicht von hier«, sagte der Alte. »Die dort drüben sind aus dem *Bi.*«

Kauz neigte sich über einen zweiten Kasten.

Den Bergkristall und den Rauchquarz kannte er, den Glimmer auch noch. Andere Steine nur vom Hörensagen oder gar nicht: Morion, Fuchsit, Epidot.

»Sind das Raritäten?«, fragte er.

»Nein. Das dort ist eine Rarität«, erwiderte der Mann und zeigte auf eine Vitrine. Cafarsit, so war die Preziose angeschrieben, aber das sagte Kauz nichts. »Selber gefunden. Vor mehr als fünfzig Jahren. War eine Neuentdeckung, man kannte das Mineral damals noch nicht.«

»Dann sind Sie selber ein Strahler?«

»Ich war mal einer«, lautete die Antwort. »Jetzt überlasse ich das den Jüngeren. Soweit sie noch daran interessiert sind«, fügte er an. »Und Ihr?«

»Was meinen Sie?«

»Ein Strahler seid Ihr nicht. Was seid Ihr dann?«

Auf diese Frage war Kauz nicht gefasst, das fragten die Leute hier sonst nicht.

»Rentner«, behauptete er.

»Soso«, machte der Alte und schaute ihm ins Gesicht. »Was Ihr da gestern Abend gehört habt, solltet Ihr nicht allzu ernst nehmen«, fuhr er unvermittelt fort. »Das war bloß dummes Geschwätz.«

»Das wegen dem Wolf, meinen Sie?«

»Ja, das wegen dem Wolf. Und wegen den *Grüezini*. Ich persönlich sehe das nicht so.«

»Aber selber sind Sie auch kein Wolfsfreund, oder?«

Kauz sah keinen Grund, weiterhin so zu tun, als habe er nicht zugehört. Es hatte niemand für den Wolf Partei ergriffen.

»Stimmt«, antwortete der Mann. »Und ich sage Euch gern, warum. Ihr könnt dann darüber schreiben, wenn Ihr wollt.«

»Schreiben?«

»Ja. Oder seid Ihr etwa nicht von der Zeitung?«

»Nein, bin ich nicht.«

»Nicht?«, machte der Alte und sah ihn zweifelnd an.

»Ich bin kein Journalist, wenn Sie das meinen.«

»Genau das habe ich gemeint.«

»Wieso, sehe ich aus wie einer?«, witzelte Kauz. »Aber das mit dem Wolf interessiert mich trotzdem«, fügte er rasch an, um von sich abzulenken.

»Ihr wärt nicht der Erste hier.«

»Der erste was?«

»Journalist«, erklärte der Alte. Dann nahm er den Faden wieder auf: »Ich habe nichts gegen den Wolf. Der Wolf ist ein faszinierendes Tier. Eigentlich hätte ich nichts dagegen, dass er sich in der Schweiz aufhält. Sogar im Wallis«, fuhr der Alte fort. »Nur dass er unseren Bauern das Leben schwer macht, dagegen habe ich etwas. Wir müssen unseren Bauern, ganz besonders den Schaf- und Ziegenbauern, Sorge tragen. Sie sind unsere Landschaftsgärtner. Versteht Ihr?«

»Nein. Wie meinen Sie das?«

»Ohne die Bauern verkommen die Alpweiden. Schon jetzt werden viele Alpen nicht mehr bestoßen. Und was passiert dann?«, fragte der Alte rhetorisch. »Gestrüpp und Wald breiten sich aus, und zwar fast in Windeseile. Nur die Bauern mit ihren Rindern, Schafen und Ziegen können dafür sorgen, dass die Alpweiden erhalten bleiben. Wenn wir sie nicht unterstützen, erst recht, wenn wir sie vergraulen, dann geben sie auf. Und was passiert dann?«, fragte er wieder. »Es gibt früher oder später keine Alpweiden mehr. Nur noch Massentierhaltung im Mittelland. Das wäre ein furchtbarer Verlust.«

»Verstehe«, sagte Kauz. »Und der Wolf …?«

»Der Wolf ist einer der Gründe, vielleicht der Hauptgrund, dass es den Schaf- und Ziegenbauern verleidet. Weil er Dutzende von Schafen reißt. Nicht etwa aus Hunger, sondern einfach so, aus Jagdinstinkt. Das sollten wir nicht dulden, finde ich.«

»Aha«, sagte Kauz.

Der alte Mann holte zu einer Betrachtung über den Wolf aus. Die meisten Menschen im Wallis könnten sich einfach nicht mit der Idee anfreunden, dass dieses Raubtier sich hier ansiedle. Sie hätten Angst vor ihm. Nicht umsonst habe man den Wolf einmal ausgerottet. Er gehöre einfach nicht in ihren Lebensraum. Nur die Städter seien da anderer Meinung, vor allem halt die Üsserschwiizer. Aber es gehe ja nicht um *ihr* Land.

Kauz befürchtete schon, er hole zum üblichen Killerargument aus: Was die Üsserschwiizer wohl sagen würden, wenn man Krokodile in ihren Seen, Hyänen in ihren Pärken oder Riesenschlangen in ihren Gärten aussetzen würden … Aber der Mann, der Aldo hieß, gebrauchte keine Klischees.

Die Hauptsorge betreffe die Schafe, fuhr er fort. Er stehe den Schafbauern nahe, sei selber ja auch einer gewesen. Die Schafbauern, die bloß ein paar wenige oder vielleicht ein, zwei Dutzend Tiere besäßen, könnten es sich nicht leisten, diese ständig zu bewachen. Weder ein Schäfer noch ein Schutzhund, weder wolfsichere Schutzzäune und Nachtpferche seien für die erschwinglich. Wer die gerissenen Schafe auf der Weide habe liegen sehen, die toten und, noch schlimmer, die noch lebenden, verendenden Tiere mit zerbissenen Kehlen, abgebissenen Nasen, herausgerissenen Eingeweiden, abgetrennten Läufen, der könne nicht mehr viel Sympathie für die Anwesenheit des Wolfs aufbringen. Die Wölfe würden die gerissenen Tiere ja meist nicht einmal fressen, oder nur zum kleinsten Teil. Nicht selten würden solche Risse in unmittelbarer Nähe von Höfen oder gar Wohnhäusern passieren. Da müsse man die Angst der Dorfbewohner doch begreifen.

Der alte Mann sprach besonnen, ohne einen Hauch von Feindseligkeit. Er zeigte keinen missionarischen Eifer, er setzte auch keine abstrusen Behauptungen in die Luft.

»Klar«, sagte Kauz. »Aber was sagen die Freunde des Wolfs zu Ihren Argumenten?«

Der Alte rieb sich das Kinn.

»Dazu könnte ich zwar einiges sagen. Aber wollt Ihr die Wolfsfreunde nicht selber fragen? Die gibts überall.«

»Wirklich? Ich dachte, im Wallis gebe es vor allem Wolfsgegner.«

»In den Dörfern schon. Unter den Bauern sowieso. Aber unter den Jägern und Naturschützern – lassen wir die Städter jetzt einmal weg, die sollten sich in meinen Augen aus dieser Debatte raushalten –, was wollte ich sagen?«, er zupfte an seinen buschigen Augenbrauen, »ach so: Unter den Jägern gibts zwar bestimmt mehr Gegner als Freunde des Wolfs. Aber es sind beide Meinungen vertreten.«

»Gestern habe ich gehört, dass es eine Schlammschlacht gegeben hat gegen die, die wie Sie der Meinung sind ...«

»Das stimmt leider. Im Internet. Und unser Huser Sämi war ein beliebtes Ziel dieser Attacken.«

»Eben. Halten Sie es für möglich, dass einer aus dem einen oder anderen Lager zu Mord und Totschlag greifen könnte?«

»Wie kommt Ihr darauf?«, fragte der Alte zurück.

»Weil ein Bekannter von mir happige Drohungen erhalten hat. Todesdrohungen. Um ihn mache ich mir Sorgen.«

»Todesdrohungen?«, machte der Alte. »Dann sollte der aber zur Polizei gehen.«

»Das habe ich ihm auch gesagt. Aber er meinte, der Walliser Polizei sei das egal. Die hielten das bloß für dummes Geschwätz. Gommer Jagdgeschwätz.«

»So wie gestern Abend«, murmelte sein Gegenüber und nickte ein paarmal. »Und jetzt hat Euch Euer Bekannter gebeten, ein bisschen herumzuhorchen, stimmts?«

»Genau«, gestand Kauz.

»Wie war doch gleich Euer Name?«, fragte er.

»Walpen.«

Der Alte hob den Kopf und studierte sein Gesicht.

»Jaa – etwa *Kauz* Walpen?«

Kauz war baff.

»Ja, der bin ich.«

»Das gibts doch nicht!«, rief der Mann und stand von seinem Hocker auf. »Dann seid Ihr der, der im Sommer diese Viehdiebe vom Erner Galen gestellt hat?«

Kauz winkte ab.

»Das war großartig. Hat auch hier *im Bi* viel zu reden gegeben. Gratuliere!«, sagte er und streckte die Hand aus. »Ich bin der Aldo. Inderschmitten Aldo.«

»Kauz«, sagte Kauz und schüttelte kräftig seine Hand.

Max, durch die Szene animiert, sprang auf und stieß die beiden Hände begeistert mit der Schnauze an.

*

»Nun? Konntest du den *Monsieur* überzeugen?«, fragte Ria, als Emma im Bett war. »Madame Charlotte wollte doch, dass du ihm die Jagd ausredest.«

Wie früher auch schon, wenn im Hause Abgottspon-Ritz Besuch war, hatte Mama Ritz das Nachtessen für die Familie zubereitet, sich dann aber zurückgezogen. Sie musste sich um ihren nicht ganz pflegeleichten Ehemann kümmern, der mittlerweile achtzigjährig und ein Eigenbrötler war.

»Monsieur de Steinhaus? Nein, konnte ich nicht. Dafür habe ich von ihm einen kleinen Auftrag eingefahren.«

Ria runzelte die Stirn. Das kannte Kauz; gleich würde sie ihm einen Vorwurf machen.

»Einen Auftrag? Etwa in Sachen Drohbriefe?« Ohne seine Antwort abzuwarten, fuhr sie fort: »Kommst du da nicht Alain in die Quere? Er hat doch gesagt, dass *er* mit de Steinhaus redet.«

Du hältst dich da raus, hatte Gsponer gesagt.

»Dem steht ja nichts im Weg«, sagte Kauz.

»Geht mich ja nichts an«, sagte Ria spitz. »Das ist eure Sache.« Sie lehnte sich ostentativ zurück, faltete die Hände hinter dem Kopf und streckte unter dem Tisch die Beine aus.

Thomas beobachtete die Szene amüsiert, drehte in seinem Rollstuhl eine halbe Pirouette und düste ab in die Küche.

Unter der Tür drehte er noch einmal um und fragte ins Esszimmer hinein: »Ihr nehmt doch beide Kaffee, oder?«

»Gern«, kam die Antwort unisono.

Kauz hütete sich also, vom Ausflug ins Binntal zu erzählen.

»Sag mal«, wandte er sich an Ria: »Wurde der zweite Tote eigentlich identifiziert?«

»Ja«, antwortete sie ruhig. Sie war bemüht, keinen Unmut aufkommen zu lassen. »Ein Jäger aus Turtmann.«

Sie hatte keine Hemmungen, Kauz Einzelheiten durchzugeben, die sowieso schon bald publik wurden.

»Und wie heißt er?«

»Eben: Jäger. Maurice Jäger.«

»Ach so. Ein Üsserschwiizer?«

»Nein, ein Walliser. Einer aus Turtmann, sagte ich doch gerade.«

»Kein Gommer?«

»Nein, Chüzz; kein Gommer. Hörst du eigentlich zu?«,

fragte sie gereizt. »Ein *Turtmännär*. In Turtmann leben viele Jäger. Viele mit Familiennamen Jäger, meine ich.«

»Jäger, Jäger«, murmelte Kauz. »Maurice Jäger. Den Namen habe ich schon gehört.« Er kniff die Augen zusammen.

»Wirklich? Mir sagt er nichts.«

Thomas kam hereingekurvt, ein Tablett mit Kaffeegeschirr auf den Knien.

»Was überlegt ihr?«

»Sagt dir der Name Maurice Jäger etwas?«, fragte Ria.

»Der Skandal-Jäger? Klar.«

Thomas Abgottspon war Internet-User aus Leidenschaft. Er konnte das Netz in Windeseile nach digitalisierten Zeitungsartikeln und Bildern, nach Polizei- und Gerichtsreportagen und allem Möglichen sonst durchsuchen. Notfalls konnte er auch hacken. Schon mehrmals hatte er der Walliser Kantonspolizei in vertrackten Fällen Informationen geliefert. Das geschah nur inoffiziell, über seine Frau und den gemeinsamen Freund Alain Gsponer, aber alle bei der Polizei wussten davon. Er war mit der Zeit einer von ihnen geworden. Vor Jahren, kurz vor seinem unseligen Gleitschirmunfall, hätte er fast eine Stelle als IT-Spezialist bei der Polizei angenommen.

»Skandal-Jäger?«, fragte Ria nach.

»Ja, richtig«, sagte jetzt Kauz. »Der hat doch mehrere üble Geschichten aufgedeckt, nicht wahr? Walliser Polit- und Umweltskandale. Hat er nicht für den *Klartext* geschrieben?«

»Doch, doch. Aber nicht nur. Manchmal auch für ganz bürgerliche Blätter. Was ist mit ihm?«

»Einer der Toten von Binn heißt Maurice Jäger«, sagte Ria. »Könnte heute schon in der Zeitung stehen …«

»Was? Der Skandal-Jäger ist ermordet worden?«

»Ob ermordet, ist noch nicht sicher. Und ob es sich überhaupt um ihn handelt, auch nicht. Aber ein Mann mit Namen Maurice Jäger, Wohnsitz Turtmann, wurde am Montag erschossen. Etwa fünfzig Meter von dem Ort, an dem Samuel Huser zu Tode kam.«

»Hat er sich in Sachen Wolf engagiert?«

Die Frage kam von Kauz und war an Thomas gerichtet.

»Keine Ahnung. Das finde ich aber rasch heraus. Soll ich?«

Ohne die Antwort abzuwarten, kurvte er in sein Arbeitszimmer. »Bin gleich wieder da«, rief er noch über die Schulter.

Ria verdrehte die Augen. Musste das sein?, lautete der unausgesprochene Vorwurf an Kauz.

Der hob entschuldigend die Hände.

Die beiden schlürften ihren Kaffee, der von Thomas blieb stehen und wurde allmählich kalt.

»Ich nehme an, der Fall ging an Alain. Stimmt das?«

»Ich wüsste nicht, an wen sonst«, erwiderte Ria.

»Und du, bist du auch noch beteiligt? Du hast doch die Erstintervention geleitet.«

»Morgen muss ich mit Nico zum Rapport nach Brig. Für uns ist dann wohl Schluss.«

»Wer ist Nico?«

»Der Aspirant, der bei uns sein Praktikum macht. Er hat die Leiche von Maurice Jäger gefunden.«

Ria erzählte Kauz die Details des Einsatzes vom Montag. Und schon kam Thomas wieder hereingerollt.

»Der Skandal-Jäger hat sich ganz schön engagiert in der Wolfsfrage«, berichtete er. »*Für* den Wolf, falls ihr das wissen wolltet. Ich schicke dir den Link auf seinen Artikel im *Klartext,* Kauz.«

»Gut, danke. Wann war das?«

»Vor etwa einem halben Jahr. Als das vom versehentlich geschossenen Wolf publik wurde.«

Kauz rieb sich das Kinn.

»Dann sind am Montag also ein erklärter Gegner und ein Freund des Wolfs erschossen worden«, stellte er fest. »Hmm. Das riecht nicht unbedingt nach Unfall.«

»Vielleicht haben sie sich duelliert«, witzelte Thomas zum Missfallen seiner Frau.

Jetzt *muss* sich Gsponer mit den Drohbriefen befassen, dachte Kauz. Aber wir müssen uns gar nicht in die Quere kommen. Wir könnten ja zusammenspannen.

*

Die Milonga ging ihrem Ende entgegen. Bei den ersten Klängen von *Vieja Luna* kam sie auf ihn zu und lächelte ihn an. Er ließ sich nicht zweimal bitten. Sie war Anfängerin im zweiten Jahr und sah hinreißend aus. Sie hatte einen schlanken, geschmeidigen Körper, dunkles Haar, roch gut und ließ sich widerstandslos führen. Eigentlich hing ihm das Einsteigerstück von Carlos di Sarli längst zum Hals heraus, aber es war mit seinem klaren Rhythmus einfach zu tanzen. Der Club-DJ hatte den uralten Hit wohl extra für sie aufgelegt. Der scherbelnde Klang verlieh der Musik aus den fünfziger Jahren eine romantische Note. Mit ihr im Arm gelang ein fast perfekter Tanz.

»Du führst super«, flüsterte sie ihm ins Ohr. »Mit dir läuft es ganz wie von selbst.« Sie lächelte glücklich.

Ocho. Parada. Barrida. Sie ließ sich ihren Fuß von seinem über das Parkett schieben, als wäre sie nichts anderes gewohnt. *Medialuna* und *Molinete* liefen wie am Schnürchen, also führte er noch eine *Calesita*.

Er nickte ihr anerkennend zu, nahm sie noch eine Spur fester in den Arm und führte sie zu einer gelungenen *Resolución*. Es folgten zwei etwas raschere Stücke. Er zeigte ihr eine Figur, die sie noch nicht kannte, und eine kleine, neckische Verzierung, die sie mit der Fußspitze andeuten konnte.

Es waren nur wenige Paare auf der Tanzfläche, ein paar weitere Tänzer machten Pause und genehmigten sich einen Drink an der Theke oder an einem der Tischchen, die an den Wänden standen.

Die Milonga fand jeden Mittwochabend im Anschluss an den Tanzkurs statt. Seit er in der Polizeiausbildung stand, fand er für Kurse kaum mehr Zeit, auch nicht für Fortgeschrittene. Aber in den Tangokursen herrschte chronischer Männermangel, und so bat ihn Elisa vom Club El Valesano ab und zu, im Anfängerkurs einzuspringen. Er verkehrte seit fünf Jahren in diesem Club, Juana hatte ihn damals eingeführt. Er hatte ihr das Autofahren beigebracht, sie ihm den Tango Argentino. Dass es eine junge Argentinierin nach Brig verschlagen konnte, hatte ihn gewundert. Juana hatte ihm erklärt, dass ihre Vorfahren aus dem Wallis stammten. Sie seien vor mehr als hundert Jahren, als im Wallis Hungersnot herrschte, nach Argentinien ausgewandert.

»Hungersnot?« Er sah sie ungläubig an.

»Hast du das nicht gewusst?«

»Nein. Sollte ich?«

»Ja, solltest du. Ist Teil der Walliser Geschichte.«

Schwach fiel ihm ein, dass er in der Schule einmal etwas von einer Auswanderungswelle von mausarmen Wallisern gehört hatte.

Juana radebrechte einen seltsamen Walliserdialekt, vermischt mit argentinischem Spanisch. Er solle sich unterstehen, Hochdeutsch mit ihr zu reden, lachte sie. Sie verstehe *Titsch,* ihre Großmutter habe die Sprache ihrer Walliser Vorfahren noch gesprochen. Also redete er Gommertitsch mit ihr. Und lernte nebenbei ein bisschen Spanisch.

Wieso sie jetzt im Wallis lebe, wollte er wissen. Um das Land ihrer Herkunft kennenzulernen, sagte sie. Ihre Großmutter habe immer vom Wallis geschwärmt, obwohl sie es nie kennengelernt hatte.

»Bleibst du hier?«, fragte er sie.

»Nein. Ich will wieder zurück. In spätestens zwei Jahren.«

Und so war es dann auch gekommen: Juana kehrte nach Argentinien zurück. Und nahm den achtzehn Monate alten

Néstor mit. Nico zerriss es fast das Herz, er hatte den Kleinen eineinhalb Jahre lang aufwachsen sehen. Aber Juana ließ sich nicht umstimmen. Sie versprach bloß, er dürfe seinen Sohn jederzeit besuchen kommen. Sobald er es sich leisten konnte, würde er nach Buenos Aires fliegen. Unbedingt.

Heute hatte Elisa, Juanas Nachfolgerin im Club El Valesano, angerufen, als er auf dem Heimweg war. Er hatte eigentlich keine Lust gehabt, aber sie ließ ihren ganzen Charme spielen, und er gab sich geschlagen. Der Club El Valesano befand sich mitten in der Briger Altstadt, im hinteren Teil eines altehrwürdigen Hauses, das eigentlich eine Renovierung bitter nötig hatte. Aber das heruntergekommene ehemalige Versammlungslokal mit seinen abgeschabten Tapeten, alten Wandleuchten und dem wunderbaren Parkett hatte genau das richtige Cachet gehabt für eine Tango-Argentino-Location. Juana hatte damals das Zepter geführt, und Nico hatte tüchtig mit angepackt.

Nico hatte heute mit jeder Kursteilnehmerin getanzt, genau dafür hatte ihn Elisa ja hergerufen. Aber gefallen hatte ihm nur eine. Als der Kurs vorbei war, gingen die meisten Teilnehmenden nach Hause, denn die darauf folgende Milonga war eher für Fortgeschrittene gedacht. Aber die hübsche Anfängerin blieb. Tangueras und Tangueros, die nur für die Milonga kamen, trudelten ein. Er tanzte zuerst mit seiner Favoritin, dann, wie es sich gehörte, mit den meisten der andern Frauen. Aber die Anfängerin suchte immer wieder seinen Blick.

»Zum Schluss noch einen *Vals,* ja?«, bat sie jetzt.

Er ging mit ihr zum DJ. Der zwinkerte Nico zu und legte *El Último Adiós* auf, einen verträumten *Vals,* den argentinischen Walzer im Tangostil. Sie schwebten über die Tanzfläche wie ein vertrautes Paar.

»Kommst du noch auf einen Happen?«, fragte Nico, als Schluss war und sie draußen standen. »Ich habe Hunger.«

»Geht leider nicht«, sagte sie.

»Schade«, machte er. »Wieso nicht?«

Sie hob bloß entschuldigend die Schultern.

»Wie heißt du?«

»Zoe. Und du?«

»Nico.«

»Kommst du nächste Woche wieder?«, fragte sie.

»Vielleicht«, sagte er, gab ihr ein Wangenküsschen und ging die paar Schritte zu der Kneipe gleich neben dem Club, in der man bis spät in die Nacht etwas bekam.

Sie machte sich Richtung Bahnhof davon. Nach ein paar Schritten sah er er über die Schulter – sie hatte sich ebenfalls umgesehen.

Klasse Frau, dachte er. Da darf man nichts anbrennen lassen. Er musste sich bloß überlegen, wie er sie und das neue Date aneinander vorbeimogeln konnte.

Donnerstag, 20. September

Kauz lag hoch über dem Leffälsewji an der Stelle auf dem Bauch, an der er den Wolf gesichtet hatte, und guckte durch den Feldstecher. Er war tags zuvor auf dem Heimweg bei der Kontrollstelle vorbeigefahren und hatte dem Gommer Wildhüter Hermann Zeiter die Bilder auf seinem Handy, auch die von der Losung und vom Pfotenabdruck, gezeigt.

»Du Glückspilz«, hatte Zeiter gesagt und ihn mit leuchtenden Augen angesehen, »du hast einen Wolf gesehen!«

Da Zeiter wie Kauz in Münster wohnte, war man sich schon ab und zu begegnet. Man duzte sich. Jetzt war auch klar, zu welcher Wolfsfraktion der Wildhüter gehörte.

»Das Trittsiegel könnte auch von einem Hund stammen, aber das da ist fast sicher Wolfskot. Siehst du hier das stumpfe Ende? Und da die Haarknäuel?«, er tippte auf das Display. »*Wo* genau hast du ihn gesehen?«

»Oberhalb des Löffelsees.«

»Jaja. Aus dem Leffältal haben wir schon vor zehn Tagen eine Wolfsmeldung erhalten.«

Es wurmte Kauz ein bisschen, dass er nicht der Erste war, der das Tier gesichtet hatte.

»Sogar mehr als eine, wir wissen bloß nicht, ob sie sich auf ein und dasselbe Tier beziehen. Es könnte auch ein Rudel unterwegs sein. Vielleicht hast du eine Wölfin gesehen. Wer weiß, vielleicht sind auch Jungtiere in der Nähe. Wenn dir wieder einer über den Weg läuft, schau, ob du ein paar Haare findest, oder nimm die Losung mit, dann …«

»Hab ich schon«, sagte Kauz. »Da«, und damit zog er das Hundekotsäckchen hervor.

»Tipptopp«, sagte der Zeiter und behändigte den Fund.

Er schicke den Kot in ein Speziallabor. Dort werde die DNA bestimmt, dann werde man sehen, ob man den Wolf schon kenne oder ob es ein unbekannter sei.

Wieder zu Hause, hatte ihm das Tier keine Ruhe gelassen. Zumal der Wildhüter von Jungtieren und einem möglichen Rudel gesprochen hatte. So stand Kauz früh auf und ratterte in der Morgendämmerung, Max im Korb, ins Binntal. Er stellte die alte BMW unterhalb von Fäld ab und stieg, diesmal besser ausgerüstet, in die Höhe. Beim Aufstieg hatte er in der Ferne den einen oder anderen Schuss gehört, aber Jäger waren ihm keine begegnet.

Jetzt lag er, die Beine auf dem noch feuchten Boden ausgestreckt, neben einem Strauch auf einer trockenen Steinplatte, Max neben sich. Er hatte ihn angeleint, die Hundeleine zur Sicherheit ums Handgelenk geschlungen, und beobachtete das Gelände.

Wenn es eine Wölfin mit Jungtieren gewesen sei, bestehe die Chance, dass sie in diesem Revier verweile, hatte der Wildhüter gesagt. Es könne aber auch sein, dass sie innerhalb ihres Territoriums weiterziehe. Kauz hatte keine Ahnung, ob er zur richtigen Tageszeit auf der Lauer lag. Gab es für Wolfsbeobachtung überhaupt eine richtige Tageszeit?

Nach zwei Stunden stand er auf und trat den Rückweg an. Er nahm sich vor, mindestens ein weiteres Mal zurückzukehren, um auf gut Glück nach dem Wolf Ausschau zu halten. Ganz aussichtslos schien ihm das nicht zu sein. Immerhin war der Wolf hier oben schon mehr als einmal gesichtet worden.

Er stellte seine alte BMW auf dem Parkplatz des Belle Epoque ab und ließ Max aus dem Korb. Es war noch nicht Mittagszeit, Kauz nahm die Gelegenheit wahr, einen Blick in den historischen Speisesaal des Hotels zu werfen. Durch die Glastür ging es in den hohen hellen Raum mit vielen Fenstern. Weiße Decke mit einfacher Stuckatur, diskret geblümte Tapete, Spiegel an den Wänden. Gebohnertes Parkett, das Mobiliar eher schlicht als pompös, kein Gold, kein Firlefanz. Die Tische waren weiß gedeckt. Ein Kellner im weißen Hemd, eine schicke schwarze Schürze umgebunden, stand bereit. Die Hotelgäste wurden wohl jeden Augenblick erwartet. Silberbesteck, Stoffservietten, die richtigen Gläser, stellte Kauz fest. Sympathisches Haus, dachte er, hier würde ich sofort ein Wochenende mit meiner Frau buchen. Wenn ich eine hätte. Und damit ging er in die Gaststube für das einfache Volk hinüber. Es waren noch kaum Gäste da. Er setzte sich an einen anderen Tisch als vor zwei Tagen. Aber die Serviererin erkannte ihn gleich wieder.

»Cornalin?«, fragte sie.

»Am Abend gern«, lachte Kauz. »Jetzt lieber eine Apfelschorle. Und die Speisekarte, bitte. Die kleine«, präzisierte er, denn er hatte nicht vor, groß zu essen. Selbst für ein Bier war es ihm zu früh. Kauz widerstand es, etwas Alkoholisches zu trinken, solange es nicht mindestens Mittag geschlagen hatte.

Die Serviererin legte die Karte auf den Tisch und stellte einen Wassernapf vor Max hin. An solchen Aufmerksamkeiten maß Kauz die Qualität der Bedienung. Die junge Frau konnte sich ihres Trinkgelds jetzt schon sicher sein.

Er bestellte sich einen Salat, Brot und ein Stück Alpkäse.

Adrian Guntern kam herbei und fragte, wie der Ausflug gewesen sei. Ob er gestern trotz des Morgennebels den Weg zum Leffälsewji gefunden habe.

Herrlich sei es gewesen, versicherte Kauz und schilderte die Wetterkapriolen, die die wunderbare Verwandlung der Bergseelandschaft herbeigezaubert hatten.

»Ich habe sogar einen Wolf gesichtet«, rutschte es ihm heraus.

Kaum hatte er es gesagt, hätte er sich die Zunge abbeißen mögen. Denn er hatte sich geschworen, keinem von der Sichtung zu erzählen, ohne zu wissen, zu welcher Wolfspartei er gehörte.

»Wirklich? Wenn das stimmt, dann dürfen Sie sich darauf etwas einbilden«, sagte der Hotelier. »Das erlebt nicht jeder. Manch einer wartet sein Leben lang auf einen solchen Augenblick.«

Entwarnung, dachte Kauz: ein Wolfsfreund.

»Soso«, sagte eine Stimme in seinem Rücken. »Haben sie also wieder einen ausgesetzt?«

Kauz drehte sich um.

Zwei Tische weiter saß ein Greis vor einer leeren Kaffeetasse und einer Zeitung und fingerte an seinem Hörgerät herum. Kauz hatte ihn beim Hereinkommen nicht wahrgenommen.

Er habe es sich noch fast gedacht, als er den Helikopter hörte, sagte der Alte. Das kenne man ja. Unter einem Vorwand würden sie ins Wallis fliegen und einen Wolf absetzen. Oder auch gleich ein Pärchen. Mal im Minstigertal, mal im Turtmanntal, und jetzt also im Binntal.

Der Hotelier verdrehte die Augen.

Der Alte machte keine Anstalten, aufzustehen und näher zu kommen, schwadronierte aber drauflos, als seien sie schon die längste Zeit in ein Gespräch vertieft. Es kümmerte ihn nicht, dass Kauz und der Hotelier nicht auf ihn reagierten. Für ihn war das wohl trotzdem *Doorffä*. Hauptsache, er wurde seine abstruse Behauptung wieder einmal los. Es war nicht der aggressive Alpöhi von vorgestern, und Kauz war nicht sicher, ob er überhaupt am Stammtisch gesessen hatte.

Man wisse ja, wer dahinterstecke: die in Bern, fuhr der Alte unbeirrt fort. Die gleichen Herren, die ihnen die Subventionen kürzen wollten. Und die im Winter, wenn die Seitentäler von der Außenwelt abgeschnitten seien, mit den Armeehelikoptern die reichen Russen aus Zermatt herausholten, die Menschen im Binntal aber ihrem Schicksal überließen.

»*Scho güet, Dölf*«, versuchte ihn der Hotelier abzuwürgen.

»*Woll äppä!*«, insistierte der Alte. Der Herr da, er wies mit dem Kinn auf Kauz, habe ja eben gerade bestätigt, dass im Leffältal ein Wolf ausgesetzt worden sei. Den müsse man abknallen, *aber schnäll!*, ehe er ihre Schafe reiße.

So ging es weiter. Der Hotelier zuckte mit den Schultern, raunte Kauz zu, man könne sich später in Ruhe unter vier Augen unterhalten, und ging. Allmählich ging das Geschwafel des Alten, der jetzt vor sich auf den Tisch stierte, in ein Murren und Brummen über und versiegte ganz, nachdem er ein Bier bestellt und erhalten hatte.

»Kommen Sie herein«, forderte Guntern Kauz auf, als er nach seinem Imbiss kurz ins Direktionsbüro hineinschaute.

»Ihr seid ja eigentlich mehr Gommer als Üsserschwiizer, nicht wahr?«, meinte er, von der Sie- zur Ihr-Form wechselnd.

Kauz verstand das Signal. Guntern wollte auf das *Düü* wechseln, durfte aber als Hotelier dem Gast gegenüber nicht den ersten Schritt machen. Kauz streckte die Hand aus.

»Kauz«, sagte er. »Kauz Walpen.«

»Adrian«, sagte der Hotelier und schüttelte seine Hand.

Es stellte sich heraus, dass Guntern mittlerweile nicht nur genau wusste, wer er war, sondern auch, dass er von Philippe de Steinhaus den Auftrag bekommen hatte, das mit den Drohbriefen zu klären. Es war Kauz klar, dass Aldo Inderschmitten die Nachricht gestreut hatte.

»Wieso weiß Aldo, von wem der Auftrag stammt? Ich habe keine Namen erwähnt.«

»Dann hat er es sich wohl zusammengereimt. Man weiß ja in etwa, wer sich im Goms öffentlich zum Thema Wolf äußert.«

»Nämlich?«, fragte Kauz neugierig.

»Kontra Wolf? Fast jeder«, lachte Guntern. »Spaß beiseite, da ist einmal der Huser Samuel …«

»Der tote Wildhüter?«

»Jawohl. Der ist …, der war kategorisch gegen den Wolf. Dann natürlich die Schafbauern«, fuhr Guntern fort, »ein paar Jäger und ein paar Politiker, die sich mit dem Thema profilieren wollen. Es sind ja bald wieder Wahlen.«

Er zählte weitere Namen auf. Einzelne kannte Kauz vom Hörensagen, andere hatte er noch nie gehört.

»Und Philippe de Steinhausen? Ist der ihr Sprachrohr?«

»Überhaupt nicht. Er hat bloß in einem Leserbrief an die *Walliser Zeitung* als Anwalt jenes Wolfsschützen, der von der Pro-Wolf-Lobby quasi zum Tod verurteilt worden war, seinen Mandanten in Schutz genommen. Das hat ihm von den Wolfsfreunden bitterböse Kritik eingebracht. Weil er außerdem selber Jäger ist und aus einer angesehenen Oberwalliser Familie stammt, haben die sich auf ihn eingeschossen.«

»Und Pro-Wolf?«

»An vorderster Front: Joseph Wellig.«

»Wer ist das?«

»Kennst du den nicht? Der betreibt in Bellwald die Alpenbeiz. Ein echtes Original. Der nimmt kein Blatt vor den Mund.«

In Bellwald war Kauz natürlich auch schon gewesen. Jedes Mal, wenn er den Gommer Höhenweg von Münster bis zum Endpunkt erwandert hatte. Aber er hatte nie Lust gehabt, die ausufernde Siedlung näher zu erkunden. Er kannte dort niemanden. Die Alpenbeiz war ihm kein Begriff.

»Und weiter?«

Guntern nannte zwei, drei Namen, die Kauz nicht kannte.

»Willst du im Ernst sagen, es gebe im Goms bloß ein halbes Dutzend Leute, die sich zu den Freunden des Wolfs zählen?«

»Nein, es gibt mehr. Aber sie machen sich nicht für den

Wolf stark. Es ist eine schweigende Minderheit. Zu ihr gehöre ich offen gestanden auch.«

»Wieso schweigt ihr? Habt ihr Angst?«

»Sagen wir so: Ich kann es mir nicht leisten, offen für den Wolf einzustehen.«

Kauz verstand sofort. Die einheimische Klientel seines Hotels bestand aus Bauern und Jägern. Mit anderen Worten aus Wolfsgegnern und solchen, die mit ihnen sympathisierten. Nur die auswärtigen Gäste gehörten wohl ins andere Lager.

»Und dann gibt es natürlich eine Reihe von Üsserschwiizern mit einer Zweitwohnung im Goms. Das sind fast ausnahmslos Wolfsfreunde«, bestätigte Adrian seine Vermutung. »Aber ihre Meinung zählt hier nicht«, schmunzelte er. »Die könnten sich leicht für das Raubtier starkmachen, sie müssten die Folgen ja nicht tragen, heißt es hier.«

*

Lara Stockalper setzte sich etwas umständlich an den Konferenztisch. Sie versuchte, so zu tun, als wäre alles kein Problem, aber ihr kugelrunder Bauch kam ihr von Tag zu Tag mehr in die Quere.

»Wann ist es so weit?«, fragte Ria.

»In drei Wochen.«

»Und du gehst immer noch zur Arbeit?«

»Solange es geht, ja«, lächelte die Staatsanwältin und rückte die modische Brille, ihr Markenzeichen, zurecht. »Fangen wir an?«, fragte sie in die Runde.

»Einverstanden«, sagte Wachtmeister Ria Ritz.

»Ich möchte den Fall bald vom Tisch haben«, erklärte die Staatsanwältin. »Wir sind etwas in Verzug. Die Todesfälle sind schon drei Tage alt. Die Angehörigen drängen darauf, dass die Leichen freigegeben werden.«

Aspirant Nico Perren sah die Staatsanwältin aufmerksam

an; für ihn war das hier Neuland. Kriminalinspektor Gsponer drehte seine Zigarettenpackung in der Hand und nickte. Die Kriminaltechnikerin Marie Matthey saß stumm neben ihm.

Bivinelli, der Rechtsmediziner, beugte sich unter den Tisch und zog Akten aus seiner Tasche. *»Pronto«*, sagte er, den Kopf noch unter dem Tisch. Als er sich aufrichtete, stieß er mit dem Hinterkopf gegen die Tischkante. *»Porca miseria!«*, fluchte er.

»Nur mit der Ruhe«, lachte die Staatsanwältin. »Was wissen wir über die beiden Opfer?«, fragte sie dann in die Runde.

»Der eine Tote ist der Wildhüter Samuel Huser aus Binn. Fünfundsechzigjährig, verwitwet«, fing Gsponer an. »Er stand kurz vor der Pensionierung. Der andere ist Maurice Jäger aus Turtmann. Fünfundfünfzigjährig, geschieden. Er verbrachte die Nacht vor der Hochjagd in einer privaten Jagdhütte. Zusammen mit einem Jagdkameraden, der sich am Dienstag bei der Polizei meldete«, fuhr Gsponer fort. »Sonst hat ihn niemand vermisst gemeldet. Maurice Jäger ist freier Journalist, in gewissen Kreisen nennt man ihn den *Skandal-Jäger.*«

»War er in Skandale verwickelt?«, fragte die Staatsanwältin.

»Nein. Er deckte welche auf. Walliser Polit-, Finanz- und Umweltskandale. Darauf scheint er spezialisiert zu sein.«

»Ach so, *der* Jäger! Der Enthüllungsjournalist? Der für den *Klartext* schreibt?«

»Ja, und für andere Blätter, weniger ähm …«, Gsponer räusperte sich.

»Weniger linke, meinst du? Stimmt. Schreibt er nicht auch für die *Wochenzeit?* Kennt ihr den Mann?«, fragte die Staatsanwältin in die Runde.

»Mir war er bis gestern kein Begriff«, gestand Ria Ritz. »Ich lese wohl nicht die richtigen Zeitungen«, lachte sie.

Bivinelli hob die Schultern, und Matthey schüttelte den Kopf.

Nico Perren glotzte auf die Tischplatte.

»Also, Opfer Nummer eins ist ein lokal hochgeachteter Mann und Opfer Nummer zwei ein Journalist mit einem gewissen Bekanntheitsgrad im Wallis und wohl auch in der Üsserschwiiz. Das könnte Aufsehen erregen. Die Todesursache hat wohl kaum Rätsel aufgegeben, oder?«, wandte sich die Staatsanwältin an den Rechtsmediziner.

»Nein«, antwortete Bivinelli. »Beide starben an einem Schuss ins Herz.«

»Bestätigt das der Obduktionsbefund?«

»Es gab keine Obduktion. Die drängte sich in meinen Augen nicht auf. Wir haben eine minutiöse Leichenschau durchgeführt.«

»Können Sie uns die Verletzungen beschreiben?«

»Nur die äußeren. Beim Opfer Samuel Huser liegt klar ein Durchschuss durch den linken Thorax vor. Auf der Brust, genau über dem Herzen, ist der Einschuss zu sehen, am Rücken die Austrittsöffnung.«

»Woran erkennt man Einschuss- und Austrittsöffnung?«, hakte die Staatsanwältin nach.

»Die Austrittsöffnung ist in der Regel größer.«

»Wurde er von vorne erschossen?«

»Mit an Sicher…«, begann Bivinelli.

»Schon gut«, unterbrach Frau Stockalper. »Sonst noch Verletzungen?«

»Nein, keine.«

»Und das andere Opfer?«

»Bei Maurice Jäger liegt ein Nahschuss vor. Ein absoluter Nahschuss.«

»Was heißt das?«

»Die Schusswaffe wurde auf den Körper aufgesetzt. In diesem Fall auf die Kleidung.«

»Ein- und Austrittsöffnung?«

»Bei diesem Toten ist die Einschussöffnung größer. Das

kann bei einem absoluten Nahschuss vorkommen. Die Brust wird aufgerissen, besonders wenn der Schuss aus einer Jagdwaffe stammt.«

»Wieso?«

»Weil Jagdwaffen ein größeres Kaliber haben. Und vor allem, weil das Projektil eines Jagdgewehrs beim Aufprall deformiert wird. Es zerreißt das Gewebe viel heftiger als zum Beispiel ein Schuss aus einem Sturmgewehr oder Karabiner. Diese Waffen produzieren glatte Durchschüsse.«

»Aha. Andere Verletzungen?«

»Nein.«

»Todeszeitpunkt?«

»Der Tod trat bei beiden Opfern zwischen fünf Uhr morgens und etwa zehn Uhr vormittags ein.«

»Lässt sich feststellen, welcher der beiden zuerst starb?«

»Nein, mit unseren Mitteln nicht.«

»Was sagen die Spuren?«, wandte sich die Staatsanwältin jetzt an Marie Matthey.

Die entschuldigte sich dafür, dass sie auf Französisch antworte. Dann erklärte sie, die Spuren an den Händen und auf der Kleidung der Toten und die an den Fundorten der Leichen deckten sich mit den Befunden des Rechtsmediziners: Absoluter Nahschuss im einen, Distanzschuss im andern Fall.

»Aus welcher Distanz?«

Das sei schwer zu sagen, aber es müssten mindestens sechs, könnten aber auch fünfzig oder hundert Meter gewesen sein. Das abzuklären, würde zusätzliche waffentechnische Untersuchungen erfordern.

»Und jetzt die entscheidende Frage: Aus welchen Waffen wurde geschossen? Und von wem?«

Aus Husers Waffe sei nicht gefeuert worden. Aus Jägers Jagdgewehr seien mindestens zwei Schüsse abgegeben worden. Man habe neben der Leiche zwei Hülsen gefunden.

Schmauchspuren hätten sich nur an den Händen von Maurice Jäger gefunden.

»Ist die Tatwaffe mit einem Zielfernrohr ausgerüstet?«

Ja, bestätigte Matthey. Aber das sei nichts Besonderes, heutzutage sei auf jedem Jagdgewehr eines montiert.

»Und ist es technisch überhaupt möglich, sich mit der vorgefundenen Schusswaffe selber zu töten?«

Einfach sei das nicht. Der Selbstmörder müsse sich mit der Waffe gut auskennen, und er müsse beweglich und einigermaßen geschickt sein. Oder den Abzug mit einer Vorrichtung betätigen. Aber ein Schuss ins eigene Herz sei technisch möglich.

»Was für eine Vorrichtung?«

Eine Schnur oder ein Draht, den der Selbstmörder am Fuß befestige. Oder mit einem Stock betätige.

»Gab es eine solche Vorrichtung?«

»Non«, antwortete Marie Matthey.

»War die Position der vorgefundenen Waffe mit einem Suizid vereinbar?«

»Oui«, bestätigte sie.

»Was zieht ihr für Schlüsse?«, diese Frage ging an die drei Kriminalisten.

»Dass der Jäger Maurice Jäger den Wildhüter Samuel Huser erschoss, vermutlich versehentlich, und sich selbst umbrachte, als ihm klar wurde, was er angerichtet hatte«, antwortete Gsponer.

»Stimmen die Fundorte der Leichen mit den Orten überein, an denen die zwei Personen zu Tode gekommen sind?«

Das stehe nicht mit letzter Sicherheit fest, sagte Marie Matthey.

»Und wurde der Schuss auf den Wildhüter von dort abgegeben, wo man die Leiche Jägers gefunden hat?«

Das sei sehr wahrscheinlich. Es sei zwar denkbar, dass der Schütze etwas abseits seines Unterstandes gewesen sei, als er auf Huser schoss. Dann müsste man anderswo noch eine Hülse finden, und das sei bis jetzt nicht der Fall.

»Dann sieht es also nach einem Jagdunfall mit anschließendem Suizid des Schützen aus?«, meinte die Staatsanwältin.

»Es ist die plausibelste Erklärung«, bestätigte Gsponer.

»Welche anderen gäbe es?«

»Dass Jäger nicht versehentlich, sondern absichtlich schoss.«

»Das würde aus Sicht der Staatsanwaltschaft nichts ändern: Es gäbe ein Opfer und einen Täter. Im einen Fall ginge es um fahrlässige, im andern um vorsätzliche Tötung. Aber da der Täter tot ist, hätte es keine strafrechtlichen Konsequenzen. Und sonst?«

»Es ist unwahrscheinlich, denn es gibt keine Indizien oder Spuren, die dafürsprechen, aber wir können nicht ganz ausschließen, dass Drittpersonen involviert sind.«

»Hmm«, machte Stockalper. »Was machen wir da?« Sie wusste, dass *sie* jetzt entscheiden musste, ob die Ermittlung damit abgeschlossen war oder erst richtig begann.

»Noch weitere Bemerkungen?«, fragte sie in die Runde.

»No«, sagte Bivinelli.

Gsponer und Matthey sahen sich an und schüttelten den Kopf.

Aspirant Nico Perren schwieg.

»Höchstens das wegen der Drohbriefe«, bemerkte Ria Ritz.

Gsponer verdrehte die Augen.

»Was für Drohbriefe?«, fragte die Staatsanwältin.

Ria rapportierte, was sie wusste.

Die Staatsanwältin horchte auf.

»De Steinhaus? Der Advokat und Notar?«

»Richtig.«

»Hat er Anzeige erstattet?«

»Nein. Jedenfalls nicht auf dem Posten Fiesch.«

»Woher weißt du es dann?«

»Von Kauz Walpen.«

»Der Üsserschwiizer Walpen?«, fragte Lara Stockalper.

Sie erinnerte sich sofort. Vor fünf Jahren war sie in zwei spektakulären Mordfällen, in die Kauz involviert war, federführende Staatsanwältin gewesen. Damals war sie noch das Küken in der Staatsanwaltschaft Oberwallis gewesen.

»Genau der«, bestätigte Ria Ritz.

»Was hat er mit der Sache zu tun?«

Er habe von Madame Charlotte und ihrem Neffen einen Auftrag bekommen, sagte Ria und erklärte, worum es dabei ging.

»Soso«, sagte die Staatsanwältin. »Was hältst du davon, Alain?«, fragte sie Gsponer.

»Ob sich Frau de Steinhaus oder ihr Neffe an die Polizei gewandt haben, ist mir nicht bekannt. Wenn, dann direkt ans Kommando, denn bei uns ist keine Anzeige eingegangen. Frau de Steinhaus soll befürchtet haben, sie werde abgewimmelt.«

»Aha.«

»Deshalb hat sie Kauz um Hilfe gebeten«, meinte er. Er wechselte einen Blick mit Ria Ritz. »Als wir von den zwei Toten im Binntal und dann von diesen Drohbriefen hörten, wurden wir natürlich hellhörig. Aber da jetzt feststeht, wie die beiden ums Leben kamen, scheint mir ein Zusammenhang nicht gegeben. Oder siehst du das anders, Ria?«

»Du hast wahrscheinlich recht«, räumte diese ein. »Aber es ist doch eigenartig, dass es sich beim einen Toten ausgerechnet um einen erklärten Gegner und beim andern um einen engagierten Freund des Wolfs handelt. Mir gibt das zu denken.«

»Woher weißt du das?«, fragte Gsponer verblüfft.

»Thomas hat recherchiert. Gestern, als Kauz bei uns war.«

Gsponer sah sie überrascht an. Dann wechselte er einen Blick mit der Staatsanwältin. Sie kannte Abgottspons Talent.

»Ach so. Verstehe«, sagte sie. »Trotzdem«, fuhr sie nach

einer Denkpause fort, »die Sachlage und die Spuren sind eindeutig. Natürlich nicht mit absoluter Sicherheit, aber mit an Sicherheit grenzender Wahrscheinlichkeit«, sagte sie lächelnd an Bivinelli gewandt. »Das muss uns genügen. Ich will mir vom Oberstaatsanwalt nicht vorwerfen lassen, ich würde unnötigen Aufwand treiben und die Ressourcen der Polizei strapazieren.«

Sie sah in die Runde.

Niemand sagte etwas. Es war klar, dass sie die Konfrontation mit Oberstaatsanwalt Gitsch scheute. In diesem Punkt ging es allen gleich.

»Also«, schloss sie: »Der Wildhüter Samuel Huser wurde bei einem Jagdunfall erschossen. Der Unglücksschütze beging Suizid. Die Ermittlungen werden eingestellt. Die Leichen werden freigegeben.«

Damit stemmte sie sich aus ihrem Bürostuhl.

*

»Heißt das, die Sache ist gegessen?«, fragte Nico, als er seine Chefin nach Fiesch zurückchauffierte. »Gibt es keine weiteren polizeilichen Ermittlungen?«

»Nein.«

»Schade«, sagte Nico. Aber ihm fiel ein Stein vom Herzen.

»Für die Staatsanwältin ist klar, dass es ein Jagdunfall war und dass der Todesschütze sich selbst richtete«, fuhr Ria Ritz fort.

»Und für dich?«

»Ich weiß nicht«, wich sie aus. »Ich muss immer noch daran denken, was Kauz sagte, als er hörte, dass die beiden Toten Freund und Feind des Wolfs waren. Das rieche nicht gerade nach Unfall, meinte er.«

»Wer ist eigentlich dieser Kauz?«

»Ein ehemaliger Kriminalpolizist. Er war früher Dienstchef Leib und Leben bei der Zürcher Kriminalpolizei. Also der Chefermittler für Gewaltverbrechen im größten Polizeikorps der Schweiz.«

Nico nickte beeindruckt.

»Er war vor Jahren an der Aufklärung von Mordfällen im Goms beteiligt«, sagte seine Chefin.

»Als Üsserschwiizer Kriminalpolizist?«

»Nein, als Privatmann. Er war außer Dienst.«

»Und jetzt ist er Privatdetektiv?«

»Etwas in der Art. Als Polizist ist er pensioniert.«

»Ihr seid befreundet, nicht wahr?«

»Wieso weißt du das?«

»Na ja, er war doch bei euch zu Hause, hast du gesagt.«

»Bravo, mein Junge«, lachte die Polizistin. »Du ziehst die richtigen Schlüsse. Aus dir wird sicher einmal ein Kriminalist.«

»Inspektor Gsponer machte große Augen, als er das hörte«, grinste Nico.

»Als er *was* hörte?«, fragte sie, nun leicht ärgerlich.

Ihr Aspirant zuckte die Achseln und sagte nichts mehr.

»Du hast gestern gesagt, der Tote mit Namen Jäger sei dir bekannt vorgekommen«, wechselte Ria das Thema. »Woher kennst du ihn? Ist es dir wieder eingefallen?«

»Nein. Ich habe mich getäuscht. Es kam mir bloß so vor.«

»Ja, das gibts. Aber es wurmt dich ein bisschen, dass wir nichts mehr mit diesem agT zu tun haben, richtig?«

»AgT?«

»Mit diesem außergewöhnlichen Todesfall.«

»Ach so. Ja, irgendwie schon«, gab er zu.

*

Gegen die Außenwand seines Speichers gelehnt, saß Kauz auf der Holzbank und ließ sich von der herbstlichen Abendsonne bescheinen. Das Weisshorn zeigte sich im besten Licht. Die Lärchen auf beiden Talseiten würden sich bald zu verfärben beginnen, aber einstweilen waren sie noch grün.

Das Metall der riesigen Freileitungsmasten, die sich am Schattenhang durch den Wald zogen, glänzte. Kauz konnte ein Dutzend Masten zählen. Wenn er den Kopf drehte, war es talaufwärts nochmals ein Dutzend. Jeder einzelne Mast so hoch wie der Aussichtsturm auf dem Üetliberg, oder höher. Im Lauf des Sommers waren mit unzähligen Helikopterflügen die weit ausladenden Trägerarme der Masten montiert worden. Jetzt hatten sie die Gestalt von überdimensionierten eisernen Weihnachtsbäumen.

Wieso lassen die Gommer sich das gefallen?, fragte sich Kauz.

Er hatte die Frage schon vielen im Dorf gestellt. Aber keine überzeugenden Antworten erhalten. Was wolle man machen? Die Bevölkerung werde ja nicht nach ihrer Meinung gefragt. Eine Abstimmung habe es nicht gegeben. Die Behörden hätten den Beschluss am Volk vorbeigemogelt. Und dann habe man es schlicht verpasst, rechtzeitig Einsprache zu erheben. So hieß es auf der einen Seite. Das stimme nicht, widersprachen andere. Man habe sehr wohl Einsprache erhoben. Und den Fall bis vors Bundesgericht gezogen. Aber dort sei man abgeschmettert worden, die Swiss Powerline habe obsiegt. So schlimm sei das gar nicht, wiegelten einige ab. Die Gemeindepräsidenten der Gommer Gemeinden hätten in der Zeit vor der Gemeindefusion mit der Swiss Powerline nämlich einen guten Deal abschließen können. Worin der Deal bestand, der angeblich der Bevölkerung zugutekomme, wisse allerdings niemand so genau. Der Kanton mache sich bloß für die Unterwalliser stark, dort würden die Leitungen streckenweise in den Boden verlegt. Aber in der schützenswerten Gommer Landschaft nicht, ereiferten sich die Landschaftsschützer. Dabei stelle die doch das touristische Kapital des

Goms dar. Der Swiss Powerline sei das natürlich egal. Das sei eine mafiaähnliche Organisation, die überall die Finger im Spiel habe, hatte einer behauptet, der in der Branche arbeitete und es eigentlich wissen musste. Der Bundesrat wisse genau, wie korrupt dieser Laden sei und wie gewaltig man absahne, unternehme aber nichts dagegen. Warum? Weil ihm ein möglicher Stromversorgungsengpass als größtes aller vorstellbaren Übel erscheine. Mit der Drohung von Engpässen in der Stromversorgung habe die Swiss Powerline den Bundesrat über den Tisch gezogen. Und weil der Bundesrat die Missstände bei der Swiss Powerline kenne, sie aber vertusche, habe diese jetzt ein Druckmittel gegen die Landesregierung in der Hand und könne schalten und walten, wie es ihr beliebe.

Kauz wusste nicht, was er von alldem halten sollte.

Mit Gewalt musste er sich von den Gedanken losreißen. Sie waren sinnlos, denn die Masten standen als nicht zu übersehende Tatsache da.

Er konzentrierte sich auf eine Stelle im Wald, wo keine Masten standen. Dann ließ er die Augen über die Baumgrenze schweifen. Wo ist jetzt wohl mein Wolf?, versuchte er, sich abzulenken. Das half. Bald kam er von den Gedanken an den Wolf nicht mehr los. Er vergaß die Masten. Dafür kamen ihm die beiden Toten vom Binntal wieder in den Sinn. An die Drohbriefe hatte er schon eine ganze Weile nicht mehr gedacht. Jetzt war er auf einmal wieder bei der Sache.

Morgen würde er nach Bellwald wandern und in der Alpenbeiz einkehren. Es würde Max und ihm guttun, wieder einmal eine längere Strecke zu marschieren, statt Motorrad zu fahren.

Als es kühler wurde, stellte er auch diese Gedankengänge ab, ging hinein, setzte sich in seinen alten, mit Canvas bespannten Holzklappsitz und fuhr die Musikanlage hoch. Der schwarze Saxofonist Jesse Davis spielte. *Smoke gets in your eyes* klang aus den kleinen, aber feinen Boxen. Kauz holte sich von den selbst gerösteten, mit Thymian und Rosmarin bestreuten Salzmandeln und schenkte sich ein Glas Hermitage Blanche ein.

Max lag zu seinen Füßen.

In diese Feierabendstimmung hinein brummte sein Handy.

Es war Madame de Steinhaus.

»Endlich erreiche ich Sie, *Monsieur!*«, rief sie. »Sie haben sicher von diesen Todesfällen im Binntal gehört …«

»Ja, das habe ich«, bestätigte Kauz.

»Ist es nicht schrecklich? Da mache ich mir die größten Sorgen um Philippe, und jetzt werden zwei andere genau so umgebracht, wie es *ihm* angedroht wurde. Erschossen, heißt es.«

»Ja, das ist schrecklich.«

»Philippe sagt, jetzt müsse ich mir keine Sorgen mehr machen, das Gewitter sei vorüber. Was sagen Sie dazu?«

»Etwas in dem Sinn hat er auch zu mir gesagt.«

»Ach so, richtig, Sie haben ja mit ihm gesprochen. Wann war das? Entschuldigen Sie, ich bin ein bisschen durcheinander.«

»Vorgestern. Am Tag, nachdem ich bei Ihnen war.«

»Offenbar konnten Sie ihn aber nicht von der Jagd abhalten.«

»Absolut nicht, Madame.«

»Hélas!«, lamentierte die alte Dame. »Können Sie morgen nochmals vorbeikommen, *Monsieur?*«

»Morgen geht leider nicht.«

»Und am Samstag bin ich selber weg. Was machen wir da? Kommen Sie am Sonntag? Ich bitte Sie!«

Kauz sagte zu.

»Ich hoffe, das ist nicht zu spät«, meinte Madame Charlotte noch, ehe sie das Gespräch beendete.

Und schon brummte sein Handy wieder.

Diesmal war es Ria.

Sie wolle ihm nur sagen, dass die Ermittlungen im agT Binntal eingestellt waren. Und sie erklärte ihm auch, wieso.

»Ach ja?«, machte er. »Jagdunfall und Suizid des Schützen? Nun, wenn die Spuren das so klar belegen, wird es wohl so sein.«

»Gibt dir das nicht zu denken?«, fragte Ria.

»N-Nein.«

»Nicht? Ach, komm!«

»Was willst du von mir, Ria? Etwa, dass ich auf Ermittlungen bestehe? Was habe ich denn hier zu sagen? Ich bin ja nicht einmal mehr Polizist.«

»Schon klar, Chüzz. Aber glaub mir, die Staatsanwältin war sich ihrer Sache nicht so sicher, wie sie tat.«

»So? Und Alain?«

»Ich weiß nicht …«

»Aber, Ria, er und seine Kriminaltechnikerin, diese Marie Matthey, sind kompetente Leute. Und der Rechtsmediziner Bivinelli auch. Wenn die alle sagen, dass es ein Jagdunfall und ein Suizid ist, dann darf man dem trauen.«

»Na, wenn du meinst, Chüzz. Dann also einen schönen Abend noch und schlaf gut. Übrigens, hast du morgen etwas vor?«

»Ich wandere nach Bellwald. Möchte mich mal in der Alpenbeiz umsehen.«

»Ach so, beim Alaska-Joe? Verstehe.«

»Ich dachte, der Beizer heiße Joseph Wellig.«

»Genau so heißt er: Wellig Joseph. Der Alaska-Joe. Manche nennen ihn auch den *Tschäppl*.«

»Hat er mehr als einen Spitznamen?«

»Ja, zwei: *Tschäppl* und Alaska-Joe.«

»*Zwei* Spitznamen! Viel Ehr«, witzelte Kauz, »zumal im Goms.«

Einen Moment war die Leitung stumm. »Äh, Chüzz, nimmst du mich mit?«, hörte er dann. »Ich habe morgen einen freien Tag. Hatte am letzten Wochenende ja Bereitschaft. Überlegs dir, du kannst es mir auch erst morgen sagen.«

Aber Kauz brauchte keine Bedenkzeit.

Freitag, 21. September

Ria hatte ihn vorgewarnt: Es erwarte ihn ein steiler Aufstieg zum Gommer Höhenweg. Sie hatten sich auf halbem Weg zwischen Münster und Fiesch getroffen und waren sofort in die Höhe gestiegen. Max hechelte. Kauz blieb immer wieder stehen, froh, die Aussicht bewundern zu können. Talaufwärts zeigte sich der Galenstock, talabwärts das Weisshorn, auf der anderen Talseite das Rappenhorn. Es herrschte den achten Tag in Folge wunderbares Herbstwetter. Nach einer Stunde machten sie bei einer Alphütte halt. Ein Tisch stand vor der Hütte, sie setzten sich.

Eine uralte Frau kam aus der Hütte gehumpelt.

»Salü«, sagte sie zu Ria, *»Güetä Tag«* zu Kauz. *»Geets güet?«*

»Güet und sälber, Klara?«, fragte Ria zurück.

»Güet, bin zfridä«, behauptete die Frau, die sich nur mit Mühe aus der Hütte geschleppt hatte.

Man wechselte ein paar Wort über das Wetter, dann fragte die Alte nach ihren Wünschen. Sie bestellten zwei Gläser Alpentee mit Zitrone. Ria hatte während des Aufstiegs versucht, bei Kauz wegen der Drohbriefe auf den Busch zu klopfen. Aber er war nicht darauf eingegangen.

»Wie stehst du eigentlich zu Alain?«, fragte sie jetzt.

»Wie meinst du das? Wir sind Freunde.«

»Ich weiß. Aber was weißt du über deinen Freund?«

»Nicht viel«, sagte Kauz. »Eigentlich gar nichts. Außer,

dass er raucht wie ein Schlot, dass er espressosüchtig ist und gern ein Glas Wein trinkt. Oder auch mehr als eins.«

»Ist es nicht eigenartig?«, fragte Ria. »Er ist dein Freund, aber du weißt nichts von ihm. Mir geht es genau gleich. Dich kenne ich ein bisschen, Kauz: Ich weiß, dass du geschieden bist, dass du einen Sohn hast, der Xaver heißt und früher Drogenprobleme hatte. Und dass du ein Mönchsleben führst, weil du die Nase voll hast von Beziehungsproblemen«, lächelte sie und legte den Kopf etwas zur Seite. »Und dass dein Hund dein Ein und Alles ist«, ergänzte sie und tätschelte Max, der sich unter den Tisch gelegt hatte, den Kopf.

»Du kennst mich aber gut«, witzelte Kauz.

»Und du weißt von mir, dass ich öfter Probleme mit meiner Tochter habe, die in der Vorpubertät steckt. Und ab und zu mit meiner Mutter Knatsch, die sich für uns aufopfert. Du weißt, dass ich einen Paraplegiker zum Mann habe und Tag für Tag versuche, ihm wegen seines selbst verschuldeten Unfalls nicht zu grollen.«

»So deutlich hast du das aber noch nie gesagt«, warf Kauz ein.

»Nicht?«, meinte Ria nachdenklich und sah ihm ins Gesicht. »Versteh mich richtig, Kauz: Thomi ist ein feiner Kerl und ein toller Vater. Und ich finde es großartig, wie er sein Schicksal meistert. Aber als mein Partner ist er halt nicht mehr ganz so, wie soll ich sagen …«

»Ich versteh schon, Ria.«

Ria warf den Kopf in den Nacken.

»Was ich fragen wollte, Kauz«, setzte sie neu an: »Ist Alain eigentlich liiert?«

»Das weiß ich nicht. Wir sprechen nie über Beziehungen.«

»Und das unter Freunden! Das ist doch eigenartig.«

»Na ja, aber so ist es.«

Darüber hatte Kauz auch schon nachgedacht: dass er sozusagen nichts über seinen Freund wusste, nicht einmal, wo er wohnte. Geschweige denn, ob er in einer Beziehung lebte. Ob er ein Schürzenjäger oder eher an Männern interessiert war oder absichtlich Single. Aber geändert hatte sich daran nichts. Vielleicht war gerade das der Grund dafür, dass sie so gut miteinander auskamen.

»Wieso fragst du überhaupt?«, fragte er die Freundin.

»Eben, weil ich rein gar nichts über ihn weiß«, wich sie aus. »Nimm zum Beispiel sein vernarbtes Gesicht. All die kleinen Narben! Weißt du, woher die stammen?«

»Keine Ahnung. Müsste ich das wissen?«, fragte er Ria und auch sich selbst. War er kein echter Freund, dass er solche Dinge nicht wusste? »Vielleicht hatte er eine schwere Akne. Oder denkst du, er hat Pocken gehabt? Oder einen Schrotschuss abbekommen?«

»Ach, was solls«, sagte Ria, halb ärgerlich. »Mir ist er manchmal einfach fast unheimlich.«

»Unheimlich? Alain? Wieso?«, fragte Kauz erstaunt.

»Weil er ein Buch mit sieben Siegeln ist. Weil er ...«

Die alte Klara war aus der Hütte gehumpelt und stellte sich neben ihren Tisch.

»Düü, Meggä«, richtete sie das Wort an Ria, denn natürlich wusste sie genau, wer am Tisch saß, *»weischt düü äppäs?«*

Klara kannte Ria, die damals noch Maria geheißen hatte, seit Kindsbeinen. Deshalb durfte sie sie mit *Meggä,* Gommertitsch für Mädchen, ansprechen.

Wieso der Sämi habe sterben müssen, wollte sie wissen.

»Kennscht dü denä?«

»Deich wol. Das ischt ä Vettär va miär.«

»Das tüet miär leid, Klara«, sagte Ria, stand auf und drückte der Alten die Hand. Nein, erklärte sie, man wisse bloß, dass Samuel Huser durch den Schuss aus einem Jagdgewehr ums Leben gekommen sei. Mehr wisse man noch nicht.

»Äs ischt nit rächt«, sagte Klara.

»Nëj«, gab ihr Ria recht, *»wirkli nit.«*

Klara ging hinein.

Ria drängte darauf weiterzugehen, denn man habe noch mindestens zwei Stunden Fußmarsch vor sich. Der Höhenweg führte tief in ein Seitental hinein und auf einem Steg über einen wild brausenden Bergbach. Wieder am Sonnenhang, die Sonne im Rücken und das Weisshorn vor Augen, ging es bald steil in die Tiefe, bald wieder in die Höhe, über längere Strecken der Höhenkurve entlang durch den Lärchenwald und erneut in ein Seitental hinein. Aber im Großen und Ganzen war es, seit sie den Höhenweg erreicht hatten, keine anstrengende Wanderung mehr.

Es war ein Uhr, als sie beim Weiler Lärch eintrafen, der zur Gemeinde Bellwald gehörte. Eine hübsche Ansammlung von ein paar Ställen, Speichern und drei, vier Häusern. Umgeben von Lärchen und nahezu eingewachsen von Holunder- und anderen Sträuchern. Etwas abseits der Häusergruppe stand eine typische Gommer Bergkapelle, am anderen Ende des Weilers war die Alpenbeiz. Auf einer terrassenartig angelegten Fläche vor dem Haus war die Gartenwirtschaft eingerichtet. Sonnenschirme waren aufgespannt. Die Aussicht war atemberaubend.

Die Mittagessenszeit war vorbei, leere Teller wurden abgetragen. Viele Gäste, mehrheitlich Wanderer, blieben noch sitzen und warteten auf ihren Nachtisch oder Kaffee. Andere trafen, wie Ria und Kauz, erst jetzt ein und gaben ihre Bestellung auf.

Ein breitschultriger, untersetzter Mann, einen Cowboyhut auf dem Kopf, bewegte sich pausenlos, aber ohne Hektik, zwischen den Tischen. Er schien gleichzeitig überall zu sein. Er räumte hier einen Teller weg, fuhr dort mit einem Lappen über die Tischfläche, bückte sich da nach einer heruntergefallenen Papierserviette. Er begrüßte Neuankömmlinge, fragte die schon Sitzenden nach ihren Wünschen, machte Empfehlungen und gab Richtung Theke per Handzeichen Bestellungen auf, verabschiedete die, die aufbrachen. Er ließ hüben einen Spruch fallen, gab drüben eine schlagfertige Antwort, schüttelte Hände, klopfte auf Schultern und Rücken und lachte immer wieder schallend. Der Alpenbeizwirt fühlte sich inmitten seiner Gäste offensichtlich pudelwohl. Eine Serviererin war mit Einkassieren beschäftigt. Eine zweite, eine schwarzhaarige junge Frau mit bronzefarbenem Teint und exotischen Gesichtszügen, stand hinter der Theke.

Dass ein Gommer Wirt eine Asylantin beschäftigte, machte auf Kauz Eindruck. Die Frau hantierte unentwegt, trug Geschirr in die Gaststube hinein, brachte Speisen heraus, zapfte Bier.

Alaska-Joe kam an ihren Tisch.

»Salü«, sagte er und gab Ria die Hand.

»Salü«, grüßte sie zurück. *»Das ischt dr Chüzz.«*

»Ma gseets«, lachte Joe und schüttelte auch ihm die Hand.

Der Mann war Kauz sofort sympathisch. Es kam nicht oft vor, dass einer so ungeniert auf seinen Spitznamen und seinen Eulenblick reagierte. Die meisten fragten zweimal nach, ob sie richtig verstanden hatten.

»Und wels ischt das?« Joe tätschelte Max den Kopf.

»Das ist Max.«

»Aha. Und wo ischt dr Moritz?«, lachte er und fragte weiter: *»So, was wällted Iär?«*

Sie gaben ihre Bestellung auf, ein Mineralwasser, ein Bier und einen Alpenteller für zwei.

Joe machte ein Zeichen Richtung Theke. Als die Frau nicht sofort reagierte, rief er: *»Hescht keert?«*

»Woll äppä«, rief die Asylantin zurück und zapfte das Bier.

»Die ist aber gut assimiliert«, witzelte Kauz.

»Ich will es doch hoffen!«, lachte Joe.

Als er weg war, raunte Ria Kauz zu: »Das ist seine Tochter«, und erzählte ihm von Alaska-Joe. Er habe mehr als dreißig Jahre in Alaska gelebt und dort eine Indianerin zur Frau gehabt. Die sei gestorben, und er sei vor mehr als zehn Jahren mit den zwei Kindern ins Goms zurückgekehrt.

Bald standen Getränke und Alpenteller auf dem Tisch. Sie griffen zu. Als sie damit fertig waren, ließen sie sich Kaffee und Aprikosenkuchen bringen. Alaska-Joe setzte sich mit einer Tasse Kaffee zu ihnen. Den Cowboyhut legte er nicht ab. Das weiße, fast schulterlange Haar war zu einem etwas schütteren Pferdeschwanz gebunden, der unter dem Hut heraushing.

Aussteiger-Look, dachte Kauz.

»Digestif?«, fragte Joe.

Ria schüttelte den Kopf, Kauz nach kurzem Zögern auch.

»Wo ist dein Sohn? Hilft er nicht mit?«, fragte Ria.

»Lee? Nein, der ist auf der Jagd.«

»Ach so, natürlich. Aber wieso du nicht?«

»Bis gestern war ich auch. Muss meine Hüfte schonen.«

Was folgte, war *Doorffä* in Kurzform, mehr oder weniger aktuelle Neuigkeiten aus Fiesch und aus Bellwald. Kauz hörte dem Klatsch mit halbem Ohr zu und betrachtete derweil den Mann. Er war entschieden nicht mehr der Jüngste, Kauz schätzte ihn trotz seiner rüstigen Erscheinung auf einiges über siebzig Jahre.

Er musste sich überwinden, Joe genau anzusehen, während dieser mit Ria sprach. Von der Seite sah sein Gesicht entstellt aus. Es war offenbar einmal übel zugerichtet worden. Sein linkes Ohr war deformiert, die linke Nasenhälfte vernarbt. Vom linken untern Augenlid zog sich eine breite Narbe knapp am Mundwinkel vorbei zum Kinn. Nach einem Studentenschmiss sah es nicht aus, das musste eine gröbere Verletzung gewesen sein. Die Hände und Unterarme, die auf dem Tisch lagen, sahen aus wie die eines Verbrennungsopfers.

Alaska-Joe drehte den Kopf und sah Kauz an.

Der sah erst jetzt, dass Joe zwei verschiedene Augen hatte. Das linke blickte starr, aus dem rechten sah er Kauz an.

Der fühlte sich ertappt.

»*Lüeg nummä*«, sagte Joe. »*Äs macht nit wee.*«

»Was ist passiert? Eine Verbrennung?«

»Nein. Das war ein Bär.«

»Meine Güte! Tut mir leid«, sagte Kauz.

»*Miär ö*«, meinte Joe trocken, stand auf und machte sich wieder auf seine Runde.

Als sie mit Kaffee und Kuchen fertig waren, fragte Ria: »Kennst du Bellwald? Das alte, meine ich.«

»Nicht wirklich.«

»Komm, wir machen einen Rundgang«, schlug sie vor. »Wenn wir zurück sind, hat Joe vielleicht Zeit für uns.«

Von der Alpenbeiz war es eine Viertelstunde Fußmarsch ins Dorf, das schräg unter ihnen lag. Vorbei an dem, was Kauz bis anhin für Bellwald gehalten hatte: Ferienchalets, Familien- und Sporthotels, Spielplätze, Parkplätze, Minigolfanlagen, Sport- und Einkaufsläden, Bars, Restaurants und Imbissbuden.

Hinter der Dorfkirche befanden sie sich plötzlich in einer anderen Welt. Ein kompakter alter Dorfkern mit vielleicht drei Dutzend eng beisammenstehenden Häusern aus schwarz gebranntem Lärchenholz. Die meisten Dächer mit Schindeln gedeckt, die Balkone blumengeschmückt, die Gärten reich bepflanzt. Eine Oase der Stille in einer Welt der Betriebsamkeit.

Ria führte ihn von Haus zu Haus, wusste bei jedem etwas über dessen Geschichte, die ehemalige Verwendung – Wohnhaus, Stall, Stadel oder Speicher, Wasch- oder Backhaus – und die früheren Bewohner zu erzählen, zeigte auf Besonderheiten der Bauweise und ortstypische Verzierungen. Mit Unterstützung einer Stiftung waren die Häuser, die teils aus dem fünfzehnten Jahrhundert stammten, dem Dorf erhalten geblieben. Viele der Bauten waren sorgfältig renoviert und zu Ferienhäusern umgebaut worden. Aber der Charakter des alten Dorfkerns war erhalten geblieben.

»Woher weißt du das alles?«, fragte Kauz.

»Die Eltern meiner Mutter lebten hier. Vor sechzig Jahren gab es nur dieses Bellwald«, schloss sie ihre kleine Führung ab. »All das«, sie zeigte in Richtung der ausufernden Ferienhausüberbauung oben am Berg, »kam erst mit der Erschließung des Dorfs durch die Seilbahn und die Straße dazu.«

Eine gute Stunde später waren sie wieder zurück. In der Alpenbeiz herrschte jetzt mehr oder weniger Flaute.

Alaska-Joe saß mit ein paar Gästen, mehrheitlich Einheimischen und ein paar Wanderern, an einem der Gartentische, eine Apfelschorle vor sich.

»Pause?«, fragte Ria.

»Füwoll«, meinte er. *»Bis wiiter geet«*. In einer guten Stunde sei hier wieder *full house*. *»Hokkäd«*, forderte er die beiden auf.

Ria und Kauz setzten sich an den Tisch.

Er fragte nicht nach ihren Wünschen.

»Düü, Tschäppl!«, rief einer, der etwas weiter weg saß.

»Was ischt?«, fragte der zurück.

Im Binntal sei ein Wolf gesichtet worden, so der Rufer.

»Achtung, jetzt gehts los«, flüsterte Ria.

Das sei aber eine gute Nachricht, meinte Joe.

Ob das sein Ernst sei?, rief ein anderer. Es seien doch wieder Schafe gerissen worden.

Im Binntal?

Nein, aber im Turtmanntal.

Das sei nichts Neues. Man müsse seine Schafe eben schützen. Dafür gebe es Zäune, Pferche und Schutzhunde. Oder Esel.

Die seien zu teuer für einen Einzelnen, lautete der Einwand.

Es gebe für jeden, der sie beantrage, finanzielle Unterstützung, entgegnete Joe. Vom Bund und vom Kanton. Auch er selber würde jedem in Bellwald einen Batzen an einen effizienten Elektrozaun oder an einen Schutzhund beisteuern, wenn er ihn frage. Aber es frage keiner. Und überhaupt, die Schafhalter müssten sich halt zusammentun. Gemeinsam könnten sich mehrere Schafhalter ohne Weiteres einen Schutzhund leisten. Wenn sie eine Herde von fünfhundert oder mehr Schafen zusammenbrächten, sogar einen Schäfer. Man müsse halt mit der Eigenbrötlerei aufhören.

Das Wallis sei doch nicht Alaska, warf jetzt einer ein. Dort gebe es genug Platz für einen Haufen Wölfe. Hier nicht.

»Doch, doch«, sagte Alaska-Joe ruhig. »Im Wallis wäre Platz für mehrere Rudel, ohne dass die großen Schaden anrichten würden. Wir haben nicht einmal eines«, sagte er, und an Ria und Kauz gerichtet, fügt er leise an: »Die Wolfsfähe wurde geschossen, ehe sich das Rudel bilden konnte.«

»Ich dachte, der Wolf sei geschützt«, warf Kauz ein.

»Ist er auch. Das Tier wurde gewildert. Passiert ist dem Schützen nichts.«

Das muss der Fall sein, von dem Madame de Steinhaus erzählt hatte, dachte Kauz.

»Letztes Jahr sind in der Schweiz zweihundert Schafe von Wölfen gerissen worden«, ging die Polemik zwischen den Tischen wieder los.

»Das stimmt«, sagte Joe.

»Das ist doch ein Skandal!«

»Vier- oder fünftausend Schafe sind aus anderen Gründen auf der Alp verendet. Durch Krankheit und Unfälle. Durch Erfrieren oder Verhungern, weil der Bauer sie nicht rechtzeitig von der Alp herunterholte«, konterte Alaska-Joe.

»Ach, hör doch auf! Überhaupt, der Wolf reißt nicht nur Schafe, er reißt auch Wildtiere. Er pfuscht unseren Jägern ins Handwerk.«

»Der Wolf reißt alte und kranke Tiere. Das kann uns Jägern nur recht sein. Fakt ist: Ein Wolfsrudel, wenn es eins gäbe, würde im Jahr vielleicht drei- oder vierhundert Stück Wild reißen. Wir Jäger schießen im Jahr drei- oder viertausend Stück! Rechne!«

»Schulmeister!«, maulte jemand. Und ein anderer frotzelte: »Bist du jetzt ein Jäger oder ein Wolfskuschler?«

Alaska-Joe lachte laut heraus.

»Du kannst mir vieles vorwerfen, aber das nicht!«, rief er. »Ich kuschle mit keinem Raubtier. Ich lese jedem die Leviten, der eines hätschelt oder anfüttert. Zu Raubtieren muss man Distanz halten. Nicht Nähe suchen.«

Das hätte ihm früher einfallen sollen, raunte einer hinter vorgehaltener Hand. Alaska-Joe tat, als habe er ihn nicht gehört.

Das Hin und Her ging eine ganze Weile weiter.

Den meisten ging es darum, Alaska-Joe zu provozieren. Doch das war gar nicht so einfach. Er hatte auf jeden Vorwurf, jede Behauptung eine Antwort. Entweder gab er dem Rufer recht, oder er hatte ein Gegenargument parat, das der andere nur noch mit einem faulen Spruch parieren konnte. Er reagierte mit Humor und blieb dennoch sachlich. Was er sagte, leuchtete Kauz genauso ein wie das, was er von Aldo Inderschmitten gehört hatte.

Jeder Gommer hat offenbar eine unumstößliche Meinung, erkannte Kauz. Entweder für den Wolf oder gegen ihn. Der Wolf polarisiere, stand in der Zeitung. Genauso ging es ihm selber: Er fühlte sich hin- und hergerissen.

Eine Weile drehte sich das Gezänk um Wild und um Schafe, dann ging es auf einmal um die Gefahr, die der Wolf für den Menschen bedeute.

»Ein Muni ist für den Menschen auch gefährlich«, entgegnete Joe einem, der das Argument vorbrachte. »Und eine Mutterkuh auch. Deswegen schießt man die Tiere aber nicht ab.«

»Willst du damit sagen, ein Wolf sei nicht gefährlicher als eine Kuh?«

»Dummes Zeug! Aber der Mensch steht nun mal nicht auf dem Speiseplan des Wolfs. Er entspricht nicht seinem Beuteschema. Ein Wolf – außer er ist tollwütig – greift keinen Menschen an. Trotzdem müssen wir ihn uns vom Leib halten. Das heißt, man darf nichts tun, was ihn anlockt. Bei uns in Alaska …«

»Bei uns! Ich dachte, du bist *äs Gommi.*«

Joe überhörte den Zwischenruf.

»In Alaska weiß jeder, dass er nichts tun und nichts wegwerfen oder rumliegen lassen darf, was Bären oder Wölfe anzieht. Selbst Kinder wissen das. Und halten sich daran. Das ist eine Sache der Erziehung.«

»Oho! Joe, der Erziehungsberater!«

»It sucks«, raunte Alaska-Joe, an Ria und Kauz gerichtet. »Es nervt total. Aber so geht das jeden Tag. Für viele ist es offenbar eine Gaudi, mich aus dem Busch zu klopfen.«

»Wieso machst du dann mit?«, fragte Ria.

»Weil sich im Goms sonst keiner traut, den Wolf in Schutz zu nehmen.«

»Sind die Meinungen nicht längst gemacht?«, fragte Kauz.

»Doch, bei den meisten schon. Vorurteile sitzen halt tief. Wenn du schon als Kind hörst, dass der Wolf eine Bestie ist, kannst du es als Erwachsener fast nicht mehr anders sehen. Für viele ist es eine Glaubenssache. Man kann es auch Fanatismus nennen. Dagegen kommst du mit vernünftigen Argumenten gar nicht an. Es ist wie beim Rassismus.«

Kauz horchte auf. Starker Tobak, dachte er.

Alaska-Joe sah ihn im gleichen Augenblick an.

»Ich weiß, wovon ich rede«, sagte er. »Aber es gibt immer ein paar, die haben keine Vorurteile. Die hören zu und lassen sich vielleicht noch umstimmen. Zu denen rede ich eigentlich.«

»Du hast Fanatismus gesagt, Joe. Gibt es unter den Wolfsfreunden nicht auch Fanatiker? Solche, die jeden hassen, der etwas gegen den Wolf sagt?«

»Doch, doch, die gibts. Es gibt ja auch fanatische Tierschützer. Die würden jeden Fleischesser am liebsten umbringen.«

»Genau. Es gibt Leute, die haben Morddrohungen erhalten, weil man sie für Wolfsgegner hält.«

»Ich weiß. Aber das ist doch verrückt«, sagte Alaska-Joe und stand auf. »So kommen wir nie weiter. Wir müssen lernen, miteinander zu leben. Wir Menschen mit dem Wolf. Und wir Menschen miteinander, auch wenn wir verschiedene Ansichten haben«, dozierte er und ging an die Arbeit.

Er kam aber noch zwei-, dreimal an ihren Tisch zurück und setzte sich kurz zu ihnen. Er schien gemerkt zu haben, dass er in Kauz einen interessierten Zuhörer hatte.

»Unter den Wolfsfreunden gibt es nicht nur fanatische Tierschützer. Es gibt auch naive Wolfsverklärer. Die erheben den Wolf beinahe zur Gottheit. Und blenden aus, dass er ein Raubtier ist. Am liebsten wäre es denen, wenn der Wolf ein Veganer wäre«, lachte Joe. »Die nützen unserer Sache natürlich nicht, die schaden ihr eher. Mich nerven die fast so wie die Wolfsverteufler«, schloss er und drehte wieder eine Runde.

»Er hat ziemlich radikale Ansichten«, sagte Kauz, als er weg war.

»Genau dafür ist er bekannt«, gab ihm Ria recht.

»Was sind das eigentlich für Leute, die den Wolf ausrotten wollen? Und ihn jagen?«, fragte er, als Joe das nächste Mal vorbeikam.

»Rechtsdenkende«, sagte Joe lakonisch.

»Wie bitte? Rechtdenkende?«, wunderte sich Kauz.

»Rechts-, nicht Recht«, korrigierte ihn Joe.

»Wie meinst du das?«

»Listen to me!«, sagte Joe und setzte sich wieder. »Hör zu!, wollte ich sagen. Es mag eine Verallgemeinerung sein, aber es entspricht exakt meinen Beobachtungen: Wolfsgegner denken rechts, Wolfsfreunde links. Oder grün, wenn du so willst. Und entsprechend stimmen sie auch an der Urne ab.«

»Das kann doch nicht dein Ernst sein!«

»Es ist aber so!«, sagte Joe. »Wolfsgegner sind Gegner von allem, was in ihren Augen nicht hierherpasst. Sie haben eine Abneigung gegen alles, was nicht ihrem Begriff von Recht und Ordnung und Heimat entspricht. Sie hassen das Fremde. Wie die Nazis«, sagte er trocken. Kauz zuckte zusammen. »Touristen akzeptieren sie, solange sie Geld bringen und nicht bleiben. Aber sie wollen keine Asylanten. Sie neigen zu Schwarz-Weiß-Denken. Das kannst du wörtlich nehmen: Schwarz-Weiß, verstehst du?«

»Das ist ganz schön heftig«, murmelte Kauz und schaute Ria an. Die war auch ziemlich konsterniert.

In Alaska, holte Joe jetzt aus, sei die Situation vielleicht noch eindeutiger als in der Schweiz: Wolfsfeinde seien Republikaner, Wolfsfreunde Demokraten. Da gebe es seiner Erfahrung nach kaum Ausnahmen. Die Republikaner in Alaska seien begeistert von ihrer grässlichen Gouverneurin. Und die habe ein Gesetz durchgeboxt, das den Abschuss von Wölfen aus Helikoptern erlaube. Schon am ersten Tag nach Inkrafttreten des Gesetzes seien vierzig Wölfe geschossen worden, erklärte Joe. Die Wolfspopulation ganzer Landstriche sei brutal auseinandergerissen worden.

»Wolfsfeinde gehen übrigens gern auf Bärenjagd. Und Bärenjäger sind immer Republikaner. Kein Jäger mit dem Parteibuch der Demokraten würde je einen Grizzly schießen«, fuhr Joe weiter. »Ich weiß nicht, ob der neue Präsident ein Jäger ist. Aber wenn er einer ist, dann geht er bestimmt auf Bärenjagd. Seine Söhne schießen in Afrika Löwen und Elefanten. *The big five, you know.* Wie Hemingway vor sechzig Jahren. Und wozu? Sicher nicht, um sich von ihrem Fleisch zu ernähren. Sondern um sich mit dem erlegten Tier auf Facebook zu brüsten. Und Trophäen von gefährdeten Tierarten nach Hause zu schleppen. Ein Demokrat würde sich schämen, so etwas zu tun. *Believe me!*«

Er stand auf. Im Weggehen drehte er sich noch einmal um und sagte: »Du weißt ja, wie sie sich nennen, die von der *Grand Old Party: Conservatives*. Wie bei uns: Konservative, also Bewahrer, wörtlich genommen. Aber die bewahren gar nichts, sie zerstören bloß. Vor allem die Umwelt, die Natur. Und damit den Menschen.« Joe kam wieder näher, und allmählich redete er sich in Rage. »Weißt du was? Sie sind drauf und dran, den *Conservation Act* abzuschaffen. Das Gesetz, mit dem die Natur Alaskas und deren Ureinwohner geschützt werden. So ticken die, diese *Conservatives*! Das Einzige, was die bewahren wollen, ist ihre Macht und ihr Profit.«

»So simpel siehst du das, Joe?«, versuchte Kauz, entgegenzuhalten: »Rechts der Wolfsgegner und Umweltzerstörer. Und links der Bewahrer der Natur, der Wolfsfreund?«

»*Right on*, Kauz. Du hast es kapiert. *It's that simple*«, sagte Joe und klopfte ihm auf die Schulter.

In Rias Wanderjacke summte es.

»Entschuldigt, bitte«, sagte sie und zückte ihr Diensthandy.

Alaska-Joe nahm das zum Anlass, sich wieder an die Arbeit zu machen. Denn bald würden Essensgäste eintrudeln.

»Da ist eine Nachricht von Gsponer …«, sagte Ria, mit Blick auf das Display ihres Handys.

»Ach ja? Was schreibt er?«, fragte Kauz.

»Lara hat Zweifel an ihrer eigenen Entscheidung. Sie hat die Freigabe der Leichen widerrufen. Und bei beiden Toten eine Obduktion angeordnet.«

»Soso«, machte Kauz. »Was hat sie dazu bewogen?«

»Keine Ahnung.«

»Vor Montag wird das Resultat wohl nicht da sein«, meinte er, ganz so, als ob ihn die Sache nichts anginge.

Samstag, 22. September

Zwei Stunden schon lag Kauz hoch über dem Leffälseewji, Max neben sich. Dann tauchte er plötzlich auf, wie aus dem Nichts: runde Ohren, helle Schnauze, kurze Rute, schwarzes Schwanzende. Federnder Gang. Er war höchstens hundertfünfzig Meter entfernt und halb durch eine Bodenerhebung verdeckt. Das Tier stieg höher, jetzt wurden auch die Beine sichtbar, das ganze braun-graue Wesen. Kauz, den Feldstecher am Auge, war ganz sicher: Das war ein Wolf! Und fast sicher, dass es dasselbe Tier war, das er vor vier Tagen gesehen hatte: *sein* Wolf.

Er schärfte Max mit einem Handzeichen ein, ja keinen Mucks zu machen, zurrte die Leine straff und befestigte sie am Gürtel, um beide Hände frei zu haben. Ein leichter Wind wehte ihnen entgegen, der Wolf konnte sie also kaum wittern. Kauz legte den Feldstecher beiseite und schnappte sich, ohne das Tier aus den Augen zu lassen, die Kamera, auf der er diesmal das beste Teleobjektiv montiert hatte. Er fotografierte, was das Zeug hielt.

Der Wolf streunte, die Nase am Boden, zwischen den Felsbrocken umher. Dann trabte er, den Berghang traversierend, schräg abwärts in seine Richtung, blieb plötzlich stehen, verharrte, schaute genau in die Kamera – Kauz schlug das Herz bis zum Hals –, machte dann kehrt und trabte wieder aufwärts. Er stellte sich mit den Vorderbeinen auf einen Felsen und hielt Ausschau. Dann stieg er von seinem Ausguck hinunter, hielt erneut inne, hockte sich auf den Boden, reckte das Hinterbein und kratzte sich im Nacken. Dann leckte er sich am Hintern –, übrigens genau wie Max –, stand wieder auf, schnüffelte ausgiebig am Boden, scharrte kurz, schnüffelte wieder und trabte zügig weiter. Der Wolf verschwand hinter einem großen Felsen und ließ sich nicht mehr blicken. Ruhte er sich aus, oder war hinter dem Felsen eine Höhle, in die er sich verkroch? Kauz blieb lange liegen, doch der Wolf ließ sich nicht mehr blicken. Er war wohl weitergezogen. Schließlich stieg Kauz über einen gut vertrauten Weg zu seiner alten BMW ab.

Dass er auf dem Rückweg beim Hotel Belle Epoque haltmachte, war schon fast Gewohnheit. Der Hotelier sah ihn kommen, bat ihn ins Direktionsbüro und ließ Kaffee bringen. Kauz war nicht ganz klar, wie er das auslegen sollte. War es Sympathie? Ein Freundschaftsangebot? Oder professionelle Walliser Gastfreundschaft? Wollte er etwas von ihm, ohne es zu sagen? Einerlei, es war ihm nicht unangenehm, dass sich Guntern um ihn bemühte.

»Nun«, fragte der. »Hast du Erfolg gehabt?«

»Allerdings«, sagte Kauz und lachte zufrieden.

»Darauf kannst du dir was einbilden.«

»Tu ich auch.«

»Erzähl.«

Kauz hielt ihm das Display seiner Kamera unter die Nase und erzählte. Guntern hörte interessiert zu und betrachtete die Bilder, die Kauz von dem Tier geschossen hatte.

»Großartig«, schwärmte er.

»Danke übrigens noch einmal für den Tipp«, schloss Kauz. »Hättest du mir nicht die Wanderung ins Leffältal empfohlen, …«

»Scho güet«, machte Guntern.

»Ich frage mich, ob es ein Muttertier ist und ob es dort oben Jungwölfe hat«, schloss Kauz.

»Das wäre eine Sensation«, meinte Guntern. »Für die einen«, fügte er an, »für die andern wäre es eine Katastrophe. Und Grund für einen Feldzug.«

»Ich weiß. Auch dein zweiter Tipp hatte es übrigens in sich. Gestern war ich in der Alpenbeiz.«

»Bei Joseph Wellig? Hat es sich gelohnt?«

»Und ob! Du bist aber der Einzige, der ihn bei seinem Namen nennt. Alle andern sagen Alaska-Joe.«

»Stimmt. Ich benutze lieber die richtigen Namen. – Wurde er politisch?«

»Ja und ob«, lachte Kauz.

»Das wird der immer, wenn er in Fahrt kommt. Da ist er unverbesserlich.«

Kauz versuchte, die Gelegenheit beim Schopf zu packen, um Guntern ein bisschen auszufragen.

»Ich hätte da noch ein paar Fragen, Adrian«, fing er an.

»Weißt du was, Kauz?«, unterbrach ihn Guntern und schaute auf die Uhr. »Es ist schon fast elf. Komm doch einfach mit an unseren Familientisch«, schlug er vor und stand auf. »Da geht es ganz informell zu«, ergänzte er, als Kauz zögerte.

Familientisch?, wunderte sich der. Ich dachte, sie hätten keine Kinder.

Guntern führte ihn in einen großen Raum neben der Küche. Ein langer Tisch für das gesamte Personal von Küche und Restaurant stand da. Man saß entweder schon am Tisch oder half, das Essen aufzutragen. Zwei, drei Frauen vom Etagenpersonal waren auch dabei, außerdem Gunterns Frau und deren Schwester.

Guntern hatte betont, dass er das Hotel zusammen mit seiner Frau führte. Sie sei nicht etwa die Frau des Hoteldirektors, sondern selber Direktorin. Ihre Schwester stehe dem Hausdienst vor und leite das abendliche Achtsamkeitstraining. Sie biete Yogakurse an und organisiere Kräuterwanderungen.

Alles in allem waren es rund ein Dutzend Personen, die verpflegt werden mussten, ehe die Gäste eintrafen.

»Alle mal herhören«, rief Guntern. »Das ist Kauz Walpen aus Münster. Der, der die entführten Schwarznasenschafe vom Erner Galen zurückbrachte. Habt ihr sicher gehört, oder?«

»Bravo!«, *»Hüerägüet!«*, tönte es zurück. Eine Begrüßung, wie sie Kauz als Polizist nie erlebt hatte. Offenbar hatte die Geschichte mit den Schafen im Goms weit mehr Eindruck gemacht als alle gelösten Mordfälle zusammen.

»Adrienne, Suzanne, das ist Kauz«, stellte er vor. Und zu Kauz gewandt, sagte er: »Adrienne, meine Frau. Und Suzanne, meine Schwägerin.« Damit hatte er das Du schon vorweggenommen. Das Bekanntmachen geriet trotzdem etwas formell. Als Hotelier konnte er wohl nicht anders.

Wer nicht schon saß, setzte sich jetzt zu Tisch.

»Güetä zäme«, sagte Guntern.

»Güetä«, tönte es zurück, und sofort fingen alle zu essen an.

Guntern saß zwischen Frau und Schwägerin, Kauz gegenüber.

Adrian und Adrienne?, dachte Kauz. Wie oft die sich wohl Kommentare zu ihren Namen anhören müssen?

Adrienne war eine bleiche, eher unauffällige Brünette. Sie war mit dezentem Schick gekleidet, wie es sich für eine Hoteldirektorin gehörte. Kauz gegenüber gab sie sich eher reserviert, um nicht zu sagen, abweisend. Ihre Schwester Suzanne trug Öko-Look, mit Birkenstock-Sandalen und einem geblümten Stirnband. Sie hatte dichtes kastanienbraunes Haar, einen gesunden Teint und wundervolle grüne Augen.

An der Tafelrunde herrschte eine unbeschwerte Stimmung. Es wurde gekichert, gelacht und gefrotzelt, Sprüche fielen. Vor allem aber wurde getratscht. Es vergingen keine drei Minuten, und schon kreisten die Gespräche am »Familientisch« um die Themen Jagd und Wolf und Mord im Binntal. Einer wusste zu berichten, ein Jäger aus dem Obergoms, Zertanna mit Namen, habe in der ersten Woche der Hochjagd im Binntal weit mehr als die erlaubte Anzahl Hirsche erlegt. Und alle nur der Trophäen wegen. Ein anderer hatte von einer Wolfsichtung im Leffältal gehört – Kauz wurde es mulmig –, und flugs doppelte ein Dritter mit der Behauptung nach, der gesichtete Wolf sei kürzlich per Helikopter von Umweltschützern ausgesetzt worden. Guntern warf Kauz einen Blick zu und zuckte hilflos mit den Schultern. Ein Dritter behauptete, es stehe fest, dass der Huser Sämi von einem umgelegt worden sei, der sich nachher selber die Kugel gab. Und das sei ein Üsserschwiizer gewesen. Bei jedem Thema wurde hin und her debattiert, es setzte Behauptungen und Widerspruch ab, dann kam ein anderes an die Reihe. Guntern versuchte, Gegensteuer zu geben, wenn die Diskussionen zu polemisch wurden. Aber im großen Ganzen ließ er dem Palaver freien Lauf.

Der Hirsch, der gestern in der Hotelküche abgeliefert worden sei, sei ein Prachtexemplar, meinte ein Koch. Erlegt mit einem perfekten Blattschuss.

»Hört endlich auf«, rief Suzanne. »Ich kann es nicht mehr hören. Immer geht es ums Töten, Töten, Töten.«

»Waidmannsheil«, witzelte der Koch.

»Macht es dir Freude, tote Tiere zu braten?«

»Soll ich sie etwa lebendig braten?«, gab der Koch zurück.

Der Hotelier blickte streng über den Tisch.

Eine kleine Weile war Schweigen. Dann ging es wieder los. Jetzt ging es auf einmal um vegetarische und vegane Küche, Pro und Kontra Fleisch. Fast alle gaben einen Kommentar ab.

»Einmal die Woche Fleisch ist genug«, meinte eine Kellnerin.

»Das ist einmal zu viel«, war Suzannes Meinung.

»So, Schluss jetzt«, beendete Guntern das Gezänk, »die Tafel ist aufgehoben. Wer fertig ist, geht an die Arbeit.«

Suzanne war immer noch aufgebracht.

»Entschuldige, Kauz. Ich bin sonst nicht so zickig. Aber mir hängt das ganze Getue um die Jagd zum Hals raus. – O Gott!«, rief sie und zupfte nervös an ihrem Stirnband. »Du bist doch nicht etwa auch Jäger?«

»Nein, bin ich nicht.«

»Gott sei Dank. Ich bin ein gebranntes Kind, weißt du. Und du doch auch, Adrienne«, sprach sie ihre Schwester an.

»Nicht so wie du«, sagte die knapp.

»Also, Kauz, du bist kein Jäger. Aber hast du dich mit der Jagd befasst?«

»Bis jetzt nicht groß. Eigentlich gar nicht.«

»Ich schon. Wir mussten, Adrienne und ich. Unser Vater war Jäger und Fleischfanatiker. Wir mussten beim Schlachten unserer eigenen Kaninchen zusehen – und sie nachher essen. Das hat mich traumatisiert. – Aber wieso erzähle ich dir das?«, meinte sie plötzlich und fixierte ihn mit ihren wundervollen grünen Augen. »Wir kennen uns doch gar nicht. Entschuldige.«

Kauz war es gewohnt, dass wildfremde Menschen sich ihm anvertrauten. Wieso, wusste er selber nicht so genau.

»Kein Problem«, erwiderte er. »Mich interessieren kontroverse Standpunkte. Was ist deiner?«

»Zum Fleischessen?«

»Nein, zur Jagd.«

»Es fängt bei der Jägersprache an«, sagte Suzanne sofort. Sie schien auf die Gelegenheit nur gewartet zu haben. »Kennst du die Jägersprache?«

»Nein. Wie geht die?«

»Die ist so was von falsch.«

»Brutal, meinst du?«

»Nein, nein. Die ist heuchlerisch, verlogen, zynisch«, sagte Suzanne entrüstet.

Kauz war gespannt, wie es weitergehen würde.

»Jäger schießen nie auf ein Tier«, holte Suzanne zu einem sarkastischen Rundumschlag aus. »Schießen existiert in ihrem Wortschatz nicht. Sie sagen dazu *antragen*. Das kannst du in jedem deutschen Jagdblog lesen. *Antragen*, wie das *Düü* antragen. Oder die Heirat antragen, verstehst du? Bloß, dass es sich bei ihrem *Antrag* um eine tödliche Kugel handelt. Sie schlitzen einem Tier auch nie den Bauch auf, sie *brechen* es bloß auf. *Aufbrechen!* Wie einen Laib Brot. Damit sie nur ja nicht aussprechen müssen, was sie wirklich tun.«

Ein paar von denen, die noch am Tisch saßen, hörten fasziniert zu. Andere verdrehten die Augen; sie hatten das alles wohl schon mehr als einmal gehört.

»Blut gibt es in der Jägersprache sowieso nicht, ein Jäger kennt nur *Schweiß*. Ja, was ist denn schon dabei, wenn ein Tier ein bisschen schwitzt. Sie ziehen einem totgeschossenen Hasen auch nicht das Fell ab. Nein, *abstreifen* nennen sie den Vorgang. Wie ein Kleid, harmloser gehts nicht. So reden die Jäger. Wieso wohl? Weil sie damit ihr grauenvolles Handwerk vor sich selbst beschönigen wollen. Himmel, hab ich eine Wut auf die verdammte Bande!«, zischte sie, immer Kauz im Blick.

»Auf die Jäger?«

»Mein Gott! Auf wen denn sonst?«, rief sie und setzte gleich noch eins drauf: »Sie nennen sich Heger und Pfleger, diese Jäger. Was pflegen sie denn? Etwa kranke Tiere? Nein, was sie tun, ist Tiere *töten*. Abschießen können sie, sonst nichts. *Darin* besteht ihr Hegen und Pflegen. Nur darin!«

Kauz brummte der Kopf.

Guntern und seine Frau hatten genau wie Kauz zugehört, ohne dazwischenzureden.

»Und wenn sie auf den Wolf zu sprechen kommen, die Jäger, dann wird die Heuchelei noch schlimmer«, fing Suzanne noch einmal an.

Guntern wurde unruhig.

»Wie meinst du das?«, fragte Kauz.

»Sie sagen, man müsste den Wolf abschießen, weil er Schafe reißt. Versteh mich richtig, Kauz: dass Wölfe Schafe totbeißen, finde ich auch furchtbar. Aber …«

»Wo ist die Heuchelei?«

»Hör zu: Als Argument gegen den Wolf führen sie an, wie schrecklich es ist, die verwaisten Lämmer zu sehen, die verzweifelt neben ihren toten Müttern blöken.«

»Das ist aber auch schrecklich«, schaltete sich Adrienne ein.

»Sicher«, gab ihr Suzanne sofort recht. »Aber was ist mit den verwaisten Hirschkälbern und Rehkitzen, die nach ihren totgeschossenen Müttern rufen? Von denen sagen sie kein Wort, diese noblen Heger und Pfleger.«

»Muttertiere dürfen, soviel ich weiß, nicht geschossen werden, solange die Jungen …«, warf Guntern ein.

»Ach was!«, fuhr Suzanne ihn an und gestikulierte wild.

»Du bist also gegen den Abschuss des Wolfs?«, versuchte es Kauz.

»Ich bin gegen den Abschuss *jedes* Tiers, damit das klar ist. Erst recht des Wolfs. Der Wolf ist ein mystisches Wesen. Ein heiliges, eigentlich. Er verdient unseren besonderen Respekt.«

Wolfsverklärerin, dachte Kauz.

»Mir wäre es ja lieber, er würde Blätter essen statt Lämmer«, fuhr sie fort. »Aber man muss ihn leben lassen, wie jedes Tier. Und dafür die Schafe schützen.«

»Klingt gut«, meinte Kauz. Er hoffte, die erzürnte Rachegöttin damit besänftigen zu können. Ähnliches hatte zum letzten Punkt ja auch Alaska-Joe gesagt.

Aber Suzanne war nicht zu stoppen. »Ich sage dir, die Jäger wollen den Wolf bloß ausrotten, weil er ihnen Konkurrenz macht«, rief sie aufgebracht. »Aber das ist vollkommen lächerlich! Was können ein paar Wölfe schon für Schaden anrichten, im Vergleich zu der Masse von Jägern, die im Wallis Jahr für Jahr mehrere Tausend Hirsche, Rehe und Gämsen schießen?«

»In dem Punkt hast du sicher recht Suzanne«, sagte jetzt Guntern und reckte den Daumen, als wolle er sagen: Gut gemacht, tolles Plädoyer, aber jetzt ist Schluss! Er lud alle drei ein, in sein Büro zu kommen, damit die Belegschaft abräumen könne.

Doch Suzanne blieb sitzen. Denn jetzt hatte sie Max entdeckt.

»Komm her, du Süßer«, flüsterte sie.

Max ging zu ihr hin und ließ sich knuddeln.

Suzannes verzerrtes Gesicht entspannte sich plötzlich.

»Gutes Tier«, sagte sie ein übers andere Mal und tätschelte Max den Kopf, bis es dem Hund fast zu bunt wurde. Die Frau war nicht wiederzuerkennen.

Kauz zog im Stillen Bilanz: Im Binntal gab es, das war nicht anders zu erwarten gewesen, mehr Wolfsgegner als Wolfsfreunde. Die, denen er in der Gaststube des Belle Epoque zugehört hatte, waren der Kategorie Stammtisch-Wolfsgegner zuzuordnen. Die stellten nicht zwingend eine Gefahr für die Wolfsfreunde dar. Dann war da Aldo Inderschmitten, der sich zwar dezidiert gegen den Wolf aussprach, aber vernünftig argumentierte und ausgesprochen besonnen wirkte. Laut Guntern gab es im Tal eine Pro-Wolf-Minderheit, die es vorzog zu schweigen. Schließlich war da noch Suzanne, die aus ihrer Abneigung gegen die Jagd und aus ihrem Hass auf die Jäger keinen Hehl machte. Als Wolfsfreundin war sie den Verklärerinnen zuzurechnen. Sie hatte zwar eine Mordswut im Bauch, aber war sie eine Drohbriefschreiberin oder gar Verbrecherin? Eigentlich traute er ihr weder das eine noch das andere zu. Aber er hatte sich ja schon einmal im Gefährdungspotenzial einer attraktiven Frau gewaltig getäuscht … In Bellwald hatte er in der Alpenbeiz Wolfsgegner gehört, deren Hauptinteresse es offenbar war, Alaska-Joe zu provozieren. Dieser war zwar ein entschiedener Wolfsfreund, neigte aber selbst genau der Schwarz-Weiß-Denkweise zu, die er den Wolfsfeinden unterstellte: hier Freund, dort Feind. Gut und Böse. Links und Rechts. Allerdings sprach er sich entschieden gegen Gewalt aus und wirkte dabei glaubhaft.

In Sachen Drohbriefschreiber konnte Kauz seinem Auftraggeber also noch nicht viel Handfestes vorlegen.

Als Kauz kurz darauf mit Suzanne ins Direktionsbüro kam, stand Adrienne auf und verabschiedete sich. Er wurde den Eindruck nicht los, dass sie über seine Gegenwart nicht glücklich war. Missfiel es ihr, dass ihr Mann ihm Aufmerksamkeit schenkte? Mehr als ihr? Oder galt ihr brüsker Aufbruch eher der Schwester? Hatte sie die Nase voll von Suzannes Tiraden, die sie vielleicht schon hundertmal gehört hatte?

Auf dem Heimweg ratterte Kauz mit seiner alten BMW über Ernen hinaus nach Mühlebach. Vielleicht fiele es Max ja leichter, die Hängebrücke von dieser Seite her zu überqueren.

Er stellte sein Motorrad ab, ließ Max aus dem Korb und spazierte zuerst einmal mit ihm in den historischen Dorfteil hinauf. »Ältester Dorfkern der Schweiz in Holzbauweise«, las er auf einer Informationstafel. Und tatsächlich, da stand auf kleinstem Raum ein uraltes Holzhaus am andern. Tafeln wiesen auf die ersten Eigentümer mit Namen wie Clausen, Kummer oder Guntern hin. Kauz schlenderte langsam von Haus zu Haus.

»Güetän Aabänd«, tönte es.

An der Außenwand des Holzhauses schräg gegenüber saß auf einer Bank ein Mann, seinem Outfit nach ein Jäger. Er paffte eine Pfeife. Ein Gewehr hatte er aber nicht dabei.

»Güetän Aabänd«, grüßte Kauz zurück.

»Ein geschichtsträchtiger Ort, nicht wahr?«, sagte der Mann.

»Es sieht so aus, ja. Das wusste ich gar nicht.«

»Aber wie ich sehe, lest Ihr die Tafeln. Das tut nicht jeder.«

»Ich bin halt zum ersten Mal hier.«

»Im Goms?«

»Nein, aber zum ersten Mal in Mühlebach. Ansonsten kenne ich das Goms ein bisschen.«

»Ja? Das freut mich.« Er zog an seiner Pfeife. Dann nahm er sie aus dem Mund und zeigte damit auf das Haus, vor dem Kauz stehen geblieben war. »Sie stehen vor dem Geburtshaus von Matthäus Schiner«, klärte er ihn auf. »Das meinte ich mit dem geschichtsträchtigen Ort.«

»Der Kardinal?«

»Richtig«, bestätigte der Mann. »Das Haus ist mehr als fünfhundert Jahre alt.« Und schon holte er zu einem kleinen Vortrag aus. Zuerst wies er auf die baulichen Besonderheiten des Hauses hin, dann gab er einen Abriss von Schiners Leben. Klar, präzis und schnörkellos.

»Jawohl, das alles war der Matthäus Schiner«, fasste er zusammen: »Bauernknabe, Bischof und Kardinal, Ränkeschmied, Machtmensch und Kriegsherr«, lautete sein Fazit. »Dieser Schiner spaltete die Walliser Gesellschaft. Die einen sahen einen Heiligen in ihm, die andern verteufelten ihn. Es gab ein Pro- und ein Kontra-Lager. Nichts dazwischen. Man schlug sich seinetwegen die Köpfe ein. Dieser Schiner war …«

»Wie der Wolf«, stellte Kauz fest.

Der Mann stutzte, dann lachte er auf.

»Ihr seid gut! Das trifft den Nagel auf den Kopf: Kardinal Schiner entzweite damals das Wallis wie heute der Wolf.«

Er stand auf. Max schnupperte an ihm.

»Er riecht meinen Hund«, sagte er. »Schönen Abend noch«, grüßte er und nahm den Weg zur Kapelle, die auf einem Hügel thronte. Kauz sah sich mit neuem Interesse die restlichen Häuser von Mühlebach an, dann machte er sich, ohne mit Max das Brückentraining zu absolvieren, auf den Heimweg.

Wieder im Speicher, fuhr er seine Musikanlage hoch. Zwei kleine, aber feine Lautsprecherboxen an einem Mini-Verstärker, über den er die auf dem Handy gespeicherte Musiksammlung abspielen konnte. Blues und alter Jazz war, was sein Ohr und Herz begehrten. Heute hatte er wieder einmal Lust auf Blues. John Lee Hooker, begleitet von seiner Band, sang *Red House.*

Er setzte Max das Futter vor und füllte seinen Wassernapf, dann machte er sich, ein Glas Fendant in Reichweite, in der Küche zu schaffen. Er schälte zwei Karotten, schnitt sie in mundgerechte Stücke und setzte sie auf kleinem Feuer mit etwas Butter auf. Dann nahm er die Fenchelknolle, die er vor zwei Tagen im Dorfladen gekauft hatte, viertelte sie und gab die Stücke zu den Karotten. Salzen, pfeffern und etwas Anissamen, Deckel drauf – das wars. In einer Bratpfanne briet er drei in Hälften geschnittene Kartoffeln, daneben garte er das Pouletschnitzel. Die Sauce des Gemüses verfeinerte er mit einem Schuss Rahm, anstelle des Weißweins schenkte er sich ein Glas Roten ein, einen sortenreinen Syrah aus Salgesch. Es dauerte nicht lange, und schon konnte er sich ein leckeres Nachtessen auftischen. Für ihn war es eine Frage der Selbstachtung, sich allabendlich etwas Anständiges zu kochen. Fertiggerichte oder Junkfood kamen ihm nicht auf den Tisch.

Nach dem Essen setzte er sich in seinen Safariklappstuhl. Er nahm die Spiegelreflex mit dem großen Display zur Hand und begann, seine neuen Schwarz-Weiß-Bilder zu sichten. Viele waren unscharf, verwackelt oder sonst wie nicht gut genug. Die löschte er. Mit einigen der Bilder war er zufrieden. Drei oder vier waren sogar hervorragend gelungen. Auf einem hatte er den Wolf von der Seite im Trab abgelichtet: Die Nase bodenwärts gerichtet, den Vorderlauf elegant angehoben, den Schwanz schräg nach unten, schnürte das Tier vor dem Hintergrund schwarzer Felsen vorwärts. Das zweite Bild zeigte den Wolf vor freiem Himmel, die Vorderpfoten auf einen Felsbrocken aufgesetzt, die Beine durchgestreckt, den Kopf gereckt, den Blick in die Ferne gerichtet wie ein Späher. Auf dem dritten Bild schaute der Wolf direkt in die Kamera. Hellwach, ruhig und souverän. Ein Kuscheltier sieht anders aus, dachte Kauz. Ein Ungeheuer auch.

Er machte einen Bildausschnitt und vergrößerte ihn so, dass nur das Wolfsgesicht zu sehen war, ohne dass das Porträt von seiner Bildschärfe verlor. Er betrachtete die Details: die schwarze Nase, die helle Partie um die untere Hälfte der Schnauze, die sich bis zum Hals hinunterzog, die dunkel geränderten hellen Augen mit den schwarzen Pupillen, die weißen Stellen drum herum; die schwarzen Augenbrauen, die aufrecht stehenden Ohren mit ihrer üppigen Füllung aus weißen Härchen, die Kopfpartie, auf der sich einzelne, aufrecht stehende Haare des dichten Fells vor dem unscharfen Hintergrund abzeichneten. Er hielt das Kameradisplay etwas von sich weg und betrachtete wieder das Ganze. Er sah ein Bild wilder, kraftvoller Schönheit. Kauz war überglücklich über den Schnappschuss, der ihm da gelungen war.

»Komm her«, sagte er zu Max.

Der kam sofort aus seinem Korb, setzte sich vor Kauz hin und schaute ihn erwartungsvoll an.

»Zeig mal her«, sagte er und fasste ihn liebevoll mit beiden Händen am Kopf. »Wo ist der Unterschied?«

Er betrachtete das Hundegesicht.

Natürlich, da war der Farbunterschied: Max hatte ein schwarzes Fell mit einem weißen Fleck auf der Brust, seine Ohren waren größer als die des Wolfs. Aber sonst? Schnauze, Nase, Hals, wahrscheinlich auch das Gebiss, waren dem des Wolfs sehr ähnlich, jedenfalls für einen Laien. Selbst bei den Augen wäre es Kauz schwergefallen zu beschreiben, wo der Unterschied war. Und doch: Wenn er Max in die Augen sah, empfand er etwas anderes: Vertrautheit. Verbundenheit. Er kam ins Sinnieren: Vor ihm saß sein treuer Begleiter, Spross einer seit Jahrtausenden an den Menschen gewöhnten, die

Nähe des Menschen suchenden Spezies. Aber auch die war einst ein Wildtier gewesen. Nämlich ein Wolf.

Dort draußen, im Leffältal, trieb sich ein Tier herum, das den Menschen und seine Nähe mied. Ein Wesen, das vielen Leuten Angst einjagte. Eines, das die einen willkommen hießen, andere aber hassten und am liebsten ausrotten würden.

Er legte Max die Hand unter die Schnauze, hob seinen Kopf an. Irgendwo tief verborgen steckte auch in diesem Haustier noch etwas vom Wolf. Auch Max würde Schafe reißen, wenn er mit einer Hundemeute auf Streifzüge ginge. Er würde sich notfalls in der Wildnis zurechtfinden. Aber selbst dort würde es ihn immer zum Menschen ziehen. Seiner Spezies war es eigen, sich dem Menschen anzudienen, ihn zu begleiten und zu beschützen.

Ganz anders das archaische Tier im Leffältal. Dessen Streben war es, dem Menschen aus dem Weg zu gehen. So wie der Hund in der Wildnis, fand er sich in der Zivilisation zurecht, wenn es sein musste. Aber nicht als Teil dieser Zivilisation, sondern neben ihr, an ihr vorbei. Der Wolf war daran, sich sein Habitat in Europa, in der Schweiz, im Wallis, im Goms zurückzuerobern. In den Nischen, die die menschliche Zivilisation noch nicht gänzlich besetzt hatte. Derartige Gedanken gingen Kauz durch den Kopf. Ob sie nun stimmten oder nicht, wusste er selbst nicht.

Wieder nahm er die Kamera zur Hand und sah sich noch einmal das Wolfsporträt an. Ihm wurde ganz anders. Ich muss dieses Tier unbedingt wiedersehen, dachte er.

Sonntag, 23. September

Der Altweibersommer war da. An diesem ungewöhnlich warmen Herbstnachmittag wurde der Tee nicht im Salon serviert. *Z'Marie* hatte im Garten hinter dem Haus gedeckt. Das dichte Blätterwerk eines riesigen Holunderstrauchs schirmte den Sitzplatz vor dem gleißenden Licht der schon tiefer stehenden Sonne ab. Im Garten wurde Max geduldet, er legte sich unter den Holunderbusch.

Z'Marie schnitt den Kuchen an, der auf dem Tisch stand.

»Hëjttaschtreusäl«, sagte sie und hob ein Stück davon auf jeden Teller. Ihre Finger waren blaurot verfärbt.

Madame Charlotte nahm Kauz' Blick wahr.

»Marie macht auch wunderbare Heidelbeerkonfitüre«, erklärte sie rasch. »Und feinen Sirup.«

»Und sicher auch Likör, nicht wahr?«, fragte Kauz.

Er wusste, dass Heidelbeerlikör in manchem Gommer Haushalt als verführerisches Hausmittelchen vorrätig war. Als Kauz in seinem Speicher noch zur Miete war, stellte ihm Wendels Mutter Jahr für Jahr eine kleine Flasche davon als Willkommensgabe auf den Küchentisch. Jetzt war die letzte Flasche längst ausgetrunken.

»Ganz richtig«, lachte Madame Charlotte.

»Schmeckt köstlich, Marie«, sagte Kauz, als er den ersten Bissen probiert hatte.

»Délicieux comme toujours«, bestätigte die Dame des Hauses.

»Ischt güet«, quittierte *z'Marie* das Kompliment.

Von der Kirche schlug es drei Uhr.

Kaum hatte sich die Bedienstete ins Haus zurückgezogen, begann Madame Charlotte, ihr Herz auszuschütten. Die erste Woche der Hochjagd sei vorbei, fing sie an, und Gott sei Dank sei nichts passiert. Aber sie sei in größter Sorge, nachdem doch am Montag diese zwei Jäger erschossen worden seien. Philippe wolle einfach nicht begreifen, dass er in Gefahr sei.

»Erzählen Sie mir von Ihrem Neffen«, sagte Kauz.

»Ach, wissen Sie«, seufzte Madame Charlotte, »da müsste ich Ihnen ja die ganze Familiengeschichte erzählen.«

»Ich bitte darum«, sagte Kauz lächelnd.

Madame Charlotte nahm ihre schwarze Designerbrille ab und legte sie vor sich auf den Tisch. Sie musterte Kauz eine Weile. Sie schien abzuwägen, ob er berechtigt sei, die Geschichte der Familie de Steinhaus zu hören.

»Die Familie de Steinhaus …«, begann sie.

Was folgte, war eine erstaunlich übersichtliche Darstellung einer komplizierten Genealogie. Kauz konnte sich längst nicht alles merken, aber als es vom Kirchturm vier Uhr schlug, hatte er ein paar Dinge erfahren, die wohl manchem Einheimischen neu gewesen wären. Madame Charlottes verstorbener Mann, Altbundesrichter Alphonse de Steinhaus, hatte, abgesehen von seinen drei Töchtern, fast nur männliche Verwandte: einen Bruder in Sitten und mehrere Cousins. Philippe war nicht der Sohn des Bruders, denn der hatte, genau wie Alphonse, drei Töchter, aber keine Söhne. Philippe war der Sohn eines Cousins aus Brig. Er war also ein Neffe zweiten Grades. Ein anderer, entfernt verwandter Cousin von Alphonse hatte in Ulrichen gelebt. Der hatte zwei Söhne. Diese Gommer Neffen hießen, wie schon ihre Vorfahren, *von* Steinhaus, während der Sittener und der Briger Zweig der Familie zu Napoleons Zeiten das *de* angenommen hatte.

»Philippe ist noch der einzige Träger unseres Familiennamens«, schloss Madame Charlotte. »Seine Gommer Cousins sind anständige junge Leute, aber in meinen Augen verwandtschaftlich nicht mehr ganz so nah. Und abgesehen davon, zeigen sie kein besonderes Interesse am Erbe der Familie.«

»Worin besteht dieses Erbe?«

»Nun ja«, Madame Charlotte zögerte, »in erster Linie aus Pflichten und Verpflichtungen.«

»Wie meinen Sie das?«

»*Voyez, Monsieur*, uns geht es gut«, holte sie aus.

Wenn es einer Familie so gut gehe wie ihrer, dann sei sie verpflichtet, zu helfen. Die Familie de Steinhaus habe es sich von jeher zur Pflicht gemacht, das Oberwallis, denn da komme sie ursprünglich her, zu unterstützen und zu fördern. Der Erhalt von Kulturgütern und von schützenswerten Landschaften sei ihnen ein besonderes Anliegen. Auch kulturelle Veranstaltungen, hauptsächlich Musik und bildende Kunst, lägen ihr am Herzen.

»In Einzelfällen«, fuhr Madame Charlotte fort, »unterstützt die Fondation Alphonse de Steinhaus auch Projekte wie Kindertagesstätten, Seniorenheime oder geschützte Arbeitsplätze für behinderte Menschen.«

»Woraus besteht denn das Stiftungsvermögen?«, fragte Kauz. »Oder ist das eine indiskrete Frage?«

»Das ist es allerdings«, lächelte Madame Charlotte. »Aber da Sie nach Philippe fragten, nehme ich sie Ihnen nicht übel. Wissen Sie, ich stehe als Stiftungsratspräsidentin unserer Familienstiftung vor, aber sehr bald wird Philippe mich ablösen. Als Advokat und Notar ist er für diese Aufgabe prädestiniert. Ich kann es kaum erwarten, den Vorsitz ganz an ihn abzutreten. Ach so, Sie fragten ja nach dem Stiftungsvermögen«, erinnerte sie sich und tippte sich an die Stirn. »Nun, das besteht in erster Linie aus den Liegenschaften, die seit Generationen der

Familie de Steinhaus gehören. Vor allem historische Bauten, Wohn- und Nutzhäuser im Goms und im mittleren Wallis. Das hier«, sie zeigte zu ihrem Haus hinüber, »wird auch an die Stiftung fallen, wenn ich einmal tot bin. Vielleicht macht man dann ein Museum daraus«, meinte sie augenzwinkernd. »Wir investieren nämlich in Bilder von noch unbekannten Walliser Künstlern«, erklärte sie. »Dann gibt es einiges an Bau- und Kulturland, das mein Mann in die Stiftung überführt hatte. Der Ertrag von allem fließt in die Stiftung. Ab und zu wird etwas veräußert. Selbstverständlich nur, wenn es danach im Sinne unserer Stiftung verwendet wird«, schloss sie.

»Verstehe ich richtig: Das Familienvermögen wird dereinst nicht an Ihren Neffen gehen?«

»Nein, er wird es nur verwalten. Als Präsident der Fondation. Eigentlich tut er das jetzt schon. Er ist also gut auf die Aufgabe vorbereitet. Vorläufig habe aber ich noch das letzte Wort.«

»Gibt es sonst keine Erben?«

Madame Charlottes zerfurchtes Gesicht verfinsterte sich.

»Nein. Die Töchter aus der ersten Ehe meines Mannes sind längst ausbezahlt. Unsere gemeinsame Tochter und ihr Mann sind ums Leben gekommen«, sagte sie knapp. Ihre Stimme zitterte. Sie war den Tränen nah.

»Oh! Das tut mir leid«, sagte Kauz.

Er wusste von der tragischen Geschichte: ein Lawinenunfall, hatte Philippe gesagt.

»Sonst ist niemand mehr am Leben«, sagte sie knapp und kam damit weiteren Fragen zuvor. Es war offensichtlich, dass sie nicht über ihre verstorbene Enkelin reden wollte. Genau, wie Philippe es angedeutet hatte.

Madame Charlotte schwieg. Sie setzte die Brille auf und schaute in die Ferne. Dann nahm sie sie wieder ab, zog ein besticktes Taschentuch hervor, tupfte eine Träne aus dem Augenwinkel und schnäuzte sich die Nase.

»Sie wissen noch längst nicht alles über die Familie de Steinhaus«, fing sie wieder an. »Es mag Sie überraschen, aber es gab in der weiteren Verwandtschaft welche, die waren weniger begütert. Sogar mausarm. Vielleicht haben Sie von der großen Hungersnot gehört, die vor mehr als hundertfünfzig Jahren im Oberwallis herrschte?«

Kauz hob die Schultern. Da hatte er eine Bildungslücke.

»Damals mussten viele Menschen das Goms verlassen, weil einfach nicht genug zu essen da war.«

»Wirklich?«, staunte Kauz.

»Ja, Historiker haben diesen Aspekt der Walliser Geschichte erforscht und minutiös beschrieben«, holte Madame Charlotte aus. »Genau genommen gab es zwei Gruppen von Auswanderern.«

»Nämlich?«

»Die, die auswandern *wollten,* weil sie sich im Ausland ein besseres Leben versprachen. Die waren zwar nicht vermögend, hatten aber wenigstens so viel Geld, dass sie sich die Reise leisten konnten. Und die, die auswandern *mussten,* weil sie im Goms sonst verhungert wären. Wollen Sie ein Beispiel aus unserer Familie hören?«

»Natürlich, gern.«

Madame Charlotte erzählte die Geschichte eines armen Schluckers mit Namen Julius von Steinhaus aus Ulrichen, der von seiner Familie fast genötigt wurde auszuwandern. Zum einen, damit einer weniger am Tisch saß, der gefüttert werden musste. Zum andern, damit er, sollte er zu Geld kommen, die Familie zu Hause unterstützen konnte. Halb der Not und halb den Verwandten gehorchend, bestieg er ein Schiff nach Amerika. Mit nichts als seinem Schweizer Pass in der Tasche wanderte er nach Colorado aus. Dort ließ er sich vom Goldrausch anstecken, machte maßlos viel Geld, verlor aber alles beim Glücksspiel. Jahre später versuchte er sein Glück erneut, dieses Mal im Goldrausch am Klondike, jenem legendären

Fluss im Norden Kanadas, der in den Yukon River mündet und mit ihm durch ganz Alaska fließt. Er wurde wieder unerhört reich. Aber jetzt entschied er sich, sein Vermögen nicht noch einmal aufs Spiel zu setzen. Er packte seine Sachen und reiste, die Koffer voller Gold und Dollars, in die Schweiz zurück. Schon ein alter Mann, ließ er sich um neunzehnhundert als reicher Onkel aus Amerika in einem feudalen Haus in Siders nieder.

»Dieser Jules de Steinhaus, so nannte er sich nach seiner Rückkehr, war ein Ahne meines Mannes«, schloss sie. »Kein direkter Vorfahre, er war ja kinderlos. Seine Geschichte faszinierte Alphonse enorm.«

»Das glaube ich.«

»Mein Mann war ein Hobby-Historiker, wissen Sie.«

»Hat er eine Arbeit über diesen Vorfahren geschrieben?«

»Er selber nicht. Aber …«

Madame Charlotte hielt inne und griff nach dem Taschentuch.

»Sie haben mich ja nach Philippe gefragt«, wechselte sie dann das Thema. »Seien wir ehrlich: Eigentlich ist er ein Langweiler. Finden Sie nicht? Sie haben ja mit ihm gesprochen.«

»Ich glaube, ich weiß, was Sie meinen«, sagte Kauz diplomatisch.

»Ich will nicht schlecht über ihn reden. Aber er hat den Charakter eines Beamten. Darum wird er auch den perfekten Stiftungsratspräsidenten abgeben. Den schönen Künsten ist er nicht besonders zugetan, aber im Stiftungsrat sitzen ja noch andere. Ein Lebenskünstler ist er auch nicht gerade. Seine einzige Leidenschaft ist die Jagd.«

»Ist er nicht verheiratet?«

»Nein.«

»Also keine Kinder?«

»Nein. Aber man soll die Hoffnung nie aufgeben«, lachte

sie. »Es gibt ja immer mehr Männer, die mit vierzig oder älter Väter werden. Wissen Sie«, fuhr Madame Charlotte fort und schob auf ihrem Teller die Krumen zusammen, »früher war er ein anderer Mensch. Er war nie ein Luftikus und sicher kein Draufgänger. Aber er war ein unbeschwerter junger Bursche.«

»Was ist mit ihm passiert?«

Kauz staunte über die Offenherzigkeit der alten Dame. Aber wieso vermied sie es, über ihre Enkelin zu sprechen? Irgendetwas am Tod dieser jungen Frau oder dem ihrer Eltern war mysteriös. Doch Madame Charlotte sponn den Faden weiter, den Kauz selbst aufgenommen hatte.

»Es ist etwas passiert, als er im Vatikan diente«, begann sie, faltete die leinene Serviette zusammen, strich sie neben dem Teller glatt und stierte in die leere Teetasse.

»Im Vatikan? War er bei der Schweizergarde?«

Dass die Schweizergarde besonders gern junge Walliser rekrutierte, war ihm bekannt.

»Ja, er war Gardist.«

»Wieso?«

»Wieso?« Sie hob den Blick und sah ihm ins Gesicht. »Das würde ein Walliser nie fragen.«

»Nicht?«

»Nein. Oh, er war Gardist? Das ist aber *flott!*, das würde ein Walliser sagen.« Sie lachte. »Nun, Antworten gibt es viele«, fuhr sie fort: »Weil er ein guter Katholik sein wollte. Ist er ja auch, ein besserer als ich«, schmunzelte sie. »Weil er ein guter Walliser sein wollte. Dienst bei der Schweizergarde macht sich in der Vita jedes jungen Wallisers gut. Weil er dem Heiligen Vater dienen wollte. Und vielleicht auch, weil er Freude am Militär und an Waffen hatte. Ein Waffennarr ist er ja immer noch.«

»So?«

»Jaja. Sie werden kaum darum herumkommen, seinen

Waffenschrank zu bewundern, wenn Sie ihn näher kennenlernen.«

»Was geschah denn damals im Vatikan?«

»Und dann gibt es vielleicht noch einen weiteren Grund«, führte Madame de Steinhaus ihre Erklärung weiter, denn sie ließ sich ungern von etwas abbringen. »Ein Onkel meines Mannes, oder ein Großonkel, da bin ich mir jetzt nicht ganz sicher, war einst Kommandant der Schweizergarde. Oberst Matthäus de Steinhaus. Ist zwar lange her, aber ich glaube, er hat unter irgendeinem Pius gedient. Das verpflichtet.«

»Und was geschah denn nun, als Philippe seinen Dienst leistete?«

Auch Kauz behielt sein Ziel gern im Auge.

»Ein Mord.«

Kauz reagierte nur innerlich. Ein Mordfall im Vatikan, in den Schweizergardisten involviert waren, war ihm in Erinnerung. Der hatte auf der ganzen Welt zu reden gegeben.

»Vor etwa zwanzig Jahren?«, fragte er.

»Ja. Sie wissen davon, nicht wahr? Philippe war damals zwei- oder dreiundzwanzig Jahre alt. Er heuerte gleich nach der Unteroffiziersschule bei der Garde an.«

Madame Charlotte schien mit sich zu ringen, ob sie weiterreden sollte.

Kauz sagte nichts.

»Er war *Zeuge* dieser Mordtat«, brachte sie dann heraus.

Wieder Schweigen.

»Man verdächtigte ihn aber, Täter oder Mittäter zu sein.«

Auch Kauz blieb eine Weile stumm.

»Es gab mehrere Opfer, nicht wahr?«, fragte er dann.

»Ja, ein Kardinal und dessen Sekretär, auch er ein Priester. Und ein Unteroffizier der Schweizergarde. Das Verbrechen spielte sich in den Gemächern des Kardinals ab. Philippe hatte im Wachtlokal Pause. Er hörte Schüsse und eilte mit einem anderen Gardisten in die Wohnung des Kardinals. Sie stand offen. Er war der Erste, der die drei Toten sah. Später hieß es, der tote Gardist habe die beiden Geistlichen erschossen und sich danach selbst gerichtet. Doch es gab Zweifel an dieser Version. Der Vatikan machte ein großes Geheimnis aus der Sache und hält bis heute Beweismaterial unter Verschluss. In solchen Dingen sind sie groß, wissen Sie«, meinte sie bitter. »Es starben ja auch schon Päpste unter mysteriösen Umständen.«

Darauf ging Kauz nicht ein.

»Weiß Philippe mehr?«, fragte er.

»Ich glaube schon. Aber ich vermute, man hat ihm ein Schweigegelübde aufgezwungen. Er spricht nie darüber. Nur gleich nachdem er aus Rom zurück war, deutete er an, es sei noch mindestens eine weitere Person in das Verbrechen verwickelt gewesen. Er habe jemanden aus der Wohnung des Kardinals flüchten sehen, als er zum Tatort eilte. Das bezeugte auch der andere Gardist. Das gaben sie zu Protokoll, aber statt diesen Hinweisen nachzugehen, drehten die Untersuchungsorgane den Spieß um und verdächtigten die beiden Zeugen der Täterschaft oder Mittäterschaft. Das muss ihn furchtbar schockiert haben. Dabei war der Schock, die noch blutenden Toten zu finden, schon groß genug. Kommt dazu, dass er die Opfer persönlich gekannt hat.«

»Alle drei?«

»Ja, das waren …«

»Bonsoir, chère tante«, rief eine Stimme vom Haus her.

Philippe de Steinhaus trat aus dem Gartenausgang und kam näher. Max rappelte sich auf und schnupperte an ihm. Erst jetzt nahm de Steinhaus Kauz wahr.

»Oh, Herr Walpen? Gut, Sie zu sehen.«

»*Güetän Aabänd.* Ich dachte, Sie seien auf der Jagd.«

»Sonntag ist Schontag«, klärte ihn de Steinhaus auf, »da haben alle Verschnaufpause, das Wild und die Jäger.«

»Gut für die Tiere«, seufzte Madame Charlotte.

»Est-ce que je dérange?«, fragte de Steinhaus.

»Mais non. Pas du tout.«

Max legte sich wieder unter den Holunderbusch.

Z'Marie tauchte auf, schenkte Monsieur Philippe Tee ein, reichte ihm ein Stück Heidelbeerstreusel und verschwand im Haus.

»Was gibts Neues?«, die Frage ging an Kauz.

»Sie meinen die außergewöhnlichen Todesfälle? Nun, die Toten sind identifiziert. Einer ist aus dem Binntal und heißt Samuel Huser.«

»Ich weiß. Der Wildhüter«, sagte de Steinhaus.

»Auch er wurde von Wolfsfreunden aufs Korn genommen.«

»Das wundert mich nicht. Er ist gegen den Wolf ja regelrecht auf die Barrikaden gegangen.«

»Hat er auch Drohbriefe erhalten?«, mischte sich Madame Charlotte jetzt ein. Es hatte ein paar Augenblicke gedauert, bis sie sich nach dem unerwarteten Auftritt ihres Neffen gesammelt hatte.

»Das weiß ich nicht«, antwortete Kauz. »Aber er soll im Internet übel attackiert worden sein.«

Das hatten die alten Männer in der Gaststube des Hotels Belle Epoque gesagt. Und der Binner Aldo Inderschmitten hatte es bestätigt. Da war also bestimmt etwas dran.

»Siehst du?«, wandte sich die alte Dame an ihren Neffen. »Und jetzt wurde er ermordet.«

»Erschossen wurde er. Ob es Mord war, ist, soviel ich weiß, nicht sicher. Vielleicht war es ein Jagdunfall. Aber beruhige dich, *chère tante*. Das hat sowieso nichts mit mir zu tun.«

»Doch, hat es. Du hast Drohungen erhalten, genau wie er.«

»Herr Walpen kennt meinen Standpunkt. Ich bin auf der Jagd nicht stärker gefährdet als anderswo. Wer ist das andere Opfer?«, wandte er sich wieder an Kauz.

»Ein gewisser Maurice Jäger aus Turtmann.«

»Was?!«, rief de Steinhaus. Er war sichtlich schockiert. »Maurice Jäger? Woher wissen Sie das?«, fragte er erregt. »Von Ihren Kollegen bei der Walliser Polizei?«

»Es stand in der Zeitung.«

»Wirklich? Ich weiß von nichts.«

»Du warst auf der Jagd, mein Lieber«, erinnerte ihn seine Tante. Es klang wie: *selber schuld.*

»Suizid?«, fragte de Steinhaus.

»Das weiß ich nicht. Kennen Sie ihn?«, fragte Kauz zurück.

»Sicher. Wenn es Maurice Jäger aus Turtmann ist, dann ist es der Journalist. Hier im Wallis nennt man ihn den Skandal-Jäger.«

»Ach ja?«, machte Kauz. Dann fixierte er Philippe de Steinhaus. »Ich meine, kennen Sie ihn persönlich?«

»Ich bin ihm schon begegnet. Beruflich, verstehen Sie?«, sagte er und warf einen Seitenblick auf seine Tante.

Das hieß wohl, dass er mit Maurice Jäger entweder als Advokat oder als Notar zu tun gehabt hatte. Kauz war klar, dass er nichts weiter sagen, sondern sich auf seine Schweigepflicht berufen würde. Zumal in Gegenwart von Tante Charlotte.

»Wurde er auch bedroht?«, fragte diese.

»Von Wolfsfreunden bestimmt nicht«, kam de Steinhaus Kauz zuvor. »Er ist nämlich selber einer.«

»Und wurde doch umgebracht?«

»Vielleicht, vielleicht auch nicht. So oder so, es gibt keinen Zusammenhang mit den Briefen, die ich erhalten habe.«

Madame Charlotte schüttelte resigniert den Kopf.

»Wer von der Staatsanwaltschaft leitet die Ermittlungen?«, fragte de Steinhaus. »Wissen Sie das?«

»Staatsanwältin Stockalper.«

»Ach ja? Gut. Und von der Kriminalpolizei?«

»Inspektor Gsponer.«

»Aha. Gutes Team. Die werden den Fall bestimmt lösen. Aber nun zu Ihnen, Herr Walpen. Sind Sie fündig geworden?«

»In Sachen Drohbriefe? Ich habe mich im Raum Binntal und in Bellwald umgehört. Ich denke, ich muss meinen Radius erweitern«, sagte Kauz.

»Im Binntal werden Sie kaum Wolfsfreunde getroffen haben«, stellte de Steinhaus fest.

Kauz überlegte, ob er Suzanne, die Wolfsverklärerin, erwähnen sollte. Aber de Steinhaus fragte schon weiter:

»Und in Bellwald, sagten Sie? Dann waren Sie bestimmt in der Alpenbeiz.«

»Ja, dort war ich«, bestätigte Kauz.

»Bei Joseph Wellig, dem Alaska-Joe? Freund der Wölfe, Luchse und Bären. Der hat Unterhaltungswert, nicht wahr?«

»Das kann man sagen«, lachte Kauz.

»Hat er seine Links-rechts-Theorie aufgetischt?«

»Ja, hat er.«

»Er kann nicht anders. Nun, was ist Ihr Resümee?«

Kauz fasste zusammen, was er über die Sicht des Wolfsfreunds Joseph Wellig erfahren hatte. Er sagte, dass Alaska-Joe seiner Meinung nach kaum etwas mit den Drohbriefen zu tun habe. Aber er werde den Kontakt behalten, vielleicht erfahre er mehr über andere Wolfsfreunde.

»Wie war die Jagd?«, fragte er dann.

»Bin zufrieden: ein Spießer und eine Kuh«, rapportierte de Steinhaus.

»Alle Achtung«, erwiderte Kauz, obschon er nicht wusste, was das Jägerlatein bedeutete. Aber dass de Steinhaus Jagd auf Kühe machte, schloss er aus. »Was passiert mit dem erlegten Wild?«

»Das kommt zum Metzger. Der präpariert, was ich selber brauche. Der Rest kommt in Hotel- und Restaurantküchen. Die Trophäen nehme ich mit nach Hause«, lautete die Erklärung.

»Alles klar.«

Die Sonne stand jetzt schon recht tief. Philippe blieb sitzen und plauderte mit seiner Tante. Kauz betrachtete den Mann, der heute nicht mehr gar so geschleckt wirkte. Die Jagd oder die Kumpanei mit den andern Jägern schien ihm gutgetan zu haben.

Vom Kirchturm ertönte das Fünf-Uhr-Geläut.

»Ich geh dann mal wieder«, sagte de Steinhaus und stand auf. »Ich muss morgen sehr früh raus.«

»Auf die Jagd, heißt das?«, fragte seine Tante bekümmert.

»Korrekt.«

»Nehmen Sie mich mit?«, fragte Kauz, aus einem plötzlichen Einfall heraus.

Philippe de Steinhaus glaubte, sich verhört zu haben.

»Wie bitte?«, fragte er verblüfft. »Auf die Jagd?«

»Ja. Oder ist das …?«

»Als Aufpasser oder was?«

»Nein, nein. Es würde mich einfach interessieren. Ich war noch nie auf der Jagd.«

»Nun …«

»Nur zuschauen natürlich. Keine Sorge, ich würde nicht schießen.«

De Steinhaus lächelte säuerlich.

»Nun gut«, meinte er. »Wieso nicht? Wenn Sie früh aufstehen und sich auf der Pirsch an das halten, was ich Ihnen sage.«

»Versprochen.«

»Gut. Morgen früh um vier Uhr am Bahnhof Münster.«

Madame de Steinhaus machte große Augen.

Ihr Neffe machte sich auf den Weg.

»Jetzt brauche ich eine geistige Erfrischung«, sagte sie, als er weg war. »Kommen Sie, ich zeige Ihnen etwas«, erklärte sie und stand auf. Sie blieb einen Augenblick stehen und reckte sich ein bisschen, dann ging sie erstaunlich flink ins Haus.

Sie führte Kauz in den hinteren Teil des gemauerten Hauses. Im Erdgeschoss war eine Art Kunstgalerie eingerichtet, die sich über mehrere Räume erstreckte. Skulpturen aus schwarzem Marmor oder geschwärztem Stahl standen in den Zimmern, an den Wänden hing moderne Malerei. Darunter waren viele monochrom schwarze Gemälde in Öl und schwarze Kohle-, Kreide- und Bleistiftzeichnungen. Nur wenige in Farbe, dafür in umso knalligerem Rot. Diese wirkten wie wütende Kontraste. In einem kleineren Raum war fotografische Kunst ausgestellt, ausschließlich Schwarz-Weiß-Fotografien. Alle Werke waren gekonnt platziert und perfekt beleuchtet.

»Lauter Walliser Künstler«, erklärte Madame Charlotte. »Das heißt, hauptsächlich Künstlerinnen. Wunderbare, begabte junge Menschen, die Förderung und Anerkennung verdienen«, fuhr sie fort und gab zu einigen Kunstwerken und den Künstlerinnen kurze Kommentare ab.

»Das hier gefällt mir besonders«, sagte Kauz und blieb vor einem großformatigen Bild stehen, das am Ende eines Korridors hing. Abstrakte Malerei, die ihn an die drei Gemälde erinnerte, die oben im barocken Salon neben alten Ölbildern hingen. Das fast schwarze Bild war in einer ihm unbekannten Technik gemalt. Die Farbe schien in unzähligen Schichten aufgetragen worden zu sein. Je länger er davor stehen blieb, desto tiefgründiger wirkte das Gemälde. Ein Hauch von Grünspan begann, auf dem Schwarz zu schimmern, eine Ahnung von Rot leuchtete aus der Tiefe.

»Von wem ist es?«, fragte er.

»Ach«, machte sie wegwerfend, »spielt keine Rolle. Schön, dass es Ihnen gefällt.«

Dann hat sie das Bild wohl selbst gemalt, dachte Kauz voller Bewunderung.

Das Gemälde wirkte weder dramatisch noch chaotisch. Es war ein Bild von höchster Ästhetik. Er hätte es, ohne zu zögern, zu Hause aufgehängt.

»Wieso so viel Schwarz, Madame?«, fragte er und zeigte in die Galerie zurück.

»Ach, wissen Sie …«, fing sie an, doch ihre Stimme versagte, sie griff nach dem Taschentuch. Mit einem Handzeichen tat sie kund, dass sie nicht weiterreden werde.

Madame de Steinhaus wirkte plötzlich müde.

»Es ist spät«, sagte sie, als sie sich gefasst hatte. »Ich begleite Sie hinaus«, und führte ihn über Treppen und Korridore ins Eingangsgeschoss. Max stand auf, streckte sich und riss gähnend das Maul auf.

»Oh«, sagte Madame Charlotte vor der offen stehenden Küchentür, ging hinein und kam mit zwei Sachen wieder heraus. »Das müssen Sie bitte mitnehmen.« Und damit drückte sie ihm ein Konfitürenglas und eine kleine Flasche mit Drahtbügelverschluss in die Hand. Kauz bedankte sich und machte sich auf den Heimweg.

Es dunkelte, als er beim Speicher ankam.

Kaum drinnen, summte sein Handy.

Muss die gemeinsame Jagd absagen, lautete die Botschaft auf dem Display. *Jagdgruppe hat Einwände. Tut mir leid, vielleicht ein andermal. Ph. d. St.*

Schade, textete Kauz zurück. *Aber kein Problem.*

Er setzte sich an den Holztisch, goss sich aus der Flasche mit Drahtbügelverschluss ein Gläschen Heidelbeerlikör ein und ließ sich von dem Getränk Kehle und Magen wärmen. Er lehnte sich zurück und dachte über den Jäger Philippe de Steinhaus nach. Und über seine Tante Charlotte, die Kunstmäzenin – und vielleicht Künstlerin – mit ihrer Vorliebe für Schwarz.

Montag, 24. September

Neue Ausgangslage«, sagte Staatsanwältin Lara Stockalper knapp: »Es liegt *kein* Suizid vor. Und auch kein Jagdunfall.«

Sie hatte für die Sitzung dieselbe Mannschaft zusammengetrommelt wie am Donnerstag.

Aller Augen waren auf sie gerichtet.

»Maurice Jäger ist ermordet worden. Seine Leiche wies *zwei* Durchschüsse auf, nicht nur einen. Nur konnte das bei der Leichenschau nicht erkannt werden, weil … Ach, erklären *Sie* das, Herr Bivinelli.«

»Con piacere«, antwortete dieser. Dann bemerkte er, dass die Floskel nicht ganz passte, und fing noch einmal an. *»Certo«*, sagte er und erklärte den Befund der Obduktion. Diese war ausnahmsweise in Zürich durchgeführt wurde, da Bern überlastet war. Das stellte sich als Glücksfall heraus, denn die Rechtsmedizin Zürich verfügte über die neuste Technologie und war führend in der Untersuchung von Schussverletzungen mit bildgebenden Verfahren. Auf das Opfer Maurice Jäger wurden *zwei* Schüsse abgegeben, lautete das Fazit. Als Erstes ein Distanzschuss und als Zweites ein absoluter Nahschuss. Das ließ sich bei der Leichenöffnung mittels 3-D-Rekonstruktion der Schusskanäle feststellen. Bei der Legalinspektion hatte dieser Befund unmöglich erhoben werden können, weil das Gewebe an Brustkorb und Rücken durch den Nahschuss zerrissen wurde. Ein- und

Austrittsöffnung des Distanzschusses waren schlicht nicht mehr erkennbar gewesen. Das heißt, sie deckten sich praktisch mit der Ein- und Austrittsöffnung des Nahschusses. Der erste Schuss, der Distanzschuss, war tödlich gewesen, so lautete das Untersuchungsergebnis, er hatte mitten ins Herz getroffen. Der zweite, der Nahschuss, war auf den schon toten Maurice Jäger abgegeben worden.

»Wozu denn das?«, platzte es aus Nico Perren heraus.

Die Postenchefin Ria Ritz wollte ihren vorlauten Aspiranten schon zurechtweisen, da gab er sich die Antwort gleich selber: »Ach so, um einen Suizid vorzutäuschen?«

»*Bravo ragazzo*. Da haben Sie wahrscheinlich recht«, sagte Bivinelli. »Aber für die Interpretation bin ich nicht zuständig. Ich rapportiere nur die rechtsmedizinischen Befunde.«

Nico sah seine Chefin an und fuhr sich mit zwei Fingern über die Lippen. Ist ja gut, ich halte die Klappe, hieß das.

»Dieser zweite Schuss wäre auch tödlich gewesen. *Wäre,* wenn das Opfer noch gelebt hätte. Aber der Mann war zu dem Zeitpunkt, wie gesagt, schon tot. Vielleicht erst seit wenigen Augenblicken.«

»Was sind eure Schlüsse?«

Die Frage der Staatsanwältin galt den Kriminalisten.

»Fest steht einzig, dass Jäger sich nicht selber richtete, sondern erschossen wurde«, fing Inspektor Gsponer an. »Ich denke jetzt mal laut weiter: Wir wissen, dass aus Jägers Waffe mindestens zweimal gefeuert wurde. Nicht wahr, Marie?«

Die Kriminaltechnikerin Matthey nickte.

»Der erste Schuss aus seiner Büchse galt entweder dem Wildhüter oder einem anderen Ziel, vielleicht einem Stück Wild. Oder ihm selber. In diesem Fall wäre er von einer Drittperson mit seiner eigenen Waffe aus der Distanz erschossen worden. Eher unwahrscheinlich. Der zweite Schuss war dann der Nahschuss mit aufgesetzter Mündung, mit dem ein Suizid vorgetäuscht werden sollte. Gut getippt, *Botsch*«, sagte

Gsponer und nickte Nico Perren zu. »Das ist ja auch beinahe gelungen«, fuhr er fort. Dann rieb er sich das vernarbte Gesicht, schaute vor sich auf die Tischplatte und meinte: »Es steht praktisch fest, dass der Nahschuss aus seiner Waffe stammte. Das belegen die Spuren an Gewehr und Kleidung. Aber wir wissen nicht, mit welcher Waffe der Wildhüter erschossen wurde. Ob mit der von Jäger oder mit einer anderen. Kurz«, kam er zum Schluss, »was wir brauchen, ist eine waffentechnische Untersuchung. Wir müssen wissen, aus welcher Waffe welche Schüsse abgegeben wurden. Wir müssen Projektile und Patronenhülsen einer Waffe zuordnen können. So etwas ist doch möglich, Marie?«

Grundsätzlich schon, bestätigte Marie Matthey. Am besten, man beauftrage damit das Forensische Institut in Zürich, fügte sie an. Das hätte den Vorteil, dass Rechtsmediziner und Schusswaffenexperten, die praktisch unter demselben Dach arbeiteten, ihre Befunde direkt besprechen könnten.

»Sind die Projektile bei der Obduktion sichergestellt worden?«, fragte Gsponer den Rechtsmediziner.

»Nein, sie haben den Körper durchschlagen und sind wieder ausgetreten«, antwortete Bivinelli.

»Habt ihr die gefunden, Marie? Ich meine, im Gelände.«

Man habe gesucht, aber keine Projektile gefunden. Meistens finde man die nicht, lautete die Antwort Marie Mattheys.

»Und Patronenhülsen?«

Man habe die zwei, die neben Jägers Leiche gefunden worden seien, gab sie zu Protokoll. Patronenhülsen seien immer viel leichter zu finden als Projektile. Man werde aber weitersuchen, es seien insgesamt ja mindestens drei Schüsse abgegeben worden. Nämlich einer auf Samuel Huser und zwei auf Maurice Jäger.

»Gut«, sagte die Staatsanwältin. »Du nimmst das an die Hand, Alain. Ich eröffne damit die Strafuntersuchung gegen Unbekannt im zweifachen Tötungsdelikt Binntal.«

»In dem Fall müssen wir den Tatort noch einmal unter die Lupe nehmen«, wandte sich Gsponer an seine Kriminaltechnikerin. »Und die Jagdhütte im Binntal auch.«

»Tut das«, sagte die Staatsanwältin knapp.

»Bist du dabei, Ria? Lokalkenntnisse könnten nicht schaden«, meinte Gsponer.

»Klar, wenn der Kommandant nichts dagegen hat.«

»Wird er nicht, ich kümmere mich darum.«

»Nico kommt auch mit.«

»Das ist gut. Auch Jägers Domizil in Turtmann müssen wir uns vornehmen.«

»Aber ohne uns. Ist nicht mehr unser Rayon«, meinte Ria.

Die Staatsanwältin stand auf, streckte ihren Rücken durch und stöhnte leise. Die Polizisten und Kriminalisten blieben sitzen, um Gsponers Instruktionen abzuwarten.

Der begleitete Lara Stockalper vor die Tür und fragte: »Wie bist du darauf gekommen, die Obduktion doch noch anzuordnen? War das weibliche Intuition?«

»Nein, das war Angst vor einer Blamage.«

Gsponer sah sie amüsiert an.

»Ich wollte mich nicht noch einmal blamieren, so wie damals beim agT Münster, wenn Kauz wieder mitmischt.«

Damals waren alle überzeugt gewesen, beim Tod von Wendel Imfang handle es sich um einen Suizid. Kauz hatte aber zeigen können, dass es Mord war.

Gsponer streckte den Kopf ins Sitzungszimmer, rief: »Bin gleich wieder da«, fischte sich eine Zigarette aus der Packung und ging mit Lara zum Ausgang.

*

»Anno 1940 war der Wildbestand im Goms am Boden«, erzählte der Mann. »Da musste einer froh sein, wenn er noch ein Murmeltier, einen Fuchs oder einen Dachs erlegen konnte.

Oben am Berg gab es die Gämse, und auch die war rar. Aber es gab keinen Steinbock. Den Hirsch kannte man im Goms damals auch nicht, der wanderte erst Jahre später vom Oberalp her ein. Mein Vater dachte noch, er hätte ein Maultier im Visier, als er das erste Mal einen sah. Wie gesagt, es gab die Gämse, und die wurde auch gehörig gewildert. Warum? Weil die Menschen Hunger hatten. *Deshalb* gingen sie auf die Jagd. *Deshalb* wilderten sie: weil sie *mussten,* verstehst du? Wildfleisch war das Fleisch des armen Mannes«, erklärte der Mann und sah Kauz eindringlich an.

Da die Pirsch mit Philippe de Steinhaus ins Wasser gefallen war, war Kauz mit Max auf eine Wanderung gegangen. Auf der Wirzäblattä, der Bergbeiz am Gommer Höhenweg hoch über dem Rotten, hatte er haltgemacht und sich zu den drei Jägern gesetzt, die dort ihren Nachmittagsschoppen nahmen. Er hörte mit wachsendem Interesse zu.

»No äs Cola, Sepp!«, rief der Erzähler.

»Und miär äs Biär!«, riefen die beiden andern.

»Miär ö«, versuchte es Kauz auf Gommertitsch.

Der bucklige Wirzäblattä-Wirt stellte die Getränke auf den Tisch und nahm die leeren Gläser mit.

Der Wortführer war von hagerer Gestalt. Er trug einen enormen Seehundschnauz, hatte auffallend große Ohren, braun gegerbte Haut und die von harter Arbeit gezeichneten Hände eines Bauern. Er hatte eine feste Stimme und den wild entschlossenen Blick eines Freiheitskämpfers. Den alten Uniformrock trug er offen, darunter ein senfgelbes T-Shirt, um den Hals hatte er ein dünnes rotes Foulard gebunden. Er sah in seinen abgewetzten Militärklamotten und den alten Armeeschuhen mehr nach einem in die Jahre gekommenen Freischärler als nach Jäger aus. Kauz schätzte ihn auf ein paar Jahre älter als sich selbst.

»Und wie steht es heute mit dem Wildbestand?«, fragte er in die Runde.

»Himmeltraurig«, sagte der zweite Jäger.

Der war vielleicht zehn, fünfzehn Jahre jünger als der erste. Er war korpulent, hatte das bleiche Gesicht eines Bäckers, sanfte Augen und eine ebenso sanfte Stimme.

»Macht ihr keine Beute?«, fragte Kauz den dritten Mann.

Der war nochmals zehn Jahre jünger, ein properer Typ um die vierzig mit einem modisch getrimmten Vollbart. Er steckte in schicker Jägerkleidung, den feschen Jägerhut mit Gamsbart vor sich auf dem Tisch, daneben ein elektronisches Teil, das ein GPS-Gerät der jüngsten Generation oder ein Satellitentelefon sein konnte.

»Doch, wir machen Beute, aber weniger als früher«, antwortete er.

»Wieso?«, wollte Kauz wissen.

»Weil die alles zum Abschuss freigeben, darum«, schaltete sich der Freischärler wieder ein. »Da haben die anständigen Jäger, die noch waidgerecht jagen wie wir, das Nachsehen.«

»Wer?«, fragte Kauz. »*Wer* gibt alles zum Abschuss frei?«

»Das Jagdamt, mit seinem Fünfjahresbeschluss. Es ist eine Schande.«

Da Kauz verständnislos dreinblickte, holte der Jäger aus: Die Gommer Jäger selber seien es gewesen, die seinerzeit auf eine Regulierung der Jagd gedrängt hätten, um den Wildbestand zu schützen. Die meisten Gommer Jäger würden in diesem Jahr freiwillig auf die Gamsjagd verzichten, damit sich die Population erholen könne. Aber die Auswärtigen jagten die Gämse hemmungslos. Das sei ein Skandal. Sie, die Gommer Jäger, seien es schließlich, die das Wild das ganze Jahr beobachteten, hegten und pflegten, für die Steinböcke die Salzlecke montierten, in harten Wintern Futterstellen einrichteten und Wildtiere aus dem Schnee befreiten. Und was passiere jetzt? Jäger von überall her, aus dem Unterwallis, aus der Üsserschwiiz, sogar aus dem Ausland strömten ins Goms und schössen ihnen das Wild weg.

»Die ballern einfach drauflos«, ereiferte er sich, »schießen jeden Hirsch, der ihnen vor die Büchse läuft.«

»Und dürften gar nicht?«, fragte Kauz.

»Doch, sie dürfen! Das ist es ja gerade! Jeder, der ein Patent löst, darf.«

Wo ist denn das Problem?, dachte Kauz.

»Ginge es nach uns«, fuhr der wilde Mann fort, »würden wir nicht nur den Abschuss des Stiers beschränken – was schaust du so?, ich meine den männlichen *Hirsch* –«, präzisierte er, »sondern auch den Abschuss der Kühe und der Kälber. Aber heute darf jeder Jäger zwei Hirschkühe schießen und Kälber, so viele er will. Wie soll sich da der Bestand erholen, wenn man noch und noch Hirschkälber schießt? Früher hatte ein Jäger den Anstand, eine Kuh und ihre Kälber ziehen zu lassen. Er wartete auf seinem Ansitz geduldig auf den kapitalen Hirsch, auf den alten, der den Winter sowieso nicht überleben würde, verstehst du? Tempi passati! Heute schießt einer, sobald er ein Tier sieht. Er schaut nicht einmal mehr genau hin. Paff! Päng!«, der Freischärler simulierte mit ausgestreckten Armen eine Waffe im Anschlag. »Hauptsache, er kann schießen. Und die Trophäe nach Hause karren.«

»So hätte ich mir das nicht vorgestellt«, sagte Kauz.

»Auf der Niederjagd geht es genauso. Wir schulen unsere Hunde, setzen sie waidgerecht ein. Aber die Typen kommen aus dem Unterwallis angefahren, stellen sich dort auf, wo sie unseren Hund hören, und knallen den Rehbock ab, den er ihnen vor die Flinte treibt. Sie nehmen sich das erlegte Tier, das eigentlich uns gehört – denn unser Hund hat es aufgestöbert –, und wenn wir sie zur Rede stellen, entschuldigen sie sich nicht einmal. Der Bock wäre auch so gekommen, behaupten sie und hauen mit der Beute ab. Dem Rehbock erweisen sie nicht einmal die Ehre, ihn auf den Schultern ins Tal zu tragen. Sie legen ihm ein Seil um den Hals und schleifen ihn hinter sich her zu ihrem Pick-up. Denen fehlt doch jeglicher Respekt vor dem Tier!«

»Ihr seht sie nicht gern, die Unterwalliser, nicht wahr?«

»Wir reden hier von den auswärtigen *Jägern,* damit das klar ist«, lachte der Propere. »Sonst haben wir nichts gegen die Unterwalliser. Stimmt doch, oder?«, fragte er die beiden andern.

Kauz war nicht sicher, ob er das ironisch meinte.

»Als Jäger sehen wir sie nicht gern im Goms, das stimmt«, bestätigte der Bleiche. »Wieso jagen sie nicht dort, wo sie herkommen? Dort gibt es ja auch Hirsche.«

»Das Ganze hat eine Geschichte, musst du wissen«, nahm der Wilde das Thema auf: »Ursprünglich war der Hirsch im Goms geschützt. Irgendwann verfügte das Amt dann die Freigabe. Das Goms wurde zum Eldorado der Hirschjagd. Mit einem Mal herrschte hier Jagdhochbetrieb, denn erlaubt war alles. Auch das Befahren von Feldwegen und Forststraßen. Damit ist zum Glück wieder Schluss. Aber die Überzeugung der auswärtigen Jäger, im Goms gebe es Hirsche im Überfluss, ist nicht auszurotten.«

Kauz versuchte, sich auszumalen, wie wohl eine direkte Begegnung zwischen dem Freischärler und einem Unterwalliser Jäger verlaufen würde.

»Der Tote von Binn war übrigens auch so einer«, sagte der wilde Mann, als hätte er seine Gedanken erraten. »Der aus Turtmann. Der wäre besser zu Hause geblieben.«

Er warf den beiden andern einen raschen Blick zu.

Kauz horchte auf. Was wusste der Mann?

»Und Philippe de Steinhaus? Ist er auch so einer?«, fragte er.

»Der Advokat? Nein. Das ist etwas anderes«, sagte der Freischärler. »Der ist so halb-halb. Halb Gommer, halb Briger. Bei dem drückt man ein Auge zu.«

»Wieso?«

»Wieso? Weil das Goms der Familie Steinhaus viel zu verdanken hat. Über Madame Charlotte sagt keiner ein schlechtes Wort. Und der Philippe? Na ja«, machte er und schien zu überlegen, wie er ihn qualifizieren solle, »den kann man lassen.«

Er sprach von der Familie Steinhaus – *Schtëjhüs* sagte er –, ohne *de* und ohne *von*. Adelsprädikate brachte der Rebell nicht über die Lippen.

»Er ist ja halb in Ernen zu Hause. Also sagt niemand etwas, wenn er als Briger im Goms jagt.«

»Ist er ein guter Jäger?«

»Es geht. Sagen wir so: kein schlechter.«

»Weißt du, dass er bedroht wurde?«, fragte Kauz.

Das *Düü* war selbstverständlich, obschon man sich noch gar nicht kannte. Man war ja sozusagen zusammen auf der Jagd.

»Bedroht? Nein. Von wem?«

»Anonym. Weil er als Anwalt einen in Schutz nahm, der irrtümlich einen Wolf geschossen hat.«

»Ach so, der Gommer Fall. Wieso wird da der Advokat bedroht? *Er* hat den Wolf ja nicht geschossen.«

»Eben«, sagte Kauz. »Wie steht denn eigentlich ihr zum Wolf?«

Er sah von einem zum andern.

»Zum Wolf?!«, fragte der Freischärler und wandte sich Kauz jetzt voll zu. »Pass auf! Und hör mal gut zu: Der Wolf muss weg! Er gehört nicht hierher. Punkt. Fertig.«

Damit lehnte der Wilde sich wieder zurück.

Ich habe gesprochen, sagte sein Blick.

Kauz sah keinen Grund, eine Diskussion zu eröffnen.

»Würdest du ihn erlegen, wenn er dir vor die Büchse liefe?«, fragte er lieber.

»Das fragst du mich?! Ich bin doch nicht blöd!«, antwortete der Freischärler und nahm einen Schluck Cola.

Das konnte alles Mögliche heißen. Der Wolf ist ein geschütztes Tier!, wollte er vielleicht sagen. Es fällt mir doch nicht ein, mich strafbar zu machen. Vielleicht aber hieß das: Ob ich den Wolf erlegen würde? Darauf kannst du Gift nehmen. Aber zugeben würde ich es nie und nimmer. Und mich dabei erwischen lassen auch nicht.

Jetzt stach Kauz der Hafer.

»Würdest du auf Bärenjagd gehen, wenn es die gäbe?«

»Bärenjagd? Mit Vergnügen«, lachte der wilde Mann. »Ihr doch auch, oder?«, wandte er sich an seine Kumpel.

»Sofort«, sagte der Propere.

»Klar. Ich wäre dabei«, nickte der Dicke.

So schnell war das Thema Wolf und Bär im Goms noch nie abgehandelt gewesen. Alaska-Joe hätte stundenlang debattiert, Aldo Inderschmitten im Fäld hätte vorsichtig Für und Wider abgewägt, an den Stammtischen hätte das Palaver so oder so kein Ende genommen.

»So, *Manne,* los geht's«, machte der alte Jäger eine klare Ansage und stand auf. Er schaute zum Himmel empor. »Da oben braut sich etwas zusammen. Wir sollten rechtzeitig in der Hütte sein.«

Sie tranken aus, standen auf und griffen hinter sich, wo ihre Büchsen fein säuberlich ausgerichtet an der Hauswand der Bergbeiz standen, Lauf nach oben. Der bleiche Dicke hatte ein Jagdgewehr, wie Kauz im Goms schon viele gesehen hatte. Der Propere nahm sein Hightech-Gewehr zur Hand. Es sah brandneu aus, die Zieloptik war sicherlich vom Feinsten. Der Freischärler schulterte eine lange Büchse mit Verzierungen aus gehämmertem Metall am hölzernen Schaft. Vielleicht war es ein vom Vater geerbtes Stück. Immerhin, es war wie die beiden andern Waffen mit einem Zielfernrohr ausgerüstet.

Der Freischärler setzte seine Soldatenmütze aus feldgrünem Uniformstoff auf – es musste die seines Vaters sein, das Modell stammte aus den Beständen des Zweiten Weltkriegs –, die beiden andern ihre Jägerhüte.

»Tschau zäme«, sagte Kauz und hob die Hand.

»Waidmannsheil!, heißt das«, sagte der Alte streng.

Kauz fühlte sich geschulmeistert. Er entsann sich, einmal gelesen zu haben, dass Jäger sich so grüßten. Nur hätte er nie gedacht, dass sie es wirklich taten. »Dann also: Waidmannsheil!«, akzeptierte er die Lektion.

»Waidmannsdank«, quittierte der Jäger völlig ernst.

»Waidmannsdank«, sagten die beiden andern lachend.

Kauz blieb sitzen, bestellte beim buckligen Wirzäblattä-Wirt einen Kaffee mit Schuss, kraulte Max den Hals, sah ins Tal hinunter und dachte über die Begegnung nach.

Dienstag, 25. September

Hast du keine anderen Schuhe?«, fragte Ria, als Gsponer auf dem Parkplatz des Hotels Belle Epoque aus seinem Dienstwagen stieg. Sie selber und ihr Aspirant standen in Bergschuhen neben dem Streifenwagen. Die ganze Equipe von der Spurensicherung war gekommen und machte sich marschbereit.

»Wieso? Was ist denn mit meinen Schuhen?«

»Wir gehen *z Bäärg,* Alain.«

»Ach so. Ich dachte, man könnte hinfahren.«

»Du meinst, mit dem Helikopter fliegen? Diesmal nicht.«

Zum Tatort könnten sie zwar ein Stück weit fahren, aber dann wäre der Marsch zur Hütte nur umso mühsamer, erklärte Ria.

»Zuerst zur Hütte, von dort zum Tatort«, gab sie der Equipe die Marschroute durch und ging im Berglerschritt voraus.

»Wenn's sein muss«, murrte Gsponer und steckte sich eine Zigarette an.

Es war eine seltsame Prozession: Zwei uniformierte Polizisten, zwei Kriminalisten in Zivil und zwei Spezialisten der Spurensicherung im weißen Overall stiegen bergan. Die von der Spusi trugen Ausrüstungsmaterial in Taschen und Koffern mit sich. Die beiden Unifomierten halfen schleppen. Gsponer glitt dreimal aus, nur mit Glück konnte er einen bösen Sturz vermeiden. Er nahm den Zwischenfall jedes Mal zum Anlass für eine Zigarettenpause. Der Weg führte über Wiesland, dann in den Wald hinein bis zu einer alpartigen kleinen Terrasse mit wunderschönem Blick auf das Binntal und auf die umliegenden Berge. Die Jagdhütte war ein kleiner Holzbau, nicht uralt, höchstens dreißig, vierzig Jahre alt. Über der Tür prangten drei Trophäen, das Geweih eines Hirschs und die Hörner einer Gämse und eines Steinbocks.

Die Spurensicherer nahmen als Erstes die Hüttentür unter die Lupe. Das Siegel war noch ganz. Gsponer setzte sich mit Ria und dem Aspiranten Perren auf die Bank, die unweit der Hütte stand.

Nachdem man den Toten identifiziert und von dessen Jagdkameraden erfahren hatte, wo er jeweils übernachtete, hatte Ria zwei Polizisten zur Hütte geschickt. Da der Tote keinen Hüttenschlüssel bei sich getragen hatte, machte man den Hüttenbesitzer ausfindig, der einen Zweitschlüssel herausrückte. Eine Hausdurchsuchung wurde nicht durchgeführt. Man war ja von Suizid ausgegangen, nicht von einem Verbrechen. Die Polizei hatte nur den Auftrag, die Sachen des Toten einzusammeln, um sie den Hinterbliebenen zu übergeben. Man machte die Tochter des Toten in Siders ausfindig. Die wusste, dass ihr Vater auf der Jagd war, aber da sie mit ihm nur sporadischen Kontakt hatte, vermisste sie ihn nicht. Ihre Mutter, die vom Ermordeten seit Jahren geschieden war und keinen Umgang mit ihm pflegte, hatte erst recht keinen Grund für eine Vermisstenmeldung. Den Jagdkameraden ausgenommen, hatte also niemand den ermordeten Maurice Jäger vermisst.

Als dann feststand, dass es beim agT Binntal um ein zweifaches Tötungsdelikt ging, wurde die Hütte nachträglich versiegelt.

Die Kriminalisten, die in ihren weißen Overalls wie Berggeister aussahen, waren mit der Untersuchung der Hüttentür fertig. Jetzt schlossen sie auf und gingen hinein.

Ria hielt den Atem an.

Sie hatte beim Öffnen einer verlassenen Alphütte einmal einen grausigen Fund gemacht. Einen gespenstisch aussehenden Toten.

Aber diesmal gab es keine böse Überraschung.

Die Kriminalisten leuchteten die Hütte aus, fotografierten im grellen Licht der batteriebetriebenen Scheinwerfer, untersuchten mit der Lupe, pinselten, tupften und wischten, legten Klebstreifen auf und zogen sie wieder ab, fassten Dinge mit der Pinzette und steckten sie in Plastikbeutel.

Bald kam einer heraus und ging, einen Beutel vor sich hertragend, zu Gsponer. Darin lag der vermisste Hüttenschlüssel. Gsponer stand auf, ging mit dem Kriminalisten in die Hütte und ließ sich zeigen, wo er ihn gefunden hatte.

»Seltsam«, meinte er, als er wieder bei Ria saß.

»Hat die Tür ein Schnappschloss?«, fragte Ria, der schon etwas schwante.

»Ja.«

»Dann hat Jäger sich ja ausgesperrt.«

»Sieht so aus«, machte Gsponer, setzte sich wieder und zündete eine Zigarette an. Die Packung, die er beim Hotel Belle Epoque aufgerissen hatte, war schon halb leer. »Oder …«, sagte er, blies den Rauch aus und schaute vor sich auf den Boden, »… er hat die Tür am frühen Morgen zugesperrt und den Schlüssel mitgenommen, der Mörder stahl ihn aus seiner Tasche, ging in die Hütte, tat dort irgendetwas, ging wieder und ließ den Schlüssel zurück. Vielleicht aus Versehen, vielleicht absichtlich.«

»Wo lag er überhaupt?«

»Hinter der Eckbank.«

»Was könnte der Täter in der Hütte gesucht haben?«

»Da gibts doch bestimmt etwas zu klauen«, meinte ihr Aspirant Nico. »Waffen vielleicht. Oder Trophäen.«

Wenn es ihm um Raub gegangen wäre, hätte er Jägers Jagdwaffe, dessen Feldstecher und die Kamera mitgenommen, widersprach Gsponer. Das sei aber nicht der Fall gewesen. Auch das Portemonnaie habe er noch bei sich getragen. Ob Jäger eine zweite Waffe in der Hütte deponiert hatte, wisse man noch nicht.

»Seltsam ist bloß, dass wir bis jetzt weder ein Tablet noch ein Notebook fanden«, schloss er. »Dabei war er doch Journalist.«

»Und sein Handy?«, fragte Ria.

»Das haben wir sichergestellt. Steckte in seinem Rucksack.«

Nach einer Stunde kam Marie Matthey aus der Hütte und gab Gsponer einen Zwischenbericht. Die Spurensicherung sei mit der Arbeit fertig, rapportierte sie.

Die Karawane verschob sich zum Tatort. Der war zwar immer noch abgesperrt, aber er war natürlich nicht tagelang bewacht worden. Die Spurensicherer suchten am Fundort der Leichen trotzdem nach textilen Fasern, nach Schuhsohlenabdrücken und anderen Spuren. In der weiteren Umgebung wurden Abdrücke von Autoreifen sichergestellt. In erster Linie konzentrierten sie sich aber auf die Suche nach Patronenhülsen und Fragmenten von Projektilen. Doch in dieser Hinsicht war das Ergebnis gleich null.

Mittwoch, 26. September

Staatsanwältin Lara Stockalper griff sich an den Bauch.

»Was ist?«, flüsterte Ria. »Geht es los? Soll ich …«

»Nein, nein. Ich glaube nicht«, antwortete die Hochschwangere, verzog das Gesicht und atmete tief durch. »Geht schon.«

»Sicher?«

»Jaja. *Güetä Tag zäme*«, sagte die Staatsanwältin in die Runde.

Der Rechtsmediziner war beim Rapport auf dem Polizeiposten in Fiesch nicht anwesend. Auch die Kriminaltechniker waren dispensiert. Neben Hauptinspektor Gsponer, der die Staatsanwältin in Visp abgeholt und hergefahren hatte, waren die Postenchefin Ria Ritz und ihr Aspirant Nico Perren da. Und Kauz. Das war zwar nicht ganz rechtens, aber es hatte Tradition. Bei den Ermittlungen in den Mordfällen vor fünf Jahren hatte die damals blutjunge Staatsanwältin Kauz zu einzelnen Sitzungen eingeladen. Es hatte triftige Gründe dafür gegeben. Die hatten auch dem damaligen Chefinspektor Fux eingeleuchtet und waren vom Chef der Walliser Kriminalpolizei, Bonvin, im Nachhinein gebilligt worden. Nur Oberstaatsanwalt Hauptmann waren die Einmischungen von Kauz ein Dorn im Auge gewesen. Aber er hatte nichts mehr einzuwenden gewagt, als er begriff, dass sowohl Fux als auch Bonvin große Stücke auf Kauz hielten. Diesmal wollte Lara Stockalper Kauz dabeihaben, um von ihm persönlich die Ergebnisse seiner privaten Ermittlungen zu erfahren.

Aspirant Perren brachte Kaffee, für Inspektor Gsponer einen extrastarken Espresso, stellte Milch und Zucker und die Gipfeli auf den Tisch, die er im Auftrag seiner Chefin beim Dorfbäcker geholt hatte. Max bekam ein salamiartiges Leckerli, an dem er jetzt unter dem Tisch herumnagte.

»Mach du den Anfang, Alain«, sagte die Staatsanwältin.

Man gehe davon aus, dass aus mindestens zwei verschiedenen Waffen geschossen wurde, fing Gsponer an. Die Kriminaltechniker hätten nämlich festgestellt, dass die Auswerfspuren auf den beiden sichergestellten Hülsen nicht identisch waren. Aus der einen Waffe sei der Nahschuss auf den Toten abgegeben worden, um einen Suizid vorzutäuschen. Diese Waffe sei eindeutig die von Maurice Jäger. Das würden die Spuren auf seiner Kleidung belegen. Eine der beiden Patronenhülsen passte zu seiner Waffe. Aber die zweite stamme von einer anderen. Mit dieser andern, noch nicht identifizierten Waffe seien nach bisherigen Erkenntnissen sowohl der Wildhüter Samuel Huser als auch der Jäger Maurice Jäger aus der Distanz erschossen worden. Jägers Waffe und die beiden Patronenhülsen würden zurzeit im Forensischen Institut Zürich untersucht.

»Wenn wir Glück haben, lassen sich Rückschlüsse auf die unbekannte Waffe ziehen«, erklärte Gsponer.

»Was hilft uns das?«, fragte die Staatsanwältin. »Selbst wenn wir wüssten, was für ein Waffentyp es war? Müssten wir nicht ein ganz bestimmtes Gewehr sicherstellen, um nachzuweisen, dass es die Tatwaffe war?«

»Doch. Das ist richtig.«

»Haben wir aber nicht, oder? Das Jagdgewehr von Samuel Huser kommt ja nicht infrage. Mit dem wurde nicht geschossen, habt ihr doch gesagt. Bleibt ihr dabei?«

»Ja.«

»Dann ist die Suche nach der Tatwaffe ja fast die Suche nach der Stecknadel im Heuhaufen. Soviel ich weiß, sind im Wallis jedes Jahr mehr als zweitausend Jäger auf Achse.«

»Wenn die Tatwaffe ein Standardmodell ist, wird es eine sehr aufwendige Suche. Aber vielleicht haben wir Glück. Nämlich dann, wenn es sich um ein weniger gebräuchliches Jagdgewehr handelt.«

»Das würde den Kreis der infrage kommenden Schützen verkleinern, willst du sagen?«

Gsponer nickte.

»Sag uns, wenn du mehr weißt.«

»Klar. Sobald ich das Ergebnis der Forensiker aus Zürich habe, docke ich beim Waffenbüro an.«

»Wenn es dir zu lange dauert, sags mir, Alain«, schaltete sich Kauz ein. »Ich kenne die Burschen vom FOR.«

Gsponer reckte den Daumen.

»FOR?«, fragte die Staatsanwältin.

Es war eine ihrer Stärken, dass sie alles genau verstehen wollte und nicht die kleinste Unklarheit durchgehen ließ. Es machte ihr nicht das Geringste aus, als unwissend dazustehen.

»Das Forensische Institut in Zürich.«

»Ach so. Gut. Das wäre die schusswaffentechnische Seite«, resümierte sie. »Aber jetzt zur Frage des Motivs. *Warum* musste der Wildhüter sterben? Und warum der Jäger Maurice Jäger? Was denken beispielsweise Sie, Aspirant Perren?«, fragte die Staatsanwältin. Wohl in Erwartung einer eher unbedarften Antwort.

»I-I-Ich?«, gab Perren überrascht zurück.

Er sammelte sich, atmete tief durch und begann dann: Ein Wilderer habe den Wildhüter erschossen, als der ihn auf frischer Tat beim Freveln erwischte. Maurice Jäger sei Zeuge dieses Verbrechens geworden. Da habe der Wilderer auch ihn umgelegt, um keinen lästigen Zeugen zu haben. Dann habe er dem schon toten Maurice Jäger dessen eigenes Jagdgewehr auf die Brust gesetzt und abgedrückt, um einen Selbstmord vorzutäuschen. So hätte er ihm gleichzeitig den Mord am Wildhüter in die Schuhe schieben können. Alles sollte nach Jagdunfall und anschließendem Selbstmord aussehen.

»So weit die Version Wilderer«, sagte Perren und rieb sich die Stirn. »Dann müsste es aber ein Stück gefreveltes Wild geben, und das hat man, soviel ich weiß, nicht gefunden. – Es könnte also auch anders gewesen sein. Das heißt, dass Maurice Jäger das Ziel eines Mordanschlags war und der Wildhüter der Zeuge, der beseitigt wurde. Dann wäre der Mörder gar kein Frevler, sondern einer, der seinem Opfer aus ganz anderen Gründen aufgelauert hat. Aber warum? – Nun ...«, Perren zuckte die Achseln, »da habe ich keine Erklärung. So oder so, der Täter wollte, dass es so aussah, als ob ein Todesschütze Selbstmord begangen habe. So sehe ich das.«

»Alle Achtung«, machte die Staatsanwältin.

Sie warf einen Blick in die Runde, der so viel bedeutete wie: Der *Botsch* ist nicht auf den Kopf gefallen.

»Ria?«, setzte sie die Runde fort.

Staatsanwälte und Polizisten, die zusammenarbeiteten, verkehrten gewöhnlich per Du. Polizisten untereinander sowieso und Staatsanwälte auch. Nur Oberstaatsanwalt Gitsch hielt Distanz und pflegte mit allen das Sie.

»Dem ist nichts hinzuzufügen«, sagte Ria und zwinkerte ihrem Aspiranten zu.

»Alain?«

»Ich sehe es genauso«, antwortete Gsponer. »Theoretisch könnten es auch zwei Schützen gewesen sein. Zwei Mörder, zwei Mordopfer. Ist aber eher unwahrscheinlich. Ein Mörder, zwei Mordopfer wäre plausibler. Sobald feststeht, ob die Distanzschüsse aus einer oder aus zwei Waffen abgegeben wurden, wissen wir das. Selbstmord können wir aber definitiv ausschließen. Und damit ist auch der Jagdunfall vom

Tisch. Was die Motive für die zwei Morde angeht, möchte ich Kauz hören.«

»Danke, Alain. Herr Walpen?«

»Sag einfach Kauz. Wir kennen uns doch schon eine ganze Weile.«

»Einverstanden. Hab mich bis jetzt bloß nicht getraut«, meinte sie neckisch. »Du bist halt so …«, sie zögerte.

»… ein alter Sack? Ja, das stimmt«, lachte Kauz.

»So ein erfahrener Fuchs, wollte ich sagen. Ich heiße Lara«, lächelte sie.

»Gut, Lara. Wir gehen also von der Hypothese ein Mörder, zwei Morde aus«, begann Kauz. »Und das bringt mich auf den Wolf.«

Thomas Abgottspon habe ihm vor ein paar Tagen den Link auf einen Pro-Wolf-Artikel von Maurice Jäger geschickt. Den habe der vor einem halben Jahr in seiner Kolumne im Politblatt *Klartext* publiziert. Der Beitrag habe ihm extrem feindselige Reaktionen eingebracht. Nicht im *Klartext* natürlich, aber in der *Walliser Zeitung,* in der *Wochenzeit* und in den sozialen Medien. Ihm sei von Wolfsgegnern mehr oder weniger direkt der Tod gewünscht worden. Samuel Huser sei dagegen von militanten Pro-Wolf-Leuten attackiert worden. Vor allem im Internet. Er habe sich die Blogs angeschaut, berichtete Kauz.

»Wirklich erschreckend«, schloss Kauz. »Jetzt frage ich mich, ob die Morde mit der ganzen Pro- und Kontra-Wolf-Polemik zusammenhängen.«

»Du meinst, Samuel Huser könnte von einem Pro-Wolf-Mann umgebracht worden sein? Und Maurice Jäger von einem Kontra-Wolf-Mann?«, schaltete sich Ria ein.

»Nicht *und*. Entweder, oder«, bemerkte Kauz.

»Ach so, natürlich«, gab Ria zu.

»Es gibt übrigens auch Pro- und Kontra-Wolf-*Frauen,* Ria«, warf Gsponer trocken ein.

»Was du nicht sagst«, machte Ria.

»Hat eines der Opfer Drohbriefe erhalten?«, fragte Kauz und sah die Staatsanwältin an.

»Drohbriefe, wie Monsieur de Steinhaus sie bekam?«, fragte sie augenzwinkernd, um zu zeigen, dass sie von seinem Auftrag wusste.

»Ganz richtig«, bestätigte Kauz ungerührt. »Solche«, und damit zog er die Kopie des Drohbriefs hervor, die de Steinhaus ihm mitgegeben hatte. Der Brief ging von Hand zu Hand. Gsponer und Perren schüttelten den Kopf, Ria Ritz und Lara Stockalper reagierten entsetzt, als sie die Bilder der massakrierten Tiere und den Text sahen.

»Alain?«, gab Lara jetzt die Frage an den Inspektor weiter.

Der gab zu Protokoll, dass man in Samuel Husers Wohnung einen Ausdruck der Hasstiraden gefunden habe, die in einem Wolf-Blog erschienen waren. Fein säuberlich in einem Ordner abgelegt. Aber Drohbriefe auf Papier hätten sich keine gefunden. Maurice Jägers Wohnung in Turtmann sei ebenfalls durchsucht worden. Auch dort habe man keine Drohbriefe gefunden. Man habe aber auch gar nicht erwartet, welche zu finden.

»Wieso nicht?«, fragte die Staatsanwältin.

»Nun, der Drohbrief da und die andern, die Philippe de Steinhaus erhalten hat, stammen offensichtlich von einem Wolfsfreund. Und Jäger hat sich ja selber als Freund des Wolfs geoutet. Für einen Wolfsfreund gibt es also keinen Anlass, ihm solche Briefe zu schicken.«

»Stimmt. Sonst noch was?«

»Ja. Wir vermissen Jägers Notebook oder Tablet. Wir gehen davon aus, dass er als Journalist eines besaß. Aber weder in seiner Wohnung in Turtmann noch in der Jagdhütte haben wir eines gefunden. Auch nicht in seinem Wagen. Der war übrigens nicht abgeschlossen«, schob Gsponer nach.

»Oha«, staunte Kauz.

»Wir sind hier im Goms«, belehrte ihn Ria. »Da lässt manch einer seine Haustür oder den Wagen nachts unverschlossen.«

»Kommen wir langsam zum Schluss«, mahnte die Staatsanwältin.

Man einigte sich auf die Arbeitshypothese, dass der Wolfsfreund Maurice Jäger das anvisierte Mordopfer war, Samuel Huser der unfreiwillige Zeuge, der zum falschen Zeitpunkt am falschen Ort auftauchte und deshalb vom Mörder umgebracht wurde. Die Hypothese, wonach der Wildhüter Samuel Huser als erklärter Wolfsgegner das Opfer eines Wolfsfreunds geworden war, der nach dem Mord einen unschuldigen Zeugen beseitigte, war weit weniger wahrscheinlich, man wollte sie aber nicht endgültig fallen lassen.

»Du hast dich im Binntal umgehört, Kauz«, stellte Lara Stockalper fest.

»Und in Bellwald.«

»Bei Freunden und bei Feinden des Wolfs also.«

»Im Binntal gibts vor allem Feinde. Ich habe allerdings auch eine Wolfsverklärerin getroffen.«

»Wolfsverklärerin?«, fragte die Staatsanwältin.

»Eine, die den Wolf nicht nur akzeptiert, sondern ihn quasi vergöttert.«

»Aha, und so eine hast du getroffen?«

»Richtig«, bestätigte Kauz.

»Nämlich wen?«, insistierte die Staatsanwältin.

»Die Schwägerin des Hoteliers Guntern. Aber sie war eine Ausnahme. Sonst trifft man im Binntal, wie gesagt, fast nur Wolfsgegner. In Bellwald gibt es beides, Freund und Feind des Wolfs. Aber der Freund hat dort die lautere Stimme. Nicht wahr, Ria?«

»Das kann man wohl sagen«, lachte diese.

Sie rapportierte, was sie in der Alpenbeiz gehört hatten. Kauz fasste die Stimmen aus dem Binntal zusammen.

»Wir merken uns das, Kauz«, sagte die Staatsanwältin, als

sie fertig waren. »Aber das kommt nicht ins Protokoll. Der Oberstaatsanwalt hätte keine Freude, wenn wir uns auf Auskünfte eines Üsserschwiizer Privatdetektivs stützen«, sagte sie mit einem schiefen Lächeln in die Runde.

Aspirant Perren, der nach seinem Plädoyer zu Beginn der Sitzung aufmerksam zugehört hatte, sah erstaunt auf.

»Tut mir leid, Kauz«, fuhr die Staatsanwältin fort. »Wenn nötig, laden wir dich als Auskunftsperson vor und machen eine hochoffizielle Befragung. Aber einstweilen …«

»Ich dachte, Hauptmann sei pensioniert«, wandte Kauz ein.

Oberstaatsanwalt Hauptmann war nicht gut auf ihn zu sprechen gewesen, mit ihm hatte er einmal ein juristisches Gefecht ausgetragen. Es war um Hund Max gegangen, und Kauz hatte dabei gesiegt.

»Ist er auch. Aber Gitsch nimmt es noch genauer.«

»Was?«, rief Kauz. »Gitsch!?«

»Ja, Hauptmanns Nachfolger. Oberstaatsanwalt Gitsch.«

»Du meine Güte!«, murmelte Kauz.

Augenblicklich kam ihm die ganze Geschichte wieder hoch.

Vor mehr als fünf Jahren

Am Neujahrstag jenes mörderischen Winters hatte Kauz in seinem Speicher auf den Anruf von Senn, dem Kommandanten ad interim der Zürcher Kantonspolizei, gewartet. Er ahnte, dass Senn ihm anbieten würde, an seine alte Stelle als Dienstchef Leib und Leben zurückzukehren, von der er im Sommer von der Kommandantin Frau Dr. iur. Doris van Hooch freigestellt worden war. Diese war aber inzwischen selbst von ihrem Posten entfernt worden. Kauz schwankte trotzdem, ob er zusagen sollte. Denn gleichzeitig lag ihm ein Angebot von Bonvin, dem Chef der Walliser Kriminalpolizei, vor.

Schließlich lehnte Kauz Senns Angebot dankend ab und entschied sich für das Wallis. Ein Grund war der Tapetenwechsel, ein anderer, dass er die Stelle in Zürich sofort hätte antreten müssen. Bonvin dagegen stellte ihm frei, im Februar oder auch erst im März zu kommen. Die zusätzlichen zwei freien Monate waren für Kauz nach jenem Höllenwinter mehr als nur willkommen; sie waren als Erholungspause dringend nötig.

Bonvin war hell begeistert, denn er hielt nach allem, was passiert war, große Stücke auf Kauz. Aber schon bald schwante Kauz, dass er eine Fehlentscheidung getroffen hatte. Er hatte fest damit gerechnet, in Brig arbeiten zu können. Sein Freund Alain Gsponer war aufs neue Jahr befördert worden. Neben ihm hätte Kauz im Oberwallis einer von zwei Hauptinspektoren unter Chefinspektor Fux werden sollen. Dann kam alles anders. Kauz wurde dazu verknurrt, eine Stelle in Sitten zu übernehmen. Das machte ihm einen dicken Strich durch die Rechnung, denn von Münster nach Sitten zu pendeln, war eine Zumutung. In Sitten ein Studio zu mieten und nur die Wochenenden in seinem geliebten Speicher zu verbringen, genauso. Mit Fux und Gsponer hätte er sich darauf einigen können, an einzelnen Tagen seinen Hund mitzunehmen. Das wurde ihm in Sitten aber nicht gestattet, und so musste er für Max auch noch einen Hundesitter organisieren.

Bonvin entschuldigte sich für die Unannehmlichkeiten und versicherte, das sei alles nur vorübergehend. Doch die Anstellungsbedingungen waren nur das eine. Dass er Einvernahmen je nach Fall auf Französisch führen musste, versuchte er noch, als Übung für Mundwerk und Gehirn zu sehen. Bauchgrimmen verursachte ihm aber die Zusammenarbeit mit Polizeikollegen und Staatsanwaltschaft. Mit einzelnen Polizisten und Inspektoren verstand er sich gut, andere beobachteten den zugezogenen Kriminalpolizisten argwöhnisch, wieder andere ließen ihn spüren, dass sie ganz und gar nicht auf einen Üsserschwiizer Hauptinspektor gewartet hatten. In Brig wäre er mit offenen Armen empfangen worden, im zweisprachigen Sitten musste er sich seinen Einstand erkämpfen. Sein direkter Vorgesetzter hätte Kauz wohl kaum selbst eingestellt. Bonvin hatte ihm Kauz quasi aufgezwungen. Als Vorgesetzter war der Chefinspektor des Mittelwallis eine eher schwache Figur und kriminalistisch ebenso. Er kannte Kauz' guten Ruf als Ermittler und befürchtete wohl, sich irgendwann zu blamieren.

Der stellvertretende Oberstaatsanwalt, mit dem Kauz regelmäßig zu tun hatte, war zwar juristisch sehr beschlagen, hatte aber die Neigung, den Kriminalpolizisten in die Detailarbeit hineinzureden. Da er Kauz gegenüber weisungsbefugt war, konnte er Richtung und Ziel der Ermittlungen vorgeben.

Damit hatte Kauz kein Problem. Bloß damit, dass er ihm Anweisungen gab, *wie* er die polizeiliche Ermittlung zu führen habe, dass er seine Intuition infrage stellte und seine Erfahrung gering schätzte.

Staatsanwalt Leonardo Gitsch war ein launischer Mensch. Er konnte durchaus liebenswürdig sein, handkehrum war er ein Ekel. Er sah dem pechschwarzen Haar zum Trotz – man munkelte, es sei gefärbt – eher älter aus als Kauz. Er konnte aber kaum älter sein, denn es hieß, man müsse noch sieben oder acht Jahre mit ihm rechnen. Er sprach ein akzentfreies Hochdeutsch. Das fiel im zweisprachigen Mittelwallis nicht auf, denn viele frankofone Walliser, die Wallisertitsch nur radebrechten, bedienten sich des Hochdeutschen, wenn sie mit Deutschschweizern sprachen. Sein Auftreten war das eines italienischen Edelmannes, seine dunkle Stimme klang bestimmt, aber nicht schroff. Wer als Beschuldigter mit ihm zu tun hatte, lernte ihn allerdings als unerbittlichen Untersuchungsrichter kennen.

Beim Sprechen hatte Gitsch einen irritierenden Tick: Wenn er zu reden anfing, unterbrach er sich regelmäßig nach den ersten Worten, kniff die Lippen zusammen und schnaubte zweimal kräftig durch die Nase, ehe er weitersprach.

Es wurde rasch klar, dass Kauz und er aus ganz unterschiedlichem Holz geschnitzt waren. Kauz bemühte sich aber, sich Gitsch anzupassen, soweit er es ihm schuldig war. In zwei, drei Fällen stellte sich im Nachhinein heraus, dass Kauz mit seiner Einschätzung richtig-, Gitsch aber weit danebengelegen hatte. Das wirkte sich auf ihre Beziehung nicht gerade entspannend aus. Einmal brachte Staatsanwalt Gitsch einen Jüngling aus angesehener Walliser Patrizierfamilie vor Gericht. Dass er sich nicht scheute, auch gegen Walliser Prominenz vorzugehen, nötigte Kauz Respekt ab. Da hatte er im Oberwallis mit Staatsanwalt Hauptmann ganz anderes erlebt. Ein andermal stellte Gitsch in einem Fall von häuslicher Gewalt die Strafuntersuchung ein, weil ihm die Aussagen des Ehemannes glaubhafter schienen als die des Opfers, während Kauz den Mann als hochgefährlich einstufte. Eine Woche später erschoss der seine Frau vor den Augen der zwei Kinder, als sie mit ihnen aus der gemeinsamen Wohnung ausziehen wollte.

Besonders dieser Fall wurde in der Presse breitgetreten und trug Staatsanwalt Gitsch massive Kritik ein. Kauz hütete sich, dem Staatsanwalt seine Fehlentscheidung unter die Nase zu reiben. Schließlich hatte er selbst, trotz jahrzehntelanger Erfahrung, auch schon peinliche Fehlentscheidungen getroffen. Trotzdem ahnte er, dass Gitsch ihm wegen der Niederlagen grollte, die er sich eigentlich selbst zuzuschreiben hatte. Jedenfalls fühlte sich Kauz von da an ständig auf subtile Weise von Gitsch gepiesackt.

Kauz war schon drauf und dran, Sitten Adieu zu sagen, da ging eine Vermisstanzeige ein. Der Einsatzzentrale kamen einige Fakten so alarmierend vor, dass sie die Anzeige direkt an die Kriminalpolizei weiterleitete. Kauz wurde mit der Ermittlung beauftragt – und blieb.

Eine junge Studentin aus Siders war eines Freitagnachmittags im Mai, das Notebook im Rucksack, aus dem Haus gegangen. Den Angehörigen hatte sie unter der Haustür zugerufen, sie sei zum Abendessen zurück.

Man sah sie nie wieder.

Die junge Frau studierte in Bern, wohnte aber von Freitag bis Sonntag bei Verwandten in Siders, wo sie an ihrer Masterarbeit schrieb. Die Verwandten waren aufs Höchste beunruhigt, denn sie kannten ihre Nichte als sehr verlässlich. Streit habe es nicht gegeben, auch keine Anzeichen einer Depression. Im Gegenteil, die Nichte freue sich unbändig auf eine Auslandsreise, die sie in den nächsten Tagen antreten wollte. Kauz befragte ihren Freund, den er aus Bern vorlud. Eine Zeugin war sicher, die junge Frau im Zug nach Brig gesehen zu haben. Kauz befragte Nachbarn, die Kioskfrau am

Bahnhof und die Zugbegleiter der Bahn. Im Raum Turtmann hatte die Vermisste mit einer nicht identifizierbaren Nummer telefoniert, in Raron war sie ausgestiegen und hatte sich Richtung Rhoneufer bewegt, so viel ließ sich anhand ihrer Handydaten rekonstruieren.

Kauz forderte zur Verstärkung Oberwalliser Polizisten an und startete eine groß angelegte Personensuche. Er ließ eine Hundestaffel kommen. Zwar nahmen die Hunde am Bahnhof Raron Witterung auf, aber die Spur der Vermissten verlor sich am Rhoneufer. Das Ufer wurde flussabwärts und flussaufwärts sorgfältig abgesucht. Alles umsonst.

Staatsanwalt Leonardo Gitsch befand, Kauz übertreibe.

Ein Fischer sagte aus, eine junge Frau mit Rucksack bei der Rhonebrücke gesehen zu haben. Sie sei ins Auto eines Mannes gestiegen und mit ihm davongefahren.

Eine Vermisstanzeige in Radio und Fernsehen brachte einige Hinweise. Die meisten stammten von Mitstudenten aus Bern, die kurz zuvor noch mit der jungen Frau zusammen gewesen waren. Brauchbare Angaben zu deren Verbleib oder zu ungewöhnlichen Aktivitäten konnten sie allerdings nicht machen. Sie versicherten aber, ihre Kollegin sei ganz bestimmt nicht selbstmordgefährdet, und sie sei auch nicht der Typ, der einfach davonlaufe.

Für Kauz lag der Verdacht nahe, dass es sich um ein sexuell motiviertes Gewaltdelikt handelte.

Staatsanwalt Gitsch hörte aufmerksam zu, als ihm Kauz, begleitet von einem höheren Polizeiunteroffizier, die Ergebnisse der Ermittlungen rapportierte. Anders als sonst, wischte er keine seiner Überlegungen beiseite. Kauz gewann den Eindruck, Gitsch nehme die Sache genauso ernst wie er selbst. Doch dann fragte Gitsch:

»Haben Sie sich das Bücherregal«, er kniff die Lippen zusammen und schnaubte zweimal durch die Nase, »der Vermissten angeschaut?«

»Selbstverständlich. Nichts Besonderes, weder Brutalo- noch ungewöhnliche Sexliteratur, kein Okkultismus, kein Koran, nichts Rechts- oder Linksextremes, keine Sektenliteratur, keine …«

»Und Rilke?«

»Wie bitte?«

»Stehen Bücher von Rainer Maria Rilke in ihrem Regal? Gedichtbände vielleicht?«

»Nicht dass ich wüsste. Danach gesucht habe ich nicht.«

»Sollten Sie aber, Herr Inspektor. Sollten Sie.«

»Gut. Wenn Sie meinen, werde ich das nachholen.«

Kauz ließ sich nicht anmerken, wie ärgerlich er die Anweisungen des Staatsanwalts fand.

»Kennen Sie Rilke?«

»Ich kenne den Namen. Gelesen habe ich Rilke nicht.«

»Quelle lacune«, lächelte Gitsch. Wenn er von oben herab sprach, beliebte der Staatsanwalt, sich französischer Wendungen zu bedienen. »Sollten Sie auch nachholen, Herr Inspektor«, meinte er. »Wissen Sie, mein Vater …«, es klang, als wolle er zu einer Anekdote ausholen.

»Ja?«

»Nein, lassen wir das. Was ich sagen wollte«, sagte Gitsch, schnaubte kräftig durch die Nase und fuhr fort: »Rilke-Leserinnen neigen oft zur Schwermut. Und unter Rilke-Verehrerinnen ist Raron eine Art Wallfahrtsort …«

»Soso«, warf Kauz unwillig ein.

»Wieso also nicht an diesem besonderen Ort in den selbst gewählten Tod gehen? Besonders als romantisch veranlagte junge Frau. Fanden sich Antidepressiva in ihrem Spiegelschränkchen?«

»Nein, keine«, machte Kauz. Allmählich wurde er sauer.

»Nicht? Hmm. Was machen wir da?« Er schaute zuerst den uniformierten Polizisten, dann Kauz an. »Was schlagen Sie vor, Herr Inspektor?«

Kauz wechselte einen raschen Blick mit dem Polizisten.

»Die Ermittlungen intensivieren«, sagte er grimmig. »In den ersten Stunden, in den ersten ein, zwei Tagen haben wir die größten Chancen, sie zu finden. Vielleicht wurde die junge Frau entführt. Ich beantrage zweierlei: Erstens, dass mir Hauptinspektor Gsponer von der Region Oberwallis mit seinen Leuten zur Seite gestellt wird. Mit Gsponer verstehe ich mich bestens, und seine Leute kennen die Örtlichkeiten besser als wir. Zweitens beantrage ich, den gesamten Handyverkehr der letzten achtundvierzig Stunden im Raum Turtmann-Raron zu überprüfen. So könnten wir den Kreis möglicher Tatverdächtiger eingrenzen.«

Kauz war klar, dass man dafür eine richterliche Verfügung brauchte. Und zwar auf Antrag der Staatsanwaltschaft, was für Gitsch natürlich ein bisschen Arbeit bedeutet hätte.

Staatsanwalt Gitsch schüttelte den Kopf.

»Alle Hebel in Bewegung setzen!«, doppelte Kauz nach. »*Das* schlage ich vor, Herr Staatsanwalt! Und zwar subito. Jetzt!«

»Wieso so ungestüm, Herr Inspektor?«

»Wieso fragen Sie mich dann?!«, blaffte Kauz.

»Nun …«, Gitsch sah ihn groß an, als wundere er sich über seinen Tonfall. »Vielleicht liegen Sie mit Ihrem Verdacht richtig«, meinte er, schnaubte zweimal kräftig durch die Nase und fuhr fort, »vielleicht aber auch nicht. Einstweilen treffe ich noch keine Anordnungen. Morgen entscheide ich dann, ob staatsanwaltliche Ermittlungen aufgenommen werden oder nicht. Klären Sie zuerst einmal das mit den Rilke-Büchern ab, dann sehen wir weiter.«

Kauz schlug mit der Faust auf den Tisch.

Zum zweiten Mal in seiner langen Karriere verlor er die Fassung. Das erste Mal war es passiert, als er Frau Dr. iur. Doris van Hooch in Gegenwart von Senn Ähnliches an den Kopf geworfen hatte wie jetzt Gitsch.

»Wissen Sie was, Herr stellvertretender Oberstaatsanwalt?«, sagte er so beherrscht, wie es ihm möglich war: »Sie sind zweifellos ein hoch qualifizierter Jurist. Und vor Gericht halten Sie Plädoyers wie kein Zweiter. Aber von Ermittlungen, erst recht von der Polizeiarbeit, verstehen Sie einen Dreck!«

Kauz stand auf und raffte seine Papiere zusammen.

An der Tür drehte er sich noch einmal um, zeigte mit ausgestrecktem Arm auf Gitsch und zischte: »Wenn sich herausstellt, dass an dem Mädchen ein Verbrechen verübt wurde, müssen Sie sich auf unangenehme Fragen gefasst machen. *Sehr* unangenehme, Herr Gitsch!«

Gitsch erbleichte und starrte ihn fassungslos an.

Das war das Ende des Gastspiels von Kauz Walpen bei der Walliser Kriminalpolizei. Um einem Verweis zuvorzukommen, reichte er selbst die Kündigung ein und wurde vom Kreischef per sofort freigestellt.

Stolz war Kauz auf seinen Ausbruch nicht. Aber leid tat ihm das Ganze nur wegen der verschwundenen jungen Frau. Denn der stellvertretende Oberstaatsanwalt Leonardo Gitsch verfügte am Montag tatsächlich die Einstellung der Ermittlungen. In seinen Augen stand fest, dass die Vermisste entweder auf einem Uferspaziergang ausgerutscht und in der Rhone ertrunken oder freiwillig ins Wasser gegangen war.

Drei Tage später meldete sich Kauz bei Senn. Der empfing ihn nicht gerade mit offenen Armen, aber er versprach zu prüfen, ob es für Kauz eine freie Stelle gebe. Da er mit seiner Absage im Januar kein Geschirr zerschlagen hatte, war er zuversichtlich, dass Senn ihn wieder nehmen würde. Nach ein paar Wochen kam Senns Angebot: eine Stabsstelle im Offiziersrang beim Polizeikommando, Abteilung Prävention. Diese Stelle hatte er inne, bis er vor einem halben Jahr von den internen Querelen im Korps genug hatte und vorzeitig in Pension ging.

Mittwoch, 26. September

Ausgerechnet Gitsch!, dachte Kauz jetzt. Hatten die denn keinen andern? Mit Hauptmann waren die Staatsanwälte der Region Oberwallis doch schon genug gestraft gewesen.

»Seit wann ist er dein Chef?«, fragte er Lara Stockalper.

»Seit drei Jahren. Hast du das nicht gewusst?«

»Natürlich nicht. Nach meinem Walliser Intermezzo war ich ja wieder bei der Kapo Zürich. Und dorthin dringen keine Nachrichten aus der Staatsanwaltschaft Oberwallis. Wieso wurde er denn noch kurz vor seiner Pensionierung versetzt?«

»Gerade *weil* er kurz vor der Pensionierung stand.«

Gitsch gehörte in der Staatsanwaltschaft des Kantons Wallis zu den Veteranen. Als in der Region Oberwallis nach Hauptmanns Abgang die Stelle des Oberstaatsanwalts frei wurde, wurde Gitsch trotz seines fortgeschrittenen Alters auf diesen Posten gehievt. Gitsch sollte mit der Beförderung quasi ein Dienstalters- und gleichzeitig ein Abschiedsgeschenk beschert werden. Ihm blieben nach Antritt der Stelle ja gerade mal fünf Jährchen bis zur Pensionierung. Es gab allerdings auch Stimmen, die meinten, man habe Gitsch nach den zwei Debakeln im Mittelwallis aus der Schusslinie nehmen wollen und deshalb ins Oberwallis wegbefördert.

»Was für Debakel?«, fragte Kauz. »Meinst du das mit dem Todesschützen, den er für ungefährlich hielt?«

»Genau.«

»Und das andere?«

»Der Fall Cynthia Bregy. Hast du das nicht mitbekommen?«

Kauz schreckte zusammen.

Cynthia Bregy! So hatte die vermisste junge Frau geheißen.

»Ich weiß nur, dass Gitsch nicht ermitteln wollte, nachdem die Frau verschwunden war«, sagte Kauz. Er spürte, dass seine Stimme brüchig wurde. »Mehr nicht. Ich wollte ein Zeichen setzen, reichte meine Kündigung ein und wurde sofort freigestellt. Ich hatte nichts mehr mit dem Fall zu tun. Leider«, sagte Kauz und rieb sich die Stirn.

»Eben«, sagte Gsponer und sah ihn nachdenklich an.

Ist das ein Vorwurf?, dachte Kauz.

»Was ging dann weiter?«, fragte er.

Cynthia Bregys Leiche sei ein paar Wochen nach ihrem Verschwinden von einem Fischer auf der Höhe von Salgesch im Rotten gefunden worden, erklärte jetzt Gsponer. Sie hatte sich an einer schwer zugänglichen Stelle im Ufergestrüpp verfangen. Die Todesursache habe nicht mit Sicherheit festgestellt werden können. Es habe aber starke Verdachtsmomente dafür gegeben, dass sie nicht ertrunken, sondern erwürgt und ins Wasser geworfen worden war.

In Kauz krampfte sich alles zusammen.

Der Staatsanwaltschaft wurde einmal mehr eine mediale Abreibung verpasst. Staatsanwalt Leonardo Gitsch hatte sich tatsächlich unangenehmen Fragen stellen müssen.

Aber Schadenfreude verspürte Kauz keine, auch keinerlei Genugtuung. Da war nichts als Beklemmung.

Die Ermittlungen, die nun endlich ins Rollen kamen, fuhr Gsponer fort, seien einem anderen Staatsanwalt der Region Mittelwallis übertragen worden. Der Fall sei immer noch pendent.

»In welcher Richtung wurde ermittelt?«, fragte Kauz, innerlich bebend.

Der neue Staatsanwalt sei von einem Beziehungsdelikt ausgegangen. Er habe den Freund der jungen Frau und weitere männliche Bezugspersonen ins Visier genommen.

»Den Onkel, bei dem sie gewohnt hat?«

»Richtig«, bestätigte Gsponer. »Und noch andere. Aber so genau bin ich da nicht im Bild. Jetzt aber zurück zu unserem Fall.«

»Das meine ich auch«, sagte die Staatsanwältin.

Sie rekapitulierte: Zur Aufklärung der Tötungsdelikte im Binntal sei eine Strafuntersuchung gegen Unbekannt im Gang. Im Fokus der Ermittlungen stünden Personen, die sich auf militante Art und Weise für oder gegen den Wolf engagierten.

Als die Sitzung vorbei war, hielt Kauz Gsponer zurück.

»Würdest du dir bitte die Akte Cynthia Bregy ansehen?«, bat er ihn unter der Tür. »Du verstehst sicher, dass mich der Fall interessiert.«

»Nein, das verstehe ich nicht«, meinte Gsponer. »Der Fall hätte dich *damals* interessieren sollen.«

Kauz fühlte sich wie ein geprügelter Hund.

Bin ich mitschuldig am Tod dieser jungen Frau?, fragte er sich und griff sich an die Stirn. Hätte ich ihren Tod verhindern können, wenn ich nicht ausgerastet wäre und im Zorn gekündigt hätte?

*

Diesmal willigte sie ein, auf einen Drink mitzukommen. Sie gingen die paar Schritte vom Tangoclub El Valesano zum Wallissereggä.

Nico musste jedes Mal an Juana denken, wenn er das Lokal betrat. *D Wallisser Meggä geet in Wallissereggä,* hatte sie jeweils in ihrem seltsamen *Titsch* gekalauert. Und erzählte ihm, dass in Argentinien Imbissbuden oder kleine Restaurants oft *Rincón* hießen, was nichts anderes als Winkel oder Ecke bedeute. Flugs drehte Nico den Spieß um und nannte den Wallissereggä im Scherz *Rincón Valesano*. Der Wirt bekam Wind davon und nahm argentinische Spezialitäten ins Angebot auf. Das wiederum zahlte sich aus, denn El Rincón, wie das Lokal in der Tangoszene nun hieß, wurde schon bald zum Treffpunkt der Tangueros, wenn sie nach der Milonga noch etwas essen oder trinken wollten.

Nico hatte keine Zeit gehabt, sich umzuziehen. Fürs Abendessen hatte es sowieso nicht gereicht. Er war direkt von der Arbeit in den Club gegangen. Nur die Tanzschuhe hatte er am Morgen schon eingepackt. Zum Tanzen zog er den Uniformrock aus, und an Hemd und Hosen störte sich niemand. Jetzt bestellte er zwei Empandas. Sie aß nichts, schaute ihm aber beim Essen zu und nippte an einem argentinischen Spumante. Er trank ein Bier.

»Du tanzt prima, Zoe«, sagte er. »Fast wie eine Argentinierin.«

Nur kurz dachte er wieder an Juana.

»Ich *bin* auch fast eine.«

»Argentinierin?«, staunte er. »Wirklich?«

»Mein Vater ist gebürtiger Argentinier.«

»Ach ja? Wo bist du aufgewachsen? In Buenos Aires?«

»Nein, in Sitten. Ich war noch nie in Argentinien.«

»Na, so was! Dann liegt dir der Tango eben im Blut.«

»Nein, nein. Meine Eltern tanzen nicht. Mein Vater war gar nicht glücklich, als er hörte, dass ich einen Tangokurs besuche.«

»Wieso nicht? Das müsste ihn doch freuen.«

»In seiner Generation gilt der Tango noch als ordinär. Den hätten in Buenos Aires zu seiner Zeit nur Matrosen und leichte Mädchen getanzt, behauptet er. Erst später wurde der Tango in Argentinien salonfähig.«

»Ist aber lange her. Ist dein Vater ein älterer Herr?«

»Wie man's nimmt.«

»Und du? Wie alt bist du?«

»Volljährig«, sagte sie lächelnd.

Eine halbe Stunde später landeten sie in seiner kleinen Wohnung. Aber kurz vor Mitternacht schlüpfte sie wieder in ihr Kleid und ordnete vor dem Spiegel ihr Haar.

Nico, zwischen den zerwühlten Laken liegend, schaute ihr zu.

»Bleibst du nicht?«, fragte er.

»Nein.«

»Wieso nicht? Ist etwas?«

»Hör zu, Nico: Es war schön. Aber jetzt muss ich gehen.«

Er sprang aus dem Bett, splitternackt, und zog sie nochmals an sich.

Sie küssten sich, dann schob sie ihn von sich und musterte ihn von Kopf bis Fuß.

»Flottä Kärli«, sagte sie und griff zu.

»Otra vez?«, fragte Nico, als wäre es nicht Zoe, sondern Juana, die vor ihm stand. Er packte ihre Hand und schielte aufs Bett.

»Nein, ich muss«, sagte sie, riss sich los und ging zur Tür.

»Hasta luego«, sagte Nico.

»Gib dir keine Mühe. Mein Spanisch ist ziemlich lausig«, sagte sie, nahm ihr Jäckchen, warf ihm eine Kusshand zu und war weg.

Donnerstag, 27. September

Die Fiescher Postenchefin hatte angeboten, den Briger Kriminalinspektor zu den Angehörigen des ermordeten Wildhüters Samuel Huser in Binn zu begleiten. Gsponer war es recht, denn er hatte die Erfahrung gemacht, dass die Gommer gesprächsbereiter waren, wenn *äs Gommi* ihnen zuhörte und Fragen stellte.

Aspirant Perren chauffierte seine Chefin. Wie sie war er heute zivil gekleidet. Man wollte im Binntal kein unnötiges Aufsehen mehr erregen.

Thomas Abgottspon fuhr separat im paraplegikertauglichen Familienwagen nach Binn. Er sei ewig nicht mehr *im Bi* gewesen, meinte er. Während die drei Polizisten mit Husers Verwandten sprachen, fuhr er mit dem Handbike, das er immer im Wagen mitführte, nach Fäld hinauf.

Gsponer und Ria standen den Hinterbliebenen Red und Antwort und stellten ihnen selbst auch noch ein paar Fragen. Sie überbrachten ihnen im Auftrag der Staatsanwältin die Nachricht, dass Samuel Husers Leichnam freigegeben war. Er sei jetzt beim Bestatter in Brig aufgebahrt. Dort könnten sie von ihm Abschied nehmen. Lara Stockalper hatte sich zur Freigabe durchgerungen, obschon Husers Tod noch nicht restlos aufgeklärt war. Maurice Jägers Leichnam dagegen gab sie noch nicht frei.

Nach den Gesprächen mit den Angehörigen suchten die Polizisten den Eigentümer der Jagdhütte auf, um ihm den

Hüttenschlüssel zurückzugeben. Die Hütte war mittlerweile ebenfalls entsiegelt worden.

Um elf Uhr war das Trio mit Kauz verabredet.

Auf dem Hotelparkplatz gab es ein großes Hallo, als Kauz mit seiner alten BMW eintrudelte und gleichzeitig Thomas mit dem Handbike vorfuhr. Es sah aus wie ein Familientreffen. Kauz ließ seinen Sozius aus dem Korb springen. Hechelnd lief Max von einem zum andern, beschnupperte alle und pinkelte dann ans Hinterrad des Streifenwagens.

Man ging ins Hotel und versammelte sich in einem separaten *Schtubji* im Erdgeschoss, das der Hotelier Adrian Guntern Kauz für das Treffen angeboten hatte.

»Huser war ein erklärter Wolfsgegner, aber sonst gibt es kaum einen Grund anzunehmen, dass er Feinde hatte. Ich bin mir jetzt fast sicher, dass er ein Zufallsopfer war, nicht das Opfer eines gezielten Mordanschlags«, begann Gsponer, als alle saßen.

»Das sehe ich auch so«, sagte Kauz.

»War also Jäger das Ziel des Mörders?«, fragte Ria.

»Davon gehe ich aus.«

»Und warum? Bist du da weiter?«

»Ich sehe die folgenden Möglichkeiten: Entweder, weil er sich in jener Kolumne im *Klartext* als Wolfsfreund geoutet hat. Dann wäre er quasi ein Opfer seines Berufs geworden. Weil er etwas schrieb, das jemandem sauer aufgestoßen ist.«

»Das wäre ja voll krass«, meinte Nico Perren.

»Er könnte aber auch sonst etwas geschrieben haben, das jemandem nicht passte«, gab Ria zu bedenken und warf Thomas einen Blick zu. »Nicht nur die Wolfskolumne.«

»Gehe ich richtig in der Annahme, dass Thomas in dieser Richtung recherchiert hat?«, fragte Gsponer grinsend.

»Du gehst richtig«, sagte Ria und gab ihrem Mann einen Wink.

»Soll ich?«, fragte Thomas in die Runde.

Alle nickten.

Thomas, den aufgeklappten Laptop auf den gelähmten Beinen, begann wie immer mit »Folgendes«. Das war seine Eingangsfloskel, wenn er etwas Spannendes zu berichten hatte. Darauf folgte die gewohnte kurze Pause. »Ich habe hier eine Liste von potenziell heiklen Recherchen, mit denen Maurice Jäger den Zorn gewisser Kreise auf sich gezogen haben könnte. Wollt ihr sie hören?«

»Klar«, sagte Kauz.

»Komm schon«, lachte Nico. Er machte Thomas gegenüber schon ganz auf Kumpanei.

»Zier dich nicht!«, frotzelte Gsponer.

»Passt auf«, sagte Thomas. »Da ist einmal die Kolumne über den Wolf, die kennen wir schon. Erschienen im *Klartext* vor einem halben Jahr. Dann das Porträt eines Walliser Wilderers und Luchsjägers. Natürlich anonymisiert, aber ich kann mir vorstellen, dass Insider genau wissen, wer gemeint ist.«

»Nanu!«, machte Ria.

»Und hier«, fuhr Thomas fort: »›Powerline durch das Goms‹. Ein kritischer Artikel über die SPC.«

»SPC? Was ist das?«, fragte Gsponer.

»Die Swiss Powerline Company.«

»Das interessiert mich«, warf Kauz ein.

»Klar. Das interessiert jeden, der im oberen Goms wohnt. Im Fokus des Artikels steht der Verwaltungsratspräsident, ein ehemaliger Walliser Staatsrat«, fuhr Thomas fort.

»Oh, là, là!«, rief Ria wieder.

»Erschienen vor zwei Jahren. Politisch ein ziemlich heißes Eisen. Und hier etwas ganz anderes: Enthüllungen über Vorgänge im Vatikan. Ein Artikel älteren Datums.«

Nico Perren erbleichte.

»Im Vatikan?«, hakte Gsponer nach. »Hat sich der Mann denn mit allen angelegt? Was für ein Skandal?«

»Es geht um die Vatikanbank und mögliche Devisentransfers aus dubiosen Immobiliengeschäften auf Schweizer Konten«, sagte Thomas. »Da soll es eine Verbindung ins Wallis geben.«

Nico Perren atmete auf.

»Und hier, auch nicht ohne, hört mal: ›Irrungen und Wirrungen einer Walliser Familienstiftung‹! Es geht um die Fondation Alphonse de Steinhaus. Erschienen im *Klartext* vor eineinhalb Jahren. Aufs Korn genommen wird der Vizepräsident, Advokat Philippe de Steinhaus.«

Ria und Gsponer sahen sich an und blickten dann zu Kauz.

»Interessant«, sagte der nur.

»Da haben wir ja einiges, das uns weiterbringen könnte«, konstatierte Gsponer. »Danke, Thomas. Schickst du uns die Links?«

Der tippte auf die Entertaste seines Laptops.

»Schon passiert«, sagte er.

Gsponer fingerte an seiner Zigarettenpackung.

»Manchmal werden Journalisten umgebracht, nicht weil sie etwas geschrieben haben, sondern weil sie *planen,* etwas zu schreiben«, sagte er.

»Äm Gottswillä!«, rief Ria. »Aber doch nicht bei uns! Ich dachte, das gibts nur in Russland. Auf dem Balkan vielleicht noch. Oder in Malta.«

»Dachte ich auch. Denke ich eigentlich immer noch. Aber wir dürfen nichts ausschließen. Es gibt nämlich ein Indiz: Jägers Notebook und sein Tablet sind unauffindbar. In seiner Wohnung in Turtmann steht kein Computer. Seine Tochter sagt, er habe gar keinen besessen, er arbeite immer auf dem Notebook, Tablet oder Handy. Sein Handy haben wir sichergestellt. Aber wir konnten es bis jetzt nicht knacken. Kannst du das, Thomas?«

»Schwierig. Ist es ein iPhone?«

Gsponer nickte.

»Ihr wisst ja, dass nicht mal der amerikanische Geheimdienst diese Dinger knacken kann. Aber du hattest doch Kontakt zur Tochter, oder?«

»Stimmt.«

»Frag sie, ob sie ein altes Handy ihres Vaters hat. Oft schenken Väter ihr altes dem Sohn oder der Tochter, wenn sie ein neues kaufen. Damit könnte ich vielleicht etwas anfangen.«

»Gut«, sagte Gsponer. »Zurück zu meinen Überlegungen: Da Notebook und Tablet fehlen, liegt es auf der Hand, dass der Mörder sie an sich nahm. Warum? Raubmord war es kaum. Denn andere Dinge, die auch einen Wert haben, ließ der Täter liegen. Feldstecher, Kamera, GPS-Handgerät zum Beispiel. Teils trug Jäger diese Sachen auf sich und in seinem Rucksack, anderes war in der Jagdhütte. Oder, zweite Möglichkeit«, Gsponer schaute jeden in der Runde an: »Der Mörder hatte es von allem Anfang an auf Jägers Tablet oder Notebook abgesehen. Wieso wohl? Nun …«, hob er an.

»Weil er verhindern wollte, dass ein bestimmter Artikel erscheint?«, fiel ihm Aspirant Perren ins Wort.

»Gut getippt, *Botsch*«, meinte Gsponer.

Das sei eine Spur, die man verfolgen werde. Es gehe darum, herauszufinden, an welchen Recherchen Maurice Jäger arbeitete. Man werde mit Hochdruck nach dem Notebook und dem Tablet suchen. Und sich bei Zeitungsredaktionen erkundigen, für die Jäger jeweils schrieb. Wenn Thomas mit seinen Mitteln etwas herausfinden könne, sei das jederzeit willkommen. Die andere Spur, die von den schon publizierten Artikeln, werde man weiterverfolgen. Auch darum würden sich seine Fahnder kümmern.

»Lest also die von Thomas verschickten Artikel. Wenn euch dabei etwas auffällt, sagt es mir. Weitere Vorschläge?«

Kauz hob die Hand.

»Nur keine Hemmungen, Kauz, du bist hier gleichberechtigt. Ist ja kein Oberstaatsanwalt da«, grinste er.

Kauz fand die Bemerkung gar nicht lustig.

»Ehe wir uns ganz darauf festlegen, dass Maurice Jäger Opfer seines Journalistenberufs wurde: Könnte es nicht auch sein, dass er umgebracht wurde, einfach weil er kein *Gommer* Jäger war?«

»Wie kommst du darauf?«, fragte Gsponer.

Kauz hatte diesen Input schon zwei Tage zuvor geben wollen, hatte aber nicht mehr daran gedacht, als die Gitsch-Story in ihm hochkam. Jetzt erzählte er von seiner Begegnung mit den drei Jägern auf der Wirzäblattä. Von der Wut der Gommer auf die Unterwalliser Jäger. Und dass der Wortführer der drei sagte, der Tote von Binn sei auch so einer, er wäre besser zu Hause geblieben.

»Aha!«, rief Ria. »Hast du mit Kreuzer Alois gesprochen?«

»Ich weiß nicht, wie er heißt.«

»Wie sahen die drei aus? Ein flotter Typ mit modischem Bart, ein bleicher Dicker und ein alter Haudegen mit Seehundschnauz?«

»Das würde in etwa passen«, bestätigte Kauz.

»Das ist die Jagdgruppe Reckingen. Der Kreuzer Alois ist ihr Senior. Genannt *dr Schnüzz*. Ein ziemlich wilder Typ. Er war früher Wildheuer, ein verwegener Bergsteiger und Gamsjäger. Dass sein Vater und sein Großvater notorische Wilderer waren, ist ein offenes Geheimnis. Der Mann nimmt kein Blatt vor den Mund. Fährt jedem an den Karren, der sich ihm in den Weg stellt. Es gibt im Wallis kaum eine Behörde, die nicht schon ihre Erfahrungen mit ihm gemacht hat.«

Soso, dachte Kauz. Und heißt Alois? Armer Kerl.

Er fühlte sich dem Mann, der denselben Taufnamen tragen musste wie er, im Nachhinein fast ein wenig verbunden. Trotz seiner gnadenlosen Haltung dem Wolf gegenüber.

»Gut. Das ist eine weitere Spur«, nahm Gsponer seinen Hinweis auf: »Wir nehmen also nicht nur die Wolfsgegner ins Visier. Sondern auch die Jäger, die dafür bekannt sind, dass sie einen Pik auf die Unterwalliser haben. Und zu den Unterwallisern gehören offenbar auch die aus Turtmann.«

»Für die Gommer Jäger fängt das Unterwallis gleich nach Fiesch an. Und was nach Brig kommt, ist für die Ausland«, witzelte Ria. Ihr Lachen steckte alle an.

»Alles klar?«, fragte Gsponer, als es verebbt war.

Nun nickten alle.

»Gut, dann gönnen wir uns jetzt ein Mittagessen. Kauz hat das organisiert.«

»Danke, Kauz«, *»Hüerägüet«*, »Merci«, kam das Echo.

Adrian Guntern kam herein, begrüßte jeden Einzelnen und ließ dann ein feines Wildgericht auftragen. Auf den Wein mussten zwar alle verzichten, aber das Essen schmeckte köstlich.

Gegen zwei Uhr nachmittags war Aufbruch.

Gsponer nahm Kauz beiseite.

»Die Akte Cynthia Bregy«, eröffnete er mit finsterer Miene.

»Ja?«, machte Kauz. Ihm lag das Hirschgericht plötzlich schwer im Magen.

»Die junge Frau wurde ermordet«, flüsterte Gsponer. »Erwürgt. Ich hatte in Erinnerung, es sei bloß ein Verdacht. Aber die Obduktion war eindeutig: Gebrochener Kehlkopf. Erstickungs-, nicht Ertrinkungstod.«

»Schrecklich«, sagte Kauz. Sein Magen krampfte sich zusammen. »Ich …«

»Du kannst nichts rückgängig machen, Kauz. Du musst dich damit abfinden.«

Kauz stierte in den Boden hinein.

»Und die Ermittlungen? Was haben die ergeben?«

»Wie gesagt, man knöpfte sich den Freund des Opfers vor. Und den Onkel, bei dem sie in Siders wohnte.«

»Die habe ich damals auch befragt«, sagte Kauz. »Steve Zeller und Michel Bregy. Und?«

»Nichts.«

»Was nichts?«, insistierte Kauz.

Er spürte, dass Gsponer ihm etwas verheimlichte. Wollte er ihn schonen?

»Die beiden wurden in die Mangel genommen. Und schließlich laufen gelassen. Keiner der beiden kam in U-Haft. Nein, nichts«, wiederholte er.

Kauz sah, wie Gsponer sich wand.

»Und? Jetzt komm schon, Alain. Rück es raus.«

»Es gab einen zweiten Onkel. Der wurde auch befragt, und er kam in U-Haft.«

»Wer war das?«

»Ich darf es dir nicht sagen, Kauz. Die Akte ist vertraulich. Vielleicht habe ich schon zu viel gesagt. Auch was die Todesursache angeht. Die blieb bis heute unter Verschluss. Du weißt ja: aus ermittlungstaktischen Gründen. Der Fall ist noch pendent.«

In Kauz' Kopf ging ein Sturm los.

Plötzlich wusste er es. Er hatte es schon die ganze Zeit gewusst. Nur nicht gewusst, dass er es wusste. Die Mosaiksteine fügten sich zusammen.

»Philippe de Steinhaus«, sagte er.

Es war mehr Feststellung als Frage.

Gsponer sah ihn konsterniert an und schwieg.

Jetzt wusste Kauz, dass er ins Schwarze getroffen hatte. Cynthia Bregy ist Madame Charlottes verstorbene Enkelin, dachte er. Irgendwie habe ich es geahnt.

Die zwei Polizisten starrten sich an.

Kauz kämpfte mit sich.

»Gut«, sagte er schließlich. »Dann verrate ich dir jetzt auch etwas: Philippe de Steinhaus stand schon einmal in einem Mordfall unter Verdacht. Aber nach allem, was ich weiß, wurde keine Strafuntersuchung eröffnet.«

»Wann war das?«

»Vor zwanzig Jahren.«

»Wo? In Brig?«

»Nein. Im Vatikan. Er war Schweizergardist. Es gab da einen mehrfachen Mord ...«

»Ah ja! Ich erinnere mich. Ich war damals frisch brevetierter Polizist. Der Mord gab viel zu reden.«

Wieder schwiegen beide.

Gsponer rieb sich mit beiden Händen das vernarbte Gesicht. Dann steckte er sich eine Zigarette an – sie standen im Foyer –, bewegte sich langsam zum Ausgang, blieb dort stehen und betrachtete paffend die Spitzen seiner dandyhaften Lederschuhe. Blau getupfte orangefarbene Socken lugten unter seinen modisch kurzen Hosenbeinen hervor.

»Danke, Kauz«, sagte er schließlich.

Er drückte ihm die Hand und ging zu seinem Dienstwagen.

Kauz blieb mit einem mulmigen Gefühl zurück.

*

Ihm war klar, dass man Madame Charlotte nicht unangemeldet aufsuchte. Er tat es trotzdem. Ernen lag ja am Weg.

Z'Marie ließ ihn unten an der Treppe warten, stieg keuchend ins Obergeschoss, verschwand und erschien nach einigen Minuten wieder oben an der Treppe.

»D Madame Charlotte säit, äs sig güet. Chommäd ämbrüf«, rief sie hinunter. *»Aber dr Hund bliibt unäna.«*

Max wusste schon, wo sein Platz war, und legte sich auf die Fußmatte am Treppenaufgang. Wenig später saß Kauz der alten Dame im blauen Salon gegenüber.

»Sie haben Neuigkeiten, nehme ich an«, sagte sie. »Sind es gute oder schlechte?«

»Es tut mir leid, ich habe keine. Ich möchte etwas von Ihnen wissen, Madame.«

»Ah, *oui?*«, machte sie und sah ihn aufmerksam an.

»Über Ihre Enkelin. Cynthia Bregy.«

Madame de Steinhaus erstarrte.

Sie nahm die schwarze Hornbrille ab und sah mit leerem Blick in die Ferne. Gedankenverloren strich sie sich über das schwarze Gewand.

»*Pourquoi?*«, fragte sie schließlich.

»Es ist so«, sagte Kauz und beichtete ihr die Geschichte, die er vor fünfeinhalb Jahren als Walliser Kriminalpolizist erlebt hatte.

Davon habe sie nichts gewusst, erklärte Madame de Steinhaus, als er beim bitteren Ende angelangt war. Sie sei in Argentinien gewesen, als Cynthia ums Leben kam.

Deshalb hatte ich keinen Kontakt mit ihr, ging es Kauz auf. Es war damals von der Großmutter die Rede, die aber nicht befragt werden konnte. Ihr Name war nicht gefallen. Wäre von einer Madame de Steinhaus die Rede gewesen, hätte er sich bestimmt daran erinnert.

»Auf Reisen?«, fragte Kauz.

»Wir hatten uns in Buenos Aires verabredet. Ich war eine Woche früher hingereist, hatte dort Künstler und Galerien besucht. Cynthia hätte drei Tage später ankommen sollen. Sie wollte, dass ich sie begleite.«

»Wohin?«

»Nach San Jerónimo Norte.«

»Ein Ferienort?«

»Nein, eine Walliser Kolonie.«

»Eine Walliser Kolonie?« Kauz staunte. Dann erinnerte er sich: »Ach so! Sie haben mir ja von jener Hungersnot erzählt. Wanderten die Walliser auch nach Argentinien aus, nicht nur nach Nordamerika? Vor mehr als hundert Jahren, nicht wahr? Nach … wie sagten Sie, heißt der Ort?«

»San Jerónimo Norte.«

»Und den wollte sie besuchen? Wieso?«

»Cynthia studierte Geschichte und Ethnologie, wissen Sie«, fing Madame Charlotte zu erzählen an.

Sie breitete die akademische Laufbahn und die wissenschaftlichen Interessen ihre Enkelin vor ihm aus. Schon im Gymnasium, im Kollegium Spiritus Sanctus zu Brig, hatte Cynthia sich für die Geschichte des Wallis, und ganz besonders des Oberwallis interessiert. Als Maturaarbeit verfasste sie einen Aufsatz über ihren Vorfahren Julius von Steinhaus, der bettelarm aus dem Goms nach Amerika auswanderte und sich Jahrzehnte später als reicher Mann unter dem Namen Jules de Steinhaus in Siders niederließ. Ihr Großvater, selber von dessen Lebensgeschichte fasziniert, stellte ihr Quellen für das kleine Forschungsprojekt zur Verfügung. Sie lebte, nachdem ihre Eltern bei einem Lawinenunglück ums Leben gekommen waren, bis zur Matura bei ihren Großeltern. Später dann in Siders, bei einer Halbschwester ihrer Mutter, die dort mit Michel Bregy verheiratet war. Als Studentin der Geschichte und Ethnologie an der Uni Bern widmete sie ihre Bachelorarbeit dem Thema der Oberwalliser Auswanderungswelle nach Argentinien. Ihr Professor war von der Arbeit sehr angetan und schlug vor, das Thema als Masterarbeit zu vertiefen. Es könnte sogar eine Doktorarbeit daraus werden, meinte er. Cynthia wurde eine leidenschaftliche Familienforscherin. Sie erforschte aber nicht die Geschichte ihrer eigenen Familie, sondern die der Familien armer Gommer, die sich zur Auswanderung gezwungen sahen. Sie suchte in Kirchenbüchern, Steuerregistern der Gemeinden, in alten archivierten Zeitungen und anderen Quellen nach Gommer Auswanderern, die schließlich in San Jerónimo Norte landeten und den Ort in der Pampa aufbauten. Sie machte im Goms die Nachkommen derer ausfindig, die hiergeblieben waren und mit ihren Verwandten im fernen Argentinien im Briefwechsel standen. Sie schrieb den Verein El Suizo in San Jerónimo Norte an und kontaktierte argentinische Familien mit Namen wie Clausen, Michlig und Zenklusen. Immer mit der Frage, ob sie Briefe, Fotografien und andere Dokumente besäßen, die vom harten Leben ihrer Ahnen zeugten. Die Masterarbeit war praktisch fertig, als Cynthia Bregy im Mai vor fünf Jahren verschwand. Was ihr damals noch gefehlt hatte, war ein Augenschein vor Ort und eine Reihe von Interviews mit Nachfahren von ausgewanderten Wallisern, die in San Jerónimo Norte lebten.

»Sie hatte sich so auf diese Reise gefreut«, schloss Madame Charlotte. »Es ist ausgeschlossen, dass sie sich das Leben nahm.«

»Was könnte passiert sein?«

»Ich würde ja gern an einen Unfall glauben. Aber für mich ist es schreckliche Gewissheit, dass Cynthia ermordet wurde.«

Gsponer hatte gesagt, das Ergebnis der Obduktion sei nicht bekannt gegeben worden. Woher hatte Madame Charlotte ihre Gewissheit?

»Von wem?«

»Wenn ich das wüsste«, sagte sie und fiel in ein langes Schweigen.

»Was ist Ihre Vermutung?«, fragte Kauz nach einer Weile.

»Ein Mann«, sagte sie dumpf. »Ein Mann hat sie getötet.«

»Wieso denken Sie das?«

»Weil sie am Tag vor ihrem Tod mit mir telefonierte. Ich war in meinem Hotel in Buenos Aires, sie rief von zu Hause an, das heißt aus dem Haus ihres Onkels Michel Bregy – und sagte, sie müsse am nächsten Tag noch jemanden treffen. Dann sei sie bereit für den Abflug am übernächsten Tag.«

»Wen musste sie treffen?«

»Das weiß ich nicht. Aber sie sagte es so, dass völlig klar war, dass sie einen Mann meinte. Vielleicht sagte sie nicht *jemanden treffen,* sondern *einen* treffen. Ich wusste einfach, dass sie einen Mann meinte.«

»Könnte sie ihren Onkel Philippe gemeint haben?«

Wieder erstarrte Madame Charlotte.

»Wieso denken Sie das, *Monsieur?*«, fragte sie konsterniert.

»Nun, er war einer der der wenigen Verwandten, die sie hatte. Es wäre doch naheliegend, wenn sie bei ihm Rat gesucht hätte.«

»Das stimmt«, erwiderte Madame Charlotte. Sie schien mit sich zu ringen, wie sie weiterfahren sollte. Dann gab sie sich einen Ruck: »Vermutlich haben Sie erfahren, dass die Polizei Philippe verdächtigte, etwas mit Cynthias Verschwinden zu tun zu haben. Er wurde sogar festgenommen und in Untersuchungshaft gesetzt. Stellen Sie sich das vor: zum zweiten Mal unter Mordverdacht! Es war ein Trauma ohnegleichen für ihn. Er wurde aber vom Verdacht reingewaschen und ohne jede Auflage aus der Haft entlassen.«

»Ich bin froh, das zu hören«, sagte Kauz.

Madame de Steinhaus nahm ihre Brille ab und wischte sich eine Träne aus dem Augenwinkel.

»Wen könnte sie angerufen haben?«, nahm Kauz den Faden wieder auf.

»Einen, der mit ihrer Masterarbeit zu tun hatte. Um die ging es in jenem Telefonanruf.«

»Ihren Professor? Oder einen Assistenten der Uni?«

»Vielleicht.«

Sie sah wieder in die Ferne.

Kauz griff sich in den Nacken.

»Es tut mir leid, dass ich damals nicht das Richtige getan habe«, gestand er schließlich.

Madame Charlotte sah ihn schweigend an.

»Das glaube ich«, sagte sie.

Es lag kein Vorwurf in ihrer Stimme. Auch nicht in ihrer Miene. Aber sie sagte nichts zu seiner Entlastung. Ihr Blick war traurig, nicht nachsichtig.

»Dann finden Sie den Mörder meiner Enkelin, Monsieur Walpen«, sagte sie und stand auf. »Die Walliser Polizei kann oder will ihn nicht finden.«

*

Kauz saß am Esstisch seines Speichers, stützte die Ellbogen auf und legte das Kinn in seine Hände.

Dann finden Sie den Mörder meiner Enkelin, Monsieur Walpen, hallte es innerlich nach. Er hatte nichts geantwortet, war wie vor den Kopf gestoßen gewesen. Ihre Worte klangen in seinen Ohren wie ein Vorwurf: … da Sie damals Ihrer Pflicht nicht nachgekommen sind. Das hatte sie zwar nicht gesagt, aber sicherlich gemeint.

Er wusste nicht, wie er mit diesem indirekten Auftrag umgehen sollte. Er konnte ja nicht gut auf eigene Faust die Ermittlungen wieder aufnehmen, die Gitsch eingestellt hatte. Abgesehen davon, *waren* sie ja wieder aufgenommen worden, nachdem man Cynthia Bregys Leichnam im Rotten gefunden hatten. Nur hatten sie zu keinem Ergebnis geführt, obschon ein anderer Staatsanwalt anstelle von Gitsch die Sache in die Hand genommen hatte und die früheren Polizeikollegen vom Kreis Mittelwallis bestimmt ihr Bestes gegeben hatten.

Ich muss mit Alain reden, dachte Kauz. Morgen.

Dann setzte er sich in den Safari-Klappstuhl, lud die Artikel von Maurice Jäger, die Thomas geschickt hatte, auf sein Handy herunter und begann zu lesen. Mitten in der Lektüre stupste ihn Max mit seiner Schnauze an und verlangte nach einem Abendspaziergang. Kauz stand auf, schlüpfte in seine Wanderschuhe, hängte die Spiegelreflexkamera um und griff nach der Leine. Max stürmte zur Tür und hockte sich aufgeregt hechelnd hin.

Kauz marschierte Richtung Rottenebene und nahm dann den Fußweg, der dem Gleis der Matterhorn-Gotthardbahn entlangführte. Das Dorf Münster im Rücken, schaute er über die immer noch halbwegs grünen Wiesen talabwärts und zu den bewaldeten Hängen hoch, die von Tag zu Tag etwas mehr Goldgelb zeigten. Das herbstliche Abendlicht ließ das ganze

Tal so fotogen erscheinen wie selten. Nur die vermaledeiten Strommasten störten. Irgendwann würden sie nicht mehr so metallen glänzen, und er würde sie vielleicht nicht mehr wahrnehmen, tröstete er sich. Er ließ Max von der Leine, nahm die Kamera zur Hand, stellte sich auf einen Findling am Wegrand und knipste ein, zwei Dutzend Bilder. Dann pfiff er den Hund herbei, der auf dem Feld herumtollte, und ging weiter. Auf halber Höhe zwischen Münster und Reckingen nahm er die Unterführung und ging auf die Furkastrasse. Sein Weg führte der Straße entlang Richtung Münster zurück. In einiger Distanz sah er Pritschenwagen, Pick-ups und Traktoren mit Anhängern stehen. Ankommende Fahrzeuge schwenkten auf einen Feldweg ein, andere verließen den Weg und fuhren über die Hauptstrasse weg.

Was ist denn da los?, fragte er sich und ging näher.

Die meisten Fahrzeuge hatten einen erlegten Hirsch oder sonst ein Wildtier geladen, einige auch mehr als eines.

Da vorne muss der Kontrollposten des Wildhüters sein, dachte er. Er wusste mittlerweile, wo der fürs Binntal war, das hier musste also der Posten des oberen Goms sein. Kauz stellte sich in der Nähe auf einen Trampelpfad und beobachtete das Kommen und Gehen. Vom Wald am Sonnenhang her kam ein Jäger anmarschiert, ein geschossenes Reh auf den Schultern.

Mit argwöhnischem Blick drückte er sich an Kauz vorbei.

»Waidmannsheil«, sagte Kauz. »Gratuliere.«

Der Jäger blieb stehen und sah ihn verdutzt an.

»Waidmannsdank«, erwiderte er. »*Sappärlot*, das hätte ich nicht gedacht!«

»Was?«, fragte Kauz.

»Dass einem ein Üsserschwiizer zum Abschuss gratuliert. Ihr glaubt nicht, wie oft wir Jäger von Fremden, manchmal sogar von Einheimischen als Mörder beschimpft werden. Wir getrauen uns schon fast nicht mehr, uns mit unserer Beute in der Öffentlichkeit zu zeigen.«

»Das war früher anders, nicht wahr?«

»Allerdings. Da kamen die Leute von überall her angerannt, wenn einer mit geschulterter Beute am Dorfrand auftauchte, riefen einander zu, es gebe etwas zu feiern, zogen den Hut, drückten uns die Hand und gratulierten. So wie Ihr es eben getan habt.«

»Und jetzt gehts zum Wildhüter?«

»Ja, ich muss weiter«, sagte der Mann und steuerte auf eine kleine Gruppe zu, die im Freien um einen Tisch herumstand.

Kauz schaute dem Treiben beim Wildhüter eine Weile aus der Ferne zu. Dann ging er näher heran.

»Störe ich, Hermann?«, fragte er, als der von seiner Arbeit aufschaute.

»Gar nicht. Komm nur näher.«

»Die Hochjagd ist ja bald zu Ende. Bist du zufrieden?«, fragte Kauz, als er neben ihm stand.

»Im großen Ganzen schon«, sagte Zeiter. »Aber wenn es morgen und übermorgen nicht noch mächtig Abschüsse gibt«, fuhr er fort, »wird es zur Nachjagd kommen.«

»Wann?«

»Sobald feststeht, ob wir die Abschussquote erfüllt haben. Wird wahrscheinlich November werden.«

»Wer bestimmt denn, wie viel Wild geschossen werden darf?«

»Nicht nur darf – muss. Wir *müssen* so und so viele Stück Wild erlegen«, war die Antwort. »Das bestimmt die Jagdkommission. Wald vor Wild, heißt die Devise.«

Das verstand Kauz nicht ganz.

»Wenn man am Wald zu viele Wildschäden feststellt, wird uns diktiert, ob der Bestand an Rotwild und Rehen weiter reduziert werden muss. Wenn wir das Kontingent bis zum Ende der Niederjagd nicht erreichen, kommt es zur Nachjagd.«

»Aha, so ist das?«, machte Kauz.

»Jaja, so ischt das«, äffte ihn einer in seinem Rücken nach.

Kauz drehte sich um.

Hinter ihm stand Fritz Pfefferle, *dr Güggäl.* Er war vom Fahrersitz seines Traktors heruntergestiegen, an dem diesmal eine Ladeschaufel montiert war. Andere Male war Kauz dem Güggäl auf seinem Traktor begegnet, als dieser den Mäher oder den Schneepflug montiert hatte. In der Schaufel, mit der er sonst Erdreich oder Mist verschob, lag jetzt ein geschossener Hirsch.

»Und hier ist Arbeit für den Wildhüter«, murrte er und zeigte auf die Beute in der Ladeschaufel.

»Pressierts?«, fragte Zeiter.

»Füwoll! Der Spießer muss noch zum Metzger. Der wartet nicht ewig.«

»Scho güet«, machte Zeiter und untersuchte das tote Tier. »Wo hast du den geschossen?«

»Lüeg doch sälber«, motzte der Güggäl und knallte sein Kontrollbuch auf den Biertisch, der dem Wildhüter als Freiluftbüro diente.

Der öffnete das Buch und prüfte die Einträge.

»Soso, im *Minstigertal.* Letzte Woche warst du aber *im Bi.*«

»Und?«, gab der Güggäl zurück.

»Hat man dort Freude an dir?«, fragte der Wildhüter.

Der Güggäl lief rot an.

»Pass auf, was du sagst!«

»Was regst du dich auf? Ich frag ja bloß. Für die Binner sind wir nämlich halbe Ausländer, musst du wissen«, rechtfertigte er seine Bemerkung. Das sagte er sicherheitshalber zu Kauz, der neben ihm stand, nicht zum Güggäl. »Die nehmen es uns übel, wenn wir im Binntal statt im Minstiger- oder im Blinnental jagen. Oder etwa nicht?«, wandte er sich wieder an den Jäger.

»Kann schon sein, aber mach jetzt vorwärts. Oder gibts etwas auszusetzen an meinem Spießer?«

»*Nëj, ischt güet.* Waidmannsheil«, sagte der Wildhüter und gab ihm das Kontrollbuch zurück.

»Waidmannsdank«, brummte der Güggäl, stieg in seinen Traktor und fuhr davon.

»Er ist nicht der Einfachste, nicht wahr?«, meinte Kauz, als der Güggäl weg war. »Es macht wohl jeder so seine Erfahrungen mit ihm.«

»*Düü ö?*«

»*Füwoll*«, sagte Kauz. Es kam immer öfter vor, dass ihm ein Gommertitscher Ausdruck herausrutschte. Er deutete an, was es mit früheren Begegnungen zwischen dem Güggäl und ihm auf sich hatte. Zeiter ließ durchblicken, dass es dieser mit den Jagdvorschriften nicht immer so genau nehme und dass man ihm auf die Finger schauen müsse.

Hat er den Hirsch im Leffältal vielleicht im Banngebiet geschossen?, fragte sich Kauz. Und ich habe ihm und diesem Guido, ohne es zu merken, dabei geholfen, die Beute aus der verbotenen Zone zu schleppen? Aber er entschied sich dagegen, Hermann davon zu erzählen, zumal der fürs Binntal nur stellvertretend zuständig war.

Zeiter wandte sich den übrigen Jägern zu, die bei seinem Kontrollposten warteten, um ihre Beute, wie es die Vorschrift verlangte, vorzuzeigen und die Einträge im Kontrollbuch abstempeln zu lassen. Alles lief ruhig und geordnet ab. Niemand motzte mehr, niemand drängelte, keiner kam dem andern in die Quere. Im Gegenteil, man gratulierte sich gegenseitig zum Abschuss, wünschte sich Waidmannsheil und bot einen Schluck aus dem Flachmann an.

Es war sechs Uhr abends. Zeiter schickte sich an, seinen Posten zu schließen. Eine kleine Gruppe von Jägern, darunter eine Frau, stand noch beisammen und gab sich dem *Doorffä* hin. Da kam ein protziger, knallroter Pick-up angefahren. Ein Koloss von einem Jäger stieg aus und kam, schon von Weitem gestikulierend, breitbeinig auf den Wildhüter zu.

»Salü Hermann, geets güet?«, rief er und klopfte dem Wildhüter von oben herab kräftig auf die Schulter. Er war geschätzte zweihundert Kilo schwer, hatte ein rotes Gesicht, einen Stiernacken und fleischige Hände. »Schau, was ich da habe!«, sagte er mit sonorer Stimme und zeigte auf die Ladefläche seines Luxusgefährts.

Kauz erkannte darauf eine tote Gämse.

Er blieb beim Tisch stehen, während der Wildhüter zusammen mit dem Jäger zum Pick-up ging und sich das erlegte Tier ansah. Von Weitem war zu erkennen, dass sich bei der Beurteilung der Beute ein Disput entwickelte. Das Schwergewicht redete auf den Wildhüter ein, der schüttelte den Kopf und hob bedauernd die Hände. Schließlich nahm er dem Hünen das Kontrollbuch ab und blätterte darin.

Kauz ging diskret ein paar Schritte näher.

»Ist das dein Ernst?«, hörte er den Koloss rufen.

»Jawohl. Ich muss, Walter.«

»Tu das nicht, Hermann! Wir sind doch beide Jäger.«

Er griff in sein Wams, zückte die Brieftasche und zog eine Zweihunderternote heraus. Die streckte er dem Wildhüter entgegen. »Falls du Umtriebe hast, …«, sagte er mit einem raschen Blick auf Kauz.

Doch der Wildhüter ließ sich nicht umstimmen.

»Tut mir leid, Walter«, sagte er, ignorierte die Banknote, schrieb etwas ins Kontrollbuch hinein und drückte einen Stempel darauf.

»Schwiischwanzdräjär, värflüechtä!«, schimpfte der Mann, der Walter hieß. *»Hüerä värdammtä Formalischt!«*

»Schimpf du nur«, erwiderte der Wildhüter.

»Ich bin jetzt seit vierzig Jahren Jäger. Aber so ist mir noch keiner gekommen«, entrüstete sich der Fettwanst. »Total ätzend, pingeliger gehts nicht! Das lasse ich mir nicht bieten. Das setzt eine Beschwerde ab, verlass dich drauf!«

»Tu, was du nicht lassen kannst«, erwiderte Zeiter. »Aber

die Vorschriften gelten für alle. Das ist eine nicht erlaubte melke Gämsgeiß. Punktum. Hier!«, sagte er und zeigte zwischen die Hinterbeine des toten Tiers. »Das Gesäuge, das sieht doch ein Blinder! Da hättest du früher hinschauen müssen. Oder hast du keinen Spiegel?«

Das war in den Ohren eines Jägers eine krasse Beleidigung. Denn mit Spiegel bezeichneten die Gommer den Feldstecher. Und ohne *Schpiägäl* ging kein Jäger ins Freie.

»*Nool*, impertinenter!«, kanzelte ihn der Hüne ab.

»Sälber Nool«, gab der zurück. »So leid es mir tut, Walter: Ich muss dich melden. Du wirst gebüßt. Und die Beute muss ich konfiszieren.«

»*Värruckt!* Das gibts doch nicht!«

»Hör zu! Wenn ich für dich eine Ausnahme mache, mache ich mich selber strafbar.«

»Dummes Zeug!«, rief der Koloss, entriss dem Wildhüter das Kontrollbuch, stürmte, so rasch es seine Körperfülle zuließ, zum Pick-up, wuchtete seine Beute von der Ladefläche herunter und ließ das tote Tier auf den Erdboden plumpsen. »Dann behalt doch das Viech!«, schnaubte er, versetzte der toten Gämse einen Fußtritt, stieg in sein Fahrzeug und brauste davon.

»Wer war das?«, fragte Kauz.

»Kennst du den nicht?« Zeiter drehte sich nach der kleinen Gruppe um, die immer noch beisammenstand und aus der Entfernung die Auseinandersetzung verfolgt hatte. Offensichtlich hatte keiner von ihnen Lust gehabt, näher zu kommen und Partei zu ergreifen. »Das ist der Zertanna Walter. Besitzt jede Menge Häuser in Oberwald, Fiesch und auf der Bettmeralp. Deshalb meint er, er habe mehr Rechte als andere. Hat er aber nicht«, stellte er trocken fest. »Auch wenn er stinkreich ist und früher mal Gemeindepräsident war.«

Soso, der Zertanna!, dachte Kauz.

Er war vor weniger als einer Stunde in einem der Artikel von Maurice Jäger, die er auf sein Handy heruntergeladen hatte, auf den Namen gestoßen. War er nicht auch am Familientisch im Hotel Belle Epoque genannt worden? Als der Trophäenjäger, der mehr Hirsche geschossen hatte als erlaubt? Wenn er auch noch einen Pik auf die Unterwalliser Jäger hat, sponn Kauz seine Gedanken weiter, dann ist er definitiv ein Kandidat für Gsponers Fahndungsliste.

Die Jäger und die eine Jägerin, die am *Doorffä* gewesen waren, kamen jetzt näher.

»*Unglöübläch*«, sagte einer.

»*Woll äppä*«, stimmten andere zu.

Offenbar ärgerten sich alle über den Rüpel, der eine nicht erlaubte Gämsgeiß schoss und sich dann, anstatt sich für den Fehlabschuss zu entschuldigen, mit dem Wildhüter anlegte und das tote Tier obendrein mit einem Fußtritt entwürdigte. Noch mehr staunten sie, dass er überhaupt in der Lage war, eine Gämse zu schießen. Für einen solchen Abschuss musste einer nämlich topfit sein. Es galt, auf über zweieinhalbtausend Meter aufzusteigen, und das traute dem Schwergewicht kaum einer zu. Hinter vorgehaltener Hand fragten sie sich, ob der Mann die Beute überhaupt selber geschossen habe. Einem Jäger gegenüber war das eine unerhörte Verdächtigung. Kauz hörte heraus, dass der Mann wenig beliebt war.

Kauz half dem Wildhüter, sein Freiluftbüro abzubauen, dann machte er sich mit Max auf den Weg. Die Jägergruppe hatte sich mittlerweile aufgelöst. Die Jägerin stand noch neben ihrem Pick-up, tätschelte dem toten Hirsch auf der Ladefläche den Kopf und stieg dann auf den Fahrersitz.

»Es wird schon dunkel. Wollt Ihr mitfahren?«, fragte sie durch die offene Fahrertür, als Kauz vorbeiging. »Ich fahre Richtung Oberwald.«

Kauz wäre die kurze Strecke lieber zu Fuß gegangen, aber dieses Angebot einer Gommer Jägerin konnte er unmöglich ablehnen.

»Gern, aber ich habe den Hund dabei«, sagte er.

Die Frau öffnete die hintere Tür, Kauz komplimentierte Max auf die Sitzbank, die mit einer Decke abgedeckt war, und stieg vorne zu.

»Ihr habt eine ganze Weile zugeschaut. Ein Jäger seid Ihr nicht«, konstatierte die Frau, als sie auf die Furkastrasse hinausmanövriert hatte. »Aber Euch scheint das Waidwerk zu interessieren. Stimmts?«

»Das Waidwerk?«

»Die Jägerei. Das Handwerk der Jäger.«

»J-Ja, schon.«

Er wollte der Frau nicht unter die Nase reiben, weshalb.

»Hat Euch noch keiner auf die Jagd mitgenommen?«

»Nein, es hat bisher nicht geklappt.«

Er erzählte vom Angebot, das Philippe de Steinhaus anfangs der Woche gemacht und widerrufen hatte.

»Viel Gelegenheiten gibts jetzt nicht mehr«, sagte die Jägerin. »Nur noch zwei Tage, dann ist die Hochjagd vorbei.«

»Eben«, sagte Kauz und hob bedauernd die Schultern.

»Wisst Ihr was? Wenn Ihr wollt, könnt Ihr morgen mit mir auf die Pirsch kommen.«

»Im Ernst?«, fragte Kauz.

Er schaute die Frau von der Seite an. Sie hatte eine gewisse Ähnlichkeit mit Ria Ritz: nicht ganz schlanke, aber nicht unsportliche Figur, gesunde Gesichtsfarbe. Sie war aber sicher zehn Jahre jünger als Ria und trug einen kecken Kurzhaarschnitt. Ihre Hände waren gepflegt, die Fingernägel rot lackiert. Eine Bäuerin oder Handwerkerin war diese Jägerin nicht.

»Sicher meine ich das ernst. Wo wohnt Ihr?«, fragte sie.

»Gleich da drüben«, sagte Kauz, denn schon näherten sie sich Münster, und zeigte in Richtung der Langen Gasse.

Die Frau steuerte ihren Wagen auf einen Parkplatz bei den Gleisen der Matterhorn-Gotthardbahn.

»Bettina«, stellte sie sich vor, ehe Kauz ausstieg. »Auf der Jagd duzt man sich.«

»Ich weiß«, erwiderte Kauz und nannte seinen Namen.

»Dacht ich's doch!«, lachte die Frau. »Von dir hab ich gehört, Kauz. Also, wir treffen uns morgen früh um vier Uhr. Genau hier. Iss zu Hause noch etwas, bevor du losziehst, zieh dich warm an – Bergschuhe, Regenschutz, man weiß ja nie –, im Rucksack eine Thermosflasche mit warmem Tee und etwas Proviant. Abgemacht?«

»Alles klar«, sagte Kauz und schüttelte ihre Hand.

»Den Hund musst du aber zu Hause lassen!«, rief sie ihm nach, als er draußen war und mit Max zu seinem Speicher ging.

Freitag, 28. September

Es war noch stockdunkle Nacht, als sie losfuhren. Die Fahrt im Pick-up der Jägerin Bettina Walther dauerte nur eine Viertelstunde. Sie sagte, dass man auf der Pirsch nicht reden werde, also stellte Kauz ihr während der Fahrt ein paar Fragen. Er erfuhr, dass sie seit fünfzehn Jahren jagte. Die Jagd sei wie eine Sucht. Eine Leidenschaft. Man *müsse* einfach jagen, wenn man einmal damit begonnen habe. Deshalb könne sie es kaum nachvollziehen, dass einer wie Philippe de Steinhaus freiwillig auf die ersten zwei Tage der Hochjagd verzichte. Ein wahrer Jäger koste die Hochjagd von der ersten bis zur letzten Minute aus.

»Was fasziniert dich an der Jagd?«, fragte Kauz.

»Draußen sein. Die Verbundenheit mit der Natur«, sagte sie. »Die Nähe zum Wald, zum Boden, zum Wasser, zum Fels. Und zum Tier.«

Das sagen sie alle, dachte Kauz.

»Aber nicht nur«, fuhr Bettina fort.

»Aha? Was noch?«

»Es gibt auch den Jagdtrieb. Beim Menschen genau wie beim Raubtier. Beute machen, weißt du«, erklärte sie und drehte ihm den Kopf zu. »Das ist auch ein Motiv. Ein wichtiges. Nur geben es die wenigsten zu.«

Diese Antwort aus dem Mund einer Frau mit lackierten Fingernägeln überraschte Kauz.

»Das Töten, meinst du?«

»Nein, nicht das Töten. Beute machen. Das ist nicht dasselbe. Der Löwin geht es auch nicht ums Töten. Sie muss Beute machen.«

»Die Löwin braucht die Beute, um zu überleben. Du nicht.«

Kauz spürte, dass er mit dieser Frau unverblümt reden konnte.

»Das stimmt. Aber ich versuche, so mit dem erlegten Tier umzugehen wie die Löwin.«

»Wie meinst du das?«

»Ich esse nur Fleisch von selbst erlegtem Wild.«

»Jahrein, jahraus?«

»Ja. Und zwar das ganze Tier, nicht nur Rücken und Filet. Der Hirsch, den ich gestern geschossen habe, wird vom Metzger präpariert und tiefgefroren. Das reicht mir voraussichtlich bis zur nächsten Jagd. Wenn ich mehr als ein Stück erlege, verkaufe oder verschenke ich das Fleisch. Du kriegst auch eine Portion, wenn du willst«, lachte sie.

»Was geht in dir vor, wenn du auf ein Tier schießt?«

Sie antwortete nicht sofort.

»Der Puls rast«, erklärte sie dann. »Huch! Ich habe getroffen, rufe ich innerlich, wenn das Tier zusammenbricht.«

»Und dann?«

»Ich warte eine Weile. Dann nähere ich mich dem Tier. Wenn ich vor ihm stehe, werde ich traurig.«

»Im Ernst?«

»Ja. Du Scheusal, sage ich zu mir – jedes Mal! –, schau bloß, was du angerichtet hast! Du hast dieses schöne Tier getötet. Für einen Moment tut es mir leid. Im nächsten Augenblick könnte ich jauchzen. Ich habe einen Hirsch erlegt! Ich habe Beute gemacht! Manchmal jauchzt es laut aus mir heraus. Ich fühle mich mächtig stolz. Ich glaube, jeder Jäger fühlt genauso«, sagte sie. »Jetzt sind wir gleich da.«

Hinter Oberwald stellte sie das Fahrzeug ab.

Schweigend marschierten sie dann ins Tal hinein, Bettina

immer voraus. Das Triäbtal hatte in einem der Mordfälle, in denen er sich vor Jahren engagiert hatte, eine Rolle gespielt. Sie schien jeden Stein und jeden Baum, jede Weggabelung zu kennen. Wie eine Blinde fand sie sich in der Dunkelheit zurecht. Nur zwei-, dreimal knipste sie kurz ihre Stirnlampe an. Immer wieder blieb sie stehen, lauschte und ging dann weiter. Nach einer guten Stunde waren sie bei ihrem Ansitz, hoch über dem Triäbbach. Sie stellten ihre Rucksäcke ab. Bettina richtete sich ein, nahm die Büchse zur Hand und bedeutete Kauz, sich neben sie hinzuhocken und keinen Mucks zu machen.

Dann begann das Warten.

Seine Augen hatten sich längst an die Dunkelheit gewöhnt. Allmählich begann es zu dämmern, der Morgen kündigte sich an. Der Bodennebel wurde dichter, dann begann er, sich aufzulösen. Kauz roch die feuchte Luft, hörte vereinzelte Vogelstimmen, irgendwo ein Knacken. Er spürte einen leichten Windstoß, nahm leises Blätterrauschen in seinem Rücken wahr.

Als es heller wurde, warf ihm Bettina Blicke zu.

Ist es nicht wunderschön, hier draußen?, fragte sie mit den Augen. Stumm zeigte sie auf die Wiese hinaus, an den Waldrand gegenüber oder ins Tal hinab, deutete ins Geäst hinauf, an den heller werdenden Himmel, vor dem sich die Konturen der Berggipfel abzeichneten. Bedächtig legte sie die Hand ans Ohr, um ihn auf die Stille oder auf ein Geräusch aufmerksam zu machen. Obschon alle seine Sinne eben noch intakt gewesen waren, kam Kauz sich neben Bettina vor wie ein Behinderter, der draußen in der Natur weder richtig sehen noch richtig hören oder riechen konnte.

Sie sprachen kein Wort.

Kauz fror, er rieb sich die Finger und griff vorsichtig in den Rucksack, nahm die Thermosflasche und schraubte lautlos den Deckel ab. Der heiße Tee wärmte wenigstens sein Inneres.

Das Warten ging weiter.

Hoffentlich dauert das nicht den ganzen Tag, dachte er. So weit geht mein Interesse am Waidwerk dann doch nicht.

Auf einmal kam ein Reh aus dem Wald und ging langsam auf die Wiese hinaus. Das Tier trug keine Hörner, selbst Kauz erkannte, dass es eine Rehgeiß war.

Doch Bettina machte keine Anstalten zu schießen. Zwar hatte sie die Büchse im Anschlag und schaute durchs Zielfernrohr. Sie hatte das Tier zweifellos im Visier. Doch sie krümmte den Finger am Abzug nicht.

Das Reh blieb stehen und präsentierte sich mit seiner breiten Seite. Ein Blattschuss wäre jetzt ein Kinderspiel.

Schieß schon!, dachte Kauz. Bring es hinter uns.

Doch Bettina löste die Augen vom Zielfernrohr, ließ die Büchse sinken und drehte den Kopf.

Was ist?, fragte Kauz ohne Worte.

Stumm zeigte sie auf den Waldrand, auf die Stelle, an der das Reh herausgekommen war. Dort stand jetzt ein Rehkitz und hielt nach seiner Mutter Ausschau.

Bettina winkte mit dem Zeigefinger ab.

Tabu!, hieß das wohl.

Irgendwo fiel ein Schuss.

Es konnte nicht sehr weit weg sein. Das Reh nahm Reißaus und verschwand mit seinem Kitz im Wald.

Bettina zuckte mit den Schultern.

»Da hat wohl ein anderer Beute gemacht«, flüsterte sie.

Das Sprechverbot war somit aufgehoben.

»Wieso wusstest du …?«, fragte Kauz.

»Ich kenne die Geiß«, flüsterte sie zurück. »Ich wusste, dass sie ein Kitz führt.«

Eine halbe Stunde später summte Bettinas Handy. Einer aus ihrer Jagdgruppe hatte einen Hirsch geschossen und rief seine Kumpel herbei, ihm bei der Bergung zu helfen.

»Auf gehts«, sagte Bettina, schulterte Rucksack und Büchse und stampfte, Kauz im Schlepptau, bergauf.

Seine Augen tränten, der Rauch in der Jagdhütte zog nicht ab, wie er sollte. Beißender Geruch von Gebratenem – Zwiebeln und Leber vom frisch erlegten Hirsch – hing im Raum. Um elf Uhr vormittags nicht der Duft, den Kauz sich gewünscht hätte. Kaffeeduft wäre ihm lieber gewesen. Aber er ließ sich nichts anmerken.

»Nun?«, fragte einer der Jäger das Greenhorn. »Wie wars?«

Er goss Weißwein in die heiße Pfanne und ließ es zischen. Der zweite Waidmann legte Feuerholz nach.

»Für mich etwas Neues«, antwortete Kauz ausweichend.

Aber nicht mein Ding, dachte er. Beim Aufbrechen des erlegten Hirschs hatte er Abstand gehalten. Beim Abtransport der Jagdbeute hatte er angepackt.

»Aufregend?«

»Wie man's nimmt«, lachte Kauz.

Langweilig würde eher stimmen, dachte er.

Bettina blickte von der Feuerstelle auf und sah ihn an.

»Enttäuscht?«, nahm er ihr die Frage aus dem Mund.

»Nein. So ist die Jagd nun mal. Und du?«, fragte Bettina.

»Nur ein bisschen.« Etwas hatte gefehlt, und gleichzeitig war Kauz froh, dass er sich keinen Abschuss hatte ansehen müssen.

»Mal macht man Beute, mal macht man keine«, erklärte sie. »Meistens keine, dafür macht sie ein anderer. Ist in Ordnung so. Enttäuscht wäre ich, wenn ich während der ganzen Jagd kein einziges Tier erlegt hätte. Nein, ich bin zufrieden. Immerhin lebe ich noch«, meinte sie und sah Kauz an.

Ihm war klar, dass sie an die Toten im Binntal dachte.

»Bettina hat einen Freund verloren«, erklärte einer ihrer Jagdkameraden.

»Oh, das tut mir leid«, sagte Kauz. »Den Wildhüter?«

»Nein, den kannte ich kaum. Maurice Jäger«, erwiderte sie. »Freund ist vielleicht zu viel gesagt. Aber er war ein – wie soll ich sagen? –, ein Mentor von mir.«

»Ein Mentor? Bist du Journalistin?«

»Ich wollte mal eine werden«, lächelte Bettina. »Habs aber nicht ganz geschafft. Ich besuchte eine Journalistenschule und habe einiges geschrieben. Texte verfasse ich immer noch. Umweltthemen, weißt du. Aber Journalismus, wie Maurice ihn betrieben hat, kann man es nicht nennen.«

»Tu nicht so bescheiden«, schaltete sich der andere Jäger ein. Für Kauz erklärte er: »Bettina arbeitet immerhin im BAFU.«

»Im Bundesamt für Umwelt? Alle Achtung«, sagte Kauz. Dann fragte er: »Was war Maurice Jäger für einer?«

»Hilfsbereit. Er gab großzügig journalistische Ratschläge. Jedenfalls den Frauen«, schränkte Bettina mit einem Schmunzeln ein. »Wenn man ihn darum bat, redigierte er Texte, die man ihm vorlegte, machte Verbesserungsvorschläge und half auch schon mal dabei, ein Manuskript zu veröffentlichen.«

»Galt das für Männer nicht?«

»Weniger. Er hatte den besseren Draht zu Frauen. Oder sie zu ihm. Namentlich jüngere, also Studentinnen, Praktikantinnen und Berufseinsteigerinnen. Es gab welche …«

»Wurde er nie zudringlich?«, unterbrach Kauz.

»Nein. Nicht dass ich wüsste. Mir gegenüber jedenfalls nie. Er half übrigens auch solchen«, nahm sie den Faden wieder auf, »die gar nicht Journalismus oder Publizistik, sondern sonst etwas anderes studierten. Die legten ihm ihre Masterarbeit oder Dissertation vor, um seine Meinung zum Text zu hören.«

»Oh! War er ein Ghostwriter?«

»Überhaupt nicht. Er nahm den Autorinnen die Arbeit nicht ab. Er gab zwar Tipps, aber er forderte einen gleichzeitig heraus. Er half jeder dabei, ihren eigenen Stil zu finden. Auch mir. Als Schreibcoach war er ein großes Talent.«

In Kauz' Kopf arbeitete es.

Er versuchte, etwas von dem Essen, das ihm in einem Blechteller vorgesetzt wurde, herunterzuwürgen. Aber die Leber widerstand ihm. Er schob den Teller von sich.

»Hattest du Kontakt mit anderen Frauen, die sich von Jäger coachen ließen?«, fragte er.

»Mit einigen schon.«

Die zwei Jäger schmausten. Auf das Gespräch zwischen Bettina und ihm achteten sie nicht weiter.

»Schmeckts nicht?«, fragte einer.

Kauz zuckte mit den Schultern.

»Darf ich?«, fragte er und schaufelte das von Kauz verschmähte Essen auf den eigenen Teller.

»Sagt dir der Name Cynthia Bregy etwas?«, fragte Kauz.

»Nein«, sagte Bettina. »Wer ist das?«

Fehlanzeige, dachte Kauz. Dabei war er schon fast sicher gewesen.

*

Fünf Stunden später saß er Gsponer auf dem Posten Fiesch in Rias Büro gegenüber und rapportierte, was er von der Jägerin Bettina Walther über Maurice Jäger erfahren hatte.

Fiesch lag für Gsponer fast am Weg, wenn er nach Ernen oder ins Binntal fuhr. Für Kauz war es eine gemütliche zwanzigminütige Fahrt auf seinem Oldtimer. Den Hund im Korb, hatte er in Fürgangen den obligaten Halt eingeschaltet. Max schaffte es jetzt schon fast bis in die Mitte der Hängebrücke.

»Soso«, meinte Gsponer. »Schreibcoach. Mit einer Vorliebe für junge Journalistinnen. War unser Turtmänner vielleicht ein heimlichfeißer Schürzenjäger?«

»Bettina sagt Nein.«

Dass er für einen Augenblick daran gedacht hatte, Cynthia Bregy könnte eine von Jägers Schreibschülerinnen gewesen sein, behielt Kauz für sich. Gsponer wusste ja nicht, dass er Madame Charlotte getroffen und mit ihr über ihre Enkelin gesprochen hatte.

»Was hast denn *du* über Maurice Jäger herausgefunden?«, fragte er.

Gsponer hatte seinen Widerstand, Kauz mit einzubeziehen, längst aufgegeben. Sie waren mal wieder ein Team, wenn auch ein inoffizielles. Gsponers Fahnder hatten mit Jägers geschiedener Frau, den Nachbarn in Turtmann und mit den Mitgliedern seiner Jagdgruppe gesprochen. Er selber hatte Jägers Tochter getroffen und verschiedene Zeitungsredaktionen kontaktiert.

»Was ist dabei herausgekommen?«, fragte Kauz.

»Auf den Redaktionen? Bis jetzt nichts. Ich habe aber erst bei der *Wochenzeit* und der *Walliser Zeitung* angefragt. Mir fehlt noch das Politblatt *Klartext*.«

»Zeitungen sind in der Regel nicht sehr auskunftsfreudig, was ihre Quellen angeht. Sie wollen Informationen holen und verbreiten, nicht welche liefern.«

»Schon klar. Ich sage dir, wenn ich etwas Brauchbares höre.«

»Gut«, sagte Kauz. »Also, was war Jäger für einer?«

»Ein einsamer Mensch«, lautete Gsponers Fazit. Mit seiner geschiedenen Frau habe er keinen Umgang gepflegt. Seine Tochter, die nicht sehr weit weg wohnte, habe er nur gelegentlich gesehen. »Drei, vier Mal im Jahr ein gemeinsames Mittagessen, hat sie gesagt.«

Da man Jägers iPhone nicht knacken konnte und sein Notebook unauffindbar war, konnte man noch nicht rekonstruieren, mit wem er in der Zeit vor seinem Tod Kontakt gehabt hatte.

»Was sagen die von seiner Jagdgruppe?«

Die habe Jäger immer nur während der Hochjagd gesehen, fasste Gsponer die Ermittlungen seiner Fahnder zusammen. Sonst höchstens noch beim jährlichen Jagdschießen.

»Jagdschießen?«, fragte Kauz.

Ein Wettschießen für Jäger, erklärte Gsponer. Meist finde

das Jagdschießen für die Gommer in Oberwald statt. Es gehe darum, sich auf die bevorstehende Jagd vorzubereiten, im Schießstand das Gewehr einzuschießen und die Treffsicherheit zu steigern. Für viele Jäger sei das ein wichtiger gesellschaftlicher Anlass. Außerdem seien beim Wettschießen Preise zu holen.

Die Jagdhütte im Binntal gehörte einem Freund Jägers aus Gymnasialzeiten, das hatten Gsponers Leute erfahren. Da dieser Freund selber nicht jagte, stellte er seine Hütte seinem ehemaligen Schulkameraden jedes Jahr für die Dauer der Hochjagd zur Verfügung. Maurice Jäger sei am Tag vor seinem Tod nicht anders gewesen als sonst, so lautete die Aussage seines Jagdkumpels. Er habe wie immer seinen Laptop dabeigehabt. Den habe er vor dem Schlafengehen aufgeklappt, habe darauf herumgetippt und ihn dann auf der Eckbank deponiert. Er habe sich früh schlafen gelegt, da er am nächsten Morgen beizeiten auf seinem Ansitz sein wollte.

»Dann steht es also fest, dass sein Notebook in der Jagdhütte war und dort entwendet wurde?«, hakte Kauz nach.

»Genau. Er ging am frühen Morgen, noch bei Dunkelheit, gleichzeitig mit seinem Jagdkameraden aus der Hütte und versprach, am Abend frühzeitig zurück zu sein.«

Wie in Jagdhütten üblich, sei man jeweils zusammengesessen, habe gekocht, gegessen und getrunken und Jagdabenteuer zum Besten gegeben, aber gejagt habe am nächsten Tag jeder für sich. Wer ein Stück Wild erlegte, rief die andern per Handy herbei, um die Beute auszunehmen und ins Tal zu bringen. Jeder kenne die Ansitze der andern. Von Maurice habe man genau gewusst, wo er am ersten Tag der Hochjagd ansitze.

»Dann war es also kein Geheimnis, wo Jäger am frühen Morgen des siebzehnten September anzutreffen war?«, vergewisserte sich Kauz.

»Sieht so aus, ja. Grundsätzlich behalte man es zwar für

sich, wenn man glaube, einen guten Platz für den Ansitz zu haben. Das sei wie mit den Pilzplätzen, die verrate man auch nicht. Aber offenbar spricht sich so etwas in Jägerkreisen doch herum. Wenn einer ihm auflauern wollte, wusste er, wo.«

»Haben seine Jagdkameraden ein Alibi?«

»Ja, haben sie. Die beiden sind übrigens auch ehemalige Klassenkameraden und wohnen im Raum Raron. Der eine reiste am siebzehnten September erst gegen Abend an, weil er eines seiner Kinder mit Blinddarmentzündung ins Spital bringen musste. Das haben wir überprüft. Der, der mit ihm in der Hütte übernachtet hat, erlegte am frühen Morgen eine Hirschkuh. Da er keinen seiner Jagdkameraden am Handy erreichte, rief er andere zu Hilfe. Es konnten mehrere Personen bezeugen, dass er zur fraglichen Zeit nicht am Tatort gewesen sein konnte. Als Jägers Jagdkumpel am frühen Abend vor der Jagdhütte standen – der eine nach erfolgreicher Jagd, der andere von Raron her eintreffend –, war Maurice Jäger nicht da. Sie riefen ihn auf dem Handy an, aber es antwortete niemand. Sie warteten ein, zwei Stunden, stiegen dann in der Dunkelheit nach Binn ab und übernachteten in einer Pension. Am nächsten Tag erfuhren sie, dass Maurice Jäger tot war. Sie hätten es pietätlos gefunden, sich ohne den Jagdfreund in der Hütte einzurichten. Drum suchte sich der eine anderswo Unterkunft, der andere verzichtete ganz auf die Jagd«, rapportierte Gsponer.

»Aha. Dann sind die beiden Jagdkameraden unverdächtig?«

»In meinen Augen schon«, antwortete Gsponer.

Er stand auf und holte sich einen Espresso.

»Hast du Jägers Artikel inzwischen gelesen?«, erkundigte er sich im Stehen. »Ich bin noch nicht dazu gekommen.«

»Noch nicht alle«, antwortete Kauz, »aber den über den Wilderer, den über die Freileitungsmasten im oberen Goms und den über die Familienstiftung Alphonse de Steinhaus.

Den über den Finanzskandal im Vatikan habe ich noch nicht geschafft.«

»Schon gut. Und?«

Beim Porträt des Wilderers habe er an den abenteuerlichen alten Jäger im Freischärlerlook aus der Jagdgruppe Reckingen denken müssen, den er auf der Wirzäblattä getroffen habe. Alois Kreuzer, *dr Schnüzz,* wenn Ria mit ihrer Vermutung recht hatte. Die Ähnlichkeit habe aber nichts zu bedeuten, in solchen Beiträgen würde die Zielperson jeweils verfremdet, erklärte Kauz.

»Was schreibt Jäger über die Swiss Powerline Company?«

»Dass auf dem Buckel der Gommer ein Mammutprojekt umgesetzt werde, welches der SPC einen Riesengewinn und der Gommer Landschaft einen Riesenschaden beschere.«

»Und wen nimmt der Artikel aufs Korn?«

»Den Verwaltungsrat der SPC, aber auch den Bundesrat, der sich von der Strommafia gängeln lasse. Einzelne Gommer Behördenvertreter kommen auch nicht gut weg.«

»Oho! Erzähl.«

Maurice Jägers Recherche durchleuchtete die Strukturen der Energiebranche und ihrer Lobby im Bundeshaus. Er zeigte, wie der Bundesrat mit dem Gespenst Stromknappheit dazu gebracht wurde, gegen den Widerstand von Umwelt- und Landschaftsschutz sein Ja zum Bau der Freileitungen durch das Goms zu geben. Das, obschon eine Verlegung der Stromleitungen in den Boden machbar, wenn auch sehr viel teurer gewesen wäre. Jäger beschrieb, wie die SPC mit einer Armada von Managern und Anwälten vor den versammelten Gommer Gemeindepräsidenten und Bauvorständen aufmarschierte. Wie sie diese mit ihrem Juristenjargon, mit Versprechungen und subtilen Drohungen in Grund und Boden redeten, bis sie sich schließlich auf eine lächerliche Entschädigung einließen, die die Verschandelung der Landschaft quasi versüßen sollte. Besonders hart ging der Autor mit dem Verwaltungsratspräsidenten der SPC ins Gericht, der, obschon Walliser Politiker, von seinem Geschäftsführer verlangte, die Sache ohne Rücksicht auf das Oberwallis durchzuboxen. Dann knöpfte der Journalist sich noch einen Gemeinderat vor, der damals als Bauvorstand das Projekt vor den Behörden der anderen Gommer Gemeinden schöngeredet hatte. Dabei waren damals noch Varianten im Gespräch, die Rücksicht auf die schützenswerte Gommer Landschaft genommen hätten. Dieser Behördenvertreter führte ein Bauunternehmen und wurde von der Strommafia für sein Engagement mit Aufträgen belohnt.

»Wird er namentlich genannt?«, fragte Gsponer.

»Ja. Er heißt Walter Zertanna.«

»Soso, der. Von dem habe ich schon gehört. Ist er zufälligerweise Jäger?«

»Ja, ist er«, bestätigte Kauz und erzählte von der Begegnung mit Walter Zertanna, der sich am Vortag mit Wildhüter Zeiter wegen einer unerlaubt abgeschossenen Gämse angelegt hatte.

»Du scheinst den Mann ja richtig ins Herz geschlossen zu haben«, witzelte Gsponer.

Der nächste Espresso war fällig. Gsponer fummelte an seiner Zigarettenpackung herum, nach dem ersten Schluck steckte er sie aber wieder ein. Kauz tätschelte Max, der mit Gsponer erwartungsvoll aufgestanden war, den Kopf.

»Guter Hund«, murmelte Kauz. »Mach Platz.«

Max legte sich murrend wieder unter den Tisch.

»Und was steht im Artikel über die Familienstiftung?«, fragte Gsponer.

»Starker Tobak, das kann ich dir sagen.«

»Ach ja? Inwiefern?«

In dem Artikel wurde ein Landverkauf aus dem Besitz der Fondation Alphonse de Steinhaus kritisch beleuchtet. Der Handel hatte vor etwa fünf Jahren stattgefunden. Ein Gommer Interessent hatte dem Beauftragten der Familienstiftung eine Baulandparzelle mit freier Sicht auf das Weisshorn abgeluchst. Er erhielt das Grundstück zu einem Spottpreis, denn er hatte versprochen, darauf ein Generationenhaus für das obere Goms zu errichten. Das hätte dem Stiftungszweck entsprochen. Stattdessen standen später zwei Wohnblöcke im Pseudo-Chaletstil mit Ferienwohnungen der Luxusklasse auf dem Grundstück. Niemand musste für die Sache geradestehen. Die Stiftungsratspräsidentin Madame de Steinhaus war zur fraglichen Zeit außer Landes. Ihr Vize Philippe machte geltend, er habe einen lokalen Immobilienmakler für das Geschäft bevollmächtigt, und der habe ohne sein Wissen den Kaufvertrag den Wünschen des Käufers angepasst. Der Makler wiederum behauptete, er sei vom Käufer über den Tisch gezogen worden. Philippe de Steinhaus räumte in dem Artikel ein, es seien Fehler gemacht worden, aber die Schuldfrage stelle sich im vorliegenden Fall nicht. Zwar entspreche die Verwendung des verkauften Grundstücks nicht exakt dem Stiftungszweck, aber Verkauf und Kauf der Landparzelle ließen sich leider nicht mehr rückgängig machen, sie seien notariell beglaubigt und rechtsgültig. Ein Abriss der Gebäude und die Annullierung des Landverkaufs, wie er von gewissen Kreisen gefordert werde, sei unverhältnismäßig und würde nur Unfrieden ins Tal bringen.

Maurice Jäger zeigte in dem Artikel Schritt für Schritt die Mauscheleien auf, die zu diesem unlauteren Handel geführt hatten. Niemand kam darin ungeschoren davon, auch Madame de Steinhaus nicht, aber im ungünstigsten Licht erschienen schließlich zwei Personen: der Gommer Käufer und Philippe de Steinhaus. Er habe fahrlässig, vielleicht auch vorsätzlich weggeschaut, als die Dinge ihren Lauf nahmen. Das Fazit des Artikels lautete, der Vizepräsident der Stiftung, Philippe de Steinhaus, seines Zeichens Advokat und Notar, habe auf alle Fälle nicht im Interesse des Stifters Alphonse de Steinhaus gehandelt. Zwischen den Zeilen war der unausgesprochene Vorwurf zu lesen, er habe sich mit dem Deal womöglich selbst bereichert. Dem Käufer warf der Artikel Doppelzüngigkeit und Habgier vor.

»Wer ist der Käufer?«, fragte Gsponer.

»Dreimal darfst du raten: Walter Zertanna.«

»Oh, là, là«, rief Gsponer. »Da knöpft sich Jäger denselben Kerl gleich zweimal vor? Hat der Wüterich vielleicht auch eine Wut auf die Unterwalliser Jäger?«

»Das fragte ich mich auch. Zertannas Name fiel übrigens schon einmal, als ich im Hotel Belle Epoque mit dem Personal zusammensaß. Es hieß, er sei ein Trophäenjäger und habe mehr Hirsche geschossen als erlaubt.«

»Aha. Zertanna schert sich also nicht um Vorschriften. Maurice Jäger ist aber nicht nur ihm, sondern auch deiner Auftraggeberfamilie an den Karren gefahren, nicht wahr?«

»Das kann man sagen.«

»Es wird Zeit, dass ich mit Monsieur de Steinhaus rede«, meinte Gsponer und steckte sich eine Zigarette an. »Und mit Herrn Zertanna sowieso. Unser toter *Turtmännär* scheint keine Scheu vor großen Tieren gehabt zu haben.«

»Nein, der Mann hatte Zivilcourage. Er hat ja sogar den Vatikan ins Visier genommen. Ich glaube, er hatte ein Gespür dafür, wenn etwas faul war. Ihm ging es darum, Mauscheleien aufzudecken. Und gar nicht unbedingt darum, etwas zum Skandal aufzubauschen. Mir wird der Mann zunehmend sympathischer«, gab Kauz zu.

»Aber jetzt müssen wir uns mit den Feinden herumschlagen, die er sich mit seinen Recherchen gemacht hat«, meinte Gsponer. »Die geistlichen Herren aus dem Vatikan kann ich nicht gut vorladen. Aber die beiden aus dem Wallis schon. – Oh, noch etwas«, sagte er. »Jägers Tochter hatte tatsächlich ein altes Handy ihres Vaters. Hier«, er zog das Gerät aus der Tasche und legte es auf den Tisch. »Nicht gerade das neuste Modell, siehst du? Das lasse ich für Thomas da. Mal sehen, was er damit anfangen kann.«

Gsponer stand auf.

»Düü«, machte Kauz. »Ich weiß, du dürftest eigentlich nicht. Aber könntest du mir nicht den einen oder andern Hinweis geben, was in der Akte Cynthia Bregy sonst noch steht? Ins System einloggen darfst du dich ja.«

»Die Sache lässt dir wohl keine Ruhe«, entgegnete Gsponer. Er klang jetzt viel nachsichtiger als vor zwei Tagen.

»Nein, das treibt mich richtig um«, gestand Kauz.

»Na gut. Aber erwarte nicht, dass ich dir die Akte auf den Tisch lege. Oder sie für dich kopiere.«

»Nein. Ist doch klar«, sagte Kauz erleichtert.

Samstag, 29. September

Das Freundesquartett fuhr mit der Gondelbahn auf die Bettmeralp, oben trennte man sich. Ria ging mit Kauz auf die große Dreiseenwanderung. Gsponer hatte darauf keine Lust und war heilfroh, mit Thomas bloß spazieren gehen zu müssen. Dieser hatte vor wenigen Tagen seinen neuen Outdoor-Rollstuhl mit manuellem Hebelantrieb geliefert bekommen. Auf dem Wysswasserweg im Fieschertal hatte er ihn schon ausprobiert, jetzt wollte er ihn im Gelände testen. Gsponer war zuversichtlich, dass sie den Höhenweg auf die Fiescheralp bewältigen würden. Gegen Abend würde man sich dort treffen und mit der Seilbahn nach Fiesch zurückfahren. Für die Nacht war Gsponer im Hause Abgottspon-Ritz zu Gast. Am Sonntag hatte Ria einen Brunch geplant, zu dem auch Kauz eingeladen war.

Ria und Kauz nahmen den Weg zu den Seen.

»So ein Glück: wolkenlos! Schau dir die Aussicht an!«, rief Ria eine Dreiviertelstunde später, als sie den Aufstieg zum Blausee hinter sich hatten. Der Bettmersee lag schon hinter ihnen.

Der Anblick war umwerfend. Kauz war noch nie hier oben gewesen. In all den Jahren, in denen er ins Goms kam, hatte er sich darum gedrückt, auf eine der ausgeschilderten Wanderungen im Aletschgebiet zu gehen, die in jedem Wanderführer empfohlen wurden und massenhaft Besucher anzogen. Er zog es vor, abseits der Touristenströme zu wandern. Ria hatte ihn regelrecht nötigen müssen, wenigstens einmal diesen Weg zu gehen. Ihr zuliebe hatte er zugesagt. Er hatte sich aufs Schlimmste gefasst gemacht: überfüllte Seilbahngondeln, Gequassel an den Aussichtspunkten und Zoff mit Hundehassern. Jetzt war alles halb so schlimm. Zwar waren sie nicht allein unterwegs, es war ja Samstag. Aber die Sommerferien waren vorbei, und die Herbstferien hatten noch nicht begonnen. Von Gedränge keine Spur, niemand kam ihnen in die Quere, niemand piesackte ihn wegen Max. Bloß die eine oder andere Begegnung, hie und da ein freundlicher Gruß, eine Frage nach dem Hund. Kauz schämte sich fast ein bisschen für die sture Verweigerung, die er bis anhin an den Tag gelegt hatte.

Sie setzten sich auf einen Felsbrocken und schauten über das tiefblaue Wasser des Bergsees. Darin spiegelte sich im Vordergrund der grün bewachsene Geländekamm, durchsetzt von bemoosten Felsen, die den See einfassten. Im Hintergrund das in der Vormittagssonne gleißende Weisshorn und, in einer Lücke am Horizont, umrahmt von weiteren Viertausendern, das Matterhorn. Dass er ein weltbekanntes Postkartensujet vor sich hatte, das Jahr für Jahr von Abertausenden bestaunt und fotografiert wurde, störte Kauz nicht. Er nahm die Spiegelreflexkamera zur Hand und knipste seine Schwarz-Weiß-Bilder. Max rannte ins Wasser und schüttelte sich ausgiebig, als er wieder herauskam.

Anstatt zum Aletschwald abzusteigen, nahmen sie den Weg über den Bergkamm – und schon war die Sicht frei auf den großen Alteschgletscher, den sie fortan ständig vor Augen hatten. Der Weg führte über karge Alpweiden. Vereinzelte Schwarznasenschafe waren zu sehen. Vielleicht ausgebüxte oder vergessene Exemplare, denn das Gros der Herden war nicht mehr da. Um den Bettag herum war auf einigen Alpen Alpabzug gewesen. Der Gletscher war jetzt zum Greifen nah. Das imposante Eisfeld vor Augen, stellten sie ihre Rucksäcke ab, setzten sich auf den Boden und machten Mittagsrast.

»Was da vor uns liegt, gehört zum Weltnaturerbe«, erklärte Ria stolz. »Ein Jammer, dass Thomi und Alain diesen Blick auf den Gletscher nicht haben.«

Kauz grunzte zustimmend. Er hatte sich verstohlen ein Stück von dem Energieriegel in den Mund geschoben, den er aus Furcht vor einem Hungerast in der Jackentasche trug.

»Aber das mit dem Outdoor-Rollstuhl scheint ihm neue Möglichkeiten zu geben«, meinte Ria weiter.

»Ich wusste gar nicht, dass es so was gibt«, sagte Kauz, öffnete seinen Rucksack und griff hinein.

»Sag mal, denkst du gerade an den Fall Cynthia Bregy?«, fragte Ria unvermittelt.

»Jetzt gerade mal nicht. Wieso fragst du?«

Kauz fühlte sich ertappt, denn irgendwie beschäftigte ihn die Tragödie, die sich vor fünf Jahren in der Familie de Steinhaus ereignet hatte, die ganze Zeit.

»Alain hat etwas angedeutet. Und du bist oft so abwesend. Scheint mir wenigstens.«

»Das sieht nur so aus, Ria. Ich bin ganz da«, redete er sich heraus. »Ich war noch nie so nah am Alteschgletscher. Ich kenne nur den Blick vom Eggishorn, und der ist ja auch nicht ohne. Aber das hier ist unschlagbar.«

Kauz verdrückte sein Sandwich mit Schinken, Käse und Salzgurke und trank vom Wandertee, den ihm Ria in seine Feldflasche gefüllt hatte.

»Was hat er gesagt?«, fragte er.

»Wer?«

»Alain.«

»Aha, du denkst also doch daran?«

»Quatsch«, widersprach Kauz. »*Du* hast eben gesagt, er habe etwas angedeutet. Was war das?«

»Wieso reagierst du jetzt so gereizt?«

Fängt das jetzt wieder an?, dachte Kauz.

»Hör zu, Ria. Lass uns später über das Thema reden.«

»Ich wollte dir ja bloß sagen, dass ich Alain ein bisschen zugeredet habe.«

»Zugeredet?«

»Ja, ich finde, er ist zu streng mit dir gewesen. Wegen deiner abrupten Kündigung vor fünf Jahren. Ich habe ihn gebeten, dir zu sagen, was in der Akte Cynthia Bregy steht. Weil dich die Sache doch so quält.«

Deshalb zeigte er sich plötzlich zugänglich, dachte Kauz.

»Ich finde, du hast ein Recht darauf. Du hast die Ermittlungen geleitet, bis Gitsch dich zurückpfiff. Ist doch so, oder?«

»Ja, das stimmt.«

»Eben.«

»Danke, Ria.«

Sie packten ihre Siebensachen in die Rucksäcke.

»Gehen wir weiter?«, fragte sie und stand auf.

Der Weg war mal erdig, mal steinig und wies ein paar steilere, treppenartig angelegte Passagen auf, war aber nicht besonders anspruchsvoll. Der Bergsee, den sie schließlich erreichten, lag in einer unwirtlichen Landschaft.

»Das ist eine sagenumwobene Gegend«, erklärte Ria. »Hast du schon mal vom Gratzug gehört?«

»Gehört schon«, antwortete Kauz. »Hat etwas mit Toten zu tun. Oder Untoten? Die ziehen im Leichenhemd über den Berg, oder nicht?«

»Richtig. Arme Seelen nennen wir sie. Interessiert dich die Sagenwelt?«

»Natürlich. Weißt du mehr darüber?«

»Andere wissen mehr als ich. Irgendwann wirst du schon mehr erfahren«, meinte sie. »Hör zu, da vorne ist die Firnhütte. Dort machen wir halt und entscheiden, welchen Weg wir nehmen. Spätestens gegen fünf Uhr sollten wir auf der Fiescheralp sein. Hältst du noch durch?«

»Was glaubst du denn!«, prahlte Kauz und lachte.

*

Ich habs verbockt!, dachte Nico. Was für ein Stress! Das möchte ich nicht noch mal erleben. Er lag zu Hause auf seinem Bett. Am Morgen hatte er Töchterchen Sina bei ihrer Mutter in Visp abgeholt und war mit ihr in die Therme Brigerbad gegangen. Das hatte sie sich schon lange gewünscht. Nach dem dreistündigen Badevergnügen fuhren sie nach Brig und bestellten sich bei McDonald's Pommes mit Ketchup. Danach bummelten sie durch die Stadt, gingen auf den Bauernmarkt, wo Sina ein Mitbringsel für ihre Mutter kaufen durfte. Die meiste Zeit hielt sie ihren Vater fest bei der Hand oder kuschelte sich an ihn. Die Achtjährige plapperte unentwegt und stellte ihm massenhaft Fragen, auf die er nur zum Teil Antworten hatte. Nico genoss die Zuneigung seiner Tochter. Er dachte an Sinas fünfjährige Halbschwester Valerie, die ständig quengelte. Mit Sina war alles einfacher. Eigentlich wäre es ein Vater-Tochter-Wochenende gewesen, nicht bloß ein Samstag. Aber Sinas Mutter hatte ihn gebeten, das Mädchen abends zurückzubringen, da sie mit ihr bei den Großeltern in Mund übernachten wollte. Das kam Nico nicht ganz ungelegen, denn so hatte er Zoe für den Abend – und hoffentlich die Nacht – einladen können.

Nur waren dann während des Stadtbummels gleich zwei seiner Dates aufs Mal aufgetaucht. Zuerst hatte ihm die Frau, die er vor ein paar Wochen auf Tinder kennengelernt hatte, auf die Schulter getippt.

»Bist du das, Nico?«

»Oh! Hallo, Ivana«, machte er.

Es war klar, dass er sie vor seiner Tochter weder umarmen noch küssen würde.

»Wer bist denn du?«, fragte die Frau und beugte sich hinunter.

»Sina«, sagte Sina.

»Sina? Toller Name. Dein Patenkind?«, fragte sie Nico.

»Nein, meine Tochter.«

»Ach so, natürlich«, machte sie, ganz so, als wüsste sie über seinen Status als Vater Bescheid.

Sie zog ihn heran und flüsterte in sein Ohr.

»Du Schuft! Du hast nicht gesagt, dass du verheiratet bist.«

»Bin ich gar nicht«, flüsterte er zurück. »Nur der Vater dieses Kindes. Ist das ein Problem für dich?«

»Was ist, Papi?«, mischte sich Sina ein.

»Ivana wusste nicht, dass ich dein Vater bin.«

»Warum nicht?«

»Ich habs ihr nicht gesagt. Jetzt weiß sie es, Sina.«

»Gehen wir weiter?«

»Klar«, sagte er, und zu Ivana: »Bis später, Ivana.«

»Ich weiß nicht. Vielleicht«, meinte sie zögernd und schickte sich an, weiterzugehen.

»Salü, Nico«, sagte da eine Stimme.

Nico fuhr herum. Zoe stand hinter ihm.

Ivana blieb stehen.

Zoe war drauf und dran, ihm einen Kuss auf die Lippen zu drücken, da merkte sie, dass er zögerte.

»Ach so, Familientreffen?«, fragte sie, mit einem Blick auf Ivana, die wieder näher kam. »Störe ich?«

»Keine Spur. Das ist Ivana. Ivana, das ist Zoe.«

»Ach so, Sinas Mutter?«, fragte Ivana.

»Nein, nein. Zoe ist bloß …«, Nico wand sich.

»Bloß was?«, mokierte sich Ivana. »Ich geh dann mal weiter«, sagte sie spitz, drehte sich auf dem Absatz um und war weg.

»Bis später«, rief Nico ihr nach.

»Höre ich richtig?«, fragte Zoe. »Hat sie gerade gefragt, ob ich die Mutter dieses Kindes bin? Dann war das nicht deine Frau?«

»Nein. Ich bin nicht verheiratet. Das hätte ich dir gesagt.«

»Und das Kind?«

»Das ist Sina. Meine Tochter.«

»Sina? Schön.« Zoe gab ihr die Hand, ohne sich zu bücken. »Und du darfst mit dem Papi in die Stadt?«

»Ja«, sagte Sina und griff nach seiner Hand.

»Dann viel Spaß«, sagte Zoe und machte kehrt.

»Bis heute Abend, ja?«, rief Nico ihr nach.

»Bist du sicher?«

»Klar doch«, antwortete Nico und warf ihr eine Kusshand zu.

Erst jetzt blickte er über die Schulter zurück. Aber Ivana war nicht mehr zu sehen.

Ich Depp, dachte er, wieso habe ich nicht Farbe bekannt? Stattdessen habe ich *bloß* gesagt. Jetzt habe ich es mit beiden vergeigt.

Belämmert schlenderte er mit Sina durch die Stadt. Er ging in die alte Simplonstrasse und steuerte den Tangoclub El Valesano an. Und El Rincón. Bloß um zu testen, ob es wehtat.

Es tat weh.

Aber nicht mehr wegen Juana. Er hatte vielmehr unbändiges Verlangen nach Zoe …

Im Stockalperschloss war er mit Sina schon öfters gewesen. Auf einer Stadtrundfahrt mit der Bimmelbahn auch. Er war ganz erleichtert, als sie fragte, ob sie ins Kino gehen könnten. Es lief »Vilja und die Räuber« oder so ähnlich, und Sina war absolut begeistert. Nach der Vorstellung konnte sie gar nicht mehr aufhören, über die Abenteuer des Mädchens Vilja zu schwadronieren. Nico hörte nur mit halbem Ohr zu, dafür erfüllte er ihr den Wunsch nach einem Eis in der Waffel.

Am späteren Nachmittag brachte er Sina zurück, eilte nach Hause und warf sich erst mal aufs Bett.

Ich habs verbockt!, dachte er wieder.

Dann rappelte er sich auf und brachte, für den Fall, dass Zoe doch noch kommen sollte, die Wohnung in Schuss. Um halb acht klingelte es an der Tür. Ihm schlug das Herz bis zum Hals.

*

Kauz war erschöpft. Sie waren sechs Stunden marschiert, die Füße schmerzten. Doch Ria schien keine Müdigkeit zu spüren. Sie waren jetzt in der Nähe der Fiescheralp, bis zur Mittelstation der Seilbahn waren es nur noch wenige Hundert Meter.

»Durst?«, fragte Ria.

»Ja. Und Hunger auch, ich könnte etwas vertragen.«

»Gut. Kehren wir hier ein«, sagte sie spontan, als sie nach einer Wegbiegung bei einem Bergrestaurant standen.

»Bergkreuz« stand an dem Holzhaus. Es sah nach einem Berggasthaus alten Stils aus. *»Aabäsizz: Heute Sagenabend«,* wurde auf einer Schiefertafel angekündigt, die vor der Tür aufgestellt war. *Aabäsizz,* das war, als es weder Radio noch Fernseher gab, die abendliche Unterhaltung der Walliser. Zu Hause oder in der Beiz. Da wurden Geschichten erzählt, es wurde gesungen und musiziert und gelauscht.

Bis der *Aabäsizz* anfängt, sind wir bestimmt wieder weg, dachte Kauz. Schade.

Sie gingen hinein und wurden von der Wirtin begrüßt, als ob die sie erwartet hätte. Den Apéro nehme man in der Gaststube, gab sie bekannt, fürs Nachtessen sei dann im *Schtubji* nebenan gedeckt. Apéro, Nachtessen?, stutzte Kauz.

»Hast du hier reserviert, Ria?«

»Ja«, gestand sie.

»*Aabäsizz* inklusive?«

»Ja. Hätte eine Überraschung sein sollen«, schmunzelte sie und zuckte mit den Schultern.

»Und wer erzählt die Sagen?«

»Das bleibt die Überraschung.«

In der Gaststube wurden sie von Thomas und Gsponer begrüßt, die schon bei ihrem Bier saßen.

»Wie war euer Tag?«, fragte Ria.

»Anstrengend!«, platzte es aus Gsponer heraus.

»Fantastisch. Das Ding bewährt sich«, sagte Thomas und klopfte auf seinen Rollstuhl, den sie vor dem Haus noch sauber gespritzt hatten. »Der ist Gold wert. Fährt über Stock und Stein.«

»Ein Teufelsding ist das«, lautete Gsponers Kommentar. »Und Thomas ist ein Teufelskerl. Ich konnte ihm kaum folgen, bin nudelfertig«, lachte er und klopfte Thomas auf die Schulter.

Die beiden hatten zuerst den Wanderweg nach der Fiescheralp genommen. Da der problemlos zu bewältigen war, wollte Thomas den Bettmersee umkreisen und dann, in entgegengesetzter Richtung, zur Riederalp weiter. Gsponer konnte nicht gut Nein sagen. Als Thomas dann darauf bestand, auch noch bis zum Aletschwald weiterzuwandern, bekam er schon fast Zustände. Aber der Blick hinunter auf den Aletschgletscher war dann selbst für den Wandermuffel eine lohnende Entschädigung. Von dort ging es, da Thomas sich den Weg über den Blausee noch nicht zutraute, wieder zurück zur Bettmeralp und weiter bis zur Fiescheralp. Für Gsponer war es eine enorme Leistung gewesen.

»Und ihr? Wie wars?«

»Großartig«, sagte Kauz. »Das war eine zauberhafte Wanderung. Danke, Ria.«

Nachdem die Männer ihr Bier und Ria ihre Apfelschorle geleert hatten, brachte die Wirtin den Weißwein. Max hatte vor dem Haus Wasser getrunken, und Kauz hatte ihm sein Futter vorgesetzt. Jetzt lag er flach ausgestreckt unter einem Tisch.

»Dann zum Wohl!«, sagte Thomas.

»Santé«, sagte Ria und hob ihr Glas.

Trockenfleisch- und Käsehäppchen mit Roggenbrot wurden gereicht. Allmählich trafen weitere Gäste ein, Wanderer und Zweitwohnungsbesitzer aus der Region. Aber auch ein paar Einheimische waren dabei. Eine Stunde später wurde zu Tisch gebeten. Das *Schtubji* war eine gar nicht so kleine getäferte Stube, in der weiß gedeckt war. Platz war für etwa zwei Dutzend Gäste. Es gab Gemüsesuppe, einen frischen, reich mit Kräutern gewürzten Salat, dann Älplermagrone mit Röstzwiebeln und Apfelschnitzen. Pinot Noir wurde ausgeschenkt. Die Stimmung im *Schtubji* stieg mit jedem Glas.

*

»Hast du mir etwas zu sagen?«, fragte Zoe noch unter der Tür.

»Ja«, sagte Nico. »Komm doch herein.«

Er hütete sich, sie anzufassen, geschweige denn, sie zu küssen.

»Ich höre«, sagte Zoe kühl und setzte sich auf sein Sofa.

Nico stand zwei Meter von ihr entfernt und lehnte sich gegen das Fensterbrett.

»Ich habe drei Kinder«, begann er und packte aus.

Seine Beichte dauerte nicht ewig, aber da er nichts ausließ, war sie länger als erwartet. Sie verzog, während er sprach, keine Miene, ließ ihn aber keinen Moment aus den Augen.

»Fertig?«, fragte sie, als er bei Ivana angekommen war. Seiner Ex in Buenos Aires, Juana, und dem kleinen Néstor hatte er in seiner Auslegeordnung ein längeres Kapitel gewidmet.

»Ja«, sagte er.

»Wirklich?«

»Ja.«

»Eins ist sicher, …«, meinte Zoe stoisch und machte eine aufreizend lange Pause.

»Was?«

Er befürchtete das Schlimmste.

»Ein Fruchtbarkeitsproblem hast du nicht«, stellte sie fest. Dass sie sich dabei ein Lachen verbiss, merkte er erst, als sie nachdoppelte: »Im Gegenteil, du hast guten Samen. Was will eine Frau mehr?«

Das ließ er sich nicht zweimal sagen.

Er trat auf sie zu, fasste ihre Hände und zog sie hoch.

Sie rissen sich die Kleider vom Leib und warfen sich aufs Sofa.

»Ich weiß gar nicht, was ich besser finden soll: Tango tanzen oder das Bett mit dir teilen«, sagte sie später.

Sie lag nackt auf der Couch und griff nach einem Kleidungsstück. Er lag halb auf, halb neben ihr und sah ihr in die Augen.

»Nun sag schon«, drängte er: »Was ist besser?«

»Der Sex natürlich.«

»Und als Tangotänzer tauge ich nichts?«, fragte er schmollend.

»Ach was«, machte sie. »Der Tango ist besser.«

»Aha! Und im Bett bin ich eine Niete?«

»So ist es«, stimmte sie in seine Blödelei ein. »Eine Superniete! Bringst du mir etwas zu trinken?«

Er stand sofort auf und ging nackt, wie er war, in die Küche.

Zurück kam er mit einem Glas Spumante. Den hatte er gestern extra für sie gekauft und kühl gestellt.

Sie nippte am Spumante und sagte dann unvermittelt: »Ich habe einen Riesenhunger.«

»Gehen wir essen? Ich lade dich ein. Wohin du willst.«

Das war etwas dick aufgetragen. Sein Budget ließ keine großen Sprünge zu. Er lebte praktisch am Existenzminimum. Der Großteil seines Aspirantenlohns ging in Form von Alimenten an die Mütter seiner zwei Töchter in Naters und Visp. Juana in Buenos Aires verzichtete zu seinem Glück auf finanzielle Unterstützung.

»Können wir nicht hierbleiben?«

»Doch. Soll ich Pizza kommen lassen?«

»Nein, lass uns etwas kochen.«

»Gut«, sagte er und stand auf. »Darf ich?«

»Was?«

»Mich anziehen.«

»Wenn's sein muss«, lachte sie.

Sie schlüpften in ihre Kleider.

Zusammen plünderten sie Nicos Kühlschrank. Sie schnitten Tomaten, fügten Mozzarella und von der Avocado das, was noch genießbar war, dazu und streuten Trockenkräuter darüber. Mit Salz, Pfeffer, Öl und Balsamico angerichtet, ergab das eine feine Vorspeise. Als Hauptgang machten sie sich eine Pasta mit Tomatensauce aus der Dose und tranken billigen Rotwein dazu.

»Damit das klar ist«, sagte Zoe und legte die Gabel auf den Tisch: »Wenn du mit mir was willst, dann muss Schluss sein mit der Blondine.«

»Mit Ivana? Klar«, sagte er.

Sie sahen sich an.

»Und *du* musst wissen, dass ich meine Kinderwochenenden habe. Und einmal im Jahr Ferien mit den Mädchen. Daran gibts nichts zu rütteln.«

»Das habe ich mir gedacht, als ich dich heute mit Sina sah. Ich weiß bloß nicht, ob ich damit klarkomme.«

Sie wischte mit dem Zeigefinger einen Klacks Tomatensauce vom Tellerrand und steckte ihn sich in den Mund. Dann leckte sie sich die Lippen. Es sah hinreißend aus.

»Gehen wir?«, fragte sie, als der Teller sauber war.

»Wohin?«

»Wohin wohl?«, flüsterte sie und blickte zur Schlafzimmertür.

»Schon schlafen? Bist du müde?«, fragte er.

»Wer redet denn von Schlafen?«, sagte sie, stand auf und zog ihn mit sich.

*

Draußen setzte die Abenddämmerung ein. Als es dunkel war, wurde abgetragen, und plötzlich gingen im *Schtubji* die Lichter aus. Die Gespräche verstummten. Stühle wurden zurechtgerückt, da und dort war noch ein Hüsteln zu hören. Jemand flüsterte, jemand kicherte, dann wurde es still.

Da kam in der Dunkelheit eine Gestalt herein und stellte sich vor der geweißten Wand des *Schtubji* auf. Die Gestalt strich ein Streichholz an und zündete die Kerze an, die in einem schlichten Ständer vor ihm auf einem Holztischchen stand. Das Kerzenlicht warf seinen Schein von unten auf das Gesicht eines Mannes. Dessen Schatten flackerte groß an der Wand. Es sah gespenstisch aus. Im ersten Augenblick dachte Kauz, der Mann trage eine Maske, dann sah er, dass er von Narben entstellt war. Erst auf den zweiten Blick erkannte er, dass Alaska-Joe vor ihnen stand. Oder vielmehr Joseph Wellig, denn mit Alaska hatte dieser Auftritt rein gar nichts zu tun. Im Kerzenlicht schien sein Gesicht noch übler zugerichtet als bei Tage. Er trug grobe Hosen, Hosenträger und ein Sennenhemd. Anstelle des Cowboyhuts hatte er eine Art Sennenkäppi aufgesetzt. Auch darum hatte Kauz ihn nicht sofort erkannt.

Ohne die Gäste zu begrüßen, fing Joe zu erzählen an.

»Ämaal ischt ä Jäger inner Nacht uber där groß Alteschgletschär ggangä …«, begann er.

Die Geschichte handelte von einem, der auf seinem Gang über den Gletscher einer im Eis eingefrorenen armen Seele begegnete. Joe unterstrich die Erzählung mit der Mimik seines entstellten Gesichts und wenigen Gesten. Das Schattenspiel auf der Wand vergrößerte und verzerrte seine sparsamen Bewegungen.

Zur Entspannung folgte die liebevolle Geschichte eines *Goggwärgji*, das einem *Fröwji* im Binntal seine Hilfe anbot.

Das *Fröwji* wünschte sich, dass das Heinzelmännchen für sie Wasser hole. Das *Goggwärgji* erklärte sich sofort bereit, bestand aber darauf, das Wasser *i mä Sib* – in einem Sieb – zu holen. Und das klappte zu niemandes Überraschung im wahrsten Sinne wunderbar. Dann gab der Erzähler *ds verlorä Liäd* zum Besten – die Sage vom Lied, bei dessen Klängen man alle Sorgen vergaß. An die Worte und die Melodie konnte sich aber eines Tages niemand mehr erinnern, bis heute nicht. Geschichte folgte auf Geschichte, jeweils unterbrochen von einer kurzen Pause. Der Erzähler schlug dann ein Triangel an, trat beim Verklingen des Tons ans Fenster und holte im Dunkeln tief Luft. Anfangs wechselten sich besinnliche Geschichten mit amüsanten Erzählungen ab. Je später der Abend, desto unheimlicher wurden die Sagen. Sie handelten von Sündern und grausamen Strafen, von Tod, Verderben und ewiger Verdammnis, vom habgierigen Reichen, vom Weinpanscher und von der untreuen Ehefrau, und alle Sünder kassierten zum Schluss ihre Strafe. Natürlich kam auch der Leibhaftige vor und Menschen, die bereit waren, ihm um eines billigen Vorteils willen ihre Seelen zu verkaufen.

Nicht nur, *was* der Sagenerzähler berichtete, sondern *wie* er das tat, machte den Reiz des Abends aus. Mit seinem geheimnisvollen Auftritt zog der Sagenerzähler Joseph Wellig die Zuhörer in Bann. Mal flüsterte er und sah im Halbdunkeln jemanden verschwörerisch an, dann wieder fuchtelte er wild mit den Armen oder rief wie ein Ertrinkender um Hilfe. Er duckte sich und erschien trotz seiner kräftigen Gestalt als Zwerg, sprang in die Höhe und tobte wie Rumpelstilz über den Holzboden des *Schtubji,* dass die Dielen krachten. Dann wieder schlich er, die Kerze mit ausgestrecktem Arm vor sich hertragend, auf Zehenspitzen durch den Raum, öffnete das Fenster und ließ die Seele eines Verstorbenen entweichen. Er richtete sich hoch auf und war ganz der Riese, von dem die Sage gerade erzählte, setzte handkehrum eine diabolische

Miene auf und lieh dem Leibhaftigen mit dem Pferdefuß seine Stimme.

Vom amerikanischen Akzent, den man bei Alaska-Joe sonst wahrnahm, war beim Sagenerzähler Joseph Wellig nichts zu hören. Es war, als ob da ein anderer Mensch stünde. Einer, der nie aus dem Goms weg gewesen war.

Geschickt spielte er mit dem Kerzenlicht, seinem einzigen Requisit, und dem Schatten, den dieses warf. Er trug nie zu dick auf, aber gerade darum ging sein Auftritt allen unter die Haut. Einmal verzog er das von Narben entstellte Gesicht zu einer fürchterlichen Fratze, fauchte Verwünschungen und fletschte die Zähne.

Der Werwolf!, dachte Kauz, und es lief ihm kalt über den Rücken. Ihm fiel ein, für welches Tier sich der Erzähler im realen Leben einsetzte.

Zum Schluss erzählte Joseph Wellig vom Gratzug, und damit schloss sich der Themenkreis des Abends, der mit dem Jäger auf dem Aletschgletscher begonnen hatte. Die armen Walliser Seelen schmorten nämlich nicht im Fegefeuer, nein, sie mussten in den Bergen, in der Kälte, im Eis leiden und büßen. Während man dem Erzähler lauschte, sah man sie vor sich: die endlose Karawane von bleichen Wesen, die in der Dunkelheit – im Leichenhemd, barfuß, frierend, wimmernd und jammernd, unablässig den Rosenkranz betend – auf ihrem ewigen Marsch über die Bergkämme oberhalb des Aletschgletschers zogen und auf ihre Erlösung warteten, die vielleicht in tausend Jahren in Aussicht stand. *»Äs geet nimmä lang«*, hieß das in der Zeitrechnung der armen Seelen.

Der Erzähler setzte die letzte Pointe: Er stand hinter dem Tischchen, warf einen Blick ins Publikum, senkte dann die Augen und sah nachdenklich ins Kerzenlicht, als ob er der armen Seelen auf dem Gratzug gedenke. Abrupt beugte er sich über die Flamme, pustete sie aus und verschwand in der plötzlichen Dunkelheit, so wie er gekommen war.

Es dauerte eine geraume Weile, ehe das Publikum zu applaudieren wagte. Ob der Sagenerzähler den Applaus überhaupt hörte, wusste man nicht, jedenfalls kam er nicht wieder.

»Fabelhaft«, »mystisch«, »wie aus einer andern Welt«, so lauteten die ersten Kommentare, als der Applaus verhallt war und das Licht im *Schtubji* wieder anging.

Das Dessert wurde aufgetragen, eine Komposition aus Meringuebröseln, Mascarpone und Schlagrahm mit Walliser Aprikosenkompott und einem Schuss Abricotine. Für die, die wollten, gab es Kaffee und Grappa.

»Kommt er nicht mehr? Wir möchten uns bei ihm bedanken«, sagte Ria, als die Wirtin bei ihnen vorbeikam.

»Nein, er kommt nie«, erklärte diese.

»Wieso nicht?«

»Er findet, es gehöre sich nicht, dass ein Sagenerzähler sich applaudieren lasse. Er taucht aus der Dunkelheit auf und verschwindet wieder in der Dunkelheit. Am liebsten wäre es ihm, man würde ihn gar nicht erkennen. Dienst an der Sage, nennt er seinen Auftritt.«

»Gehört doch einfach mit zur Show«, flüsterte Gsponer Kauz ins Ohr. Er war die Nüchternheit in Person, für Mystik oder auch nur für Pathos hatte er nichts übrig.

»Darum tritt er lieber als Gast in andern Häusern auf als in seiner Alpenbeiz«, erklärte die Bergkreuzwirtin weiter.

»Wer macht denn dort die Arbeit, wenn er weg ist?«, fragte Kauz.

»Die Jungen. Uma und Lee.«

»Ich dachte, Lee sei auf der Jagd.«

»Die Hochjagd ist vorbei, Chüzz«, schaltete sich Ria ein.

»Ach so, stimmt. Die Hochjagd ist vorbei«, sagte Kauz und schweifte innerlich ab: Dann ist auch die Gefahr für Philippe de Steinhaus vorbei. Wenn überhaupt je eine bestanden hat.

Und schon kam ihm der zweite Auftrag in den Sinn, den er von Madame Charlotte erhalten hatte. Was geschah mit

Cynthia Bregy?, fragte er sich einmal mehr. War sie schon tot, als ich den Bettel hinwarf? Oder hätten wir – hätte ich – sie retten können? Das beklemmende Gefühl machte sich wieder breit.

»Hallo, Chüzz! Wo bist du?«, holte ihn Ria aus seinen Gedanken. »Hast du gehört? Wir brechen auf. Die letzte Seilbahn fährt in zwanzig Minuten.«

Sonntag, 30. September

Die drei Männer saßen am Frühstückstisch im Hause Abgottspon-Ritz. Ria hantierte mit Emma noch in der Küche.

»Der *Glasij* oder die Rückkehr eines Dorforiginals«, las Kauz laut die Überschrift des Artikels. »Wo hast du denn das wieder her?«

Thomas hatte ihm und Gsponer einen mehrseitigen illustrierten Artikel in die Hand gedrückt. Auf der ersten Seite prangte das Bild von Alaska-Joe mit aufgesetztem Cowboyhut.

»Im Internet gefunden, natürlich. Ich dachte, es sei eine schöne Ergänzung zum gestrigen Abend.«

Es handelte sich um einen Auszug aus der Broschüre »Oberwalliser Charakterköpfe«, die acht Jahre zuvor als Sondernummer der *Wochenzeit* erschienen war: eine Sammlung von Porträts, in denen zwölf Autoren je eine über siebzigjährige Person aus dem Oberwallis vorstellten.

»Wer hat das geschrieben?«

»Dreimal dürft ihr raten.«

»Dann rate ich nur einmal«, sagte Gsponer. »Maurice Jäger.«

»Bingo.«

»Ist der Inhalt für unsere Ermittlung relevant?«

»Kaum. Höchstens insofern: Maurice Jäger deckte nicht nur Skandale auf. Er schrieb offenbar auch gern über Menschen und deren Leben. Lest den Beitrag in Ruhe zu Hause«, schlug er vor, denn eben stellten Ria und Emma die Frühstückseier auf den Tisch. Der Brunch, den Ria ausrichtete, war vom Feinsten.

»Kann ich jetzt gehen?«, fragte das Kind, als es zwölf Uhr schlug. Für eine Zehnjährige hatte sie sich bemerkenswert gut gehalten. Sie war geschlagene zwei Stunden mit vier Erwachsenen am Tisch gesessen. Nur ab und zu hatte sie gemotzt, aber immer nur der Mutter gegenüber. Vater Thomas war mal wieder verschont geblieben, was Ria sauer aufstieß. Natürlich ließ sie sich, wie immer, nichts anmerken.

»Klar, Emma«, sagte sie. Auch ihre Erleichterung, das Kind für eine Weile los zu sein, ließ sie sich nicht anmerken.

Emma verabschiedete sich artig von Kauz und von Gsponer und ging auf ihr Zimmer. In einer Stunde würde sie von einer Schulfreundin abgeholt. Altersgerechtes Computerspiel war angesagt, unter der Aufsicht der Mutter ihrer Freundin.

Ria begann, den Tisch abzuräumen.

Die Männer standen auf, nahmen ihre Teller und was sonst noch auf dem Tisch stand, und trugen die Sachen in die Küche. Gsponer ging auf den Balkon, um zu rauchen, kam wieder herein, holte sich seinen fünften Espresso und setzte sich mit dem Tässchen zu den andern an den abgeräumten Tisch.

»Habt ihr noch eine halbe Stunde?«, fragte er. »Ich finde, wir sollten noch ein Briefing machen.«

Damit hatten Ria und Thomas gerechnet, denn für Montagmorgen hatte die Staatsanwältin eine Sitzung mit allen Ermittlern zum Doppelmordfall Binntal einberufen.

»Meinst du mich auch?«, fragte Kauz.

»Klar. Ich bin sicher, dass Lara dich erwartet.«

Die Staatsanwältin hatte zu verstehen gegeben, dass ihr die Anwesenheit von Kauz willkommen wäre.

»Wir machen Auslegeordnung«, schlug Gsponer vor.

Er gehe davon aus, dass Maurice Jäger das Opfer eines gezielten Mordanschlags war und der Wildhüter Samuel Huser ein Zeuge, der vom Mörder beseitigt wurde, erklärte er. Seine Hypothese lautete, dass der Journalist wegen einer Recherche, die er demnächst publizieren wollte, umgebracht wurde.

»Wieso bist du da plötzlich so sicher?«, fragte Kauz.

Ihm schien es ebenso plausibel, dass Jäger wegen einer der Recherchen, die Thomas ausgegraben hatte, oder wegen eines anderen bereits erschienenen Artikels umgebracht wurde. Oder weil er als Nichtgommer den Gommer Jägern im Weg gewesen war.

»Sicher bin ich mir nicht, aber ich habe etwas, was dafürspricht«, antwortete Gsponer.

»Was denn?«

»Der Chefredaktor des *Klartext* hat mir gesagt, dass Jäger kurz vor seinem Tod eine brisante Story ankündigte. Sie sei nahezu fertig gewesen und hätte wohl im Wallis wie eine Bombe eingeschlagen.«

»Was?! Das ist ja ganz heiß!«

»Was für eine Story?«, fragte Ria.

»Das hat er nicht gesagt. Angeblich hat er keine Ahnung.«

»Wer's glaubt«, meinte Ria.

»Es klang aber glaubhaft.«

Plötzlich schlug sich Thomas mit der Hand an die Stirn, drehte eine halbe Pirouette und düste ab in sein Büro.

»Was ist, Thomi?«, rief Ria ihm nach.

»Bin gleich wieder da«, rief er über die Schulter.

Das Spekulieren nahm seinen Lauf. Es musste im weitesten Sinn um einen Skandal gehen. Einen Umwelt-, einen Bau- oder einen Finanzskandal. Vielleicht aber auch eine Missbrauchs- oder sonst eine Geschichte in der katholischen Kirche. Mit anderen Worten etwas, mit dem sich der Journalist Maurice Jäger schon früher befasst und mit dem er sich einen Namen gemacht hatte. Somit kam auch der Wolf infrage.

»Jetzt schließt sich der Kreis«, stellte Kauz fest. »Wir landen wieder beim Wolf.«

Und schon schlichen sich auch Gedanken an *seinen* Wolf ein. Wo trieb er sich herum? Gab es Jungwölfe? War er weitergezogen? Lebte er überhaupt noch? Kauz nahm sich vor, noch einmal ins Leffältal zu wandern. Jetzt, wo die Hochjagd vorbei war, war das gefahrlos möglich. Er musste sich bloß an die Schontage halten. Der Wildhüter hatte gesagt, in den nächsten drei Wochen würde nur dienstags und samstags gejagt.

»Nun gut, wir fahren also auf mindestens zwei Gleisen«, konstatierte Gsponer und holte Kauz aus seinen Gedanken: »Wir nehmen bisher erschienene Artikel unter die Lupe. Dabei gehen wir der Frage nach, wer sich vom Text so kompromittiert fühlte, dass er den Tod des Autors wollte. Leute wie Zertanna und de Steinhaus also. Der Artikel über die Vatikanbank enthält meiner Meinung nach nichts Brisantes. Und du, Kauz? Hast du ihn gelesen?«

»Ja. Ich bin deiner Meinung. Nichts, was uns weiterhilft.«

»Okay. Und der Artikel hier gehört offenbar auch nicht in diese Kategorie, oder?«, und damit tippte er auf den Ausdruck, der auf dem Tisch lag.

»Nein«, antwortete Ria an Thomas' Stelle.

»Gut. Weiter versuchen wir herauszufinden, was für eine brisante Story zusammen mit seinem Notebook verschwand. Wenn wir die Story oder wenigstens das Thema kennen, wissen wir auch, wer sich davon bedroht fühlte. Konntest du mit Jägers altem Handy etwas anfangen?«, diese Frage ging an Thomas, der eben wieder angerollt kam, ein iPhone in der Hand.

»Und ob!«, sagte der atemlos. »Ihr werdet staunen. Folgendes.«

Das Handy, das Jägers Tochter von ihrem Vater erhalten und Gsponer ausgehändigt hatte, funktioniere tadellos. Mit dem Code, den sie ihm gegeben hatte, lasse sich aber das im

Rucksack des Toten gefundene Handy nicht öffnen. Das hätten die IT-Experten der Polizei festgestellt. Der Zugang zu Jägers neuem Handy bleibe also blockiert. Er habe das alte nach Verstecken durchstöbert, in denen User gewöhnlich ihre Passwörter ablegten, für den Fall, dass sie eines vergessen. Dabei habe er einen Code gefunden, der zwar nicht das neue Handy, dafür etwas anderes öffne.

»Nämlich was?«, fragte Gsponer.

»Seine Cloud.«

»Was? Damit hast du doch Zugriff auf seinen Computer!«

»Nur auf die Dokumente, die er in der Cloud abgelegt hat.«

»Klar, aber das könnte eine ganze Menge sein.«

»Eine Riesenmenge«, bestätigte Thomas. »Ich habe sie bereits zu sichten begonnen.«

»Das dürfte eine Heidenarbeit werden.«

»Gut möglich. Es wird Tage dauern, bis ich fertig bin. Interessant ist aber auch, was in der Cloud *fehlt*. Das ging mir eben auf, als du die brisante Story erwähnt hast.«

»Wie willst du wissen, was fehlt?«

»Wenn du die Cloud öffnest, poppt eine Meldung auf: Sie haben das und das Dokument geändert, heißt es zum Beispiel. Oder: Sie haben dieses oder jenes Dokument gelöscht.«

»Und?«

»Sie haben das Dokument IGwolf gelöscht, stand auf dem Pop-up.«

»IG Wolf?«, rief Kauz.

»Ja. Ich habe sofort einen Screenshot davon gemacht. Wenn du das Pop-up schließt, ist es nämlich weg. Du kannst es kein zweites Mal abrufen. Den Screenshot habe ich mir jetzt noch einmal angeschaut. Hier«, sagte Thomas und zeigte Jägers Handy herum: »Sie haben das Dokument IGwolf gelöscht«, war auf dem Display zu lesen. »Hier seht ihr die Zeitangabe«, erklärte Thomas weiter: »Montag, 17.09., 17:01. Das fiel mir erst jetzt auf.«

»Jemand hat also am Tag von Jägers Tod dessen Notebook gekapert und ein Dokument über eine IG Wolf darauf gelöscht?«, fragte Gsponer.

»Sieht so aus, ja.«

»Wieso hat dieser Jemand nicht einfach das Notebook entsorgt?«, warf Ria ein. »Dann hätte er sich das Löschen sparen können.«

»Eben nicht. Die Dokumente bleiben in der Cloud, auch wenn der Computer weg ist.«

»Aha. Wieso hat er nicht gleich alles gelöscht?«

»Vielleicht will er die übrigen Dokumente aus irgendeinem Grund behalten. Oder wenigstens sichten, bevor er sie löscht.«

»Genau«, sagte Thomas. »Und ich darf nichts ändern oder löschen. Sonst merkt er, dass noch jemand auf Jägers Notebook Zugriff hat.«

»Wie schaffte er es, überhaupt in die Cloud zu kommen?«

»Ganz einfach: Weil sie, genau wie das Notebook selbst, offen war. Sein Jagdkamerad erinnerte sich, dass Jäger das Notebook einfach zuklappte und in der Hütte auf der Eckbank deponierte.«

»Wie konnte der Mörder das wissen?«

»Vielleicht kannte er Jägers Gewohnheiten. Vielleicht wusste er es gar nicht und hatte einfach Glück.«

»Wer hat schon von einer IG Wolf gehört?«, fragte Kauz.

»Ich nicht. Was heißt das überhaupt?«, fragte Ria.

»Interessengemeinschaft Wolf.«

»Für oder gegen?«, fragte Ria.

»Ich dachte natürlich für«, sagte Kauz. »Aber du hast recht, es könnte auch eine Interessengemeinschaft *gegen* den Wolf sein.«

»Und was soll daran brisant sein?«

»Das wird sich weisen, wenn wir wissen, wer zu dieser Interessengemeinschaft gehört. Und was sie für Ziele verfolgt.«

Thomas schaltete sich ein: »Allein die Tatsache, dass das Dokument gelöscht wurde, und zwar höchstwahrscheinlich vom Mörder, belegt doch, dass etwas Brandgefährliches drinsteht. Brandgefährlich für den Mörder, meine ich.«

»Und was bedeutet das jetzt für uns?«, insistierte Ria.

»Dass die Karte Wolf wieder ins Spiel kommt«, sagte Kauz.

*

»Jetzt bist du dran, Zoe. Erzähl mir von dir.«

Es war Mittagszeit.

Zoe dachte gar nicht daran aufzustehen. Sie sagte, sie wolle den ganzen Sonntag mit ihm im Bett verbringen. In den frühen Morgenstunden hatte er sie ziemlich überfordert, im Verlauf des Vormittags war es umgekehrt. Er war jedenfalls froh, als sie zwischendurch einen Kaffee verlangte und er sich aus den Laken stehlen konnte. Nach dem Morgenkaffee wollte sie wissen, was er, abgesehen von dem am Vortag Gebeichteten, noch so alles erlebt hatte.

»So, und jetzt du«, sagte er schließlich. »Na?«, stieß er sie an, als sie nicht gleich loslegte.

»Also gut«, fing sie an: »Einzelkind wie du. Leiblicher Vater, wie gesagt, Argentinier. Und Walliser, eine Aus- und Rückwanderergeschichte. Mutter aus Turtmann. Eltern getrennt. In Sitten aufgewachsen, deutschsprachig. Kollegium Spiritus Sanctus. Physiotherapieschule Leukerbad. Bachelor of Science in Physiotherapie.«

»Oh, du bist Physiotherapeutin?«

»Erraten«, mokierte sie sich.

»Ach so«, grinste er, »darum weißt du so genau, wo drücken und wo kneifen.«

»Und wo kitzeln«, sagte sie und krabbelte mit den Fingern in seine Achselhöhle.

»Hör auf«, lachte er. »Mach weiter.«

»Was jetzt? Aufhören oder weitermachen?«
»Mit Erzählen, meine ich.«
»Wilde Jahre, so zwischen siebzehn und dreiundzwanzig.«
»Glaub ich aufs Wort«, war Nicos Kommentar. »Ganz vorbei sind sie aber noch nicht.«
»Wie man's nimmt.«
»Und weiter?«
»Du musst fragen«, sagte sie kokett.
»Drogen?«, fragte er.
»Kann sein. Weiß nicht mehr. Egal.«
Sie blieb bei ihrem Telegrammstil. Das war heute ihr Spiel.
»Und weiter?«
»Dreimal feste Beziehung«, fuhr Zoe fort. »Mehr oder weniger fest. Zwei davon bedeutungslos.«
»Und die dritte? Bedeutungsvoll?«
»Geht dich nichts an.«
Sie sah ihn aufreizend an.
»Zicke!«
»Seit zwei Jahren vom Tango angefressen. Frisch verliebt.«
»Oh! In wen?«
»Geht dich nichts an«, lachte sie wieder, zog ihn an sich und begann wieder zu knutschen. Es dauerte nicht lange, und das Knutschen eskalierte. Sie setzte sich auf seinen Schoß. Wenig später lag er auf ihr.
»Pläne?«, fragte Nico, als er sich halbwegs erholt hatte.
Er fand inzwischen Gefallen an Zoes Sprachmodus.
»Weltreise«, sagte sie, noch keuchend. »Eigene Praxis.«
»Und sonst?«
»Weiß nicht. Nichts.«
»Deine Mutter?«
»Lieb. Ganz normal.«
»Dein Vater?«
»Schwierig.«
»Wie schwierig?«

»*Sehr* schwierig.«

Er sah sie fragend an.

»Oder soll ich Arschloch sagen?«

Nico war konsterniert.

»Sollte man über den eigenen Vater nicht sagen«, sagte sie. »Ich weiß. Stimmt aber.«

»Nicht gut«, stellte er fest.

»Nein.«

»Scheiße«, sagte er.

»Jap.«

»Freundinnen?«

»Wer? Mein Vater?«

»Nein, du.«

»Klar. Mehrere. Eine leider tot.«

»Tut mir leid. Erzähl.«

»Nicht jetzt.«

Eine Weile waren beide still.

»Alter?«

»Was Alter?«

»Wie alt bist du?«

»Sagte ich doch schon: volljährig.«

»Nun mal ehrlich.«

»Achtundzwanzig.«

»Und wie heißt du eigentlich?«

»Ich dachte, du kennst den Namen der Frau, mit der du schläfst«, lachte sie.

»Deinen vollen Namen.«

Sie zierte sich.

»Bitte!«

»Zertanna«, sagte sie. »Zoe Zertanna. Z-Z, komisch, oder?«

Er küsste sie auf den Mund.

*

Wieder in seinem Speicher, machte Kauz es sich in seinem Safari-Klappstuhl bequem und nahm den Artikel zur Hand, den Thomas für ihn und Gsponer ausgedruckt hatte.

Der Glasji oder die Rückkehr eines Dorforiginals

Text und Interview: Maurice Jäger, Turtmann

Die älteren Semester erinnern sich noch an ihn: an den Bellwalder Joseph Wellig, der vor fünfunddreißig Jahren seiner Heimat den Rücken kehrte und nach Amerika auswanderte. Man nannte ihn den *Glasji.* Weil er zu jeder Tages- und Nachtzeit ein Gläschen Fendant in Händen hielt, nach einem Gläschen verlangte oder eines anbot: *Welltisch nu äs Glasji? I nimmä nu äs Glasji! Hiä hedär nu äs Glasji,* hörte man ihn sagen. Tagein, tagaus. Er war schon damals so etwas wie ein Dorforiginal: immer mit einem witzigen Spruch zur Stelle, wenn man in seiner Beiz einkehrte. Er klopfte aber nicht nur Sprüche, er war auch ein begnadeter Erzähler. Wenn er bei Laune war, so begann er, ein *Glasji* in der Hand, in den Abendstunden vor den Gästen seiner Beiz urplötzlich von *Goggwärgini* und *aarmä Seelä* zu erzählen. Er rezitierte die Walliser Sagen, die ihm seine Großmutter hundertfach erzählt hatte und die er sich als Kind Wort für Wort eingeprägt hatte. Darin war er ein Meister. Die Leute kamen von weit her angereist, um einen *Aabäsizz* mit ihm zu erleben.

Es waren tragische Umstände, die den jungen Familienvater zur Auswanderung trieben: Seine Frau, die mit ihm zusammen die kleine Beiz am Dorfrand von Bellwald führte, fühlte sich eines Tages nicht ganz wohl, ging zum Arzt und verstarb innert weniger Wochen an einer heimtückischen Krankheit. Ihre gemeinsame Tochter war damals sechsjährig. Der *Glasji* verlor vor Kummer jeden Halt und jedes Maß. Auch was den Fendant anging. Die Vormundschaftsbehörde sprach ihm die Eignung ab, für sein schulpflichtiges Kind zu sorgen, und platzierte das Mädchen in einer Pflegefamilie. Nach einem Jahr entzog man ihm das Wirtepatent. Dass auch sein Jagdgewehr eingezogen wurde, weil man ihn für unberechenbar und gefährlich hielt, war für den passionierten Jäger fast noch schlimmer. Das Jagdpatent wurde ihm nicht mehr erneuert.

»That's right«, sagt Alaska-Joe heute, *»I was a wino.* Ich soff einfach zu viel. Ich war ganz und gar selber schuld. Aber damals sah ich mich als Opfer von Ungerechtigkeit und Willkür. Ich war stinksauer auf den Gemeinderat. Und auf die Polizei, die meine Jagdbüchse beschlagnahmt hatte. Die war mein ganzer Stolz gewesen. Ich sah im Goms keine Zukunft mehr. *I was totally fed up.* Wie sagt man? Ich hatte die Nase voll. Ich packte meine Siebensachen und ging im Zorn.«

»Und deine Tochter?«

»Die ließ ich sitzen«, räumt Alaska-Joe ohne Umschweife ein. »Das war ein Riesenfehler. Nein, eine Sünde war es. Und es tut mir heute noch furchtbar leid. Eine Weile kämpfte ich darum, die Obhut für meine siebenjährige Daniela zurückzubekommen. Aber in meinem dauerbenebelten Zustand war ich überzeugt, sie habe mich verraten. Nur weil sie in einer Befragung durch irgend so einen Psychologen sagte, es sei ihr in der Pflegefamilie wohl, und sie vermisse zwar die Mami, aber nicht den Vater. Das gab mir den Rest. Ich haute ab. *For good,* für immer. Ich hatte ja nichts mehr zu verlieren.«

Der *Glasji* reiste nach Rotterdam und von dort per Schiff nach New York. Er hatte bloß ein Touristenvisum in seinem Pass, keines für Immigranten. Um die Einwanderungsbehörde zu täuschen, hatte er ein Rückfahrtticket gebucht, das er nie einzulösen gedachte. Wahrscheinlich war der Immigration Officer gerade etwas schläfrig, oder er drückte beide Augen zu, als er den Glasji befragte. Einen wohlhabenden Eindruck machte er ja nicht gerade. Einmal eingereist, konnte er sich aber jahrelang durchmogeln.

Natürlich hielt es der Naturbursche im Moloch New York nicht lange aus. Er trampte nach Kanada hinauf und dann quer durch den Kontinent nach British Columbia. Dem Alaska Highway entlang ins Yukon Territory. Ein Jahr lang schuftete er als Papierloser an einer Tankstelle in einem Kaff am Yukon River, als Mann für alles. In seiner spärlichen Freizeit lernte er die kanadische Wildnis kennen, er begegnete Bibern, Elchen und Bären. Er übte sich im Kanufahren und Fischen. Ein weiteres Jahr arbeitete er in der alten Goldgräber- und Casinostadt Dawson City und anschließend ein paar Monate in Chicken, einer winzigen Goldgräbersiedlung an der rauen Schotterpiste zwischen dem Yukon und Alaska. Dort kaufte er sich eine Flinte und versuchte sich in der Jagd auf Alpenschneehühner, nach denen das Örtchen Chicken benannt war. Er wäre gern National Park Ranger geworden, aber dazu hätte er die amerikanische Staatsbürgerschaft gebraucht, und die hatte er damals noch nicht. Er sprach mittlerweile fließend amerikanisches Englisch, er konnte Deutsch und leidlich Französisch. So war er überall, wo es Touristen gab, eine willkommene Arbeitskraft. Er verdiente sich sein Geld anfänglich in Imbissstuben, dann immer öfter als Begleiter auf Kanufahrten, Wildnistrekkings und Bergtouren. Nach ein paar Jahren hatte er sich zum Reiseführer gemausert. Jahre später, er war wieder verheiratet, verhalf ihm ein Anwalt zur Green Card und später zur amerikanischen Staatsbürgerschaft. Er wurde selbstständiger Anbieter von Wildnistouren. Er baute weitab von der nächsten Stadt eine Lodge, die all seinen ökologischen Ansprüchen genügte. Von dort aus führte er Gäste aus aller Welt in die Wälder und auf die Berge Alaskas, auf Ausflugsbooten in die Fjorde und zu den kalbernden Gletschern.

Zweimal im Jahr ging er auf die Jagd. Elch, Karibu und

Dallschaf. Und Alpenschneehühner. Er setzte seinen Gästen nur Fleisch von selbst erlegtem Wild vor. Jagdausflüge gehörten nicht zu seinem Angebot. Er wollte keine fremden Jäger, womöglich noch Anfänger, ans Wild heranführen, bloß damit sie es abschießen und die Trophäe nach Hause schaffen konnten. Stattdessen unternahm er mit ihnen Expeditionen zu den Grizzlys auf Kodiak. Er wurde ein renommierter Bärenkenner. Er kannte seine Grizzlys und sie kannten ihn. Er konnte es wagen, sich ihnen bis auf wenige Meter zu nähern.

»Aber einmal hattest du eine unliebsame Begegnung, nicht wahr?«

»Unliebsam ist gut«, sagt Alaska-Joe und greift an seinen Cowboyhut. »Das war aber kein Grizzly, das war ein Schwarzbär. Und es passierte nicht draußen in der Wildnis, sondern auf einem ganz gewöhnlichen Waldlauf. Ich war absolut nicht darauf gefasst, einem Bären zu begegnen. Dabei hätte ich wissen müssen, dass jederzeit und überall einer auftauchen konnte. Ich hatte weder das obligate Glöckchen noch einen Stock oder das *Bear-Spray* dabei. Und ich hatte Kopfhörer aufgesetzt. *Bloody foolish!* Absolut leichtsinnig! Ich muss das Tier erschreckt haben – es war eine Bärin, und ihr Junges war wohl nicht weit –, sie ging ohne Vorwarnung auf mich los. Ich weiß heute noch nicht, wie ich es schaffte, dass der Bär schließlich von mir abließ. Zuerst packte ich mit bloßen Händen seine Kiefer. Dann versuchte ich, ihm die Daumen in die Augen zu drücken. Vermutlich ist es mir gelungen. Jedenfalls verfolgte er mich nicht, als ich mich endlich losreißen und nach Hause schleppen konnte. Meine Frau schrie auf, als sie mich sah: Ich war halb skalpiert und blutete wie ein Schwein, sah kaum aus dem einen Auge, das noch halbwegs ganz war. Das andere nahmen sie mir im Spital heraus und vernähten das Lid. Erst später setzten sie mir das da ein.« Alaska-Joe zeigt auf sein Glasauge. »Das Ohr haben sie wieder angenäht. Und den ganzen Rest zusammengeflickt. Bis auf den Skalp meiner linken Schädelhälfte, der war nicht mehr zu retten.«

»Jetzt versteht wohl jeder, weshalb du deinen Hut nicht vom Kopf nimmst.«

Der *Tschäppl* zuckt mit den Schultern.

»Ja, es sieht nicht schön aus da drunter«, sagt er und tippt an seinen Hut.

»Du hast deine Frau erwähnt …«

»Sie ist gestorben, wie schon die erste. Vielleicht bringe ich den Frauen Unglück.«

»Sie hatte indianisches Blut, nicht wahr?«

»Sie war eine Indianerin vom Stamm der Athabasken. Unsere *Juniors* sind zur Hälfte Indianer. Ihre Mutter wäre stolz auf sie. Genau wie ich.«

»Wieso bist du zurückgekommen?«

»Wegen der AHV«, lacht Alaska-Joe. »Nein, Spaß beiseite: Heimweh nach dem Goms, trotz allem. Irgendwann war der Zorn verraucht. Nachdem meine Frau gestorben war, machte mir das Business keine Freude mehr. Und als diese schreckliche Frau Gouverneurin von Alaska wurde, musste ich weg.«

Joe, wie er sich in Amerika nannte, verkaufte seine Lodge und machte sich mit den beiden Kindern, damals elf- und vierzehnjährig, auf den Weg zurück in die Schweiz.

»Du bist spät noch einmal Vater geworden.«

»Und?«, fragt Alaska-Joe scharf. Nur, um schmunzelnd anzufügen: »Oder war das ein Kompliment?«

Er war einundfünfzig, als Tochter Uma, vierundfünfzig, als Sohn Lee geboren wurde. Joe sprach mit ihnen immer Gommertitsch, die Mutter die indigene Sprache der Athabasken, und wenn sie zusammen bei Tisch saßen, sprachen sie Englisch.

»Konnten sie sich hier integrieren?«

»Ich hoffe es«, sagt Alaska-Joe nachdenklich. »Vielleicht

habe ich zum zweiten Mal einen Fehler gemacht. Dass ich sie aus ihrer vertrauten Umgebung herausriss, meine ich. Aber zurücklassen konnte ich sie ja nicht. Sie sind zwar keine Amis, wie man sie sich hier vorstellt. Sie sind *wilderness kids*«, lacht er jetzt. »Insofern war der Kulturschock vielleicht gar nicht so groß.«

»Hatten sie keine Mühe in der Schule?«

»Doch, gewaltige«, lacht der Tschäppl. »Sie sind ja nie zuvor zur Schule gegangen.«

»Machst du Witze? Deine Kinder gingen nie zur Schule?«

»Nein. In Alaska machen wir *Homeschooling*, wenn wir weitab vom Schuss leben. Ich habe ihnen alles selber beigebracht. Rechnen und Schreiben kann ich ja. Dumm sind die beiden auch nicht. Sogar ziemlich schnell von Begriff. Aber sie hatten natürlich schon Nachholbedarf.« Alaska-Joe lächelt verlegen. »Dazu kommt, dass Lee ein Lernproblem hat. Aufmerksamkeitsstörung, sagten die Psychologen in Brig. *Attention Deficit and Hyperactivity Syndrom*, sagen wir bei uns: ADHS, *you know*.« Alaska-Joe lacht herzhaft: »Wir kennen die Fachausdrücke nämlich auch.«

»Du bist seit fünf Jahren wieder im Wallis. Deine Tochter ist erwachsen, dein Sohn auch fast. Und was ist mit deiner ältesten Tochter, Daniela?«

»Man sieht sich ab und zu, sie lebt in Oberwald. Sie hat zwei Kinder, ein paar Jährchen älter als meine.« Alaska-Joe lächelt und schüttelt leise den Kopf. »Ein Herz und eine Seele sind wir vielleicht nicht. Aber ich denke, sie hat keinen Groll gegen mich.«

»Jeder kennt dich als den Alaska-Joe, manche nennen dich den Tschäppl, aber keiner sagt mehr Glasji zu dir, stimmts?«

Alaska-Joe lacht laut heraus: »Merci, dass du mich daran erinnerst!«

»Oh. Entschuldige …«

»*No problem*. Es stimmt ja, so nannten sie mich.«

»Wie hältst du es heute mit …?«

»Mit Saufen, meinst du? Auf dem Schiff nach New York besoff ich mich zum letzten Mal. Danach habe ich nie mehr einen Tropfen Alkohol konsumiert. Habe einfach aufgehört. *That was it,* sagte ich mir. *That simple.*«

»Wie verträgt sich das mit deiner Rolle als Wirt?«

»*Ich* habe kein Problem damit. Ich schenke Bier, Wein und Spirituosen aus, alles, was die Gäste wollen. Ich trinke selber nicht, aber ich missioniere auch nicht. Bin ja kein Blaukreuzler. Nur ein Abstinenzler.« Wieder lacht er laut heraus.

Alaska-Joe kaufte sich ein altes Haus in Bellwald. Und zwei Jahre später erwarb er die Beiz, die er früher einmal geführt hatte.

»Ich bin noch zu jung, um auf der faulen Haut zu liegen«, sagt der Siebzigjährige dazu.

Das Wirtepatent hat er wieder. Das Jagdpatent ebenfalls, auch wenn er nur auf einem Auge sieht. Und sein Jagdgewehr, das seit über dreißig Jahren in der Waffenkammer des kantonalen Waffenbüros unter Verschluss war, wurde ihm wieder ausgehändigt. Alaska-Joe holt das Gewehr aus dem Waffenschrank.

»Mein Martinistutzer, Jahrgang 1950. Ein Erbstück«, sagt er stolz. Und fügt verschmitzt an: »Die Welt ist wieder in Ordnung.«

Wer sich davon überzeugen will, möge der Alpenbeiz in Bellwald und ihrem umtriebigen Wirt einen Besuch abstatten. Wer Glück hat, wird ihn vielleicht bei einem *Aabäsizz* Walliser Sagen aus dem Alteschgebiet erzählen hören.

*

Die Sondernummer der *Wochenzeit* ist vor acht Jahren herausgekommen, stellte Kauz fest. Damals war Joe siebzigjährig, so steht es in dem Artikel, und seit fünf Jahren wieder in der Schweiz. Also ist er heute achtundsiebzig, rechnete er, Uma ist siebenundzwanzig und Lee vierundzwanzig. Seit dreizehn Jahren leben sie zusammen im Goms.

Stand irgendetwas in dem Artikel, das den Zorn des Porträtierten hätte wecken können? Nein. Selbst auf das Aufdecken seines Alkoholproblems reagierte Joe ja mit Humor. War vielleicht Lee pikiert, dass sein ADHS zur Sprache kam? Gut möglich, aber dann müsste er ja dem Vater grollen, der sein Handicap erwähnt hatte, nicht dem Autor.

Nein, Thomas hat recht, schloss Kauz: Wegen dieses Artikels ist Maurice Jäger bestimmt nicht erschossen worden. Er war dennoch die Lektüre wert. Die Gouverneurin von Alaska ist zwar nicht Vizepräsidentin der USA geworden, sinnierte er weiter, dafür setzt der neue Präsident ihr Zerstörungswerk jetzt im ganzen Land fort. Den Bären und Wölfen geht es an den Kragen. Die Wölfe werden, gestützt auf ein neues Gesetz, in Alaska aus Helikoptern heraus abgeschossen. Hat Alaska-Joe gesagt, und der muss es wissen. So schlimm steht es um den Wolf im Wallis denn doch nicht.

Morgen geht es nicht, da ist die Sitzung auf der Staatsanwaltschaft, dachte er. Am Dienstag auch nicht, da ist Jagdtag. Aber am Mittwoch muss ich ins Leffältal, beschloss Kauz.

NIEDERJAGD

Montag, 1. Oktober

»Wie gut, dass du kommst!«, rief Ria, als Lara, den riesigen Bauch vor sich hertragend, ins Sitzungszimmer kam. »Ich habe schon befürchtet, du liegst im Kreissaal. Und der Oberstaatsanwalt leitet an deiner Stelle die Sitzung. Jetzt, wo sein Jagdurlaub zu Ende ist.«

Sie wechselte mit Gsponer einen Blick. Das hätte gerade noch gefehlt!, bedeutete der Blickwechsel. Sie saß mit ihrem Aspiranten auf der einen Seite des großen Besprechungstischs, Gsponer und Kauz gegenüber.

Lara Stockalper schob sich durch den Raum und ließ sich ächzend auf ihrem Bürodrehstuhl an der Stirnseite des Tischs nieder. Sie stützte sich beim Hinsetzen mit beiden Händen auf den Armlehnen ab. Halb von der Tischplatte abgedreht, breitete sie ihre Akten aus.

»Wann ist es denn so weit?«, fragte Ria besorgt.

»Frag mich nicht. Hab keine Erfahrung, es ist das Erste«, lächelte die werdende Mutter müde. »Der Termin ist in einer Woche. Vor ein paar Tagen hatte ich das Gefühl, es geht los. Hat sich aber wieder beruhigt. Meine Frauenärztin sagt, es sei alles im grünen Bereich.«

Die Sitzung fand für einmal wieder auf der Staatsanwaltschaft in Visp statt. Es galt, die Strategie für die Ermittlungen im Doppelmordfall Binntal zu überprüfen. Die Staatsanwältin ließ sich von Hauptinspektor Gsponer auf den neusten Stand bringen. Kauz fasste die Informationen zusammen, die er seinem Freund schon gegeben hatte. Den Auftrag, den er von Madame Charlotte bekommen hatte, behielt er aber für sich. Das gehörte nicht hierher. Als die Namen de Steinhaus und Zertanna fielen, horchte Aspirant Perren auf. Gsponer nahm seine Regung wahr und schaute ihn fest an.

»Das ist streng vertraulich, damit das klar ist. Geheim! Verstehst du? Kein Mensch darf wissen, dass wir gegen diese Personen ermitteln. Du sagst niemandem ein Wort. Nicht einmal andeutungsweise. Verstanden?«

Der angehende Polizist schluckte leer. Er nickte.

Das genügte dem Inspektor nicht.

»Verstanden?«, fragte er noch einmal.

»Klar«, quittierte der Polizeiaspirant. »Verstanden.«

Gsponer rapportierte, was er vom Chefredaktor des *Klartext* erfahren hatte, und brachte die Sache von der Cloud aufs Tapet. So gut er konnte, erklärte er, wie Thomas Abgottspon den passenden Code gefunden und festgestellt hatte, dass nach Jägers Tod auf dessen Notebook ein Dokument gelöscht worden war.

»Ihr geht davon aus, dass dieses verschwundene Dokument die brisante Story enthält, die im Politblatt *Klartext* hätte erscheinen sollen«, fasste die Staatsanwältin zusammen. »Richtig?«

»Genau.«

»Ihr denkt, die Story besteht in Maurice Jägers Recherche über diese IG Wolf. Die förderte etwas Brisantes zutage. So brisant, dass einer zum Mörder wurde, um die Publikation zu verhindern. Das ist eure Hypothese, oder?«

»Richtig.«

»Dann müssen wir mehr über diese Interessengemeinschaft wissen.«

»Kauz verfolgt die Wolfsspur ohnehin. Wir mit unseren Fahndern natürlich auch. Wir sind längst dabei, die Walliser Jäger zu scannen, wir …«

»Was heißt hier scannen?«

Gsponer erklärte, nach welchen Gesichtspunkten die Polizei unter den Jägern diejenigen aussortierte, die als Täter überhaupt infrage kamen.

»Weit sind wir noch nicht. Es ist eine Sisyphusarbeit«, schloss er. »Ein paar Individuen haben wir zwar auf dem Radar. Die haben wir vorhin erwähnt. Das Suchkriterium Wolf ist natürlich nur eines von vielen.«

»Ist es nicht unglaublich?«, entfuhr es der Staatsanwältin.

»Was?«

»Dass ein Tier – ein Tier, das kaum einer gesehen hat – so polarisiert? Dass es die Gesellschaft fast zerreißt. Und zu Mord und Totschlag führt. Ist das nicht unglaublich?«

»Doch«, sagte Ria.

Kauz nickte stumm, Gsponer drehte seine Zigarettenpackung zwischen den Fingern, Nico griff verlegen in seinen Nacken.

Die Staatsanwältin gab sich einen Ruck.

»Lassen wir das«, sagte sie. »Apropos Suchkriterien: Was hat die Untersuchung der Patronenhülsen ergeben?«

»Die haben wir noch nicht. Es hieß, die Expertise könne Wochen dauern. Ich werde im FOR nachhaken.«

Kauz bot an, das zu übernehmen, da er die Leute im FOR kenne. Gsponer nahm das Angebot an.

»Jetzt haben wir einen neuen Fokus«, konstatierte die Staatsanwältin: »Die IG Wolf. Wer kümmert sich darum, Alain?«

»Alle«, sagte Gsponer. »Alle halten Augen und Ohren offen«, wiederholte er mit einem Blick in die Runde. »Sofort melden, wenn ihr irgendetwas über diese Interessengemeinschaft erfahrt. Vielleicht kann Thomas auch im Netz danach suchen.«

»Er wird sich darauf stürzen«, meinte Ria.

»Gut. Ich rekapituliere«, sagte die Staatsanwältin.

Da ging die Tür auf. Geklopft hatte es nicht. Herein kam Oberstaatsanwalt Gitsch.

Er fasste Lara Stockalper ins Auge.

»Störe ich?«, fragte er mit gewohnt strengem Blick. Das war rein rhetorisch gefragt, denn sofort fuhr er fort: »Ich wollte mich nur kurz«, er presste die Lippen zusammen und schnaubte zweimal kräftig durch die Nase, »über den Stand Ihrer Ermittlungen informieren, Frau Staatsanwältin«, sagte er, wobei er sich bereits auf den freien Stuhl an der Schmalseite des Tischs direkt bei der Tür setzte. Erst als er schon saß, blickte er in die Runde.

Kauz stockte der Atem.

Gitsch sah ihn konsterniert an und wandte sich an die Staatsanwältin.

»Oder ist das ein privates Meeting?«, fragte er jetzt.

»Nein, nein, wir legen die Strategie im Fall Binntal fest.«

»Hauptinspektor Gsponer kenne ich. Aber was macht dieser Herr hier?«, fragte er, ohne Kauz noch einmal anzusehen.

»Nun, Herr Walpen ist …«

»Und die zwei uniformierten Agenten der Gendarmerie?«, fragte er weiter, ohne sie ausreden zu lassen. Er benützte die hochoffizielle Bezeichnung für die beiden Polizisten.

»Wachtmeister Ritz ist Postenchef der Kantonspolizei Goms in Fiesch«, antwortete Lara Stockalper ebenso korrekt.

»Aha. Und?«

»Sie unterstützt uns bei diesen Ermittlungen. Im Auftrag des Polizeikommandanten«, fügte die Staatsanwältin an.

»Ach ja?«, machte Gitsch. »Nun gut. Und der zweite Uniformierte?«

»Das ist ihr Assistent. Aspirant Perren.«

»Aspirant? Dann ist er noch nicht vereidigt?«

»Das ist richtig.«

»Dann dürfen Sie«, er hielt kurz inne und schnaubte in gewohnter Manier, »diese beiden Herren jetzt verabschieden,

Frau Staatsanwältin.« Die Ellbogen auf dem Tisch, zeigte er mit beiden Zeigefingern gleichzeitig nach links und nach rechts, blickte dabei aber geradeaus auf seine Untergebene.

Kauz hatte sich schon gefragt, wie er Gitsch begrüßen sollte. Diese Frage erübrigte sich jetzt.

»Ich will Sie nicht in Verlegenheit bringen, Frau Staatsanwältin«, sagte er förmlich, um wenigstens zu kaschieren, dass man sich duzte. »Ich glaube, Sie brauchen mich nicht mehr. Komm, Nico«, sagte er, stand auf und verließ mit Aspirant Perren den Raum.

»Ich verbiete Ihnen, mit diesem ehemaligen Polizisten zusammenzuarbeiten«, sagte Gitsch zu den Ermittlern, die noch am Tisch saßen. »Er hat sich in jeder Hinsicht unmöglich gemacht.«

»Mit Verlaub, Herr Oberstaatsanwalt«, erwiderte Gsponer, »ich glaube nicht, dass Sie mir etwas verbieten können.«

Gitsch schnaubte wieder.

»Das galt Ihnen«, wandte er sich an seine Untergebene. »Fahren Sie fort.«

Lara Stockalper sah ihn verdattert an.

»Sie wollten eben rekapitulieren, als ich hereinkam. Ich habe Sie unterbrochen. Bitte rekapitulieren Sie.«

Die Staatsanwältin rückte ihre Brille zurecht, setzte sich anders hin und fasste die bisherigen Erkenntnisse und die vorgesehenen Ermittlungsschritte zusammen.

»Herr Inspektor«, schaltete sich Gitsch ein, als sie fertig war, »zögern Sie nicht, im Fall der beiden Auskunftspersonen de Steinhaus und Zertanna Untersuchungshaft zu beantragen, wenn Sie Haftgründe sehen.«

»Selbstverständlich«, sagte Gsponer trocken.

»Für Sie ist es vielleicht selbstverständlich. Aber«, er schnaubte, »das sehen längst nicht alle Walliser Untersuchungsorgane so, sobald es um einen prominenten Namen geht. Staatsanwälte haben da vielleicht noch größere Hemmungen als die Polizei«, erklärte er und sah Lara Stockalper an. »Wenn ein de Dingsmatten oder ein von und zu Sowiesohaus sich etwas zuschulden kommen lässt, sehen die meisten Walliser Staatsanwälte lieber weg, statt die Konfrontation zu suchen. Glauben Sie mir, ich rede aus Erfahrung.«

Gsponer sah ihn stoisch an.

»Sie, Frau Staatsanwältin, haben meine Rückendeckung, wenn Sie auf Vorschlag von Inspektor Gsponer beim Massnahmengericht einen entsprechenden Antrag stellen«, fügte Gitsch in plötzlich wohlwollendem Ton hinzu. »Sind noch Fragen?«

Die Polizistin Ria Ritz ignorierte er konsequent.

Es gab keine Fragen.

»Tant mieux«, konstatierte Gitsch. »Wir sollten nämlich keine Zeit mehr verlieren. Der Fall ist schon viel zu lange verschleppt worden«, und damit sah er Lara Stockalper mit hochgezogener Augenbraue an. »Die Presse wird allmählich ungeduldig. Wenn Sie mich fragen: mit Recht. Die Walliser Öffentlichkeit hat ein legitimes Interesse an der raschen Aufklärung eines Doppelmords im Goms. *Alors, dépêchez-vous«*, und damit stand er auf. »Wenn Sie etwas über diese – wie sagten Sie? – Interessengemeinschaft Wolf erfahren, will ich es sofort wissen«, sagte er unter der Tür und ging hinaus.

*

»Nimms nicht tragisch, Nico«, sagte Kauz und klopfte dem jungen Polizisten auf die Schulter.

Um diese Zeit waren nur ein paar Rentner im Lokal. Sie setzten sich in eine Ecke.

»Mal rein theoretisch gefragt, Kauz«, begann Nico, als sie ihre Getränke vor sich hatten, und fasste sich verlegen ans Kinn.

»Ja?«, fragte Kauz zurück.

»Angenommen«, fing er erneut an, »ich kenne jemanden mit Namen de Steinhaus oder Zertanna. Und angenommen, diese Person erwähnt einen männlichen Verwandten. Mir ist klar, dass ich kein Sterbenswörtchen davon sagen darf, dass gegen jemanden mit diesem Namen ermittelt wird. Aber darf ich der Person Fragen zu dem Verwandten stellen oder nicht?«

»Gute Frage, Nico. Im Zweifelsfall besser nicht. Auf jeden Fall dann nicht, wenn die Person weiß, dass du Polizist bist. Sie braucht bloß zurückzufragen, wieso du fragst, und schon hast du ein Problem. Natürlich würdest du eine ausweichende Antwort finden, aber vielleicht genügt das schon, dass die Person hellhörig wird und den Verwandten warnt. Frag besser nicht.«

»Und wenn die Person von sich aus über den Verwandten plaudert?«

»Dann hörst du aufmerksam zu«, schmunzelte Kauz.

»Okay«, sagte Nico und schlürfte an seinem Latte macchiato.

Kauz empfand dem jungen Mann gegenüber fast väterliche Gefühle. Nico spürte seinen Blick und lächelte verlegen. Für einen Augenblick war die kleine Lücke zwischen den Schneidezähnen sichtbar.

»Ist es die Tochter?«, fragte Kauz.

Nico sah ihn verdutzt an.

»Oder die Schwester? Die Nichte?«

Nico schoss das Blut ins Gesicht.

»Keine Ahnung.«

»Die Ehefrau?«

»Nein, nein! Sie ist nicht verheiratet.«

»Wie heißt sie denn nun? De Steinhaus oder Zertanna?«

»Ich sags lieber nicht«, wand sich Nico.

»Gute Antwort«, lachte Kauz.

Sie blieben sitzen und plauderten. Das heißt, Nico plauderte, und zwar über ziemlich alles, was ihn beschäftigte. Ab und zu sagte auch Kauz etwas, hauptsächlich aber hörte er zu.

»So einer wie du hat mir im Leben gefehlt«, sagte Nico nach einer Stunde. Er lehnte sich zurück und sah Kauz ruhig an.

»Wie meinst du das?«

»Ich bin ohne Vater aufgewachsen.«

Sofort dachte Kauz an seinen Sohn. Xaver war etwa gleich alt wie Nico. Rührung und gleichzeitig etwas wie Schuldgefühle beschlichen ihn. Er überlegte noch, was er sagen sollte, da summte sein Handy:

Uff! Sitzung vorbei. In 10' auf dem Parkplatz, ok?

Ok, textete Kauz zurück.

»Wir müssen gehen, Nico«, sagte er und stand auf.

Als auch Nico stand, legte ihm Kauz die Hand auf die Schulter.

»War gut, mit dir zu plaudern«, konnte Kauz gerade noch sagen, dann begann seine Stimme zu zittern.

»Das war ja krass«, sagte Ria eine Viertelstunde später und drehte sich nach Kauz um, der hinten im Streifenwagen saß. »Dass er Lara gezwungen hat, euch wegzuschicken.«

»Wir überleben das. Nicht wahr, Nico?«

Der schaute, die Hände am Steuer, in den Rückspiegel und grinste.

»Regen wir uns also nicht darüber auf«, fuhr Kauz fort. »Sag uns lieber, wie es weitergeht.«

»Alain wird sich morgen de Steinhaus und Zertanna vorknöpfen«, berichtete Ria. »Sobald er Lara Resultate vorlegt, wird sie die beiden einvernehmen.«

»Bin gespannt, was dabei herauskommt.«

»Wetten, dass Gitsch ihr ins Handwerk pfuscht?«, schob Ria nach. »Ich habe so eine Ahnung, dass er den Fall zur Chefsache erklären will.«

»Gut möglich«, brummte Kauz. »Vielleicht gibts diesmal ja

Lorbeeren zu holen. Einen so spektakulären Fall vor Gericht zu bringen, wäre der krönende Abschluss seiner Karriere.«

»Nur wenn er den Mörder hinter Schloss und Riegel bringt. Da müsste er seinen Ermittlern aber freie Hand lassen, statt sie zu schikanieren. Sonst wird nichts aus den Lorbeeren«, meinte Ria.

»Stimmt«, sagte Kauz. »Morgen ist übrigens Jagdtag. Ich hoffe, Alain weiß das. De Steinhaus geht, soviel ich weiß, nicht auf die Niederjagd. Zertanna aber vielleicht schon.«

»Und du?«, lachte Ria. »Wie man hört, bist du unter die Jäger gegangen. Gefällt sie dir?«

»Die Jagd? Nein.«

»Bettina, meine ich.«

Nicos Blick traf Kauz im Rückspiegel.

»Ach, Ria. Lass die Sprüche.«

»Das ist keine Antwort«, neckte sie ihn weiter.

»Es gibt auch keine«, sagte Kauz ärgerlich.

Eine schlimme Erinnerung stieg in ihm auf. Eine an den Höllenwinter. Er hatte keine Lust, sie auszugraben. Das Drama hatte damals vor fünfeinhalb Jahren auch mit ein paar flapsigen Anspielungen von Ria angefangen.

»Entschuldige, ich wollte nicht …«, machte jetzt Ria. Ihr war wohl dieselbe Erinnerung hochgekommen.

Nico schaute ein drittes Mal in den Rückspiegel. Kauz wandte den Blick ab.

»Dann konzentriert sich die Staatsanwaltschaft jetzt also ganz auf diese beiden: de Steinhaus und Zertanna?«, kehrte er zum Thema zurück.

»Und auf die IG Wolf«, sagte Ria. »Gitsch sagte, er wolle es sofort wissen, wenn wir etwas über diese Interessengemeinschaft erfahren.«

Die Fahrt ging an Brig vorbei über die Furkastrasse nach Fiesch. Ria Ritz stieg beim Polizeiposten aus.

»Du bleibst sitzen«, verfügte sie, als auch Kauz aussteigen

wollte, um zum Bahnhof zu gehen. »Nico fährt dich nach Hause. Du hast deinen Hund lange genug eingesperrt. Los, Nico.«

Der gab Gas.

Als Kauz seinen Speicher betrat, begrüßte ihn Max, als wäre er ewig weg gewesen. Er spielte ein bisschen mit ihm, dann rief er das FOR in Zürich an. Der Chef Schusswaffen lud ihn ein, am nächsten Tag ins Institut zu kommen, um den Stand der Abklärungen zu erfahren. Kauz beschloss hinzufahren und rief Xaver an. Sie verabredeten sich auf ein Bier im Hauptbahnhof.

Dienstag, 2. Oktober

In aller Herrgottsfrühe fuhr Kauz los. In Gletsch zweigte er links ab. Die Fahrt über den Grimselpass im Morgengrauen war unbeschreiblich schön. Er hielt wiederholt an, schaute ins Tal hinunter und zum Furkapass hinüber, über dem der Himmel zu leuchten begann. Auf der Passhöhe kamen Nebelschwaden zwischen den Bergkämmen herabgekrochen und legten sich über den Totensee. Die Landschaft sah mit einem Mal gespenstisch aus. Wind kam auf. Kauz nahm den Helm ab und zog eine Wollmütze über. Auf seinem Spaziergang zum See ließ er Max herumtollen. Wieder zurück, ging die Fahrt mit dem Oldtimer auf der Bernerseite hinunter. Er machte den Abstecher zum Grimselhospiz, in der Hoffnung, im renovierten Hotel hoch über dem Stausee frühstücken zu können. Die Hotelgäste schliefen noch, aber er wurde empfangen, als wäre es eine Selbstverständlichkeit, einen Durchreisenden in aller Frühe zu verköstigen. Auch Max kam auf seine Rechnung. Dann ging es durchs Haslital über Meiringen Richtung Brünig. Am Eingang zur Aareschlucht kamen Erinnerungen hoch: Mit dem Vater war er durch die Schlucht gewandert, als die Fahrt ins Goms für einmal nicht über die Furka, sondern durchs Berner Oberland führte. Jahre später hatte er, als Xaver noch klein war, das Abenteuer mit dem eigenen Sohn wiederholt.

Auf dem Brünigpass war er noch fast allein unterwegs, erst als es nach dem Lungernsee Richtung Luzern ging, nahm der

Verkehr zu. Als er eine Stunde später in Zürich ankam, war ihm, als habe er eine lange Reise in eine andere Welt hinter sich. Er stellte seine alte BMW im Stadtquartier Altstetten in die Garage eines Freundes, der ihm diese für wenig Geld für den Winter zur Verfügung stellte. Zurückfahren würde er im Zug, denn bald war es mit dem Motorradwetter im Goms vorbei. Er ging in seine Wohnung, lüftete, richtete Max das Futter, füllte den Wassernapf und klopfte auf dem Balkon das Kissen des Hundekorbs aus.

»Sitz!«, befahl er, und als der Hund sich vor ihn hockte, hob er den Zeigefinger. »Ich geh fort, und du bleibst da«, sagte er. Er wusste, dass Max es ohne Weiteres fünf, sechs Stunden aushielt.

Max begriff sofort und legte sich in den Korb.

Um halb elf nahm Kauz das Tram zur alten Kaserne.

Wie früher mied er den Lift und stieg im Kripo-Haus die Treppe hoch. Auf der Abteilung Schusswaffen des FOR wurde er freudig empfangen. Der Chef, Martin Winkler, führte ihn direkt ins Labor. Dort stand schon der Büchsenmacher, ein alter Hase mit dem treffenden Namen Wilhelm Schütz.

»Wir nehmen das Resultat vorweg, Kauz«, sagte Winkler und zeigte auf die zwei großformatigen Fotografien, die auf dem Arbeitstisch lagen. Es waren unter dem Mikroskop aufgenommene Schwarz-Weiß-Bilder. Sie sahen aus wie Mondlandschaften mit Schluchten, Hügeln und Kratern. »Die beiden Patronenhülsen, die die Walliser uns zur Untersuchung geschickt haben, sind zwar vom gleichen Kaliber, aber sie wurden mit Sicherheit von zwei verschiedenen Waffen ausgeworfen.«

»Aha«, machte Kauz.

»Die Waffe, die man uns zur Untersuchung geschickt hat, ist ein Standardjagdgewehr. Ihr kann diese Patrone hier«, er tippte auf die eine Fotografie, »zugeordnet werden.«

»Gut. Das ist die Waffe des Opfers Maurice Jäger«, murmelte Kauz mehr zu sich selber. Er sah kurz auf. »Es stört euch doch nicht, wenn ich Namen nenne?«, brummte er, denn die waren den Schusswaffenexperten erstens nicht bekannt und zweitens egal. »Mit dem Schuss aus der Jagdbüchse des Opfers wollte der Täter einen Suizid vortäuschen.«

Winkler erklärte, dass mit der Waffe die üblichen Schießversuche durchgeführt worden seien. Das Ergebnis habe man mit den Befunden der Rechtsmediziner an der Leiche des Opfers verglichen. Es stehe fest, dass die Nahschussverletzungen von einem Schuss aus Jägers eigener Waffe herrührten.

»Damit bestätigt ihr die Hypothesen der Walliser Ermittler«, sagte Kauz zufrieden. »Aber was könnt ihr über die andere Waffe sagen? Auf die kommt es nämlich an.«

Winkler zeigte auf die zweite Fotografie.

»Schau dir diese Auswurfspuren an«, sagte er. »Die stammen von einer eher wenig verbreiteten Jagdwaffe älteren Jahrgangs.«

»Bestens. Genau darauf haben die Ermittler gehofft«, meinte Kauz. »Was ist das für eine Waffe?«

»Komm mit«, schaltete sich Schütz ein und führte Kauz in die Waffensammlung. Dort griff er nach einer Langwaffe, die er für seine kleine Demonstration bereitgelegt hatte.

Kauz stutzte. Die Jagdbüchse, die Schütz in der Hand hielt, glich bis aufs i-Tüpfelchen dem Gewehr, das der wilde alte Jäger Alois Kreuzer, der Schnüzz, auf der Wirzäblattä dabeigehabt hatte. Vielleicht war es sogar das gleiche Modell.

»Das ist eine Fallblockbüchse«, erklärte Schütz und öffnete den Verschluss. »Die hinterlässt unverkennbare Spuren an der Patronenhülse. Die stammen von diesen zwei Ausziehkrallen hier.« Er entriegelte die Waffe, senkte den Verschlussblock und zeigte mit einem Bleistift auf das Innere des Verschlusses. »Genau solche Spuren finden sich auf der zweiten Patrone.«

»Was ist das für ein Modell?«

»Eine Wüthrich, Herstellungsjahr 1975.«

»Gibts auch andere Fallblockbüchsen?«

»Eine ganze Reihe.«

»Hinterlässt jedes Modell die gleichen Spuren auf der Patrone?«

»Nicht exakt die gleichen. Aber sehr ähnliche.«

»Also könnt ihr von den festgestellten Spuren nicht auf das Modell schließen?«

»Nein. Wir können nur sagen, dass aus einer Fallblockbüchse gefeuert wurde. Für die genaue Zuordnung müssten die Walliser eine Waffe sicherstellen und uns zur Untersuchung schicken.«

Sie gingen in die Kantine, Winkler wartete schon. Dort diskutierten sie waffentechnische Aspekte des Gommer Tötungsdelikts, fachsimpelten über Untersuchungsmethoden und über das weitere Vorgehen im konkreten Fall und landeten dann beim Klatsch aus dem Polizeikorps.

Nach einer guten Stunde war Kauz wieder draußen.

Er ging durch die Langstrasse, hielt bei einer Imbissbude an und nahm im Stehen etwas zu sich. Der eine oder andere kleine Ganove grinste ihn an wie einen alten Freund. Ein früherer Kollege grüßte von Weitem und gesellte sich für einen Schwatz zu ihm. Es war ein neues Gefühl, in diesem Quartier so gar nichts zu tun zu haben. Er vertrieb sich die Zeit bis um drei Uhr, dann schlenderte er langsam zum Hauptbahnhof.

Xaver freute sich offensichtlich, den Vater zu sehen.

»Wo ist Max?«, fragte er.

»Ich musste ihn für ein paar Stunden einsperren. Aufs Kommando konnte ich ihn ja schlecht mitnehmen.«

»Aufs Kommando? Bist du wieder …?«

»Das war ein Treffen mit alten Kumpels.«

»Ach, komm! Das nehme ich dir nicht ab. Du bist doch wieder in irgendwas verwickelt, stimmts? Etwa in diesen Doppelmord? Im Binntal war das, oder?«

»Stand das hier in der Zeitung?«

»Natürlich. Jagdunfall mit tragischen Folgen, irgend so etwas stand im *Bahnsteig*. Die neue Gratiszeitung übrigens. Ein paar Tage später hieß es: Es war Doppelmord! Wildwest im Oberwallis, oder so ähnlich. Hast du das nicht gelesen?«

»Nein. Ich habe andere Quellen.«

In den Walliser Blättern waren die Verbrechen etwas ausführlicher vermeldet worden, aber einen Sturm hatte es im Blätterwald bis jetzt nicht gegeben.

»Ich habe natürlich sofort an dich gedacht«, sagte Xaver.

Aber angerufen hast du nicht, dachte Kauz.

Anders als früher sprach er den Satz jedoch nicht aus, denn Xaver hätte mit *Du ja auch nicht* geantwortet, und ein unseliger Disput hätte seinen Lauf genommen. Stattdessen erzählte Kauz vom Wolf. Da konnte er auf Xavers Interesse zählen. Seit sein Sohn vor Jahren jenen nicht ganz freiwilligen Reha-Aufenthalt auf einer Tessiner Alp gemacht hatte, war er zum Naturburschen geworden, mehr als er selber.

»Was? Du hast einen Wolf gesehen? Sensationell! Da wäre ich gern dabei gewesen.«

»Morgen gehe ich wieder in die Gegend, wo ich ihn gesehen habe. Kommst du mit?«

Xaver raufte sich die Haare.

»Ach, das geht leider nicht. Schade.«

Er hatte jetzt eine feste Anstellung als Einkäufer und stellvertretender Geschäftsführer eines Biokäseladens in der Innenstadt. Er besuchte regelmäßig Biokäsereien in der ganzen Schweiz, aber ein Abstecher ins Goms war nicht geplant.

»Wie geht es Gina?«, fragte Kauz.

Xaver seufzte. »Wir haben Schluss gemacht.«

Er schluckte ein bisschen.

»Oh, das tut mir leid. Wann?«, fragte Kauz.

»Vor einem halben Jahr. Das war, als du mehr oder weniger definitiv ins Goms gezogen bist.«

»Dann ist das an mir vorbeigegangen«, meinte Kauz. Verlegen rieb er sich die Stirn. Dann packte er die Gelegenheit beim Schopf: »Erzähl«, forderte er seinen Sohn auf.

Und tatsächlich fing der zu reden an, fast wie am Tag zuvor Aspirant Nico Perren. Obschon Xaver mehr Schwieriges als Erfreuliches zu berichten hatte, fühlte sich Kauz am Schluss auf seltsame Art wohl.

»War gut, mit dir zu reden, Xaver«, sagte er beim Abschied und legte seinem Sohn die Hand auf die Schulter.

Der drückte ihn an sich.

Kauz fuhr in seine Wohnung, holte Max und nahm den Abendzug nach Brig.

In Bern stiegen neue Fahrgäste zu.

»Darf ich?«, fragte eine Frauenstimme.

Kauz schaute auf. Vor ihm stand die Jägerin Bettina Walther. Sie setzte sich ihm gegenüber.

»Oh, du bists? Gern. Pendelst du?«, fragte er.

»Nur zweimal die Woche.«

Bettina arbeitete zweimal zwei volle Tage in Bern. Dazwischen, nämlich mittwochs und am Wochenende, hatte sie frei. Dann zog es sie immer ins Goms.

Bald drehte sich das Gespräch um das Jagderlebnis vom Freitag. So beiläufig wie möglich versuchte Kauz, das Gespräch auf die Jäger zu lenken, die ihn interessierten. Philippe de Steinhaus bezeichnete Bettina als Ehrenmann, er war ihrer Meinung nach aber kein Jäger aus Leidenschaft. Dabei hatte Madame Charlotte genau das über ihn gesagt. Und Maurice Jäger wäre mit dem *Ehrenmann* wohl nicht ganz einverstanden gewesen. Zertanna sprach Bettina die Fähigkeit, eine Gämse zu schießen, rundweg ab. Und zwar mangels körperlicher Fitness. Was seinen Charakter anging, nahm sie kein Blatt vor den Mund: geld- und machtgierig und korrupt. Über Fritz Pfefferle, den Güggäl, wusste sie zu berichten, er sei ein Wilderer mit Jagdpatent. Kauz schloss daraus, dass er nicht erlaubtes Wild schoss und im Jagdbanngebiet jagte.

Joseph Wellig, den Alaska-Joe, lobte Bettina als Waidmann und Naturschützer in den höchsten Tönen. Damit war für Kauz klar, dass Bettina zur Pro-Wolf-Fraktion gehörte. Dem Wildhüter Hermann Zeiter attestierte sie Fachkompetenz und Unbestechlichkeit.

»Und Alois Kreuzer?«, fragte Kauz.

»Da muss ich passen«, meinte sie.

»Amtsgeheimnis?«

Bettina sah ihn an, ohne zu antworten. Das hieß wohl, dass der wilde Mann nicht nur mit Gommer Gemeinden, sondern auch mit dem Bundesamt für Umwelt auf Kriegsfuß stand.

»Hältst du ihn für gefährlich?«

»No comment.«

»Und seine Kumpels von der Jagdgruppe Reckingen?«

»Die sind in Ordnung.«

Da Bettina, außer was Alois Kreuzer betraf, so bereitwillig aus dem Nähkästchen plauderte, fragte Kauz weiter: »Kennst du auch die Jäger aus dem Binntal?«

»Die meisten.«

»Und die Jagdgegner?«

»Suzanne, meinst du?« Sie lachte. »Ja, klar. Die kennt jeder. Sie betreibt ja diesen Antijagd-Blog.« Bettina verzog das Gesicht. »Er ist zwar längst nicht so aggressiv wie andere. Sie ruft ja nicht zu Mord und Totschlag auf. Aber trotzdem. Wenn du mich fragst: nicht unbedingt gut fürs Geschäft ihrer Schwester.«

»Ihres Schwagers, meinst du?«

»Nein, nein. Das Belle Epoque gehört Adrienne. Eine alte Tante hat sie als Alleinerbin eingesetzt, weil sie an ihre Geschäftstüchtigkeit glaubte. Sie führt das Hotel zusammen mit Suzanne und ihrem Mann. Adrian hat quasi ins Geschäft eingeheiratet. Er ist zwar das Aushängeschild des Hotels, aber Adrienne dirigiert den Laden im Hintergrund. Vor Jahren opferte sie dem Betrieb sogar ihre sportliche Karriere.«

»Adrienne Guntern? Die war mal Sportlerin?«

»Oh ja, sie gehörte zum Nationalkader der Sportschützen.«

»Pistole? Oder Luftgewehr?«

»Nein, Sportgewehr«, berichtigte Bettina. »Richtig Schießen. Die war echt gut, glaub mir. Ruhige Hand, kühler Kopf. Sie hätte eigentlich das Zeug zur Jägerin.«

Adrienne Guntern ist Sportschützin!, in Kauz' Kopf arbeitete es. Ihre Schwester eine erklärte Jagdgegnerin und Wolfsverklärerin. Ihr Mann vermutlich ein Wolfsfreund. Aber wo stand sie selber? Sie war auf jeden Fall nicht erfreut gewesen, als ihr Mann ihn, Kauz, an den Familientisch eingeladen hatte. Doch als Sportschützin würde sie wohl kaum mit alten Fallblockbüchsen schießen.

»Woher weißt du eigentlich alle diese Dinge?«

Bettina sah ihn erstaunt an.

»Na, hör mal! Ich bin *äs Gommi*. Wir *Gommini* reden miteinander. Solche Dinge erfährt man einfach.«

Der Zug war mittlerweile in Brig angekommen, sie stiegen in die Matterhorn-Gotthardbahn um und machten es sich in einem leeren Abteil bequem. Kauz' Begabung war es, ein Gespräch so zu führen, dass sich die Menschen nicht ausgefragt, sondern eher angehört fühlten. Das kam ihm nun zugute, denn er wollte mehr über Maurice Jäger erfahren, den Mann, den Bettina ihren Mentor im Journalismus genannt hatte.

»Ich weiß«, sagte sie, »im Zeitalter von *Me too* macht sich ein älterer Mann, der jungen Frauen mit Rat und Tat beisteht, schon gleich verdächtig. Aber wie gesagt, mir gegenüber war er stets auf Distanz, und mir sind auch keine Klagen über ihn zu Ohren gekommen.«

Es rüttelte und ratterte unter den Rädern, der Zahnradantrieb wurde zugeschaltet.

»Düü«, machte Bettina. »Diese Cynthia Bregy, nach der du mich in der Jagdhütte gefragt hast …«

»Ja?«

»War das nicht die junge Frau, die vor Jahren spurlos verschwand? Irgendwo am Rotten. Bei Raron, glaube ich.«

»Doch. Deshalb habe ich ja gefragt. Ich war damals noch Polizist«, erklärte er vage. »Dass man sie nicht fand, ist kein Ruhmesblatt für die Walliser Polizei. Weißt du etwas über sie?«

»Nein. Ich erinnere mich nur daran, von ihrem Verschwinden gelesen oder gehört zu haben. Der Fall wirbelte ziemlich Staub auf.«

»Eben.«

Kauz fragte nicht weiter, und Bettina hatte nichts anzufügen.

»Ich habe gehört, es gebe im Wallis eine IG Wolf. Kennst du die?«, fragte er indessen, als Niederwald vorbei war.

»IG Wolf? Was ist das?«

»Eine Interessengemeinschaft für oder gegen den Wolf. Was genau diese IG will, weiß ich nicht. Ich dachte, du wüsstest es vielleicht.«

»Ich habe schon vom Verein Pro Wolf und Luchs gehört und von der Initiative für eine Schweiz ohne Großraubtiere. Aber eine IG Wolf? Nein, nie gehört.«

»Wie weit fährst du noch?«, fragte Kauz, als er sich kurz vor Münster zum Aussteigen bereit machte.

»Bis Obergesteln«, sagte sie. »Dort bin ich zu Hause.«

Es war halb neun vorbei, als Kauz mit Max bei seinem Speicher ankam. Er briet sich zwei Spiegeleier und röstete in der gleichen Pfanne die Reste der breiten Nudeln vom Vortag. Ein Glas Ermitage dazu, das war für seinen Gaumen schon fast ein Festessen.

Auf dem Tisch lag noch das Porträt von Alaska-Joe aus der Feder von Maurice Jäger. Ohne sich viel dabei zu denken, griff Kauz nach dem illustrierten Artikel und schaute sich noch einmal die Bilder an.

Sein Blick fiel auf das vor acht Jahren aufgenommene Bild des lächelnden Joe mit dem Jagdgewehr im Arm.

»Alaska-Joe mit seinem Martinistutzer, Jahrgang 1950, einem Erbstück«, hieß es in der Bildlegende.

Kauz nahm sein Handy und googelte das Stichwort. Es verging keine Sekunde, da poppte es auf:

»Martinistutzer, Jahrgang 1950. Liebhaberobjekt mit Fallblockverschluss.«

Kauz schickte eine Kurznachricht an Gsponer.

Alain, es gibt Arbeit. Viel Arbeit! Ciao, bis morgen, Kauz.

Mittwoch, 3. Oktober

Die Anfahrt mit Zug und Postauto dauerte etwas länger, aber die Wanderung ins Leffältal war wie jedes Mal ein Genuss. Vom Wolf jedoch fehlte jede Spur. Kauz hatte sich beim Leffälseewji an dem Ort auf die Lauer gelegt, von dem aus er das wilde Tier schon zweimal gesichtet hatte. Er wartete stundenlang, die Kamera schussbereit. Mit dem Feldstecher suchte er das Gelände ab, stieg dann mit Max vorsichtig höher und suchte rund um die Felsen, hinter denen er den Wolf das letzte Mal hatte verschwinden sehen, nach frischen Trittsiegeln und Wolfslosung. Doch abgesehen von den alten, vertrockneten Spuren, war da nichts.

Als Mittag vorbei war, stieg er nach Binn ab.

Beim obligaten Zwischenhalt im Hotel Belle Epoque traf er auf einen zerknirschten Hotelier.

»*Geets güet?*«, fragte Kauz, aber natürlich ahnte er bereits, was Guntern berichten würde. »Oder was ist?«

»Die Polizei hat uns in die Mangel genommen.«

»Wen uns?«

»Suzanne, Adrienne und mich.«

Gsponer lässt nichts anbrennen, dachte Kauz. Er hoffte irgendwie, dass nichts dabei herausgekommen war.

»Niemand von uns kennt diesen Maurice Jäger«, erklärte Guntern. »Trotzdem wollten sie ein Alibi von uns.«

Nach einer halben Stunde wusste Kauz Bescheid.

Suzanne war als Anti-Jagd-Bloggerin befragt worden,

Adrienne musste über ihre Vergangenheit als Sportschützin Auskunft geben und wurde gebeten, den Kriminalpolizisten den Schrank mit ihren Präzisionswaffen zu zeigen, den sie seit Jahren nicht mehr geöffnet hatte. Adrian wurde nach seiner Einstellung zum Wolf, zu den Binner Jägern und zum toten Wildhüter befragt. Gsponer war natürlich nicht selber gekommen, sondern hatte zwei Inspektoren geschickt, die noch nie im Hotel Belle Epoque verwöhnt worden waren.

»Die Polizei braucht jede erdenkliche Information«, erklärte Kauz. »Denk daran: Einer, der im Binntal zwei Menschen umgebracht hat, ist immer noch auf freiem Fuß. Vielleicht lebt er mitten unter uns.«

»Mein Gott! Du hast recht. Aber trotzdem, das war eine bittere Pille. So einfach steckt man das nicht weg.«

Kauz blieb noch auf eine Tasse Kaffee im Direktionsbüro sitzen, dann verabschiedete er sich und fuhr mit dem Postauto nach Fiesch.

Gsponer und Ria erwarteten ihn schon im Chefbüro des Polizeipostens. Gsponer hatte richtig Gas gegeben: Zwei Inspektoren hatte er nach Binn ins Hotel Belle Epoque geschickt. Er selber war heute in der Alpenbeiz in Bellwald gewesen. Philippe de Steinhaus hatte er schon gestern befragt.

»Und?«, fragte Kauz. »Hast du Alaska-Joes Martinistutzer sichergestellt?«

»Nein. Ich erzähle euch am besten die ganze Geschichte«, sagte Gsponer und berichtete, was sich vor wenigen Stunden zugetragen hatte.

Joseph Wellig war in der Wirtsstube am Aufräumen gewesen, als Gsponer am Morgen in die Alpenbeiz kam. Er hatte sich telefonisch angemeldet, um sicher zu sein, dass er den Wirt antreffen würde. Er hatte ihm aber nicht gesagt, was er von ihm wollte.

Tochter Uma fegte den Boden. Gäste waren noch keine da.

»Wie war die Jagd? Zufrieden?«, fragte Gsponer als Erstes.

»Absolüt«, antwortete Alaska-Joe, den Cowboyhut auf dem Kopf, und sah ihn lauernd an. *»Kaffe?«*, fragte er.

»Nein, danke. Ihr wisst, dass wir in dieser Mordsache ermitteln, oder?«

»Klar weiß ich das. Wie kann ich Euch helfen?«

Gsponer sah jetzt bei Tageslicht in Joes Gesicht, das er – freilich ohne dass der etwas davon gemerkt hatte – einen Abend lang im Kerzenschein studiert hatte. Er erklärte, dass die Polizei im Goms stichprobenweise Waffenkontrollen durchführe. Ob er ihm seinen Waffenschrank zeigen würde?

»Ist das eine Hausdurchsuchung?«, fragte Joe.

»Nein«, sagte Gsponer. »Wenn Ihr wollt, gehe ich wieder.«

Aber Alaska-Joe stand auf und führte ihn in einen separaten Teil seines Gasthauses, schloss eine Kammer auf, in der Jagdklamotten hingen und Jagdausrüstungsgegenstände herumstanden. In einer Ecke war der verschließbare Waffenschrank.

»Hier«, sagte er. »Soll ich die Waffen herausnehmen?«

In dem Schrank standen mehrere Jagdgewehre.

»Nur den Martinistutzer.«

Joe sah ihn verblüfft an.

»Woher wisst Ihr von meinem Stutzer?«

Gsponer zuckte mit den Schultern.

»Kann ich die Büchse sehen?«

»Ich habe keinen Martinistutzer mehr«, behauptete Joe.

»Aber Ihr hattet einen, oder? Was ist mit der Waffe?«

»Ich habe sie meinem Sohn vermacht. Liiii!«, rief er durch die offen stehende Kammertür. Irgendwo im Haus rumorte es. Lee kam herbeigeeilt und sah seinen Vater verdattert an.

»What's up, Pa?«

»The police want to see your rifle.«

Lee erschrak.

»Was ischt?«, fragte Joe unwirsch. *»Go and get it!«*

Der junge Mann mit der bronzefarbenen Haut und den indianischen Gesichtszügen wirkte trotz seiner vierundzwanzig Jahre mehr wie ein Jugendlicher als wie ein Erwachsener. Das schulterlange, kräftige schwarze Haar hatte er zu einem Zopf geflochten. Es kam Gsponer vor, als versuche er, ein Winnetou-Image zu pflegen. Aber dazu fehlte es dem Jungen an Selbstsicherheit.

»*Which one? Ich hä zwëj.*«

»*Di aalt Biggsä.*«

»*Dinä Schtutzer?*«

»*Dëich wol. Gang, rëich nä.*«

Lee wandte sich zögernd um und verschwand im Haus.

Nach einer Weile kam er zurück und sagte zerknirscht, er finde die Büchse nicht. Nur sein neues Jagdgewehr und die Jagdflinte seien in seinem Schrank. Er wisse nicht, wo der Stutzer sei.

»Das gibts doch nicht!«, donnerte Alaska-Joe. »Du weißt nicht, wo dein schöner alter Stutzer ist?! Das Erbstück!«

Lee schaute zu Boden.

Jetzt nahmen Vater Wellig und Inspektor Gsponer den Sohn gemeinsam ins Gebet. Es stellte sich heraus, dass Lee beim Jagdschießen in Oberwald das letzte Mal mit dem Martinistutzer geschossen hatte. Dort sei ein Kommen und Gehen gewesen, und nach dem Wettschießen habe er im Durcheinander versehentlich ein fremdes Gewehr an sich genommen. Ein Standardmodell, exakt das gleiche wie seine zweite Jagdbüchse. Erst als er das Gewehr zu Hause in den Schrank stellen wollte, in dem bereits ein gleiches stand, habe er das Missgeschick erkannt. Er sei sofort nach Oberwald zurückgefahren und habe das fremde Gewehr dem Besitzer, der längst nach seiner Waffe suchte, zurückgegeben. Aber sein Stutzer sei nicht mehr dort gewesen. Die Organisatoren des Jagdschießens hätten ihn ausgelacht, als sie von der Verwechslung hörten; es sei ja nicht das erste Mal, dass ihm so etwas passiere, hätten sie gesagt. Sie hätten ihn aber auch beruhigt. Sein Stutzer werde bestimmt bald zurückgebracht, denn kein Jäger gehe mit einem fremden Gewehr auf die Jagd. Das sei aber nicht passiert, er sei dann mit seiner zweiten Büchse, der neuen, auf der Hochjagd gewesen. Er habe die ganze Zeit darauf gehofft, dass das Erbstück wieder zum Vorschein komme, bevor er den Verlust dem Vater beichten müsse. Aber sie blieb verschwunden.

»Weißt du eigentlich, was das Stück wert ist?«, schimpfte Alaska-Joe und hielt seinem Sohn eine Standpauke. Von der verstand Gsponer allerdings kein Wort.

»Das war kein Englisch«, erklärte er Ria und Kauz jetzt. »Das muss Indianisch gewesen sein.«

»Glaubst du ihnen?«, fragte Ria. »Oder denkst du, sie haben eine Show abgezogen?«

»Ich bin mir nicht sicher. Den jungen Mann werde ich jedenfalls noch einmal vorladen. Ohne den Vater. Als sein Sohn weg war, sagte Wellig, diese Fehlleistung sei typisch für das ADHS, das beim Jungen seit Langem bekannt sei. Derartiges käme immer wieder vor. Wenn er als Kellner aushelfe, müsse man froh sein, wenn er das Serviceportemonnaie nicht auf einem Tisch draußen liegen lasse.«

Ria meinte, sie könne sich schlecht vorstellen, dass der Tschäppl ihm etwas vormache. In ihren Augen sei er ein ehrlicher Mensch.

Gsponer zuckte mit den Schultern.

»Die Familie Guntern habt ihr euch ja schon vorgeknöpft«, stellte Kauz fest. »Aber was ist mit den anderen: de Steinhaus, Zertanna und Kreuzer?«

Philippe de Steinhaus habe seiner Vorladung ohne Weiteres Folge geleistet, berichtete Gsponer. Er habe ihn gestern auf dem Kreisposten Brig befragt. Er sei ordentlich ins Schwitzen geraten.

»Weshalb?«, fragte Ria.

Gsponer wechselte mit Kauz einen raschen Blick. Es gab Dinge, die Gsponer ihm im Vertrauen erzählt hatte, von denen Ria nichts wusste.

»Das erzähle ich später. Jetzt müssen wir uns um Kreuzer kümmern.« Er schaute auf die Uhr. »Sechzehn Uhr, sagten wir doch. Gehen wir?«

Ria streckte den Kopf aus dem Chefbüro und gab ihrem Aspiranten ein Zeichen.

»Alles klar. Kommst du mit, Chüzz?«

Sie klopfte auf ihre Jacke, unter der sie die Schutzweste trug, und fasste ans Holster mit der Dienstwaffe.

»Was ist? Gibt das einen Großeinsatz?«

»Beim Schnüzz muss man auf alles gefasst sein.«

»Ich komme mit«, sagte Kauz, »aber ich halte mich im Hintergrund.«

Sie fuhren los. In Reckingen lenkte Nico den Streifenwagen ins Oberdorf. Die vier Polizisten fuhren bis zum Dorfteil *Hewwgadmä* hoch, einer Gruppe von einem halben Dutzend Ställe ganz zuoberst im Dorf. Dort stellten sie den Wagen ab.

»Wohnt Alois Kreuzer hier?«, fragte Gsponer.

»Nein, dort oben«, sagte Ria und zeigte in die Richtung, wo hoch über dem Tal die Bockhornhütte stand. Etwa auf halbem Weg zur Hütte, die eigentlich ein Berggasthaus war, war knapp unter der Waldgrenze ein kleines Gehöft zu sehen.

Es war Gsponer anzumerken, dass er auf den Fußmarsch nicht erpicht war, aber er verklemmte sich einen Kommentar. Stattdessen steckte er sich eine Zigarette an. Dann krempelte er die modisch kurzen Hosenbeine etwas höher. Er trug heute bunt gestreifte Socken.

Der Aufstieg war steiler als erwartet. Die kleine Gruppe stand jetzt noch etwa fünfzig Meter unterhalb des kleinen Hofs. Dieser lag abseits des Wanderwegs, der auf den Gommer Höhenweg führte. Wohl deshalb hatte Kauz ihn bis anhin nicht wahrgenommen, obschon er in der Gegend schon oft gewandert war. Es waren vier kleine, ausgesprochen schmucke Gebäude: ein kleines Wohnhaus, ein Stall, ein Stadel und ein winziger Speicher. Zwischen den Gebäuden liefen Hühner umher, aus dem Stall blökten Schafe. Ein Brunnen plätscherte. Etwas abseits weidete ein Esel.

»Das ist ja eine Idylle«, sagte Kauz.

»Gäll?«, sagte Ria. »Schau dir die schönen alten Holzbauten an. Alle schwarz gebrannt, wie aus dem Bilderbuch.«

Nico Perren pflichtete ihr bei, Gsponer sagte nichts.

Ria hatte auf der Fahrt im Streifenwagen erzählt, dass Alois Kreuzer einen kleinen Hof bewirtschafte. Nur hobbymäßig, er sei ja längst pensioniert. Sie wusste zu berichten, dass er mehrere Hunde hielt. Und dass er es hasste, wenn Wanderer durch sein Reich trampelten, als sei es öffentlicher Grund, und in seine Stube gafften, als wohne er in einem Museum.

»Was wollt ihr da?«, rief eine kräftige Stimme.

Alois Kreuzer kam aus dem Stall, pflanzte die Mistgabel in die Erde und stemmte die Hände in die Seiten. Er stand ein paar Meter höher als die Ankömmlinge auf einer kleinen Krete und schaute auf sie herunter.

»Inspektor Gsponer möchte mit dir reden, Schnüzz«, rief Ria zu ihm hinauf. Sie war wie alle anderen stehen geblieben.

»Gsponer? Im Goms gibts keine Gsponer.«

»Ich bin aus Brig«, rief Gsponer. »Von der Kriminalpolizei. Wir haben Fragen zu Euern Jagdwaffen«, erklärte er und ging ein paar Schritte auf Kreuzer zu.

»Ich habe auch Fragen: Was fällt euch ein, mich hier zu überfallen? Und gleich zu viert. Habe ich etwas verbrochen?«

Kreuzer sprach laut, aber nicht sonderlich aggressiv.

»Vielleicht könnt Ihr uns helfen …«, begann Gsponer.

»Helfen? Ich? Euch? Keine Lust«, erklärte Kreuzer schroff.

Er stand in seinen alten Armeeschuhen und im gleichen Outfit da, in dem Kauz ihn auf der Wirzäblattä zum ersten Mal getroffen hatte, nur war das T-Shirt, das er unter dem

Uniformrock trug, diesmal giftgrün und das dünne Foulard, das er um den Hals gebunden hatte, gelb. »Die Polizei hat mir auch nie geholfen. Im Gegenteil. Fragt andere um Hilfe.«

»Wir wollten nur Euer Jagdgewehr …«

»Mein Jagdgewehr?«, rief der Freischärler. »Gut, wenn ihr unbedingt wollt«, und damit machte er kehrt und verschwand im Wohnhaus. Heraus kam er wenige Augenblicke später mit dem Gewehr im Anschlag. Der wilde Mann mit dem Seehundschnauz zielte zwar an ihnen vorbei und weit über sie hinweg, senkte die Waffe aber im Zeitlupentempo und begann, sie in ihre Richtung zu drehen. Kauz erkannte sogar auf Distanz, dass es das gleiche Modell war wie das, das der Büchsenmacher Wilhelm Schütz im FOR ihm als Beispiel einer Fallblockbüchse gezeigt hatte.

»Mach keine Dummheiten, Schnüzz!«, rief Ria und griff an das Holster. Auch Gsponer hatte die Hand bereits unter seiner Jacke.

Kauz stand neben Nico.

»Nicht!«, sagte er ruhig und legte dem Polizeiaspiranten die Hand auf den Arm, als der seine Dienstwaffe ziehen wollte.

»My house isch my caschtel«, rief Alois Kreuzer. *»Höwwät ab!«*

»Kein sehr freundlicher Empfang«, versuchte es Gsponer mit einem Scherzchen.

»Auch kein sehr freundlicher Besuch«, gab Kreuzer zurück. »Wirds bald? *Abhöwwä, häni gset!*«

Max knurrte. Kauz fasste ihn am Halsband, denn angeleint war er nicht.

»Ist ja gut, Schnüzz«, sagte Ria beschwichtigend und zog sich, ohne ihn aus den Augen zu lassen, Schritt für Schritt zurück.

Kauz blieb noch stehen.

»Ist das eine Wüthrich?«, rief er hinauf.

Alois Kreuzer sah ihn verdutzt an.

»Herstellungsjahr etwa 1975?«, doppelte Kauz nach.

Der wilde Mann schien ihn erst jetzt zu erkennen.

»Du bist das?!«, rief er. »Was hast denn du mit der *Schmiri* zu tun? Bist du etwa selber ein *Tschuggär?*«

Kauz antwortete nicht.

»Und seit wann verstehst du etwas von Jagdwaffen?«, rief der Schnüzz. »Getan hast du, als wärst du ein Laie.«

»Bin ich auch. Waidmannsheil!«

Ein Lächeln huschte über das Gesicht des Freischärlers. Er erinnerte sich wohl an die Lektion, die er Kauz erteilt hatte.

»Waidmannsdank«, brummte er, ließ das Gewehr ganz sinken, blieb aber stehen.

»Wenn ihr euch ordentlich anmeldet, lass ich euch vielleicht einmal auf meinen Hof. Aber jetzt nicht«, sagte er und schob in unmissverständlichem Ton nach: *»Ade!«*

Gsponer gab das Zeichen zum Rückzug.

Max schaute nervös immer wieder zurück.

»Komm, Max«, sagte Kauz und tätschelte dem Hund beruhigend die Schulter. Sie waren schon außer Sichtweite des Hofs, als hinter ihnen Hundegebell ertönte. Ein windhundähnliches Tier, groß wie ein Kalb, galoppierte kläffend auf sie zu.

Max zerrte am Halsband und bellte wie verrückt.

Im nächsten Augenblick riss er sich von Kauz los, der ihn eben anleinen wollte, und preschte auf den Angreifer zu.

»Max!«, schrie Kauz. Denn er sah sofort, dass sein Hund gegen den viel größeren keine Chance hatte.

Da tauchte hinter diesem ein zweiter, ebenso großer Köter auf. Auch er nahm kläffend Kurs auf die Polizisten.

Ria blieb stehen und zog ihre Glock.

Jetzt erkannte Max die Übermacht und schlug einen Haken. Er rannte von den Hunden weg. Aber nicht etwa zu seinem Meister zurück, er schlug sich seitlich in die Büsche. Die zwei Windhunde hatten jetzt ein neues Ziel und setzten ihm nach.

Donnerwetter!, schoss es Kauz durch den Kopf. Er lenkt die Angreifer von uns ab!

Der Abstand zwischen Max und seinen Verfolgern wurde kleiner. Kauz war drauf und dran, seinem Hund zu Hilfe zu eilen, da sah er, wie dieser zu einem Sprung ansetzte. Aus seiner Warte sah es aus, als springe er über ein unsichtbares Hindernis. Im nächsten Augenblick rasten die zwei großen Hunde, blind vor Angriffswut, in ebendieses Hindernis hinein. Ob es ein Elektrozaun, ein Stacheldrahtverhau oder ein Dornengestrüpp war, konnte man nicht erkennen, weil eine Bodenerhebung die Sicht verdeckte. Die Hunde jaulten auf. Sie waren wohl auf Flachrennen programmiert, während Max noch rechtzeitig auf Hindernislauf umschalten konnte. Jetzt war es still. Max war über alle Berge. Die beiden Angreifer kamen mit eingezogenen Schwänzen auf dem Weg zurückgehumpelt, den sie zuvor gerannt waren. Einer hockte sich nach ein paar Schritten hin und leckte eine Wunde. Von den Polizisten nahmen sie keine Notiz mehr.

»Uff!«, machte Ria und steckte die Glock wieder in das Holster. »Das war knapp. Wo ist Max?«

»Der findet uns dann schon«, meinte Kauz.

Die vier Polizisten sahen sich an. Gerade noch einmal gut gegangen, sagten ihre Blicke. Aber für ein Debriefing war das nicht der richtige Ort. Sie gingen den gleichen Weg zurück.

»Was meinst du, Chef, hat Kreuzer die Hunde auf uns gehetzt?«, fragte Nico.

»Ich will es nicht hoffen. Vielleicht sind sie ihm abgehauen.«

»Hat er sie auf Polizisten abgerichtet?«

»Ich weiß nur, dass ich einen oder beide abgeschossen hätte, wenn sie uns attackiert hätten«, sagte Ria.

»Wirklich?«

»Aber sicher. Ich lasse mich doch nicht von Hunden zerfleischen. Du hast ja gesehen, was das für aggressive Köter sind.«

»Aber dumm wie Stroh«, grinste Nico. »Rennen in vollem Karacho in einen Zaun! Nicht zu glauben!«

Wachtmeister Ria Ritz und ihr Aspirant schritten energisch aus und spekulierten weiter über Alois Kreuzer und seine Hunde. Kauz wartete auf Gsponer. Der musste aufpassen, dass er in seinen Lederhalbschuhen nicht ausrutschte.

»Schöner Reinfall!«, meinte er, als er sicheren Boden unter den Füßen hatte.

»Nicht unbedingt. Immerhin wissen wir jetzt, dass Kreuzer eine Fallblockbüchse besitzt. Und zwar eine Wüthrich.«

»Aber wir haben keine Waffe sichergestellt, weder seine noch die von Wellig. Vielleicht muss ich andere Saiten aufziehen. Ich werde morgen bei Lara Hausdurchsuchungsbefehle und andere Maßnahmen beantragen.«

»Untersuchungshaft?«

»Für de Steinhaus, meinst du? Nein. So weit ist es noch nicht. Aber ich sagte ja schon, dass er ordentlich ins Schwitzen kam.«

»Erzähl«, forderte Kauz ihn auf, denn die anderen waren jetzt außer Hörweite.

Hauptinspektor Gsponer hatte es dem studierten Juristen, Advokaten und Notar freigestellt, ob er in seinem Haus in Brig, in seiner Kanzlei in Visp oder auf dem Polizeiposten befragt werden wolle. Er hatte es vorgezogen, in Gsponers Büro zu kommen.

Als Erstes sprach Gsponer ihn auf die Drohbriefe an.

De Steinhaus gab zu Protokoll, er habe den Ex-Polizisten Kauz Walpen beauftragt, herauszufinden, wer diese Briefe geschrieben habe. Ein Ergebnis liege noch nicht vor.

Ob er von einer Interessengemeinschaft Wolf wisse, erkundigte sich Gsponer.

Der Advokat fasste sich ans Kinn, drehte die Augen zur Decke und sagte schließlich nein.

Dann befragte Gsponer ihn zum Journalisten Jäger.

De Steinhaus sagte sofort, dieser habe ihn vor etwa zwei Jahren wegen eines Immobiliengeschäfts mit einem Zeitungsartikel in die Pfanne gehauen. Er habe ihn sowohl als Notar als auch als Vizepräsidenten der Fondation Alphonse de Steinhaus desavouiert. Er, de Steinhaus, sei mit einem blauen Auge davongekommen, denn jener Artikel hätte ihm beruflich noch weit mehr schaden können, als es tatsächlich der Fall war. Er habe noch lange Zeit einen Groll auf diesen Journalisten gehabt, aber eine Mordswut sei es nicht gewesen, falls Inspektor Gsponer darauf hinauswolle. Jägers Tod habe ihm keine Genugtuung bedeutet, er sei im Gegenteil immer noch entsetzt, dass ein solches Tötungsdelikt in Walliser Jagdkreisen passiert sei.

»Weshalb sind Sie nach dem Verschwinden Ihrer Nichte Cynthia Bregy eigentlich in Untersuchungshaft gesetzt worden?«, fragte Gsponer.

De Steinhaus erschrak sichtlich, doch er gab sich empört: Er sei damals, Wochen nach dem tragischen Tod seiner Nichte, von einem unbedarften, neu mit dem Fall beauftragten Staatsanwalt ohne jeden Grund in Untersuchungshaft gesetzt worden. Man habe ihn aber nach wenigen Tagen von jedem Verdacht reinwaschen und aus der Haft entlassen müssen. Die Strafuntersuchung gegen ihn sei eingestellt worden. Und wenn Gsponer schon darüber im Bild sei, stehe es ihm ja frei, die Akten zu studieren. Dort finde er alle Antworten. Darauf sagte Inspektor Gsponer vorerst nichts. Er rieb mit dem Zeigefinger an seinem Nasenflügel.

»Auf die Akten eines anderen, weiter zurückliegenden Falls habe ich leider keinen Zugriff«, erklärte er. »Ist es richtig, dass Sie vor zwanzig Jahren in einen Mordfall im Vatikan involviert waren?«

De Steinhaus erbleichte. Er sei nicht bereit, darüber Auskunft zu geben, sagte er. Er sehe auch gar keinen Zusammenhang zwischen jenem Drama und dem aktuellen Mordfall. Und nur diesem gelte doch die Befragung, zu welcher er vorgeladen worden sei.

Gut, meinte Gsponer, ohne zu widersprechen, dann habe er bloß noch eine Frage, nämlich ob Herr de Steinhaus eine Fallblockbüchse besitze.

Dieser sah ihn entgeistert an.

»Eine Fallblockbüchse? Heißt das, dass die Tat mit einer Fallblockbüchse verübt worden ist?«

Gsponer gab keine Antwort.

»Besitzen Sie eine?«, wiederholte er seine Frage.

»Jawohl. Sie ist in meinem Waffenschrank.«

»Dürfte ich Sie nach Hause begleiten und die Waffe sehen? Sie wohnen ja nicht weit«, insistierte Gsponer.

Der Advokat fasste sich, strich mit seiner schmalen Hand das Haar glatt und sagte, der Waffenschrank befinde sich in Ernen, nicht in Brig. Und Hauptinspektor Gsponer dürfe ihn gern jederzeit inspizieren, wenn er ihm einen Hausdurchsuchungsbefehl vorlege. Damit stand er auf und verließ Gsponers Büro.

»Was ziehst du für Schlüsse?«, fragte Kauz den Freund.

»Keine«, sagte Gsponer resigniert. »Ich tappe, ehrlich gesagt, vollkommen im Dunkeln. Und zwar je länger, je mehr. Wenn wir großes Glück haben, lässt sich die ominöse Gewehrpatrone im FOR einer Waffe zuordnen, nämlich der von Lee Wellig, der von Alois Kreuzer oder der von Philippe de Steinhaus. Aber dazu müssten wir die Gewehre sicherstellen können. Das sind die drei Fallblockbüchsen, von denen wir wissen. Ob auch Zertanna eine hat, werde ich morgen sehen. Lässt sich eine Zuordnung machen, haben wir den Fall praktisch gelöst. Wenn nicht«, er rieb sich im Gehen das vernarbte Gesicht, »dann kommt jedes andere Gewehr dieser Machart auch infrage. Vielleicht sind das Dutzende. Wir haben das

Waffenbüro gebeten, uns die registrierten Fallblockbüchsen zu melden. Scheint aber gar nicht so einfach zu sein. Offenbar lässt sich das nicht per Mausklick erledigen, sie müssen alle Waffenregistrierungen manuell prüfen.«

Gsponer blieb stehen, schaute auf seine Schuhe und setzte sich auf einen Felsbrocken am Wegrand. Er bückte sich und begann, die Schnürsenkel neu zu schnüren.

Kauz setzte sich ihm gegenüber auf einen Baumstrunk.

Er schaute die Berghänge hinauf. Die Wipfel der Lärchen waren schon deutlich goldener als vor ein paar Tagen. Auf den Feldern im Tal wurde Mist ausgebracht. In einzelnen Gärten im Oberdorf von Reckingen, das jetzt nicht mehr weit war, wurden letzte Arbeiten vor dem Winter erledigt. Eine Maus huschte vorbei und verkroch sich im Laub.

»Vielleicht führt die Suche nach der Tatwaffe gar nicht weiter«, resümierte Gsponer. »Ich habe mir sagen lassen, dass es Jäger gebe, die darauf verzichten, ihre Waffe bei einer Handänderung registrieren zu lassen. Das ist zwar vorschriftswidrig, es kann eine Buße absetzen. Aber dieses Risiko nehmen manche offenbar in Kauf, um sich den Papierkram zu ersparen.«

Er hob den Kopf und sah Kauz an, die Schnürsenkel in der Hand.

»Es gibt Fälle, da hat man rein gar nichts in der Hand.«

»Ich weiß«, sagte Kauz.

»Hier ist es anders, wir haben massenhaft mögliche Spuren und Motive. Wir haben zwei Leichen und zwei Patronen. Wir wissen, dass mindestens dreimal geschossen wurde. Wir haben Drohbriefe, die aber gar nicht an ein Mordopfer gerichtet waren. Wir haben das Pro- und Kontra-Wolfmotiv. Wir haben das Gommer-gegen-Unterwalliser-Motiv. Wir haben kompromittierende Zeitungsartikel aus der Feder Maurice Jägers. Wir kennen einige der Personen, auf die er sich eingeschossen hatte: Zertanna, de Steinhaus, den Verwaltungsratspräsidenten der Swiss Powerline, einen unbekannten Wilderer. Und den Vatikan«, schloss Gsponer seine Aufzählung fürs Erste ab und schüttelte entmutigt den Kopf. »Weiter vermuten wir eine brisante Story, deren Erscheinen jemand verhindern wollte, koste es, was es wolle. Und wir wissen von einer IG Wolf, auf die sich diese brisante Story möglicherweise bezieht. Aber wir haben einfach noch nichts Konkretes in der Hand. Was soll ich tun?«, fragte Gsponer in seltener Ratlosigkeit.

»Ich an deiner Stelle würde mich auf das Opfer Maurice Jäger konzentrieren«, sagte Kauz. »Abgesehen von den Drohbriefen, hat alles, was du eben aufgezählt hast, mit ihm zu tun. Ich habe so eine Ahnung, dass Maurice Jäger selbst uns verraten wird, wer ihn umgebracht hat.«

»Wirst du jetzt esoterisch?«

Kauz überhörte die Spitze.

»Du musst herausfinden, was er vor seinem Tod getan hat. Nicht bloß, was er recherchierte, woran er gerade schrieb, sondern auch, wo er war, mit wem er Kontakt hatte. Vielleicht musst du noch mehr darüber wissen, was er für einer war, wofür er sich interessierte, was seine Vorlieben waren, seine Träume.«

Gsponer band seine Schnürsenkel fertig und blickte auf. Es war ihm anzusehen, dass er mit Kauz' Ratschlägen nicht viel anfangen konnte.

»Gut, Kauz. Danke für deinen Input«, sagte er und schickte sich an weiterzugehen.

In diesem Augenblick kam Max angerannt.

Hechelnd hockte er sich vor seinen Herrn auf den Boden, ohne an ihm hochzuspringen.

»Schon gut, Max. Keine Angst, es gibt keine Schelte«, sagte Kauz und kraulte ihm den Hals. »Im Gegenteil. Gut gemacht. Braver Hund.«

*

Dass sie zusammen zur Milonga gehen würden, war schon fast selbstverständlich. Der Abstecher in den Rincón für ein paar Empanadas auch. Und dass sie anschließend zusammen schlafen würden, genauso.

»Ich würde auch gern mal bei dir übernachten, Zoe. Geht das nicht?«, fragte Nico, als sie draußen standen.

»Doch, sicher. Aber muss es heute sein?«, gab Zoe zur Antwort und hängte sich bei ihm unter.

Sie schlenderten Richtung Saltina.

»Wohnst du noch bei den Eltern?«, fragte er, denn einen anderen Reim konnte er sich nicht darauf machen, dass sie sich davor drückte, ihn zu sich nach Hause zu nehmen.

»Spinnst du?«, lachte sie ihn aus. »Seit mehr als zehn Jahren nicht mehr. Und abgesehen davon, leben meine Eltern längst nicht mehr zusammen.«

»Wo leben sie denn?«

»Meine Mutter in Visp, wie ich.«

»Und dein Vater?«

»Wieso interessiert dich das?«

Nico biss sich auf die Lippe.

»Es interessiert mich, ehrlich gesagt, nicht«, wand er sich heraus. »War nur so eine Frage.«

»Schon gut«, sagte sie, blieb stehen und küsste ihn. »Jetzt hätte ich Lust auf ein Eis. Kennst du die Gelateria da Franco?«

»Nein. Wo ist die?«

»Komm«, sagte sie, machte kehrt und führte ihn durch die Gassen.

»Du bist hier zur Schule gegangen, nicht wahr?«, fragte er, als sie bei ihrem Nachtisch saßen. »Kollegium Spiritus Sanctus, gleich da oben, stimmts? Deshalb kennst du dich hier aus.«

»Erraten. Du bist einfach ein Genie, Nico«, neckte sie ihn.

Er ging nicht darauf ein.

»Du bist mir noch etwas schuldig«, sagte er ernst.

»Was denn?«

»Du sagtest, du hast einige Freundinnen. Sind das Schulfreundinnen?«

»Ach so, weil wir vom Kollegium reden? Also, ich habe Freundinnen aus der Primarschule und solche aus der Physiotherapieschule in Leukerbad. Aber die meisten sind Schulfreundinnen aus dem Kollegium, das stimmt. Es gibt aber auch welche, die ich erst als Erwachsene kennengelernt habe. Das ist bei dir doch sicher auch so.«

»Mhm«, machte Nico. »Eine ist aber gestorben, sagtest du.«

»Ja.« Sie sah ihn aus ihren dunklen Augen an.

»Wann?«

»Ist fünf Jahre her.«

»Unfall? Oder war sie krank?«

»Nein, Selbstmord«, sagte Zoe knapp und legte den Löffel, an dem sie eben noch geschleckt hatte, auf den Teller.

»Deine beste Freundin?«

»Kann man sagen, ja.«

Zoe sah aus dem Fenster, ihre Augen füllten sich mit Tränen.

»Das ist schlimm. Tut mir leid, Zoe.«

»Ich war so was von wütend, dass sie mir das antat. Das kannst du dir gar nicht vorstellen.«

»Doch, kann ich«, sagte er und legte die Hand auf ihren Arm. »Wieso hat sie es getan?«

»Das weiß kein Mensch.«

»Hat sie nicht mit dir gesprochen?«

»Nein, ich war damals ein halbes Jahr in Lyon. Ich weiß nicht, ob sie überhaupt mit jemandem gesprochen hat. Wenn, dann hat es nichts genützt. Sie hat es ja trotzdem getan.«

»Was hat euch verbunden?«

»Was stellst du auch für Fragen?«, gab sie zurück. Nicht ärgerlich, sondern mit einem Lachen, und sie wischte sich dabei die Tränen aus den Augen. »Rilke vielleicht.«

»Rilke? Das ist ein Dichter, oder?«

»Ja, kennst du seine Gedichte?«

»Nein.« Wieso sollte ich?, hätte er beinahe angefügt.

»Macht nichts«, sagte sie und griff sich an die Stirn. »Nun, was verbindet Mädchen in diesem Alter? Ich weiß doch auch nicht. Man schwärmt gemeinsam, hat Liebeskummer, liest sich Rilke-Gedichte vor. Wir hatten es einfach gut. So war es eben.«

»Schön. Wie heißt sie? Ich meine, wie hieß sie?«

»Cynthia.«

Samstag, 6. Oktober

Während der Niederjagd war Samstag einer von zwei Jagdtagen in der Woche. Der Wildhüter Hermann Zeiter hatte Kauz erklärt, dass Niederjagd mehrheitlich Treibjagd sei.

»Da wird mit der Flinte geschossen«, erklärte er. »Oft aus kurzer Distanz. Mit Schrot, nicht mit der Kugel. Und die Schrotflinte hat eine breite Streuung. Ich will keinem etwas unterstellen, aber es gibt Jäger, die schießen auf alles, was sich bewegt. Fast aus der Hüfte, wenn du weißt, was ich meine. Da gehst du besser nicht mit dem Hund in den Wald.«

Kauz nahm an, dass Zeiter absichtlich dramatisierte. Aber er nahm sich seinen Rat zu Herzen und beschloss, den Tag zu Hause zu verbringen. Es war ohnehin an der Zeit, den Speicher auf Vordermann zu bringen.

Nachmittags um vier klopfte es an der Speichertür.

Kauz öffnete, draußen stand Ria in Sportkleidung. Auf der Langen Gasse sah er ihren Familienwagen, Thomas am Steuer.

»Wir dachten, dass wir dir das sofort sagen müssen, Kauz.«

»Was?«

»Dürfen wir reinkommen?«

»Klar. Aber wie?«

Bei früheren Gelegenheiten, es war stets im Sommer gewesen, hatte Kauz jeweils draußen aufgetischt, wenn das Ehepaar Abgottspon-Ritz zu Besuch kam. Das Wetter war am heutigen Tag aber alles andere als einladend. Es hatte merklich abgekühlt.

»Thomi hat sein Mountain Trike dabei.«

Kauz wusste seit dem Ausflug ins Aletschgebiet, dass Thomas mit dem manuell angetriebenen dreirädrigen Rollstuhl mühelos Türschwellen überwinden konnte.

»Geh du schon mal rein«, sagte er und komplimentierte Ria an den Tisch. »Gesellschaft hast du auch.«

Max stand sofort auf und hockte sich vor Ria hin.

Kauz ging die paar Schritte auf die Lange Gasse hinaus und wies Thomas den Parkplatz vor dem leer stehenden Ziegenstall gegenüber zu, der zu seiner Parzelle gehörte. Er hob den geländegängigen Rollstuhl aus der Hecktür, und Thomas hievte sich routiniert hinein. Mitten auf der Gasse, die eigentlich eine ziemlich weite, von Wohn- und Nutzbauten gesäumte Dorfstraße war, hielt er sein Vehikel an und betrachtete den Speicher, in dem Kauz seit mehr als zwei Jahren als Eigentümer wohnte.

»Es ist wirklich ein Bijou«, schwärmte er. »Das muss einfach wieder einmal gesagt sein. Gratuliere.«

»Danke, Thomas. Ich weiß«, sagte Kauz, blieb neben Thomas' Rollstuhl stehen und betrachtete seinen Speicher wieder einmal mit fremdem, bewunderndem Blick.

Der mehr als dreihundert Jahre alte Blockbau aus sonnenverbranntem Lärchenholz ruhte, getragen von acht hölzernen Stadelbeinen, die auf großen Steinplatten standen, auf einem gemauerten Unterbau. Zwischen dem Unter- und dem Oberbau war eine Lücke, durch die man sonst aufs Weisshorn sah. Jetzt war das Gebirge hinter einer Wolkenwand verborgen. Sie gingen hinein. In der Wohnküche mit dem Lärchenholztisch wartete Ria. Mitten im Raum stand der Stahlholzofen mit Kochstelle und Backfach, Kauz' ganzer Stolz.

»Jetzt bin ich aber gespannt«, sagte Kauz, als Thomas sein Gefährt um den Ofen herum an den Tisch manövriert hatte.

»Ich war am Geschinersee walken«, fing Ria an. »Du weißt ja, dass Thomi dort auf den Flugpisten jeweils Handbike fährt.«

Kauz nickte erwartungsvoll.

»Diesmal wollte er eine Mountain-Trike-Tour machen. Ich war auf meiner Achtkilometerrunde.«

»Alle Achtung«, machte Kauz.

»Aber irgendetwas ... Ach, erzähl du, Thomi.«

»Also. Folgendes«, begann er. »Etwas an diesem neuen Outdoor-Teil ist defekt, ich musste umkehren. Ich setzte mich ins Auto, um auf Ria zu warten, und fing an, auf dem iPhone herumzutippen ...«

»Jetzt sag schon, welches iPhone, sonst blickt Kauz nicht durch.«

»Wer erzählt, du oder ich?«, machte Thomas.

»Ist doch wahr!«, meckerte Ria.

»Jetzt warts doch ab!«

Gut so, macht nur weiter!, dachte Kauz amüsiert. Kleines eheliches Gezänk. Bin ich froh, dass ich das nicht mehr habe.

»Also, auf dem Handy, das Alain mir überlassen hat ...«

»Das alte iPhone von Maurice Jäger, meinst du?«, fragte Kauz.

»Genau. Ich habe mir das Ding vorgenommen und die Funktionen ausprobiert, die ich noch nicht näher angeschaut hatte.«

»Nämlich? Machs nicht so spannend.«

»Das Adressbuch. Ich kanns selber kaum glauben, dass ich mich nicht schon längst darum gekümmert habe. Wäre eigentlich naheliegend gewesen. Nun gut. Weißt du, was für einen Kontakt ich darin fand?«

»Einen Massagesalon? Eine Nutte? Irgend so etwas?«

»Wie kommst du denn darauf?«, fragte Ria pikiert.

»Weil er ein einsamer, alleinstehender älterer Herr war.«

»Das bist du ja auch.«

Für einen Augenblick war Kauz sprachlos. Dann brach er in schallendes Gelächter aus.

»Recht hast du, Ria. Das bin ich auch. Ganz vergessen«, lachte er und wischte sich Lachtränen aus seinen Eulenaugen. »Los, Thomas«, nahm er dann den Faden auf: »Machs kurz.«

»Cynthia Bregy.«

Also doch!, dachte Kauz.

Zwei Stunden später saß das Paar immer noch bei Kauz im Speicher. Sie hatten spekuliert und Hypothesen aufgestellt, was das Zeug hielt. Jetzt machten sie Pause und improvisierten zusammen ein einfaches Nachtessen. Ria rief ihre Mutter an und bat sie, Emma in Empfang zu nehmen, wenn sie aus dem Hallenbad zurückkomme. Es werde später. Fleisch hatte Kauz keines, abgesehen von einem Stück Trockenfleisch, das er mit etwas gehobeltem Käse zum Apéro auftischte. Aus dem, was er sonst vorrätig hatte – Kartoffeln, Zwiebeln, Fenchel, Paprikaschoten, eine Tomate und eine Dose Kichererbsen – bereiteten sie gemeinsam einen Eintopf zu. Er schmeckte köstlich.

Dann rekapitulierten sie.

Cynthia Bregy musste eine jener Studentinnen gewesen sein, die sich laut der Jägerin Bettina Walther den Journalisten Maurice Jäger als Schreibcoach ausgesucht hatten.

»Sie wurde also sein Coachee«, sagte Thomas.

»Was soll das heißen, Thomi?«, fragte Ria.

»Coachee? Eine, die sich von einem Coach betreuen lässt.«

So viel lag auf der Hand. Der Rest war Spekulation.

Kauz war während ihres Brainstormings nicht darum herumgekommen, den beiden vom Telefonanruf zu erzählen, den Cynthia Bregy vor ihrer Abreise noch hatte führen wollen. Er hatte auch ausgepackt, was er damals als zuständiger Kriminalpolizist ermittelt hatte. Dass nämlich die Auswertung ihrer Handydaten zeigte, dass die junge Frau Stunden vor ihrem Verschwinden im Raum Turtmann mit einer nicht identifizierbaren Nummer verbunden gewesen war. Das hatte der Telefonanbieter anhand ihrer Mobilnummer festgestellt, obschon man ihr Handy nie gefunden hatte. Möglicherweise war das der Anruf, den sie ihrer Großmutter gegenüber erwähnt hatte. Eine Überprüfung des gesamten Handyverkehrs, der während der fraglichen Zeit im Raum Raron-Turtmann stattgefunden hatte, hatte Staatsanwalt Gitsch bekanntlich abgelehnt. Er hätte den entsprechenden Antrag beim Massnahmengericht einreichen müssen, und dieser Aufwand war ihm zu groß gewesen.

»Sonst hätte man ihren Mörder gefasst«, stellte Thomas fest. »Vielleicht sogar noch vor der Tat.«

Darauf sagte Kauz nichts. Die Beklemmung war wieder da.

»Denkt bitte daran«, warnte er die beiden: »Dass Cynthia Bregy ermordet wurde und nicht durch Unfall oder Suizid starb, ist nur der Polizei bekannt. Der Fall ist noch pendent und aus ermittlungstechnischen Grü…«

»Schon klar«, unterbrach Ria.

»Wenn wir das ausplaudern, ist Alain dran«, insistierte Kauz. »Er hat den Befund in den Akten ausgegraben und mir zugespielt.«

Im Gegensatz zu Philippe de Steinhaus war Maurice Jäger nie auf dem Radar der Ermittler gewesen. Es wusste also niemand vom Kontakt, den er mit Cynthia Bregy gehabt hatte. Sonst hätte man ihn damals sicherlich wenigstens als Auskunftsperson befragt. Hatte Jäger ein Doppelleben geführt? War er eben doch, wie Gsponer vermutet hatte, ein heimlicher Schürzenjäger? Gar ein Vergewaltiger? Und Cynthia Bregys Mörder?

Kauz war es absolut zuwider, ihn so zu sehen. Er hatte ein ganz anderes Bild von ihm gewonnen.

»Einer, der als Saubermann und Ausmister auftritt, ist nicht zwingend ein Unschuldslamm«, meinte Thomas.

Dem musste Kauz zustimmen.

»Aber angenommen, er hat diese junge Frau auf dem Gewissen, wer hat dann *ihn* umgebracht?«, fragte Ria. »Und weshalb?«

»Rache«, stellte Thomas in den Raum.

»Wer könnte Rache an ihm genommen haben?«

»Cynthias Freund. Oder ihr Onkel. Oder die Tante«, schob er mit schrägem Grinsen nach.

»Mach dich nicht lustig, Thomas!«, fuhr ihm Ria über den Mund. »Welcher Onkel?«

»Es gab, soviel ich weiß, nur zwei, mit denen sie Kontakt hatte, Michel Bregy und Philippe de Steinhaus«, sagte Kauz.

»Du meine Güte!«, rief Ria. »Wo führt das noch hin?«

Das Spekulieren fing von vorne an.

Mal sahen sie in Maurice Jäger einen Vergewaltiger und Mörder, der wegen seines Verbrechens aus Rache umgebracht wurde. Mal einen, der sich als Coach um Cynthia Bregy gekümmert hatte und umgebracht wurde, weil er als Journalist eine Skandalstory in Vorbereitung hatte. Philippe de Steinhaus war einmal einer, der den Tod seiner Nichte gerächt hatte. Handkehrum einer, der seine Nichte selber umgebracht hatte, von Maurice Jäger der Mordtat verdächtigt wurde und den Journalisten deshalb umbrachte.

»Dass der Advokat seine Nichte umbrachte, könnt ihr vergessen«, sagte Thomas trocken.

»Wieso?«

»Jedenfalls dann, wenn man von einem Sexualdelikt ausgeht«, ergänzte er.

»Und wieso?«, insistierte Ria.

»Weil er sich nichts aus Frauen macht.«

»Woher willst du das wissen?«

»Das weiß doch jeder. Nur die Polizei offenbar nicht. Philippe de Steinhaus ist schwul. Er lebt in einer Männerbeziehung. Nur hängt er das nicht an die große Glocke. Und das ist ja auch sein gutes Recht.«

Ria war konsterniert. Kauz weniger, er hatte seit der ersten Begegnung mit de Steinhaus an diese Möglichkeit gedacht.

Das Spekulieren ging in eine neue Runde.

Nach einer Weile stellte Ria fest:

»Ist es nicht eigenartig? Jetzt haben wir mit einem Mal das Dreieck Maurice Jäger-Cynthia Bregy-Philippe de Steinhaus im Fokus. Und wo bleibt die IG Wolf? Wo alle andern, die wir bisher im Visier hatten: Walter Zertanna, Alois Kreuzer, Alaska-Joe und sein Sohn Lee? Vielleicht auch Adrienne Guntern. Und was ist mit den Gommer Jägern, die einen Pik auf die Unterwalliser haben? Was spricht denn dafür, dass der Fall Cynthia Bregy überhaupt etwas mit dem Mordfall Binntal zu tun hat?«

»Der Kontakt auf Maurice Jägers iPhone«, stellte Thomas trocken fest. »*Der* spricht dafür.«

»Es gibt doch sicher noch andere Kontakte, die in Jägers Adressbuch stehen. Was ist mit denen?«

Kauz dachte über das Dreieck nach, das Ria benannt hatte: Maurice Jäger-Cynthia Bregy-Philippe de Steinhaus. Etwas an ihrer Sichtweise war bestechend. Und trotzdem irritierte sie ihn. Weshalb? Er kam einstweilen nicht weiter.

»Wisst ihr was?«, schlug er vor. »Wir machen mal Pause. Soll Alain doch sagen, wo es langgeht. Am besten, du, Ria, sagst ihm das mit dem Kontakt auf Jägers altem iPhone und erklärst ihm, was wir uns dazu gedacht haben.«

»Ich sehe ihn am Montag, auf der Staatsanwaltschaft.«

»Gut. Er wird selber auch Neues zu berichten haben. Gestern und vorgestern war er bestimmt fleißig.«

»Das war er allerdings«, bestätigte Ria und fasste zusammen, was sie über Gsponers Aktionen wusste.

Die letzten zwei Tage hatte Kauz nichts von Gsponer und auch nichts von Ria und Thomas gehört. Für einmal war er volle zwei Tage lang rein privat unterwegs gewesen.

Er hatte im Leffältal seinen Wolf gesehen. Nicht nur das,

er hatte ein ganzes Wolfsrudel gesehen! Oder jedenfalls eine Wölfin mit zwei oder drei Jungen. Er war hin und weg gewesen. Und der Speicher seiner Spiegelreflexkamera war jetzt randvoll.

»Hörst du überhaupt zu, Chüzz?«, rief Ria. »Du bist wieder einmal abwesend.«

»Entschuldige. Was hast du gesagt?«

Sie wiederholte: Gsponer sei mit grobem Geschütz aufgefahren. Es habe einen Großeinsatz auf Kreuzers Hof gegeben. Alois Kreuzer, der Schnüzz, habe dann aber sofort eingelenkt.

»Bitte sehr«, habe er gesagt, »ich habe ja nichts zu verbergen«, und seine Fallblockbüchse Modell Wüthrich, Jahrgang 1975, ausgehändigt. Gsponer bezweifle deshalb, dass bei der schusswaffentechnischen Untersuchung im FOR die fragliche Patrone seiner Waffe zugeordnet werden könne.

»Und Zertanna?«, fragte Kauz. Er war wieder ganz dabei.

Bei ihm sei keine Fallblockbüchse gefunden worden, trotz Hausdurchsuchung. Es sei auch keine derartige Waffe auf seinen Namen registriert. Wenn er trotzdem eine besessen habe, dann habe er sie rechtzeitig zum Verschwinden gebracht.

»Ach, noch etwas«, rapportierte Ria: »Gitsch hat gestern de Steinhaus einvernommen.«

»Wieso Gitsch? Das wäre doch Sache von Lara.«

»Das meine ich auch. Aber er wollte ihn sich persönlich vorknöpfen.«

»Befürchtet er, Lara könnte ihm gegenüber zu lasch sein?«

»Vielleicht.«

»Da kennt er sie aber schlecht. Sie ist zwar sanft im Ton, aber hart in der Sache. Auf alle Fälle ist sie konsequent.«

»Das sehe ich auch so.«

»Bin ja gespannt, wie eure Sitzung am Montag verläuft.«

»Ich auch.«

»Gibst du mir Bescheid?«

»Sicher«, versprach Ria und machte sich mit Thomas auf den Heimweg.

*

Wie fast immer, wenn er seinen Vater-Tochter-Tag mit Valerie hatte, fand seine Ex Nummer zwei, es sei jetzt genug, und schickte ihn gegen siebzehn Uhr wieder nach Hause. Nur, dieses Mal machte es ihm nichts aus, denn Zoe hatte versprochen, den Abend und vielleicht auch den Sonntag mit ihm zu verbringen. Von Naters war es nicht weit bis zu seiner kleinen Wohnung in Glis. Er räumte die Küche auf, machte das Bad sauber und bezog das Bett frisch. Er putzte sich die Zähne – duschen würden sie dann gemeinsam –, schaute in den Spiegel, zerrieb etwas Haarwachs zwischen den Handflächen und verstrubbelte sich damit das Haar. Zoe war an einer Weiterbildung in Bern, also würde sie bald da sein. Er ließ Tangomusik laufen und legte sich aufs Sofa. Der Musik zum Trotz drehten sich seine Gedanken nicht nur um den bevorstehenden Abend, sondern um alles Mögliche. Er überlegte hin und her, ob Zoes verstorbene Freundin *die* Cynthia sein könnte. In einer Sitzung mit der Staatsanwältin war von einer Cynthia die Rede gewesen. Den Namen hatte er sich gemerkt. Kauz hatte sehr irritiert darauf reagiert, dass Gitsch Oberstaatsanwalt war. Die Staatsanwältin und Gsponer hatten ihm erklärt, dass Gitsch wegen eines Debakels, das er im Mittelwallis angerichtet habe, ins Oberwallis versetzt worden sei. Und bei diesem Debakel habe es sich um den Fall Cynthia Bregy gehandelt. Auch als er diesen Namen hörte, war Kauz zusammengezuckt. Nico hatte mitbekommen, dass es um eine junge Frau ging, die tot aus dem Rotten geborgen worden war. Und zwar vor fünf Jahren. Hatte Zoe nicht gesagt, ihre Freundin sei vor fünf Jahren gestorben? Aber er durfte von seinem Insiderwissen keinen Gebrauch machen.

Wenn nur der Mordfall Jäger endlich vom Tisch wäre! Das mit dem unsäglichen Artikel über die päpstliche Schweizergarde, den dieser Jäger für die *Wochenzeit* geschrieben hatte, war noch nicht ausgestanden. Einer, der in Leserbriefen und Blogs als schwuler Geck, Nestbeschmutzer und mieser Katholik angeprangert wurde, würde bei der Walliser Kantonspolizei sofort rausfliegen. Juana hatte nicht mehr mitbekommen, dass er in die Polizeiakademie aufgenommen wurde. Was hätte sie wohl dazu gesagt? Wie ging es ihr und dem kleinen Néstor? Er würde liebend gern nach Buenos Aires fliegen, um mit dem Kleinen zusammen zu sein. Und um in San Telmo Tango zu tanzen. Von diesem Stadtviertel hatte Juana immer geschwärmt, und sie musste es ja wissen.

Endlich nahm Nico die Tangoklänge wahr, die im Hintergrund liefen: Astor Piazzolla auf seinem Bandoneon. Eine große Sehnsucht überkam ihn. Zum Glück hatte er jetzt Zoe. Als Tanguera würde sie es weit bringen. Vielleicht sogar weiter als er selber.

Die Tür ging auf, er sprang vom Sofa hoch.

»Was ist?«, fragte er, als er sie sah, und stellte die Musik leiser.

»Ach, nichts«, machte Zoe.

»Komm schon, so wie du aussiehst! Ist etwas passiert?«

»Bin meinem Vater über den Weg gelaufen.«

»Rein zufällig?«

»Ich weiß nicht. Ich glaube, er spioniert mir nach.«

»Und?«

»Wir sind aneinandergeraten.«

»Wie denn? Hat er Streit angefangen?«

»Ich will gar nicht darüber reden. Er ist einfach ein furchtbarer Mensch. Weißt du, was er ist? Ein Misanthrop.«

»Was ist das?«

»Ein Menschenhasser. Er hasst die Menschen. Schlimmer, er verachtet sie.«

»Dich auch?«

»Ich glaube schon. Und meine Mutter ganz besonders.«

»Das ist ja das Hinterletzte.«

»Und dich natürlich auch.«

»Was?! Er kennt mich doch gar nicht.«

»Ich habe ihm gesagt, dass wir zusammen Tango tanzen.«

»Und da ist er an die Decke gegangen?«

»Nein, er wird nie laut. Nur fies. Flittchen war noch das Schmeichelhafteste, was er mir an den Kopf geworfen hat. Dich hat er *chulo* genannt.«

»Was heißt das?«

»Angeber. Aber auch Zuhälter.«

»So ein Arsch!«

»Hab ich doch gesagt!«, lachte sie, Tränen in den Augen. »Gibts etwas zu trinken? Schließlich ist Feierabend. Und Wochenende.«

Nico eilte zum Kühlschrank. Zurück kam er mit einer Flasche.

»Tut mir leid, Billigmarke«, sagte er.

Er ließ es knallen und schenkte ein.

Zoe nahm einen großen Schluck.

»Aah! Wunderbar! Danke, Nico.«

Er küsste sie.

»Was läuft denn da?«, fragte sie. »Stell doch lauter.«

Er drehte die Musik wieder auf.

»Willst du tanzen?«

»Nein, nur zuhören. Diese Melodien bringen mich zum Schmelzen«, sagte sie und schmiegte sich an ihn, das Glas in der Hand. »Geht es dir nicht auch so?«

»Doch«, sagte er und wiegte sie im Takt hin und her, ohne einen Schritt zu machen. »Sehnsuchtsmusik, nicht wahr?«

Bahía Blanca klang aus den Lautsprechern.

»Genau. Sehnsucht nach der Ferne. Nach einer anderen Zeit. Argentinien. Buenos Aires. Obschon ich nie dort war.

Weißt du«, sagte sie, ließ ihn los, machte einen Schritt zurück und sah ihn an, »mein Vater tut alles, um mir eine Argentinienreise zu vermiesen. Ich glaube, er will einfach nicht, dass ich dorthin gehe.«

»Wieso eigentlich?«

»Wenn ich das wüsste«, sagte sie. »Ich möchte Buenos Aires aber unbedingt einmal sehen. Kommst du mit?«

»Klar. Sofort«, sagte er und zog sie wieder an sich.

»Allein hätte ich nämlich Angst.«

»Wovor?«

»Ich weiß es nicht. Es zieht mich hin, und gleichzeitig habe ich Angst. Wie wenn mich dort etwas Schlimmes erwarten würde.«

»Aber nicht, wenn ich dabei bin, oder?«

»Nein«, sagte sie und drückte ihm einen Kuss auf die Lippen.

»Gehen wir duschen?«, fragte er.

Sie warf ihre Sachen aufs Sofa und folgte ihm ins Bad.

Sonntag, 7. Oktober

Nach dem späten Frühstück konsultierte Kauz die Wetterapp auf seinem Handy. Für den Großteil des Tages war erneut mit sonnigem, warmem Herbstwetter zu rechnen, erst gegen Abend waren Gewitter angesagt. Endlich Regen, dachte er.

»Heute ist dein Tag, Max«, sagte er zu seinem Hund.

Der sprang freudig auf.

»Aber erst, wenn ich mit der Zeitung fertig bin«, präzisierte er, klappte das Tablet auf, auf welches er sich jeden Tag *Die Tageszeitung* und sonntags das *Sonntagblatt* herunterlud, und setzte sich noch einmal an den Tisch.

Das kann lange dauern, schien Max zu maulen, als er sich grollend wieder in seinen Korb legte.

Gegen elf Uhr zog Kauz los, den kleinen Hunderucksack geschultert, in dem auch sein Proviant Platz fand. Am Sonnenhang des Tals war er in der letzten Zeit öfters gewandert, jetzt nahm er den Weg Richtung Gerzenbach auf der Schattenseite. Er beschloss, mindestens zwei Stunden aufzusteigen und dann in einem großen Bogen nach Reckingen hinunterzuwandern. Das war zwar klassisches Jagdgebiet, aber heute wurde ja nicht geschossen. Er nahm sich vor, sich nicht über die Freileitungsmasten zu ärgern, die er unweigerlich in seinem Blickfeld haben würde. Nach einem dreiviertelstündigen Aufstieg machte er an einem Brunnen einen ersten Halt. Von dem kleinen Plateau blickte er auf Münster hinab. Es war jedes Mal eine Freude, auf das schmucke Dorf mit seiner schönen Pfarrkirche zu schauen. Den hässlichen Betonbau am Ostrand des Dorfs versuchte er auszublenden. Den Feldstecher am Auge, machte er seinen eigenen Speicher an der Langen Gasse aus.

Thomas hat recht, dachte er, es ist wirklich ein Bijou.

Der Weg führte jetzt in den Wald hinein. Er wurde steiler, verjüngte sich zu einem Bergwanderweg mit rot-weißer Markierung und führte ins enger werdende Tal des Gerzenbachs. Linker Hand rauschte tief unten der Wildbach, rechts über ihm erhob sich steil der Lärchen- und Fichtenwald. Flechtenbewachsene Felsbrocken lagen auf einer Lichtung. Zwischen Felsen und Wald wuchsen Sträucher und Stauden aller Art. Die Lärchen waren schon goldgelb, die Fichten und Laubbäume verharrten in ihrem Grün. Kauz drehte sich um und blickte jetzt auf das Dorf Geschinen hinunter. Dann ins Tal hinein, aus welchem im Winter vor fünf Jahren eine gewaltige Lawine hinuntergedonnert war.

Nach einer weiteren Dreiviertelstunde lag die Waldgrenze unter ihm, und er stand vor einem leeren Alpgebäude. *Gerzen-Chäller,* hieß es auf einem Wegweiser. Der Weg führte jetzt leicht abfallend in einer Kehre an dem Gebäude vorbei wieder in den Wald hinein. Mehr oder weniger der Höhenkurve entlang ging es eine halbe Stunde geradeaus weiter. Max preschte übermütig vorwärts und wieder zurück.

Plötzlich war Hundegebell zu hören. Rechts unterhalb des Wegs bewegte sich etwas. Kauz schaute genauer hin. Vielleicht dreißig, vierzig Meter entfernt konnte er einen Menschen ausmachen. Da schien einer im Unterholz zu stochern und sich über irgendetwas zu beugen, was dort auf dem Boden lag.

Eine Leiche?!, dachte Kauz. Ach was, da braucht vielleicht jemand Hilfe. Und schon stapfte er in Richtung dieses Jemands in den Wald hinein.

Der Jemand war ein Mann im Wanderer-Outfit. Als er Kauz näher kommen sah, richtete er sich auf.

»Nehmt Euren Hund an die Leine!«, rief er.

Der Ihr-Form nach zu schließen, musste es sich um einen Einheimischen handeln. Seinen eigenen Hund hatte er angeleint.

»Ischt güet«, rief Kauz zurück, nahm Max an die Leine und ging näher.

»Ach, Ihr seid das?«, sagte der Mann, als Kauz neben ihm stand.

Kauz erkannte ihn sofort: Es war der Mann, der ihm in Mühlebach einen Vortrag über Kardinal Schiner gehalten hatte.

»Schaut Euch das an«, sagte er. Einen Stecken in der Hand, hob er von Laub bedecktes Geäst hoch. Darunter lag ein übel zugerichteter toter Rehbock.

»Ist das nicht ein Skandal?«

»Wilderei?«, fragte Kauz.

»Kaum. Das ist ein regulär geschossener, aber schlecht getroffener Bock. Das Tier ist angeschossen worden, schwer verletzt geflüchtet, hat sich hier verkrochen und ist elend zugrunde gegangen«, empörte sich der Mann. Der Rehbock war am Kopf, am einen Auge, am Hals und auf der ganzen Flanke von einer Ladung Schrot getroffen worden. Sein Körper war von zahllosen kleinen Wunden übersät. »Auf der Flucht hat er sich das Bein gebrochen«, erklärte der Mann und zeigte mit dem Stock auf den linken Vorderlauf. Zwei Knochenenden hatten Haut und Fell durchstochen und ragten aus dem geknickten Bein heraus. »Das Tier hat Höllenqualen gelitten.«

Armes Böcklein, dachte Kauz. Er versuchte, sich nicht anmerken zu lassen, wie sehr ihm der Anblick zusetzte.

»Wird denn nicht nachgesucht, wenn das Tier angeschossen wurde und flüchtet?«, fragte er, denn so viel hatte er schon gehört.

»Es *muss* nachgesucht werden. Mit einem Hund wie dem da«, er zeigte auf seinen Begleiter. Max und der Hund des Mannes hatten längst damit begonnen, sich zu beschnuppern. Sie vertrugen sich problemlos. »Das passiert auch meistens. Aber manchmal ist es dem Jäger zu dumm … Das ist schlimmste Tierquälerei! Und strafbar dazu!«, rief er aus.

Er kramte sein Handy hervor und fotografierte den Kadaver.

Kauz musste an die Bilder von Schafen denken, die vom Wolf genauso übel zugerichtet worden waren. Der Unterschied war bloß, dass diese Bilder in den Medien bei jeder Gelegenheit verbreitet wurden. Solche wie die des toten Bocks aber nicht, davon redete kein Mensch.

Der Mann machte ein paar Aufnahmen von der näheren Umgebung, dann prüfte er die geschossenen Bilder.

»So, die Koordinaten sind mit drauf«, stellte er fest. »Das wird dem Wildhüter gemeldet.«

Er deckte das tote Tier zu und markierte die Stelle mit dem Stecken, auf dem er ein Papiertaschentuch befestigte.

»In welche Richtung geht Ihr?«, fragte er.

Kauz zeigte rhonetalabwärts.

»Ich auch. Gehen wir?«, meinte er und zog los. »Die Hunde behalten wir aber besser an der Leine. Die Kerle können ja auch so ein bisschen herumbalgen«, und damit gab er seinem Hund mehr Leine. Kauz tat es ihm gleich. Die Hundekerle balgten herum, so gut es eben ging. Der Mann blieb stehen. Aus der einen Jackentasche zog er eine Tabakspfeife, aus der andern den Tabaksbeutel und fing an, die Pfeife zu stopfen.

»Ich rauche nur im Freien«, erklärte er. »Meine Frau verträgt den Rauch nicht. Ich hoffe, es stört Euch nicht«, und damit strich er ein Streichholz an und begann zu paffen.

»Sie sind kein Jäger, oder?«, fragte Kauz im Weitergehen.

»Doch. Aber bei der Niederjagd mache ich nicht mit.«

»Wieso nicht?«

»Weil das eine Barbarei ist.«

»Wie bitte?«, fragte Kauz.

Aus dem Mund eines Jägers waren das erstaunliche Worte.

»Niederjagd ist Treibjagd. Auch wenn ich vielleicht der einzige Walliser Jäger bin, der diese Meinung vertritt: Ich finde, sie sollte verboten werden. Ihr wollt gar nicht wissen, was die Treibjagd für das Tier bedeutet. Hetzjagd wäre der treffendere Ausdruck. Bei einem Volltreffer stirbt das Tier am Schock, den es durch den Aufprall der Schrotladung erleidet. Daran wäre nichts auszusetzen. Aber häufig wird das flüchtende Tier nicht tödlich getroffen. Und was ein schlechter Schuss anrichten kann, habt Ihr eben gesehen. In einzelnen Ländern ist die Treibjagd und das Schießen mit Schrot längst verboten.«

»Leidet ein Tier denn weniger, wenn es mit der Kugel erlegt wird?«

Der Mann blieb stehen und nahm die Pfeife aus dem Mund.

»Es leidet überhaupt nicht«, sagte er fest und sah Kauz ins Gesicht. »Das heißt, natürlich nur, wenn der Jäger gut trifft. Aber mit einem Blattschuss ist das Tier auf der Stelle tot. Und zwar ohne dass es zuvor gehetzt wurde. Es stirbt dort, wo es eben noch geäst hat. Es hört nicht einmal den Schuss. Noch ehe der Knall sein Ohr erreicht, fällt es schon tot um. Oder kollert, wenn es eine Gämse ist, den Berg hinunter. Ihm wird quasi das Lebenslicht ausgeknipst, fertig. Wenn einer dem Tier allerdings in den Bauch schießt statt ins Herz, dann …«, er sprach nicht weiter, sondern zeigte vage in Richtung des Rehbockkadavers, der hinter ihnen im Wald lag. »Arbeitet Ihr mit Eurem Hund?«, wechselte er das Thema.

»Ein bisschen«, sagte Kauz. »Wenn Zeit ist. Aber nicht sehr systematisch. Für die Jagd taugt er jedenfalls nicht.«

Der Mann lachte.

»Was ist Ihrer für einer?«, fragte Kauz.

»Ein Schweißhund. Eignet sich prima für die Nachsuche.«

Kauz stellte keine weiteren Fragen. Er hätte bei einer Fachsimpelei ohnehin nicht mithalten können. Und Lernstoff hatte er für heute genug bekommen. Der Wald wurde allmählich lichter, der Weg führte auf eine Alpweide hinaus und gabelte sich. Rechts ging es nach Reckingen hinunter, links zum Gipfel hinauf.

»Bestimmt wollt Ihr noch da hinauf«, sagte der Mann und zeigte in die Höhe. »Schon wegen der Aussicht. Die ist heute bestimmt traumhaft dort oben.«

»Ich weiß nicht. Ich glaube, das ist mir zu weit.«

»Ihr müsst ja nicht bis zum Gipfel. Auf halbem Weg steht eine Hütte. Toller Aussichtspunkt. Leider kann ich Euch nicht begleiten, ich muss zum Wildhüter. Dann will ich rechtzeitig zurück sein, die Familie wartet.«

Er tippte an seinen Hut und nahm den Weg talwärts.

Kauz stieg in die Höhe. Nach einer knappen Stunde kam er bei der Hütte an. Weit und breit war kein Wanderer zu sehen. Dabei hatten im Unterland die Herbstferien begonnen. Kauz setzte sich vor die Hütte. Ein Blick auf die Karte zeigte ihm, dass er rund tausend Höhenmeter aufgestiegen war.

»Bravo«, sagte er zu Max.

Der legte sich ihm zu Füßen.

Es war zwei Uhr vorbei, Kauz packte endlich seinen Proviant aus und biss in sein Sandwich. Dann aß er einen Apfel und verschlang gleich noch eine halbe Tafel Schokolade. Die Flasche mit dem Tee setzte er erst ab, als sie leer war. Max bekam sein Futter, Wasser hatte er unterwegs getrunken.

Kauz schaute rhonetalabwärts in die Ferne. Der Rotten blieb unter der Bergflanke, auf der er sich befand, verborgen, doch das Goms lag in seiner ganzen Breite zu seinen Füßen. Wenn ihn nicht alles täuschte, blickte er rechts auf das Eggishorn, das er vor einer Woche mit Ria umrundet hatte.

Nach der stärkenden Rast machte er sich wieder auf den Weg. Talabwärts, im Westen, braute sich etwas zusammen. Er nahm, um abzukürzen, den Weg nach Münster, der Reckingen links liegen ließ und auf halber Strecke zwischen den zwei Dörfern über eine Brücke führte. Er befand sich immer noch im Wald, doch zwischen den Stämmen hindurch war schon der Rotten zu sehen. Vielleicht hundert Meter weiter sah er eine Frau mit zwei Kindern.

Die Kinder werden bestimmt für ein kleines Versteckspiel zu haben sein, dachte Kauz. So gibts am Ende doch noch Gelegenheit, mit Max zu üben. Er hatte sich ursprünglich vorgenommen, ein- bis zweimal die Woche mit Max zu arbeiten. Aber das war gar nicht so einfach, denn fürs Training als Personensuchhund war er auf Menschen angewiesen, die Max nicht kannte und die bereit waren, sich zu verstecken und von ihm suchen zu lassen. Das ging fast nur mit Kindern. Die Ausbildung zum Begleithund hatte Kauz mit Max nach jenem Höllenwinter in Angriff genommen. Sein neuer Job beim Polizeikommando hatte ihm viel mehr Freizeit beschert als früher. Ein Jahr später begann er, Max im *Mantrailing*, bei der Personensuche also, zu trainieren. Die Bewährungsprobe hatte Max im Sommer bestanden, als er die Schafdiebe stellte. Max war bei jenem Abenteuer nicht etwa den Schafen, sondern den Spuren der Männer gefolgt, die einen Wollschal in einer Alphütte liegen gelassen hatten.

Kauz hörte die Frau rufen. Sie streifte mit den Kindern ziellos durch den Wald, mal dahin, mal dorthin. Er ging näher. Jetzt merkte er, dass sie in heller Aufregung war.

»Hed Iär äswa ä chliis Meggi ggseh?«, rief sie schon von Weitem. Sie hielt an jeder Hand ein weinendes Kind von vielleicht fünf und sieben Jahren. Sie selber war auch den Tränen nah.

Kauz rief Max bei Fuß und ging auf dem Waldweg auf sie zu. Die Stelle, an der die Frau an einer Weggabelung stand, war vielleicht vierzig Meter vom Waldrand entfernt. Die Frau war einige Jahre jünger als er, konnte aber nicht die

Mutter der Kinder, eher die Großmutter oder eine Kinderfrau sein.

»Mir ist kein Kind begegnet«, sagte er, als er bei ihr stand.

Verzweifelt rang die Frau nach Worten.

»Was ist passiert?«, fragte Kauz ruhig.

Sie hätten im Wald nach letzten Pilzen gesucht, erklärte sie. Sie zeigte hangaufwärts in den Wald. Vor etwa einer Stunde hätten sie die Pilze und alle ihre Sachen deponiert, weil die Kinder hätten Verstecken spielen wollen. Die Vierjährige habe zunächst nicht begriffen, dass sie sich beim Verstecken nicht durch Rufen verraten dürfe. Die Geschwister hätten ihr eingeschärft, ja keinen Mucks mehr zu machen. Als die Kleine das zweite Mal mit Verstecken dran war, tat sie wie geheißen, und seither suchten sie sie. Bis jetzt vergeblich.

»Liiisaaa!«, rief die Frau in den Wald hinein.

»Liisaa, Liiisaaa!«, riefen jetzt auch die Kinder. Sie ließen die Hand der Großmutter los und machten ein paar Schritte in den Wald.

»Äm Gottswillä, bliibäd hiä!«, rief die Frau, packte die Kinder an den Armen und zog sie an sich. *»Hälfät insch süechä! Bitte, bitte!«*, flehte sie Kauz an.

»Wo sind Ihre Sachen?«, fragte Kauz.

»Daa uber«, antwortete sie und zeigte hangaufwärts in den Wald hinein.

»Kommen Sie«, befahl Kauz und stapfte in den Wald hinein.

»Aber z Chind ischt daa dirr!«, widersprach die Frau, blieb stehen und zeigte in die andere Richtung.

»Chommäd jezz!«, machte Kauz, ins Gommertitsch wechselnd. Er hatte den Baum schon erblickt, unter dem die drei Kinderrucksäcke und die Pilzkörbe standen. *»Äs pressiärt!«*, sagte er, denn im Westen verschwand die Sonne, Wind kam auf, und es roch nach Regen.

»Welches ist Lisas Rucksack?«, fragte er, als sie dort standen.

Drei Zeigefinger gleichzeitig zeigten auf den kleinen grünen mit dem Fröschchen darauf.

»Haben Sie von ihr noch ein Kleidungsstück? Eine Jacke vielleicht oder ein Halstuch?«, fragte er.

Die Frau zog ein signalrotes Käppchen hervor.

Die Geschwister hätten gewollt, dass Lisa das ausziehe, weil man sie sonst schon von Weitem sah, erklärte sie. Es sei zu dumm von ihr, dass sie das zugelassen habe, jammerte die Frau.

»Na, bestens«, sagte Kauz und nahm das Käppchen. »Haben Sie ein Handy?«, fragte er.

Die Frau nickte. Sie habe ihren Mann schon alarmiert.

»Gut. Und jetzt rufen Sie die Polizei«, wies er sie an, mit einem besorgten Blick gen Himmel. Aus seinem Minirucksack kramte er das Mantrailinggeschirr hervor, das er mit sich führte, wenn er mit Max auf einen längeren Marsch ging.

»Sitz!«, befahl Kauz und legte ihm das Geschirr an.

Jetzt wusste Max, dass Sucharbeit erwartet wurde.

Kauz hielt ihm das Käppchen unter die Nase.

»Such dieses Mädchen!«

Jetzt zeig, was du kannst!, dachte er. Das ist ein Ernstfall.

Max schnupperte ausführlich. Dann lief er, die Nase am Boden, an der langen Leine los. Kauz ließ sich von ihm führen. Max lief im Zickzack durch den Wald, hierhin und dorthin.

Dort habe sich Lisa das erste Mal versteckt, rief die Frau, als Max hinter einem Baum verharrte.

In einem Bogen lief der Hund jetzt zum Waldrand und aufs Feld hinaus Richtung Rottenufer.

»Nëëj! Nit daa ab! D'Lisa ischt im Waald!«, rief die Frau verzweifelt und zeigte wieder hangaufwärts. *»Da uber!!«*

Für einen Augenblick ließ sich Kauz verunsichern.

Max nicht. Immerfort am Boden schnüffelnd, zog er an der Leine zielstrebig Richtung Rotten. Das Kind hat den Heimweg gesucht, als es die andern nicht mehr sah, dachte Kauz.

Er blieb kurz stehen und drehte sich nach der Frau um, die ihm mit den zwei älteren Kindern folgte.

»Rufen Sie die Rettung!«, rief er. Für alle Fälle, dachte er.

»Ischt güet!«, rief die Frau atemlos zurück.

Kauz folgte wieder Max, der an der langen Leine zog. Es waren keine fünfzig Meter mehr bis zum Fluss.

Am Ufer blieb Max stehen und gab Laut.

Kauz rannte die paar Schritte zur Böschung, die an dieser Stelle steil abfiel. Zwei Meter unter ihm hockte ein Kind auf dem Hosenboden und krallte sich wimmernd an eine Staude. Er rief seinen Namen, aber das Mädchen wagte nicht, sich nach ihm umzudrehen. Es steckte einen halben Meter über dem Wasser in der Uferböschung fest und rutschte langsam abwärts. Mit der Linken fasste Kauz den stärksten Ast eines Buschs, mit dem rechten Fuß suchte er Halt auf der Böschung. Das Kind drohte jeden Augenblick ins Wasser zu stürzen. Kauz beugte sich weit vor und packte die Kapuze seines Hoodies. Er zog das Kind zu sich hoch, nahm es in den rechten Arm und kraxelte, sich mit der Linken abstützend, auf den Knien die Böschung hoch.

Oben warteten schon die Geschwister und die Großmutter.

Die Frau nahm Lisa entgegen und begann ebenso hemmungslos zu weinen wie das Kind. Die Geschwister hängten sich an sie, dann verlangten sie, ihr Schwesterchen zu umarmen.

»Das war knapp«, sagte Kauz.

Die Frau stellte das Kind bei seinen Geschwistern auf den Boden und warf sich Kauz an die Brust.

Wie sie ihm bloß danken könne, fragte sie.

»Sie müssen dem Hund danken. Er heißt Max«, sagte Kauz. »Oh! Fast vergessen!«, sagte er zu Max und kramte den Leckerbissen hervor, den der Hund nach einer erfolgreichen Suche erwartete.

Es dauerte nicht mehr lange, da war die Sirene des Rettungswagens zu hören. Kauz nahm sein Handy, wählte den Polizeinotruf und gab Entwarnung. Hinter dem Rettungswagen kam ein Personenwagen über die Rottenbrücke gefahren. Ein Mann stieg aus und kam herbeigeeilt. Kauz erkannte den, den er vor wenigen Stunden im Wald getroffen hatte. Den Schweißhund hatte er im Wagen gelassen.

»Lebt sie?«, rief er.

Die Frau lief auf ihn zu und fiel auch ihm um den Hals. Nach wenigen Augenblicken hatte der Mann die Lage erfasst.

Er kam auf Kauz zu und drückte ihm die Hand.

»Vergelts Gott!«, sagte er. »Wo seid Ihr zu Hause?«

Kauz sagte es ihm.

»Darf ich Euch heimfahren?«

»Nit neetig«, wehrte Kauz mit einem schwachen Lächeln ab, dabei war er nudelfertig. Aber sein Stolz ließ nichts anderes zu.

Erst im Speicher spürte Kauz den Durst und den Hunger. Aber als Erstes gönnte er sich eine heiße Dusche und zog frische Kleider an. Auf den letzten Metern seines Heimwegs war ein Gewitter losgebrochen, mit Donner, Blitz und Wolkenbruch und heftigen Böen. Noch goss es in Strömen, aber es war klar, dass der Regen bald nachlassen würde.

Kauz war noch keine Stunde in seinem Speicher, da klopfte es an der Tür. Draußen stand in Regenjacke der Mann aus dem Wald. Der Großvater der Kinder. Er zog den Hut. In der Linken trug er einen geflochtenen Korb, gegen den Regen mit einer Kinderwindjacke geschützt.

»Herr Walpen, nicht wahr?«, sagte der Mann und stellte sich selber vor: »Steinhaus.« *Schtëjhüs,* sagte er, genau wie der wilde Jäger Alois Kreuzer den Namen ausgesprochen hatte, und gab Kauz die Hand.

»Herr von Steinhaus?«, fragte Kauz und zog ihn in den Speicher hinein, denn ein Vordach hatte sein Haus nicht.

»So steht es auf dem Papier, ja. Aber lasst das *von*, das ist heute nicht mehr Mode. Ich heiße Steinhaus«, lachte er.

»Gut«, sagte Kauz. »Treten Sie ein.«

Steinhaus stellte den Korb auf den Tisch und zog die Kinderjacke weg. Zum Vorschein kam eine Flasche Wein, ein kleiner Laib Käse und ein Roggenbrot. Außerdem war da ein Stofftäschchen voller Pfifferlinge.

»Für Euch«, sagte er lapidar. »Das Brot ist selbst gebacken. Die Pilze haben die Kinder gesucht.«

Kauz wollte schon protestieren.

»Keine Sorge, wir hatten auch Pilze zum Abendessen. Sie haben eine ganze Menge gefunden«, beruhigte er Kauz.

Dann streichelte er Max, der sich mühsam aufrappelte und an ihm schnupperte.

»Toller Hund«, sagte er. »Du hast unserer Lisa das Leben gerettet. Bravo. Und Ihr auch, Herr Walpen. Tausend Dank. Wir stehen tief in Eurer Schuld«, sagte er und streckte zum dritten Mal die Hand aus.

Schuld!, was soll das? Das war doch selbstverständlich, hätte Kauz fast gesagt. Aber er spürte, dass diese Floskel nicht passte. Stattdessen drückte er Steinhaus stumm die Hand, nickte und presste die Lippen zusammen, denn ihm kamen die Tränen.

Es war einfach fast zu viel gewesen: Der arme Rehbock. Der steile Aufstieg. Die Rettungsaktion. Dass jetzt einer dastand und ihm ohne große Worte für die Lebensrettung dankte. Es war ja keine heroische Tat gewesen, er hatte nicht sein eigenes Leben riskiert, um ein anderes zu retten. Dennoch, dank Max und ihm war die kleine Lisa noch am Leben. Kauz war auf seinen treuen Begleiter ungeheuer stolz.

Steinhaus zog ein Taschentuch und schnäuzte sich energisch die Nase. Kauz wischte sich über die Augen. Er rückte einen Stuhl zurecht und lud den Gast ein, sich zu setzen.

Steinhaus setzte sich an den Tisch und begann zu erzählen:

Seine Frau und er hüteten die Enkelkinder aus dem Unterland. Die Älteste ging zur Schule, der Mittlere besuchte den Kindergarten. Diese beiden hatten Herbstferien, und die Eltern der Kinder erfüllten sich einen lange gehegten Wunsch: eine Woche Ferien zu zweit in der Toskana.

»Stellt Euch vor, das Kind wäre ertrunken!«, sagte er. »Das ist das Schlimmste, was Großeltern widerfahren kann. Erst recht einer Großmutter, die sich sowieso für die Enkelkinder verantwortlich fühlt. Annemarie ist überglücklich, dass nichts passiert ist, aber sie ist trotzdem fix und fertig. Das könnt Ihr Euch sicher vorstellen.«

»Allerdings«, sagte Kauz.

Konrad Steinhaus war ein eher vierschrötiger Mann, aber er hatte einen weichen Kern. Kauz hatte angenommen, er sei ein Gommer Landwirt, jetzt erfuhr er, dass er Möbelschreiner war. Er hatte aber einen Bruder, der Bauer war. Der führte einen Hof in Ulrichen. Die beiden Brüder wohnten im gleichen Dorf. Er war ein junger Großvater, acht Jahre jünger als Kauz. Seine beiden Söhne waren auch jung Väter geworden.

Kauz merkte, dass Steinhaus nicht wusste, wer er, Kauz, war. Auch schien er kaum etwas von den Verbrechen im Binntal mitbekommen zu haben. Vielleicht war er kein typischer Gommer und legte wenig Wert aufs *Doorffä.* Er machte auch keine Anstalten, vom *Iär* aufs *Düü* zu wechseln. Natürlich wäre es an Kauz als dem Älteren gewesen, das Du anzubieten. Aber in der Regel gingen von einem Gommer Signale aus, dass er das *Düü* erwartete, und bei Steinhaus war das nicht der Fall. Kauz nahm an, dass Zurückhaltung, nicht Dünkel der Grund war. So unkompliziert die Gommer in der Regel mit dem Du umgingen, es war schon mehr als einmal vorgekommen, dass ein älterer Gommer zwar per Handschlag das *Düü* besiegelte, aber bei der nächsten Begegnung wieder *Iär* sagte, weil er Kauz als Respektsperson betrachtete.

Steinhaus war es offenbar wohler, eine gewisse Distanz zu

wahren. Und Kauz war das recht. Wie schon in Mühlebach zeigte sich, dass sein Gast an der Geschichte des Goms und an Gommer Genealogie interessiert war. Es verstand sich fast von selbst, dass Kauz das Gespräch auf die Familie de Steinhaus lenkte.

»Wir haben keinen engen Kontakt mit den de Steinhaus. In unserem Stammbaum trennten sich die Äste vor mehr als hundert Jahren. Charlotte ist im Goms eine angesehene Person. Aber vielleicht hält sie von uns *Üörlichär Schtějhüs* nicht so viel wie wir von ihr. Sie wissen, wie ich das meine. Sie ist eine vornehme Dame, *née de Courten*«, lächelte er. »Wir sind einfache Leute, ganz gewöhnliche Gommer.«

»Wie steht es mit Madame Charlottes Neffen?«

»Philippe?«, fragte Steinhaus zurück. Er schwieg eine Weile. »Schwierig. Vielleicht kann er schlecht damit umgehen, dass seine Nichte sich so gut mit uns verstand. Besser als mit ihm. Sie ging bei uns ein und aus.«

»Welche Nichte?«

»Cynthia. Cynthia Bregy heißt sie. Sie lebt leider nicht mehr. Sie starb vor fünf Jahren. Im Rotten ertrunken«, sagte Steinhaus und griff sich an die Stirn.

»Traurig«, sagte Kauz. »Ich habe davon gehört.«

Er brauchte nicht viel zu fragen, Steinhaus sprach ganz von selbst über Cynthia, mit der er nach eigenen Worten kaum verwandt war.

»Sie ging noch zur Schule, als sie sich die Aufgabe stellte, die Lebensgeschichte eines Ahnen aufzuschreiben.«

»Julius von Steinhaus, nicht wahr? Der sich später Jules de Steinhaus nannte.«

»Ihr wisst davon?«, staunte Steinhaus.

»Ihre Großmutter hat es mir erzählt. Auch dass ihr Großvater ihr bei dieser Schreibarbeit half.«

Kauz sah keinen Anlass, sich bedeckt zu halten. In groben Zügen erzählte er von seinen Begegnungen mit Madame

Charlotte. Kriminalistische Aspekte brachte er nicht zur Sprache.

»Das stimmt«, nahm Steinhaus den Faden auf: »Alphonse de Steinhaus, der Doyen der Sippe, stellte ihr für ihre Maturitätsarbeit Quellen zur Verfügung. Mein Bruder und ich taten das übrigens auch. Julius war ja auch *unser* Vorfahre. Cynthia machte keinen Hehl daraus, dass sie sich für die einfachen Menschen genauso oder mehr interessierte als für die vornehmen. Sie war ein flottes Mädchen. *Än äns flotti Meggä,* so sagen wir hier.«

»Über die einfachen Gommer schrieb sie dann ja ihre Masterarbeit. Es hätte sogar eine Doktorarbeit werden sollen. Auswanderergeschichten waren das, nicht wahr?«

»Das wisst Ihr auch?«, freute sich Steinhaus. »Es ist genau, wie Ihr sagt. Unser Beitrag bestand aus unseren eigenen Quellen. Briefe, alte Fotografien und Zeitungsausschnitte, amtliche Dokumente, solche Dinge. Die eigentliche Forschungsarbeit, Quellenforschung nennt man das, machte sie ganz allein. Sie war ja blitzgescheit und enorm fleißig. Ich glaube, sie war froh, in mir einen gefunden zu haben, mit dem sie über ihre Studien reden konnte. Sie stellte viele Fragen, wir diskutierten stundenlang. Annemarie und ich behandelten sie mit der Zeit wie eine Pflegetochter«, erklärte Steinhaus. »Sie hatte nämlich keine Eltern mehr. Ich weiß nicht, ob sie ihrer Großmutter überhaupt davon erzählte, dass sie bei uns ein und aus ging. Wie gesagt, sie arbeitete sehr selbstständig. Aber sie brauchte jemanden, der sie bei der Ausarbeitung des Textteils unterstützte. Einen Schreibcoach nennt man das. Da konnte ich helfen. Ich knüpfte den Kontakt zu einem alten Schulfreund aus Gymnasialzeiten.«

Kauz stutzte. Ein Möbelschreiner, der aufs Gymnasium ging?

Steinhaus wurde nachdenklich. »Auch er lebt nicht mehr, er kam vor wenigen Wochen bei einem Jagdunfall ums Leben.«

»Maurice Jäger?«

»*Sappärlott!* Wieso wisst Ihr das alles?«

Jetzt kam Kauz nicht mehr darum herum: Er schenkte ihm reinen Wein ein. Wenigstens schluckweise.

Eine halbe Stunde später sah Steinhaus einigermaßen klar.

»*Unglöübläch*«, stellte er fest. »Die Polizei schließt also nicht aus, dass Maurice umgebracht wurde? Sie möchte mehr über ihn als Journalist wissen. Und über seine Tätigkeit als Schreibcoach. Weil sie sich erhofft, so hinter ein mögliches Tatmotiv zu kommen?«

»Richtig«, bestätigte Kauz, denn ungefähr so hatte er ein paar der Fakten für Steinhaus zusammengefasst.

»Und Ihr, Herr Walpen, seid ein ehemaliger Polizist?«

»Ja.«

»Dann habe ich schon von Euch gehört. Nennt man Euch Kauz?«

Kauz nickte. »So heiße ich.«

»Arbeitet Ihr mit der Polizei zusammen?«

»Manchmal schon.«

»Auch in diesem Fall?«

»J-Ja.«

»Dann hätte ich vielleicht etwas für Euch.«

Kauz sah ihn aufmerksam an.

»Eine Arbeitsmappe«, sagte Steinhaus.

»Von Cynthia Bregy?«

»Ja. Die würde ich lieber Euch geben als der Polizei. Ihr könnt sie sichten, und wenn etwas dabei ist, was die Polizei interessiert, dürft Ihr das weitergeben. Einverstanden?«

»Klar. Woher haben Sie die?«

»Vielleicht wisst Ihr, dass Cynthia nach Argentinien reisen wollte …«

»Ja, ich weiß, nach San Jerónimo Norte. Zusammen mit ihrer Großmutter. Aber dazu kam es nicht mehr.«

»Ich dachte mir ja schon, dass Ihr das wisst«, schmunzelte

Steinhaus. »Nun, vor der Abreise war sie ziemlich nervös, sie ...«

»Hatte sie eine Vorahnung?«, fragte Kauz.

»Meint Ihr Todesahnungen?«, fragte Steinhaus zurück. »Ach wo. Sie war zuversichtlich und guter Dinge. Nein, nein, sie hatte Reisefieber und fühlte sich zeitlich unter Druck. Sie fand keine Zeit mehr, Maurice die Mappe zu bringen. Wieso sie sie ihm nicht einfach schickte, weiß ich nicht. Sie rief mich zwei oder drei Tage vor ihrer geplanten Abreise an und fragte, ob ich sie ihm bringen würde. Ich war an dem Tag beruflich in Siders. Ein Auftrag der Stadtverwaltung, wissen Sie. Sie kam dort vorbei und drückte mir die Mappe in die Hand. Ich sagte ihr, ich könne sie Maurice erst in der darauffolgenden Woche übergeben. Das sei in Ordnung, meinte sie. Das war meine letzte Begegnung mit Cynthia«, schloss Steinhaus nachdenklich. »Ich sah sie nie wieder.«

Kauz hatte nichts davon gesagt, dass er damals für die Ermittlung zuständig war. Jetzt versuchte er, sich zu erinnern: Hatte er in jenen Tagen einen Mann namens Steinhaus befragt? Nein. Hatte sich ein Steinhaus auf die Vermisstanzeige hin gemeldet? Er war sich ziemlich sicher, dass auch das nicht der Fall war.

»Wieso konnten Sie die Mappe erst eine Woche später abgeben?«, fragte er.

»Weil ich mit meiner Frau fürs Wochenende ins Piemont reiste. Einen Tag bevor Cynthia verschwand, reisten wir ab. Ich hörte erst nach unserer Rückkehr, dass man sie suchte. Da war die Mappe natürlich nicht mehr wichtig. Später rief ich Maurice an und sagte ihm das von den Arbeitsunterlagen. Er war erschüttert, als er von Cynthias Verschwinden und später von ihrem Tod im Rotten hörte.« Steinhaus machte eine Pause. »Er war nämlich ein bisschen in das Mädchen verknallt«, sagte er dann. Er lächelte nachsichtig. »Er hat richtig für sie geschwärmt, war absolut begeistert, nicht nur von ihrer Arbeit. Versteht mich richtig, ich will ihm nichts unterstellen. Er wurde ihr gegenüber ganz bestimmt nicht aufdringlich. Schon weil er wusste, dass sie unser Schützling war. Aber wisst Ihr, was eigenartig ist?«, fragte er. Ohne Kauz' Reaktion abzuwarten, fuhr er fort: »Vor etwa sechs Wochen rief er mich an und fragte plötzlich nach Cynthias Arbeitsunterlagen. Nach fünf Jahren! Für mich kam das aus heiterem Himmel. Ich wusste zuerst überhaupt nicht, was er meinte. Dann ging ich auf die Suche und fand auf dem Dachboden die verstaubte Mappe.«

»Und dann?«

»Wir telefonierten, um ein Treffen zu vereinbaren. Aber es klappte nicht auf Anhieb. Dann pressierte es ihn plötzlich. Er hinterließ eine Nachricht: Er verreise zwei Tage später und wolle Cynthias Masterarbeit unbedingt vorher noch haben.«

Kauz horchte auf. »Wissen Sie, wohin er verreiste?«

»Nach San Jerónimo Norte. Jetzt staunt Ihr, was?«

»Allerdings«, gestand Kauz. »Was wollte er dort?«

»Nun, ein Reisebüro in Brig organisierte eine Art Studienreise. Das Angebot richtete sich an Walliser, deren Vorfahren nach Argentinien ausgewandert waren. Hundertsechzig Jahre San Jerónimo Norte, das war der offizielle Anlass der Reise. Die Teilnehmer gingen sozusagen auf Verwandtenbesuch. Andere reisten mit, weil sie sich für diesen Teil der Walliser Geschichte interessierten. Mich hätte es auch gereizt, aber es lag zeitlich nicht drin. Ich bin halt noch nicht pensioniert«, schmunzelte Steinhaus. »Aber Maurice nahm sich die Zeit und buchte die Reise. Was genau seine Motive waren, weiß ich nicht. Aber für mich ist klar, dass es mit Cynthia und ihrer Arbeit zu tun hatte.«

Jetzt wird es aber spannend!, dachte Kauz. Maurice Jäger war kurz vor seinem Tod in San Jerónimo Norte! Das muss Alain wissen.

»Ich machte mir Kopien von den Unterlagen und schickte

Maurice die Originale«, fuhr Steinhaus fort. »Er erhielt sie auf den letzten Drücker, am Tag seiner Abreise. Das bestätigte er mir noch am Telefon. Es war unser letzter Kontakt.«

»Oh. Das tut mir leid. Sie haben einen Freund verloren.«

»So ist es«, sagte er. »Aber es ist schon spät. Ich sollte gehen«, meinte er und stand auf.

»Eine Frage noch, Herr Steinhaus: Wurden Sie nach Cynthias Verschwinden von der Polizei befragt?«

»Nein.«

»Auch nicht, als sie gefunden wurde?«

»Nein. Wieso fragt Ihr?«

»Auch nicht von der Staatsanwaltschaft?«, hakte Kauz nach.

»Nein.«

»Sie sind Jäger. Haben Sie je von einer Interessengemeinschaft Wolf gehört?«

»Nein. Was ist das?«

»Eine Art Verein, vermuten wir.«

»Noch einmal, wieso stellt Ihr diese Fragen?«

»Ich versuche, der Polizei zu helfen«, antwortete Kauz vage.

»Nun mal ehrlich: Geht es einzig um Maurice? Oder auch um Cynthia?«, fragte Steinhaus, plötzlich misstrauisch. »Besteht der Verdacht, dass auch sie umgebracht wurde?«

»Diese Frage stellt sich bei einem außergewöhnlichen Todesfall immer. Und der von Cynthia Bregy ist nach allem, was ich weiß, nie restlos geklärt worden. Vielleicht helfen ihre Arbeitsunterlagen, den Fall abzuschließen. Wann darf ich sie holen?«

»Ich lege sie Euch morgen in den Briefkasten«, sagte Steinhaus und ging zur Tür.

Montag, 8. Oktober

»Ich darf Ihnen ein Kränzchen winden, Frau Staatsanwältin«, sagte Oberstaatsanwalt Gitsch in seiner ätzend formellen Art. »Damit sind wir einen großen Schritt weiter.«

Die Hochschwangere wand sich auf ihrem Bürostuhl, als ob ihr das Kompliment ihres Vorgesetzten peinlich wäre.

Ria Ritz war die Erleichterung, dass es nicht wieder einen Rüffel absetzte, anzusehen.

Gsponer zeigte wie immer ein Pokerface.

Lara Stockalper hatte über das Ergebnis der schusswaffentechnischen Untersuchungen am FOR berichtet, die Befragungen von Alaska-Joe und dessen Sohn und von Alois Kreuzer zusammengefasst und über die Hausdurchsuchungen bei Zertanna und bei Kreuzer rapportiert, bei welcher dessen Jagdwaffe sichergestellt worden war. »Es geht um eine Fallblockbüchse. Das ist …«, setzte sie zu einer Erklärung an.

»Ich weiß, was eine Fallblockbüchse ist«, unterbrach Gitsch. »Es sollte Ihnen bekannt sein, dass Ihr Oberstaatsanwalt Jäger ist«, sagte er von oben herab.

Die Staatsanwältin unterließ es zu erwähnen, wer der Überbringer der Untersuchungsergebnisse aus dem FOR war. Auch dass Kauz beim ersten Besuch auf Kreuzers Hof dabei gewesen war, blieb unerwähnt. Offiziell wusste die Staatsanwaltschaft auch gar nichts davon, denn im Polizeirapport von Wachtmeister Ria Ritz fehlte ein entsprechender Eintrag.

»Das heißt für mich, dass drei Besitzer von Fallblockbüchsen: Herr Alois Kreuzer, Mister Wellig junior und Monsieur«, Gitsch klemmte die Lippen zusammen, verzog das Gesicht und schnaubte zweimal durch die Nase, »Philippe de Steinhaus im Fokus stehen. Gelten sie als Beschuldigte?«

»Inspektor Gsponer wird Lee Wellig noch einmal separat vorladen und mir dann je nach Ergebnis zuführen. Sollte sich die im FOR untersuchte Patrone einer persönlichen Waffe zuordnen lassen – nämlich derjenigen von Kreuzer, der von Wellig, wenn sie zum Vorschein kommt, oder der von de Steinhaus –, gilt der entsprechende Waffenbesitzer als Beschuldigter. Aber bis dahin …«

»Wie sehen Sie das, Herr Inspektor?«

»Genauso«, sagte Gsponer. Er hatte keine Lust, sich gegen Lara ausspielen zu lassen.

»Ob Philippe de Steinhaus als Beschuldigter gilt, müssten *Sie* mir sagen, Herr Oberstaatsanwalt«, meinte die Staatsanwältin. »Sie haben ihn am Freitag einvernommen.«

»Das weiß ich auch«, sagte Gitsch scharf, ohne auf ihren Wunsch einzugehen. »Weiß man mehr von dieser IG Wolf?«, wechselte er das Thema.

»Nein. Niemand hat je von einer solchen Interessengemeinschaft gehört«, antwortete Gsponer. »Sie ist ein Phantom.«

»Können wir den Wolf als Tatmotiv somit ausschließen?«, fragte Gitsch maliziös. Die Frage ging an die Staatsanwältin und zielte wohl darauf ab, sich über Kauz zu mokieren. Inzwischen war es Gitsch längst bekannt, dass es Kauz war, der von Anfang an auf die Karte Wolf gesetzt hatte.

»Nein«, wandte Lara Stockalper ein, »es besteht nach wie vor die Möglichkeit, dass ein erklärter Wolfsgegner auf den Wolfsfreund Maurice Jäger schoss.« Es war ihr anzusehen, dass es ihr schwerfiel, ihrem Vorgesetzten zu widersprechen. Sie rutschte auf ihrem Stuhl hin und her und fasste sich an den Bauch. »Und es ist …«

»Was ist, Frau Staatsanwältin?«, unterbrach Gitsch. »Sie sehen mitgenommen aus. Geht es Ihnen nicht gut?« Er sah sie fast empathisch an. »Ich glaube, Sie sollten sich ausruhen.«

»Nein, nein, ich …«

»Wissen Sie was?«, sagte er bestimmt. »Sie gehen jetzt nach Hause und ruhen sich aus. Keine Sorge, ich übernehme den Fall. Schonen Sie sich! Verstanden?«

»Ich will Ihnen nicht widersprechen, Herr Oberstaatsanwalt. Aber …«

»Dann ist es ja gut«, schnitt er ihr das Wort ab. »Sie, Frau Wachtmeister«, wandte er sich an Ria, »begleiten die Staatsanwältin nach Hause.«

Damit komplimentierte er die beiden Frauen aus dem Besprechungszimmer hinaus und blieb mit Gsponer allein sitzen.

*

»Weißt du, was eben passiert ist?«, rief Ria ins Telefon.

»Wie sollte ich?«, fragte Kauz zurück.

»Gitsch hat mich ausgebootet. Und Lara auch. Er hat uns beide nach Hause geschickt.«

»Ich glaubs nicht! Warum?«

»Weil er ein Sexist ist, darum. Er will keine Frauen im Team. Bei Lara gäbe es zwar einen stichhaltigen Grund, ihr Termin ist überfällig. Ich glaube aber nicht, dass das *sein* Grund ist. Er führt die Ermittlung mit Alain allein weiter.«

»Dann hattest du recht: Er erklärt den Fall zur Chefsache.«

»Genau. Was machen wir jetzt?«

»Gar nichts«, sagte Kauz.

»Du regst dich nicht mal auf?«

»Hör zu, Ria: Gitsch ist zwar ein Ekel und ein lausiger Ermittler. Und manchmal trifft er fatale Entscheidungen. Aber den formellen Kram beherrscht er. Er kann es sich gar nicht leisten, Alain auch noch auszubooten. Und der schafft das mit seinen Leuten auch ohne dich. Wenn nötig, steigt er gegen Gitsch auf die Barrikaden. Da mache ich mir keine Sorgen.«

In der Leitung blieb es eine Weile still.

»Ich weiß nicht«, tönte es, dann war Sendepause.

»Ria?«

»Ja?«

»Hast du Zeit für einen Kaffee?«

*

»Hedär keert?«, fragte der Pöstler, als er Kauz vor der Speichertür ein paar Briefe, lauter Rechnungen, in die Hand drückte.

»Was keert?«, fragte Kauz zurück.

Im Leffältal sei ein Wolfsrudel gesichtet worden, wusste der Mann zu berichten.

Verflixt!, dachte Kauz, jetzt weiß das sicher das ganze Goms!

Wer das gesagt habe, wollte er wissen.

Der Wildhüter, war die Antwort. Am Mittwochabend halte der übrigens einen Vortrag. Wie jedes Jahr in den Herbstferien. Ein Informationsabend über Wildtiere im Goms. Klar, dass er dann auch das Thema Wolf anspreche. Man erwarte deshalb einen Großaufmarsch, auch von Einheimischen. Das Wo und Wann stehe auf dem Flyer, den er in der Hand halte.

Kauz ging hinein, deponierte die Briefe und sah sich den Flyer an. Dann ging er mit Max zum Bahnhof.

»Gratuliere!«, rief Ria, als er hereinkam. Die Polizisten, die auf dem Posten Dienst schoben, applaudierten, Nico am lautesten.

»Chapeau!«, tönte es. »Großartig!«, »Bravo!«, *»Hüerägüet!«* Max wurde von Polizist zu Polizist weitergeschoben

und getätschelt. Kauz war nicht auf diesen Empfang gefasst gewesen, aber er wusste natürlich sofort, worum es ging.

»Haben die von der Rettung geplaudert?«, fragte er.

»Na klar. Wir sind doch ein Team«, sagte Ria.

Er musste ausführlich über die Rettungsaktion vom Sonntagabend berichten. Niemand hatte eine Ahnung davon gehabt, dass er Max in der Personensuche trainierte.

»Das war sein zweiter Ernstfall«, bestätigte Kauz. »Aber der erste, bei dem es um Leben und Tod ging.«

Ria bat ihn ins Chefbüro.

Nun erzählte Kauz auch noch vom Nachspiel der Rettungsaktion, von seiner Begegnung mit Konrad Steinhaus.

»Jetzt hast du also den Koni kennengelernt. Das ist ein flotter Mann, nicht wahr? Pass auf«, fuhr sie fort. »Er sieht zwar aus wie ein Fuhrknecht, aber er ist fast ein Gelehrter. Der weiß alles!«, behauptete sie. »Er war Student an der Uni Bern, als sein Vater starb. Er brach das Studium ab und übernahm die Möbelschreinerei mit allen Angestellten. Mit fünfundzwanzig machte er noch eine Schreinerlehre. Solche Leute gibts im Goms!«

»Toll!«, stimmte Kauz ihr zu. »Aber jetzt zu dir. Was war heute auf der OSTA los?«

Ria erzählte von der Sitzung mit dem Oberstaatsanwalt.

»Ich kam gar nicht zu Wort«, sagte sie zum Schluss. »Das vom Kontakt auf Jägers iPhone konnte ich Alain aber noch vor der Sitzung sagen. Darüber weiß er also Bescheid.«

»Gut. Und jetzt gibt es noch ein weiteres Puzzlestück: Maurice Jäger war kurz vor seinem Tod in Argentinien.«

»Mhm. Was hat das zu bedeuten? Jetzt frage ich mich, ob auch de Steinhaus dort war«, sagte Ria nachdenklich. »Glaubst du, dass der Mordfall Binntal je gelöst wird? Ich habe da meine Zweifel. Vielleicht macht Gitsch es ja so wie schon einmal …«

»Als Suizid kann er den Fall diesmal nicht abtun. Der Obduktionsbefund und die Ergebnisse des FOR lassen das nicht zu. Und Alain wird nicht erlauben, dass …«, er hielt inne.

»Dass was?«, fragte sie.

»Hör zu, Ria. Ich habe damals versagt. Aber Alain …«

»Es lässt dir noch immer keine Ruhe, nicht wahr?«

»Ich denke jeden Tag daran«, gestand Kauz.

Er blieb eine ganze Weile bei ihr sitzen, erzählte ihr das vom Wolfsrudel, das sicherlich bald in aller Munde sein würde, und zeigte ihr den Flyer für den Vortrag des Wildhüters. Dann machte er sich mit Max auf den Heimweg.

Wieder im Speicher, öffnete er den dicken Umschlag, der im Zeitungskasten gelegen hatte, warf einen Blick hinein und legte ihn zur Seite. Die Lektüre von Cynthia Bregys Masterarbeit, die darin steckte, sparte er sich für den nächsten Tag auf. Jetzt war er zu müde dafür. Er streckte sich auf seinem mit Canvas bezogenen Klappsessel aus und hörte Musik.

Gegen Abend führte er Max auf der Langen Gasse kurz spazieren und legte sich früh schlafen.

Dienstag, 9. Oktober

»Du wirst es nicht glauben, Kauz«, rief Gsponer in sein Handy. »Thomas hat mir soeben gemeldet, in Maurice Jägers Cloud sei gestern Nacht wieder ein Dokument gelöscht worden.«

»Das gibts doch nicht! Was für ein Dokument?«

»Ich schicke dir den Screenshot, den ich von ihm erhalten habe. Das musst du mit eigenen Augen sehen! Warte, ist gleich so weit.«

Kauz nahm sein Handy vom Ohr und fixierte das Display. Schon poppte die Meldung über den Eingang einer Nachricht auf. Er öffnete sie – und traute seinen Augen kaum:

Sie haben das Dokument Was geschah mit Cynthia Bregy? gelöscht. Montag, 8.10., 23:47

»Ich werd verrückt«, murmelte er. »Können wir uns sehen?«

Er sperrte Max im Speicher ein, eine Stunde später stand er am Bahnhof Brig. Er hatte in Münster gerade noch den Zug erwischt. Jetzt hatte er noch eine Dreiviertelstunde Zeit, durch die Stadt zu bummeln. Er nahm den Weg zum Stockalperschloss.

Tangoclub El Valesano, las er an der Fassade eines ziemlich heruntergekommenen Hauses.

Hier ist das also, dachte er.

Nico hatte den Club erwähnt, als er ihm eine Woche zuvor bei einem Latte macchiato das Herz ausschüttete. Er hatte auch von seiner letzten Verflossenen erzählt, die mit dem zweijährigen Sohn, dem jüngsten seiner drei Kinder, in Buenos Aires lebte. Der junge Mann schien eine Affinität zu Lateinamerika zu haben. Er hatte sich nicht damit gebrüstet, aber Kauz konnte sich gut vorstellen, dass er ein begnadeter Tänzer und der Schwarm vieler Frauen war.

An der Fensterscheibe des Wallissereggä hieß es *Empanadas con pollo y con carne.* Im Schaufenster eines Secondhand-Ladens gleich nebenan hing ein T-Shirt der argentinischen Fußball-Nationalmannschaft in Kindergröße mit der Nummer zehn. *Messi-Trikot* stand in großen Lettern auf dem Schild daneben.

War das Zufall, oder gab es in dieser Ecke von Brig eine Enklave von Heimweh-Argentiniern?

Und war es Zufall oder nicht, dass in diesem Augenblick der Koloss Walter Zertanna an ihm vorbeischrammte? Er nahm keine Notiz von Kauz, er kannte ihn ja auch gar nicht. Aber er schubste ihn beinahe um. Er kam aus der Gegenrichtung, vom Stockalperschloss her, und ruderte breitbeinig stadteinwärts.

Moment!, dachte Kauz. Hatte Nico nicht Anspielungen auf eine Bekanntschaft gemacht, die entweder de Steinhaus oder Zertanna heißen musste? Er hatte gesagt, sein neuster Schwarm sei eine Halbargentinierin. War Zertanna der Vater, der Bruder oder der Onkel dieser Dame? Den Bruder schloss Kauz aus Altersgründen aus. Der Ehemann war es auch nicht, wenn er Nicos Beteuerung glauben konnte, dass er nicht mit einer verheirateten Frau angebandelt habe. Also der Vater oder Onkel. Wenn es der Vater war, müsste er logischerweise eine argentinische Frau haben, folgerte Kauz. Dem müsste man nachgehen.

Er ließ das Stockalperschloss rechts liegen, denn für eine Besichtigung fehlte heute die Zeit, und spazierte auf der Alten Simplonstrasse weiter. Kleine Welt, dachte er, als er nach wenigen Schritten den Wegweiser zum Kollegium Spiritus Sanctus bemerkte. Madame Charlotte hatte mehr als einmal, und jedes Mal mit Stolz, das Gymnasium erwähnt, das ihre Enkelin in Brig besucht hatte. Eine Gruppe Jugendlicher, Burschen, Mädchen und junge Frauen, kam ihm entgegen. Sie trugen Schulrucksäcke und schwatzten, lachten oder debattierten. Für Kauz war es immer ein eigenartiges Gefühl, sich auf dem Gelände eines Gymnasiums oder auf dem Campus einer Universität zu bewegen. Die Atmosphäre, die an solchen Orten herrschte, beeindruckte ihn. Die unbeschwerte und doch ernsthafte Betriebsamkeit zog ihn an. Er haderte nicht damit, dass er selber nie eine höhere Schule besucht hatte, aber er fragte sich manchmal, wie sein Leben verlaufen wäre ohne den frühen Tod seines Vaters. Wenn die Eltern ihn aufs Gymnasium geschickt hätten und er ein Studium absolviert hätte.

Beim Frauenkloster St. Ursula machte er kehrt und nahm den Weg über die Saltina zum Polizeigebäude.

»Was sollen wir von dem gelöschten Text halten?«, fragte Gsponer, als sie sich gegenübersaßen.

»Warte, Alain: Geht Gitsch hier ein und aus? Es wäre nicht gut, wenn er uns zusammen antreffen würde.«

»Egal«, erwiderte Gsponer. »Ich lade vor, wen ich will. Und im Augenblick bist du der Vorgeladene«, grinste er. »Abgesehen davon, kommt Gitsch kaum je auf den Posten. Er zieht es vor, uns nach Visp zu zitieren. Und überhaupt, heute hat er anderes vor: Er hat Zertanna vorgeladen.«

»Vor einer halben Stunde war der aber noch hier in Brig.«

»Ach ja? Na ja, die Einvernahme wird sicher bald beginnen«, erklärte Gsponer.

»Weißt du übrigens, ob Zertanna mit einer Ausländerin verheiratet ist? Mit einer Argentinierin?«

»Ich weiß, dass er geschieden ist. Ob seine Ex eine Argentinierin war, weiß ich nicht. Es würde mich wundern. Russin würde besser passen«, grinste er. »Was schaust du so? Bin ich politisch wieder zu wenig korrekt? Spaß beiseite, ist das überhaupt wichtig?«

»Eigentlich nicht. Bloß Neugier«, lachte Kauz.

»Also, was hältst du von dem Dokument, das da aus Jägers Cloud gelöscht wurde?«

Kauz berichtete seinem Freund von seiner Begegnung mit Konrad Steinhaus und was der alles über Cynthia Bregy und ihren Schreibcoach Maurice Jäger erzählt hatte. Sie rätselten, ob es sich beim gelöschten Dokument tatsächlich um eine Recherche des Skandal-Jägers zum Verschwinden von Cynthia Bregy handelte. Und ob er wegen dieser Recherche erschossen wurde.

»Dann hätten wir eine ganz heiße Spur«, meinte Kauz.

Denn dann musste man annehmen, dass der Mörder von Maurice Jäger auch der Mörder von Cynthia Bregy war. Dass Jäger ihm wegen dieses Mords auf der Spur war und dass der Mörder ahnte, dass er auffliegen würde. Es sei denn, er hindere den Journalisten daran, seine Recherche zu publizieren. Sie landeten beim Dreieck Maurice Jäger-Cynthia Bregy-Philippe de Steinhaus, das Kauz am Samstag mit Ria und Thomas diskutiert hatte.

»Kannst du dir de Steinhaus als Mörder vorstellen?«, fragte Gsponer.

»Eigentlich nicht. Aber man weiß nie. Und du?«

»Geht mir genauso.«

Gsponer überlegte.

»Jäger und die Bregy haben sich also gekannt«, resümierte er. »Daran gibt es keine Zweifel mehr. Er hatte auf seinem Notebook ein Dokument über ihr Verschwinden. Dann wäre *das* die heiße Story, die Jäger dem *Klartext* in Aussicht stellte. Und nicht die über eine IG Wolf, von der kein Mensch je gehört hat. Es würde alles passen. Nur eines frage ich mich: Geht ein Journalist mit einer solchen Story wirklich an die Öffentlichkeit statt zur Polizei? Es ginge ja immerhin um Mord.«

»Stimmt schon«, räumte Kauz ein. »Aber ich erinnere mich an einen ähnlichen Fall. Da machte erst die Recherche eines hartnäckigen Journalisten über einen verschleppten Mordfall der Justiz Beine. Denk daran, der Mordfall Bregy liegt fünf Jahre zurück. Nach so langer Zeit kann ein Journalist sich schon berechtigt fühlen, mit seiner Enthüllungsgeschichte direkt an die Öffentlichkeit zu gehen. Es ist ja nicht gesagt, dass er mit dem Finger auf einen Tatverdächtigen zeigt. Vielleicht wollte er bloß Missstände im Walliser Justizapparat aufdecken.«

»Ich weiß nicht, ob sich unser Oberstaatsanwalt über eine solche Story freuen würde«, witzelte Gsponer.

Gitsch hätte dann nicht den ehrenvollen Abgang, den er sich erhoffte, dachte Kauz. Seine Fehlentscheidung, die Ermittlungen einzustellen, würde ihm im Nachhinein noch einmal massive Kritik einbringen. Und mir …?

»Wieso löscht der Täter dieses Dokument erst jetzt?«, unterbrach Gsponer seine Gedanken.

»Vielleicht hat er es erst jetzt in der Cloud entdeckt. Thomas sagte doch, dass eine gewaltige Datenmenge in der Cloud stecke.«

»Aber er hat doch bestimmt von Anfang an nach kompromittierendem Material auf Jägers Notebook gesucht. Er fand und löschte das Dokument IG Wolf. Mehr nicht. Es sieht also so aus, als habe er geglaubt, mit dem Löschen von IG Wolf sei es getan. Dann suchte er aus irgendeinem Grund weiter und fand das Dokument über das Verschwinden von Cynthia Bregy. Das hat er vergangene Nacht gelöscht. Aber wieso löscht er nicht einfach die ganze Cloud?«

»Vielleicht weiß er nicht, wie man das macht«, grinste Kauz. »Wir waren ja auch Nieten in Sachen Cloud, bis Thomas es uns erklärt hat. Was machst du jetzt?«

Gsponer schaute auf die Uhr.

»In einer halben Stunde kommt Wellig junior. Mal sehen, was Lee heute über seinen Martinistutzer erzählt. Alle Jäger, die ich bisher befragt habe, bestätigen übrigens, dass beim Jagdschießen in Oberwald ein ständiges Kommen und Gehen herrscht. Um nicht zu sagen, ein Durcheinander. Viele auswärtige Jäger würden daran teilnehmen, auch solche aus dem Mittel- oder Unterwallis. Mehr als einer sagte, Lee Wellig habe seine Sachen nicht im Griff. Es habe schon zweimal eine Verwechslung von Gewehren gegeben, und jedes Mal sei der kleine Winnetou daran beteiligt gewesen.«

»Aha«, machte Kauz.

»Und du?«, fragte Gsponer. »Was machst du heute?«

»Auf mich wartet Lesestoff.«

»Na dann. Viel Spaß bei der Lektüre.«

*

Die zweite Gommer Auswanderungswelle nach Argentinien im neunzehnten Jahrhundert. Masterarbeit von Cynthia Bregy, lautete die Überschrift des Manuskripts, das Kauz in Händen hielt. Es waren drei Schnellhefter mit verschiedenfarbigem Rücken. Der erste enthielt über achtzig Seiten Text. Im zweiten waren Quellen eingeheftet: Kopien von alten Fotografien, von Briefen in alter Schrift, amtlichen Dokumenten, Auszügen aus Pfarrregistern, Tauf-, Familien- und Sterbebüchern, uralten Zeitungsartikeln und Inseraten. Im dritten war wiederum Text, und zwar in Form von Übersetzungen, Kommentaren und Erläuterungen, die sich auf die Quellen im zweiten Mäppchen bezogen. Kauz öffnete das erste Mäppchen. Er las das Inhaltsverzeichnis. Die Arbeit bestand aus einer Einleitung, einem historischen Überblick, einem Haupt- und einem Schlussteil. Der Hauptteil war in zehn Kapitel gegliedert. Die Kapitelüberschriften stachen ihm ins Auge:

Ulrich Ritz, Niederwald (1838–1897, em. 1857)
Marie Schmid, Binn (1841–1902, em. 1861)
Antonia Wellig, Bellwald (1840–1919, em. 1861)
Adrian Franzen, Fiesch (1820–1875, em. 1863/1874)
Cäsar Zertanna, Gluringen (1821–1901, em. 1863/1870 & 1877)
Ewald Heimen, Grengiols (1844–1912, em. 1863)
Konrad & Josephine Guntern, Lax (em. 1865/1880)
Joseph und Anna Weger, Geschinen (em. 1865)
Pius Clausen, Ernen (1829–1900, em. 1865) & Sohn Anton (1853–1866)
Maximilian und Josephine Kämpfen, Oberwald, & sechs Kinder (em. 1865).

Fasziniert las Kauz die Namen, Ortsnamen und Jahreszahlen. Die Abkürzung *em.* musste *emigriert* bedeuten. Er versuchte, sich darauf einen Reim zu machen, ohne den Text, der weiter hinten stand, zu lesen: Ulrich Ritz aus Niederwald war im Alter von erst neunzehn Jahren ausgewandert; er lebte noch vierzig Jahre und starb neunundfünfzigjährig in Argentinien. Adrian Franzen aus Fiesch wanderte erst mit dreiundvierzig Jahren aus, kehrte nach elf Jahren zurück und starb ein Jahr später in der alten Heimat. Cäsar Zertanna aus Gluringen dagegen kehrte nach sieben Jahren zurück, wanderte aber wiederum sieben Jahre später erneut aus und lebte noch vierundzwanzig Jahre, bis er achtzigjährig in Argentinien starb. Bei Pius Clausen aus Ernen musste es sich um einen Witwer handeln, denn er nahm seinen zwölfjährigen Sohn mit, welcher aber schon ein Jahr später in Argentinien starb. Was die zwei jungen Frauen Anna Schmid und Antonia Wellig dazu gebracht hatte auszuwandern, ließ sich aus den Jahreszahlen nicht ablesen. Waren sie zusammen auf dem gleichen Schiff gewesen? Eine handschriftliche Randnotiz neben dem Kapitel über Anna Schmid hieß: »Entfernen? mj«. Das musste eine

Notiz von Maurice Jäger sein. Was mochte ihn dazu bewogen haben, der Autorin die Entfernung eines Frauenschicksals aus ihrer Arbeit zu empfehlen? Die Männerschicksale waren ja ohnehin weit in der Überzahl.

Kauz hatte große Lust, sich in diese wissenschaftliche Arbeit über Gommer Emigrantenschicksale zu vertiefen. Madame Charlotte hatte ihm den Speck durch den Mund gezogen, als sie ihm von Cynthias Interessen erzählte.

Er überflog den Textteil. Darin wurde Kapitel um Kapitel die Lebensgeschichte und das Auswandererschicksal von sechs Einzelpersonen, zweier Paare, eines verwitweten Familienvaters und einer mehrköpfigen Familie beschrieben und mit Dokumenten illustriert. Kauz verstand nichts von wissenschaftlichen Schriften, aber er kam zum Schluss, dass diese Arbeit noch nicht ganz fertig war. Der Text wies Druckfehler und Lücken auf und war stellenweise holprig, die Seitenzahlen mussten korrigiert, die Fotografien und die historischen Dokumente noch an der richtigen Stelle im Text eingefügt werden.

Wieso hatte die junge Frau mit einem Papiermanuskript gearbeitet?, fragte er sich. Solche Arbeiten wurden doch sicher auch vor fünf Jahren längst auf dem Computer gemacht, Korrekturen und Kommentare wurden elektronisch eingefügt. Er kam zum Schluss, dass Cynthia Bregy ihre Arbeit elektronisch erstellt hatte, dass sie aber aus irgendeinem Grund auch noch ein Manuskript auf Papier brauchte. Vielleicht weil ihr Schreibcoach Maurice Jäger es so wollte. Oder weil sie das Manuskript ihrer Großmutter vorlegen wollte. Madame Charlotte de Steinhaus war wohl kaum mit dem Computer vertraut. Oder, das wäre die simpelste Erklärung, weil die Uni Bern es verlangte.

Jetzt wollte er sich aber nicht auf den Text, sondern auf etwas anderes konzentrieren. Detektivische Arbeit war angesagt. Madame Charlotte hatte die Überzeugung geäußert, dass ein Mann, den Cynthia wegen ihrer Masterarbeit angerufen hatte, ihr Mörder sei. Wer sonst, außer Maurice Jäger, war an dieser Arbeit beteiligt oder interessiert gewesen? Was ließ sich aus den verschiedenen Randnotizen und Kommentaren schließen?

Kauz blätterte die ganze Arbeit sorgfältig durch, ohne sich vom Inhalt einnehmen zu lassen. Er stellte fest, dass Jäger meistens einen roten Kugelschreiber und einen Leuchtmarker in Pink benützte. Er signierte mit einem *mj* in Rot. Cynthia Bregy selbst schrieb in allen möglichen Farben in ihre Arbeit hinein. Kauz konnte ableiten, dass das Kürzel »K« »Konrad« bedeutete, »Kf« demzufolge »Konrad fragen«, »M« hieß »Maurice« – sie war mit Jäger also per Du –, »iAa« musste »in Argentinien abklären« meinen, und »SJN« hieß San Jerónimo Norte. Ein weiteres Kürzel war »gm« und musste für *»grand-maman«* stehen. Ein Kürzel »Ph« für »Philippe« suchte er vergeblich. Im Textteil waren unter den Auswandererschicksalen Wohn- und E-Mail-Adressen von Nachfahren in San Jerónimo Norte notiert. Cynthia Bregy musste zu Personen Kontakt gepflegt haben, die Clausen, Heimen, Kämpfen, Ritz, Wellig und Zertanna hießen oder einen dieser Namen als zweiten Familiennamen trugen, je nachdem ob der Vater oder die Mutter aus einer Gommer Familie stammte. Randnotizen wiesen darauf hin, dass sie geplant hatte, einzelne dieser Personen vor Ort zu besuchen.

Wieso musste sie sterben, noch ehe sie die Reise antreten konnte? Hatte das eine, ihr Tod, mit dem andern, ihrer Reise, zu tun? Bestand da wirklich ein Zusammenhang, so wie Madame Charlotte es vermutete?

Zertanna!, dachte er. Der hatte möglicherweise eine argentinische Frau. Und das Leben eines Zertanna wurde in dieser Arbeit beschrieben. Doch halt! Nico hatte bloß gesagt, sein Schwarm sei halb Argentinierin. Da konnte ja auch der *Vater* ein Argentinier sein, es musste nicht zwingend die Mutter sein. Stammte der Zertanna von heute aus einer nach San Jerónimo Norte ausgewanderten Gommer Familie? War er ein Argentinien-Schweizer? Oder war sein Vater einer gewesen? Ein Rückwanderer mit dem argentinischen und dem Schweizer Pass. Und gab es deshalb eine Verbindung zwischen Zertanna und Cynthia Bregy? Hatte sie Walter Zertanna interviewt?

Kauz blätterte die Arbeit noch einmal durch. Er achtete darauf, ob er Hinweise auf einen »Z« fand. Doch er fand nichts, auch im Textteil war das Kapitel Cäsar Zertanna nicht besonders markiert. Es war bloß die Wohnadresse einer Cristina Di María de Zertanna in San Jerónimo Norte vermerkt.

Nachdem er den ganzen Nachmittag gelesen und hin und her überlegt hatte, schob er die Mäppchen in den Umschlag zurück. Er ging mit Max auf einen Spaziergang, dann richtete er sich für den Feierabend ein.

Er stand in der Küche, ein Glas Pinot Blanc neben sich, und schälte Kartoffeln, als Gsponer anrief.

»Hör zu, Kauz«, sagte er. »Nach unserem Gespräch habe ich den Kollegen angerufen, der nach dir auf den Fall Cynthia Bregy angesetzt wurde.«

»Ah ja? Wer war das?«, fragte Kauz.

»Inspecteur Choux. Choux-Croutaz mit vollem Namen.«

»Oje, ich erinnere mich. Die Welschen nannten ihn Choucroute. Jetzt wundert es mich nicht mehr, dass es mit dem Fall nicht vorwärtsging. Was wolltest du von ihm?«

»Ich habe ihn gefragt, ob Maurice Jäger jemals auf dem Radar der Polizei gewesen sei. Er sagte Nein. Aber er habe später zweimal mit ihm zu tun gehabt.«

Choux hatte seinem Kollegen Gsponer erzählt, ein Journalist mit Namen Jäger habe ihn etwa ein halbes Jahr nach Cynthia Bregys Tod kontaktiert. Er habe wissen wollen, ob sie wirklich ertrunken sei oder ob die Polizei von einem Tötungsdelikt ausgehe.

»Choux durfte natürlich nichts sagen«, erklärte Gsponer. »Für Jäger war das wohl ein Grund, tiefer zu bohren. Die Recherche, die er damals allem Anschein nach geplant hatte, verlief aber im Sand, denn ein Artikel über den Fall der Verschwundenen ist nie erschienen. Aber jetzt pass auf, Kauz.«

Kürzlich habe sich Jäger erneut bei Choux gemeldet. Er habe sich erkundigt, ob es neue Erkenntnisse im Fall Cynthia Bregy gebe. Jäger verriet dem Inspecteur, ihm schwebe eine Art Spurensuche vor. Er plane, nach Argentinien zu reisen, an den Ort, den die junge Wissenschaftlerin habe besuchen wollen. Denn ihn beschäftige nicht nur ihr Tod, ihn interessierten auch die Auswandererschicksale, über die sie geforscht habe. Es gehe um Dinge, über die eigentlich jeder Oberwalliser Bescheid wissen müsse.

»Das erzählt er dir *jetzt!?*«, ereiferte sich Kauz. »Hat er denn nicht daran gedacht, dass diese Information die Kripo Oberwallis interessieren könnte?«

»Er sagte, er habe gedacht, das wüssten wir längst.«

»Typisch Choucroute!«

»Reg dich nicht auf, Kauz. Jetzt nehmen wir seine Information einfach als Bestätigung dafür, dass du richtiglagst: Journalist Jäger kannte die Bregy, er recherchierte über ihr Verschwinden, und er war kurz vor seinem Tod in Argentinien.«

»Gut, ja. Aber es hätte uns jede Menge Zeit und Rätselraten erspart, wenn Choux von sich aus damit herausgerückt wäre. Was hat er jetzt übrigens vor?«

»Er sagte, er überlege sich, einen neuen Anlauf zur Lösung dieses Falls zu nehmen.«

»Soso, das überlegt er sich. Großartig!«, spottete Kauz. »Danke für die Info, Alain.«

Mittwoch, 10. Oktober

Der Mehrzwecksaal war schon fast voll. Kauz stand in einer Ecke und versuchte, sich einen Überblick zu verschaffen. Eine Handvoll Feriengäste waren anwesend, aber bei diesem Vortrag waren sie eine Minderheit. Kauz machte unter den Zuhörenden die meisten Jäger aus, denen er während der Hochjagd begegnet war: Alois Kreuzer, *dr Schnüzz,* war da, zusammen mit seinen Mannen aus der Jagdgruppe Reckingen, dem mit dem Bart, den Kauz insgeheim Meister Proper nannte, und dem mit der weichen Stimme und den sanften Augen, der aussah wie ein Bäcker. Fritz Pfefferle aus Münster war gekommen, der jähzornige *Güggäl.* Er hatte seinen Jagdkumpanen Guido im Schlepptau, von dem Kauz annahm, er sei ein Binner. Natürlich war die Jägerin Bettina Walther aus Obergesteln da, es war ja Mittwoch, ihr freier Tag. Sie war begleitet von drei Männern. Zwei davon waren die Jäger, mit denen zusammen Kauz in der Jagdhütte im Triäbtal gesessen war, den Dritten kannte er nicht. Ob das ihr Freund war? Aus Bellwald war der Alpenbeizwirt Alaska-Joe gekommen, auch *dr Tschäppl* genannt, begleitet von seinen exotischen *Juniors,* Tochter Uma und Sohn Lee. Er hatte eine ganze Mannschaft mitgebracht, wahrscheinlich Wildtierfreunde. Aldo Inderschmitten, der Strahler aus Fäld, saß nachdenklich in einer Ecke. Ein paar Sitze von ihm entfernt erkannte Kauz den aggressiven Alpöhi, der von Aldo in den Senkel gestellt worden war. Weiter den Alten mit dem Hörgerät, der gewusst haben wollte, wer den Wolf im Leffältal ausgesetzt habe. Die Gruppe alter Männer, die am Tag nach dem Doppelmord in der Gaststube des Hotels Belle Epoque am Stammtisch saßen und sich mit Mutmaßungen über die Täterschaft überboten, war aufmarschiert. Mitten unter ihnen saß der Hotelier Adrian Guntern neben seiner Schwägerin Suzanne. Dass die Wolfsverklärerin kommt, war ja zu erwarten, dachte Kauz. Seine Frau, Adrienne Guntern, war nicht zu sehen. Jetzt kam Konrad Steinhaus herein. Hinter ihm zwängte sich, den Türrahmen ausfüllend, Walter Zertanna in den Raum und bahnte sich einen Weg ganz nach vorne. Dort waren in der ersten Reihe ein Dutzend reservierte Sitzplätze. Auf einen davon setzte sich Zertanna und fuhr die Ellbogen aus.

Viele der Anwesenden hatte Kauz noch nie gesehen. Er nahm an, dass sie zur Zunft der Waidleute gehörten. Die Gommer Schafbauern waren versammelt. Landwirte, Hausfrauen, Handwerker und Geschäftsleute aus Münster und den umliegenden Dörfern waren ebenso vertreten wie Lehrerinnen und Polizisten. Auch war der Arzt des Tals im Saal: der alte Doktor Kalbermatten mit der schwarzen Hornbrille und seinem mittlerweile schlohweißem Rauschebart. Philippe de Steinhaus hatte Kauz noch nicht erblickt. Es hätte ihn auch gewundert, wenn der sich unters Volk gemischt hätte. Ria Ritz hatte sich in einer anderen Ecke postiert als Kauz. Thomas war im Rollstuhl neben das Ende einer Sitzreihe gerollt. Niemand nahm besondere Rücksicht auf ihn, er wurde im Goms schon lange nicht mehr als Invalider wahrgenommen.

Gsponer hatte sich überlegt, ob er auch kommen solle, entschied sich dann aber anders.

»Ich glaube, es ist klüger, wenn ich mich dort nicht zeige«, hatte er gesagt. »Aber haltet bitte Augen und Ohren offen. *Wenn* es eine IG Wolf gibt, dann wird sie sich bei dieser Gelegenheit wohl outen.«

Der Wildhüter Hermann Zeiter stand vorne, ein Mikrofon in der Hand. Hinter ihm war eine Leinwand aufgespannt, vor ihm ein Beamer installiert. Er begrüßte die Anwesenden und hielt in launiger Art den Vortrag, den er mehrmals pro Jahr für die im Goms weilenden Feriengäste zu halten pflegte. Eine unterhaltende Präsentation über Steinbock, Gämse, Hirsch und Reh, über Fuchs, Hase, Murmeltier und Birkhuhn. Die Gäste hörten interessiert zu, als er ihnen Verhaltenstipps gab, damit sie das Wild – vor allem im Winter – nicht unnötig stressten. Die Einheimischen aber saßen wie auf Nadeln. Sie interessierte nur eins: der Wolf.

»Noch Fragen dazu?«, meinte Hermann, und tatsächlich stellten zwei, drei Feriengäste ein paar Fragen, die er geduldig beantwortete.

»Und nun zum Wolf. Der Wolf …«, fing Zeiter an.

Schon begann es im Saal zu brodeln.

Es war Zeiter anzumerken, dass es ihm nicht mehr ganz wohl war in seiner Haut. Kauz hatte ihn mittlerweile besser kennengelernt. Jedes Mal, wenn er den Wolf gesichtet hatte, war er zu ihm gegangen, hatte ihm die Bilder gezeigt, Spuren wie Haare oder Wolfslosung gebracht und als Gegenleistung etwas von ihm gelernt. Als er das Rudel gesichtet und sogar gefilmt hatte, war Zeiter ganz aus dem Häuschen gewesen. Kauz hatte seine mit der Spiegelreflex geschossenen Schwarz-Weiß-Bilder und das kleine, mit dem Handy aufgenommene Video extra für ihn auf einen Stick geladen.

»Nun …«, fing Zeiter noch einmal an und griff mit der freien Hand nach der Fernbedienung.

In diesem Augenblick erhob sich Suzanne vorsichtig, zeigte nach vorn, flüsterte ihrem Schwager etwas zu und schlich, ihn an der Hand hinter sich herziehend, geduckt zwischen den Sitzenden zu den zwei freien Plätzen, die sie in der ersten Reihe erspäht hatte. Sie erhoffte sich offenbar einen Logenplatz mit freier Sicht auf den Wolf.

Als sie endlich saß, nahm der Wildhüter einen weiteren Anlauf und sprach ins Mikrofon: »Euch interessiert also dieses Tier hier!« Auf der Leinwand erschien groß das Bild eines Wolfsgesichts. Es war ein umwerfendes Bild. Die Wolfsaugen blickten ruhig und aufmerksam ins Publikum.

Ein Raunen ging durch den Raum.

Suzanne seufzte hörbar.

»Päng!«, rief einer.

Die Hälfte des Saals lachte.

Kauz stockte der Atem. Da hatte Zeiter doch tatsächlich eines seiner Wolfsporträts dafür ausgewählt, um seine Show zu eröffnen. Gefragt hatte er Kauz nicht. Gut gemeint, dachte er. Aber vielleicht keine so gute Idee. Das schien auch der Vortragende zu merken. Er knipste aufs nächste Bild.

»Und diese Bande da«, sagte er und drehte sich zur Leinwand um. Zu sehen waren jetzt drei Wölfe, eine Wölfin und zwei Jungtiere. Es waren Halbwüchsige, keine Welpen. Den Wolfsvater hatte Kauz nicht mit auf das Bild gekriegt. Er war nicht sicher, ob er ihn überhaupt gesehen hatte, oder ob es ein weiteres Jungtier gewesen war. Das Bild hatte längst nicht die Qualität des ersten, die Wölfin war nur von hinten zu sehen, aber eines der Jungtiere blickte in die Richtung des Betrachters. Das andere patschte mit der Pfote nach ihm.

»Jööö«, tönte es von dort, wo Suzanne saß.

»Päng, päng, päng!«, kam die Antwort.

Der Wolf hatte es mal wieder geschafft: Schon war die Versammlung zweigeteilt, hier Freund, dort Feind.

»Jetzt lasst ihn doch erst einmal reden!«, war der Bass von Doktor Kalbermatten zu hören. Das wirkte, im Saal wurde es still. Der alte Doktor, der trotz seines Alters im Tal ausharrte, weil er noch keinen Praxisnachfolger gefunden hatte, war immer noch eine Autorität.

»Danke, Herr Doktor«, sagte Wildhüter Zeiter ins Mikrofon und strich auf dem Rednerpult seinen Spickzettel glatt.

Der Auftakt zum zweiten Teil des Abends war ihm zwar misslungen, aber im Übrigen machte er seine Sache gut. Eine Einleitung mit wildbiologischen Erkenntnissen über den Wolf konnte er sich nicht verkneifen, aber er hielt sich kurz, denn er wusste genau, dass das keinen interessierte, vor allem nicht die Jäger. Die wollten nur eines hören: Wo war das Wolfsrudel? Und was gedachte die Wildhut zu tun? Für den Wildhüter war es ein Balanceakt: Auf der einen Seite musste er Verständnis zeigen für die Befürchtungen der Schafbauern, die Vorbehalte der Jäger und die Ängste der Bevölkerung. Auf der anderen Seite musste er klarstellen, dass der Wolf ein geschütztes Tier war. Dass er ihn also nicht einfach abschießen konnte, selbst wenn er wollte.

Jetzt projizierte er eine Karte des Binntals und der angrenzenden Gebiete auf die Leinwand. Im Leffältal waren die Sichtungen des fraglichen Wolfs und des noch jungen Rudels eingezeichnet. Zeiter zeigte, woher die Mutter oder die Eltern sehr wahrscheinlich gekommen waren, nämlich aus dem Piemont. Dann, wo sich das Rudel im Augenblick vermutlich aufhielt. Und schließlich, wohin es möglicherweise weiterzog.

Muss das sein?, dachte Kauz. Ihm wurde angst und bange.

Die Jäger, die bis anhin nicht besonders interessiert zugehört hatten, waren plötzlich hellwach. Alois Kreuzer, der hinten saß, nahm seinen *Schpiägäl* hervor und linste auf die Karte.

Dann war Zeit für Fragen.

Wie gefährlich das Rudel sei?, wurde gefragt. Ob Schafe und Kinder gefährdet seien. Wie die Wildhut das Rudel kontrollieren werde. Das war für den Wildhüter eine Steilvorlage.

»Das Rudel kontrolliert sich selbst«, sagte er. »Die beste Kontrolle der Wölfe ist ein intaktes Rudel. Wenn die Kontrolle durch das Elternpaar da ist, büxen die Jungen nicht aus, sie halten sich an den Jagdplan der Eltern. Sie bleiben im

Territorium. Und sie vermehren sich auch nicht, solange sie unter der Kontrolle der Eltern sind.«

»Abschießen!«, rief der Güggäl. »Das ist die beste Kontrolle.«

»Eben nicht, Fritz. Das wäre das Dümmste, was du tun könntest. Wenn du ein Elterntier abschießt, gerät das Rudel aus den Fugen. Den Jungen werden keine Grenzen mehr gesetzt, sie streunen umher und jagen, was sich gerade anbietet. Und bald hast du ein neues Rudel, eines ohne Erfahrung. Lass das Rudel sich selbst kontrollieren. Das Elternpaar sorgt dafür, dass sich im Goms kein zweites bildet.«

»Was du nicht sagst«, mokierte sich lauthals der Schnüzz und stand auf. »Ich sag dir eins«, rief er und zeigte mit dem ausgestreckten Arm auf die Leinwand: »Der Wolf muss weg. Er gehört nicht hierher. Abknallen! Punkt, fertig.«

»Recht hast du!«, rief Zertanna aus der vordersten Reihe und drehte sich nach dem Schnüzz um.

Dieser war baff. Von einem ehemaligen Gemeindepräsidenten hätte der Behördenschreck Alois Kreuzer zuallerletzt Unterstützung erwartet. Und von einem, der den Gommern die Freileitungsmasten der Swiss Powerline eingebrockt hatte, wollte er auch gar keine. Er warf Zertanna einen bösen Blick zu. Was fällt dir ein!, sagte sein Blick. Wir sind doch keine Kumpels.

»Wenn ihr es nicht tut, tun wir es!«, rief der Schnüzz in den Saal und setzte sich wieder.

Jetzt schaltete sich Alaska-Joe ein.

Er stand auf, den Cowboyhut auf dem Kopf, und hielt sein Plädoyer. Das hatten alle erwartet. Er sekundierte den Wildhüter eloquent, aber viel Neues hörte Kauz nicht: Gefährlich sei ein Wolfsrudel nicht, schon gar nicht für Menschen. Der Mensch stehe nun mal nicht auf dem Speiseplan des Wolfs. Das Schaf übrigens auch nicht, oder erst ganz zuunterst. Außer natürlich, man serviere es ihm praktisch auf dem Teller.

Und das sei dann der Fall, wenn man die Schafe in einem schlecht oder gar nicht geschützten Pferch halte. Da *müsse* der Wolf einfach zubeißen, denn einmal im Pferch, werde sein Jagdreflex durch die wild von einer Ecke zur andern flüchtenden Schafe stets aufs Neue ausgelöst.

»*Surplus killing,* sagt man dazu«, sagte er. »Das ist doch eines eurer Lieblingsargumente«, und damit wandte er sich an die Wolfsfeinde, die in der anderen Saalhälfte saßen. »Aber das ist menschgemacht. In der freien Natur verhält sich ein Wolf ganz anders. Lassen wir ihn also jagen, wie es seiner Natur entspricht. Gönnen wir ihm die paar Rehe und Hirsche. Und schützen wir unsere Schafe, dann richtet der Wolf keinen Schaden an. Bei uns in Alaska …«, holte er aus.

Da legte ihm Tochter Uma die Hand auf den Arm und flüsterte ihm etwas ins Ohr.

»Okay, *ischt güet*«, brummte er. Zu den Zuhörern meinte er: »Jetzt seht ihr, wer bei uns die Hosen anhat«, lachte er herzhaft, gab seiner Tochter einen sanften Puff und setzte sich.

Seine Claque applaudierte.

Aldo Inderschmitten meldete sich zu Wort. Ohne Polemik machte er sich für die Schafbauern stark. Mit den Argumenten, die Kauz beim Besuch in seinem Laden im Fäld gehört hatte. Der Beifall der Schafbauern im Saal hielt sich in Grenzen, denn Inderschmitten forderte nicht ausdrücklich den Abschuss des Wolfs.

Die Debatte wogte hin und her. Was Wortmeldungen und Lautstärke der Voten betraf, ging sie nach einer Stunde mit einem klaren Vorteil für die Wolfsgegner zu Ende.

Der Wildhüter wollte die Veranstaltung schon schließen, da meldete sich Adrian Gunterns Schwägerin zu Wort.

»Ja, Suzanne?«, machte Zeiter.

Er befürchtete schon, die notorische Anti-Jagd-Bloggerin wolle zu einem Rundumschlag gegen die Jäger ausholen.

Doch Suzanne zupfte an ihrem geblümten Stirnband und hauchte: »Dürfte ich das Bild vom Wolf noch einmal sehen?«

»Welches?«

»Das allererste.«

Zeiter zuckte mit den Schultern, nahm die Fernbedienung noch einmal zur Hand und zielte auf den Beamer.

Das auf freier Wildbahn geschossene Wolfsporträt, das Kauz für einen absoluten Glücksfall in seiner Karriere als Hobby-Tierfotograf hielt, strahlte von der Leinwand.

»Soo schööön!«, rief Suzanne verzückt und drehte sich um. »Nicht wahr?«, fragte sie in den Saal.

Eine Sekunde war es still, dann gab es ein paar Lacher.

Einer sah seinen Sitznachbarn an und tippte sich an die Stirn.

»Die spinnt doch!«, sagte jemand halblaut.

»Kuschlig, hä?«, rief einer. »Willst du ihn ins Bett nehmen?«

Suzanne verstand die Welt nicht mehr.

Der Wildhüter knipste den Beamer aus.

»Danke fürs Kommen«, sagte er ins Mikrofon. »Und für eure Aufmerksamkeit. Der Vortrag ist beendet.«

Es gab einen mäßigen Schlussapplaus.

»Ach so«, schob er nach: »Im Foyer gibts einen kleinen Apéro. Spendiert von der Diana Goms.«

Diesmal war der Applaus lauter.

»Hüerägüet«, rief ein Spaßvogel.

Konrad Steinhaus ging nach vorne und drückte dem Wildhüter die Hand. »Gut gemacht, Hermann«, sagte er. Ein paar andere taten es ihm gleich. Im Foyer gab es ein Glas Fendant, Hobelkäse und Roggenbrot. Einige gingen nach Hause. Andere genehmigten sich den Apéro. Die Jäger standen in Gruppen herum, das Glas in der Hand. Ein paar von ihnen steckten die Köpfe zusammen. Nach einer weiteren halben Stunde waren alle weg.

Drei Tage später war der Wolf tot.

Sonntag, 14., bis Freitag, 19. Oktober

Der Anruf des Wildhüters kam am Sonntagabend. Kauz hatte es sich eben mit einem Glas Single Malt und einem Buch im Sessel bequem gemacht.

»Ich dachte, ich müsse dir das sofort sagen, Kauz: Der Wolf ist tot. Er wurde gewildert.«

»Nein!«, rief Kauz. »Wo?«

»Im Leffältal.«

»Mit Schrot?«

»Nein, mit der Kugel. Ein Wanderer hat den Kadaver heute hoch über dem Leffälsewji gefunden. Ich bin sofort hingegangen und habe ihn sichergestellt. Das muss ein gewiefter Jäger gewesen sein, ein sehr treffsicherer Schütze. Er hat den Wolf vermutlich aus großer Distanz erlegt.«

Große Distanz. Gewiefter Jäger, treffsicherer Schütze. Ein Gedanke blitzte durch Kauz' Kopf: War der Wilderer auch der Mörder?

»Wenn du mich fragst«, meinte Zeiter, »die sind nicht zufällig aufeinandergestoßen. Da ist einer ganz gezielt auf Wolfsjagd gegangen. Wir haben Anzeige gegen Unbekannt erstattet.«

Wer tut so etwas?, fragte sich Kauz.

Er nahm sein Handy und sah sich lange die Wolfsbilder an.

Ob die Staatsanwaltschaft überhaupt aktiv wird?, fragte er sich weiter. Gitsch ist Jäger, vielleicht ist er ein Wolfsgegner. Dann verfügt er Nichtanhandnahme und legt die Hände in den Schoß. Kommt dazu, dass sich die Walliser Justiz im eigenen Kanton keine Freunde macht, wenn sie einen Wolfsfrevler verfolgt. Höchstens in der übrigen Schweiz. Viele Walliser möchten den Wilderer gefeiert, nicht bestraft sehen.

Hedär keert?, hieß es am nächsten Tag allenthalben. Die Meldung vom gewilderten Wolf verbreitete sich im Goms wie ein Lauffeuer. In den sozialen Medien kursierten die Bilder des geschossenen Raubtiers. Die Pro- und Kontra-Wolf-Blogger wiegelten sich gegenseitig auf. Diese frohlockten, jene schworen Rache, andere griffen mäßigend ein. Die Nachricht wurde abends im lokalen Fernsehen verbreitet, für den folgenden Tag erwartete man ein Rauschen im Walliser Blätterwald. Einen Tag später würde bestimmt die ganze Schweiz mitreden. Zumal keine zwei Tage vor dem Frevel ein hoher Walliser Magistrat vor laufender Kamera unverblümt zum Abschuss des Wolfs aufgerufen hatte. Er hatte sich auf die Wolfssichtung im Leffältal bezogen und den Oberwalliser Jägern empfohlen, sie sollten sehen, schießen, schaufeln, schweigen. Der Aufruf hatte einen Aufschrei in Tierschutzkreisen zur Folge. Jetzt, nachdem der Wolf tatsächlich gewildert worden war, würde er bestimmt zu einem Politikum werden. Es hieß, gegen den Magistraten sei Strafanzeige eingereicht worden. Aber es war allen klar, dass die vor Walliser Gerichten keine Chance hatte.

*

»Tut mir leid, aber der Mordfall Binntal muss warten«, erklärte Oberstaatsanwalt Gitsch.

Gsponer sah Ria mit hochgezogener Braue an.

»Ich hätte da aber noch eine wichtige Information«, wandte er ein. Ohne Gitschs Erlaubnis abzuwarten, gab er zu Protokoll, dass man neuerdings keinen Zugriff auf Maurice Jägers Cloud mehr habe.

»*Wer* genau hat keinen Zugriff mehr?«

»Thomas Abgottspon.«

»Wer ist das? Einer Ihrer Kriminaltechniker?«

Gsponer musste ihm einmal mehr erklären, wer Thomas war und dass er der Polizei wichtige Informationen geliefert hatte. Er musste ihn auch daran erinnern, dass jüngst das Dokument *Was geschah mit Cynthia Bregy?* aus Maurice Jägers Cloud gelöscht wurde. Jetzt seien alle Geräte vom Nutzer von Jägers Notebook abgemeldet worden.

»Was bedeutet das?«

»Dass wir mit Jägers altem Handy keinen Zugriff auf seine Cloud mehr haben. Abgottspon war mit der Sichtung von Jägers Dokumenten noch längst nicht fertig. Jetzt kommen wir nicht mehr weiter. Wir erfahren auch nicht, wenn wieder etwas gelöscht wird.«

»Wer wir?«

»Die Polizei. Thomas Abgottspon arbeitet für uns.«

»Soso«, sagte Gitsch. »Aber wie gesagt, das muss jetzt warten. In den Walliser Medien gibt es zurzeit nämlich nur *ein* Thema«, er klemmte die Lippen zusammen, schnaubte zweimal durch die Nase und fuhr fort: »Den Wolf. Der hat jetzt höchste Priorität.«

»Sehr gut«, ließ sich der Wildhüter vernehmen.

»Deshalb habe ich Sie auch so kurzfristig einbestellt«, sagte Gitsch und schaute Beifall heischend in die kleine Runde.

Gsponer hatte heute einen zweiten Fahnder mitgenommen. Der war selber Jäger, ging aber nur im Simplongebiet auf die Jagd, nicht im Goms. Gsponer traute ihm deshalb zu, dass er den Gommer Jägern gegenüber keine Beißhemmungen hatte.

Gitsch ließ sich vom Wildhüter Hermann Zeiter und von Polizeiwachtmeister Ria Ritz rapportieren, welche Beobachtungen sie beim Vortrag des Wildhüters gemacht hatten. Wer hatte was gesagt? Wer hatte sich als Wolfsgegner aus dem

Fenster gelehnt? Wer hatte ein Interesse am projizierten Kartenmaterial gezeigt? Wer war sonst irgendwie aufgefallen?

Er hörte sich alles aufmerksam an.

»Wann wurde der Wolf geschossen?«, fragte Gitsch.

»Höchstwahrscheinlich am Samstag«, sagte Zeiter. »An einem Jagdtag fallen Schüsse nicht weiter auf. Am Freitag wurde er noch von einem Berggänger gesichtet. Am Sonntag gegen elf Uhr fand man den Kadaver.«

Gitsch stellte noch ein paar weitere Fragen, dann verfügte er, dass die Polizei mit erster Priorität Alois Kreuzer, genannt Schnüzz, sodann Walter Zertanna, Lee Wellig junior und Philippe de Steinhaus vorzuladen und zu befragen habe. Darüber hinaus jede weitere Person, Jäger oder Nichtjäger, auf die sie bei ihren Ermittlungen stoße.

»Zu Ihrer Information, Herr Inspektor«, erklärte Gitsch: »Jetzt ist Niederjagd, da wird mit der Flinte geschossen. Mit Schrot, nicht mit der Kugel, verstehen Sie? Der Wolf wurde aber mit der Kugel erlegt. Jeder Jäger, der am Samstag nicht mit der Flinte, sondern mit der Büchse oder einer kombinierten Jagdwaffe, Büchsflinte oder Drilling unterwegs war, ist a priori verdächtig.«

Gsponer sah seinen Kollegen fragend an.

Der nickte. Auftrag klar, hieß das.

»Am besten, Sie schicken Ihre Fahnder zusammen mit dem Wildhüter los«, lautete Gitschs Empfehlung.

Wenn der leiseste Verdacht bestehe, dass einer als Wolfsfrevler infrage komme, fuhr er fort, sei die Befragung abzubrechen, und der Betreffende sei ihm ohne Ansehen der Person als Beschuldigter vorzuführen. Er werde nicht zögern, Untersuchungshaft zu beantragen, wenn Haftgründe vorlägen.

Ob er wirklich mit so grobem Geschütz auffahren wolle, fragte Gsponer. Wilderei sei ja kein Kapitalverbrechen.

»Aber es geht um ein höchst brisantes Delikt, Herr Inspektor. Wir als Ermittler«, er schnaubte, »stehen selber unter Beobachtung, glauben Sie mir. Und wie! Mehr noch als im Mordfall. Jetzt machen wir Nägel mit Köpfen«, lautete Gitschs Antwort. Er lächelte, und ein Lächeln auf Gitschs Gesicht war ein seltenes Ereignis.

»Philippe de Steinhaus hat aber gar nicht an der Veranstaltung teilgenommen«, wandte Gsponer noch ein.

»Quand même«, sagte Gitsch. »Er ist Jäger, und seine Einstellung zum Wolf ist aktenkundig. Außerdem gibt es mehrere Flecken auf seiner nicht eben weißen Weste. Die brauche ich Ihnen nicht in Erinnerung zu rufen, oder?«

Gsponer sagte nichts mehr.

»Aber wieso Zertanna?«, fragte Ria Ritz.

»Sie sagten doch selber, er habe diesem Alois Kreuzer applaudiert, als der den Abschuss des Wolfs forderte. Und damit drohte, ihn selbst zu erlegen, wenn es die Wildhut nicht tue.«

»Schon, aber …«

»Wollen Sie ihn schonen, weil er zur Gommer Prominenz gehört?«, fragte er spitz.

»Sicher nicht, aber …«

»Na also«, schnitt ihr Gitsch das Wort ab.

»Und der junge Wellig?«, fragte jetzt der Wildhüter. »Er ist ein Wolfsfreund.«

»Er ist der *Sohn* eines Wolfsfreunds. Ob er selber einer ist, wird sich weisen. Im Übrigen ist er kein unbeschriebenes Blatt. Denken Sie an seine verschwundene Jagdbüchse«, wandte er sich jetzt an die beiden Polizisten, »den Stutzer seines Vaters. Wissen Sie, bei einem Halbblut ist man nie sicher …«

»Halbblut?! Was soll das denn heißen«, fragte Ria wie von der Tarantel gestochen.

»Nun, Frau Wachtmeister, das soll heißen, dass der junge Mann vermutlich einen ausgeprägten Jagdtrieb hat. Vielleicht *muss* er den Wolf jagen, vielleicht kann er gar nicht anders. Weil ihm die Wilderei nämlich im Blut liegt. Er ist ein Mestize, oder nicht?«

»Ein Mestize?«

»Ja. Halb Indianer, halb Weißer. Oder sind Sie der Ansicht, man dürfe das nicht erwähnen?«

»Ich bin der Ansicht, es spielt keine Rolle«, sagte sie trotzig.

»Wir werden ja sehen. Ich erwarte, dass Sie diese vier Herren sehr genau unter die Lupe nehmen, Herr Inspektor«, sagte er mit strengem Blick. »Denken Sie auch an die Spurensicherung vor Ort. Im Leffältal, meine ich. Und an die veterinärmedizinische Obduktion. Oder wie sagt man, wenn es um einen Wolfskadaver geht? Einerlei. Gehen Sie vor wie bei jedem agT.«

Gsponer war anzusehen, dass ihn die Anweisungen des Oberstaatsanwalts zu ärgern begannen. Und dass er den Wolfsabschuss als außerordentlichen Todesfall bezeichnete, als ob es um einen Menschen ginge, fand er völlig daneben.

»Wie gesagt, beim leisesten Verdacht werden mir die Auskunftspersonen vorgeführt. Wenn möglich, heute noch«, schloss er. »Ach so«, besann er sich, »heute ist Dienstag, da ist Jagdtag. Also morgen, spätestens übermorgen. Der Wildhüter wird Ihnen sagen, wo die Herren, die auf der Niederjagd sind, am ehesten anzutreffen sind. *Alors?*«, machte er, warf einen gespielt erstaunten Blick in die Runde und fragte maliziös: »Gibt es denn keine Einwände dagegen, dass ich Alois Kreuzer einvernehme?« Er tippte mit dem Zeigefinger auf seine Notizen und schaute jeden Einzelnen kurz an. »Nein?«, versicherte er sich, als niemand etwas sagte. *»Eh bien«*, und damit klappte er geräuschvoll die lederne Mappe mit seinen Papieren zu. »An die Arbeit!«, sagte er und stand auf.

*

»So viel Strafverfolgungseifer habe ich bei ihm noch nie erlebt«, grinste Gsponer, als sie zu dritt in Rias Büro saßen. Sie machten fliegend Mittagspause. Die beiden Männer kauten ein Sandwich, Ria aß einen Salat mit Hüttenkäse. »So kenne ich ihn gar nicht. Er ist richtig besessen davon, den Wolfsfrevler zu fassen.«

»Das erstaunt mich«, sagte Kauz. »Lorbeeren sind damit im Wallis bestimmt keine zu holen.«

»Du sagst es.«

»Erhofft er sich Anerkennung von Tierschützern?«

»Ach wo. Darauf pfeift er. Er ist einfach ein Paragrafenreiter, so ist es doch. Der Abschuss eines Wolfs sei nun mal ein Delikt, sagt er. Das müsse geahndet werden. Es befriedigt ihn vielleicht, dass er im Scheinwerferlicht der Nation steht. Und dass er gegen Prominenz vorgehen kann.«

»Du meinst Zertanna und de Steinhaus.«

»Genau. Und Kreuzer. Der genießt als notorischer Behördenschreck auch einen hohen Bekanntheitsgrad.«

»Aber Lee Wellig?«

»Den knöpft Gitsch sich nur vor, weil er ein Rassist ist«, schaltete sich Ria ein. Sie hatte das Halbblut und den Mestizen noch nicht verdaut.

Kauz beugte sich zu Max hinunter, der unter dem Tisch lag und sich regte. Das Gespräch hatte dem Hund wohl schon zu lange gedauert. Ria und Gsponer hatten Kauz über jede Einzelheit der Sitzung auf der Staatsanwaltschaft informiert.

»Könnte es sein, dass er einen geheimen Plan hat?«, fragte Ria. »Dass es ihm vielleicht gar nicht um den Wolf geht, sondern um den Doppelmord. Alle vier, die er jetzt als potenzielle Wilderer einvernehmen will, waren bei der Polizei als potenzielle Mörder auf dem Radar.«

»Du könntest recht haben, Ria. Vielleicht hatte er den gleichen Gedanken wie ich«, sagte Kauz.

»Welchen?«, fragte Gsponer.

»Dass der Wolfsfrevler auch der Mörder ist. Einer, der aus großer Distanz mit dem ersten Schuss sicher trifft.«

»Oh, là, là«, machte Gsponer.

»Vielleicht ist Gitsch raffinierter, als wir dachten«, sagte Ria.

»Du denkst, er knöpft sich die vier nur vor, um sie unter dem Vorwand der Wilderei erneut zum Mordfall zu verhören?«

»Es wäre ja gar kein Vorwand«, warf Kauz ein, »wenn die Hypothese lautet: Der Wilderer ist auch der Mörder. Er würde jeden an zwei Fronten unter Druck setzen. Verdacht auf Wilderei und Verdacht auf Mord.«

»So richtig in die Zange nehmen, meint ihr?«, resümierte Gsponer. »Könnte sein. Aber wieso legt er uns gegenüber dann seine Strategie nicht offen? Aber was solls, ich muss weiter. Heute ist Großkampftag. Auf mich warten drei oder vier Einvernahmen im Eilverfahren«, erklärte er und stand auf. »Und morgen geht es weiter.«

»Halt uns auf dem Laufenden, ja?«, rief Ria ihm nach.

Die Mittagspause war zu Ende.

Kauz fuhr mit der Matterhorn-Gotthardbahn nach Münster zurück. Er kannte die Strecke mittlerweile zur Genüge. Aber den Blick auf den Galenstock genoss er jedes Mal. Vom Bahnhof aus ging er als Erstes in den Dorfladen. Mehrere Male musste er auf der Straße stehen bleiben, weil ihn jemand auf den gewilderten Wolf ansprach.

»Hedär keert?«, hieß es jedes Mal.

Die meisten Minstiger gaben ihrer Zufriedenheit über den Abschuss Ausdruck, nur wenige bedauerten das Tier.

Kauz nahm kein Blatt mehr vor den Mund.

Ein Frevel sei ein Frevel, sagte er jedem. Er billige den Abschuss nicht, er finde ihn schlimm und unnötig.

»Äwa!«, lautete die häufigste Reaktion.

»Und de d Schaaf?«, gaben andere zu bedenken.

»Dr Wolf keert nit hiähar, baschta!«, ließen die Radikaleren verlauten.

Kauz hielt innerlich die Ohren zu und ging weiter.

Wieder im Speicher, versuchte er, es sich gemütlich einzurichten. Um fünf Uhr machte er sich daran, das Nachtessen vorzubereiten. Er stand in seiner Küche, als Ria anrief.

Eben sei ein Jäger auf dem Posten erschienen und habe ein Jagdgewehr abgegeben. Er habe es im Binntal in unwegsamem Gelände in einem Bachtobel gefunden.

»Was für ein Gewehr?«, fragte Kauz. Er hielt den Atem an.

»Ich verstehe ja nichts davon, aber mir schien es ein altmodisches zu sein. Ich habe ein Bild davon gemacht und es dem Wildhüter geschickt.«

»Gut gemacht. Was sagt er?«

»Dass es ein Martinistutzer ist.«

»Das gibts doch nicht! Weiß das Alain?«

»Den erreiche ich nicht. Er ist nonstop mit Einvernahmen beschäftigt.«

»Schick ihm eine SMS.«

»Mach ich«, sagte sie. »*Düü, Chüzz,* noch etwas: Lara hat gestern geboren. Es ist ein Junge. Beide sind gesund.«

»Schöne Nachricht. Das freut mich. Wie geht es ihr?«

»Gut. Ich geh sie morgen besuchen. Kommst du mit?«

»Mal sehen. Vielleicht«, wich Kauz aus. »Wenn nicht, lasse ich sie herzlich grüßen.«

Besuche auf Wöchnerinnenabteilungen waren gar nicht seine Sache. Und gedanklich war er noch beim Martinistutzer. Alain wird die Waffe im FOR untersuchen lassen, dachte er. Aber weiß er dann mehr? Auch wenn sich herausstellt, dass es Welligs Jagdgewehr ist, steht noch längst nicht fest, wer damit geschossen hat. Trotzdem, es wäre ein Puzzlestück mehr.

Ist auch der Wolf mit diesem Stutzer geschossen worden?, fragte sich Kauz. Das Gedankenkarussell drehte sich weiter, bis er nach dem Nachtessen seinem Abendritual frönte: Blues und ein Gläschen Heidelbeerlikör aus Maries Glasflasche mit

Drahtbügelverschluss. Er lauschte der unvergesslichen Billie Holiday, mit der heiseren Stimme des guten alten Louis Armstrong ging es weiter, und mit der sanften von Norah Jones' *Don't Know Why* klang sein abendliches Wunschkonzert aus.

Es war neun Uhr abends, als Philippe de Steinhaus anrief. Er klang aufgewühlt. Am Telefon reden wolle er nicht, erklärte er. Ob Kauz am nächsten Tag bei ihm vorbeikommen könne.

Kauz sagte sofort zu.

*

»Was wird da eigentlich gespielt, Herr Walpen?«, fragte de Steinhaus erregt, noch ehe sich Kauz gesetzt hatte.

»Wie bitte?«, sagte Kauz.

»Seit ich Ihnen die Kopie jenes Drohbriefs überlassen und Sie gebeten habe, den Urheber zu finden, werde ich von der Polizei gepiesackt. Und vom Oberstaatsanwalt, der den Doppelmord im Binntal offenbar zur Chefsache erklärt hat, ganz besonders. Sogar mit einem Hausdurchsuchungsbefehl sind sie aufmarschiert und haben meine Fallblockbüchse beschlagnahmt.«

Das wusste ich gar nicht, wunderte sich Kauz.

»Jetzt wurde ich auch noch vorgeladen, in Sachen Wolfsfrevel Red und Antwort zu stehen.«

»Das ist allerdings …«, Kauz griff sich ans Ohrläppchen.

»Es ist vollkommen lächerlich. Seit die Hochjagd vorbei ist, sind alle meine Jagdwaffen im Waffenschrank eingeschlossen. Ich würde mich nicht wundern, wenn ich für den vergangenen Samstag ein Alibi liefern müsste. Bloß, weil ich einmal einen, der versehentlich einen Wolf schoss, in Schutz genommen habe.«

»Hätten Sie eins?«

»Ein Alibi? Selbstverständlich«, sagte de Steinhaus.

Aber er hielt es nicht für nötig, Kauz zu verraten, wo er sich aufgehalten hatte, als der Wolf geschossen wurde.

»Werden Sie der Vorladung Folge leisten?«

»Klar. Ich bin doch nicht blöd. Alles andere wäre Wasser auf Gitschs Mühle. Sagen Sie, Herr Walpen, haben Sie Inspektor Gsponer über unseren Kontakt informiert?«

»Ja, habe ich. War das ein Fehler? Sie haben mir keine Verschwiegenheit auferlegt.«

Philippe de Steinhaus rang mit sich.

»Dieser Gsponer weiß eine Menge über mich«, brachte er dann heraus. »Ich frage mich, wie er zu diesen Informationen kam.« Er schaute Kauz an. Den beschlich ein mulmiges Gefühl. »Aber wahrscheinlich hat er in alten Polizeiakten gegraben. Denn sehen Sie, es ist so«, holte de Steinhaus aus.

Was folgte, war eine Art Geständnis. Er packte aus, was Kauz von Madame Charlotte wusste: die Verdächtigungen nach dem Mordfall im Vatikan, seine Verhaftung nach dem Verschwinden von Cynthia Bregy. Und den Landverkauf, den Maurice Jäger in seinem Artikel kritisiert hatte.

Ist jetzt alles auf dem Tisch?, fragte sich Kauz.

»Wieso erzählen Sie mir das alles?«

»Ich weiß es auch nicht«, sagte de Steinhaus. »Vielleicht weil ich Ihnen vertraue.«

Darauf sagte Kauz nichts. Aus irgendeinem Grund freute ihn dieses Vertrauen nicht besonders. Da stimmt doch etwas nicht, dachte er.

»Vielleicht erhoffe ich Ihren Rat.«

»Mein Rat ist, dass Sie der Polizei genauso reinen Wein einschenken wie mir.«

»So? Wirklich?«, machte de Steinhaus.

Kauz sah ihm forschend ins Gesicht.

»Ich hätte noch eine Frage zu Cynthia Bregy«, sagte er.

De Steinhaus sah ihn schweigend an.

»Sehen Sie, Herr Walpen«, holte er dann aus. »Auch ich

habe recherchiert. Heute weiß ich, dass *Sie* es waren, der anfangs die Ermittlungen zum Verschwinden meiner Nichte leitete. Damals wusste ich es nicht. Mich hatten Sie ja nicht befragt. Deshalb brachte ich Ihren Namen auch nicht mit dem Fall in Verbindung. Es hieß damals bloß, ein neu eingestellter Üsserschwiizer Kriminalinspektor habe gekündigt. Ein anderer Inspektor und ein anderer Staatsanwalt seien mit dem Fall betraut worden. Dass der erste Gitsch hieß, war mir damals nicht bekannt, ich hatte ja nur mit dem zweiten zu tun. Und jetzt verhört mich ausgerechnet dieser Gitsch, der beim Verschwinden meiner Nichte geschlampt hatte, zum Doppelmord im Binntal. Und stellt mir dabei – hören Sie gut zu! –, er stellt mir dabei Fragen zum agT Cynthia Bregy. Als ob die zwei Fälle etwas miteinander zu tun hätten! Mir kam es so vor, als glaube er selbst nicht mehr, dass Cynthia sich das Leben nahm. Will er den Fall klammheimlich wieder aufrollen? Obschon er dafür überhaupt nicht mehr zuständig ist? Er konnte mir nicht plausibel erklären, wie der Mord an Maurice Jäger mit Cynthias Verschwinden zusammenhängen soll. Deshalb verweigerte ich die Antworten auf seine Fragen. Das machte ihn ziemlich wütend. Ich hoffe nur, dass ich kein zweites Mal mit ihm zu tun habe.«

Das dürfte ein frommer Wunsch bleiben, dachte Kauz.

»Was war nun Ihre Frage?«, nahm de Steinhaus den Faden auf.

»Kannte Cynthia Maurice Jäger?«, ließ Kauz seinen Versuchsballon steigen. Was er von de Steinhaus hören wollte, war, ob er von der Beziehung zwischen den beiden wusste.

»Nein, nein, *ich* kannte Maurice Jäger«, erklärte de Steinhaus, als ob Kauz ihn falsch verstanden habe. »Es war aber, wie gesagt, keine erfreuliche Bekanntschaft. Genau deshalb nahmen mich die Ermittler ja in die Mangel. Ich denke aber, sie haben eingesehen, dass ich mit seinem Tod nichts zu tun habe. Man bringt einen doch nicht wegen eines Zeitungsartikels um! Ich glaube, sie haben auch kapiert, dass ich nichts mit dem Abschuss des Wolfs zu tun habe.«

Geschickt lenkte Kauz das Gespräch wieder auf Cynthia Bregy und kitzelte aus de Steinhaus heraus, dass er am Tag ihres Verschwindens ein Treffen mit seiner Nichte geplant hatte. Sie hätten sich in seiner Kanzlei in Visp verabredet, räumte de Steinhaus ein. Den dafür vorgesehenen Termin habe die Polizei nach ihrem Verschwinden in ihrer Agenda gefunden. Genau deshalb habe man ihn ja vorgeladen und nach einer ersten Befragung im Übereifer verhaftet. Dabei habe die Begegnung gar nie stattgefunden, beteuerte er. Cynthia sei nie bei ihm aufgetaucht, sondern auf dem Weg zu seiner Kanzlei verschwunden.

»Wieso haben Sie sich damals nicht gemeldet?«

»Ich wusste doch gar nichts von ihrem Verschwinden. Ich dachte mir, sie habe den Termin verschlampt. Um ehrlich zu sein, wir waren uns nicht sehr nah. Ich hatte sie eigentlich nur als Teenager gekannt, als sie bei Tante Charlotte, ihrer Großmutter, wohnte. Das lag schon Jahre zurück. Nein, ich machte mir keine großen Gedanken. Kann sein, dass ich sogar froh war, dass ein Termin ausfiel.«

»Worum wäre es bei dem Termin gegangen?«

»Sie sagte, sie habe eine urheberrechtliche Frage, irgendetwas in der Richtung. Soviel ich weiß, war sie an ihrer Masterarbeit und hatte auch die Dissertation im Auge. Vielleicht wollte sie wissen, ob sich die in Buchform vermarkten lasse.«

»Aha, so war das«, meinte Kauz. Und schob gleich die Frage nach: »Sie waren nicht lange inhaftiert, oder?«

»Nein, denn die Beschuldigung ließ sich leicht entkräften.«

»Welche Beschuldigung?«, gab Kauz den Ahnungslosen.

»Sehen Sie, es ist so«, druckste de Steinhaus herum. »Bevor man Cynthias Leiche aus dem Rotten zog, ging man von einem sexuell motivierten Gewaltdelikt aus. Da lag es auf der Hand, dass man den Onkel verdächtigte, mit dem sie sich am fraglichen Tag verabredet hatte. Es brauchte die Zeugenaussage meines Lebenspartners und von weiteren nahen Bekannten, um diesen Verdacht zu entkräften. Wenn Sie wissen, was ich meine«, erklärte er und fuhr sich mit der schmalen Hand über das glatt frisierte Haar.

»Was kann ich jetzt für Sie tun?«

»Nichts. Es war aber gut, mit Ihnen zu reden. Ich fühle mich fast wie nach der Beichte«, lächelte er. »Auch wenn ich von Ihnen keine Absolution erwarten kann.«

»Absolution wofür?«, hakte Kauz sofort nach.

»Nun, etwas gibt es doch immer. Oder nicht?« De Steinhaus stand auf, um zu signalisieren, dass die Aussprache beendet war.

»Darf ich mich wieder melden, wenn Not am Mann ist?«

»Sicher. Oh, eine Frage noch, Herr de Steinhaus.«

»Ja, bitte?«

»Waren Sie je in Argentinien?«

»Wie? Äh, n-nein, nie«, sagte er und ging zur Tür. »Vergessen Sie Ihren Max nicht«, scherzte er, als Kauz die Treppe hinunterstieg. »Ich habe gehört, er sei ein sehr talentierter Spürhund.«

Sehr gut kannte er Cynthia wirklich nicht, dachte Kauz auf dem Nachhauseweg. Er weiß nicht einmal, worum es in ihrer Masterarbeit ging.

*

Aus dem Rückwärts-*Ocho* heraus führte er einen *Boleo*. Sie ließ das angewinkelte Bein fliegen, als habe sie die Figur schon tausendmal getanzt.

»Du wirst immer besser«, raunte er ihr ins Ohr.

»Kunststück, so wie du führst«, flüsterte sie zurück.

Es erklang ein langsamer Tango, Zoe tanzte einen *Gancho* nach dem anderen. Wie sie ihr Bein aus der Drehung heraus mit sanftem Schwung um seinen Schenkel schlang und wieder aushakte, sah höchst erotisch aus. Und fühlte sich auch ganz so an.

Der Tango war zu Ende, es folgte eine nicht sehr schnelle Milonga: *Cacareando,* ein uralter Hit, der in jeder Tangoschule früher oder später einmal aufgelegt wurde. Sie übten die *Traspié*-Kombination, zuerst in der langsamen, dann in einer schnellen Version und zum Schluss im Vals.

»Können wir nicht weitertanzen?«, bettelte sie, als das letzte Stück verklungen war.

»Nein, tut mir leid«, sagte Nico. »Aber zu Hause gibt es das Alternativprogramm.«

Sie kniff ihm in den Po.

»Empanadas?«, fragte sie, als sie draußen standen.

»Nein, die lasse ich aus.«

»Hast du keinen Hunger?«

»Doch, aber auf etwas anderes.«

»Worauf?«

»Das fragst du? Komm!«

Er packte ihre Hand. Sie eilten in seine Wohnung.

Mitternacht war vorbei, als sie zur Ruhe kamen.

»Hat sich dein Vater wieder abgeregt?«, fragte er.

Sie sah ihn verständnislos an.

»Oder nimmt er dir noch übel, dass du mit mir Tango tanzt?«

»Dass ich mit dir schlafe, nimmt er mir viel mehr übel.«

»Der weiß das?«

»Ja. Ich war so blöd, es ihm zu sagen«, sagte sie zerknirscht.

»Wieso?«

»Vor lauter Begeisterung«, lachte sie und knuffte ihn in den Bauch.

Nico zerbrach sich den Kopf, wie er, ohne direkt zu fragen, etwas über ihren Vater erfahren konnte. Er musste unbedingt wissen, ob er der Mann war, der in jener letzten

Sitzung mit Staatsanwältin Stockalper als Tatverdächtiger im Doppelmord Binntal genannt wurde. Kurz darauf war der Oberstaatsanwalt hereingeplatzt. Zu dumm, dass er nun nicht mehr an den Sitzungen teilnehmen durfte. Jetzt wusste er nicht einmal, ob ein Zertanna als möglicher Täter noch im Gespräch war. Was, wenn ich mit der Tochter eines Mörders liiert bin ... Aber das wollte er lieber nicht zu Ende denken.

Er hatte natürlich gegoogelt: Im Wallis gab es nur drei Zertanna, einen Antonio Zertanna in einem Altersheim in Brig, eine Gret Zertanna in Visp – das musste Zoes Mutter sein. Und einen Walter Zertanna in Oberwald. War das ihr Vater? In der Üsserschwiiz gab es keinen Einzigen, aber beim Weitersurfen war er auf einen Giovanni Zertanna in Alba gestoßen. War er es? Sie hatte gesagt, ihre Eltern lebten getrennt, da wohnten sie wohl an verschiedenen Orten. Aber so weit weg? Kaum. Ihr Vater war ihr ja kürzlich in Brig über den Weg gelaufen, hatte sie gesagt.

Dann war er sage und schreibe auf jemanden in Argentinien gestoßen! Sie hieß Cristina Di María de Zertanna und wohnte in einem Kaff in der Provinz Santa Fe. Diese Frau musste mit einem Zertanna verheiratet sein oder verheiratet gewesen sein, so viel wusste er von Juana über argentinische Doppelnamen. Irgendeine Verbindung musste es geben. Wieso wäre Zoe sonst halb Argentinierin? Vielleicht kann ich Juana bitten, etwas über diese Cristina und ihren Mann herauszufinden, dachte er.

Zoe lag mit geschlossenen Augen da.

Was für eine schöne Frau!, dachte Nico. Blitzgescheit ist sie, und Witz hat sie auch. So unkompliziert wie mit ihr war es noch mit keiner. Was bin ich für ein Glückspilz!

»Du«, sagte Zoe und richtete sich halb auf. »Ich muss dir etwas sagen.«

»Was?«

»Wegen meinem Vater.«

Nico setzte sich bolzengerade auf.

»Als Kind dachte ich manchmal, ich könne unmöglich seine Tochter sein. Ich sehe ihm überhaupt nicht ähnlich, und er ist ein total anderer Mensch als ich«, erklärte sie. »Als ich schon fast erwachsen war, hörte ich von diesen schlimmen Geschichten aus Argentinien.«

»Was für Geschichten?«

»Während der Militärdiktatur wurden jungen Frauen, die im Gefängnis gebaren, die Kinder weggenommen.«

»Schrecklich! Was geschah mit ihnen?«

»Die Mütter wurden alle umgebracht. Und ihre Kinder wurden an regimetreue Ehepaare, oft an kinderlose Offiziere und ihre Frauen, verschenkt. Eine Art Treueprämie. Die adoptierten die Kinder der ermordeten Frauen und zogen sie als ihre eigenen auf.«

»Ist das wahr?«, würgte Nico heraus.

»Erst als die Gräueltaten der Militärdiktatur aufgedeckt wurden, fingen einzelne dieser mittlerweile erwachsenen Kinder an, ihre Herkunft zu hinterfragen. Wenn sich ihr Verdacht zur schrecklichen Gewissheit verdichtete, gerieten viele in ein furchtbares Dilemma. Es gab solche, die liebten ihre Adoptiveltern, die sie für die richtigen gehalten hatten, und zeigten sie trotzdem an. Der Wahrheit und der leiblichen Mutter zuliebe, die sie nie gekannt hatten.«

Zoe stand auf und ging in Nicos kleinem Zimmer auf und ab.

»Andere wollten es nicht wahrhaben, obwohl sie die Wahrheit kannten«, fuhr sie im Gehen fort. »Die versuchten, sich mit ihrem Schicksal sonst wie zu arrangieren. Wenn du mich fragst: Glücklich wurden die nicht. Niemals. Du musst den Tatsachen ins Auge sehen, du musst die Wahrheit annehmen, sonst findest du keinen inneren Frieden.«

»Komm, setz dich«, sagte Nico, ergriff ihre Hand und zog sie neben sich aufs Bett. Sie setzte sich auf die Bettkante.

»Bist du ein solches Kind, Zoe?«, fragte er.

Sie seufzte.

»Das waren früher meine Fantasien«, antwortete sie. »Aber es ist unmöglich.«

»Wieso?«

»Die Militärdiktatur war längst vorbei, als ich zur Welt kam. Mein Vater kam vor über dreißig Jahren in die Schweiz. Und meine Mutter schwört, dass sie mich neun Monate lang im Bauch getragen und hier im Wallis geboren hat. Ich muss ihr das glauben. Es gibt ja auch Bilder aus jener Zeit.«

»Das heißt noch lange nicht, dass dein Vater auch wirklich dein Vater ist.«

»Das stimmt. Aber ich bin kein Raubkind.«

»Gut«, sagte Nico und legte ihr den Arm um die Schulter.

Lange blieben sie so sitzen.

Endlich ließ sich Zoe erschöpft ins Kissen sinken, Nico deckte sie zu. Als sie eingeschlafen war, strich er ihr das Haar aus der Stirn. Ihr Atem ging ruhig und tief. Unvermittelt schlug sie die Augen auf, staunte ihn an, zog ihn zu sich herunter, schloss die Augen wieder und schlief weiter. Irgendwann schlummerte er in ihren Armen ein.

*

Tagelang liefen die Ermittlungen im Leffältal, im Binntal und im ganzen Goms auf Hochtouren. Jäger wurden auf der Pirsch angehalten und unter die Lupe genommen, etliche wurden von der Polizei vorgeladen. Ein paar von ihnen wurden dem Staatsanwalt vorgeführt. Spuren wurden gesichert und ausgewertet. Beim Leffälseewji suchte man intensiv nach Patronenhülsen. Dutzende von Einwohnern des Binntals wurden befragt. Ebenso Feriengäste, namentlich Berggänger und Wanderer. Bilder des Wolfskadavers wurden auf öffentlichen Plätzen angeschlagen – und bald wieder von unbekannter Hand abgerissen –, Augen- und Ohrenzeugen wurden gesucht. Niemand wollte etwas gesehen oder gehört haben, niemand wollte etwas wissen. Nicht einmal Suzanne, die Wolfsverklärerin im Hotel Belle Epoque, meldete sich zu Wort. Es galt das Gesetz der Omertà. Das Binntal wurde zum Tal des Schweigens. Wer immer den Wolf geschossen hatte, er oder sie und alle eventuellen Mitwisser hielten sich an den Aufruf jenes Walliser Magistraten: sehen, schießen, schweigen. Nur gegraben hatten sie nicht.

Mitten in der Nacht rief Gsponer an.

»Weißt du was, Kauz?«

»Nein, Alain«, sagte Kauz schlaftrunken und schaute auf die Uhr. »Ich weiß nur, dass es halb zwei Uhr nachts ist.«

»Ihr wolltet auf dem Laufenden gehalten werden. Wie kann ich wissen, dass du schon schläfst?«

»Schon gut. Was ist?«

»Ria antwortet nicht, da dachte ich mir, sie ist vielleicht bei dir. Also: Drei hat sich Gitsch vorgeknöpft. Und wie! Bei einem hat er Untersuchungshaft beantragt. Aber er ist beim Massnahmengericht damit abgeblitzt.«

»Bei wem?«

»Alois Kreuzer.«

»Welchen Haftgrund hat Gitsch genannt?«

Kauz war jetzt hellwach.

»Kollusions- und Wiederholungsgefahr.«

»Wiederholungsgefahr? Ach so, weil noch zwei, vielleicht drei Wölfe im Leffältal vermutet werden?«

»Ganz genau. Die müssten vor dem Abschuss geschützt werden, sagte Gitsch.«

»Das zog beim Strafmassnahmengericht natürlich nicht«, sagte Kauz. »Aber sag, ist Gitsch denn wirklich ein Wolfsfreund?«

»Ich glaube nicht. Ihm gehe es nur um das Gesetz, sagte er, nicht um den Wolf.«

»Trotzdem, er schützt ihn. Das rechne ich ihm hoch an. Und wen hast du ihm sonst noch vorgeführt?«

»Wellig junior und de Steinhaus. Die hat er zwar in die Mangel genommen, musste sie aber wieder laufen lassen.«

»Aha. Und was ist mit Zertanna?«

»Den hat er auch verhört. Er hat für Samstag ein Alibi.«

»Dann sind also alle vier, auf die sich Gitsch eingeschossen hatte, auf freiem Fuß. Ärgert ihn das nicht?«

»Ich hatte nicht den Eindruck. Es genügt ihm offenbar, dass er sie weichklopfen konnte. Sie sollen alle ganz zerknittert aus seinem Büro geschlichen sein, hat man mir gesagt. Das heißt, drei waren zerknittert. Zertanna nicht, der schnaubte vor Wut. Also, Kauz …«, wollte Gsponer das Gespräch beenden.

»Warte! Weißt du das vom Martinistutzer schon?«

»Klar. Es ist der von Lee Wellig. Er ist bereits im FOR. Dort werden drei Fallblockbüchsen untersucht: die von Kreuzer, die von de Steinhaus und jetzt noch der Stutzer von Wellig junior.«

»Donnerwetter!«, machte Kauz.

»Geh jetzt wieder schlafen«, sagte Gsponer.

Kauz schüttelte das rot-weiß karierte Federbett auf und vergrub den Kopf im voluminösen Kissen. Aber wieder einschlafen war gar nicht so einfach.

*

Gegen Ende der Woche ebbte die Berichterstattung über das Thema Wolfsfrevel in den Medien ab. Der Oberstaatsanwalt entspannte sich. Am Montag würden die Ermittlungen im Doppelmordfall Binntal wieder aufgenommen, ließ er verlauten.

Nach Kauz' Einschätzung war es aber nur eine Frage der Zeit, bis das Thema Wolf wieder hochkochen würde.

Samstag, 20. Oktober

Es war der letzte Tag der Niederjagd, Kauz hatte ein weiteres Mal auf seinen ausgedehnten Hundespaziergang verzichten müssen. Er hatte sich den Tag für einmal mit Faulenzen vertrieben, jetzt stand er in der Küche und bereitete das Nachtessen für seine Gäste zu. Er hatte versprechen müssen, etwas Einfaches zu kochen. Weißkohlrouladen waren ein zwar etwas aufwendiges, aber dennoch einfaches Gericht.

Kauz rang mit sich: Ob er sich während des Kochens schon einen Schluck Weißwein genehmigen durfte? Er blickte auf die Uhr – halb fünf – und sah davon ab.

Er steckte eine Gabel in den Strunk des Kohlkopfs und tauchte ihn ins siedende Salzwasser. Er löste zwölf einzelne Blätter, hob sie aus dem Topf, brauste sie kalt ab und legte sie zwischen zwei Küchentücher. Einen Teil des restlichen Kohls und eine Zwiebel hackte er klein und briet das Gemüse in der Bratpfanne an. Schon vorher hatte er gekochten Reis, Hackfleisch, eine eingeweichte Semmel, Milch und Eier zu einer Masse verarbeitet und kalt gestellt. Die verknetete er jetzt mit dem angebratenen Gemüse zur fertigen Füllung, würzte und verteilte sie auf je zwei übereinandergelegte Kohlblätter. Sorgfältig rollte er sie zu sechs Rouladen auf. Später würde er sie anbraten und im Backfach seines Stahlholzofens fertig garen.

Den Ofen, der in der Mitte seiner Wohnküche stand, hatte er schon mal angefeuert, denn es hatte in den letzten Tagen merklich abgekühlt. Seine Gäste sollten in einer warmen Stube sitzen.

Sie hatten ein frühes Abendessen vereinbart. Das Ehepaar Steinhaus hatte zuerst darauf bestanden, *ihn* einzuladen, aber er hatte sich nicht umstimmen lassen. Sie hätten mit den Enkelkindern genug am Hals gehabt, war sein Argument, er dagegen habe Dauerferien. Und abgesehen davon, koche er gern.

Die Tomatensauce mit Kümmel simmerte auf der Kochstelle des Ofens vor sich hin, die Kartoffeln würde er in einer Stunde auf dem zweiflammigen Campinggaskocher braten, der immer noch in seiner Küche stand. Die Karottensuppe mit Kokosmilch und Ingwer hatte er schon am Vormittag zubereitet, die brauchte er nur noch aufzukochen. Er stellte den Weißwein kühl und dekantierte den Roten. Dann legte er die Mappe mit den Arbeitsunterlagen von Cynthia Bregy bereit. Er hatte vor, Steinhaus ein paar Fragen dazu zu stellen.

Die Gäste knuddelten und tätschelten Max, als sie eintrafen, was das Zeug hielt. Frau Steinhaus kramte eine speziell harte Wurst hervor und streckte ihm die entgegen. Max schnappte sich die nachträgliche Belohnung und verzog sich damit in seinen Korb.

Beim Apéro stieß man auf das *Düü* an. Eine Einladung zum Nachtessen und einen Abend lang mit Gommern per *Iär* und per Sie zu verkehren, das ging dann doch nicht.

»Äns fäin«, lobte Annemarie das Essen, als man bei Tisch saß. *»Uverschämt guschtig«*, lautete Konrads Kommentar. Der Rotwein, dem er ebenso tüchtig zusprach wie Kauz, war nach seinem Geschmack *närrisch güet*.

Das Paar fühlte sich sichtlich wohl. Während des Essens rekapitulierte man zuerst die Rettungsaktion von vergangener Woche, dann schwadronierte man über Gott und die Welt. Konrad Steinhaus kam auf Kardinal Schiner zurück und lachte erneut über Kauz' Vergleich mit dem Wolf. Da lag es auf der Hand, über den Abschuss im Leffältal zu *doorffä.* Kauz stellte fest, dass er in Konrad einen Gesinnungsgenossen hatte, der wie er den Abschuss verurteilte.

»Was denkst du, findet man den Wilderer?«

»Nie!«, sagte Konrad. »Und wenn doch, wird er ungeschoren davonkommen. Außer vielleicht, der Fall wird bis vors Bundesgericht gezogen. Aber ein Walliser Gericht wird ihn nicht verurteilen. Das wäre ein absolutes Novum.«

Novum, dachte Kauz, das sagt sonst nur ein Studierter.

Das Thema Wolfsfrevel deprimierte ihn, er hatte keine Lust, es weiter zu verfolgen. Er machte Kaffee und stellte die Grappaflasche auf den Tisch. Dann holte er die Arbeitsmappe von Cynthia Bregy hervor und nahm den Schnellhefter mit dem Manuskript ihrer Masterarbeit zur Hand.

»Jaja. Die Gommer zogen zu allen Zeiten in alle Welt«, fing Konrad sogleich zu dozieren an. »Ich finde das absolut faszinierend. Denk nur an Cäsar Ritz. Der …«

»Mich interessiert mehr die Geschichte von Cäsar Zertanna«, lenkte Kauz ab und blätterte auf die entsprechende Seite. »Was wisst ihr über diese Familie?« Er richtete die Frage an beide, aber es war Konrad, der antwortete.

Zertanna sei ein altes Reckinger Geschlecht, erklärte er, sei aber fast ausgestorben. Es gebe im Oberwallis nur noch zwei oder drei Namensträger, ein paar weitere im Piemont. Der einzige männliche Nachkomme im Wallis lebe in Oberwald, und der sei kinderlos.

»Walter?«, fragte Kauz.

»Genau. Den kennt man, nicht wahr?«, lachte Konrad.

»Ist er verheiratet?«

»Er ist geschieden.«

»Ist seine Ex-Frau Argentinierin?«

»Da bin ich mir nicht sicher. Ich glaube, er war mit einer Ausländerin verheiratet, *gäll, Annämarie?*«

»*Das gglöübti ö*«, sagte sie.

»Aber ob es eine Argentinierin war, weiß ich nicht.«

»Das wundert mich«, schmunzelte Kauz. »Ihr Gommer wisst doch sonst immer alles über alle.«

»Wir nicht unbedingt. *Gäll, Annämarie?*«

»*Nëj*«, bestätigte sie, »*nit gad.*«

»Es ist eben so«, fuhr Konrad fort: »Walter Zertanna besitzt im Wallis mehrere Häuser, und er hat mehr als einen Wohnsitz. Er lebt zwar die meiste Zeit in Oberwald, aber er hat auch eine Wohnung in Fiesch und eine auf der Bettmeralp. Und eine in Siders. Dort wohnte bis zur Scheidung seine damalige Frau. Sie zeigte sich praktisch nie im Goms. Deshalb wissen wir nicht so genau, was sie für eine war.«

»Klar«, sagte Kauz. Er fühlte sich plötzlich etwas schläfrig und schielte verstohlen auf die Uhr.

»Ach so, du fragst wegen Cynthias Arbeit. Nun, mich würde auch interessieren, ob es eine Verbindung zwischen dem Gommer Walter Zertanna und dem nach Argentinien ausgewanderten Cäsar gibt. Müsste es eigentlich, nicht wahr?«

»Eben.«

Konrad Steinhaus rieb sich die Stirn.

»*Waart!*«, sagte er. »Mir ist, als ob Zertanna vor nicht sehr langer Zeit eine Reise nach Argentinien unternommen hat. Nach San Jerónimo Norte. Du weißt ja, diese Oberwalliser Kolonie.«

Kauz war auf einmal wieder hellwach.

»Ob er auch die Studienreise gebucht hat, von der ich dir erzählt habe, weiß ich nicht«, fuhr Konrad fort. »Vielleicht ist er auf eigene Faust los. Argentinienreisen sind unter Wallisern ja en vogue.«

»Immer nach San Jerónimo Norte?«

»Jaja. Ahnenforschung sozusagen. Maurice war ja auch dort. Obschon er dort keine Verwandten hat.«

»Stimmt. Das hast du erzählt. Was wollte der dort?«

»Maurice? Spurensuche, hat er gesagt.«

»Ach ja?«, machte Kauz. »Spuren wovon?«

»Von Gommer Auswanderern. Wenn du mich fragst: Er war auch auf der Suche nach Spuren von Cynthia.«

»Aber sie war ja gar nie dort.«

»Das stimmt. Aber er war ein Schwärmer, weißt du. Er sagte, ihr Verschwinden lasse ihm keine Ruhe.«

Mir geht es ähnlich, dachte Kauz. Nur aus anderen Gründen.

»Es scheint ihn dorthin gezogen zu haben, wo sie hinwollte, ehe sie verschwand«, fuhr Konrad fort. »Natürlich begründete er seine Reisepläne mit dem Interesse an ihrer wissenschaftlichen Arbeit. Darum musste ich ihm ja die Arbeitsmappe schicken. Vielleicht wollte er etwas zu Ende bringen, was sie angefangen hatte.«

»Ich verstehe«, sagte Kauz.

In seinem Kopf drehte sich alles. Das mochte am Wein liegen, aber auch an den Gedanken, die ihm durch den Kopf wirbelten: Maurice Jäger war in San Jerónimo Norte auf Spurensuche, kurz darauf kam er ums Leben. Walter Zertanna war auch dort, vielleicht sogar gleichzeitig, aber er lebte noch. Er war möglicherweise ein Argentinienschweizer oder mit einer Argentinierin verheiratet gewesen. Madame Charlotte war vor fünf Jahren in Argentinien, und ihre Enkelin Cynthia kam ums Leben, kurz bevor sie nach Buenos Aires abfliegen konnte, um mit ihr nach San Jerónimo Norte weiterzureisen. Cynthias Interesse galt den nach Argentinien ausgewanderten Gommern. Ihr Onkel Philippe behauptete zwar, er sei nie in Argentinien gewesen. Aber wer konnte wissen, ob das stimmte. Irgendeine Argentinien-Connection ist da im Spiel, dachte Kauz.

»Entschuldigt«, sagte er plötzlich, denn auf dem Küchenregal summte es. Er reckte den Arm, griff nach dem Handy und blickte auf das Display. »Das muss ich annehmen«, sagte er entschuldigend zu den Gästen und wandte sich ab.

»*Oui, Madame?*« Er stand auf und ging, das Handy am Ohr, in die andere Ecke. »Beruhigen Sie sich, Madame. Die Jagd ist ja vorbei«, sagte er, nachdem er eine Weile gelauscht hatte. »Wie? Unmöglich, ich kann jetzt nicht … Nun gut, wenn Sie meinen. Also, in einer halben Stunde am Bahnhof Münster«, sagte er ins Telefon. Und zu seinen Gästen: »Tut mir wirklich leid, das ist ein Notfall.«

»Madame Charlotte?«, fragte Konrad.

Kauz nickte. Annemarie machte ein besorgtes Gesicht.

»Es fährt aber kein Zug mehr«, sagte Konrad.

»Sie kommt mit dem Auto.«

»In ihrer Deesse?«, staunte Konrad. »Die nimmt sie doch nur alle Schaltjahre aus der Garage.«

»Deesse?«

»Einen Citroën DS. Ein sagenhafter Oldtimer. Ich habe sie einmal damit ausfahren sehen. Jahrgang 1955, heißt es.« Er schaute auf die Uhr. »Annemarie, ich glaube, wir sollten gehen.«

Die Gäste brachen etwas abrupt auf, und eine knappe halbe Stunde später stand Kauz am Bahnhof. Es vergingen keine fünf Minuten, da fuhr ein eleganter Oldtimer vor, Madame Charlotte am Steuer. Neben ihr saß *z'Marie*. *Z'Marie* stieg aus und setzte sich in den Fond, Kauz nahm auf dem Beifahrersitz Platz. Zu seinen Füßen war genug Raum für Max. Die alte Dame rückte ihre Brille zurecht und wollte losfahren. Kauz legte die Hand auf ihren Arm und bat sie, noch zu warten. Er wollte sich lieber im geparkten Wagen alles noch einmal anhören: Ihr Neffe sei am Freitag völlig geknickt gewesen, nachdem er am Vortag dem Staatsanwalt vorgeführt worden war. Er glaube, man wolle ihm nicht nur den Abschuss des Wolfs, sondern auch noch einen Mord in die Schuhe schieben, habe er ihr anvertraut. Er überlege sich ernsthaft, ob er untertauchen solle.

»Ich habe ihm geraten, mit Ihnen, *Monsieur,* Kontakt aufzunehmen. Er sagte, das habe er schon getan. Stimmt das?«

»Ja, aber das war am Mittwoch. *Bevor* er wieder bei der Polizei und auf der Staatsanwaltschaft war. Da war er zwar aufgebracht, dass er vorgeladen wurde. Aber verzweifelt war er nicht. Heute ist der letzte Tag der Jagd. Hatte er vor, auf die Pirsch zu gehen?«

»Nein, nein. Er sagte, die Jagd sei für ihn abgeschlossen. Aber ich habe Angst, dass er sich etwas antut«, gestand die alte Frau. Sie habe ihn nämlich auf heute Samstagabend zum Nachtessen eingeladen.

»Nach Hause?«

»Nein, ins Hotel Schiner. Dort isst er gern. Er ist aber nicht erschienen. Das ist noch nie vorgekommen.«

Zu Hause in Brig sei er nicht. Sein Butler habe gesagt, er sei in die Kanzlei gegangen. Aber dort nehme niemand das Telefon ab. Da stimme doch etwas nicht.

»Wir fahren sofort hin«, bestimmte Kauz. »Haben Sie einen Schlüssel für die Kanzlei?«

»Nein, aber sein Butler hat einen.«

»Dann fahren wir zuerst nach Brig.«

Madame de Steinhaus chauffierte den Wagen in der Dunkelheit sehr vorsichtig talabwärts. Nach einer knappen Stunde parkte sie ihren Wagen vor der Stadtvilla ihres Neffen in Brig-Glis, einem hundertjährigen, sorgfältig renovierten Haus. Eine Plakette an der Hauswand verriet, dass es unter Denkmalschutz stand.

Ein adrett gekleideter Mann öffnete mit besorgtem Blick.

Kauz war sofort klar, wer der angebliche Butler in Wirklichkeit war. Er bezweifelte, dass Madame de Steinhaus es nicht auch wusste. Aber offenbar spielte sie lieber die Scharade mit, als die Dinge beim Namen zu nennen.

»Fahren *Sie,* Marcel«, sagte sie und drückte ihm den Autoschlüssel in die Hand.

Eine Viertelstunde später waren sie dort.

»Bleiben Sie bitte im Auto sitzen, Marie«, bat Kauz.

»Ischt güet.«

Das Geschäftshaus hatte zwei Eingänge. Ein Schild mit der Aufschrift »Advokatur und Notariat de Steinhaus« signalisierte, dass man nicht den Eingang auf der Frontseite, sondern den diskreteren um die Ecke nehmen sollte.

Marcel schloss die Eingangstür auf, ließ den Lift rechts liegen und eilte, zwei Tritte auf einmal nehmend, die Treppe hoch. Kauz und Madame de Steinhaus folgten in ihrem eigenen Tempo. Auf jeder Etage war eine Kanzlei angeschrieben: ein Treuhänder, ein Steuerberater und im feudalen Dachgeschoss die Advokatur de Steinhaus.

Marcel stand oben vor der Tür. Er hatte schon zweimal geklingelt, jetzt schellte er Alarm. Nichts geschah.

»Aufmachen!«, befahl Kauz. Er war jetzt ganz Polizist.

Marcel schloss auf und machte im Entrée Licht. Kauz schaute sich um: piekfeiner Empfang, hinter der Theke modernste Büroapparate, drei geschlossene Bürotüren. Belanglose Bilder an den Wänden, eingetopfte immergrüne Pflanzen in den Ecken.

»Welches ist sein Büro?«

Marcel zeigte auf die Tür rechts.

»Bleiben Sie hier stehen«, sagte Kauz und nahm Max straffer an die Leine. Er befahl dem Hund zu sitzen, wickelte sein Taschentuch um die Finger und stieß die Tür auf. Er ahnte sofort, was ihn erwartete, er roch es förmlich.

Max knurrte.

Madame de Steinhaus hielt den Atem an.

Marcel wollte sich hineindrängen.

»Stehen bleiben!«, raunte Kauz und sah ihn streng an.

Er machte einen Schritt ins Büro hinein, suchte den Schalter und machte Licht. Dann stieß er die Tür hinter sich zu, ohne sie ins Schloss fallen zu lassen.

Drei Schritte entfernt saß Advokat Philippe de Steinhaus an seinem aufgeräumten Schreibtisch, eine aufgeschlagene Ledermappe mit noch unbeschriebenem Notizblock aus gelblichem Papier vor sich. Daneben lagen eine edle Füllfeder, zwei Kugelschreiber und ein gespitzter Bleistift. Ein Bildschirm von feinstem Design stand schräg vor ihm. Der Advokat saß in einem Bürodrehstuhl mit hoher Lehne, halb von der Tischplatte weggedreht, den Rücken Kauz zugewandt. Seine Arme hingen schlaff herunter.

Kauz machte zwei Schritte auf ihn zu und sah ihn von der Seite an. Er sah kein Blut, keine Schusswaffe, weder auf dem Schreibtisch noch auf dem Fußboden. Das Gesicht des Toten war blau, die Zunge hing leicht heraus.

Gift?, dachte Kauz. Der Tote hing nicht an einem Strick, er saß scheinbar bequem in seinem Sessel. Kauz ging näher und inspizierte den Kopf und die bläulich verfärbte Halspartie, ohne etwas zu berühren. Jetzt sah er die feine rote Linie, die knapp über dem Hemdkragen rund um den Hals lief.

Schnürfurche, stellte er fest.

Aber da war kein Seil, keine Schnur, kein Nylonfaden. Erst auf der ihm abgewandten linken Seite entdeckte er die feine Drahtschlinge, die sich tief in den Hals gegraben hatte und aus der Furche heraushing, bis auf die Schulter des Toten.

Jetzt schnürte es auch ihm den Hals zu.

Max versuchte, an der Hand des Toten zu schnuppern.

Kauz riss ihn weg und ging aus dem Zimmer.

»Sie sind kreidebleich, *Monsieur!*«, sagte Madame de Steinhaus. »Ist er …?«

»Ich rufe die Polizei«, sagte Kauz und griff nach seinem Handy. »Gehen Sie nicht hinein!«

Madame de Steinhaus saß wie versteinert im Entrée, Marcel völlig aufgelöst zwei Sitze neben ihr. Man wartete auf die Polizei. Kauz hatte ihnen gesagt, dass Philippe tot war.

»Hat er sich umgebracht?«, fragte Marcel.

»Ich weiß es nicht«, sagte Kauz.

Doch, ich weiß es, dachte er: Er wurde ermordet. Von einem, den ich hätte finden sollen. Und nicht rechtzeitig gefunden habe.

Eine knappe halbe Stunde später war die Polizei da.

Kauz staunte, als Ria und ihr Aspirant hereinkamen.

»Du?«, rief Ria, als sie ihn sah, eine Spur zu laut.

Leise sagte er ihr in wenigen Worten, worum es ging.

»Aber wieso ihr?«, fragte Kauz. »Das ist nicht euer Rayon.«

»Wochenendbereitschaft. Wir waren in Lax im Einsatz, die Zentrale hat uns umdirigiert. Ich weiß auch nicht, was heute los ist, aber alle andern Patrouillen sind anderswo engagiert. *Düü, Chüzz*«, sagte sie. »Bald taucht Gitsch hier auf. Willst du nicht …«

»Mich verkrümeln? Doch, aber ich darf natürlich nicht. Stell dir vor, wie er mich fertigmachen würde.«

»Er macht dich sowieso fertig.«

»Ich weiß«, sagte Kauz.

Sonntag, 21., bis Samstag, 27. Oktober

Kauz brummte der Schädel. Er hatte, nachdem er von Nico um vier Uhr morgens im Speicher abgeladen worden war, das stehen gelassene Rotweinglas ausgetrunken. Und danach zwei Gläser Grappa, gefolgt von Heidelbeerlikör. Den Grappa hatte er gebraucht, um die Bilder vom Toten und den Geruch, der sich in seiner Nase eingenistet hatte, zu übertünchen. Den Heidelbeerlikör, um den Crash mit Oberstaatsanwalt Gitsch zu vergessen. Es war der Super-GAU gewesen, so viel wusste er noch, doch an Einzelheiten erinnerte er sich nicht mehr.

Mit Mühe schaffte er es gegen Mittag aus dem Bett. Er stieg über die Außentreppe in den Unterbau hinab, stellte sich unter die Dusche und brauste sich eiskalt ab. Dann machte er starken Kaffee und setzte sich an den Tisch. Max leckte ihm mitfühlend die Hand.

Philippe de Steinhaus ist tot!, dämmerte es ihm.

Erwürgt. Mit einer Drahtschlinge!

Wie der Luchs auf dem Drohbrief. Entsetzlich!

Ich habe den Schreiber nicht ausfindig machen können. Sonst würde de Steinhaus vielleicht noch leben.

Ich habe versagt, man kann es drehen, wie man will.

Habe ich mich nicht genug angestrengt?

Habe ich mich überhaupt angestrengt?

Werde ich mich je wieder auf einen Fall einlassen?

Nein! – Oder doch? – Kommt drauf an. – Nein, nie wieder!

Die Gedanken führten nirgendwohin.

Schwach erinnerte er sich jetzt, dass Nico Perren auf der Rückfahrt ins Goms andauernd von Zertanna geschwafelt hatte. Aber was schon wieder? Oh! Auch Konrad Steinhaus hatte bei Kaffee und Grappa von Zertanna gesprochen. Er hatte etwas Wichtiges zu erzählen gewusst. Was war es doch gleich?

Auf dem Tisch lag ein großer Umschlag. Den hatte Konrad ihm in die Hand gedrückt, ehe er etwas überstürzt hatte gehen müssen. Er öffnete ihn, ein Sichtmäppchen rutschte heraus. *Der Glasji oder die Rückkehr eines Dorforiginals,* las er. Was war der Grund, dass Konrad ihm diesen Artikel von Maurice Jäger, den er längst kannte, mitgebracht hatte? Er wusste es nicht mehr. Er legte den Umschlag aufs Küchenregal, auf dem sich Papiere stapelten.

Am Nachmittag ging er drei Stunden mit Max in den Wald. Das half ein bisschen. Ihm war kalt, als er wieder im Speicher war. Drinnen war es auch kalt. Er hatte vergessen, den Ofen wieder anzufeuern. Das holte er jetzt nach.

Er hätte jetzt liebend gern mit Ria gesprochen, aber die hatte immer noch Bereitschaftsdienst. Ihm fiel wieder ein, wer vergangene Nacht aufmarschiert war. Gsponer und die ganze Truppe: Bivinelli, Marie Matthey, und wie sie alle hießen. Und natürlich Gitsch.

Auch Gsponer konnte er nicht anrufen, der war jetzt sicherlich voll mit dem neuen agT beschäftigt.

Es waren noch Reste vom Abendessen da, aber er hatte keinen Hunger. Als er die zwei leeren Weinflaschen sah, wurde ihm übel.

Er machte sich einen heißen Tee und ging früh zu Bett.

*

Die Sitzung vom Montag war ohnehin anberaumt gewesen, aber jetzt hatte natürlich der neue agT Priorität. Allen war klar, dass der außergewöhnliche Todesfall in Visp mit dem Doppelmord im Binntal zusammenhing, weshalb man die Fälle zusammenlegte. Oberstaatsanwalt Gitsch hatte Polizeiwachtmeister Ria Ritz wohl oder übel zum Rapport einbestellen müssen, da sie auch in diesem Fall die Erstintervention geleitet hatte. Aber er hatte sich verbeten, dass sie ihren Aspiranten mitnahm.

»Das Opfer ist bekannt«, eröffnete er den Rapport. »Oder gibt es Zweifel an seiner Identität?«

Gsponer und Ria Ritz schüttelten den Kopf, alle anderen schwiegen.

»Wonach sieht es aus, Herr Doktor?«, wandte sich Gitsch an den Rechtsmediziner.

»Strangulation. Tod durch Ersticken«, sagte Bivinelli.

»Wurde das Opfer erwürgt?«

»Nein, erdrosselt.«

»Tötung oder Suizid?«

»Fast sicher Tötung. Erwürgen ist *immer* Tötung, Erdrosseln *fast* immer.«

»Danke, Herr Doktor. Ist Suizid also denkbar?«

»Denkbar schon, aber unwahrscheinlich.«

»Verstehe ich richtig: Es ist möglich, dass sich jemand umbringt, indem er sich selber mit einer Drahtschlinge erdrosselt? Ich kann mir das kaum vorstellen.«

»Wie gesagt, möglich schon, kommt aber kaum je vor.«

»Gut. Für mich liegt bis zum Beweis des Gegenteils ein Tötungsdelikt vor«, lautete Gitschs Fazit. »In diesem Fall also Mord. Was sagen die Spuren?«

Um die Mundpartie des Toten seien Spuren von abgerissenem Klebstreifen gefunden worden. Die könnten von einer vorübergehenden Knebelung herrühren.

»Was habe ich gesagt? Mord!«, sagte Gitsch zufrieden.

Bis jetzt habe man aber keine Zeichen von Gegenwehr gefunden, erklärte die Kriminaltechnikerin Marie Matthey. Die

Klebespuren könnten auch von gewöhnlichem Heftpflaster stammen.

»Hmm«, machte der Oberstaatsanwalt und fasste sich ans Kinn. »Das würde *gegen* Dritteinwirkung sprechen, somit eher für Suizid, nicht wahr?«

Schon. Aber die Auswertung der Spuren an der Leiche sei noch nicht fertig.

»Und die am Tatort?«

Auch noch nicht, war die Antwort.

»Wie sah die Situation vor Ort aus, Frau Wachtmeister? Lag irgendwo ein Abschiedsbrief? Oder ein Testament?«

Ria Ritz beschrieb minutiös, was und wen sie angetroffen hatte. Einen Abschiedsbrief oder ein Testament habe sie nicht gesehen. Gitsch schenkte ihren Ausführungen kaum Beachtung, er war ja wenig später selber vor Ort gewesen.

»Herr Inspektor?«, wandte er sich an Gsponer.

Es gehörte zu seinen Sprechallüren, dass Gitsch seine Berufskollegen und Untergebenen nicht mit dem Namen, sondern konsequent mit der Berufsbezeichnung, dem Titel oder Grad ansprach: Herr Doktor, Herr Inspektor, Frau Staatsanwältin, Frau Wachtmeister. Vielen ging das auf die Nerven, und alle wünschten sich nur schon aus diesem Grund Lara Stockalper zurück. Irgendwie wirkte Gitschs stereotypes Sprachgehabe sogar ansteckend, denn auch er wurde ständig mit seinem sperrigen Titel angeredet: Herr Oberstaatsanwalt hier, Herr Oberstaatsanwalt dort, nie einfach Herr Gitsch, schon gar nicht mit dem Vornamen Leonardo.

»Ich teile Ihre Einschätzung, Herr Oberstaatsanwalt«, sagte Gsponer. »Es spricht alles für Mord. Als wichtigstes Indiz haben wir den anonymen Brief, in welchem de Steinhaus die Tötung durch Erdrosseln angedroht wurde.«

»Dann finden *Sie* den Autor dieses Drohbriefs, Herr Inspektor«, sagte Gitsch mit maliziösem Unterton. Er unterließ es aber, Kauz zu erwähnen, von dem alle wussten, dass er vom Opfer genau diesen Auftrag erhalten hatte.

Der Rapport dauerte zwei Stunden. Am Schluss waren Strategie und Aufträge klar: Die Ermittlungen mussten in alle Richtungen weitergehen wie bisher und intensiviert werden. Die Karte Wolf war definitiv wieder im Spiel. Der gesuchte Drohbriefschreiber war mit Sicherheit ein Wolfsfreund – alles andere ergab einfach keinen Sinn –, Wolfsgegner blieben aber als potenzielle Mörder des Wolfsfreunds Maurice Jäger auf dem Radar der Ermittler. Dass es sich beim Mörder von Jäger und Huser und bei dem von de Steinhaus um ein und dieselbe Person handelte, stand noch längst nicht fest. Keine der bisherigen Hypothesen konnte definitiv verworfen werden.

Neu kam das Motiv Homosexuellenhass hinzu.

»Philippe de Steinhaus war homosexuell«, gab Gsponer zu Protokoll. »Er machte daraus kein Geheimnis, nur andere machten eines. Wir können nicht ausschließen, dass er dem Attentat eines homophoben Fanatikers zum Opfer fiel.«

»So ist das?«, machte Gitsch. Ihm schien dieser Aspekt neu zu sein. Sein Gesichtsausdruck verriet, dass er diesbezüglich nicht ganz frei von Vorurteilen war.

»Ja, so ist das«, sagte Gsponer kühl.

Es war einer der seltenen Momente, in denen Gitsch keine Entgegnung parat hatte. Er schwieg betreten.

*

Sie waren die Letzten, die aus dem Lokal gingen. Da Elisa früher wegmusste, übernahm Nico die Aufgabe, nach der Milonga aufzuräumen – Zoe packte mit an –, die Musikanlage herunterzufahren, die Lichter zu löschen und den Club El Valesano abzuschließen. El Rincón, der Wallissereggä, wollte gerade dichtmachen, aber man ließ sie noch hineinschlüpfen.

»Es ist toll, dass du dir den Mittwochabend immer freinehmen kannst«, meinte Zoe, als sie bei ihrem Glas Spumante und er bei seinen Empanadas saß.

»Das habe ich Ria zu verdanken.«

»Wer ist Ria?«

»Meine Chefin. Die ist klasse. Wenn mein Praktikum einmal vorbei ist, wird es mit den Mittwochabenden sicher schwieriger.«

»Dann müssen wir das nutzen, solange es geht.«

»Wenn es nicht mehr geht, wechseln wir auf den Sonntag. Dann ist zwar kein Kurs, aber es gibt eine Milonga.«

Sie tranken aus und machten sich auf den Weg, denn im Rincón wurden die Lichter gelöscht.

»Wieso bist du eigentlich bei der Polizei?«, fragte Zoe, als sie durch die Gassen gingen.

»Fahrlehrer war mir mit der Zeit zu langweilig. Ich brauche mehr Action.«

»Und? Hast du die?«

»Die habe ich«, lachte er.

»Erzähl!«

»Am Samstag hatten wir Bereitschaftsdienst. Mitten in der Nacht mussten wir zu einem agT ausrücken.«

»AgT, was ist das?«

»Ein außergewöhnlicher Todesfall.«

»Ach so. Was ist passiert?«

»Nun, es war …«, Nico brach ab.

Verdammt, dachte er. Ich darf doch gar nichts erzählen!

»Ich darf es nicht sagen, Zoe. Tut mir leid.«

»Wieso nicht?«

»Du darfst auch nicht sagen, dass Frau de Riedmatten Cellulitis hat und Herr de Kalbermatten Gicht«, scherzte er.

»Stimmt. Aber woher weißt du das so genau?«, witzelte sie zurück.

Im Weitergehen alberten sie eine Weile weiter.

»Du bist doch halb Argentinierin«, sagte Nico unvermittelt,

denn er suchte nach Mitteln und Wegen, etwas zur Sprache zu bringen, was ihn seit Sonntag umtrieb.

Als Antwort auf seine Frage hatte Juana ihm eine Nachricht getextet: Sie habe ihre Großtante gefragt, ob sie in der Walliser Diaspora eine Frau mit Namen Cristina Di María de Zertanna kenne. Selbstverständlich, habe die geantwortet, das sei fast eine Nachbarin, sie wohne wie sie in San Jerónimo Norte. Sie sei verwitwet, ihr Mann sei der Nachkomme eines Gommer Auswanderers gewesen. Es habe früher in San Jerónimo Norte zwei oder drei Zertanna gegeben, deren Vorfahren seien Mitte des vorletzten Jahrhunderts aus Reckingen und Gluringen nach Argentinien gekommen. Heute lebe in San Jerónimo Norte kein Zertanna mehr. Trotzdem sei vor wenigen Wochen ein Señor Zertanna aus der alten Welt angereist und habe dieser Cristina einen Besuch abgestattet. Einer dieser Walliser, die nach San Jerónimo Norte pilgerten. Juana schloss ihre Nachricht mit der Frage, ob sie Cristina etwas ausrichten solle. Nico hätte Zoe gern gefragt, ob ihr Vater jener Besucher gewesen sei. Aber er durfte nicht. Denn vielleicht war der Mann namens Zertanna immer noch im Visier der Polizei.

»Ja. Und?«

»Juana, meine Ex, lebt in Buenos Aires«, druckste er herum.

»Das weiß ich«, sagte Zoe kühl.

»Also«, fuhr er fort und fasste zusammen, was Juana ihm damals über die Hungersnot im Goms und über ihre Großmutter erzählt hatte, von der sie *Titsch* gelernt habe. Eine jüngere Schwester dieser Großmutter habe kürzlich von einer Cristina Di María de Zertanna gesprochen. Sie wohne in einer ehemaligen Walliser Kolonie.

»San Jerónimo Norte?«, fragte Zoe.

»Richtig, so heißt der Ort.«

»Ich weiß von dieser Kolonie. Mein Vater stammt von dort.«

»Was du nicht sagst! Ist diese Cristina mit euch verwandt?«

»Nicht dass ich wüsste. Aber ich werde meine Mutter fragen.«

»Frag doch deinen Vater, der …«

»Fällt mir nicht ein«, machte sie und warf den Kopf in den Nacken. »Überhaupt, er hat mit dieser Walliser Kolonie, wie du sie nennst, rein gar nichts am Hut. Ich glaube, er hasst den Ort.«

Viel mehr weiß ich jetzt auch nicht, dachte Nico, aber was solls. Hauptsache, sie kommt zu mir nach Hause.

*

Es war Kauz nur halb wohl, als Ria ihn am Donnerstag zum Kaffee auf dem Posten Fiesch einlud. Nur schon deshalb, weil ihm die ewigen Zugfahrten allmählich zu viel wurden. Jetzt bereute er, seine alte BMW schon eingewintert zu haben.

Gsponer sei auf dem Weg nach Ernen und mache bei ihr Zwischenhalt, sagte Ria. »HD in Ernen, weißt du.«

Eine Hausdurchsuchung, das konnte nur bedeuten, dass Gsponer das Haus von Madame de Steinhaus unter die Lupe nahm, in dem ihr Neffe ein und aus gegangen war.

»Aber pass auf, Alain ist gewaltig unter Druck.«

»Aufpassen? Wieso?«, fragte Kauz.

»Die Ermittlungen laufen nicht nach Wunsch. Gitsch piesackt ihn grausam. Er will sofort Resultate sehen. Alain hat seit drei Tagen keine Minute geschlafen. Er explodiert bei jeder Gelegenheit. So kenne ich ihn gar nicht.«

»Ich werds überleben«, erwiderte Kauz und machte sich mit Max auf den Weg nach Fiesch.

Wie gewohnt gab es als Erstes ein ausführliches Update.

Kaum waren die Informationen ausgetauscht, fuhr Gsponer Kauz an: »Aber diesmal hältst du dich raus, damit das klar ist!«

»Alain! Ich habe doch gar nicht im Sinn …«

»Doch, hast du!«

»Na, hör mal, ich …«

»Du bist mit der alten Frau an den Tatort gefahren, statt die Polizei zu rufen!«, warf ihm Gsponer vor.

»Was soll das?«, gab Kauz zurück. »Ich konnte doch gar nicht wissen, dass es ein Tatort war. Sie machte sich Sorgen um ihren Neffen und bat mich, mit ihr nach ihm zu suchen.«

»Jaja. Und ich darf das jetzt ausbaden.«

»Wie bitte?«

»Gitsch ist *mir* an den Karren gefahren, weil *ihr* am Tatort Spuren kontaminiert habt. Sogar deinen Köter hast du ins Zimmer mit dem Toten hineingenommen.«

Das Faktum musste Kauz auf sich sitzen lassen. Aber den Köter nahm er seinem Freund übel.

»Stimmt. Tut mir leid.«

»Und überhaupt, was hast du eigentlich in Sachen Drohbriefen erreicht? Nichts! Jetzt soll ich das Schwein finden! Und zwar subito. Dabei hast du wochenlang …«

Nun wurde es Ria zu bunt.

»Hört doch auf, ihr zwei!«, fuhr sie dazwischen. »Sag uns lieber, was Konrad Steinhaus dir alles erzählt hat, Kauz.« Sie dachte wohl, ein Themawechsel würde Entspannung bringen.

»Das habe ich doch schon erzählt. Nur eins wisst ihr vielleicht noch nicht: dass Cynthia Bregy …«

Jetzt platzte Gsponer der Kragen.

»Cynthia Bregy, Cynthia Bregy!«, schnaubte er. »Rutsch mir mit deiner Cynthia Bregy den Buckel runter! Wieso reitest du ständig auf dieser alten Geschichte herum?« Er lehnte sich zu Kauz hinüber. »Ich sags dir: Weil du es Gitsch unbedingt heimzahlen willst!«, warf er ihm an den Kopf.

Jetzt wurde auch Kauz lauter: »Sag mal, spinnst du?«

Ria schüttelte nur noch den Kopf.

»Nein, *du* spinnst!«, rief Gsponer mit hochrotem Gesicht.

»Du bist wie besessen davon, Gitsch zu beweisen, dass er damals falschlag. Und warum? Weil du dich selber reinwaschen willst! Von deiner eigenen Schuld! Weil du den Bettel hingeworfen hast, statt weiterzuermitteln! Ich sag dir was: Wir haben hier drei Morde aufzuklären. Drei! Aktuelle! Morde! Also lass mich mit dieser alten Geschichte in Ruhe! Das ist dein privater Feldzug gegen Gitsch, nicht meiner!« Er stand auf, kippte im Stehen seinen sechsten doppelten Espresso und wandte sich zur Tür. »Ich muss arbeiten!«, rief er über die Schulter, und weg war er.

Seine zwei Freunde saßen da wie begossene Pudel.

»Er ist total durch den Wind«, sagte Ria. »Wenn er nicht bald schläft, dreht er noch ganz durch.«

Kauz sagte nichts. Er dachte darüber nach, was Gsponer gesagt hatte. Hatte er recht mit dem privaten Feldzug?

»Nico ist am Sonntag früh etwas Dummes passiert«, wechselte Ria das Thema. Kauz war fast froh, dass sie ihn aus seinen Gedanken holte. »Er hat versehentlich einen Gegenstand vom Tatort mitgenommen«, fuhr sie fort, »einen Briefumschlag.«

»Was? Er hat einen Briefumschlag aus der Advokatur mitgenommen? Das wäre ja kriminell.«

»Ich sagte doch: versehentlich. Er macht ja immer eifrig Notizen. Er hat es erst zu Hause gemerkt, als er seine Papiere ordnete. Da fiel ein Briefumschlag heraus, der irgendwo dazwischen gesteckt hatte.«

»Soso. Was ist drin?«

»Das weiß ich doch nicht, er ist verschlossen.«

»Beschriftet?«

»Ja. *Marcel* steht drauf.«

»Marcel? Das ist der Lebenspartner!«

»Ich weiß. Vielleicht ist es etwas Belangloses, Quittungen oder so. Hier ist er.« Sie zog einen verschlossenen Briefumschlag hervor.

»Ach, du meine Güte! Jetzt hast *du* ihn?« Kauz sah sich den Umschlag an, ohne ihn anzufassen. »Den musst du schleunigst den Ermittlern geben.«

»Weiß ich doch selber. Hab mich bloß nicht getraut, ihn Alain zu geben. Er wäre ausgerastet. Ich gebe ihn Marie Matthey. Oder Gitsch persönlich. Er hat uns für morgen früh schon wieder zum Rapport zitiert.«

*

»Geben Sie her«, sagte der Oberstaatsanwalt und nahm Ria den Umschlag aus der Hand. »Ein schönes Früchtchen haben Sie da als Assistenten, Frau Wachtmeister! Er kann von Glück reden, wenn wir ihm das nicht als Unterschlagung von Beweismaterial auslegen.«

Ria wollte etwas einwenden, aber Gitsch ließ es nicht zu.

»Den soll die Spurensicherung unter die Lupe nehmen«, sagte er zu Gsponer und schob ihm den Umschlag zu.

»Haben ihn nicht schon viel zu viele in den Händen gehabt?«, gab Gsponer zu bedenken.

»Trotzdem. Erst danach öffnen wir ihn. Wissen Sie, wer Marcel ist, Herr Inspektor?«

»Der Lebenspartner des Opfers«, sagte Gsponer kraftlos. Ihm fielen beinahe die Augen zu.

»Ach so, der sogenannte Butler«, Gitsch verzog das Gesicht und schnaubte. »Der, der am Tatort herumstand. Sie haben ihn befragt, nehme ich an?«

Gsponer nickte und rieb mit beiden Händen das vernarbte Gesicht. Er konnte vor Erschöpfung fast nicht mehr aufhören, sich wach zu reiben.

»Sonst irgendwelche Neuigkeiten?«, fragte Gitsch weiter. »Es wird allmählich Zeit, dass …«

»Die Schusswaffenexpertise«, kam ihm Gsponer zuvor.

»Oh? Nämlich?«

»Die fragliche Patronenhülse wurde von Lee Welligs Jagdgewehr ausgeworfen. Der Martinistutzer, der am Dienstag gefunden wurde, ist eindeutig die Tatwaffe im Binner Doppelmord.«

»Gratuliere.«

»Die Frage ist nur, wer damit geschossen hat«, fügte Gsponer noch an.

»*Quand même,* das ist endlich mal ein Fortschritt. Wer weiß, vielleicht hilft uns das auch im jüngsten Mordfall weiter. Sie, Herr Inspektor, gehen jetzt schlafen. Und Sie, Frau Wachtmeister, holen mir diesen Wellig junior. Und zwar sofort!«

»Jawohl. Wenn ich ihn finde«, schränkte Ria ein.

»*Débrouillez-vous!* Ich will nicht riskieren, dass er mir am Wochenende durch die Lappen geht. Nehmen Sie also«, er schnaubte schon wieder, »männliche Verstärkung mit.«

»Haben Sie ihn nicht gerade erst einvernommen?«, wagte Ria einzuwenden. »Und wieder freilassen müssen?«

Gitsch sah sie scharf an. Was fällt Ihnen ein?, sagte sein Blick.

»Das war wegen des Wolfsfrevels«, erklärte er knapp. »Der ist mir jetzt egal. Jetzt geht es um den Doppelmord im Binntal. Und um den agT Visp. Sonst noch was?«

*

Kauz hatte schon seinen Hunderucksack geschultert und stand bei Fürgangen vor der Hängebrücke, als Ria anrief. Max hatte nichts dagegen, dass das Brückentraining ausfiel, und ging mit seinem Herrn und Meister zur Bahnstation zurück. Wäre die Überquerung heute gelungen, hätte Kauz in Mühlebach nach Versuchspersonen Ausschau gehalten und vielleicht noch ein Personensuchtraining gemacht. Das machte Max leidenschaftlich gern, und nach dem Erfolg vor drei Wochen hatte Kauz sich vorgenommen, ihn mit regelmäßiger Sucharbeit bei Laune zu halten.

Wenige Minuten später fuhr der Streifenwagen vor.

»Gitsch ist so ein Arsch!«, ließ Ria Dampf ab.

»Einverstanden«, sagte Kauz trocken.

»Männliche Verstärkung!«, schnaubte sie. »Was glaubt der eigentlich!«

Kauz saß im Fond, Max neben sich. Am Steuer des Streifenwagens saß wie immer Nico Perren. Der schaute rasch in den Rückspiegel, warf dann einen Blick nach rechts auf seine Chefin. Sie trugen heute Zivilklamotten und festes Schuhwerk. Die Fahrt ging nach Bellwald. Sie parkten unweit der Alpenbeiz und hielten im Wagen Lagebesprechung. Dann gingen sie zu dritt hinein.

»Schon wieder?«, rief Alaska-Joe, als er hörte, was sie wollten. »Wann lasst ihr den Jungen endlich in Ruhe? Er ist ja völlig durcheinander. Dieser Staatsanwalt wollte ihm nicht nur den Wolfsabschuss, sondern gleich noch einen Mord in die Schuhe schieben.«

Kauz stutzte. Hatte nicht Madame Charlotte genau dasselbe gesagt, nachdem ihr Neffe von Gitsch befragt worden war? Allem Anschein nach hatte er den Ruf eines gnadenlosen Untersuchungsrichters zu Recht.

»Bloß weil er nicht auf seinen Martinistutzer aufgepasst hat«, empörte sich Joe.

»Es tut mir leid, Joe«, sagte Ria. »Aber wir müssen ihn mitnehmen. Wo ist er?«

»Liii!«, rief Joe.

Es blieb still im Haus.

Alaska-Joe wurde unruhig.

»Liiii!«, rief er wieder.

Nichts. Alaska-Joe ließ alles stehen und liegen und stürmte durchs Haus. Kreidebleich kam er zurück, Uma neben sich.

»Er ist abgehauen«, sagte er. »Wahrscheinlich hat er euch

kommen sehen. Ehrlich gesagt, das macht mir Angst. Er neigt zu Kurzschlussreaktionen.«

»Ist er nicht im Estrich? Oder im Keller?«, fragte Ria.

»Nein. Dort haben wir nachgeschaut«, sagte Uma.

»Wo könnte er hingegangen sein?«

»In die Kapelle vielleicht. Oder in die Kirche. Oder kopflos irgendwohin.«

Sie gingen zusammen hinaus, durchkämmten die Gartenanlage und die nähere Umgebung und schauten in der Kapelle gegenüber nach. Lee war nirgendwo.

»Wenn er sich nur nichts antut!«, sagte Uma gepresst.

Kauz wurde es mulmig. Für ihn roch das nach Gefahr. Er war sicher, dass Joe und seine Tochter keine Show abzogen.

»Ich hole das *Mantrailing*-Geschirr«, entschied er, rannte zum Streifenwagen und kam mit dem Hunderucksack zurück. Er legte Max das Geschirr an und nahm ihn an die lange Leine.

»Bring mir ein Kleidungsstück von Lee! Rasch!«, sagte er.

Uma stürmte davon und kam mit einem Pullover zurück.

Kauz hielt Max den Pullover unter die Nase.

»Such diesen Mann!«, sagte er, und schon ging es los.

Einen Flüchtigen aufzuspüren, war *die* Herausforderung schlechthin bei der Personensuche. Max, die Nase immer am Boden, ließ die Straße, die ins Dorf führte, links liegen und lief zielstrebig zum Wanderweg, der mit Zwiebelhorn angeschrieben war. Eine Wanderung von drei Stunden.

»Geht er manchmal dort hinauf?«, fragte Kauz.

»Schoo«, sagte Uma.

Das könnte ans Limit gehen, dachte Kauz, jedenfalls an meins. Aber umkehren ging jetzt nicht mehr. Zum Glück hatte er immer eine kleine Wasserflasche und einen Schokoriegel im Rucksack.

»Alles okay?«, fragte Nico, der an seiner Seite zügig ausschritt.

Kauz nickte.

Ria blieb bei Joe zurück, der mit seiner lädierten Hüfte den Türk nicht machen konnte.

»Können wir nicht schneller?«, drängte Uma.

»Du schon. Ich nicht«, sagte Kauz. Er war schon außer Atem.

Nach einer guten Viertelstunde blieb Max hechelnd stehen. Sie waren schon mehr als hundert Höhenmeter aufgestiegen. Der Wanderweg ging halb rechts weiter. Links war, wenn man genau hinsah, eine Trampelspur zu erkennen, die hangabwärts ins Gestrüpp führte.

»Äm Gottswillä«, murmelte Uma.

»Was ist?«, fragte Kauz.

»Das ist eine Abkürzung zur Tiäfschlucht. Die ist hundert Meter tief. Eine Brücke führt hinüber.«

»Wie weit?«

»Auf dem normalen Weg eine Stunde. Hier entlang vielleicht zwanzig Minuten.«

»Was für eine Brücke?«

»Eine Hängebrücke.«

Verflixt!, dachte Kauz.

»Man nennt sie die Selbstmörderbrücke. Weil dort schon mehr als einer in die Tiefe gesprungen ist.«

Atemlos gingen sie weiter, so rasch es eben ging.

Plötzlich ging es steil in die Tiefe, unten war die abgrundtiefe Schlucht zu sehen, darüber die Hängebrücke. Allein schon der Anblick aus der Ferne ließ Schwindel aufkommen. Sie stiegen auf dem Trampelpfad ab. Je näher sie der Hängebrücke kamen, desto intensiver suchte Max das Gelände ab. Kauz schloss daraus, dass Lee vor Kurzem hier vorbeigegangen war und sich irgendwo in der Böschung versteckt hatte. Vielleicht, weil er sich nicht traute, die Brücke zu betreten. Denn sie sah von weiter unten geradezu furchterregend aus: mehr Steg als Brücke und sicher gegen zweihundert Meter lang. Sie hatte wie die Brücke bei Fürgangen einen Bretterboden, und sie schwankte ebenso. Sogar jetzt, wo kein Mensch darauf war, bewegte sie sich im Wind hin und her. In der Tiäfschlucht toste ein gefährliches Wildwasser. Schroffe Felsen ragten aus dem Gischt.

Einen Sprung da hinunter überlebt keiner, dachte Kauz.

»Wo führt der Weg auf der andern Seite hin?«, fragte Kauz.

»Ins Alteschgebiet hinüber«, erklärte Uma. »Das heißt, wenn man lange genug wandert.«

»Könnte Lee dorthin gegangen sein?«

»Schon möglich.«

»Dort ist er!«, rief Nico und streckte den Arm aus.

Sie waren rechts oben auf dem Abstieg. Es gab aber auch einen Pfad, der von links herunter kam. Lee hatte sie wohl aus seinem Versteck kommen sehen und rannte jetzt auf diesem parallelen Pfad auf die Brücke zu.

»Lee!!«, rief Uma. »Warte!!«

Doch der war schon auf der Brücke. Durch seinen rasanten Schritt geriet sie ins Schwanken. Nicht umsonst war Rennen auf der Hängebrücke strengstens verboten. Max hatte seine Fährte wieder aufgenommen. Er sah Lee nicht, er folgte bloß stur der Spur. Er zog hinunter, dann auf dem Pfad links in die Höhe und wieder hinab. Alles in hohem Tempo, denn er spürte, dass er seinem Ziel nahe war. Kauz keuchte.

Lee stand jetzt in der Mitte der Brücke.

»Nëëëj!!!«, schrie Uma, als er das obere Tragseil ergriff und sich mit einem Klimmzug in die Höhe zog. Schon hatte er sich hochgehievt und seitlich auf das starke Kabel gesetzt, das als Handlauf diente. Seine Füße baumelten über dem Bretterboden. Jetzt schwang er ein Bein über das Maschengitter und blickte in die Tiefe.

Uma stieß einen gellenden Schrei aus.

Lee sah erschreckt in ihre Richtung.

Sie rief ihm etwas zu, was Kauz nicht verstand.

Max hatte sich losgerissen und stürmte, die lange Leine hinter sich herschleifend, auf die Hängebrücke. Kauz traute seinen Augen nicht. Lee zögerte. Dann gab er sich einen Ruck und schickte sich an, das zweite Bein hinüberzuschwingen und zu springen. Max bellte wie verrückt, war jetzt bei ihm und schnappte nach dem Bein, das noch auf der Innenseite baumelte. Lee schrie auf. Max zerrte an seinem Hosenbein. Lee riss sich los – und verlor den Halt.

Uma schlug die Hände vors Gesicht.

Kauz traute sich kaum hinzusehen.

Lee stürzte.

Er fiel auf den Boden der Hängebrücke, nicht in den Abgrund.

Nico hatte sich auf die Brücke gewagt, stand schon bei Lee und half ihm auf die Beine. Lee zitterte am ganzen Leib.

Vier Menschen und ein Hund standen jetzt auf der Brücke. Uma legte den Arm um Lees Schulter, Kauz nahm ihn auf der anderen Seite beim Arm. Die junge Frau redete in ihrer Fremdsprache mit dem Bruder, Kauz sagte ab und zu ein gutes Wort. Nico nahm Max an die Leine und ging zuhinterst, bereit, notfalls einzugreifen. Zu dritt führten sie den verstörten jungen Mann mit dem schwarzen Haarzopf über die Brücke zurück auf sicheren Boden.

Nach einer Stunde standen sie wieder bei der Alpenbeiz und erzählten, was passiert war.

»Gut gemacht, Max!«, sagte Ria.

»Bravo«, stimmte Alaska-Joe zu und tätschelte dessen Kopf.

Ria sah Joe, dann Kauz an und meinte: »Ein Wolf könnte das nicht! Das kann nur ein Hund!« Es klang wie ein Tadel.

Kauz und Joe sahen sich verdutzt an.

Ria kümmerte sich um Lee.

»Ich bringe ihn zum Arzt, nicht zum Staatsanwalt«, entschied sie nach einer Weile. »Auf meine Verantwortung. Der arme Junge ist ja nudelfertig. Meiner Meinung nach ist er nicht hafterstehungsfähig.«

*

Der Besuch bei Madame de Steinhaus am Samstag fiel Kauz nicht leicht. Es war halb Kondolenzbesuch, halb Bußgang.

Die alte Dame in Schwarz war immer noch schockiert.

Kauz lehnte den Tee ab, den sie von Marie servieren lassen wollte. Sie versuchte nicht, ihn zu überreden. Sie machte keine Vorwürfe, aber ihre Augen sprachen Bände. Sie stellte nur eine einzige Frage:

»Er wurde ermordet, nicht wahr?«

»Ich wünschte, ich hätte es verhindern können«, sagte Kauz.

»Moi aussi«, sagte sie nur und entließ ihn.

Er fühlte sich einmal mehr wie ein geprügelter Hund.

Montag, 29. Oktober

Der Oberstaatsanwalt reagierte irritiert. Inspektor Gsponer hatte soeben seine Mordthese hinterfragt und die Hypothese in den Raum gestellt, Philippe de Steinhaus könnte sich suizidiert haben.

»Machen Sie es sich nicht zu einfach, Herr Inspektor?«, fragte Gitsch. »Ich weiß noch nicht, was Ihre Überlegungen sind. Aber mir ist klar, was die Folgen wären: Wir – und das heißt vor allem Sie, Ihre Fahnder und Kriminalisten – wären von weiteren Ermittlungen entbunden. Die Strafuntersuchung würde eingestellt.«

»Das stimmt.«

»Eben«, sagte Gitsch.

Die zwei Männer sahen sich an. Gsponer hatte ausgeschlafen, er war wieder bei Kräften und hielt dem Blick stand.

»Wie schon gesagt: In meinen Augen ist es bis zum Beweis des Gegenteils Mord. Wo ist der Beweis?«

»Den habe ich nicht. Aber es fehlen wichtige Indizien für einen Mord. Es gibt keine Einbruchspuren. Es gibt keine Spuren von Gewaltanwendung. Es gibt kaum Spuren von Gegenwehr.«

»Kaum?«, hakte Gitsch nach.

»Den Kragenknopf könnte er sich auch selbst abgerissen, die Druckmarken an den Handgelenken selbst beigebracht haben. Auch die Klebstreifenspuren könnte er selbst angebracht haben.«

»Oh? Und wieso sollte ein Suizidant sich das antun?«

»Um Gewaltanwendung vorzutäuschen.«

»Oh, là, là! Mal was anderes: Nicht vorgetäuschter Suizid. Das wäre ja nichts Neues. Sondern vorgetäuschter *Mord?*«

»Ganz genau.«

»Und was wäre das Motiv?«

»Das Motiv für den Suizid kenne ich noch nicht. Das Motiv für die Vortäuschung des Mords wäre sehr simpel: eine Lebensversicherung.«

Gitsch schaute ihn verdutzt an.

»Gibt es eine Lebensversicherung? Auf wen lautet sie?«

»Auf den Lebenspartner Marcel. Eine Kopie der Police lag in dem Umschlag, den Aspirant Perren versehentlich einsteckte.«

»Soso. Sonst nichts? Kein Abschiedsbrief?«

»Nein. Damit hätte sich de Steinhaus ja als Selbstmörder verraten. Wo genau der Umschlag gelegen hatte, konnten wir nicht rekonstruieren. Auf dem Schreibtisch hat er aber mit Sicherheit nicht gelegen. Er muss ihn irgendwo deponiert haben, wo er nicht ins Auge stach, aber früher oder später gefunden worden wäre.«

»Ach so. Hmm. Verstehe ich richtig: Bei Suizid ginge Monsieur Marcel leer aus?«

»Richtig.«

»Aber bei jeder anderen Todesart, inklusive Mord, würde ihm die Versicherungssumme ausbezahlt?«

»So ist es.«

»Um wie viel geht es?«

»Um zwei Millionen.«

»Und was ist mit dem übrigen Nachlass? Das Haus zum Beispiel?«

»Fällt alles an die Fondation Alphonse de Steinhaus.«

»Aha«, machte der Oberstaatsanwalt und rieb sich lange die Stirn. »Beweise sind das zwar nicht, aber ich gebe zu, es wären Indizien. Indizien dafür, dass ein eventueller Suizid als Mord kaschiert wurde. Was sind aber die Beweise, dass es wirklich Suizid war? Sie sagten ja selber, es gibt kein Motiv.«

»Ich sagte, ich kenne es noch nicht«, widersprach Gsponer. »Finanzielle Sorgen. Schulden. Irgend so etwas.« Er wechselte einen Blick mit Ria. »Oder das kürzliche Verhör.«

»Wie bitte?«, fuhr Gitsch auf. »Wollen Sie andeuten, ich hätte den Beschuldigten in den Selbstmord getrieben?«

»Das habe ich nicht gesagt. Aber es steht fest, dass drei der vier Beschuldigten sich nach Ihrem Verhör arg gebeutelt fühlten.« Gsponer bemühte sich, nicht vorwurfsvoll zu klingen. »Der junge Wellig wollte sich von der Tiäfschluchtbrücke stürzen.«

»Das ist etwas anderes«, meinte Gitsch mit einer wegwerfenden Geste. »Er ist wahrscheinlich ein Junkie. Und Herr Zertanna hat sich meines Wissens nicht umgebracht. Aber ich will nicht zynisch werden«, nahm er sich zurück. »Statt dass wir uns über Suizid oder Nichtsuizid streiten, schlage ich vor, dass Sie die Ermittlungen in dieser Hinsicht intensivieren. Sind Spurenauswertung und Hausdurchsuchung abgeschlossen?«

»In Ernen noch nicht ganz. Und in der Advokatur in Visp gibt es einen Tresor, den wir noch nicht öffnen konnten.«

»Gut. Holen Sie das bitte noch nach. Aber ich will dabei sein. Rufen Sie mich, wenn es so weit ist.«

Gitsch schaute in die kleine Runde. Er fasste die Kriminaltechnikerin Marie Matthey und den Rechtsmediziner Bivinelli ins Auge.

»Eins müssen Sie mir noch sagen. Sie haben mir erklärt, dass es möglich ist, sich selber zu erdrosseln. Aber gelingt das mit einer Drahtschlinge, wie de Steinhaus sie um den Hals hatte?«

Marie Matthey erklärte, die verwendete Schlinge lasse sich nur zuziehen, aber nicht mehr lockern, geschweige denn selber öffnen. Auch ein Dritter könne das nicht, außer er schneide die Schlinge durch, und das sei sehr schwierig, wenn sie sich schon ins Gewebe gegraben habe.

»Dann funktionierte das Ding wie ein Kabelbinder?«

Das sei so, bestätigte Frau Matthey.

»Was ist das für ein Tod, Herr Doktor?«

»Kommt drauf an«, sagte Bivinelli.

Der Suizidant könne die Schlinge ganz langsam zuziehen, so drossle er allmählich die Blutzufuhr zum Gehirn. Es trete zuerst ein Zustand von Euphorie ein, später Bewusstlosigkeit und dann der Tod.

»Gewisse Männer versuchen, sich so einen sexuellen Kick zu geben. Wenn das schiefläuft und der Mann stirbt, reden wir von einem autoerotischen Betriebsunfall.«

Ria griff sich an den Hals.

»Pfui«, machte sie. »*Müssen* wir das so genau wissen?«

Bivinelli fuhr ungerührt fort.

»Nur würde einer dann niemals eine Schlinge wählen, die sich nicht mehr lockern lässt. Bei de Steinhaus gibt es keine Anzeichen für einen solchen Unfall. Und jetzt noch die andere Variante: Die Schlinge wird – ratsch! – zugezogen, dann wird der Betreffende sehr rasch bewusstlos. Je nach Heftigkeit erleidet er eine Kehlkopffraktur. So oder so, er stirbt durch die Strangulation innert kürzester Zeit.«

»Und wie war das bei unserem Opfer? War es die langsame Art oder …«

»Ratsch!«, machte Bivinelli und vollführte mit der Hand eine entsprechend heftige Bewegung.

»Grässlich!«, rief Ria. »Jetzt hört doch auf!«

»Sie haben recht, Frau Wachtmeister. Das hört sich brutal an. Kaum vorstellbar, dass man sich selber so umbringen kann. Ein Mord wäre auch unter diesem Aspekt naheliegender.«

»Und noch aus einem anderen Grund«, ergänzte Bivinelli. »Die Schlinge hing auf der linken Halsseite. De Steinhaus war Rechtshänder. Wenn es Suizid wäre, würde man erwarten, dass er die rechte Hand benützte, nicht die linke. Dann würde die Schlinge eher auf der rechten Halsseite hängen, außer er habe sich regelrecht verrenkt. Auch schlingentechnisch spricht somit mehr für Mord als für Suizid. Nicht wahr, Marie?«

Marie Matthey nickte.

Gitsch warf Gsponer einen triumphierenden Blick zu.

»Vielleicht Teil der Täuschung«, murmelte Gsponer.

*

Es häuft sich, dachte Kauz, als Ria ihn schon wieder auf den Posten bat. Gsponer sei auf dem Weg nach Ernen und mache in Fiesch seinen gewohnten Zwischenhalt.

»Eine gute Gelegenheit, wieder Frieden zu schließen«, säuselte sie. »Meinst du nicht?«

»Du bist ein Engel«, lachte Kauz.

Er nahm den nächsten Zug, Max ließ er für einmal im Speicher. Eine Dreiviertelstunde später war er dort.

»Noch böse?«, fragte Gsponer.

»Ich war gar nie böse, Alain. *Du* warst böse«, frotzelte Kauz.

Gsponer hatte seinen obligaten Espresso vor sich. Er rührte im Tässchen und fragte: »Willst du das Neuste hören?«

»Klar. Schieß los.«

»Es könnte Suizid sein. Gitsch meint …«

»Ich glaubs nicht!«, platzte Kauz heraus. »Will er tatsächlich schon wieder einen Mord als Suizid schubladisieren? Nur, damit er die Strafuntersuchung einstellen oder gar nicht erst an die Hand nehmen muss? Typisch!«

»Nein, Gitsch meint …«

»Und du lässt das zu? *Jetzt* werde ich böse. Aber ernsthaft!«

»Kauz!«, rief Gsponer. »Hör doch zu! *Ich* glaube, dass es

Suizid war, nicht Gitsch. Gitsch bleibt dabei, es sei Mord. Aber da ist er auf dem Holzweg, glaub mir. Ich kann es zwar noch nicht beweisen. Aber ich habe so eine Ahnung ...«

»Welche?«, fragte Ria.

»Seine Nichte Cynthia Bregy. Die ...«

»Jetzt kommst *du* mit Cynthia Bregy?«, fuhr Kauz ihn an.

Ria sah erschreckt auf.

»Ja, Kauz. Tut mir leid, dass ich dich am Freitag deswegen so hart angegangen bin. Du könntest nämlich recht haben. Es *gibt* einen Zusammenhang zwischen jenem alten und den neuen Mordfällen: Maurice Jäger, Cynthia Bregy, Philippe de Steinhaus. Dieses Dreieck hatten wir doch diskutiert, nicht wahr? Eine Hypothese war, dass Philippe de Steinhaus seine Nichte umgebracht hat. Dass Maurice Jäger unter dem Titel *Was geschah mit Cynthia Bregy?* über ihr Verschwinden recherchiert hat und dabei auf den Täter gestoßen ist. Dass dieser davon Wind bekommen hat und den Journalisten umbrachte, damit die Recherche nicht publiziert wird. Wir haben die Hypothese bloß nicht zu Ende gedacht.«

»Aber es heißt doch, de Steinhaus sei homosexuell«, warf Ria ein. »Wieso sollte er da seine Nichte umgebracht haben?«

»Wenn meine These stimmt, war es eben gar kein sexuell motiviertes Verbrechen«, sagte Gsponer und sah dabei Kauz an. Er hatte damals diesen Verdacht geäußert. »Vielleicht hatte sie etwas gegen ihn in der Hand«, argumentierte Gsponer. »Immerhin wissen wir, dass de Steinhaus am Tag ihres Verschwindens eine Verabredung mit ihr hatte. Er hat zwar behauptet, das Treffen sei nie zustande gekommen, aber ...«

»Woher weißt du das?«, fragte Kauz scharf.

Er hatte diese Information ja aus de Steinhaus herausgeholt.

»Ich habe Gitschs Vernehmungsprotokoll gelesen. Dort stand das drin. Er hat noch ganz anderes aus ihm herausgepresst. Und ihm alles Mögliche vorgegaukelt!«

»Was?!«

»Er behauptete, die Staatsanwaltschaft sei im Besitz einer Recherche mit dem Titel *Was geschah mit Cynthia Bregy?*. Und ihr lägen Informationen über eine Interessengemeinschaft Wolf vor.«

»So ein Bluff!«

»Auch Zertanna und Wellig hat er damit geblufft.«

»Verdammter Trickser!«

»Aber der Bluff zeigte Wirkung.«

»Ja«, sagte Ria bitter. »Lee Wellig wollte sich vor lauter Verzweiflung in den Tod stürzen.«

»Bei ihm war es vielleicht eine Kurzschlussreaktion. Dass er ausbüxte, dafür gibt es einen guten Grund: Es steht fest, dass sein Martinistutzer die Tatwaffe bei den Morden im Binntal war.«

»Aber weiß er das denn?«

Gsponer rieb sich das Gesicht. »Du hast recht, Ria, das kann er noch gar nicht wissen. Und wer mit seinem Gewehr geschossen hat, wissen wir alle noch nicht.«

»Wenn deine These stimmt, dann war es de Steinhaus.«

»Wenn meine These stimmt, dann ist das euer Verdienst. Ihr hattet die Idee, ich habe sie bloß wieder ausgegraben. Aber jetzt muss ich weiter.«

Dienstag, 30. Oktober

Kurz nach Mittag rief Madame de Steinhaus an. Sie klang aufgewühlt und ratlos. In ihrem Briefkasten habe heute ein Brief von Philippe gelegen, sagte sie.

»Wie bitte?«, rief Kauz. »Ein Brief Ihres Neffen?«

»*Oui, Monsieur.*«

»Wann wurde der abgeschickt?«

Das wisse sie nicht. Und was drinstehe, auch nicht. Sie wolle ihn im Beisein einer Vertrauensperson öffnen. Da komme nur er infrage. Kauz traute seinen Ohren kaum. Sie bat ihn, sofort zu kommen. Eine halbe Stunde später war er dort. Max legte sich auf die Fußmatte. *Z'Marie* führte ihn in den blauen Salon.

Madame Charlotte saß am Tisch, auf den sie vor eineinhalb Monaten den Drohbrief gelegt hatte. Mit zittriger Hand hielt sie ihm den neuen Brief entgegen. In derselben fahrigen Schrift, die er auf dem mit »Marcel« beschrifteten Umschlag gesehen hatte, las Kauz Madame de Steinhaus' Adresse. Sie war fehlerhaft geschrieben, mit verdrehter Postleitzahl, von Hand korrigiert. Eine gewöhnliche Briefmarke war unschön aufgeklebt. Der Brief war offensichtlich fehlgeleitet und erst heute erneut zugestellt worden. Der Poststempel zeigte das Datum des 20. Oktober.

Sein Todestag!, dachte Kauz.

»Würden Sie ihn für mich öffnen?«, bat die alte Dame.

Kauz zögerte einen Moment, dann nahm er den bereitgelegten Brieföffner und schlitzte den Umschlag auf. Er zog ein gelbliches, liniertes Blatt heraus und sah sofort, dass es von dem Block stammte, der vor dem Toten auf dem Schreibtisch gelegen hatte.

Die paar Zeilen waren schnell gelesen:

Chère tante,

Ich habe dir sehr wehgetan:

Cynthia. Der Landverkauf. Alles.

Es tut mir unendlich leid. Vergib mir!

Bitte vernichte diesen Brief sofort.

Philippe.

Kauz stockte der Atem.

»Den müssen Sie der Polizei geben«, sagte er. Er zückte sein Handy und fotografierte das Schreiben.

Madame de Steinhaus sagte lange kein Wort. Kauz war klar, dass sie erkannt hatte, was der Brief bedeutete.

»Dann war *er* Cynthias Mörder«, sagte sie tonlos. Sie blickte in die Ferne.

Kauz sagte nichts. Er blieb bei ihr sitzen.

»Ein Mörder und Selbstmörder war er«, sagte sie und schüttelte ohne Unterlass den Kopf.

Lange saßen sie stumm am Tisch.

»Darf ich Tee bringen lassen?«, fragte sie.

»Bitte«, sagte Kauz.

Z'Marie brachte den Tee, sie rührten in ihren Tassen.

Nach einer langen Pause fasste Kauz sich ein Herz und fragte: »Hilft Ihnen das Malen, Madame?«

Wieder sah sie ihn an, ohne etwas zu sagen. Sie nahm die Brille ab und legte sie vor sich auf den Tisch.

»Ich male nicht mehr«, sagte sie leise.

»Wieso nicht?«

Sie überlegte.

»Die Farbe ist alle«, sagte sie schließlich. Sie legte die Hand auf die Brust. »Hier drin, wissen Sie.«

»Nicht einmal mehr Schwarz?«

»Nein. Nichts mehr. Es ist vollkommen leer da drin.«

Sein Handy summte, als *z'Marie* Tee nachschenkte.

»Entschuldigen Sie«, sagte Kauz und blickte auf das Display.

Es war eine Textnachricht von Gsponer:

Notebook von M.J. gefunden!!

Wo?, schrieb Kauz zurück.

Im Tresor der Advokatur!!!

Wo bist du?

Vor Ort. Wieso?

Voilà!, textete Kauz und schickte Gsponer das Foto vom Brief des Selbstmörders an seine Tante.

Wo?, kam es zurück. *Bei Madame Ch.?*

Ja. Kannst du kommen?

Bin schon auf dem Weg!

*

Diesmal machten Ria, Kauz und Gsponer nicht auf dem Posten Fiesch halt. Es war Feierabend, sie fuhren direkt zum Hause Abgottspon-Ritz. Kauz hatte eine Kopie beider Textnachrichten samt Foto des Briefs an Ria geschickt.

»Was sagst du dazu?«, fragte er, als sie in ihrer Stube saßen. »Dass Alain recht hatte. Das ist doch der Beweis, oder nicht? Wenn de Steinhaus im Besitz von Jägers Notebook war, dann war er es, der es aus der Jagdhütte entwendete. Er war es, der die verräterischen Dokumente löschte. Und da Gitsch ihm vorbluffte, er sei im Besitz dieser Dokumente, nahm er an, er habe sie zu spät gelöscht und sei praktisch schon überführt. Er schätzte die Lage als hoffnungslos ein. Deshalb brachte er sich um. Er war der Mörder von Cynthia Bregy. Warum er sie tötete, wissen wir nicht. Er brachte Maurice Jäger um, weil der ihm gefährlich wurde. Und dazu noch Samuel Huser, den Zeugen seiner Mordtat. Sein letztes Opfer war er selber.«

»Bravo, Ria«, sagte Gsponer.

»Sag nicht Bravo, Alain«, verwahrte sie sich. »Dafür ist das alles zu traurig. Mir tut es um die junge Cynthia leid. Und mir tut die alte Frau de Steinhaus leid.«

Schweigend nahmen sie das Abendessen ein, das Thomas ihnen vorsetzte. Wein tranken sie keinen. Dann setzten sie sich zu viert zusammen und versuchten, sich den Ablauf der Ereignisse zusammenzureimen. Gsponer wollte Gitsch am nächsten Tag unbedingt einen vollständig gelösten Fall präsentieren.

Nach drei Stunden hatten sie für fast alles eine Erklärung.

Nur nicht dafür, warum de Steinhaus seine Nichte umbrachte. Sie hatten Hypothesen, aber keine Gewissheit. »Ich vermute«, meinte Gsponer, »dass Cynthia ihm bei einem weiteren Betrug auf die Schliche gekommen ist. Wahrscheinlich wollte er ihre Großmutter oder die Familienstiftung noch einmal übers Ohr hauen.«

»Es wird Gitsch letztlich auch gar nicht interessieren«, sagte Kauz. »Wenn du ihn davon überzeugst, dass de Steinhaus Maurice Jäger umgebracht hat, weil der ihm mit der Recherche über Cynthia Bregys Verschwinden gefährlich wurde, dann ist ihm auch klar, dass de Steinhaus der Mörder seiner eigenen Nichte war.«

Den Ablauf der Mordtat rekonstruierten sie so: Es war für den Waidmann de Steinhaus kein Problem, herauszufinden, wo der Lieblingsansitz von Maurice Jäger war und wo er übernachtete. Er schnappte sich beim Jagdschießen in Oberwald die Jagdbüchse von Lee Wellig junior, die herrenlos herumstand. Er hatte genügend Zeit, die Waffe einzuschießen, um sicher damit zu treffen. Für den ersten und zweiten Tag der Hochjagd beschaffte er sich ein berufliches Alibi. Er brachte sich in aller Herrgottsfrühe, vielleicht auch am Vorabend in Stellung und erschoss Jäger, als der sich auf seinem Ansitz einrichtete. Später warf er die Tatwaffe in ein Bachtobel und holte sich Jägers Notebook. Den Schlüssel zur Jagdhütte hatte er aus dessen Wams gestohlen.

»Dass nach dem tödlichen Schuss auf Jäger der Wildhüter auftauchte, muss ihm wie ein Glücksfall vorgekommen sein«, meinte Kauz.

»Glücksfall? Wieso?«, fragte Ria.

»Weil er dadurch Jägers Selbstmord inszenieren konnte. Das Motiv lag scheinbar auf der Hand: Es sollte aussehen, als ob Jäger vorsätzlich oder versehentlich den Wildhüter erschoss und sich danach selbst richtete«, meinte Kauz. »Die Täuschung wäre ja auch fast gelungen.«

»Ja. Wenn Lara nicht deinetwegen Skrupel bekommen und Jägers Obduktion angeordnet hätte«, ergänzte Gsponer.

»Ist es nicht unglaublich?«, ereiferte sich Ria. »Zuerst gaukelt er uns vor, der Mann, den er ermordet hat, hätte einen andern erschossen und dann Selbstmord begangen. Und jetzt versucht er, seinen eigenen Selbstmord als Mord darzustellen. Und das nur, um seinem Partner Marcel die Lebensversicherungssumme zu sichern. Dass er damit eine Jagd auf einen Unschuldigen auslöst, ist ihm egal.«

»So weit denkt ein Verzweifelter nicht, Ria«, warf Kauz ein.

»Darf ich das Geständnis noch einmal sehen?«, fragte Thomas.

Gsponer legte den Brief auf den Tisch.

»Seltsam. Nur Stichworte. Er muss darauf vertraut haben, dass seine Tante alles verstehen würde«, meinte Gsponer.

»Das hat sie auch«, bestätigte Kauz. »Er sei Cynthias Mörder, sagte sie. Sonst nichts. Der Landverkauf war ihr in diesem Moment natürlich nicht wichtig.«

»Wieso wusste de Steinhaus überhaupt, dass Maurice Jäger ihm auf der Spur war?«, fragte Ria. »Das Dokument über Cynthias Verschwinden hat er ja erst gefunden, nachdem er ihn schon umgebracht hatte.«

»Sicher bin ich mir nicht«, räumte Gsponer ein. »Aber ich kann mir vorstellen, dass Jäger ihm als Journalist auf die Pelle rückte. Vielleicht drohte er ihm sogar mit Enthüllungen.«

»Schließlich hat Jäger de Steinhaus früher schon einmal in die Mangel genommen«, fügte Kauz hinzu. »Wegen des ominösen Landverkaufs. Gut möglich, dass er im Rahmen jener Recherche zum ersten Mal Verdacht schöpfte. Wir wissen, dass Jäger in die Bregy vernarrt war. Und dass er wie besessen davon war, mehr über sie zu erfahren. Vielleicht stellte er de Steinhaus penetrante Fragen.«

»Mhm«, machte Ria. »*Dass* de Steinhaus den Journalisten umbrachte, weil der ihm gefährlich wurde, ist praktisch bewiesen. Aber wieso er von der drohenden Gefahr wusste, bleibt unklar.«

Thomas räumte den Tisch ab, und die drei Polizisten diskutierten noch ein paar weitere Details.

»Bist du dir jetzt sicher, Alain?«, fragte Ria spät in der Nacht.

»Absolut«, sagte Gsponer.

»Hast du alles zusammen?«, fragte Kauz.

»Ich glaube schon.«

»Dann lass dich von Gitsch nicht unterkriegen, Alain«, sagte Ria.

Mittwoch, 31. Oktober

Oberstaatsanwalt Gitsch war wie vor den Kopf gestoßen. Er schüttelte immer wieder ungläubig den Kopf.

»Und das Notebook, das Sie im Tresor gefunden haben, ist eindeutig das von Jäger?«, fragte er noch einmal.

»Ja«, bestätigte Gsponer.

»Gibt es keine Zweifel?«

»Nein.«

»Aber Sie sagten doch, es sei alles gelöscht. Wie können Sie da wissen …?«

»Nein, ich sagte, wir hätten keinen Zugriff mehr. Wir gehen davon aus, dass de Steinhaus das Notebook so lange benützen konnte, solange er es nicht ganz herunterfuhr. Er löschte zuerst zwei Dateien, die ihn verraten hätten: Stunden nach der Tat das Dokument *IG Wolf*, von dem wir noch nicht wissen, was es enthielt. Und später das Dokument *Was geschah mit Cynthia Bregy?*, die Recherche von Maurice Jäger über das Verschwinden seiner Nichte. Wir wissen nicht, welche Schlüsse die Recherche zog. Aber für de Steinhaus müssen sie gefährlich gewesen sein. Wenig später meldete er alle Geräte, die auf Jägers Cloud Zugriff hatten, ab. Wir wissen also nicht, ob er noch weitere Dokumente löschte. Aber das spielt auch keine Rolle mehr. Als wir das Notebook fanden, war der Akku leer. Wir luden ihn auf, konnten das Notebook aber nicht vollständig öffnen. Wir haben ja keinen Code. Aber die Maske, die beim Hochfahren aufgeht, weist den Nutzer aus: Maurice Jäger. Es ist eindeutig *sein* Notebook.«

Gitsch stellte weitere Fragen, die Gsponer alle schon beantwortet hatte. Der Oberstaatsanwalt wollte die Erkenntnis, dass Philippe de Steinhaus sich umgebracht hatte, anscheinend nicht wahrhaben. Gsponer beantwortete seine Fragen geduldig ein zweites Mal. Zusammen gingen sie die Rekonstruktion der Ermordung von Maurice Jäger und Samuel Huser mit dem Jagdgewehr von Lee Wellig noch einmal durch. Dann die Vortäuschung von Jägers Selbstmord mit dessen eigener Jagdwaffe. Auch seine Tatmotive legte Gsponer noch einmal dar: Maurice Jäger musste sein Leben lassen, weil de Steinhaus verhindern wollte, dass er die Recherche über das Verschwinden seiner Nichte veröffentlichte. Samuel Huser wurde als Zeuge beseitigt. Cynthia Bregy hatte er vor fünf Jahren vermutlich umgebracht, weil sie irgendetwas gegen ihn in der Hand hatte.

»Was genau, wissen wir nicht«, räumte Gsponer ein. »Es könnte sein, dass sie ihn erpresste.«

Der Oberstaatsanwalt nickte halb abwesend vor sich hin, als ob ihn das Motiv jener Tat nicht mehr interessiere, und stierte auf die Tischplatte. Dann sah er wieder auf.

»Was sagen die Schriftexperten?«, hakte er nach.

»Es ist mit Sicherheit seine Handschrift auf dem Brief«, antwortete Gsponer. »Nur fahriger, als er normalerweise schreibt. Er ist anscheinend in einem Ausnahmezustand gewesen, meinen sie.«

»Er schrieb also«, resümierte der Oberstaatsanwalt, »dieses verklausulierte Geständnis im Telegrammstil – wieso er das tat, bleibt ein Rätsel –, ging aus dem Büro, warf den an seine Tante adressierten Brief draußen in den Briefkasten, ging in die Advokatur zurück, kopierte die Police seiner Lebensversicherung und steckte sie in einen Umschlag, den er irgendwo ablegte. Und dann brachte er sich an seinem Schreibtisch auf diese brutale Art um?«

»So muss es gewesen sein«, bestätigte Gsponer.

»Damit dieser Marcel die Lebensversicherungssumme einstreichen kann, musste es aussehen, als sei er ermordet worden.«

»Richtig.«

»Das ist ihm auch beinahe gelungen. Mich jedenfalls konnte er hinters Licht führen«, gestand der Oberstaatsanwalt in einer seltenen Regung von Selbstkritik.

Gsponer reagierte nicht darauf.

»Wenn das alles stimmt, dann hatten Sie recht, Herr Inspektor«, fuhr Gitsch kleinlaut fort. »Dann kann man sagen, ich hätte ihn in den Suizid getrieben. Weil ich ihn mit der Andeutung in Panik versetzte, wir seien im Besitz jener zwei Dokumente auf Maurice Jägers Computer.«

»Er muss geglaubt haben, dass Sie genug gegen ihn in der Hand haben, um ihn des mehrfachen Mordes anzuklagen.«

Gitsch brütete lange vor sich hin. Dann gab er sich einen Ruck.

»Und noch einer hatte in dem Fall recht«, sagte er. »Ihr Kollege«, er presste die Lippen zusammen und schnaubte zweimal kräftig durch die Nase, »ähm, Walpen. Wenn es so ist, wie Sie sagen, dann lag er damals richtig. Und ich lag falsch. Wir hätten pausenlos weiterermitteln müssen. Vielleicht hätten wir die junge Frau noch lebend gefunden. Wenn nicht, hätten wir den Täter gefasst. Und die Morde im Binntal wären nicht passiert.«

Gsponer konnte kaum glauben, was er hörte. Er hatte sich vorgenommen, Gitsch früher oder später vorsichtig mit dieser Sicht der Dinge zu konfrontieren, um Kauz zu rehabilitieren. Jetzt tat Gitsch es selber.

Der Oberstaatsanwalt sackte in sich zusammen.

»Ich werde mich bei ihm entschuldigen müssen«, murmelte er.

Nach einer Weile richtete er sich wieder auf.

»Danke, Herr Inspektor«, sagte er ruhig. »Sie haben mich überzeugt. Ich werde die Einstellung der Strafuntersuchung im Doppelmordfall Binntal verfügen.«

*

Kauz wachte früh auf. Nach dem Frühstück packte er den Rucksack und ging mit Max auf eine Wanderung. Er wollte den letzten einigermaßen schönen Herbsttag noch ausnützen, denn für den Abend war ein Wetterwechsel angekündigt. Auf dem Rückweg traf er am Dorfrand von Münster den Wildhüter Zeiter.

»Kommt es zur Nachjagd, Hermann?«, fragte Kauz.

»Ja. Gämsen haben wir genug geschossen. Aber beim Rotwild fehlen uns ein paar Hundert.«

»Wann geht es wieder los?«

»Wenn der erste Schnee fällt, wandern die Hirsche aus dem Aletschwald zum Teil ins Goms zurück. Dann geht es los.«

Jetzt näherte sich Kauz wieder seinem Speicher. Es war vier Uhr nachmittags. Fasziniert schaute er durch die Lücke zwischen dem Unter- und dem Oberbau gegen Westen. Dort, wo sonst das Weisshorn zu sehen war, lag ein schwarzer Wolkenbalken quer über dem ganzen Tal. Dieser teilte den Himmel in zwei Hälften: Oben blau, im Blau türmten sich hohe weiße Wolken im vorabendlichen Sonnenlicht. Darunter milchig gelb. Das Gelb verwandelte sich in ein Orangerot, das Gewölk darin begann zu brodeln. Kauz blieb stehen. Was braute sich da zusammen? Minuten später wurde aus dem Orange unter dem schwarzen Balken ein blutiges Rot. Die Wolken darüber verwandelten sich rasant, aus dem eben noch weißen Gewölk wurde eine riesige graue Wand. Das Blutrot unter dem Wolkenbalken wurde dunkler, bald wurde es zu einem Rabenschwarz, in dem noch ein paar rote Funken glommen. Der Anblick erinnerte ihn an das Bild in Madame de Steinhaus' Galerie. Wie es ihr wohl ging? Er musste sie bald noch einmal besuchen.

Kauz ging hinein und setzte Max das Futter vor. Dann stellte er sich unter die Dusche, setzte sich später mit einem Tee an den Tisch. Er nahm den kleinen Papierstoß auf dem Küchenregal zur Hand, den er schon lange sichten wollte. Schließlich öffnete er den Umschlag, den Konrad Steinhaus hatte liegen lassen, und zog das Sichtmäppchen mit Maurice Jägers Porträt von Alaska-Joe heraus. Er konnte sich immer noch nicht erinnern, weshalb ihm Konrad diesen Separatdruck dagelassen hatte. Wahrscheinlich wollte er zeigen, dass Maurice Jäger noch ganz andere Dinge geschrieben hatte als Recherchen über skandalöse Vorkommnisse im Wallis. Erst jetzt bemerkte er, dass noch ein zweites Mäppchen in dem Umschlag war. Er zog es heraus und las die Überschrift auf diesem zweiten Separatdruck.

Er stutzte. Na, so was!

Er nahm den mehrseitigen Ausdruck in die Hand, wechselte in den Safariklappstuhl, stellte die Teetasse neben sich auf den Boden und begann zu lesen:

Sebastian Gitsch (1839–1903) und seine Nachkommen.

Eine Wahre Geschichte.

Diese Erzählung basiert auf Interviews mit Zeitgenossen und Quellen einer Masterarbeit über die zweite Walliser Auswanderungswelle nach Argentinien im 19. Jahrhundert.

Mitte des neunzehnten Jahrhunderts herrschte im Oberwallis große Not. Die Zeit der Reisläuferei, die das Bevölkerungswachstum zuvor in Grenzen gehalten hatte, war vorbei; den jungen Männern war es nunmehr verboten, als Söldner in fremde Dienste einzutreten. Soweit sie nicht auf dem elterlichen Hof beschäftigt werden konnten, fanden sie keine Arbeit, bezahlte schon gar nicht. In dem Maß, in dem die Bevölkerung Jahr für Jahr zunahm – denn die Kindersterblichkeit ging Jahr für Jahr zurück –, wurde der landwirtschaftlich nutzbare Boden in den abgelegenen Alpentälern knapp. Naturkatastrophen suchten die Täler heim: Lawinen und Murgänge gingen nieder, der Rotten trat über die Ufer, Wälder, Felder und ganze Dörfer brannten ab. Im Frühjahr setzte der Frost den Äckern und Kulturen zu, später im Jahr vernichteten oftmals Sturm und Hagelschlag oder Trockenheit die Ernte. So wurde es für eine Bauernfamilie immer schwieriger, alle Mäuler zu stopfen. Im Oberwallis herrschte Hungersnot.

Als die Not am größten war, trafen im Goms verlockende Nachrichten aus fernen Landen ein, wahre Heilsversprechen.

Von einer Art Schlaraffenland war in den Briefen die Rede, die in den Dörfern zirkulierten, von fruchtbarem Acker- und endlosem, üppigem Weideland, von riesigen Viehherden. Von einem Land, das keinen Winter, also auch keinen Schnee und keine Lawinen kenne. Und von gut bezahlter Arbeit in Hülle und Fülle. Einwanderer würden mit offenen Armen empfangen, hieß es, und erhielten von der Regierung Land geschenkt, das sie bebauen durften.

Verfasst hatten die Briefe Gefolgsleute des aus Grengiols stammenden Lorenz Bodenmann. Dieser war im Jahr 1857 nach Argentinien ausgewandert und gründete in der Provinz Santa Fe eine kleine Siedlung, San Jerónimo Norte, weit draußen in der Pampa. Um dem Ort den erhofften Aufschwung zu bringen, kehrte er mehrere Male aus Argentinien in seine alte Heimat zurück und machte auswanderungswilligen Oberwallisern – jungen Männern, aber auch gestandenen Familienvätern mit ihrem Anhang – die Destination San Jerónimo Norte schmackhaft.

Ein junger Mann aus Obergesteln bekam das Zeitungsinserat zu Gesicht, in welchem sich Lorenz Bodenmann anerbot, allfälligen Interessenten in den besten Gasthäusern von Brig und von Münster Red und Antwort zu stehen. Sebastian Gitsch, Sohn armer Leute, ein kluger Bursche, aber ohne erlernten Beruf und ohne jede Aussicht, im Goms oder anderswo in der Schweiz ein Auskommen zu finden, folgte dem Aufruf. Er marschierte im Winter 1860 auf tief verschneiten Wegen von Obergesteln über Ulrichen und Geschinen nach Münster und hörte sich in der geheizten Wirtsstube des Gasthauses Relais et Auberge du Sauvage den Vortrag des in gutes Tuch gekleideten Lorenz Bodenmann an. Er war nicht der einzige Zuhörer, mindestens zwei Dutzend Auswanderungswillige aus dem oberen Goms waren da. Es brauchte nicht viel, den jungen Mann davon zu überzeugen, dass ihm in Argentinien das Glück winke. Sebastian Gitsch verdingte sich für ein paar Monate für die übelsten Arbeiten, die es im Goms zu verrichten gab, verkaufte das wenige Hab und Gut, das er sein Eigen nannte, und bettelte bei Eltern, Verwandten und Bekannten so viel Geld zusammen, wie er nur konnte.

Als er das Geld für die Überfahrt beisammenhatte, folgte Sebastian Gitsch dem Ruf von Lorenz Bodenmann, der sich mit einem ansehnlichen Trupp von Gefolgsleuten nach Genua aufmachte. Dort bestieg die Gruppe einen Dreimaster, der mit Ziel Buenos Aires in See stach. Die Reise dauerte ganze drei Monate und war die Hölle. War die See ruhig, dann konnte man sich an Deck begeben, aufs Meer hinausschauen und sich vom Wind das Haar zerzausen lassen. War sie aber unruhig oder gar stürmisch – und das war sie meistens –, musste man sich unter Deck verkriechen. Es galt, das Stöhnen der Seekranken, das Gejohle der Besoffenen, das Keifen der Weiber und nächtelanges Kindergeschrei zu ertragen, ganz zu schweigen vom Geruch nach billigem Schnaps und dem Gestank von Erbrochenem. Kranke mussten gepflegt, Tote auf offener See bestattet werden. Manch eine Reise endete vorzeitig auf diese Weise. Auf Deck wurden Bekanntschaften geschlossen, unter Deck wurde kopuliert und geboren, Fehl- und Totgeburten wurden beklagt. Hebammen waren keine an Bord, denn die gehörten zu den wenigen Berufsgruppen, die im Oberwallis ein bescheidenes Auskommen und somit keinen Auswanderungsgrund hatten.

Auf der Überfahrt machte Sebastian die Bekanntschaft von Marie Schmid aus Binn. Sie zog seine Aufmerksamkeit auf sich, weil sie ohne Unterlass weinte. Den Grund für ihre Verzweiflung nannte sie nicht, auch als Sebastian sie vorsichtig danach fragte. Aber ihm war klar, dass es das Heimweh sein musste. Jeder, der das Goms für immer verließ, musste alles zurücklassen, was ihm lieb war: die Eltern und Geschwister, die Großeltern, das Dorf und die Kirche, den Hof und das Vieh, den Rotten, die Lärchen in goldenem Herbstkleid, den

Schnee, der unweigerlich fallen würde. Dass junge Männer dem Goms entflohen, um anderswo ein Auskommen zu finden, leuchtete jedem ein. Was aber bewog eine alleinstehende junge Frau im gebärfähigen Alter dazu, ihre Heimat zu verlassen?

Den Grund erfuhr Sebastian Gitsch drei Jahre später, als ihm Marie in San Jerómino Norte das dritte Kind gebar. Sebastian war mittlerweile als Obermelker auf einem rasch wachsenden Gutsbetrieb angestellt. Daneben bewirtschaftete er zusammen mit seiner Frau den ansehnlichen Flecken Land, den ihm die Regierung zur Verfügung gestellt hatte. Im Wochenbett fiel Marie, wie schon nach der Geburt der ersten zwei Kinder, in eine unerklärliche Schwermut.

»Was hast du denn?«, fragte Sebastian. »Du hast drei gesunde Kinder geboren, was willst du mehr?«

»Fünf«, antwortete Marie und starrte, das Neugeborene im Arm, an die Decke.

»Was sagst du da?«, fragte Sebastian.

»Nicht drei, *fünf* Kinder habe ich geboren«, erwiderte Marie mit tonloser Stimme. »Ob die zwei ersten gesund sind, weiß ich nicht.«

Der Schock, den Maries Geständnis bei Sebastian auslöste, war gewaltig. Die Scham, die Marie Gitsch, geborene Schmid, empfand, grenzenlos: Vom Bauern geschwängert, auf dessen Hof sie als Dienstmagd arbeitete, brachte die damals neunzehnjährige Marie in ihrem Elternhaus Zwillinge zur Welt, ein Mädchen und einen Knaben. Da das für die Familie große Schande bedeutete, wurde Marie verstoßen. Als Vater Schmid die Lockrufe des Lorenz Bodenmann zu Ohren kamen, entschied er, dass es das Beste sei, wenn die Tochter das Dorf für immer verließe. In Argentinien könne sie bei Gebet und harter Arbeit ein anständiges Leben zu fristen versuchen.

Damit war das Schicksal der armen Marie besiegelt.

Die beiden Neugeborenen wurden der jungen Mutter

weggenommen und einer verheirateten Verwandten in Ausserbinn anvertraut, deren Kinderwunsch bislang unerfüllt geblieben war. Vater Schmid hatte den Vortrag von Lorenz Bodenmann in Brig besucht und an Ort und Stelle die Überfahrt nach Buenos Aires für seine Tochter bezahlt. Für die Zeit bis zur Abfahrt des Dampfers in Genua wurde Marie in ein Kloster gesteckt. Dann hieß es den Reisekoffer packen. Den einen aus Stroh, den man besaß. Nur mit dem Nötigsten versehen, denn die Familie Schmid darbte wie alle andern Familien in Binn.

»*Häb där Sorg, Chind*«, sagte die Mutter mit tränenerstickter Stimme und drückte die Tochter ein letztes Mal an sich. »*Dänk dra: dü bischt nit allëj, dü hescht dinä Glöübä!*«

Die zwei kleinen Schwestern klammerten sich verzweifelt an Maries Rockschöße und mussten mit Gewalt von ihr weggezerrt werden. Der Vater drückte ihr die Hand und blickte ihr fest in die Augen.

»*Tüe rächt, Meggä*«, sagte er und schärfte ihr ein, sich nie mehr in Binn blicken zu lassen.

Zusammen mit zwei armengenössigen Taugenichtsen, für die ihre Gommer Gemeinden nicht länger aufkommen wollten, und einem Geistesschwachen, der immerhin kräftig war und anpacken konnte, wurde Marie für die Dauer der Reise der besonderen Obhut des Herrn Bodenmann anempfohlen. Als die Auswanderer drei Monate später in San Jerónimo Norte ankamen, stellte Bodenmann fest, dass Marie Schmid bei Sebastian Gitsch sozusagen in festen Händen war und dass er somit von weiterer Verantwortung entbunden war.

Sebastian entpuppte sich als tüchtiger Arbeiter, der überdies bald leidlich Spanisch sprach. Marie dagegen weigerte sich, je ein Wort in einer anderen Sprache als Gommertitsch zu reden. Nacht für Nacht weinte sie, aus Gram über die geraubten Zwillinge und von Heimweh gequält, in ihr Kissen.

Das Leben in der Pampa war hart. Brunnen mussten gegraben werden, man hauste in lottrigen Bretterbuden. Aber dennoch, wer arbeitete, hatte zu essen.

Jedes Jahr zu Ostern und zum Bettag schrieb Sebastian einen Brief nach Hause und berichtete den Eltern und Geschwistern in Obergesteln vom Leben in der Pampa. Er schrieb nieder, was ihn beschäftigte, selbst Dinge, die er nie ausgesprochen hätte. Seinen Kindern trug er auf, den Großeltern und Onkeln und Tanten zu schreiben, die sie nie gesehen hatten.

Die Argentinier hatten ihre liebe Mühe mit dem Namen Gitsch. Hatte Sebastian mit Beamten zu tun, so schrieben sie Guich oder Quich, wenn er seinen Namen nannte. Er bestand darauf, dass Gitsch in seinen Papieren stand, und so musste er in Kauf nehmen, dass man seinen Namen wie Dschitz oder Chits aussprach. Sohn und Töchter von Sebastian und Marie Gitsch wuchsen heran und heirateten in San Jerónimo Norte Sprösslinge aus anderen Walliser Familien. Sie erzogen ihre eigenen Kinder streng katholisch und erzählten ihnen sonntags nach der Messe auf Gommertitsch vom Leben im Goms, das sie nur vom Hörensagen kannten. Sie sorgten dafür, dass sie, genau wie sie selber, den Schweizer Pass erhielten, und bläuten ihnen ein, diesen niemals aufzugeben. Man könne nie wissen.

Sebastians Enkelkinder taten es ihren Eltern gleich, sprachen Gommertitsch, feierten am 1. August alljährlich den Nationalfeiertag und pflegten Walliser Brauchtum. Eine der wenigen Konzessionen, die sie der neuen Heimat machten, war, dass sie ihren Kindern keine Namen wie Marie oder Sebastian mehr gaben, sondern sie auf Elena oder Lorena, José oder Luis tauften.

Auch sie schrieben zweimal im Jahr einen Brief in die Schweiz. Mit der Zeit antworteten nicht mehr Onkel und Tanten, sondern Cousins und Cousinen, und so ging der Briefwechsel zwischen Verwandten, die sich nie begegnet waren, generationenlang weiter.

Ein Enkel Sebastians, Carlos Gitsch, wurde Viehzüchter und brachte es in San Jerónimo Norte zu einigem Wohlstand. Die Straßen des Ortes waren jetzt gesäumt von stattlichen Steinhäusern im kolonialen Stil. Es gab Gasthäuser und Kaufläden. Neben den Pferdefuhrwerken fuhr das eine oder andere Automobil durch die staubigen Straßen. Carlos Gitsch heiratete die um fünfzehn Jahre jüngere, bildhübsche Fabiola Carlen und hatte mit ihr drei Kinder. Sei es, dass namentlich Mutter Fabiola weniger Wert darauf legte, sei es aus anderen Gründen, auf alle Fälle war das Gommertitsch Carlos' Sohn Pablo und seinen beiden Schwestern weit weniger geläufig als noch dem Vater. Sie verstanden zwar jedes Wort, das dieser zu ihnen sagte, genierten sich aber, das Idiom auch zu sprechen. Sie fanden, es fühle sich künstlich an. Ein Aufschrei ging durch die Walliser Gemeinde von San Jerónimo Norte, als Pablo keine *Valesana,* sondern die schöne Cecilia López aus Rosario heiratete. Das war fast so, wie wenn im Goms ein Gommer eine Üsserschwiizeri geheiratet hätte. So kam es, dass Pablos Sohn Leonardo, Sebastians Ururenkel, der im Jahr 1955 zur Welt kam, zu Hause kaum mehr Gommertitsch hörte. Er ging zwar im *El Suizo,* dem Vereinslokal der Schweizer Kolonie in San Jerónimo Norte, ein und aus, feierte wie alle anderen *Valesanos* den 1. August, aber Walliser Brauchtum zu pflegen, lag ihm nicht besonders am Herzen. Seine Interessen lagen anderswo. Schon sein Vater, Pablo Gitsch, hatte sich mit seiner Frau Cecilia zusammen politisch engagiert, und zwar gegen den argentinischen Diktator Juan Domingo Perón, dem Verbindungen zu den Nazis nachgesagt wurden.

Als Pablos Sohn Leonardo einundzwanzig war, musste er miterleben, wie in Argentinien eine Militärjunta die Macht ergriff. Leonardo war Jurastudent an der Universidad Nacional del Litoral in Santa Fe und wurde Zeuge, wie protestierende Kommilitonen – Burschen genauso wie Mädchen und junge Frauen – niedergeknüppelt, verhaftet und verschleppt wurden. Auch er wurde festgenommen, obschon er nur Mitläufer war. Als er seinen Schweizer Pass zeigte, ließ man ihn laufen. Jetzt fühlte er sich moralisch erst recht zum Protest verpflichtet. Sein Vater stand zwar ganz auf seiner Seite, warnte ihn aber davor, sich den radikalsten Studentengruppen anzuschließen. Seine Mutter flehte ihn an – er war ja ihr einziges Kind –, in San Jerónimo Norte oder wenigstens in Santa Fe zu bleiben. Umsonst. Heldenmütig, innerlich aber bebend vor Angst, entschied sich Leonardo dazu, sich seinen *compañeros* anzuschließen, die nach Buenos Aires zogen, um in der Hauptstadt gegen die Militärdiktatoren zu protestieren. Irgendwann wurde er, zusammen mit vielen anderen, verhaftet und verschwand, ohne dass seine Eltern je wieder von ihm hörten. Zwei Jahre später schloss sich seine Mutter, mittlerweile verwitwet und vor Gram ergraut, den Madres de Plaza de Mayo an, die vor dem Präsidentenpalast stumm gegen das Verschwinden ihrer Söhne und Töchter protestierten. Jeden Donnerstag band sie sich ein weißes Kopftuch um und schritt mit den anderen Müttern schweigend um den Platz. Es nützte nichts. Im Gegenteil, eines Tages griff die Polizei ein und verschleppte Einzelne der trauernden Mütter, unter ihnen Leonardos Mutter. Sie blieb für immer verschwunden. Es gab Gerüchte, nach denen nicht nur Männer, sondern auch junge Frauen – selbst solche, die in der Gefangenschaft ein Kind zur Welt brachten – in den Militärgefängnissen gefoltert und ermordet würden. Auch Rechtsanwälte, Ärzte, Priester und Nonnen, die sich für die Gefangenen einsetzten, stünden auf der Todesliste des Militärs, hieß es. So zweifelte nach einiger Zeit niemand mehr daran, dass Cecilia López de Gitsch dem Terror der Militärs zum Opfer gefallen war.

Ihr Sohn aber, Leonardo Gitsch, überlebte die Gefangenschaft in den berüchtigten Militärgefängnissen wie durch ein Wunder. Vielleicht hatte ihn sein Schweizer Pass trotz allem geschützt, vielleicht war er für die Folterknechte auf irgendeine Weise nützlich gewesen und war deshalb verschont geblieben – jedenfalls kam er nach den Wahlen, die das Ende der Militärdiktatur bedeuteten, frei.

Der mittlerweile fast Dreißigjährige war durch das Grauen, das er hatte mit ansehen müssen und am eigenen Leib erlebt hatte, schwer traumatisiert. Er erfuhr, dass sein Vater längst nicht mehr lebte. Und dass seine Mutter wohl das Schicksal von Tausenden anderer Männer und Frauen erlitten hatte. Dass sie nämlich tot – vielleicht aber auch lebendig – nachts aus einem Flugzeug in den Rio de la Plata geworfen worden war. Die Militärs wollten keinerlei Spuren hinterlassen. Geschwister hatte Leonardo nicht, Verwandte, die seinen Familiennamen trugen, gab es keine mehr. Der argentinische Zweig der Familie Gitsch galt, bis auf ihn, als ausgestorben. In der Walliser Diaspora von San Jerónimo Norte fühlte sich Leonardo nun nicht mehr zu Hause. Auch wenn die Militärdiktatur vorbei und eine demokratisch gewählte Regierung an der Macht war, fühlte er sich in Argentinien nicht sicher. Wer konnte wissen, ob die Schergen der früheren Militärdiktatoren nicht immer noch ihr Unwesen trieben und ihn, einen der wenigen überlebenden Zeugen ihrer Schreckensherrschaft, aus dem Weg räumen wollten?

Leonardo Gitsch beschloss, Argentinien den Rücken zu kehren und in die Schweiz zu ziehen, das einzig sichere Land auf Erden. Ins Wallis, aus dem sein Ururgroßvater Sebastian Gitsch vor hundertzwanzig Jahren vor Hunger und Armut geflohen war. Wenn irgend möglich, ins Oberwallis, von dem noch seine Großmutter Fabiola Carlen erzählt hatte, ohne je dort gewesen zu sein. Verwandte gab es in Obergesteln nur noch eine Einzige: die neunzigjährige Amelie Werlen, geborene Gitsch. Mit Tränen der Rührung in den Augen überreichte Tante Amelie dem nie zuvor gesehenen Großneffen aus Argentinien die aufbewahrten Briefe von Leonardos ausgewanderten Familienmitgliedern, ehe sie kurze Zeit später starb.

Zwar konnte Leonardo kein Wallisertitsch, aber er sprach fließend Hochdeutsch, denn seine Eltern hatten ihn, mangels einer Schweizer Schule, in Rosario auf die Deutsche Schule geschickt. Italienisch und Französisch hatte er auch gelernt. Seine Sprachkenntnisse kamen ihm im Wallis natürlich zustatten. Er ließ sich in Sitten nieder. Immer in der Hoffnung, dereinst vielleicht einmal im Oberwallis leben zu können.

Leonardo Gitsch war fest entschlossen, seinen Beitrag für die Gesellschaft zu leisten. Er würde für Freiheit und Sicherheit der Menschen einstehen, sich voll und ganz auf die Seite des demokratischen Staates, auf die Seite des Rechts stellen. Er träumte davon, sein Jurastudium in der Schweiz abzuschließen. Doch wie sollte er ein Studium finanzieren? Er nahm all seinen Mut zusammen und bewarb sich um ein Stipendium. Dieses wurde dem jungen, ambitionierten Auslandsschweizer unter der Auflage gewährt, dass er sich nach Abschluss des Studiums in den Dienst von Staat und Kanton Wallis stellen würde. Diese Bedingung akzeptierte er gern, entsprach sie doch ganz seinen Zukunftsträumen. Nach vier Jahren hatte er sein Diplom in der Tasche. Er wurde Substitut am Bezirksgericht, dann Assistenzstaatsanwalt in St. Maurice und später ordentlicher Staatsanwalt in Sitten. So kam es, dass der Argentinienschweizer Leonardo Gitsch, Ururenkel eines vor Hunger und Armut geflohenen Gommer Auswanderers, sich aus Dankbarkeit gegenüber der Schweiz und zu Ehren seiner Vorfahren in den Dienst von Recht und Gerechtigkeit im Kanton Wallis stellte.

*

Kauz rieb sich die Augen. Leonardo Gitsch war also aus Argentinien in die Schweiz gekommen! Der Schluss des Aufsatzes klang ihm zu pathetisch, aber die Geschichte ging ihm unter die Haut. Was für ein Schicksal!, dachte er. Das erklärt einiges, nicht nur den nervösen Tick beim Sprechen. Der Mann saß jahrelang in den berüchtigten Militärgefängnissen von Buenos Aires. Er wurde gefoltert. Seine Mutter, die ihn hatte retten wollen, wurde ermordet. Er hatte keinerlei Familie mehr.

Kauz sah sich die Titelseite nochmals an.

Ein Autor wurde nicht genannt. Der Schreibstil wirkte etwas ältlich. Hatte Maurice Jäger den Text verfasst? Oder hatte Cynthia Bregy ihn geschrieben und sich bewusst einen antiquierten Stil angeeignet, der zur Handlung passte? Die Geschichte basierte zweifellos auf den Quellen ihrer Masterarbeit und wurde mit viel Fabulierlust erzählt. Für den letzten Teil musste der Autor oder die Autorin den porträtierten Leonardo Gitsch persönlich interviewt haben. Kauz schloss, dass demnach weder Cynthia Bregy noch Maurice Jäger den Text verfasst haben konnten, denn Gitsch hatte weder die eine noch den andern gekannt. Sonst hätte er das irgendwann gesagt. Kauz konnte sich keinen Reim darauf machen, wer den Artikel geschrieben hatte.

Er würde Konrad Steinhaus fragen. Oder Thomas, der konnte den Verfasser, wenn der Artikel überhaupt je publiziert wurde, bestimmt im Handumdrehen im Internet finden.

Das Handy summte. Gsponer rief an.

»Du, Alain?«, sagte Kauz. »Was gibts Neues?«

Gsponer erzählte ihm die neuste Entwicklung. Er kam direkt aus dem Sitzungszimmer des Oberstaatsanwalts.

»Er hat die Strafuntersuchung also eingestellt?«, fragte Kauz, ein flaues Gefühl im Magen.

»Ja, ich habe ihn überzeugt«, bestätigte Gsponer.

Darauf sagte Kauz nichts.

»Du«, fuhr Gsponer weiter, »Gitsch ist wie verwandelt. Er hat eingesehen, dass er vor fünf Jahren einen Riesenfehler gemacht hat. Er sagt, er will sich bei dir entschuldigen.«

Kauz wusste nicht, was er denken sollte. Nach der Lektüre der Gitsch'schen Familiengeschichte war er erst recht hin- und hergerissen.

»Du glaubst nicht, was ich gerade gelesen habe«, sagte er seinem Freund. »Das interessiert dich bestimmt. Es ist …«

»Nicht jetzt, Kauz. Ich muss noch arbeiten. Aber morgen ist Feiertag. Da bin ich bei Ria und Thomas, wir haben alle frei. Komm doch auch«, schlug Gsponer vor.

NACHJAGD

Donnerstag, 1. November

In der Nacht fiel der erste Schnee, und das nicht zu knapp. Kauz trat vor den Speicher, sah sich die winterliche Bescherung an, ließ Max im Neuschnee herumtollen und holte die Schneeschaufel. Lange würde die weiße Pracht kaum liegen bleiben, aber schippen musste er jetzt trotzdem.

Er ging wieder hinein, tischte sein Frühstück auf, blieb anschließend mit einer Tasse Kaffee am Tisch sitzen und nahm die beiden Porträts noch einmal zur Hand. Die Geschichte vom Glasji, dem späteren Alaska-Joe, und die von den Gitsch-Nachkommen. Er holte das Manuskript von Cynthia Bregys Masterarbeit hervor und las das Kapitel über Marie Schmid aus Binn noch einmal durch. Darin wurde nüchtern die Herkunft der jungen Frau, die Geburt und das Schicksal ihrer unehelichen Zwillinge, ihre Verbannung nach Argentinien, ihre Ehe mit Sebastian Gitsch und das Familienleben mit den drei Kindern in San Jerónimo Norte bis zu ihrem Lebensende im Jahr 1902 beschrieben. Ein sachlicher wissenschaftlicher Text, dessen Stil nichts mit der *Wahren Geschichte* zu tun hatte, die er gestern gelesen hatte. Maurice Jäger hatte mit einer Randnotiz auf Cynthias Masterarbeit die Entfernung dieser Lebensgeschichte aus der wissenschaftlichen Arbeit vorgeschlagen. War das, weil er fand, Marie Schmids Leben werde in der *Wahren Geschichte* besser abgebildet? Oder bestand zwischen den beiden Texten in Jägers Augen eine Konkurrenz? Kauz las auch das Kapitel über den Auswanderer Cäsar Zertanna aus Gluringen noch einmal durch, der sieben Jahre nach seiner Emigration ins Goms zurückkehrte, wiederum sieben Jahre später erneut auswanderte und hochbetagt in Argentinien starb.

Zertanna!, dachte Kauz.

Aus irgendeinem Grund war ihm der Koloss aus Oberwald nach der Lektüre der *Wahren Geschichte* wieder in den Sinn gekommen. Gab es zwischen Gitsch und Zertanna eine alte Verbindung? Hatten sie vielleicht zur gleichen Zeit in Argentinien gelebt? Kannte Gitsch Zertanna von früher her, ohne dass Zertanna sich dessen bewusst war? Wenn ja, was wusste Gitsch über ihn?

Er blätterte in den Texten, überlegte hin und her, kam aber zu keinem Ergebnis. Schließlich ging er mit Max zum Bahnhof und bestieg den Zug nach Fiesch.

Der Mittagstisch war abgeräumt, als Kauz bei Ritz-Abgottspons eintraf. Gsponer saß vor seinem obligaten Espresso, und Thomas schnitt die Nusstorte an, die Mama Ritz gebacken hatte. Ria schlug sich noch mit Emma herum, die lauthals in ihrem Zimmer herummotzte. Wenig später saßen alle Erwachsenen in der guten Stube beim Kaffee und hörten sich Gsponers Bericht über die Sitzung mit dem Oberstaatsanwalt an.

»Dann hat der Wolf als Tatmotiv also nie eine Rolle gespielt?«, fragte Ria. Sie schielte auf Kauz.

»Nein«, bestätigte Gsponer.

»Und was ist mit den Drohbriefen? War das ein Fake? Hat de Steinhaus sie selber geschrieben?«

»Dafür gibt es keine Anhaltspunkte. Nein, die Drohbriefe sind wahrscheinlich echt«, erklärte Gsponer. »Wir wissen zwar immer noch nicht, wer sie geschrieben hat, und jetzt spielt es auch keine Rolle mehr. Für de Steinhaus waren sie Mittel zum Zweck: Anfangs legte er damit eine falsche Spur.

Er engagierte Kauz als Detektiv in dieser Sache, wohl in der Annahme, er werde die polizeilichen Ermittler auf eine falsche Fährte bringen. Was ja auch passierte«, meinte er und sah Kauz an. »Indem er sich jetzt so umbrachte, wie es ihm in dem einen Brief angedroht wurde, glaubte er, seinen Suizid perfekt als Mord inszeniert zu haben.«

»Mit seinem seltsamen Geständnis hat er die Inszenierung aber selber fast umgestoßen«, warf Thomas ein.

»Das stimmt. Gitsch und ich rätselten lange darüber, was ihn veranlasst haben könnte, quasi in letzter Minute noch dieses Geständnis zu verschicken. Er dachte wohl, er sei es seiner Tante schuldig. Und rechnete fest damit, dass Madame de Steinhaus sein Motiv, die Lebensversicherungssumme für seinen Lebenspartner zu retten, erkannte und dass sie seine Instruktion, den Brief zu vernichten, befolgen würde.«

Ria brachte frischen Kaffee, Thomas reichte Kuchen nach, dann wurden weitere Fragen gestellt.

»Dann ist der Fall also gelöst«, konstatierte Thomas, als Gsponer Red und Antwort gestanden hatte. »Gratuliere, Alain.«

»Stolz bin ich nicht darauf«, erwiderte Gsponer. »Es ist nie sehr befriedigend, wenn ein Mordfall erst durch den Suizid des Täters aufgeklärt wird. Ich hätte ihn, offen gestanden, lieber zu Lebzeiten überführt.«

»Es ist schon fast unheimlich, dass jetzt plötzlich alle Mordfälle, die uns beschäftigt haben, aufs Mal gelöst sein sollen: Maurice Jäger, Samuel Huser und sogar der Mord an Cynthia Bregy vor fünf Jahren«, meinte Ria und schielte wieder auf Kauz.

»Ist aber so«, stellte Gsponer fest.

Kauz ging nicht auf Rias Blick ein.

»Hat er auch den Wolf abgeschossen?«, fragte er stattdessen.

Gsponer stutzte.

»Ist das jetzt noch wichtig?«

»Es *war* mal wichtig, Alain. Gitsch hat ihn deswegen in die Mangel genommen. Und wie! Sag, hat *er* ihn abgeschossen?«

»Das wissen wir nicht. Ich denke, eher nicht. Wieso?«

»Nur so«, knurrte Kauz.

»Wie hat Gitsch auf die Aufklärung des Falls reagiert?«, lenkte Ria ab, um zu verhindern, dass sich die beiden in die Haare gerieten.

»Das war so«, holte Gsponer aus.

Er hatte damit gerechnet, dass sich Gitsch weiter vehement gegen seine Hypothese wehren würde, de Steinhaus habe Suizid begangen. Aber als er vom Notebook im Tresor der Advokatur erfuhr und das Geständnis sah, knickte Oberstaatsanwalt Leonardo Gitsch ein, als ob *er* eines Verbrechens überführt worden wäre. Denn jetzt lag es auf der Hand, dass de Steinhaus auch der Mörder seiner Nichte war. Und damit war Gitschs damaliger Fehlentscheid, die Ermittlung einzustellen, wieder auf dem Tisch. Nachdem er diesen Fehler vor Gsponer eingestanden und sogar angekündigt hatte, er werde sich bei Kauz entschuldigen, war er wie verwandelt. Er stieg endlich vom hohen Ross herab.

»Er hatte plötzlich einen anderen Ton«, sagte Gsponer. »Stellt euch vor, er lud mich nach der Sitzung auf einen Kaffee ein.«

»Dann ist er jetzt ein besserer Mensch?«, spöttelte Thomas.

»Es sieht fast so aus«, sagte Gsponer.

»Er stand wegen der ungelösten Fälle sicher unter gewaltigem Druck«, gab Ria zu bedenken.

Tatsächlich war in den letzten Tagen in der Presse sehr kritisch über die Mordfälle berichtet worden. Es wurden unangenehme Fragen an die Adresse der Staatsanwaltschaft gerichtet. Allerdings auch an die der Polizei, die im Dunkeln tappe.

»Wer weiß, vielleicht zeigt er uns jetzt, wo er aus dem Schneider ist, sein wahres Gesicht«, fuhr sie fort. »Ein menschlicheres. Vielleicht haben wir ihn alle falsch eingeschätzt. Vielleicht taten wir ihm unrecht.«

»Ich weiß nicht«, meinte Thomas. »Mir geht das zu rasch. Arsch bleibt Arsch«, grinste er.

Ria sah ihn tadelnd an.

»Ich habe da etwas für euch«, sagte Kauz und zog das Sichtmäppchen mit der *Wahren Geschichte* hervor. Er bat Thomas, zwei Kopien zu machen, damit alle gleichzeitig lesen konnten.

»Nanu!«, machte Gsponer, als er den Titel las. Er blätterte den Aufsatz kurz durch. »Ziemlich lang. Willst du, dass wir das jetzt lesen?«

»Ja, bitte«, sagte Kauz, stand auf und vertrat sich die Füße.

Ria setzte sich mit der Lektüre aufs Sofa, die Männer lasen, wo sie waren. Thomas war mit der Lektüre als Erster fertig. Er legte die Blätter vor sich auf den Tisch und sagte vorerst nichts. Ria ließ den Artikel wenig später auf die Knie sinken und sagte vom Sofa aus: »Dann war er ein Folteropfer! Das erklärt einiges.« Es war genau das, was auch Kauz nach der Lektüre gedacht hatte. »Und niemand wusste davon.«

»Kein Wunder, er verkehrte ja mit keinem persönlich«, war Gsponers Kommentar. »Argentinienschweizer! Ich glaubs nicht. Ich dachte immer, er sei ein Italo. Ein Secondo aus dem Südtirol oder so.«

»Das dachten wohl alle, die wussten, dass er Leonardo heißt«, sagte Ria.

»Wer hat das überhaupt geschrieben?«, fragte Thomas.

Kauz sagte, was er wusste und was nicht.

Thomas drehte eine halbe Pirouette und düste ab. »Ich schau mal nach«, rief er über die Schulter zurück.

»Die Geschichte ist auch sonst hochinteressant«, meinte Ria. »Nicht nur wegen Gitsch. Die lehrt uns eine ganze Menge über das Goms und die Gommer. Und erst noch über Argentinien. Oder habt ihr das alles gewusst?«

»Ich nicht«, gestand Kauz. »Erst von Madame de Steinhaus

habe ich von jener Hungersnot und von der Auswanderungswelle nach Argentinien gehört.«

»Das von den Verbrechen der Militärjunta wusste ich«, erklärte Gsponer. »Die Gommer Auswanderungswelle hatte ich in der Schule, aber wieder vergessen. Du hast recht, Ria, es ist ein Lehrstück.«

Thomas kam angerollt.

»Folgendes«, sagte er. »Ich konnte keinen Verfasser finden, denn die Geschichte wurde gar nie veröffentlicht. Könnte es sein, dass Gitsch diesen Artikel gar nicht kennt?«

»Es kann sein, dass er die Endfassung nie sah«, sagte Kauz. »Aber er muss vom Artikel gewusst haben, denn irgendjemand hatte ihn ja interviewt.«

»Außer«, sagte Thomas und zog den Mund schief, »das Interview ist frei erfunden. Ihr habt doch sicher von diesem Skandal gehört.«

»Du meinst den Skandal um den Journalisten, der sich Interviews aus den Fingern saugte, ohne mit den Leuten überhaupt gesprochen zu haben?«

»Genau.«

»Das wäre allerdings ein Ding!«, sagte Kauz. »Aber bis zum Beweis des Gegenteils ist die Geschichte für mich wahr.«

»Soso«, spottete jetzt Gsponer. »Bis zum Beweis des Gegenteils? Das hat schon einmal einer gesagt. Und ich habe ihm das Gegenteil bewiesen.«

»Du bist halt ein Tausendsaßa, Alain«, frotzelte Kauz und klopfte ihm auf die Schulter.

»Die Masterarbeit von Cynthia Bregy wurde übrigens auch nie publiziert«, warf Thomas ein.

»Natürlich nicht«, reagierte Kauz. »Sie wurde ja ermordet, bevor die Arbeit fertig war. Aber ich habe das Manuskript. Konrad Steinhaus hat es mir gegeben.«

»Ach ja?«, machte Thomas.

Da dieser nichts davon wusste, gab Kauz eine Kurzfassung

seiner zwei Begegnungen mit Konrad Steinhaus und rekapitulierte, was der alles über Cynthia Bregy erzählt hatte.

Ria schenkte zum dritten Mal Kaffee nach.

»Spielt Zertanna eigentlich noch eine Rolle?«, fragte Kauz.

»In meinen Augen nicht«, sagte Gsponer. »Genauso wenig wie Kreuzer und der junge Wellig.«

»Und in Gitschs Augen?«

»Wieso? Woran denkst du?«

»Ich weiß nicht«, wand sich Kauz. Er wollte Nicos Schwarm nicht erwähnen, das war vertraulich. Aber ihm war wieder in den Sinn gekommen, was Konrad Steinhaus ihm an jenem Abend über Zertanna gesagt hatte. »Das wisst ihr vielleicht nicht, aber Walter Zertanna war diesen Herbst auch in San Jerónimo Norte. Vielleicht sogar gleichzeitig mit Maurice Jäger.«

»Das gibts doch nicht!«, rief Ria. »Ausgerechnet dort, wo Gitsch geboren wurde? Was machte er dort?«

»Verwandtenbesuch. Es gibt in San Jerónimo Norte immer noch eine Frau mit Namen Zertanna. Ihre Adresse steht in Cynthias Manuskript. Ich nehme an, dass Gitsch von seiner Reise weiß. Er hat ihn verhört, und wir wissen ja, was er alles aus seinen Beschuldigten herausholt.«

»Was willst du damit sagen, *Chüzz?*«, fragte Ria.

»Dass Gitsch Zertanna vielleicht ganz unabhängig vom Binntaler Doppelmord im Visier hatte.«

»Weshalb?«

»Wenn ich das wüsste! Irgendeine alte Geschichte«, bröselte Kauz heraus. »Vielleicht haben sich ihre Wege früher einmal in Argentinien gekreuzt.«

»Nun, Gitsch hat gesagt, es gebe bald eine Schlussbesprechung«, sagte Gsponer. »Warten wir's ab, ob er dann damit herausrückt.«

»Wer weiß«, murmelte Kauz, »vielleicht lässt er noch eine Bombe platzen.«

Ria sah ihn erstaunt an. Gsponer schüttelte den Kopf.

Was soll das?, las Kauz aus ihrer Reaktion heraus. Tatsächlich hatte er ja keine konkreten Anhaltspunkte. Ihm waren bloß nach der Lektüre der *Wahren Geschichte* und der Lebensgeschichte von Cäsar Zertanna diese Gedanken gekommen. Und irgendwie schwirrte die Argentinien-Connection, an die er gedacht hatte, als de Steinhaus noch lebte, wieder in seinem Kopf herum. Fast bereute er, sich damit aus dem Fenster gelehnt zu haben. Er beschloss, nichts weiter zu sagen.

»Interessiert euch die IG Wolf noch?«, fragte Thomas.

»Mich, ehrlich gesagt, nicht mehr«, gestand Gsponer. »Ich kann gut damit leben, dass wir einem Phantom nachrannten. Ich zahle aber jedem eine Runde, der diese Geheimorganisation, wenn es sie gibt, irgendwann enttarnt.«

Für seinen Geschmack hatte man genug diskutiert. Er drehte schon die Zigarettenpackung in den Händen, stand auf und ging auf den Balkon hinaus. Ria räumte den Tisch ab.

Kauz dachte an seinen toten Wolf.

»Mich schon«, sagte er zu Thomas. »Wieso fragst du?«

»Ich habe in der Agenda auf Jägers altem Handy geblättert.«

»Hast du denn noch Zugriff darauf?«, wollte Kauz wissen.

»Ja, die Agenda ist ja nicht in der Cloud. Aber sie ist mit Jägers aktueller Agenda synchronisiert. Vor genau einem Monat, am ersten Oktober, war ein Termin eingetragen: Alberto Steiner, IGW, stand dort.«

»Ah ja? Und IGW steht für IG Wolf, denkst du?«

»Ich glaube schon«, sagte Thomas.

»Und wer ist Alberto Steiner?«

»Den habe ich natürlich gegoogelt: ein Rechtsanwalt in Zürich. Einer mit eher linkem Profil. Ausländerrecht, Asylrecht und solche Dinge. Er sitzt im Stiftungsrat einer gemeinnützigen Stiftung. Tierschutz gibt er nicht als Tätigkeitsgebiet an, aber passen würde es.«

»Was du nicht sagst! Am ersten Oktober?« Kauz scrollte in seiner eigenen Agenda. »Das war gleich nach Ende der Hochjagd. Du, dem gehe ich nach!«

»Gut, ich schicke dir den Kontakt«, sagte Thomas.

Wenig später löste sich die kleine Gesellschaft auf, denn für die Familie Abgottspon-Ritz war es Zeit, auf den Friedhof zu gehen. Man feierte Allerheiligen.

Diese IG Wolf!, dachte Kauz, als er wieder zu Hause war. Ich muss wissen, was es mit der auf sich hat. Er öffnete den Kontakt und rief die Kanzlei von Rechtsanwalt Alberto Steiner an. In Zürich war ja kein Feiertag.

Man sagte ihm, es sei in der nächsten Zeit nur ein einziger Besprechungstermin frei, und der sei am nächsten Morgen um neun Uhr. Ob das passe?

»Ja, das geht«, sagte Kauz kurz entschlossen.

Er packte eine kleine Reisetasche, fütterte Max und marschierte eine Stunde später schon wieder mit ihm zum Bahnhof. Er machte den kleinen Umweg an der Pfarrkirche vorbei.

Es dunkelte. Wie ein weißes Laken lag der Schnee auf dem Dorf, der Kirche, dem Friedhof. Aus der Pfarrkirche und von überall her pilgerten die Menschen zu den Gräbern, ein Kerzenlicht in der Hand. Es war ein stilles Kommen und Gehen. Tausend Lichter leuchteten. Es war ein Bild des Friedens.

Wochenende vom 2. bis 4. November

Gsponer hatte Rias Einladung angenommen und im Gästezimmer des Hauses Abgottspon-Ritz übernachtet. Sie hatten beide die Brücke geplant, einen freien Tag genommen und beschlossen, nach dem Stress der letzten Zeit einmal richtig auszuschlafen und am Nachmittag zusammen etwas zu unternehmen. Sie saßen beim Frühstück, als auf Gsponers Diensthandy eine Nachricht einging:

Debriefing am Dienstag, 6. November, um 11 Uhr auf der Zentralen Staatsanwaltschaft in Sitten. Bitte informieren Sie Wachtmeister Ritz und Ex-Inspektor Walpen, sie werden beide erwartet. OSTA Gitsch.

»Was?«, rief Gsponer. »In Sitten? Dann findet die Schlussbesprechung beim Generalstaatsanwalt statt.«

»Gitschs Chef?«

»Der Chef aller Staatsanwälte. Der will es offenbar wissen.«

»Kauz und ich sollen auch kommen, wieso denn das?«

»Vielleicht will Gitsch dir ein Kränzchen winden«, grinste Gsponer. »Und bei Kauz will er sich entschuldigen, hat er gesagt.«

»Fällt ihm da nicht ein Stein aus der Krone?«

»Doch, aber offenbar will er reinen Tisch machen. Ich schicke die Nachricht gleich an Kauz weiter.«

Gsponer tippte kurz aufs Handy.

Donnerwetter!, kam postwendend Kauz' Antwort.

»Wo ist er?«, fragte Ria.

Wo bist du?, textete Gsponer.

In Zürich. Auf der Suche nach der IG Wolf.

Toi, toi, toi!, war Gsponers Antwort.

»Er hat es noch nicht verschmerzt, dass der Wolf gewildert wurde«, meinte er. »Ich frage mich, was er findet. Meine Prognose ist: nichts.«

»Lassen wir ihn doch, Alain. Er ist halt ein Wolfsfreund«, sagte sie und zuckte mit den Schultern. »Was machen *wir* jetzt heute? Worauf hast du Lust?«

»Bei diesem Schnee? Mich zieht es nicht nach draußen«, erklärte er und rieb sich das vernarbte Gesicht.

»Noch müde?«, fragte Ria.

»Ja. Um ehrlich zu sein, ich würde mich am liebsten nochmals aufs Ohr legen«, gestand Gsponer. »Können wir gegen Mittag entscheiden?«

»Klar«, sagte Ria.

Wenn sie enttäuscht war, ließ sie es sich nicht anmerken. Sie ging zu Thomas, der in seinem Büro am Computer saß. Er musste wegen des Schnees sein Freitagssportprogramm auf dem Handbike ausfallen lassen. Sie entschieden, den Wochenendeinkauf vorzuziehen und am Nachmittag mit Gsponer auszugehen. Als sie zurückkamen, stand ihr Freund, der auf dem Sofa eingeschlafen war, eben auf. Ria brachte ihm einen Espresso. Zu dritt waren sie sich rasch einig, ins Thermalbad und anschließend ins Kino zu gehen. Mama Ritz würde auf Emma aufpassen. So würden sie doch noch zu einem richtigen freien Tag kommen.

»Zufrieden?«, fragte Thomas.

»Ja, Thomi. Zufrieden«, erwiderte Ria und sah ihren Mann liebevoll an.

In diesem Augenblick kam wieder eine Nachricht auf Gsponers Handy herein.

»Lassen die einen denn nie in Ruhe?«, murrte der. »Aha, von Kauz«, sagte er und entspannte sich. Er öffnete die Nachricht. »Oh, là, là!«, rief er und hielt den andern das Display unter die Nase:

IG Wolf enttarnt!

»Da bin ich aber gespannt«, sagte Thomas.

Schon traf die nächste Nachricht ein:

Komm bitte sofort nach Zürich!

»Was glaubt der eigentlich?«, sagte Gsponer halblaut.

Hab heute meinen freien Tag, textete er zurück.

SOFORT!!! Nimm den nächsten Zug!

Wortlos zeigte Gsponer den zwei andern die Nachricht.

»Hoppla!«, sagte Ria. »Das meint er ernst, Alain.«

Die nächste Nachricht ließ nicht auf sich warten:

TOP SECRET! Sag niemandem ein Wort!

»Was geht da ab?«, fragte Thomas.

Alle drei schauten jetzt auf Gsponers Handy.

NIEMANDEM!!!

»Sind wir damit gemeint?«, fragte Ria und schaute zuerst ihren Mann, dann Gsponer an.

»Das glaube ich nicht. Aber sagt auf keinen Fall etwas weiter. Ihr habt recht, das ist ernst. Ich mache mich jetzt auf die Socken. Wann geht der nächste Zug?«

»In zwanzig Minuten.«

Gsponer stand schon, steckte als Erstes die Zigarettenpackung ein, die er auf dem Sofatisch deponiert hatte, stieg in seine dandyhaften Lederstiefel, holte seine Zahnbürste aus dem Badezimmer, schlüpfte in seine fellgefütterte Wildlederjacke, und weg war er.

»Halt uns auf dem Laufenden«, rief Ria ihm noch nach.

*

Erst am Samstagmittag empfing Ria eine SMS von Gsponer. Er werde gegen vier Uhr nachmittags mit Kauz und Max eintreffen. Ob sie dann ungestört reden könnten?

Klar, textete Ria zurück und überlegte, was sie ihnen auftischen konnte.

Pünktlich um vier klingelten die zwei Polizisten, der aktive und der frühpensionierte, an ihrer Tür.

»So, ihr zwei«, rief Ria. »Was ist mit der IG Wolf? Wisst ihr jetzt, wer den Wolf abgeschossen hat?« Dann erst schaute sie die beiden an. »Meine Güte! Was macht ihr denn für Gesichter?«

»Mach die Tür zu, Ria«, sagte Kauz, als sie drinnen standen. »Hört uns hier auch niemand?«

Ria schaute verdutzt auf Thomas, der aus seinem Büro herbeigerollt kam.

»Was ist denn eigentlich los?«

»Wo können wir reden?«, fragte Gsponer.

Sein Gesichtsausdruck war noch ernster als der von Kauz.

»Wie immer, in unserer Stube. Kommt.«

»Hört uns hier auch niemand?«, fragte diesmal Gsponer, als alle vier samt Max im Wohnzimmer standen.

»Jetzt macht aber einen Punkt! Sagt endlich, was los ist.«

»Mach die Tür zu!«, sagte Gsponer.

Thomas gab der Tür einen Schubs, sie fiel ins Schloss und ging für Stunden nicht mehr auf. Um neun Uhr abends holten Thomas und Gsponer in einer Dorfwirtschaft Pizza für vier, Kauz führte Max Gassi. Dann ging das Treffen hinter verschlossenen Türen weiter.

Den Sonntag verbrachte jeder für sich.

Dienstag, 6. November

Der Winter hatte sich einstweilen wieder verabschiedet. Die Straßen waren schneefrei, und auch an den Berghängen waren nur noch wenige weiße Flecken übrig. Auf der Fahrt nach Sitten sprachen sie kaum ein Wort. Aspirant Perren saß am Steuer des Streifenwagens und warf immer wieder Blicke nach rechts auf seine Chefin und in den Rückspiegel, um die Augen von Kauz und von Gsponer zu suchen, die im Fond saßen.

»Was ist das für ein Anlass, wenn ich fragen darf, eine Abdankungsfeier?«, fragte er auf der Umfahrungsstraße von Brig.

»Nein, Nico. Ein Debriefing.«

»Debriefing? Heißt das, eine Schlussbesprechung?«

»Genau.«

»Über die Mordfälle *im Bi*?«

»Ja.«

»Und Visp?«

»Ja.«

»Ist der Fall also gelöst?«

»Ja, Nico, ist er.«

»Auch Mord, oder?«

»Pass auf!«, rief Ria. »Da vorne bremst einer!«

»Hab ich längst gesehen«, sagte Nico seelenruhig und wechselte auf die Überholspur. Er sagte und fragte nichts mehr, bis sie in Sitten einfuhren.

Der Sitz des Generalstaatsanwalts befand sich im gleichen Gebäude wie die Staatsanwaltschaft der Region Mittelwallis, auf der Kauz vor fünfeinhalb Jahren ein und aus gegangen war. Ihn beschlich ein mulmiges Gefühl, als sie das Haus betraten. Nico hätte eigentlich draußen bleiben müssen, aber Ria entschied eigenmächtig, er müsse dabei sein.

»Er ist aber nicht einbestellt«, wandte Gsponer ein.

»Trotzdem«, sagte Ria.

Am Empfang der Generalstaatsanwaltschaft wurde ihnen beschieden, sie müssten auf einer der langen Bänke im Korridor Platz nehmen, bis man sie rufe. Sie fühlten sich wie Beschuldigte, die auf ihre Einvernahme warteten.

»Da kommt Fux«, sagte Gsponer.

Der Chef der Kriminalpolizei kam durch den Korridor und blieb in einiger Distanz stehen. Er war früher als Chefinspektor des Kreises Oberwallis Gsponers Vorgesetzter gewesen, jetzt war er sein oberster Chef. Er winkte Gsponer zu sich. Die zwei Kriminalpolizisten wechselten leise ein paar Worte, dann klopfte Fux Gsponer auf die Schulter und ging weiter.

»Ist er dabei?«, fragte Kauz leise.

Gsponer nickte.

»Gut. Dann kann nichts schiefgehen«, sagte Kauz.

Ein Polizist in Zivil kam auf sie zu und gab ein Zeichen.

»Bereit?«, fragte Gsponer.

»Bereit«, antwortete Kauz.

»Und du, Ria? Nervös?«

»Und wie!«

»Du, Nico?«

»Hab einen Riesenbammel.«

»Wieso?«

»Wegen Gitsch. Der hat etwas gegen mich.«

»Wieso eigentlich?«, fragte Ria.

»Weil ich …«

Nico brach ab, denn der Polizist winkte ungeduldig.

Gsponer sah Kauz an.
»Wer redet, du oder ich?«, fragte Kauz.
»Du. Das ist dein Tag, Kauz!«
Sie traten in den großen Besprechungsraum. Ein rechteckiger Tisch füllte fast das ganze Zimmer. Die vier Herren saßen schon. Auf der Schmalseite gegenüber Fux. Er wirkte gesetzter als vor fünf Jahren, das sportliche Schnäuzchen von damals hatte er abrasiert. Auf der Schmalseite bei der Tür saß, den Rücken ihnen zugewandt, Gitsch. Er stand auf, als sie hereinkamen, begrüßte sie förmlich, ohne sie beim Namen zu nennen oder ihnen die Hand zu geben. Er stutzte, als er den Aspiranten Perren erkannte.
»Sie warten draußen«, verfügte er.
»Nein, er bleibt hier«, widersprach Ria.
Gitsch schaute sie verdutzt an und wandte sich nach einem der Herren am Tisch um. Der nickte.
»Wie Sie meinen«, machte Gitsch und komplimentierte Gsponer neben Fux. Kauz, Ria und ihren Aspiranten platzierte er an die noch freie Seite des Tischs. Kauz setzte sich zwischen Ria und Nico. Ihnen gegenüber saß Generalstaatsanwalt Blanchard, ein kleiner Mann von professoralem Aussehen mit schlohweißer Mähne und einer Hornbrille mit dicken Gläsern. An seiner Seite saß groß der Kommandant der Walliser Kantonspolizei, den jeder vom Fernsehen kannte.
Meine Güte! Fehlt bloß noch der Staatsrat, dachte Kauz.
»Sie haben das Wort, Herr Oberstaatsanwalt«, eröffnete Blanchard die Sitzung. »Auf Ihren ausdrücklichen Wunsch ist auch der Polizeikommandant anwesend. Ich darf Sie bitten, sich kurzzufassen.«
»Danke, Herr Generalstaatsanwalt. Meine Herren«, richtete sich Gitsch an die zwei Höherrangigen am Tisch. Fux betrachtete er als Kollegen auf gleicher Stufe. Da dieser wie er studierter Jurist war, zollte er ihm einen gewissen Respekt. »Ich habe«, begann er, klemmte die Lippen zusammen, ver-

zog das Gesicht und schnaubte zweimal kräftig durch die Nase, »eine Erfolgsmeldung und eine beschämende Nachricht. Beschämend für mich«, fügte er leise hinzu. Er wisse, dass die Strafverfolgungsbehörden des Kantons wegen der ungelösten Mordfälle im Goms in der Kritik stünden. Und jetzt komme noch der jüngste Mordfall in Visp dazu, der viel Staub aufwirble. Deshalb freue es ihn umso mehr, dass er die Aufklärung dieser Fälle bekannt geben könne.

Was folgte, war eine prägnante Zusammenfassung der Geschehnisse der letzten Wochen. Gitsch legte die Fakten dar, erklärte die Ermittlungsstrategie von Staatsanwältin Stockalper und seine eigene mit allen Irrläufen und Kehrtwendungen. Er fasste die Ergebnisse der polizeilichen Ermittlungen, der rechtsmedizinischen und schusswaffentechnischen Untersuchungen und aller weiteren Spurenauswertungen und Abklärungen knapp und präzise zusammen. Er verlor sich nicht in Details, außer wenn er vom Generalstaatsanwalt oder vom Polizeikommandanten nach solchen gefragt wurde. Er behielt den großen Bogen im Auge und kam nach einem etwa viertelstündigen Vortrag zum Schluss: »Der Suizidant Philippe de Steinhaus war ohne jeden Zweifel der Mörder des Journalisten Maurice Jäger und des Wildhüters Samuel Huser. Und er war auch der Mörder seiner Nichte Cynthia Bregy, deren Fall seit fünf Jahren pendent war. Die Aufklärung aller drei Fälle ist im Wesentlichen das Verdienst von Hauptinspektor Gsponer.«

Die hohen Herren an der Längsseite des Konferenztisches nickten diesem zu.

Gsponer verzog keine Miene.

Nico Perren machte große Augen.

»Und damit komme ich zu einem für mich persönlich äußerst peinlichen Schluss«, fuhr Gitsch fort. »Ich fasse mich kurz: Meine Einstellungsverfügung nach dem Verschwinden von Cynthia Bregy war ein kapitaler Fehler. Ich schließe nicht aus, dass ich damit verhinderte, dass das Opfer rechtzeitig gefunden wurde. Vielleicht noch lebend. So konnte natürlich auch der Täter nicht gefasst werden. Hätten wir ihn damals gefasst, wären die Morde im Binntal nicht passiert. Außerdem richtete ich mit der voreiligen Einstellungsverfügung einen Kollateralschaden an. Der damalige Hauptinspektor Alois Walpen ließ sich von mir entmutigen und kündigte seine Stelle. Der Walliser Kriminalpolizei ging dadurch ein kompetenter Ermittler verloren.«

An dieser Stelle schaute Gitsch Kauz an und sagte: »Ich entschuldige mich in aller Form bei Ihnen. Sie lagen richtig, ich lag falsch. Es tut mir leid«, brachte er über die Lippen. Er stand auf und streckte die Hand aus.

Kauz rührte sich nicht. Dass Gitsch seinen Taufnamen benützte, den er nie gemocht hatte, ärgerte ihn enorm.

Gsponer warf Kauz einen Blick zu.

Sag endlich etwas!, schien er ihn aufzufordern.

Gitsch zog seine Hand zurück.

»Herr Generalstaatsanwalt, ich übernehme die volle Verantwortung für diesen Lapsus«, fuhr er fort. »Durch meine Fehleinschätzung, auf der ich entgegen dem Rat eines erfahrenen Inspektors beharrte, habe ich unnötigen Schaden angerichtet. Das wird mit Sicherheit in den Medien breitgetreten werden. Um Ihnen Unannehmlichkeiten zu ersparen, biete ich Ihnen meinen Rücktritt per sofort oder auf einen Ihnen genehmen Termin an.«

»Hmm«, machte Blanchard, nahm die Brille ab, drehte sie hin und her und setzte sie wieder auf. »Ich nehme Ihr Angebot zur Kenntnis. So schnell geht das aber nicht. Im Moment will ich es weder annehmen noch ablehnen. Haben Sie noch etwas?«, fragte er mit einem Seitenblick auf den Polizeikommandanten, der auf seine Uhr schaute.

»Ja, wenn Sie erlauben«, fing Gitsch noch einmal an. »Ohne Ihnen dreinreden zu wollen, Herr Kollege Fux, möchte ich doch anbringen, dass ich die Zusammenarbeit Ihrer Kriminalinspektoren mit einem Zürcher Privatdetektiv, auch wenn er einmal Polizist war, für bedenklich halte. Und die Kooperation mit einem Informatiker, der über keine polizeiliche Ausbildung verfügt und keinerlei polizeiliche Funktionen ausübt, genauso. Herr Abgottspon, der Ehemann der hier anwesenden Polizistin, Wachtmeister Ritz, führte in dieser Causa auf eigene Faust Ermittlungen im IT-Bereich durch. Er manipulierte wochenlang ein Handy des Mordopfers Maurice Jäger, das unbedingt in die Hände der Polizei gehört hätte. Seine Gattin ließ die Informationen, die er daraus zog, jeweils *tel quel* in die polizeilichen Ermittlungen einfließen.«

Ria wollte etwas einwenden, aber Kauz stupste sie unter dem Tisch energisch an.

»Ich werde dem nachgehen«, sagte Fux ungerührt.

»Noch viel weniger steht es mir zu«, richtete sich Gitsch jetzt an den Polizeikommandanten und schnaubte wieder, »Ihre Personalpolitik zu kritisieren, Herr Kommandant. Aber ich möchte Ihnen doch empfehlen, das Personaldossier des Aspiranten Nicolas Perren unter die Lupe zu nehmen.«

»*C'est qui?*«, fragte der Kommandant.

»Der angehende Polizist hier«, kam Ria Gitsch zuvor. »Sie haben ihn für ein Praktikum auf den Posten Fiesch abkommandiert.«

»*Alors?*«, wandte sich der Kommandant an Gitsch.

»Nun, es geht um seinen Lebenswandel«, holte dieser aus. Er tat, als wäre Nico nicht da. »Ich will jetzt nicht von Promiskuität reden, aber der junge Mann zeugte drei Kinder mit drei verschiedenen Frauen. Er verkehrt in Brig in dubiosen Tanzlokalen. Er wurde dort auch schon in Uniform gesehen.«

Nico regte sich. Kauz knuffte ihn mit dem Knie ans Bein.

»Noch viel bedenklicher ist, dass dieser angehende Polizist im Homosexuellenmilieu verkehrt.«

Nico wurde kreidebleich.

»Das ist nicht wahr!«, muckte er auf.

Jetzt musste Kauz ihm einen Tritt versetzen.

»*Hélas!* Jedenfalls war es so, dass Homosexuelle zuhauf sich für ihn interessierten«, fuhr Gitsch fort. »Ich kann Ihnen gern den Link auf einschlägige Websites schicken, auf denen er angebaggert wurde, Herr Kommandant.«

Ob er mit seiner Schnüffelei nicht etwas zu weit gehe?, fragte dieser. Er kenne das Personaldossier des Aspiranten Perren nämlich sehr wohl. Das sei kalter Kaffee.

Nico machte große Augen.

»Man kann es Schnüffelei nennen. Ich nenne es Vorsichtsmaßnahme«, fuhr Gitsch fort. »Sie erinnern sich an die Vorbelastung des Mörders und Selbstmörders Philippe de Steinhaus: Es gab den Verdacht, er sei in jenen spektakulären Mordfall im Vatikan vor zwanzig Jahren verwickelt gewesen. Nun, auch Nicolas Perren war vor Jahren Schweizergardist. Aus jener Zeit stammen seine Verbindungen zum Homosexuellenmilieu. Ob dieser Polizeiaspirant und der Advokat Philippe de Steinhaus persönliche Beziehungen unterhielten, und welcher Art diese allenfalls waren, bleibe einstweilen dahingestellt. Aber der Zufall will es, dass Aspirant Perren von einem Tatort, nämlich aus der Advokatur de Steinhaus in Visp, ein Dokument mitgehen ließ – er sagte: versehentlich –, das mit dem Namen des Lebenspartners von de Steinhaus beschriftet war. Beweisen kann ich es nicht, aber mir schien es auf der Hand zu liegen, dass da ein Homosexueller einem anderen einen Dienst erweisen wollte.«

»Das ist eine Lüge! Herr Kommandant, ich …!«, rief Nico. Er war nahe daran aufzuspringen.

Kauz musste ihn mit Gewalt zurückhalten.

»Halt die Klappe!«, raunte er ihm zu und drückte ihn auf seinen Stuhl nieder.

Gitsch ließ sich durch den Zwischenruf nicht beirren.

»Nicolas Perren öffnete vermutlich das Schreiben, und als

er merkte, dass der Inhalt dem begünstigten Lebenspartner eher nützte als schadete, spielte er den Fund seiner Chefin wieder zu, die ihn der Spurenauswertung aushändigte. Wäre er zu einem anderen Schluss gekommen, hätte er das Beweißtück verschwinden lassen, und wir wären noch viel länger im Dunkeln getappt. Das nenne ich Behinderung der Justiz.«

Herr Fux werde auch dem nachgehen. Jetzt wäre er ihm dankbar, wenn er allmählich zum Schluss kommen könnte, brummte der Kommandant.

»Sind weitere Bemerkungen zu machen?«, fragte der Generalstaatsanwalt in die Runde.

»Ja«, sagte Kauz.

»Bitte, Herr Kommissar. Aber kurz, wenn ich bitten darf.«

Mit Kommissar hatte ihn noch nie einer angesprochen. In der Kapo Zürich war dieser Titel ebenso unüblich wie im Wallis. Wollte Blanchard ihm mit der Anrede die Reverenz erweisen?

»In einem Punkt muss ich Ihnen widersprechen«, sagte Kauz und schaute Gitsch an.

»Nämlich?«

»Wir hatten keine Chance, Cynthia Bregy lebend zu finden.«

»Wieso nicht?«, fragte Gitsch.

»Sie war schon tot, als die Vermisstmeldung einging.«

»Sind Sie sicher?«

»Sí señor«, machte Kauz.

Gitsch zuckte zusammen, als habe er einen elektrischen Schlag abbekommen. Polizeikommandant und Generalstaatsanwalt sahen sich irritiert an.

»Der Mörder hatte sie schon umgebracht«, präzisierte Kauz.

»Wie wollen Sie wissen, dass de Steinhaus …«

»Ich rede nicht von de Steinhaus«, unterbrach ihn Kauz.

»Von wem denn?«, fragte Gitsch spitz.

»Von Ihnen«, sagte Kauz ruhig. »*Sie* haben Cynthia Bregy erwürgt und in den Rotten geworfen.«

Gitsch erbleichte. »Sind Sie verrückt?!«, rief er.

Nico fiel die Kinnlade herab.

Der Polizeikommandant sah seinen Kripochef an.

Der Generalstaatsanwalt richtete sich abrupt auf.

»Wie bitte?«, fragte er, die Hand am Ohr.

»Wieso sollte ich das getan haben?«, fragte Gitsch in aggressivem Ton, als er sich aufgerappelt hatte.

»Weil Sie dachten, sie könne Ihnen gefährlich werden. Maurice Jäger brachten Sie aus dem gleichen Grund um. Samuel Huser war ein Kollateralschaden«, Kauz konnte es sich nicht verkneifen, den Ausdruck jetzt auch zu benützen. »Ihn mussten Sie als Zeugen beseitigen.«

»Großartig! Gratuliere!«, rief Gitsch fast hysterisch. »Und de Steinhaus? Musste ich den auch beseitigen, weil er mir gefährlich wurde?«

»No señor«, sagte Kauz.

Gitsch zuckte wieder zusammen.

»Ihn brachten Sie um, weil Sie einen Sündenbock brauchten, dem Sie alle Morde in die Schuhe schieben konnten. Sie bauten ihn systematisch zum Mörder und Selbstmörder auf. Sie instrumentalisierten die Polizei, lenkten als Staatsanwalt die Ermittlungen von Anfang an so, dass schließlich das gewünschte Ergebnis vorlag. Sie …«

»Das sind ungeheuerliche Unterstellungen«, unterbrach jetzt der Generalstaatsanwalt erregt. »Sind Sie sich bewusst, dass Sie soeben den Oberstaatsanwalt der Region Oberwallis eines Tötungsdelikts beschuldigt haben?«

Blanchard sprach mit Kauz wie mit einem Menschen, der nicht ganz bei Trost war.

»Eines Mordes«, präzisierte Kauz. »Das heißt, mehrerer Morde. Dieser Mann«, er zeigte mit ausgestrecktem Arm auf

Gitsch, »hat Verbrechen gegen die Menschlichkeit auf dem Gewissen.«

Jetzt schüttelte Blanchard vehement den Kopf.

»Verbrechen gegen die Menschlichkeit! Alles, was recht ist, Herr Kommissar.« Es war ihm anzusehen, dass er plötzlich an allem zweifelte, was Kauz gesagt hatte. »Damit greifen Sie nun wirklich weit daneben. Sie müssten doch wissen, was Verbrechen gegen die Menschlichkeit sind. Oberstaatsanwalt Gitsch ...«

Kauz hob die Hand, Blanchard verstummte.

»Meine Herren«, sagte er, an den obersten Strafverfolger und den obersten Polizisten des Kantons gerichtet, »es gibt keinen Oberstaatsanwalt Gitsch. Leonardo Gitsch ist seit vierzig Jahren tot. Ermordet in einem Foltergefängnis in Buenos Aires. Auf dem Stuhl dort sitzt sein Mörder und der Mörder seiner Mutter, Cecilia López de Gitsch: Capitán Iñigo Gustavo Wolf.«

»Wie bitte? Capitán ...?«, fragte der Generalstaatsanwalt.

»Iñigo Gustavo Wolf«, wiederholte Kauz.

Generalstaatsanwalt und Polizeikommandant sahen sich konsterniert an. Als ob sie sich vergewissern müssten, dass sie dasselbe gehört hatten.

Fux warf Gsponer einen Blick zu und zwinkerte unmerklich.

»Der Mann heißt in Wahrheit Wolf, nicht Gitsch«, doppelte Kauz nach. »Er war während der Zeit der argentinischen Militärdiktatur Hauptmann der berüchtigten Militärpolizei. Er war ein Folterer und Mörder. Und ist immer noch einer.«

Der Mann auf dem Stuhl wurde aschfahl. Er starrte Kauz mit weit aufgerissenen Augen an. Dann gab er sich einen Ruck.

»*C'est ridicule!*«, rief er. Er wandte sich an den Polizeikommandanten und an den Generalstaatsanwalt. »Jetzt hören Sie es mit eigenen Ohren. Der Mann«, er klemmte die Lippen zusammen und schnaubte zweimal kräftig durch die Nase, »ist wahnsinnig. Er hat Hirngespinste, das ist allgemein bekannt. Erwarten Sie bitte nicht«, fuhr er hochmütig fort, »dass ich mich gegen solchen Unsinn zur Wehr setze.«

Blanchard machte einen tiefen Atemzug, blähte die Backen und blies dann geräuschvoll die Luft aus.

»Herr Kommissar, können Sie diese Behauptung belegen?«, fragte er.

»Ja«, sagte Kauz und drehte die Dokumentenmappe um, die, Rückseite nach oben, vor ihm auf dem Tisch lag.

Gsponer bemühte sich, nicht zu frohlocken. Ria Ritz hielt den Atem an. Nico sah belämmert von einem zum andern. Fux nickte Kauz aufmunternd zu. Er wusste wie Gsponer und Ria, was jetzt kam.

»Bitte sehr. Wir hören«, sagte Blanchard.

Kauz griff in die Mappe und legte die Vergrößerung einer alten Schwarz-Weiß-Fotografie, eine Art Porträtaufnahme im A4-Format, auf den Tisch. Darunter standen ein Name und ein paar Zeilen Text auf Spanisch.

»Das ist Leonardo Osvaldo Gitsch im Jahr 1975. Zwanzigjährig«, sagte er. Er zog eine zweite Aufnahme hervor und legte sie neben die erste. »Das auch«, erklärte er weiter, »zwei Jahre später, kurz vor seiner Ermordung.«

Kauz zog ein weiteres Dokument aus der Mappe, einen Steckbrief aus dem Jahr 1987, begleitet von einem längeren Text, der auf der Rückseite des Dokuments weiterging.

»Und das ist Capitán Iñigo Gustavo Wolf.«

Gitsch warf einen Blick auf das Bild. Er stand in Panik auf und machte Anstalten, den Raum zu verlassen.

»Sie bleiben!«, herrschte Fux ihn an.

Gitsch, der eigentlich Wolf hieß, begann zu zittern, hielt sich an der Tischkante fest und setzte sich wieder.

»Wo haben Sie diese Dokumente her, Herr Kommissar?«, fragte der Generalstaatsanwalt streng.

»Die sind das Ergebnis von Maurice Jägers Recherche. Ich brauchte sie bloß noch abzuholen.«

»Das möchten wir genauer wissen«, sagte Blanchard, rückte die Brille zurecht und setzte sich gerade auf.

Der Polizeikommandant fixierte Kauz gespannt.

»Gut. Das war so«, holte Kauz aus und berichtete in Kurzform über seine Ermittlungen der letzten vier Tage.

Vier Tage zuvor

Mit dem gewohnt unauffälligen Fahnderblick nach links und nach rechts ging Kauz durch das Quartier. Aber heute hielt er nicht nach Ganoven Ausschau. Es war kurz vor neun Uhr vormittags. Umgestoßene Einkaufswägelchen, Spuren zerbrochener Eier an Schaufenstern, Rasierschaum an Briefkästen, Toilettenpapierschlangen, Alcopop-Flaschen und anderer Unrat auf der Straße zeugten von den Halloweenaktionen von Schulkindern und Jugendlichen am Vorabend und in der vergangenen Nacht. Seit man in Zürich den Schulsilvester abgeschafft hatte, tobten sich die Jungen umso unflätiger am letzten Tag des Oktobers aus. Kauz versuchte, darüber hinwegzusehen.

Anwaltskanzlei Alberto Steiner, lic. iur., 3. Stock, stand auf dem Schild neben der Haustür an der Walter-Fürststrasse 22. Auf einem kleineren Schild darunter stand: *Fundación Susana Ortiz de Steiner.*

Eine Stiftung?, dachte Kauz. Eine gegen den Wolf dürfte es kaum geben. Es muss eine zu seinem Schutz sein.

Kauz klingelte, der Türöffner summte. Der Hauseingang wirkte düster und ungepflegt, drei Fahrräder, eines davon mit Babyanhänger, zwei Abfallsäcke und ein feuchtes Kartonbündel standen neben dem Treppenaufgang. Eine ausgetretene Zigarettenkippe lag auf dem Fußboden. Kauz drückte sich an den Velos vorbei. Hier residiert sicher kein Wirtschaftsanwalt, dachte er beim Aufstieg über die knarrenden Stufen. Ein übler Mief hing im Treppenhaus. Das Gebäude war einst ein prächtiges Wohnhaus gewesen, jetzt war es am Vergammeln. Hatte er sich bei einem Winkeladvokaten angemeldet? Im Erdgeschoss befand sich ein Secondhand-Laden, in den oberen Stockwerken waren Büros und Wohnungen.

Im dritten Stock wartete unter der offenen Tür ein Mann um die vierzig. Er hatte einen sportlich glatt rasierten Kopf und trug Jeans, einen schicken blauen Kaschmirpullover mit ledernen Ellbogenflicken, aber kein Hemd.

»Herr Walpen, nicht wahr? Steiner«, stellte er sich vor. »Kommen Sie herein.«

Kein Winkeladvokat, stellte Kauz fest.

»Entschuldigen Sie das wenig einladende Treppenhaus«, sagte Steiner. »Wir tun unser Bestes, dass es wenigstens ab hier«, er zeigte auf das Entrée seiner Kanzlei, »anständig aussieht.«

Er führte Kauz in ein helles Büro mit altem Parkett, Stuckdecke und ansprechender, aber für einen Anwalt unprätentiöser Möblierung. Kauz war froh, Max zu Hause gelassen zu haben.

»Wie kann ich Ihnen helfen?«, fragte Steiner, als sie saßen.

»Es geht um Maurice Jäger«, fiel Kauz mit der Tür ins Haus. Er war darauf gefasst, dass Steiner ihn jetzt hinauskomplimentieren würde. Er hatte ja keinerlei Legitimation, etwas über Jäger oder dessen Anliegen zu erfahren.

Steiner fuhr sich mit beiden Händen über den Glatzkopf, als ob dort noch der Haarschopf von früher wäre.

»Maurice Jäger!«, lachte er. »Der Journalist? Interessanter Typ, nicht wahr?«

Kauz nickte.

»Gibts den also noch? Arbeiten Sie mit ihm zusammen?«

»Maurice Jäger ist tot.«

»Was?«, rief Steiner und legte die Hände jetzt an beide

Wangen. »Das wusste ich nicht«, sagte er. »Er war doch erst vor wenigen Wochen hier. *Deshalb* hat er sich nicht mehr gemeldet. Ich glaube, er *ist* auch Jäger, er heißt nicht nur so. Stimmt das?«

»Ja, das stimmt.«

»Er sagte, wenn die Jagd zu Ende sei, komme er noch einmal vorbei. Er habe praktisch alles gefunden, was er brauche. Und jetzt ist der tot, sagen Sie. Wie tragisch. Können Sie mir mehr verraten?«

»Ja«, sagte Kauz und erzählte Steiner so viel wie gerade nötig. Darüber hinaus machte er Andeutungen, dass es ein gemeinsames Interessengebiet zwischen Jäger und ihm gebe. »Aber leider kann ich keine Schweigepflichtentbindung vorlegen«, schloss er.

»Das ist kein Problem«, erklärte Steiner. »Was er von mir wollte, unterliegt ja nicht dem Anwaltsgeheimnis.«

»Ach so, ja. Natürlich«, bluffte Kauz.

»Erlauben Sie trotzdem, dass ich Sie nach einem Ausweis frage. Reine Formsache, wissen Sie.«

Kauz legte ihm seinen Ausweis vor, Steiner verschwand damit und brachte ihn wenig später wieder zurück. Kauz nahm an, dass er den Ausweis kopiert und seinen Namen in Windeseile gegoogelt hatte, um sicherzustellen, dass er keinen zweifelhaften Besucher vor sich hatte.

»Sie gehörten bis vor Kurzem zum Zürcher Polizeikorps. Ich darf wohl annehmen, dass Sie Jägers Recherche zu Ende führen wollen«, sagte Steiner. »Es wäre auch jammerschade, wenn seine Suche umsonst gewesen wäre.«

»Das finde ich auch.«

»Kommen Sie, wir wechseln das Büro«, sagte Steiner und stand auf. Er führte ihn in einen kleinen Raum, der wesentlich weniger freundlich wirkte als sein Besprechungszimmer. Das hier war eher ein Archiv. Drei der vier Wände bestanden aus Regalen voller Ordner bis unter die Decke.

Ist da die Interessengemeinschaft Wolf domiziliert?, fragte sich Kauz.

»Das gehört zur Non-Profit-Organisation, die meine Eltern gegründet haben«, erklärte Steiner. »Die Stiftung trägt den Namen meiner Mutter: *Fundación Susana Ortiz de Steiner*. Meine Mutter ist Argentinierin. Sie flüchtete während der Militärdiktatur in die Schweiz und lebt heute wieder in Buenos Aires. Mein Vater ist gestorben. Er war Argentinienschweizer und auch Anwalt, ich bin hier in der Kanzlei sein Nachfolger. Dieses Archiv betreue ich noch weiter, so gut ich das als Segundo kann. Es kommen nur noch wenig Anfragen. Besucher wie Maurice Jäger und Sie sind selten. Nehmen Sie doch Platz, bitte«, lud er Kauz ein. »Wenn es Ihnen recht ist, lasse ich Sie jetzt hier sitzen und stöbern. Ich lege Ihnen einfach die Ordner vor, die Herr Jäger gesichtet hat.«

Steiner stand auf und trat an eines der Regale. Er schien genau zu wissen, wo die Ordner waren, aber er griff ins Leere.

»Verflixt!«, stieß er aus. »Wo sind sie bloß?«

Er starrte die Lücke im Regal an. Dann schlug er sich mit der flachen Hand an die Stirn. »Ach so!«, rief er und ging aus dem Raum.

Gespannt wartete Kauz, mit was für Ordnern Steiner aufwarten würde. Dokumentationen über den Wolf? Spenderlisten?

Er kam mit drei Ordnern und einer Kartonmappe zurück, die er vor Kauz auf den Tisch legte.

»Jäger bat mich, das alles in den Tresor zu legen, bis er wiederkommt«, erklärte er. »Das habe ich ganz vergessen. Ich glaube, damit haben Sie alles, was Sie suchen. Jäger hat drei Tage lang in diesem Archiv recherchiert. Sie werden schneller fertig sein, Sie müssen ja nicht von vorn anfangen. In diesen drei Ordnern wurde er offenbar fündig. Er hat Post-it-Zettelchen eingeklebt. Sie werden die Dokumente, die ihn interessierten, also leicht finden«, meinte der Rechtsanwalt und verließ den Raum.

Kauz nahm sich die Ordner vor. Auf dem ersten stand:

DESAPARECIDOS / BUENOS AIRES, 1977

So viel verstand Kauz, dass es um *Verschwundene* gehen musste. Er öffnete den Ordner dort, wo Jäger ein Post-it eingeklebt hatte. Ein fröhliches Jungengesicht schaute ihn an: ausdrucksstarke rabenschwarze Augen, groß wie Kirschen, dichte dunkle Augenbrauen, die sich über der Nasenwurzel fast berührten, hohe, freie Stirn, auffallend großer Mund, glamouröses Lachen. Ein Sonnyboy wie er im Buche stand. Der junge, vielleicht zwanzigjährige Mann, strahlte Frohmut aus, machte aber nicht den Eindruck eines Luftikus. Die Langhaarfrisur des Jünglings verriet, dass das Bild in den siebziger oder achtziger Jahren aufgenommen worden sein musste. Die Beschriftung unter dem Bild war klein gedruckt, Kauz musste sich darüber beugen, um sie zu entziffern:

Leonardo Osvaldo Gitsch, stand da.

Kauz rieb sich die Augen. Dann guckte er noch einmal hin:

Fecha de nacimiento: 2/5/1955

Lugar de nacimiento: San Jerónimo Norte, Santa Fe

Fecha de secuestro: 23/10/1977

Kauz öffnete das elektronische Wörterbuch auf seinem Handy.

Secuestro – Entführung, poppte die Übersetzung auf.

Da musste also ein junger Mann aus San Jerónimo Norte mit dem in Argentinien bestimmt nicht häufigen Familiennamen Gitsch im Jahr 1977 in Buenos Aires entführt, und das hieß wohl: von der Militärpolizei verhaftet und verschleppt worden sein und galt seither als verschollen. Er hatte denselben Jahrgang wie er, Kauz. Und war damit auch etwa gleich alt wie der Oberwalliser Staatsanwalt. Denn so viel hatte Kauz damals in Erfahrung gebracht, dass Gitsch, obschon er älter aussah, weder jünger noch älter sein konnte als er selber.

Denn ihm stand in zwei oder drei Jahren die ordentliche Pensionierung bevor. Der junge Mann auf dem Bild war aber entschieden nicht *der* Leonardo Gitsch, der jetzt im Oberwallis lebte. Es musste sich um einen Verwandten handeln, der seltsamerweise denselben Vornamen und dazu noch einen zweiten, Osvaldo, trug. Aber im Gegensatz zum Walliser Gitsch, der nun wirklich keine glamouröse Ausstrahlung hatte, hatte dessen sympathischer Namensvetter nach dem Ende der Militärdiktatur nicht das Glück gehabt, freizukommen. Er war und blieb verschollen. Mit höchster Wahrscheinlichkeit hatte er Haft und Folter im Militärgefängnis von Buenos Aires nicht überlebt, sondern war wie abertausend andere ermordet worden.

Was hatte Jäger für ein Motiv, nach verschwundenen Angehörigen von Oberstaatsanwalt Gitsch zu suchen?, fragte sich Kauz.

Er blätterte nach vorne, studierte, so gut es bei seinen bescheidenen Spanischkenntnissen ging, die Einleitung des Ordners und ging dann die Seiten von Anfang an durch. Ihm wurde rasch klar, dass er lauter Personenbeschreibungen von Menschen vor sich hatte, die während der Militärdiktatur im Jahr 1977 in Buenos Aires von der Militärpolizei verhaftet und zum Verschwinden gebracht worden waren. Es handelte sich um jüngere und junge Männer, aber auch einzelne junge Frauen. Nur wenige ältere Personen waren darunter. Die einen Fotografien mussten von Angehörigen stammen, die nach ihren vermissten Söhnen und Töchtern, Ehefrauen und Ehemännern suchten. Das waren die schönen Bilder. Gesichter voller Lebensfreude und Lebensmut. Von vielen Verschwundenen waren aber auch Bilder in der Sammlung, die nach der Verhaftung oder während der Haft aufgenommen worden sein mussten: Frontale und Profilaufnahmen wie von Kriminellen. Ernste, trotzige oder bereits gebrochene Menschen. Gesichter in stummer Wut, solche voller Angst,

Schmerz, Trauer und Hoffnungslosigkeit. Menschen, die ahnten, welches Schicksal ihnen drohte.

Die Tür ging auf, Alberto Steiner streckte den Kopf herein.

»Kommen Sie klar?«, fragte er.

»Mit der Sichtung schon«, antwortete Kauz. »Aber mit den Schicksalen nicht.«

»Ich weiß, was Sie meinen. Mir geht es genauso.«

»Hat man diese jungen Menschen wirklich alle verschwinden lassen?«

»Das ist leider so. Und diese beiden Ordner hier enthalten nur die Opfer aus den Jahren 1977 und 1978, und nur die aus Buenos Aires. Die aus den späteren Jahren der Militärdiktatur und aus anderen Teilen Argentiniens sind in den übrigen Ordnern enthalten.«

Steiner zeigte auf die Regale an der Wand. Dann zog er einen Stuhl heran und setzte sich neben Kauz.

»Ich weiß von keiner und keinem, der nach dem Ende der Militärdiktatur lebend wieder auftauchte«, fuhr er fort. »Mit Ausnahme des Fotografen, der diese Aufnahmen der Verhafteten machen musste. Er war selber ein Inhaftierter, also ein Regimegegner. Aber er war in den Augen der Folterknechte unentbehrlich, denn er war der Einzige, der Bilder nach ihrem Gusto aufnehmen und entwickeln konnte. Deshalb ließen sie ihn am Leben«, sagte der Rechtsanwalt nachdenklich.

Er nahm einen der Ordner in die Hand und blätterte darin. »Es gibt ja in jeder Diktatur diese perverse Bürokratie: Einerseits geschieht das Morden im Verborgenen, es wird geheim gehalten und dementiert, gleichzeitig aber wird darüber minutiös Buch geführt. Mit Listen, Rapporten und Fotoalben wie diesem. Das machten die Nazis in den Konzentrationslagern genauso.« Jetzt griff Steiner nach einem anderen Ordner und schlug ihn auf. »Die argentinischen Folterknechte wünschten aber auch, selber abgelichtet zu werden, sie wollten sich quasi für ihren Dienst am Vaterland verewigt wissen.

Diese Bilder hier waren natürlich nur für Insider, also Mittäter und Mitwisser, gedacht. Doch der Fotograf stellte unter Lebensgefahr Kopien aller Fotos her und brachte es fertig, sie aus dem Gefängnis zu schmuggeln. Er war später einer der Hauptzeugen in den Prozessen gegen die Generäle und Folterer«, sagte Steiner und klappte den Ordner zu.

»So, ich lasse Sie jetzt wieder allein. Rufen Sie mich, wenn Sie Hilfe brauchen«, bot er an und zog sich zurück.

Kauz blätterte in seinem Ordner weiter.

Die nächste Seite, die mit einem Post-it-Kleber markiert war, zeigte den todgeweihten Leonardo Osvaldo Gitsch in einer Art Häftlingskleidung. Seine Wangen waren eingefallen, das Haar verfilzt. Die umflorten Augen blickten ernst wie zuvor, aber das Strahlen war aus dem Gesicht verschwunden.

Kauz spürte wieder diese Beklemmung in der Brust.

Er schloss den Ordner und nahm den zweiten zur Hand. Vielleicht würde der verraten, wonach Jäger gesucht hatte.

Desaparecidos / Buenos Aires, 1978, stand darauf.

Nur ein einziger Markierzettel war eingeklebt, und der war mit einem Ausrufezeichen versehen.

Die Seite, die Kauz vor sich hatte, war die Kopie einer Zeitungsreportage über die Madres de Plaza de Mayo, jener Mütter von Verschwundenen, die während der Militärdiktatur allwöchentlich am Donnerstag vor dem Präsidentenpalast in Buenos Aires aufmarschierten und, ein weißes Kopftuch umgebunden, stumm die Freilassung ihrer Söhne und Töchter forderten. Zwei Schwarz-Weiß-Fotografien illustrierten den Artikel. Das erste Bild zeigte sieben dieser mutigen Frauen, wie sie, von Polizisten und Militär beobachtet, in der vordersten Reihe des Protestzugs Arm in Arm den Platz umrundeten. Auf dem zweiten waren noch drei der Frauen zu sehen, umringt, um nicht zu sagen, eingekesselt von Polizisten, Militär und zivil gekleideten Männern, die wahrscheinlich Polizeiagenten waren. Zwei der drei Frauen waren offensichtlich mit dem Journalisten im Gespräch, der die Reportage machte. Allem Anschein nach hatten sie es darauf abgesehen, seine Aufmerksamkeit auf sich zu ziehen.

Die Zeitungsausgabe trug das Datum des 3. März, 1978. Der wöchentliche Protest der Madres hatte am Donnerstag, 2. März stattgefunden. In der Bildlegende wurden die Namen der drei Anführerinnen des Protestzugs genannt. Einer der Namen stach Kauz ins Auge: Cecilia López de Gitsch.

Moment!, dachte er, so hieß doch die Mutter des Rückwanderers Leonardo Gitsch, unseres Oberstaatsanwalts.

Er schlug die Seite um.

Jetzt hatte er ein Familienfoto mit Vater, Mutter und Sohn vor sich. Der Vater war ein kräftiger, aber unscheinbarer Mann. Die Mutter dagegen eine wahre Schönheit mit schwarzem Haar, großen Kirschaugen und kräftigen Augenbrauen. Der halbwüchsige Sohn war unverkennbar der *Desaparecido* Leonardo Osvaldo Gitsch aus dem ersten Ordner.

Wie passt das zusammen?, fragte sich Kauz und griff sich an die Stirn. Wo doch Cecilia López de Gitsch die Mutter *unseres* Leonardo Gitsch war.

Unter dem Bild stand:

Cecilia López de Gitsch

Fecha de nacimiento: 11/03/1931

Lugar de nacimiento: Rosario, Santa Fe

Fecha de secuestro: 02/03/1978

Kauz stutzte. Er blätterte wieder zurück.

Wenn das stimmt, schloss er, dann verschwand Cecilia López de Gitsch am Tag, an dem die Reportage über ihren Protestmarsch auf der Plaza de Mayo gemacht wurde. Dann war das das letzte Bild, das von ihr aufgenommen wurde. Er schaute sich die Frau genauer an. Die frühere Schönheit ließ sich in dem vom weißen Kopftuch halb verhüllten Gesicht nur noch erahnen. Die Madre Cecilia López de Gitsch schien um Jahrzehnte älter zu sein als die Mutter auf dem Familienbild aus glücklichen Zeiten. Gram, aber auch Wut standen ihr ins Gesicht geschrieben. Sie schien mit jemandem zu diskutieren. Oder besser gesagt: wütend auf diesen Jemand einzureden, vielleicht schrie sie ihn gerade an. Ihr ausgestreckter Zeigefinger stach förmlich einem unsichtbaren Gegenüber ins Gesicht – ob einem Polizisten oder einer anderen Person, die sich außerhalb des Bilds den Müttern in den Weg stellte, war nicht zu sehen. Hatte sie die Fassung verloren und war deshalb verhaftet worden? Denn halbwegs geduldet wurde vor dem Präsidentenpalast wohl nur der stumme Protest der Mütter.

Kauz sah sich die Leute genauer an, die um die *Madres* herumstanden.

Plötzlich stockte ihm das Herz.

Ein Uniformierter am linken Bildrand fasste Cecilia López de Gitsch scharf ins Auge. Er gehörte zur Gruppe von Soldaten oder Polizisten, die die drei Anführerinnen allem Anschein nach angehalten hatten. Und dieser Uniformierte war kein anderer als Leonardo Gitsch. *Der* Leonardo Gitsch.

Kauz wurde es schwindlig.

Er schaute nochmals hin. Hatte er sich getäuscht?

Nein, das war das hagere Gesicht von Leonardo Gitsch, wie er leibte und lebte. Nur vierzig Jahre jünger. Dieselben stechenden Augen, derselbe verkniffene Mund, dasselbe kantige Kinn.

Für einen Augenblick fragte sich Kauz, wie es sein könne, dass ein Polizist oder Soldat seine eigene Mutter drangsaliere, dann fiel es ihm wie Schuppen von den Augen. Mit einem Mal wusste er, wie alles zusammenpasste.

Er griff zum dritten Ordner. Der war so beschriftet:

OPRESORES & TORTURADORES / 1976–1983

Zur Sicherheit googelte Kauz, obschon er ahnte, was *Opresores & Torturadores* bedeutete: Unterdrücker und Folterknechte. Das waren die Männer, die in den Jahren der Militärdiktatur ihr mörderisches Handwerk ausübten, alle in einem Ordner zusammengefasst. Er öffnete ihn an der markierten Stelle.

Der gut dreißigjährige Leonardo Gitsch posierte in Uniform. Stolz blickte er in die Kamera. Ein schmales Schnäuzchen zierte seine Oberlippe, lange Koteletten wuchsen fast bis zu den Ohrläppchen. Das Kopfhaar war, soweit es sich auf der alten Fotografie feststellen ließ, nicht rabenschwarz, sondern brünett, vielleicht auch rötlich. Im Hintergrund war an der Wand die argentinische Flagge drapiert.

Kauz schauderte. Die Legende unter dem sorgfältig ausgeleuchteten Porträt lautete:

Iñigo Gustavo Wolf, capitán de la policía militar
Fecha de nacimiento: 18/04/1950
Lugar de nacimiento: San Carlos de Bariloche, Rio Negro
Fecha de desaparición: ??/??/1984

Desaparición konnte nicht dieselbe Art von Verschwinden bedeuten, die mit *secuestro* gemeint war. Das musste Untertauchen heißen. Darunter folgte ein längerer Text auf Spanisch, den Kauz genau verstehen wollte. Er verließ das Archiv, klopfte bei Rechtsanwalt Steiner an und bat ihn, ihm die Seite zu übersetzen.

Steiner sah sich das Bild an und studierte den Text.

»Ach so, jetzt erinnere ich mich wieder. Den musste ich auch für Jäger übersetzen. Das meiste ist mir noch gegenwärtig«, erklärte er. »Ein ganz übler Bursche«, fing er an und fasste I. G. Wolfs Lebensgeschichte zusammen. Dort, wo es ihm für das bessere Verständnis nötig schien, flocht Steiner kurze historische Kommentare und Erklärungen ein.

Iñigo Gustavo Wolf wurde als Sohn eines nach Argentinien geflüchteten Nazi-Kriegsverbrechers, des SS-Generals Sigismund Wolf, und einer italienischen Mutter geboren. Diese war eine glühende Verehrerin Benito Mussolinis. Die dreiköpfige Familie lebte in San Carlos de Bariloche, einem

Städtchen im Norden Patagoniens. Dieser malerische Ort, am Fuß der Anden an einem wunderschönen See in der sogenannten argentinischen Schweiz gelegen, diente nach dem Ende des Zweiten Weltkriegs vielen Nazi-Schergen als Refugium. Der Diktator Juan Domingo Perón, dem Sympathien zu Nazi-Deutschland nachgesagt wurden, hieß diese besondere Sorte von Kriegsflüchtlingen mit offenen Armen willkommen. Auch ein berüchtigter KZ-Arzt und andere Massenmörder gehörten zu ihnen.

»Vielleicht wissen Sie das: Diese unmenschlichen Verbrecher gaben sich in den Abendstunden den schönen Künsten hin«, wusste Steiner zu berichten. »Man weiß, dass Offiziere, die in Deutschlands Konzentrationslagern Menschen zu Tausenden umbrachten und an Kindern tödliche Experimente vornahmen, abends ins Theater gingen, zu Hause musizierten und Gedichte rezitierten. Von Sigismund Wolf hieß es, er sei ein Verehrer von Rainer Maria Rilke gewesen.«

Wie ein Blitz durchzuckte es Kauz: die Rilke-Frage!

Kennen Sie Rilke?, hatte Gitsch gefragt. Und als Kauz verneinte, süffisant bemerkt: Sollten Sie nachholen, Herr Inspektor. Wissen Sie, mein Vater … Damit hätte er sich beinahe verraten. Er hatte es gerade noch gemerkt und das Thema gewechselt.

Kauz lief es kalt den Rücken hinunter.

Steiner fuhr mit Wolfs Lebenslauf fort.

Der junge Iñigo Gustavo besuchte in Bariloche die Deutsche Schule und fing später in Buenos Aires ein Jurastudium an. Karriere machte er dann aber bei der Armee. Als Soldat wurde er zum Scharfschützen ausgebildet.

»Wissen Sie, was ein Scharfschütze ist?«, fragte Steiner den früheren Polizisten. »Er wird darin geschult, Menschen auch aus großer Distanz mit einem einzigen Schuss zu töten«, erklärte er. »Nicht bloß zu verletzen oder außer Gefecht zu setzen, sondern auf der Stelle zu töten. Scharfschützen der

Polizei werden gegen Geiselnehmer oder Terroristen eingesetzt.«

»Ich weiß«, sagte Kauz, ein flaues Gefühl im Magen.

Später wurde I.G. Wolf zum Armeeoffizier befördert. Als Argentiniens Generäle sich im Jahr 1976 an die Macht putschten, wurde er zur Militärpolizei abkommandiert. Die Militärjunta verkündete, in dem von Subversiven bedrohten Land müssten möglichst viele Menschen sterben, um Sicherheit und soziale Ordnung wiederherzustellen. Ein beispielloser Repressionsapparat wurde aufgebaut. In der Mechanikerschule der Marine von Buenos Aires entstand das größte geheime Folterzentrum des Landes. Wolf verhörte, folterte und ermordete eigenhändig zahllose junge Menschen. Er riss den Müttern, die im Gefängnis ein Kind gebaren, ihre Neugeborenen aus den Armen. Und er war für die nächtlichen Flüge über den Rio de La Plata mitverantwortlich, auf denen Hunderte von betäubten nackten Häftlingen ins Wasser geworfen wurden.

»So hofften die Militärs, Menschen zu beseitigen, ohne Spuren zu hinterlassen«, erklärte Steiner und ließ das Blatt mit Wolfs Steckbrief sinken. »Nur ganz wenige Leichen wurden angeschwemmt. Von denen hieß es, sie seien beim Schwimmen ertrunken oder Selbstmörder.« Er warf wieder einen Blick auf den Steckbrief. »Bei den Gefangenen war I. G. Wolf unter dem Spitznamen *El Caballo,* das Pferd, bekannt«, ergänzte er, »weil er beim Sprechen ständig geschnaubt haben soll.«

»Steht das in diesem Steckbrief?«, fragte Kauz.

»Ja, hier«, Steiner tippte auf das Papier.

»Und wie geht die Geschichte weiter?«

Nachdem Argentinien im Falklandkrieg gegen England den Kürzeren gezogen hatte, waren die Tage der Militärdiktatur gezählt. Es gab freie Wahlen, eine legitime Regierung übernahm die Führung des Landes. Erste Prozesse gegen die

Juntamitglieder und gegen die schlimmsten Folterer fanden statt. Als Hauptmann gehörte Wolf zu den unteren Rängen und wurde zunächst verschont. Er musste aber befürchtet haben, bald vor Gericht gestellt zu werden, und tauchte unter.

»Flüchtete er ins Ausland?«

»Wahrscheinlich. Aber man weiß es nicht. Er verschwand im Jahr 1984 einfach von der Bildfläche. Vielleicht lebt er gar nicht mehr. Er wäre heute ja gegen siebzig Jahre alt.«

»Achtundsechzig«, sagte Kauz.

Drei Jahre über dem Pensionsalter, dachte er, ein seltsames Gefühl im Bauch.

»Stimmt. Geboren 1950, steht da. Wieso interessiert Sie der Mann?«, fragte Rechtsanwalt Steiner.

»Weil ich vermute, dass Maurice Jäger ihm auf der Spur war«, wich Kauz aus.

»Ich dachte, Jäger habe nach einem Verschwundenen gesucht. Er sagte, es gehe um einen Nachkommen von Walliser Auswanderern aus dem vorletzten Jahrhundert. Einen Gitsch.«

»Das ist so. Aber möglicherweise hat er in diesem Archiv zufälligerweise dessen Folterer und Mörder entdeckt.«

»Bitte, verfolgen Sie die Spur an seiner Stelle weiter«, sagte Steiner. »Es wird mit jedem Jahr schwieriger, über das Schicksal eines Verschwundenen etwas zu erfahren. Oder gar einen Folterknecht zu fassen, der den Strafverfolgern bisher entwischt ist. Das alles ist ja vor dreißig, vierzig Jahren passiert. Da war ich noch gar nicht auf der Welt. Trotzdem beschäftigen mich diese Verbrechen in der Heimat meiner Eltern. Wenn wir auch nur in einem einzigen weiteren Fall einen Beitrag leisten können, hat sich ihre Arbeit gelohnt.«

»Sie hören von mir, wenn wir weiter sind«, versicherte Kauz. »Darf ich gegen Abend mit einem Kollegen von der Walliser Polizei noch einmal vorbeikommen?«

»Selbstverständlich. Meine Sekretärin wird Ihnen den Text

auf dem Steckbrief dieses Wolf übersetzen. Sie bekommen von allem, was Sie brauchen, Kopien.«

»Muss ich die Unterlagen vertraulich behandeln?«

»Nein! Wir *wollen* ja, dass sie an die Öffentlichkeit gelangen. Entweder bekommen wir dadurch Gewissheit über das Schicksal eines Verschwundenen, und sei es nur die Gewissheit, dass er nicht mehr lebt. Oder wir helfen, einen Täter zu fassen. Das da«, er klopfte auf den Ordner mit den *Opresores & Torturadores,* »sind offizielle Fahndungsbilder der argentinischen Staatsanwaltschaft. Das Problem ist nur«, holte er noch einmal aus, »dass diese die Mörder nie konsequent verfolgen durfte.«

Kauz schaute ihn fragend an. Steiner erklärte:

Kaum hatten erste Prozesse gegen die Generäle und ihre Folterknechte stattgefunden, änderten sich die Machtverhältnisse im Land. Nun erklärte die Regierung eine Amnestie für die Verbrechen der Militärdiktatur. Zum Zeichen der Versöhnung, so lautete die zynische Begründung. Die demokratische Welt war entsetzt, es rumorte im Volk. Dennoch wurden bereits verurteilte Kriegsverbrecher wieder begnadigt. Solche, die noch auf ihren Prozess warteten, kamen ungeschoren davon. Erst ein vom Volk gewählter neuer Präsident setzte Jahre später die Amnestie wieder außer Kraft. Fortan drehte der Wind mit jedem Machtwechsel. Bald wurden Kriegsverbrecher vor Gericht gestellt und verurteilt, dann wieder wurden sie begnadigt. Mal wurde die juristische Aufarbeitung von Verbrechen gegen die Menschlichkeit zur nationalen Aufgabe erklärt, dann galt wieder die Devise der Versöhnung, mit der jede Strafverfolgung unterbunden wurde.

»Es ist eine *never ending story*«, sagte Steiner. »Ihnen wünsche ich viel Erfolg. Sie lassen wieder von sich hören, ja?«

Bevor Kauz ging, öffnete er noch die Kartonmappe, die Jäger dagelassen hatte. Er ahnte schon, was darin war: das Originalmanuskript von Cynthia Bregys Masterarbeit und die

Wahre Geschichte über den Auswanderer Sebastian Gitsch. Er hatte die Mappe mit den Papieren vor sich, die Maurice Jäger vor wenigen Wochen nach Argentinien mitgenommen hatte, und deren Kopien Konrad Steinhaus ihm, Kauz, überlassen hatte.

Kauz verabschiedete sich kurz nach Mittag.

Wieder auf der Straße, schickte er Gsponer eine Nachricht:

IG Wolf enttarnt!

Dann eine zweite:

Komm bitte sofort nach Zürich!

*

Vier Stunden später stand Gsponer bei Kauz auf der Matte. Zusammen gingen sie kurz vor Feierabend in die *Fundación Susana Ortiz de Steiner*. Gsponer fielen fast die Augen aus dem Kopf, als er sah, was Kauz – oder vielmehr Maurice Jäger – gefunden hatte. Sie packten die Dokumente ein und gingen zurück in Kauz' Wohnung. Bis weit über Mitternacht hinaus brüteten sie über den Bildern und Texten. Sie spekulierten und kombinierten. Schließlich waren sie sich in groben Zügen einig:

Iñigo Gustavo Wolf, Sohn des SS-Generals und Kriegsverbrechers Sigismund Wolf, trat im Alter von sechsundzwanzig Jahren in die Fußstapfen seines Vaters. Wie dieser ein Faschist und gehorsamer Befehlsempfänger, brachte er im Auftrag des Militärs systematisch Menschen um, die gegen das damalige argentinische Militärregime opponierten. Einem seiner Opfer, dem zweiundzwanzigjährigen Studenten Leonardo Osvaldo Gitsch aus San Jerónimo Norte, Sprössling einer ausgewanderten Gommer Familie, nahm er den auf der ganzen Welt begehrten Schweizerpass ab. Vielleicht als eine Art Trophäe, vielleicht aber auch, weil man nie wissen konnte, ob man ein solch wertvolles Dokument nicht eines Tages benötigen würde. Ein Jahr später hatte er auch bei der Verhaftung und Ermordung von Leonardo Gitschs Mutter die Finger im Spiel. Ihr presste er im Verhör Einzelheiten zur Emigrantengeschichte der Familie Gitsch ab, die er später in seinen eigenen Lebenslauf einbauen konnte. Als die Militärdiktatur zu Ende war und er mit seiner Verhaftung rechnen musste, legte er sich die Identität seines Opfers Leonardo Osvaldo Gitsch zu. Mit dessen Pass in der Tasche, mit pechschwarz gefärbten Haaren, Offiziersschnäuzchen und Koteletten abrasiert, reiste er in die Schweiz und gab sich als Folteropfer der argentinischen Militärs aus, der nur mit Glück dem Tod entronnen war. Auf dem Papier fünf Jahre jünger, als er in Wirklichkeit war, studierte er in Genf auf Kosten von Staat und Kanton Wallis Jurisprudenz und wurde später Walliser Staatsanwalt. Ganz so, wie es dreißig Jahre später Cynthia Bregy in ihrer *Wahren Geschichte* beschrieb.

Diese, so kombinierten die beiden Polizisten, hatte den Staatsanwalt kontaktiert, um herauszufinden, ob er, der einzige im Wallis lebende Gitsch, mit einem vor hundertfünfzig Jahren nach Argentinien ausgewanderten Gommer verwandt sei. Sie hatte die greise Amelie Werlen, geborene Gitsch, in Obergesteln ausfindig gemacht, mit deren Briefsammlung sie die Geschichte des Auswanderers Sebastian bis zu dessen Urenkel Pablo dokumentieren konnte. Der Staatsanwalt fand wohl nichts dabei, einer Geschichtsstudentin ein paar Fragen zu beantworten. Vielleicht dachte er sogar, seine erlogene Herkunftsgeschichte lasse sich quasi beglaubigen, wenn sie in einer wissenschaftlichen Arbeit erwähnt würde. Als er – wahrheitswidrig – bestätigte, der Sohn dieses Pablo Gitsch zu sein, wollte Cynthia mehr über den Rückwanderer wissen, der in jungen Jahren im Wallis ein neues Leben begonnen hatte. Es kam zur persönlichen Begegnung, vielleicht auch zu mehr als einer. Zwar sprengte das Thema Rückwanderung den Rahmen ihrer Masterarbeit, aber Cynthia Bregy dachte wohl darüber nach, die Geschichte der Familie Gitsch in anderer Form zu publizieren. Sie hatte vor, das Manuskript ihrem Schreibcoach vorzulegen. Sie kannte dessen Porträt des Rückwanderers Joseph Wellig und wollte wissen, was er von ihrer Arbeit hielt. Doch Jäger bekam das Manuskript erst vor wenigen Wochen zu sehen. Es hatte in der Mappe gelegen, die Konrad Steinhaus ihm vor fünf Jahren hätte schicken sollen, aber erst kürzlich zugestellt hatte.

»Cynthia fehlte also noch der Besuch in San Jerónimo Norte«, nahm Kauz den Faden auf. »Sie wollte den Ort, der für ihre Forschung von zentraler Bedeutung war, selbst kennenlernen. Ihre Großmutter wusste, wie sehr sie sich auf die Reise freute.«

»Und Gitsch? Ich meine, Wolf.«

»Ihm muss sie gesagt haben, was sie vorhatte«, mutmaßte Kauz. »Möglicherweise erst kurz vor ihrer Abreise. Vielleicht hat sie ihn nach Personen gefragt, die sie dort interviewen könnte. Jetzt wurde es für Wolf, alias Gitsch, gefährlich. Er musste damit rechnen, dass irgendjemand in San Jerónimo Norte sich an den verschwundenen Leonardo Osvaldo Gitsch erinnerte, und der Forscherin ein Foto unter die Nase hielt. Oder ein Bild des steckbrieflich gesuchten Militärpolizisten Iñigo Gustavo Wolf. Kurz, dass seine falsche Identität auffliegen könnte.«

Gsponer fuhr fort: »Er realisierte, was Cynthias Argentinienreise für Folgen haben könnte, und verabredete sich mit ihr am Rottenufer bei Raron. Wahrscheinlich unter dem Vorwand, ihr die gewünschten Kontakte zu vermitteln. Um zu verhindern, dass sie nach Argentinien reiste, erwürgte er die junge Frau kurzerhand und warf ihre Leiche in den Rotten. Es war kaltblütiger Mord. Begangen von einem Walliser Staatsanwalt! Das ist unvorstellbar!«

»Wieso? Ich finde, es ist sehr wohl vorstellbar. Vergiss nicht, genau das war früher sein Handwerk: Menschen umzubringen, die ihm oder seinen Vorgesetzten nicht genehm waren.«

Darauf sagte Gsponer nichts.

»Sie war also schon tot, Kauz, als du die Suche nach ihr aufnahmst«, sinnierte er dann und schaute auf.

Kauz nickte nachdenklich.

»Wäre der Handyverkehr im Raum Raron überprüft worden, hätte sich herausgestellt, dass Gitsch die Person war, mit der Cynthia kurz vor ihrem Verschwinden telefoniert hatte. Kein Wunder, dass er meinen Antrag ablehnen musste«, bemerkte er bitter.

»Der Fall blieb ungelöst. Fünf Jahre später witterte Gitsch erneut Gefahr«, fuhr Gsponer fort: »Weil er annehmen musste, dass diesmal Maurice Jäger ihm auf der Spur war. Erfahren hatte er es von Kollege Choux. Wenn nicht direkt von ihm, dann vielleicht auf dem Dienstweg.«

»Du hast recht, Alain. Anstatt diese Information sofort an dich weiterzuleiten, erzählte Choucroute, dieser Dummkopf, pflichtschuldigst dem zuständigen Staatsanwalt von seinem Kontakt mit Jäger und von dessen Plänen. Und der muss es seinem Kollegen Gitsch weitererzählt haben. Jetzt war der natürlich auf der Hut. Aber was war denn nun das wahre Ziel von Jägers Recherche? Wollte er wirklich einen Mord aufdecken? Hatte er Gitsch von allem Anfang an in Verdacht?«

»Wohl kaum. Sonst wäre er anders vorgegangen und hätte sich nicht auf der Jagd in Gefahr gebracht.«

Die beiden Polizisten kamen zu folgendem Schluss: Maurice Jäger hatte mit seiner Recherche den Finger auf eine Schwachstelle im Justizwesen des Kantons Wallis legen wollen. Er plante eine Story über einen außergewöhnlichen Todesfall, dessen Aufklärung verschlampt worden war. Der Arbeitstitel für diese Recherche lautete: *Was geschah mit Cynthia Bregy?* Vielleicht hatte er dabei wirklich Gitsch im Visier. Aber nicht als Mörder, sondern als lausigen Staatsanwalt, der einen außergewöhnlichen Todesfall schnell als Selbstmord einschätzte, um ihn vom Tisch zu haben. Der nicht davor zurückschreckte, einen erfahrenen Kriminalpolizisten – in diesem Fall den Üsserschwiizer Kauz –, der unbedingt weiterermitteln wollte, auszubremsen. Einfach, weil er sich damit eine Menge Arbeit ersparte.

»Skandal-Jäger plante also bloß die Aufdeckung einer Walliser Justizschlamperei«, stellte Gsponer fest.

»Doch eine solche Recherche wäre für Gitsch zwar peinlich gewesen, aber niemals ein Grund, den Journalisten umzubringen«, konstatierte Kauz.

»Einverstanden. Gefährlich wurde es für ihn aber, als er erfuhr, dass Jäger plante, in Argentinien auf Spurensuche zu gehen. Das war für ihn die gleiche alarmierende Situation wie fünf Jahre zuvor mit Cynthia Bregy.«

»Noch viel alarmierender! Ein Enthüllungsjournalist, der Cynthia Bregy und ihre Arbeit kannte und in San Jerónimo Norte auf Spurensuche ging – das muss bei ihm die schlimmsten Befürchtungen geweckt haben.«

»Zu Recht. Nur konnte er in diesem Fall nicht verhindern, dass Jäger nach Argentinien reiste«, sagte Gsponer.

»Er verhinderte aber, dass er seine Recherche publizierte«, fuhr Kauz bitter fort. »Er konnte sich ausrechnen, dass Jäger ihm auf die Spur gekommen war. Spätestens als er auf dessen Notebook das Dokument IG Wolf entdeckte, wusste er, dass er damit recht hatte. Und jetzt machen wir Pause«, schlug er vor.

Max kam aus seinem Korb, streckte sich und gähnte ausgiebig. Dann stupste er Kauz an.

»Entschuldige«, sagte dieser, »ganz vergessen«, und füllte seinen Futternapf.

Dann ging er in die Küche, rumorte eine Weile und kam wenig später mit zwei Tellern wieder. Darauf war Chicoréesalat mit Orangenfilets und Walnüssen an einer Honig-Zitronen-

Sauce. Als sie den verspeist hatten, brachte Kauz zwei üppige Portionen Rührei mit Speck und Tomaten auf geröstetem und gebuttertem Weißbrot herein.

»Darin bist du ein Meister, Kauz«, sagte Gsponer und zeigte auf die hübsch angerichteten Speisen.

»Scho güet«, winkte Kauz ab. »Ein Glas Wein dazu?«

»Erst später«, sagte Gsponer und schenkte sich aus der Wasserkaraffe ein, die auf dem Tisch stand. – »Darf ich?«, fragte er und machte plötzlich Kinderaugen. »Das ist nämlich so was von lecker«, entschuldigte er sich und leckte die Reste der Eierspeise vom Teller. »Ich machs nie wieder«, sagte er dann grinsend und setzte den Teller ab.

Kauz lachte. »Machen wir weiter?«, fragte er.

»Gut, ja. Wenn Jäger Gitsch bloß als schlampigen Staatsanwalt in die Pfanne hauen wollte, hätte es dazu keine Recherche in San Jerónimo Norte gebraucht. Wenn er aber Zweifel an der wahren Identität von Gitsch hatte, hätte er seine Suche auch hier in Zürich starten können, nämlich bei der *Fundación Susana Ortiz de Steiner* in der Kanzlei deines Rechtsanwalts. So wie er es dann schließlich auch getan hat. Wozu also die Argentinienreise?«

»Er ist doch gar nicht wegen Gitsch nach Argentinien gereist«, rief ihm Kauz in Erinnerung. »Sonst hätte er Choucroute sicher nichts von seinen Plänen erzählt. Er wollte San Jerónimo Norte besuchen, weil er sich für Cynthia Bregy und ihre Arbeit interessierte. Er soll ja für die junge Frau geschwärmt haben, und ihr Verschwinden machte ihm wohl immer noch zu schaffen. Als er dann die Ausschreibung jener Studienreise sah, packte er die Gelegenheit beim Schopf und ging nach Argentinien auf Spurensuche.«

»Wie romantisch«, spottete Gsponer.

Kauz überhörte die Bemerkung.

»Erst am Tag seiner Abreise wurde ihm die Mappe mit Cynthias Masterarbeit zugestellt. Er packte sie ein und nahm sie mit nach Argentinien. Darin lag auch die *Wahre Geschichte* über die Familie Gitsch. Stell dir vor: Da legte ihm die Bregy posthum die Lebensgeschichte jenes Staatsanwalts vor, den er fünf Jahre zuvor wegen ihres Verschwindens aufs Korn genommen hatte. Vielleicht war er zuerst einmal verwirrt. Er hatte sich von Gitsch längst ein Bild gemacht. Aber das passte nicht zu einem, der in argentinischer Gefangenschaft durch die Hölle gegangen war und sich dann aus Dankbarkeit für seine Rettung in der Schweiz für Recht und Gerechtigkeit einsetzt. Jäger dachte vielleicht, der Rückwanderer Gitsch habe seinen Widerstand gegen das Militärregime nur vorgetäuscht. Er sei in Wirklichkeit ein Kollaborateur gewesen. Ein Opportunist, genau wie später als Staatsanwalt. So oder so, er musste die Person Leonardo Gitsch durchleuchten. Da war er in San Jerónimo Norte sozusagen an der Quelle.«

»Dort muss jemand Zweifel geäußert haben, dass der heute im Wallis lebende Leonardo Gitsch der verschwundene Sohn des verstorbenen Pablo und der ermordeten Cecilia López de Gitsch war«, nahm Gsponer den Faden auf. »Wieder in der Schweiz, machte Jäger die *Fundación Susana Ortiz de Steiner* ausfindig und konsultierte ihr Archiv. Dort fand er nicht nur die Personenbeschreibung des wahren Leonardo Gitsch, sondern auch den Steckbrief von dessen Mörder«, brachte Gsponer es auf den Punkt.

»Erst als er aus Argentinien zurück war und bei Alberto Steiner fündig wurde, wusste er, welch brisante Story er in der Mache hatte«, sponn Kauz die Geschichte weiter. »Er konnte es sich nicht verkneifen, den Knüller dem Chefredaktor von *Klartext* anzukündigen. Dann ging er auf die Jagd. Sein Material hatte er zur Sicherheit im Safe von Steiners Kanzlei deponiert.« Kauz sah Gsponer an. »Deshalb habt ihr bei der Hausdurchsuchung nichts gefunden, das euch auf Gitschs Spur gebracht hätte. Nach der Jagd wollte Jäger noch einmal zu Steiner ins Archiv, um die Story niet- und nagelfest zu machen und sie dem *Klartext* als heiße Enthüllungsgeschichte vorzulegen.«

»Aber Gitsch war schon darauf vorbereitet. Vielleicht gab es auch irgendwo ein Leck, und er bekam Wind davon, dass die Veröffentlichung einer heißen Story unmittelbar bevorstand.«

»Einer Story, die ihn betraf. Genau deshalb musste er Jäger umbringen«, ergänzte Kauz.

»Und zwar noch ehe der die Story herausbringen konnte.«

»Richtig. Er schnappte sich beim Jagdschießen in Oberwald Lee Welligs Gewehr, das herrenlos herumstand. Er nahm sich Zeit, das Gewehr vor der Jagd einzuschießen«, fuhr Kauz fort. »Dann …«, er machte eine galante Handbewegung, um seinem Freund das Wort zu übergeben.

»… ging alles genauso weiter, wie wir es uns für den vermeintlichen Täter de Steinhaus zusammengereimt hatten«, resümierte Gsponer.

»Der Distanzschuss ins Herz von Maurice Jäger war für den ausgebildeten Scharfschützen keine Kunst. Doch dann kam ihm der Wildhüter …«

»Das haben wir doch schon durchgekaut«, bemerkte Gsponer. »Beinahe wäre alles ganz so aufgegangen, wie er es sich ausgedacht hatte. Es muss ein riesiger Frust für ihn gewesen sein, Kauz, dass du ihm mal wieder dazwischengefunkt hast.«

»Wieso ich? Was habe ich denn …?«

»Du hast bei Lara Zweifel gesät. Vielleicht ohne es zu wollen. Sie wollte sich kein zweites Mal vor dir blamieren. Deshalb ordnete sie die Obduktion von Jägers Leichnam an.«

»Zurück zum Tatort«, schlug Kauz vor. »Was ist dort passiert?«

»Gitsch musste damit rechnen, dass Reifen- und Schuhsohlenabdrücke, textile und andere Spuren von ihm gefunden würden. Deshalb trampelte er am Tatort so unbedarft im Gelände umher, als er ihn inspizierte, und pfuschte den Kriminalisten ins Handwerk. Das fiel nicht einmal auf, weil er es immer so macht. Jetzt ließen sich die Spuren, die er als Täter hinterlassen hatte, nicht mehr von Kontaminationen durch die Ermittler unterscheiden.«

»Er hat an alles gedacht«, knurrte Kauz. »Seinen Dienstwagen, den die Polizisten im Oberwallis natürlich kennen, hatte er vorsorglich in die Servicegarage gebracht. Er fuhr bei Dunkelheit mit einem unauffälligen Leihwagen ins Binntal und wieder zurück. Nach der Tat brauchte er nur zu warten, bis ihn die Staatsanwältin alarmierte. Nachdem er den Tatort inspiziert hatte – ihr wart alle noch an der Arbeit –, ging er zuerst zu Jägers Wagen, und da er dort keinen Laptop fand, in dessen Jagdhütte. Ihr wusstet zu dem Zeitpunkt alle noch nicht, wer der Tote war und wo er die Nacht zuvor verbracht hatte. Er konnte also gefahrlos in die Hütte gehen und dort herumwühlen. Den Hüttenschlüssel hatte er aus Jägers Wams gestohlen. Der fiel ihm aus der Hand, als er sich den Laptop schnappte. Mit seiner Beute fuhr er bei helllichtem Tag weg. Zu verstecken brauchte er sich nicht mehr, er war jetzt ja in offizieller Mission unterwegs. Er war schlau genug, den Laptop nicht einfach zu vernichten. Denn dann wären Jägers Dokumente immer noch in der Cloud gewesen. In aller Ruhe sichtete er zu Hause Jägers Notebook. Er wurde rasch fündig, denn Jäger hatte am Abend zuvor wohl noch an seiner Recherche gefeilt. Gitsch löschte das brandgefährliche Dokument IGWOLF in der Cloud. Damit war es auch auf allen anderen Geräten von Jäger getilgt. Später fand und löschte er auch das viel ältere Dokument *Was geschah mit Cynthia Bregy?*.«

»Nur wusste er nicht, dass dieser Vorgang auf Jägers übrigen Geräten, auch auf seinem ausrangierten Handy, angezeigt wird. Es muss ihn ziemlich verwirrt haben, als er im Lauf der Ermittlungen davon hörte, dass wir von diesen Löschungen wussten«, meinte Gsponer. »Jetzt meldete er kurzerhand alle Geräte Jägers aus der Cloud ab. Das heißt, nachdem er von uns erfuhr, wie er es machen musste. Das Notebook vernichtete er nicht, weil er vorhatte, es seinem letzten Mordopfer unterzuschieben.«

»So viel zum Doppelmord im Binntal«, schloss Kauz. »Jetzt kommt der doppelt perfide Mord an Philippe de Steinhaus.«

»Du hast recht: doppelt perfide, weil er ihn nicht nur umbrachte, sondern aus ihm einen dreifachen Mörder zu machen versuchte: Cynthia Bregy, Maurice Jäger und Samuel Huser, diese drei Morde wollte er ihm in die Schuhe schieben.«

»Wissen wir, wie er vorging?«

»Nein, das wissen wir noch nicht. Aber weißt du was, Kauz? Ich bin hundemüde. Machen wir morgen weiter?«

»Klar. Mir gehts genauso«, sagte Kauz und stand auf.

»Schlummertrunk?«, fragte er und holte, ohne auf Antwort zu warten, zwei Gläser. Er schenkte einen feinen Single Malt ein. Dann legte er *Destiny* auf. Begleitet von der rauchigen Stimme Marla Glens, schwiegen sie vor sich hin. Gsponer legte sich aufs Sofa und döste ein. Kauz breitete eine Wolldecke über den Freund und ging in sein Schlafzimmer.

*

Ria war genauso sprachlos wie Thomas, als sie Stück um Stück erfuhren, was Maurice Jäger recherchiert hatte. Sie hatte das Porträt des jungen Leonardo Osvaldo Gitsch in der Hand und fuhr auf der Fotokopie mit dem Finger sanft über sein Gesicht.

»Ich kann es nicht glauben«, seufzte sie. »Dieser feine junge Mensch musste sterben, weil er auf die Straße ging, um gegen ein Unrechtsregime zu protestieren.«

»Der Ururenkel eines ausgewanderten Gommers«, ergänzte Thomas. »Und sein Mörder gab sich später als ebender Sprössling der Familie aus, den er eigenhändig umgebracht hatte. Das ist so was von grausam und zynisch!«

»Die perfekte Tarnung«, stellte Gsponer nüchtern fest. »Besser kann sich ein Kriegsverbrecher gar nicht verstecken. Er nistet sich unter einem unverdächtigen Namen im Justizapparat eines Rechtsstaates ein. Er studiert ganz regulär in der neuen Heimat, arbeitet sich empor und erwirbt sich den Ruf eines unerbittlichen Strafverfolgers. Allein schon deswegen ist er bald über jeden Verdacht erhaben.«

»Wenn es stimmt, dass es in Argentinien keinen Gitsch mehr gibt, dann hat Wolf diese Gommer Familie ausgelöscht«, sagte Ria.

»Er hat auch die Familie de Steinhaus ausgelöscht«, ergänzte Kauz.

»Ach Gott! Du hast recht, Kauz. Aber wie brachte er es bloß fertig, uns alle so zu täuschen?«

»Ich sag dir, wie«, sagte Kauz und legte seine und Gsponers Sicht der Dinge dar.

»Mein Fehler war, dass ich mich vorschnell auf einen Jagdunfall mit anschließendem Suizid des Todesschützen festlegte«, gab Gsponer zu. »Das hörte Wolf natürlich gern. So war er schon sicher, dass die Täuschung hinhauen würde.«

Dass die Staatsanwältin im Nachhinein die Obduktion anordnete, machte ihm einen Strich durch die Rechnung. Nun musste er dafür sorgen, die Ermittlungen direkter beeinflussen zu können. Er bootete die Staatsanwältin aus und erklärte den Fall zur Chefsache. Was immer die Ermittler ihm vorlegten, verwendete er gegen das ausersehene Opfer de Steinhaus. So auch alle Informationen, die Thomas aus Jägers altem Handy herausholte. Gleichzeitig entlockte er den Ermittlern das Know-how, wie er den Zugriff auf Jägers Cloud verhindern konnte: indem er alle Geräte aus der Cloud abmeldete. Dem Oberstaatsanwalt war klar, dass die Ermittlungen erst zum Stillstand kamen, wenn die Polizei einen Schuldigen fand, den sie glaubhaft für alle Morde verantwortlich machen konnte. Für den Doppelmord im Binntal und für den an Cynthia Bregy fünf Jahre zuvor. Er nahm vier Personen aufs Korn, die sich in seinen Augen dafür eigneten: Philippe de Steinhaus, Lee Wellig, Alois Kreuzer und Walter Zertanna. Ihm ging es nie darum, den Wolfsfrevler zu fassen. Der illegale Wolfsabschuss bot ihm bloß die Gelegenheit, diese Personen in die Mangel zu nehmen. Zertanna schied aus, als er ihm zum ersten Mal gegenübersaß. Er sah ein, dass es ihm nicht gelingen würde, den Riesen eigenhändig zu erwürgen. Alois Kreuzer fiel außer Betracht, weil sich keine Verbindung zwischen ihm und Cynthia Bregy herstellen ließ. Den jungen Wellig hatte er länger im Visier. Er hatte – vermutlich ohne zu wissen, wem die herrenlose Waffe gehörte – dessen Martinistutzer entwendet, mit diesem zwei Menschen erschossen und die Jagdbüchse dann weggeworfen. Er konnte sich darauf verlassen, dass sie früher oder später gefunden und der ursprüngliche Eigentümer festgestellt würde. Außerdem war Lee Wellig leicht beeinflussbar. Es wäre für Wolf, alias Gitsch, ein Leichtes gewesen, ihn in Widersprüche zu verwickeln. Ihn umzubringen, wäre allerdings schwieriger gewesen. Der junge Mann war sportlich und gut trainiert und hätte sich bestimmt heftig gewehrt. Da war der feingliedrige Philippe de Steinhaus das geeignetere Opfer. Außerdem war es günstig, dass schon einiges gegen ihn vorlag: ein fragwürdiger Landverkauf, die Verwicklung in einen Mordfall vor zwanzig Jahren im Vatikan und die Tatsache, dass er mit Cynthia Bregy am Tag ihres Verschwindens eine Verabredung gehabt hatte. Überdies war er von Maurice Jäger desavouiert worden, was zur Not als Tatmotiv durchgegangen wäre. Alle diese Informationen hatten ihm die Ermittler vorgelegt, Gitsch hatte nicht einmal selbst danach suchen müssen. Er brauchte bloß sicherzustellen, dass genügend Spuren zu de Steinhaus führten. Als Beweismittel, die er ihm unterschieben konnte, hatte er Maurice Jägers Notebook, ein erzwungenes schriftliches

Geständnis und den Umschlag mit der Kopie der Lebensversicherungspolice.

»Ich vermute stark«, schaltete sich Ria ein, »dass Gitsch diesen Umschlag selbst zwischen die Papiere von Nico steckte.«

»Wozu?«, fragte Kauz.

»Weil er Nico eins auswischen wollte.«

»Aber warum?«

»Ich weiß es auch nicht. Er hat einfach einen Pik auf ihn.«

»Huch«, rief Thomas, und düste ab in die Küche. »Die Pizza ist verbrannt!«, rief er. Er hatte sie aufwärmen wollen und sie dann im Backofen vergessen.

Das Quartett legte eine kurze Pause ein.

Gsponer ging rauchen, Kauz kraulte Max den Bauch, und Ria versuchte mit Thomas, von der Pizza zu retten, was noch zu retten war. Es reichte für einen kleinen Snack. Dann ging es weiter mit der Rekonstruktion des Tathergangs.

»Gitsch musste bloß dafür sorgen, dass nicht *er*, sondern die Polizei zu dem Schluss kam, de Steinhaus habe Suizid begangen«, sagte Gsponer und rieb sich wieder einmal das vernarbte Gesicht.

»Müde?«, fragte Ria besorgt.

»Nein, frustriert«, erwiderte Gsponer. »Ich habe mich wie ein Anfänger hereinlegen lassen.«

»Dass er sich gegen deine Meinung, es sei Selbstmord gewesen, so lange gewehrt hat, war aber auch ein schlauer Schachzug«, sagte Kauz. »Sein anfänglicher Widerstand und dann das Kleinbeigeben, als du ihm die vermeintlichen Beweise vorgelegt hast, war ganz großes Theater. So kam niemand auf die Idee, dass *er* daran interessiert war, aus einem mordverdächtigen agT einen Suizid zu machen, bloß um ihn vom Tisch zu haben.«

»Er täuschte also einen Suizid vor, der aussehen sollte wie ein Mord. Nur um zu kaschieren, dass es wirklich Mord war«, konstatierte Thomas. »Sehe ich das richtig?«

»Genau das war sein Plan«, sagte Gsponer zerknirscht.

»Aber wie ging er vor?«, fragte Thomas weiter. »Am Tatort, meine ich.«

»Das ging wahrscheinlich so«, erklärte Gsponer:

Wolf, alias Gitsch, kontaktierte de Steinhaus unter einem Vorwand, vielleicht überrumpelte er ihn auch ohne Voranmeldung in seiner Advokatur. De Steinhaus glaubte, es sich nicht leisten zu können, den Oberstaatsanwalt zu brüskieren, und ließ ihn eintreten. Was dann genau geschah, lag im Dunkeln. Ob ihm Wolf gleich zu Beginn die Drahtschlinge um den Hals legte und halbwegs zuzog, um ihn gefügig zu machen, oder ob er ihn auf andere Weise dazu brachte, den Tresor zu öffnen, die Zeilen zu schreiben, die er ihm diktierte, und die Lebensversicherungspolice herauszurücken, all das blieb noch offen.

»Er hat auf jeden Fall das Know-how, wie man einen Gefangenen zum Reden oder Handeln zwingt«, erklärte Gsponer. »Es ist zum Beispiel denkbar, dass er …«

»*Müssen* wir das diskutieren?«, unterbrach Ria. »Ich will gar nicht so genau wissen, was er Schreckliches getan hat.«

»Einverstanden, Ria. So oder so, er erdrosselte den Wehrlosen, legte Jägers Notebook in den Tresor, verließ die Advokatur – unerkannt, wie er sie betreten hatte – und warf den Brief an die Tante in den Briefkasten. Als diensthabender Staatsanwalt kam er wieder.«

»Etwas an dem Brief hätte mich misstrauisch machen müssen«, sinnierte Kauz: »Die falsch geschriebene Adresse und der Zahlendreher in der Postleitzahl. De Steinhaus kennt die Adresse seiner Tante doch ganz genau, und die Postleitzahl von Ernen auch. Ich glaube, mit diesen Verschreibern wollte der Arme ein Signal an die Empfängerin senden.«

»Oder an die Ermittler. Nur haben wir die Botschaft nicht verstanden«, ergänzte Gsponer zerknirscht.

Kauz nickte.

»Stellt euch bloß vor, was in dem Mann vorgegangen sein muss, als Gitsch ihn zwang, diese Zeilen zu schreiben!«, meinte Thomas.

»Bitte, Thomi! Nicht!«, flehte Ria.

Gsponer fuhr fort.

»Als Gitsch später am Abend zum Tatort gerufen wurde, fasste er dort wie gewohnt den Toten und auch sonst alles Mögliche an. Er wollte unbedingt dabei sein, als wir den Tresor öffneten, und sorgte dafür, dass er das Notebook – genau wie zuvor den Briefumschlag – vor Zeugen in den Händen hielt. So konnte er sicherstellen, dass allfällige Fingerabdrücke von ihm als Kontamination betrachtet wurden und nicht als Hinweis auf die Täterschaft«, schloss Gsponer.

»Haben wir an alles gedacht?«, fragte Kauz in die Runde.

»Was ist mit den Drohbriefen? Hat *er* die geschrieben?«

»Das hast du schon bei de Steinhaus gefragt, Ria«, antwortete Gsponer. »Die Antwort ist die gleiche: eher nein. Er hat sie sich bloß zunutze gemacht. Wäre de Steinhaus eine andere Todesart angedroht worden, hätte er ihn vermutlich anders umgebracht.«

»Es ist einfach nur schrecklich«, stöhnte Ria.

»Eigentlich haben *wir,* das heißt in erster Linie *ich,* den armen de Steinhaus Gitsch ans Messer geliefert«, sagte Kauz.

»Wie meinst du das, Chüzz?«, fragte Ria.

»Wir haben ihm andauernd Informationen in die Hand gespielt, mit denen er sein mörderisches Komplott schmieden konnte. Es fing damit an, dass ich ihm, mit Alain als Mittelsmann, die Geschichte aus dem Vatikan zusteckte«, sagte er zerknirscht.

»Aber wer rechnet schon damit, dass ein Staatsanwalt etwas so Niederträchtiges tut?«, warf Thomas ein.

»Er hat uns alle manipuliert«, stellte Ria fest.

Allmählich verebbte die Diskussion.

»Wie gehen wir jetzt vor?«, fragte Ria.

Gsponer antwortete: »Wir folgen natürlich Gitschs Aufgebot für Dienstag, das ist ja klar. Der Generalstaatsanwalt nimmt offenbar am Debriefing teil. Das kann uns nur recht sein. So haben wir einen glaubwürdigen Zeugen, wenn wir auspacken.«

»Musst du Blanchard nicht vorab informieren?«, fragte Kauz.

»Vielleicht müsste ich, aber ich werds nicht tun«, antwortete Gsponer. »Ich will nicht riskieren, dass die Sache von höchster Stelle abgewürgt wird. Aber ich informiere Fux. Auf ihn ist Verlass. Morgen spannen wir aus, und am Montag gehen wir alle wie gewohnt zur Arbeit. Es darf auf keinen Fall etwas durchsickern. Ist das klar?«

*

»Was ist los, Zoe?«, fragte Nico.

Es war noch nie passiert, dass sie bei einer gewöhnlichen *Corrida* über die eigenen Füße stolperte. Er machte mitten im Raum eine *Resolución* und stellte sich vor sie hin. Um sie herum wurde weiter getanzt.

»Ich weiß auch nicht«, flüsterte sie.

»De nuevo?«, fragte er.

Sie nickte.

Salida, Paso básico, Cruzado. Ocho adelante, Ocho atras. Cunita, cunita. Corrida. Die elementarsten Tanzschritte.

»Geht doch«, raunte er ihr zu.

Sie tanzten weiter, aber bei den Figuren, die sie letztes Mal eingeübt hatten, patzte sie ein übers andere Mal.

Sie hielt mitten im Tanz inne.

»Mir ist nicht gut, Nico«, sagte sie.

»Komm, wir setzen uns«, schlug er vor.

Sie gingen übers Parkett und setzten sich an einen der Bistrotische. Er holte ihr ein Glas Wasser.

»Zu viele Leute?«, fragte er.

An der Sonntagsmilonga nahmen meistens mehr Tangueros teil als am Mittwochabend.

»Ja«, sagte sie. »Ich glaube, es ist besser, wenn wir gehen.«

Er fragte, ob er sie nach Hause bringen solle, aber sie wollte lieber zu ihm.

»Soll ich ein Taxi rufen?«, fragte er, als sie draußen standen.

»Nein, nein«, erwiderte sie und hängte sich bei ihm ein.

Als sie in seiner Wohnung waren, ließ sie sich aufs Sofa fallen. Er griff ihr an die Stirn.

»Ich glaube, du hast Fieber«, meinte er.

»Hast du ein Thermometer?«

»Sofort«, sagte er und zog die Jacke wieder an. »Bin gleich zurück«, rief er und war weg.

Die erste Apotheke, in der er es versuchte, war geschlossen. In der zweiten, die etwas näher beim Zentrum lag, hatte er Glück. Er kaufte eine Packung Erkältungstee und ein Fieberthermometer, eilte zurück und schob ihr das Ding in den Mund. Dann setzte er Wasser auf und goss den Tee an.

»Kein Fieber«, sagte sie, das Thermometer in der Hand. »Aber mir ist übel. Ich glaube, ich muss …«

Sie eilte auf die Toilette. Er hörte, wie sie sich übergab und sich dann die Zähne putzte. Wieder zurück, legte sie sich aufs Sofa und stöhnte. Er deckte sie zu und brachte den Tee mit Zitrone und Ingwer.

»Trink«, sagte er, »das tut dir gut.«

»Danke, Nico. Du bist lieb«, sagte sie und döste ein.

Er setzte sich neben sie, sah sie an und versuchte, sich vorzustellen, wie es wäre, mit ihr zusammenzuleben.

Nach einer Stunde schlug sie die Augen auf.

»Noch übel?«, fragte er.

»Ein wenig.«

Sie sahen sich an.

»Bist du schwanger?«, fragte er.

Sie setzte sich auf. Ihm schien, sie erröte ein bisschen.

»Sollte eigentlich nicht«, sagte sie leise.

»Warte«, sagte er, zog die Jacke wieder an und eilte erneut in die Apotheke. Die Apothekerin, die ihn zum zweiten Mal bediente, verkniff sich jeden Kommentar.

»Weißt du, wie's geht?«, fragte er, als er zurück war und ihr das Instrument, einem Fieberthermometer nicht unähnlich, in die Hand drückte.

»Klar«, sagte sie und verschwand damit in der Toilette.

»Nun?«, fragte er, als sie herauskam.

»Es ist noch nicht so weit. Du musst zwei Minuten warten.«

»Das dauert mir zu lange. Zeig her!«, rief er und tat, als wolle er ihr das Teil entwinden.

»Nicht!«, rief sie. Sie legte das Instrument auf den Tisch.

»Hoppla!«, meinte er, als sich ein blauer Strich abzeichnete.

»Das heißt noch nichts«, belehrte sie ihn.

Sie starrten auf das Testfenster. Ein blaues Pluszeichen wurde allmählich sichtbar.

»Wie ist das möglich?«, fragte Nico. »Du hast doch gesagt, du nimmst die Pille.«

»Ist auch so. Aber es gibt Versager.«

»Und ich verhüte doch auch.«

»Einmal konntest du nicht warten, Nico. Weißt du das nicht mehr? Auch sonst warst du ziemlich ungestüm. Vielleicht ist das Kondom gerissen …«

Sie redeten zwei Stunden lang.

»Bist du sicher, dass du es behalten willst?«, fragte er zum x-ten Mal.

»Ich schon«, sagte sie. »Aber du vielleicht nicht.«

»Hör zu, Zoe, ich …«

»Ich versteh schon. Es wäre dein viertes.«

Er war hin- und hergerissen. Er wollte ihr nicht ins Gesicht lügen, aber er wusste aus Erfahrung, dass es unklug war, alles zu sagen, was ihm durch den Kopf ging.

»Das stimmt«, sagte er. »Aber ich freue mich, Zoe.«

»Ehrlich?«

»Ehrlich«, versicherte er. Denn ein bisschen stimmte es.

Er legte ihr den Arm um die Schulter. Dann stand er auf, zog sie hoch und umarmte sie.

»Was sagen wohl deine Eltern?«

»Meine Mutter wird sich freuen.«

»Bist du sicher?«

»Ja, das weiß ich.«

»Und dein Vater?«

»Der bringt mich um.«

»Komm schon!«

»Ich meine, er macht mich zur Sau. Das kannst du wörtlich nehmen. Er wird mich beschimpfen. Nicht laut, aber auf seine gemeine, fiese Art. Er wird mich drängen, das Kind wegzumachen, er wird ...«

»Er ist so ein Arsch, der alte Herr Zertanna.«

»Er heißt nicht Zertanna.«

»Was?« Nico war völlig perplex. »Wieso nicht?«

»Blöde Frage«, sagte sie. »Du heißt ja auch Perren. Meine Mutter hat ihn nie geheiratet, obschon er sie drängte.«

»Das kann man verstehen. Wie heißt er denn nun?«

»Gitsch heißt er.«

Ihm fielen fast die Augen aus dem Kopf.

»Schau nicht so! Ich finde den Namen ja auch hässlich: Gitsch. Gitschschsch«, zischte sie. »Schrecklicher Name. Zum Glück heiße ich nicht so.«

Dienstag, 6. November

Kauz war mit seinem Resümee fertig. Die Fakten lagen auf dem Tisch. Wolf, alias Gitsch, saß in sich zusammengefallen auf seinem Stuhl. Er sah steinalt aus.

»*C'est incroyable*«, sagte der Polizeikommandant.

Generalstaatsanwalt Blanchard suchte nach Worten.

Nico hatte mit offenem Mund zugehört.

»Die Häftlinge nannten ihn *El Caballo*«, sagte Kauz zum Schluss. »Weil er ständig schnaubte wie ein Pferd. Das steht in diesem Steckbrief mit seinem Lebenslauf.«

Er pochte auf das amtliche Dokument aus Argentinien.

Der Generalstaatsanwalt sammelte sich.

»Habe ich Sie richtig verstanden, Herr Kommissar?«, er fixierte Kauz durch seine dicken Brillengläser. »Sie beschuldigen diesen Mann, der argentinische Kriegsverbrecher Iñigo Gustavo Wolf zu sein. Sie werfen ihm vor, sich die Identität eines seiner Opfer, Spross einer ausgewanderten Gommer Familie, angeeignet zu haben und seit fünfunddreißig Jahren widerrechtlich unter dem Namen Leonardo Gitsch im Wallis zu leben. Sie beschuldigen ihn weiter des Mordes an Cynthia Bregy, Maurice Jäger, Samuel Huser und an Philippe de Steinhaus. Ist das Ihr Fazit?«

»Jawohl«, sagte Kauz.

»Was sagen Sie zu diesen Beschuldigungen, Herr …?«

Blanchard wusste nicht, wie er den Oberstaatsanwalt jetzt ansprechen solle.

Wolf, alias Gitsch, begann, sich aufzurichten, stützte sich auf der Tischplatte ab und erhob sich im Zeitlupentempo. Schweigend stand er vor ihnen und reckte das kantige Kinn.

»Les jeux sont faits«, sagte er, schob den Stuhl zurück und drehte sich langsam zur Tür.

Ist das die Möglichkeit?, dachte Kauz. Glaubt der wirklich, er könnte jetzt einfach gehen?

Fux reagierte als Erster. Er stand auf, ging um den Tisch herum und legte Wolf die Hand auf die Schulter.

»Iñigo Gustavo Wolf, ich verhafte Sie wegen …«

»*Doucement!* Herr Kollege«, sagte Wolf, wich zurück, griff mit der Rechten unter seinen Veston und zog eine Pistole. Er richtete sie auf Fux, mit der Linken fasste er die Klinke und stieß die Tür auf.

Fux blieb stehen.

»Halt!«, rief Ria und zog ihre Dienstwaffe.

»Hände hoch!«, rief im gleichen Moment Gsponer, die Glock im Anschlag.

Nico sprang auf, aber Kauz hielt ihn zurück.

Wolf war schon halb draußen und richtete seine Waffe auf die Polizisten, die in der Schusslinie standen. Niemand ging in Deckung. Der Polizeikommandant stand in voller Größe im Raum, auch er hatte seine Dienstwaffe gezogen.

»Pas de sottises!«, schrie er. *»Bas les armes!«*

»Um Gottes willen!«, murmelte Blanchard, der noch saß. »Richten Sie kein Blutbad an!«

»Keine Angst, meine Herren. Ich bin kein Amokläufer«, sagte Wolf mit fester Stimme. »Ich bin ein Offizier und Ehrenmann. Meine Dame«, richtete er sich an Ria, »schauen Sie bitte weg!«

Er trat auf den Korridor hinaus, machte einen Schritt zur Seite, setzte die Pistole an seine Schläfe und drückte ab.

Sonntag, 11. November

Der Wintereinbruch war aufgeschoben, es herrschte prächtiges, spätherbstliches Wetter. Die Sonne wärmte wohl zum letzten Mal in diesem Jahr die geschwärzten Holzwände von Gaden, Stadeln und Speichern. Die Lärchen an den Bergflanken leuchteten von den obersten Wipfeln bis zu den untersten Ästen, doch es war nur eine Frage von Tagen, bis sie ihr goldenes Herbstkleid endgültig fallen ließen. Die Wetterkapriole mit der unverhofften Rückkehr des Spätsommers hatte sich auf der Wetterapp angekündigt. Sogar der Furkapass war wieder offen. Kauz war deshalb vor drei Tagen kurz entschlossen nach Zürich gereist, hatte die bereits eingemottete BMW noch einmal aus der Garage geholt und war mit dem Oldtimer, Max im Korb, über die Furka ins Goms zurückgegondelt. Dies, um auf andere Gedanken zu kommen.

Als ob Sommer wäre, stellte er das Motorrad zwischen Gletsch und Oberwald beim Gasthaus im Rank ab. Dort, wo Vater jeweils haltgemacht hatte, wenn sie für die Sommerferien im Topolino ins Goms fuhren. Wie damals spazierte er in den Wald hinein, nur jetzt mit Max. Der Duft, der ihm an der Stelle entgegenwehte, an der die Nachmittagssonne den Boden wärmte, war anders als im Sommer. Er bückte sich, nahm eine Handvoll der mit Blättern vermischten Erde und roch daran. Im welken Duftbouquet dominierte der Geruch nach feuchtem Laub und Pilzen. Nur noch ein Hauch von

Harz, warmen Lärchennadeln und Kräutern erinnerte an den Sommer. Dennoch weckte er dieses Gommergefühl, das Kauz als Kind zu Ferienbeginn kaum hatte erwarten können. Er schaute um sich, ging zur uralten knorrigen Lärche, die am Wegrand himmelwärts wuchs, und schnupperte an ihrer zerklüfteten Rinde. Unweit des Baumes, zwischen Wurzeln, Ästchen, Lärchen- und Fichtennadeln und immergrünen Blättern, entdeckte er ein paar Pilze. Goldgelbe Gewächse jeder Größe mit knolligem Fuß und hübschem Schirm. Er hatte keine Ahnung, ob es essbare oder giftige Exemplare waren, aber der Anblick machte ihm Freude. Kauz war erleichtert, dass auch andere Gedanken und Gefühle möglich waren als die, die ihn in den Tagen zuvor bedrängt hatten. Er versuchte, die gelegentlichen Jagdflintenschüsse in der Ferne zu überhören und die letzten warmen Herbsttage trotz allem auszukosten.

Das war gerade jetzt nicht ganz einfach, denn ein Sonntagsbesuch bei Madame Charlotte stand auf seinem Programm. Er packte die Extrawurst ein, die er Max versprochen hatte, und fuhr bis Fürgangen. Der Hund ließ sich ohne großen Widerstand über die Hängebrücke führen. Mit dem Abenteuer auf der Tiäfschluchtbrücke hatte er seine Angst ein für alle Mal überwunden. Auf der andern Seite bekam er seinen Leckerbissen, dann ging es zu Fuß an Mühlebach vorbei nach Ernen.

Den gewohnten Umweg über die alte Richtstätte auf dem Galgenhügel ließ Kauz für einmal aus. Um das Zendenhaus auf dem Dorfplatz, in dem einst Hexenprozesse durchgeführt und unschuldige Frauen gefoltert worden waren, machte er heute einen großen Bogen.

Z'Marie führte ihn wie an jenem ersten Sonntagsbesuch in den Garten. Er möge bitte früh kommen, hatte Madame de Steinhaus gebeten und ihm auf seine Bitte hin versichert, sie werde nichts auftischen. Tee wurde trotzdem gereicht, aber nicht unter dem Holunderbusch, sondern an der sonnengewärmten Hauswand. Es war elf Uhr vormittags.

Madame de Steinhaus schien um Jahre gealtert. Sie gab sich keine Mühe, ihren Gram zu verbergen.

»Schlimmer können die Nachrichten, die Sie mir überbringen, nicht mehr werden, *Monsieur.* Was ist es dieses Mal?«, fragte sie, als sie saßen. Kauz überlegte noch, wie er beginnen solle, da schob sie nach: »Reden Sie nicht um den Brei herum. Mich kann nichts mehr erschüttern.«

Kauz nahm sie beim Wort.

»Ihr Neffe ist kein Mörder. Er hat Cynthia nicht umgebracht«, erklärte er. »Er ist auch kein Selbstmörder. Er wurde ermordet«, fuhr er fort. »Vom Mörder Ihrer Enkelin.«

Die alte Frau in Schwarz sagte lange nichts.

»Dann haben Sie ihn also gefunden«, stellte sie fest.

»Ja«, sagte Kauz. »Nur leider zu spät.«

»Sagen Sie mir mehr«, forderte sie ihn unerschrocken auf.

Kauz erzählte ihr, soviel er konnte, ohne die Informationssperre, die der Generalstaatsanwalt verfügt hatte, allzu arg zu strapazieren.

»Sie spielen auf das Drama an, das sich letzte Woche in Sitten ereignete, nicht wahr? Ich habe in der Zeitung davon gelesen«, sagte Madame de Steinhaus und legte die Brille neben die Teetasse. Tränen hatte sie keine mehr in den Augen.

Sie stellte weitere Fragen. Kauz antwortete.

»Es sind schreckliche Nachrichten, ich weiß«, fasste er zusammen. »Ich fürchte, dass ich Sie ein weiteres Mal schockiert habe.«

»Non, Monsieur«, erklärte Madame de Steinhaus. »So schlimm die Tatsachen auch sind – das alles zu wissen, bedeutet eine große Erleichterung. Ich bin grenzenlos traurig. Und mir fällt ein großer Stein vom Herzen. Danke, dass Sie gekommen sind«, sagte sie und stand auf.

*

Am Dienstagabend hatte es an Zoes Wohnungstür geklingelt. Zwei Polizisten kamen herein und sagten, ihr Vater sei schwer verletzt ins Spital eingeliefert worden. Er liege mit einem Kopfschuss im Koma, es sei ungewiss, ob er je wieder aufwache. Verstört rief sie Nico an. Er war eben erst vom Schauplatz des Dramas nach Hause gekommen, fuhr sofort zu ihr nach Visp und sagte ihr, was passiert war. Der vom Generalstaatsanwalt verpasste Maulkorb war ihm egal. Stück um Stück erzählte er ihr bis tief in die Nacht hinein, was er miterlebt, mit eigenen Augen gesehen und mit eigenen Ohren gehört hatte. All das, was er selber noch nicht recht glauben konnte. Dann begleitete er sie zu ihrer Mutter und erzählte alles noch einmal.

»Ich kann, ich will das nicht glauben«, sagte Zoe und starrte zum Fenster hinaus in die Dunkelheit. Sie stand unter Schock und ging vier Tage nicht aus der Wohnung ihrer Mutter.

»Weißt du noch, was du mir gesagt hast, als wir von den Raubkindern sprachen?«, fragte Nico am zweiten Tag. »Du musst die Wahrheit annehmen, sonst findest du keinen inneren Frieden«, wiederholte er ihre Worte und legte den Arm um ihre Schulter.

»Das tu ich ja«, murmelte sie. »Ich bin die Tochter eines Mörders. Eines Massenmörders. Das ist die bittere Wahrheit.«

Sie begann zu schluchzen, ein Weinkrampf nach dem andern schüttelte sie. Stundenlang.

Nico versuchte nicht, sie zu trösten. Er blieb einfach bei ihr.

»Und weißt du, was das Schlimmste ist?«, fragte sie, als sie wieder zu sich kam. »Dass *ich* es war, die Cynthia den Tipp gab, ihn zu interviewen. Ich kannte das Thema ihrer Studie und erwähnte beiläufig, die Vorfahren meines Vaters seien aus dem Goms ausgewandert und er ein Argentinien-Rückwanderer. Cynthia biss sofort an und begann, mich auszufragen. Ich sagte ihr alles, was er mir, als ich klein war, über seine Herkunft erzählt hatte. Viel war es ja nicht, und dass alles erlogen war, weiß ich erst jetzt. Als ich älter wurde, wollte er nicht mehr reden. Das legte ich so aus, dass er sich seiner einfachen Herkunft schämte. Später dachte ich, er rede aus Stolz nicht darüber. Er wolle kein Mitleid, sagte er einmal, als ich ihn nach seinen Erfahrungen im argentinischen Gefängnis fragte. Als ich ein halbes Jahr weg war, in Lyon, muss Cynthia ihn kontaktiert haben«, schloss sie und vergrub den Kopf in ihren Armen.

Am dritten Tag richtete sie sich auf.

»Offizier und Ehrenmann?! Was für ein Hohn! Er hat meine beste Freundin umgebracht«, rief sie, und es schüttelte sie wieder.

»Lass mich nicht allein«, bat sie Nico am vierten Tag.

»Komm zu mir«, schlug er vor und brachte sie in seine kleine Wohnung.

Jetzt saßen sie beim Sonntagmorgenkaffee. Sie hatte sich etwas gefasst und mochte wieder essen. Nico holte frische Brötchen und schmierte Butter und Honig darauf wie für ein krankes Kind. Er hielt ihr eine Brötchenhälfte vors Gesicht. Sie lächelte und biss hinein.

»Besser?«, fragte er.

»Ein bisschen«, sagte sie. »Es wird schon wieder, mach dir keine Sorgen.«

»Willst du ihn besuchen?«, fragte er vorsichtig.

»Nein«, sagte sie bestimmt. »Auf keinen Fall.«

Sie sah ihn an. Er spürte, dass das ihr letztes Wort war.

»Komm, wir gehen spazieren«, schlug er vor. »Das wird dir guttun, das Wetter ist herrlich.«

»Einverstanden«, sagte sie und holte ihre Jacke.

*

Seine Gäste kamen um drei Uhr nachmittags. *D Schpiis* hatte er gerichtet, als er von Ernen zurückkam. Die Platte mit Hobelkäse, Trockenfleisch und Speck stand auf dem Tisch, hübsch dekoriert mit gedörrten Aprikosen und Walnusskernen, daneben der Korb mit dem aufgeschnittenen Roggenbrot. Der Weißwein war kalt gestellt.

»Ist es nicht unglaublich?«, fragte Kauz. »Es ist bald Mitte November, und wir sitzen in Hemdsärmeln hier draußen an der Sonne.«

Sie saßen an seinem Gartentisch, der aus zwei vor der Speicherwand aufgebockten Brettern bestand. Der Blick über die kahlen Felder auf dass Weisshorn war umwerfend.

Wii und Schpiis fanden Anklang.

Das Palaver nahm seinen Lauf.

Kauz hatte gehofft, dass sie über anderes reden würden, aber der Schock saß allen noch in den Knochen. Also käuten sie wieder, was sie fünf Tage zuvor in Sitten erlebt hatten.

Als auf der Zentralen Staatsanwaltschaft ein Schuss gefallen war und ein Oberstaatsanwalt auf dem Gang in seinem Blut lag, wurde Großalarm ausgelöst. Die Alarmzentrale musste von einem Terroranschlag oder Amoklauf ausgehen. Polizeigrenadiere unter dem Kommando eines Offiziers, uniformierte Polizeiagenten, Kriminalinspektoren, Notärzte, der Rechtsmediziner Bivinelli, eine ganze Reihe Kriminaltechniker und ein Staatsanwalt waren innert kürzester Zeit zur Stelle. Kommandofahrzeuge der Polizei, Streifenwagen und zwei Ambulanzfahrzeuge standen mit Blaulicht vor dem Gebäude. Bald tauchten die ersten Reporter auf. Da der Polizeikommandant persönlich, der Chef der Kriminalpolizei, ein Oberwalliser Hauptinspektor und sogar der Generalstaatsanwalt vor Ort waren, herrschte ein Durcheinander, bis endlich klar war, wer Täter, wer Opfer, wer Augenzeuge und wer für die Untersuchung zuständig war.

Als sich die erste Aufregung gelegt hatte, nahm Kauz Nico

beiseite. Der schüttete ihm sein Herz aus. Dass er mit Gitschs Tochter liiert war, hatte niemand gewusst. Er wusste es ja selber erst seit zwei Tagen.

»Er kann einem leidtun«, sagte Ria, als sie im Garten saßen. »Stellt euch vor: liiert mit der Tochter eines Mörders! Eines Massenmörders!«

»Nico sagt, er sei froh, sie zu haben«, widersprach Kauz schmunzelnd. »Sie sei *än änds flotti Meggä*.«

Dass Generalstaatsanwalt Blanchard noch an Ort und Stelle eine Informationssperre verhängt hatte und allen anwesenden Zeugen einen Maulkorb verpasste, gab am Gartentisch erst recht zu reden. Aber allmählich ging es auch wieder um anderes: Dem jungen Lee Wellig gehe es besser, wusste Ria zu berichten, er sei wieder zu Hause. Kauz erzählte von seinem Besuch bei Madame de Steinhaus. Was wohl mit der Stiftung passiere, fragte Ria. Kauz erwiderte, dass er Madame Charlotte empfohlen habe, einmal mit Konrad von Steinhaus zusammenzukommen. Der habe zwei Söhne, die vielleicht für die eine oder andere Aufgabe infrage kämen.

»Was bedeutet der Fall politisch?«, fragte Thomas, um die Diskussion auf eine andere Ebene zu verlagern.

»Vorläufig gar nichts. Vielleicht dauert die Informationssperre ewig«, meinte Gsponer.

»Wieso eigentlich?«, fragte Ria.

»Stell dir vor, was auf die Walliser Justiz zukommt, wenn bekannt wird, dass einer ihrer Staatsanwälte unter falschem Namen gelebt hat und auch kein Walliser, sondern Argentinier war, noch dazu Kriegsverbrecher und Mörder«, antwortete Gsponer. »Jeder, der von Wolf, alias Gitsch, angeklagt und aufgrund seiner Anklage verurteilt wurde, wird eine Chance wittern. Eine Lawine von Rekursen wird auf die Gerichte zurollen. Das wollen sie so lange als möglich verhindern. Vielleicht suchen sie schon nach Mitteln und Wegen, den Super-GAU abzuwenden, statt den Stall auszumisten.«

Deutliche Worte, dachte Kauz.

»Vielleicht hoffen sie, dass Wolf am Leben bleibt und nie mehr aus dem Koma erwacht. Dann können sie auf eine laufende Untersuchung verweisen und sich dahinter verschanzen.«

Die Männer spekulierten weiter.

»Was redet ihr eigentlich?«, rief Ria dazwischen. »Ich muss immer an den armen Leonardo Gitsch denken! Den echten, den Jungen mit den Kirschaugen. Und an seine tapfere Mutter.« Sie war den Tränen nah. »Zeit heilt Wunden, sagt man, aber für mich ist das eine zu frische Wunde. Erst ein paar Tage alt. Obschon die Verbrechen vor vierzig Jahren passierten.«

Sie blickte auf. Die drei Männer schwiegen betreten.

Ria riss sich zusammen. »Ihr habt recht«, meinte sie, obschon keiner etwas gesagt hatte: »Es ist lange her, und es geschah weit weg von hier. Also lassen wir die Geschichte ruhen.«

»Ich weiß nicht«, sinnierte Thomas.

»Der Fall ist so was von außergewöhnlich«, gab Gsponer zu bedenken. »Einmalig. Eigentlich ganz und gar unglaublich.«

»Dummes Zeug!«, brach es da aus Kauz heraus. »Lest ihr denn keine Zeitung? Gerade jetzt, in diesem Augenblick, wird in Gefängnissen, gar nicht weit von hier, gefoltert und gemordet. Denkt an Syrien, denkt an die Türkei, an Saudi-Arabien, an …«

»Chüzz!«, rief Ria.

»Ist doch so!«, ereiferte sich der. »Und wenn es den Folterknechten und Mördern an den Kragen geht, tauchen sie ab, mischen sich unter die Menschen, die vor ihnen flüchten, und verlangen genau wie sie Asyl. Gerade letzte Woche wurden zwei syrische Schergen enttarnt und festgenommen. Zwei Folterer und Massenmörder. Aber auf jeden Verhafteten kommen zehn, vielleicht hundert andere, die unerkannt im fremden Land leben. Dort mimen sie die Gefolterten, die Traumatisierten, die aufopfernden Ärzte oder Priester. Es muss ja nicht immer ein Staatsanwalt sein«, flocht er bitter ein. »Aber nur selten wird einer enttarnt. Es ist zum Heulen«, sagte Kauz, fuhr sich mit dem Ärmel über die Eulenaugen und hielt inne. »Denkt ja nicht, unser Fall Wolf sei eine unwahrscheinliche Geschichte«, schob er nach. »Das ist er zwar. Aber er ist auch Alltag. Grausamer, brutaler Alltag. Nicht bei uns, aber sonst auf der halben Welt. Wir wollen nur nichts davon wissen.«

Ria schaute Kauz konsterniert an.

»Na, na, na«, machte Gsponer.

»Tut mir leid, wenn ich euch die Stimmung vermiese«, sagte Kauz, als er in ihre Gesichter schaute.

»Du brauchst dich nicht zu entschuldigen, Kauz«, sagte Thomas. »Wofür auch? Es stimmt ja leider.«

Ria legte ihm den Arm um die Schulter.

Allmählich kehrte Ruhe ein.

Sie griffen wieder zu und leerten ihre Gläser.

»Äm Gottswillä!«, rief Ria auf einmal. »Was ist denn das?«

Sie sprang auf und zeigte mit ausgestrecktem Arm auf die gegenüberliegende Talseite. Schon dachte Kauz, sie sehe einen Murgang kommen. Aber es war etwas anderes: Die Sonne stand schon tief und beleuchtete von Westen her den Schattenhang des Hochtals. Diejenigen Freileitungsmasten, die nicht über den Horizont hinausragten, standen größtenteils im Schatten und störten vor dem dunkler werdenden Hintergrund nun wenig. Aber im Licht der untergehenden Sonne leuchtete und gleißte ein Dutzend kilometerlanger Stromleitungen. Es sah aus, als brennten die zwischen den Masten hängenden Kabel lichterloh. Kauz machte ein paar Schritte aufs Feld hinaus und blickte, Ria neben sich, zuerst zur Furka hoch, dann gen Westen. Die groteske Landschaftsbeleuchtung zog sich talaufwärts gegen den Nufenenpass, talabwärts lief die überdimensionale Leuchtgirlande die Berghänge entlang, so weit das Auge reichte. Hätte ein Künstler eine gigantische Lichtkunst im Goms installieren wollen, er hätte es nicht besser hinkriegen können.

»Unglöübläch«, rief Ria.

»Schaurig-schön«, fand Gsponer. »So etwas habe ich noch nie gesehen.«

»Nein, schrecklich«, sagte Kauz. »Womit haben die Gommer das verdient?«

»Zertannas Verdienst«, kommentierte Thomas trocken.

»Apropos Zertanna«, raunte Gsponer Kauz zu. »Es ist jetzt ja nicht mehr wichtig, aber seine geschiedene Frau war tatsächlich eine Ausländerin. Eine aus der Ukraine.«

Was folgte, war ein *Doorffä* über Walter Zertanna, Alois Kreuzer und die Familien Guntern und Wellig, die einmal im Fokus der Ermittler gestanden hatten.

»Eines dürfen wir sicher feststellen«, resümierte Ria, als alle durchgehechelt waren. Sie war offensichtlich bemüht, ein harmonisches Ende der Runde herbeizuführen: »Die Gommer Jäger sind in Ordnung. Sie stehen nicht mehr unter Generalverdacht.«

»Füwoll«, machte Thomas.

»Güet«, sagte Gsponer.

»Die Wolfsfreunde auch nicht«, bemerkte Kauz.

»Und die Wolfsgegner?«, fragte Ria spitz.

»Die liegen mir weniger am Herzen«, lachte Kauz.

»Du bist unmöglich.«

»Wieso? Zählst du dich nicht zu den Freunden?«

»Nein.«

»Wie bitte?«

»Hör zu, Chüzz«, sagte die Freundin. »Ich finde, der Wolf gehört nicht ins Wallis, und ins Goms schon gar nicht.«

»Was? Das höre ich von dir zum ersten Mal!«

»Du hast mich ja nie nach meiner Meinung gefragt.«

»Ich glaubs nicht!«, sagte Kauz düpiert. »Und du, Thomas?«

»No comment«, machte der.

»Goms bleibt Goms«, sagte Gsponer trocken. »In der Wolfsfrage gab es noch nie Einigkeit. Nur eine klare Mehrheit, und zu der gehörst du nicht, Kauz. Tut mir leid«, lachte er. »Gibts jetzt noch was zu trinken?«

»Oh, entschuldigt!«, rief Kauz und ging hinein. Er kam mit einer weiteren Flasche Heida heraus und schenkte nach.

»Du darfst trotzdem mit mir anstoßen, Chüzz«, sagte Ria, legte den Kopf etwas zur Seite, lächelte ihn an und streckte ihm ihr Glas entgegen. *»Santé!«*

»Gsundheit«, sagte Kauz.

Das Glas in der Hand, wandte er sich seinen Freunden zu.

»Worauf stoßt denn ihr an?«, fragte Ria, da die Männer bloß wortlos die Gläser klingen ließen.

Auf den Wolf, dachte Kauz, sagte es aber nicht.

Aus dem Stall des Nachbarn hörte man ein Blöken.

»Auf das Schwarznasenschaf«, lachte Kauz dann und hob noch einmal das Glas. »Ist doch ein schützenswertes Tier, oder nicht?«

Max stand auf und bellte ohne erkennbaren Anlass.

»Oh! Entschuldige!«, machte Kauz. »Und auf Max natürlich.«

Weitere Kampa Bücher stellen wir Ihnen auf den folgenden Seiten vor. Das Gesamtprogramm finden Sie auf:
www.kampaverlag.ch

Wenn Sie zweimal jährlich über unsere Neuerscheinungen informiert werden möchten, schreiben Sie uns bitte an:
newsletter@kampaverlag.ch oder
Kampa Verlag, Hegibachstr. 2, 8032 Zürich, Schweiz

KAMPA VERLAG

Die Krimi-Bestseller-Reihe von
Gian Maria Calonder

Engadiner Abgründe

Kaum im Engadin angekommen, muss Massimo Capaul zu seinem ersten Einsatz: In Zuoz brennt eine Scheune, und nur wenig später stirbt ihr Besitzer.

Endstation Engadin

Bei einem Ausflug mit der Rhätischen Bahn will der vom Dienst suspendierte Capaul auf andere Gedanken kommen, dann verhindert ein Unfall im Albulatunnel die Weiterfahrt … Wirklich ein Unfall?

Engadiner Hochjagd

Statt Uniform trägt Capaul Geländetenue und Bergschuhe, denn am Linard Pitschen hat es einen Felssturz gegeben, und Capaul muss in der Dienststelle in Zernez aushelfen.

Engadiner Bescherung

Capaul wird an die Gemeindepolizei St. Moritz ausgeliehen. Er soll in der Weihnachtszeit Präsenz zeigen und den vermögenden Besuchern ein Gefühl von Sicherheit vermitteln.

Engadiner Herzrasen

Herzrasen im Engadin, aber nicht die Höhenluft ist schuld. Massimo Capaul ermittelt in einem Beziehungsdrama, das ihm gefährlich nahegeht.